MICHAELA ABRESCH

# Das *Geheimnis* von DIKHOLMEN

ROMAN



Lübbe

NACHHALTIG PRODUZIERT

Die Bastei Lübbe AG verfolgt eine nachhaltige Buchproduktion. Wir verwenden Papiere aus nachhaltiger Forstwirtschaft und verzichten darauf, Bücher einzeln in Folie zu verpacken. Wir stellen unsere Bücher in Deutschland und Europa (EU) her und arbeiten mit den Druckereien kontinuierlich an einer positiven Ökobilanz.

FSC www.fsc.org MIX Papier | Fördert gute Waldnutzung FSC® C014496

Originalausgabe



Umschlaggestaltung: Jeannine Schmelzer unter Verwendung von Motiven von © shutterstock: DeiMosz | Umomos | Sonja Filitz | Kovaleva_Ka | gyn9037 | DashaDasha
Karte Umschlag: © Miriam Steinhart, Guter Punkt München unter Verwendung einer Karte von Open Street Map
Satz: two-up, Düsseldorf
Gesetzt aus der Caslon
Druck und Verarbeitung: GGP Media GmbH, Pößneck

Printed in Germany
ISBN 978-3-404-19247-2

1 3 5 4 2

Sie finden uns im Internet unter luebbe.de
Bitte beachten Sie auch: lesejury.de

MICHAELA ABRESCH

Das Geheimnis von Dikholmen

Für Marianne
von ♥en

Michaela Abresch

Über die Autorin:

Michaela Abresch wurde 1965 im Westerwald geboren. Sie ist verheiratet und hat zwei erwachsene Söhne. Sie arbeitet in der pflegerischen Beratung und als Dozentin für Palliative Care. Das Schreiben ist für sie das Eintauchen in eine andere Welt. Ihr Leitsatz »Jedes Jahr an einen Ort zu reisen, an dem ich noch nie war« führte sie vor einiger Zeit in die schwedischen Schären. Inspiriert von der Einzigartigkeit der Küstenlandschaft östlich Stockholms, entstand ihr ebenso fesselnder wie berührender Familiengeheimnis-Roman *Das Geheimnis von Dikholmen*.
Ihr nächstes Buch wird auf der schwedischen Insel Gotland und in Köln spielen.

## Die Stockholmer Schäreninseln, 1960

*Ich weiß nicht, wie spät es ist. Oder besser, wie früh. Wie eine weiße Lampe hängt der Vollmond über mir, umgeben von Sternen – eine klare helle Nacht, windstill. Es müssen etwa zwei Stunden vergangen sein. Erst zwei Stunden, seit ich mich aus dem Bett gestohlen habe und auf den knarrenden Dielen bis zur Tür geschlichen bin. Seit ich erschrocken den Atem angehalten habe, als die Schlafzimmertür, die er abends ins Schloss zieht, beim Öffnen das vertraute Jammern von sich gegeben hat. Seit ich erleichtert weitergeatmet habe, als alles still blieb. Als er still blieb. Seit ich noch einmal bei den Kindern war, meinen Schätzen, mich mit Haut und Haaren in ihre leisen Atemgeräusche versenkt habe, mir die Konturen ihrer Gesichter im Halblicht eingeprägt und mich mit einem unterdrückten Schluchzen schweren Herzens von ihnen gelöst habe.*

*Meine Arme sind verkrampft. Die Handflächen verschwitzt. Meine Schultern verspannt. Fest halte ich die Rudergriffe umklammert, senke die Blätter zu beiden Seiten ins Wasser. Versuche, es gleichmäßig zu tun. Es gelingt nicht. Das Geräusch der Schäfte in den Ruderdollen begleitet mich. Holz, das sich an Eisen reibt. Wieder und wieder. Die Luft riecht nach Salz, nach feuchtem Holz, nach Nacht.*

*Manchmal werden im Schein des Mondlichts die diffusen Umrisse einer der vielen Inseln des Archipels erkennbar, und ich glaube, sie zuordnen zu können. Aber ich mache mir nichts vor. Längst habe ich die Orientierung verloren.*

*Ich verbiete mir zu weinen, obwohl die aufsteigenden Tränen mir beinahe den Hals zuschnüren. Nur mit Mühe gelingt es mir, sie zurückzudrängen. Keine Zeit zum Weinen. Später. Ganz sicher. Das Medaillon schaukelt bei jedem Vorbeugen an der silbernen Kette leicht hin und her. Ich trage es auf der Haut, unter der Unterwäsche, unter dem wollenen Pullover, unter der Öljacke.*

*Den Pullover habe ich aus seinem Schrank genommen und in der Kommode versteckt, in der ich die Wintersachen für die Kinder aufbewahre. Tagelang habe ich gehofft, er möge nicht nach seinem Pullover fragen, nach dem warmen, aus blauer und brauner Wolle gestrickten Pullover mit dem Reißverschluss, den man bis unters Kinn hochziehen kann, wenn der Wind kalt über den Kutter faucht. Bei dem Gedanken, dass ich ihn nie mehr an ihm sehen werde, presst sich eine Klammer um mein Herz.*

*Ich schüttle den Gedanken ab, indem ich meine Aufmerksamkeit auf das Eintauchen der Ruderblätter lege. Ich hole aus, senke sie ins Wasser, es spritzt herauf bis zu mir ins Boot. Ein paar Tropfen landen auf meiner Schläfe, bilden ein Rinnsal, das sich seinen Weg sucht. So wie ich selbst.*

*Die Mütze ist mir tief in die Stirn gerutscht, es stört mich nicht. Ruderblätter ins Wasser und wieder heraus, ins Wasser und wieder heraus. Das Medaillon bewegt sich in derselben Gleichförmigkeit auf meiner Haut. Rhythmisch wie auch meine Herzschläge.*

*Der Sack aus Segeltuch, den ich im Schuppen unseres Hauses gefunden habe, gleicht das Gewicht im Boot aus. In aller Ruhe und mit Sorgfalt habe ich ihn gefüllt. Am Morgen, als er mit dem Kutter draußen und die Kinder in der Schule waren. Eine zweite Hose. Meine warme Jacke. Unterwäsche. Strümpfe. Handschuhe. Eine Decke. Ein Taschenmesser. Ein Löffel. Zwei Karabinerhaken. Ein Seil. Ein Stück Seife. Zwei Flaschen Wasser. Brot. Äpfel und hart gekochte Eier. Ein Stück geräucherter Schinken. Getrockneter Dorsch. Dosenbohnen. Das kleine Beil aus dem Schuppen.*

*Am Ende war der Sack schwerer als erhofft. Noch weiß ich nicht, wie weit ich sein Gewicht werde tragen müssen. Nur das Nötigste habe ich mitgenommen. Das Nötigste … Zurück in den Schuppen hatte ich ihn gebracht, ihn zwischen die Schubkarre und das aufgeschichtete Brennholz geschoben, weit nach hinten, sodass er auf den ersten Blick nicht sichtbar gewesen war.*

*Die Ruderblätter klatschen ins Wasser. Allmählich schwindet meine Kraft. Die Schultern fangen an zu brennen. Ich höre mich keuchen, meine Arme verkrampfen mehr und mehr. Die Erschöpfung frisst sich in jeden Muskel. Weiß nicht, in welche Himmelsrichtung ich rudere, kenne die Namen der Inseln nicht, zwischen denen mein Boot hindurchgleitet. Über mir wacht Sirius, der hellste Stern, der einzige, den ich erkenne, der, dessen Leuchten in den Morgenstunden schwächer wird, bevor er allmählich im Westen verblasst.*

*Irgendwann bemerke ich die fahle graugelbe Färbung, die am Horizont den Himmel überzieht. Ich atme auf. Am nächsten Ufer werde ich anlegen. Ausruhen.*

*Unentwegt denke ich an mein Heim. An ihn, der in diesem Augenblick aufsteht. Der sich wundern wird, dass der Platz im Bett neben ihm leer ist. Dass Laken und Decke ausgekühlt sind.*

*Er wird mich suchen. In jedem Raum des Hauses. Wird in Schlafanzug und Holzschuhen nach draußen laufen. Quer über das Grundstück, zwischen den Birken hindurch, bis ans Ende, wo das Gartentor sich auf den Küstenweg hin öffnet. Er wird meinen Namen rufen. Beunruhigt. Durcheinander. Alarmiert. Wird wieder hineingehen. Keine Erklärungen finden. Wird mit mechanischen Handgriffen Feuer machen in der Küche wie immer, damit die Kinder es warm haben, wenn sie in einer Stunde aufstehen, um zur Schule zu gehen.*

*Sie werden fragen. Nicht verstehen. Niemand wird verstehen.*

*Ich allein weiß, dass es der einzige Ausweg ist, die einzige Möglichkeit, unsere Kinder zu beschützen.*

*Vor der eigenen Mutter.*

# LILLEMOR

Granzbach, 2019

Ich hab noch nie solche Schuhe besessen.«

Mit einer Mischung aus Skepsis und Unentschlossenheit sah Lillemor Kirschbaum von oben auf ihre Füße hinunter. Sie wirkten wenig grazil in den robusten Wanderschuhen, die die junge Verkäuferin ihr wortreich ans Herz gelegt hatte. *Tessa*, stand aufgedruckt auf ihrem kiwigrünen Shirt, unter dem Namen des Outdoorhandels, in dem sie sich befanden. Tessa war höchstens Mitte zwanzig, ein winziger Stein glitzerte in ihrem linken Nasenflügel, und sie schien sich auszukennen mit dem, was hier angeboten wurde.

Noch nie hatte Lillemor in einem Outdoorsportgeschäft eingekauft. Wie ein Fremdkörper fühlte sie sich zwischen Softshelljacken, Funktionsunterwäsche, Daunenschlafsäcken, Wanderstöcken und einer Vielzahl von Schuhen, Rucksäcken und weiterem Zubehör für die unterschiedlichsten Aktivitäten im Freien. Wasserdicht seien sie, hatte Tessa erklärt, nachdem Lillemor sich auf einen der Hocker gesetzt hatte und in die Schuhe geschlüpft war. Hinter ihr prangte eine Fototapete, die einen einsamen Wanderer auf dem Grat eines eindrucksvollen Bergmassivs zeigte. Seine Schuhe ähnelten denen, die sie gerade anprobierte. Mit routinierten Handgriffen hatte Tessa die Schnürsenkel durch die Ösen und Haken gezogen, sie im oberen Bereich auf eine Weise eingefädelt, die sich Lillemor beim besten Willen nicht erschloss, und anschließend eine Schleife gebunden. Wie ein Kindergartenkind war sie sich vorgekommen. Tessas Ausführungen waren wie Motten um sie herumgeschwirrt, ohne dass sie ihnen recht hatte folgen können. Der Fersenschutz, ein besonders flexibler Schaft, die X-Lacing-Schnürung. Nicht zu vergessen, die griffige Apptrail-Sohle für perfektes Abrollverhalten.

Sie verstand nicht viel von dem, was Tessa von sich gab. Sie war noch nie gewandert. Hatte keine Ahnung, welche Voraussetzungen ein guter Wanderschuh mitbringen musste. Mit einem Auge schielte sie auf das Preisschild am Karton.

»Sie werden es nicht bereuen«, sagte Tessa, der ihr zweifelnder Blick allem Anschein nach nicht entgangen war.

Stand da wirklich eine dreistellige Zahl, die mit einer Zwei begann? Um Himmels willen! Sie wollte doch nicht wirklich über zweihundert Euro für Schuhe ausgeben, die sie maximal acht Tage tragen, anschließend in einem Karton verstauen und im Keller deponieren würde?

»Nicht gerade ein Schnäppchen …«, hörte Lillemor sich murmeln.

Sie bückte sich, drehte den Karton so, dass sie den Preis sehen konnte. Zweihundertneunzehn Euro. Grundgütiger! Sie seufzte. Überschlug im Kopf, mit welcher Summe die beiden Sport-T-Shirts, die Wanderhose und die Regenjacke bereits zu Buche schlugen. Zum Glück hatte Mone einen Rucksack organisiert, den ihre Schwägerin vor Jahren angeschafft, aber nur selten benutzt hatte, ein riesiges Teil, das Lillemor sich ausleihen durfte und damit mindestens einen Hunderter sparte.

»Wir können da sicher am Preis noch was machen«, sagte Tessa. Sie lächelte. Ihr Nasenpiercing funkelte. »Ich spreche mit dem Chef, Sekunde.« Schon war sie zwischen den Regalen verschwunden.

Lillemor ging ein paar Schritte. Die Schuhe waren bequem. Zwar sahen sie klobig aus, und das Gehen fühlte sich fremd an, aber sie hatte guten Halt darin. Sie umrundete den Ständer mit den bunten Radtrikots. Versuchte, sich vorzustellen, wie es sein würde. Über Stock und Stein zu wandern. Viele Kilometer. Mutterseelenallein. Mit dem geliehenen Rucksack auf dem Rücken und diesen robusten Wanderschuhen an den Füßen. Jedes Mal, wenn sie intensiv darüber nachdachte, stellte sich ein merkwürdiges Gefühl ein. Auch jetzt wieder. Es war keine richtige Angst, eher eine Vorstufe davon, ein leicht mulmiges Gefühl. In ihrem ganzen Leben hatte sie so etwas noch nie gemacht. Tag für Tag stundenlang unterwegs sein. Auf Wegen, die sie nicht kannte. Und das bei ihrem miserablen Orientierungssinn.

»Der Chef lässt Ihnen auf den gesamten Einkauf fünf Prozent nach«, hörte sie Tessas Stimme hinter sich.

Lillemor drehte sich um. »Okay, ich hoffe, die Schuhe sind es wert.«

»Hundertprozentig!« Tessa strahlte. Ob sie eine kleine Provision erhielt? »Brauchen Sie sonst noch etwas? Stöcke?«

Lillemor schüttelte den Kopf. Wanderstöcke waren doch etwas für Leute in gesetztem Alter, oder nicht? Ob Tessa sie älter schätzte? Lillemor sank auf den Hocker und begann, die Schuhe aufzuschnüren. Vielleicht sah sie tatsächlich älter aus als Ende vierzig. Sie benutzte außer einer getönten Tagescreme kein Make-up, trug ihr blondes Haar seit Jahren halblang, in der Mitte gescheitelt und im Nacken zusammengebunden. Eine praktische Lösung, vor allem bei der Arbeit. Sie ging so gut wie nie aus, und in der Werkstatt war sie meistens allein. Wozu sollte sie morgens ihre Wimpern tuschen oder mit geschminkten Lippen das Haus verlassen? Für die paar Kunden, die in ihren Laden kamen?

Sie reichte Tessa die Schuhe und schlüpfte in ihre Sneaker.

»Wo soll's denn hingehen?«, hatte Tessa anfangs wissen wollen, und Lillemor hatte nicht begriffen, dass die Frage nicht der Neugier der jungen Verkäuferin oder ihrem Auftrag zu pflichtbewusstem Small Talk geschuldet war, sondern dazu diente, die Anforderungen abzuchecken, die an die Wanderschuhe gestellt werden mussten. »Ach, nichts Spektakuläres, einfach in die Umgebung«, hatte sie geantwortet.

Es hatte belanglos geklungen, und sie hatte sich geärgert, dass ihre Antwort ihr Vorhaben kleiner gemacht hatte, als es war. Als es sich innen anfühlte. Denn obwohl ihre ausgewählte Strecke gewiss dem Vergleich mit anspruchsvollen Bergtouren oder diesem Weg in Spanien, von dem sie gelesen hatte und der am Grab irgendeines Heiligen endete, nicht standhielt, war sie das Größte, was sie sich je in dieser Richtung vorgenommen hatte. Und dennoch verspürte sie von Zeit zu Zeit ein gewisses Zaudern. Es saß ihr im Ohr wie ein Kobold, der ihr zuflüsterte, dass ihr Plan nicht in Stein gemeißelt war. Sie könnte ihn jederzeit ändern. Zu Hause bleiben. In der Komfortzone. Die Idee ihrer Therapeutin verwerfen. Weiter im Kreis laufen. Niemand zwang sie.

Tessa zog mit dem Schuhkarton unterm Arm in Richtung Kasse. Lillemor folgte ihr. Ihr Blick fiel auf die Läuferin, die die gesamte Wand hinter dem Kassenbereich einnahm. Ihr Körper war sonnengebräunt, athletisch, makellos. Sie trug eng anliegende Shorts und ein bauchfreies Top, und sie lief mit königlicher Haltung auf einem kerzengeraden Weg in den Sonnenuntergang hinein, übergossen von orangefarbenem Licht, rechts und links von ihr nichts als die Weite einer roten Wüste.

Lillemor kramte in ihrer Schultertasche nach dem Portemonnaie und versuchte, ihr Entsetzen über den Preis ihrer Einkäufe hinter einer Fassade aus Gleichmut zu verbergen.

»Dann wünsche ich Ihnen viel Spaß auf der Reise!«

Tessa reichte ihr das Wechselgeld und schob die Tüte über den Tresen.

*Viel Spaß auf der Reise ...*

Lillemors Lippen verzogen sich zu einem gequälten Lächeln. Darin war sie gut. Kein Wunder, übte sie doch seit mehr als sieben Jahren. Der Schmerz hinter ihrer aufgesetzten Gemütsruhe und die leere Stelle in ihrem Herzen gingen Tessa nichts an. Niemanden gingen sie etwas an.

Mit einem Kopfnicken und beladen mit ihren Errungenschaften verließ sie den Laden. Da vernahm sie wieder das Flüstern des Kobolds. Sie könnte sich immer noch anders entscheiden. Und die Schuhe ungetragen zurückbringen.

»Die sehen aus, als wolltest du mit ihnen die Alpen überqueren«, sagte Mone mit einem Augenzwinkern. Sie hielt den rechten von Lillemors neuen Wanderschuhen in der Hand, Anja den linken.

Lillemor rang sich ein Lächeln ab. »Glaubt es oder nicht, aber es fühlt sich fast so an.«

Sie saßen beieinander an dem kleinen Tisch in ihrer Küche, wo sie in den vergangenen Jahren ungezählte Stunden zusammen verbracht hatten und wo so viele Tränen geflossen waren, dass Lillemor manchmal geglaubt hatte, die Küche irgendwann wegen Überflutung nicht mehr betreten zu können. Mone hatte eine Flasche Wein mitgebracht, Lillemor schenkte ihnen ein. Sie hatte ihren Freundinnen ausführlich vom nachmittäglichen Schuhkauf berichtet, ihre neuen Exemplare aus dem Karton geholt und anschließend probeweise den geliehenen Rucksack geschultert, den Mone ihr mitgebracht hatte. Ein unscheinbares Modell, steingrau mit roten Abnähern und allerlei Fächern und Reißverschlüssen.

»Du willst das wirklich ganz allein machen, ja?« Anja reichte ihr den linken Schuh zurück und suchte ihren Blick.

Lillemor kannte Anja lange genug, um den feinen Unterton zu bemerken, der nichts anderes als ehrliche Sorge signalisierte. Anja war der vorsichtigste Mensch, den sie kannte. Etwas riskieren, ein Wagnis eingehen, dessen Ausgang sie nicht einschätzen konnte, käme ihr nie in den Sinn. Sie waren alle drei im gleichen Alter, hatten sich viele Jahre zuvor durch ihre Kinder im Kindergarten kennengelernt, und was als Zufallsbekanntschaft begonnen hatte, war zu einer echten Freundschaft geworden, trotz ihrer Unterschiedlichkeit. Dass Anja mit ihrem Hang zu übertriebenem Sicherheitsdenken diejenige war, die ihren Plänen von der Wanderschaft von Beginn an skeptisch begegnet war, hatte daher weder Mone noch Lillemor erstaunt.

»Ach, Anja …« Mone verdrehte ihre Augen. »Du und deine Bedenken. Lil hat sich entschieden, und wir werden sie unterstützen, wie wir es versprochen haben!« Sie hob ihr Glas, lächelte ihnen aufmunternd zu, und so stießen sie auf Lillemors Pläne an.

»Ich bin eben nicht sicher, ob sie sich wirklich entschieden hat. Aus freien Stücken, meine ich«, sagte Anja, trank einen Schluck und stellte ihr Glas ab. »Immerhin ist es doch die Idee deiner Therapeutin, Lil, oder?«

Lillemor legte die Schuhe zurück in den Karton. »Irgendwie schon, ja, sie hat es zumindest angeregt.«

»Ich wundere mich ein bisschen, dass es heutzutage anscheinend zum therapeutischen Ansatz gehört, die Patienten auf eine Wanderung zu schicken.« Anja schüttelte den Kopf.

»Sie hat mich nicht geschickt«, erwiderte Lillemor.

»Was dann?«

»Sie hat mir von einem ihrer Freunde erzählt, der das gemacht und dem es sehr gutgetan hat.«

Lillemor heftete ihren Blick auf die beiden Kräutertöpfe auf dem Fensterbrett, und ihre Gedanken trieben zurück.

Es war einer der grauen Tage gewesen. Timmys Geburtstag. Sein dreizehnter. Eigentlich hatte sie den Termin bei ihrer Therapeutin absagen wollen, sich dann aber dazu durchgerungen, ihn wahrzunehmen. Meistens ging es ihr besser nach den Gesprächen mit ihr. Sturzbachartig war es aus ihr herausgebrochen an diesem Tag, eine Flut aus Worten und Tränen, und Frau Dr. Ohlig hatte sie erzählen lassen. Von Timmy und dem Kaiserschnitt, der ihm damals das Leben gerettet hatte, und dass sie es nur schwer hatte akzeptieren können, den Augenblick seiner Geburt nicht miterlebt zu haben. Von Bernhard, der das winzige Timmy-Bündel in den Armen gehalten hatte, und dass diese Einheit von Vater und Sohn das Erste gewesen war, was Lillemors schläfriger Blick nach dem Erwachen aus der Narkose wahrgenommen hatte. Von der Hebamme, die ihr zugerufen hatte: »Sie haben einen wunderschönen kleinen Jungen, Frau Kirschbaum!«, und dass Lillemor ihr wunderschönes Kind am liebsten sofort die Arme geschlossen hätte, um es nie wieder herzugeben, sich aber zu erschöpft gefühlt hatte, um diesen Wunsch zu äußern, geschweige die Arme auch nur einen Millimeter von der Bettdecke zu heben. Von Timmys Großeltern in Schweden, die vor Freude über das gesunde Enkelkind am Telefon geweint hatten. Und von der Reise mit Timmy zu ihnen nach Vaxholm ein Jahr später. Sie hatten seinen ersten Geburtstag gefeiert, mit der ganzen Familie in Lillemors Elternhaus, an einem klirrend kalten Tag im Februar, an dem die Regenrinne mit Eiszapfen geschmückt gewesen war, die wie Kunstwerke anmuteten. Sie hatte von ihrer Schwester Malin erzählt, die nicht aufgehört hatte, sie an sich zu drücken, und von ihrem Onkel Jesper, dem Bruder ihrer Mutter, der eine kleine Keramikwerkstatt auf der Insel besaß, in der er ausgefallene Skulpturen anfertigte, und der Timmy zum Geburtstag eine handgemachte Zebraffe geschenkt hatte, die Lillemor hütete wie einen Schatz.

»Aber das kann doch eine ganz andere Ausgangslage bei ihm gewesen sein.« Anjas Stimme riss sie aus ihren Gedanken.

Lillemor blickte auf.

»Und als Frau so ganz allein …« Aus dem Augenwinkel bemerkte Lillemor, dass Mone einen lautlosen Seufzer ausstieß.

»Ich muss es nicht machen, okay?« Als Zeichen dafür, dass sie keine Lust auf die Diskussion hatte, hob Lillemor eine Hand. »Niemand zwingt mich.«

»Versteh mich nicht falsch, Lil, bitte, du weißt, wie sehr ich dich mag.« Anja lehnte sich nach vorn, sie griff nach Lillemors Hand, die neben dem Weinglas auf der Tischplatte ruhte. »Und ich wünsche dir von Herzen, dass du wieder ins Leben findest, so richtig, meine ich. Aber du gehst schon so wahnsinnig lange zu ihr, das ist wirklich ein bisschen seltsam, finde ich. Vielleicht solltest du dir eine andere Therapeutin suchen.«

Mit einem Lächeln senkte Lillemor den Kopf. Seit über sieben Jahren suchte sie in mehr oder weniger regelmäßigen Abständen die psychotherapeutische Praxis von Dr. Henriette Ohlig auf. Damals, als sich urplötzlich ein Schatten auf sie niedergesenkt hatte, als Tage und Nächte zu einem Brei miteinander verschmolzen waren, in dem es fast nicht möglich gewesen war zu atmen, und Mone und Anja sie angefleht hatten, sich in professionelle Hände zu begeben, da war sie wöchentlich in die Praxis gegangen. Nach zwei Jahren hatte sich ihr seelischer Zustand etwas stabilisiert und es erlaubt, die Abstände zwischen den Besuchen zu vergrößern.

»Ich finde nicht, dass meine Sitzungen bei ihr umsonst sind.«

»Ach, entschuldige bitte, ich will das nicht kritisieren.«

»Komm, erzähl jetzt mal.« Mit einer angedeuteten Kopfbewegung wies Mone auf die Wanderkarte zwischen den Weingläsern in der Mitte des Tisches.

Lillemor, erleichtert über die Verlagerung des Themas, faltete sie auseinander und glättete mit der Hand die Faltkanten. Irgendwo in der Mitte hatte sie mit rotem Filzstift eine gewundene Strecke markiert. Als sie sich einige Wochen zuvor der Idee ihrer Therapeutin nicht länger hatte entziehen können und nach einem geeigneten Weg für ihr Vorhaben gesucht hatte, war sie überrascht gewesen, wie viele ausgewiesene Strecken in Deutschland zum Wandern einluden. Sie hatte sich für den Lahnwanderweg entschieden. Er führte praktisch vor ihrer Haustür entlang, die meisten Namen der Orte, die sich an diesem Weg befanden, waren ihr nicht unbekannt.

»Hier gehe ich los.« Sie stieß mit dem Zeigefinger auf den Beginn der roten Markierung. »In Wetzlar.«

»Da laden wir dich also ab.«

»Ja, wäre ziemlich nett, wenn ihr das machen würdet.«

»Kein Problem, das haben wir dir versprochen.«

»Dann folge ich diesem Weg.« Ihre Fingerspitze fuhr an der Markierung entlang.

»Und wo ist dein Ziel?«

»Das weiß ich nicht.«

»Was heißt das, du weißt es nicht?« Anja hob den Kopf und suchte in Lillemors Gesicht nach einer Erklärung.

»Es kann überall sein.«

»Du entscheidest das spontan?«

»Ja, so hab ich mir das vorgestellt. Ich gehe los und jeden Tag weiter, und wenn ich merke, dass ich nicht mehr kann, breche ich ab. Spätestens nach acht Tagen höre ich auf. Aber ich glaube nicht, dass ich es so weit schaffe.«

»Vielleicht wäre es gut, wenn du vorher ein bisschen üben würdest«, sagte Anja vorsichtig. Eine Falte grub sich zwischen ihre Augenbrauen. »Und die Schuhe müssen doch auch eingelaufen werden, oder nicht?«

Lillemor trank den Rest Wein, der sich noch in ihrem Glas

befand. »Wenn ihr wüsstet, was ich für die bezahlt habe!« Mit dem Glas in der Hand deutete sie auf die Schuhe. »Das sind High-Tech-Schuhe mit allem Komfort, die brauche ich sicher nicht einzulaufen.«

»Okay, das musst du wissen.« Anjas kritischer Blick veränderte sich nur leicht.

»Und wo wirst du schlafen?«, fragte Mone.

»Immer da, wo ich ankomme.«

»Das klingt schlüssig. Du suchst dir dann ein Hotel vor Ort?«

Lillemor nickte. »Es wird schon funktionieren.«

»Solltest du das nicht lieber etwas besser vorbereiten?«, fragte Anja. »Wäre es nicht sinnvoll, die Unterkünfte vorher zu buchen, damit du nicht jeden Tag suchen musst?«

»Du würdest das so machen«, erwiderte Lillemor. »Bei dir wäre das bis ins Detail geplant. Aber ich will mich nicht vorher festlegen. Lieber alles auf mich zukommen lassen.«

»Was glaubt denn deine Therapeutin, was diese Wanderung bewirken soll?«

»So genau hat sie das nicht geäußert. Sie meinte nur, ich solle mir eine Streckenwanderung aussuchen, keine Rundwanderwege. Und dass wir nach meiner Rückkehr gemeinsam analysieren wollen. Sie sagte: ›Gehen Sie los, und schauen Sie, was der Weg mit Ihnen macht.‹«

»Klingt spannend«, bemerkte Mone.

»Ist für mich gerade unvorstellbar.« Anja seufzte auf.

»Ganz ehrlich, so richtig vorstellen kann ich es mir auch nicht«, sagte Lillemor.

»Aber dein Entschluss steht fest.«

»Eigentlich schon, ja.«

»Ich nehme an, so ein Wanderweg ist ausgeschildert?«

»Ja, es gibt ein Symbol, ein rotes W auf weißem Grund, das man offenbar an Bäumen und so findet.«

»Und du nimmst dein Handy mit?«
»Sicher.«
»Du meldest dich jeden Tag, okay?«
Lillemor nickte. Sie schenkte Wein nach.
»Eine kurze Nachricht reicht. Damit wir wissen, wo du bist.«

# INGA

## Skarpö, 1968

Sie wusste nicht, wann sie zum letzten Mal auf Skarpö gewesen war, auf dieser südöstlich gelegenen Nachbarinsel Stegesunds im Stockholmer Schärengarten. Inga stellte den kleinen Lederkoffer neben sich ab, stemmte beide Hände in die Seiten und streckte den Rücken durch. Weitere Fahrgäste, die ebenfalls den kurzen Weg mit der Fähre von Stegesund nach Skarpö gekommen waren, strömten am Anleger in verschiedene Richtungen auseinander, ohne sie zu beachten.

Sie sah sich um. Obwohl viele der von der Ostsee umspülten Schäreninseln mit ihren zerklüfteten Felsen, den Kiefernwäldern, den flachen Stränden und rot angestrichenen Holzhäusern einander ähnelten und sie ein Kind dieser Gegend war, fühlte sie sich so fremd, als wäre sie an einem unbekannten Ufer gestrandet. Verlorenheit breitete sich in ihr aus. Wie eine Welle spürte sie sie förmlich über ihr Herz hinwegschwappen, und nur mit Mühe ließen sich die Tränen zurückhalten. Dass sie so dünnhäutig geworden war, gefiel ihr nicht. Bisher hatte sie sich nie besonders emotional erlebt, weshalb sie nicht damit umgehen konnte, dass ihr neuerdings nahezu ständig Tränen in die Augen stiegen. Sie berührte ihren Bauch, dem man noch nichts ansah. Dabei gab es keinen Zweifel. Zweimal war ihre Monatsblutung ausgeblieben, und mehr als einmal hatte sie morgens würgend vor der Kloschüssel gekniet.

Ein Kloß schnürte ihr beinahe die Kehle zu, als sie an die mit einem Wutschnauben hervorgebrachten Worte ihrer Stiefmutter dachte. »Du bist das Allerletzte!«, hatte Siw geschrien, nachdem Inga allen Mut zusammengenommen und ihr die Wahrheit gestanden hatte. »Nicht mal achtzehn!«

Die Ader an Siws rechter Schläfe war vor Zorn hervorgetreten, Inga hatte sie pulsieren sehen, während eine flammende Röte das Gesicht ihrer Stiefmutter gefärbt hatte, wie so oft, wenn sie rasend vor Wut und kurz davor war, die Kontrolle über ihre Handlungen und Worte zu verlieren. Sie hatten im Wintergarten der Villa einander gegenübergestanden, und Inga hatte sich gefühlt wie das Kind, das sie einmal gewesen war, das Kind, das unter den jähzornigen Tiraden der Stiefmutter regelmäßig auf die Größe des Däumlings aus ihren Märchenbüchern geschrumpft war. Bei der Erinnerung an die Szene kroch die Angst wieder in Inga herauf – die Angst vor dieser hochgewachsenen Frau, in deren Blick etwas Hartes lag und die ihr Vater geheiratet hatte, nachdem Ingas leibliche Mutter an einer Lungenembolie verstorben war, noch bevor Inga ein Jahr alt gewesen war.

Ihr Vater, Erik Söderberg, war Geschäftsmann. Ihm hatte es an Erfahrung in der Säuglingspflege gemangelt und erst recht an Zeit, sich rund um die Uhr um sein Kind zu kümmern. Davon abgesehen, legte er großen Wert auf das Bild einer perfekten Familie, da es seiner Außendarstellung diente, und Siw mühte sich nach Leibeskräften, diese Fassade der heilen Welt aufrechtzuerhalten. Sie hatte sich damals geschmeichelt gefühlt, dass er sie erwählt und um ihre Hand angehalten hatte. Den goldenen Ring mit dem eingefassten Brillanten an ihrem Finger hatte sie als Eintrittskarte in die gehobenen Kreise Stockholms betrachtet, und ihre Träume kreisten seitdem um ein luxuriöses Leben in der Großstadt, ohne dass Ingas Vater ihr dies explizit in Aussicht gestellt hätte.

Siws Träume waren geplatzt, einer nach dem anderen, denn sie hatte erkannt, dass sie zwar Erik Söderbergs Ring am Finger trug, er sich aber wenig für sie und sein schreiendes Kind interessierte, mit dem sie kaum fertigwurde. Nur bei den Kinderfrauen, die die kleine Inga in ihre Herzen geschlossen hatten, die aber wegen Siws cholerischen Gemüts nach kurzer Zeit das Handtuch warfen, hatte Inga sich geborgen gefühlt.

Ingas Familie lebte auf Stegesund, in einer von uralten Eichen umgebenen Villa, die ihr Großvater einst hatte erbauen lassen. Mit zehn Zimmern auf zwei Etagen, drei Bädern, einem prachtvollen Eingangsportal, einem lichtdurchfluteten Wintergarten, Parkettböden und einer Terrasse, die in den weitläufigen Garten überging, von wo aus man durch die Bäume hindurch die Ostsee in der Sonne glitzern sehen konnte. Für Inga war es nie etwas Besonderes gewesen, in einem Haus zu leben, in dem geblümte Tapeten die Wände schmückten, wertvolles Porzellan unzählige Glasvitrinen füllte, mehrflammige Kronleuchter von den Stuckdecken herabhingen und die Badewannen mit den glänzend polierten Wasserhähnen von Löwenklauen getragen wurden.

Ihr Vater, der acht Jahre zuvor das Immobiliengeschäft seines Vaters übernommen hatte und es ebenso erfolgreich fortführte, hielt sich die meiste Zeit in seiner Agentur in der Nähe des Stortorget in der Stockholmer Altstadt auf, von wo aus er seine Geschäfte betrieb, weshalb Inga ihn nur selten zu Gesicht bekam. Sie war nicht sicher, welche Bedeutung sie für ihren Vater hatte, sie schien ihm nicht zu fehlen, wenn er nicht zu Hause war, jedenfalls äußerte er nie etwas dergleichen. Umso üppiger fielen die Geschenke aus, mit denen er sie überhäufte, wenn er zurückkehrte aus der Stadt. Solange sie klein gewesen war, waren es Spielsachen gewesen, Puppen, Plüschtiere, Hörspielkassetten, Zubehör für ihr Puppenhaus, später ein Meerschweinchen und

Rollschuhe. Einmal hatte er ihr ein Aquarium ins Zimmer gestellt mit exotischen Fischen in schillernden Farben, und an ihrem vierzehnten Geburtstag hatte er sie mit einer Armbanduhr überrascht, auf deren Ziffernblatt ein Diamant gefunkelt hatte.

Ingas Schränke und Regale hatten sich nach und nach bis zum Bersten gefüllt, aber ihrem Vater schien diese Tatsache einerlei zu sein. Er wurde nicht müde, immer mehr herbeizubringen, er konnte oder wollte nicht erkennen, dass Ingas Freude an seinen Geschenken rasch verflog. Wie hätte sie auch von Dauer sein können, wusste sie doch, schon bald die nächste Puppe, den nächsten Teddy, das nächste Paar Ohrringe in Empfang nehmen zu können.

Mit fünfzehn erfuhr sie per Zufall – weil sie heimlich an der Tür gelauscht hatte –, dass ihr Vater kein einziges dieser Geschenke selbst ausgesucht, sondern Linda mit dem Kauf beauftragt hatte. Linda, seine Sekretärin, die ihn gerade auf einer Geschäftsreise nach Italien begleitete, da er beschlossen hatte, luxuriöse Ferienhäuser in der Lombardei, im Piemont und in der Toskana für seine Kunden zu finden. Den Zeitraum seiner Rückkehr hatte er nicht genannt, und Siw, die in der Villa auf Stegesund geblieben war, wusste lediglich, dass die Reise ihres Mannes mehrere Wochen dauern sollte. Dass Linda ihn begleiten würde, hatte er ihr nicht gesagt, aber Inga wusste, dass ihre Stiefmutter längst begriffen hatte, dass da etwas zwischen ihr und ihrem Vater lief – die blonden Haare an seinem Jackett waren Grund für einen abendfüllenden Streit gewesen, von dem Inga beinahe jedes Wort verstanden hatte. Es faszinierte sie, mit welcher Energie Siw den Schein nach Leibeskräften wahrte und sich weiterhin in ihrem Status der Ehefrau von Erik Söderberg sonnte.

»Kann ich behilflich sein, junge Frau?« Eine tiefe, warme Stimme.

Inga fuhr herum. Sie sah sich einem bärtigen Mann gegenüber, der um die vierzig sein mochte. In seinem von Wind und Wetter gegerbten Gesicht blitzten freundliche blaue Augen. Er trug einfache Arbeitshosen und eine Steppweste über einem verwaschenen Holzfällerhemd mit aufgekrempelten Ärmeln. Aus einem Impuls heraus griff Inga nach ihrem Koffer.

»Vielen Dank, ich komme zurecht.«

Sie wandte sich zum Gehen, ohne dem Fremden einen weiteren Blick zu schenken. Der Koffer war schwer. Sie mühte sich mit seinem Gewicht ab. Zuerst hatte sie nur das Nötigste einpacken wollen, doch dann war ihr bewusst geworden, dass sie mehrere Wochen, vielleicht sogar Monate bleiben würde, möglicherweise bis zum Herbst, und so waren nicht nur Sommerkleider, leichte Hosen und Blusen, sondern auch Pullover, ihre Stiefel und ein gefütterter Mantel in den Koffer gewandert. Den Gedanken, dass ihr Bauchumfang zunehmen und sie in viele ihrer Kleidungsstücke schon bald nicht mehr hineinpassen würde, schob sie beiseite. Dafür würden sich Lösungen finden, wenn es so weit war. Zunächst zählte nur, dem Jähzorn und den Drohungen ihrer Stiefmutter zu entkommen und ihr Kind zu retten. Eine Windböe schlug ihr entgegen. Inga begann zu frösteln.

»Es fährt kein Bus mehr um die Zeit«, rief der Mann ihr nach.

Sie blieb stehen, schloss für einen Moment die Augen und seufzte lautlos auf. Hinter ihren Lidern begann es erneut zu brennen. Die Tränen ließen sich nicht länger zurückhalten, rannen zwischen ihren Wimpern hindurch.

»Ach je, Mädelchen, so schlimm?« Der Bärtige hatte sich ihr wieder genähert. Ohne Umstände zog er ein Stofftaschentuch aus seiner Hosentasche und reichte es Inga. »Hier, hab's noch nicht benutzt.« Inga hob den Kopf, fing seinen freundlichen Blick auf und griff nach dem Taschentuch, in dem noch die Bügelfalten sichtbar waren. »Wenn ich helfen kann …«, sagte er, ohne den Satz zu beenden. Er wies auf ein Motorrad mit Seitenwagen auf der gegenüberliegenden Seite des Kais. »Wo soll's denn hingehen?«

Geräuschvoll schnäuzte Inga sich die Nase. Dabei neigte sie den Kopf etwas nach vorn, sodass ihre strohblonden Haare über die Schultern nach vorn glitten und ihr Gesicht bedeckten. Sie hoffte, dem Fremden würde dadurch verborgen bleiben, dass sie ihn während des Naseputzens unauffällig musterte. Sie hatte noch nie im Seitenwagen eines Motorrades gesessen. War darin auch Platz für ihren Koffer? Und was, wenn seine Freundlichkeit nur vorgegeben war?

Inga knäulte das Taschentuch zusammen und schob es umständlich in die Tasche ihres Anoraks. Dabei ertasteten ihre Finger den Schlüssel, den sie am Morgen unbemerkt darin hatte verschwinden lassen.

»Danke«, sagte sie leise.

»Also?« Er suchte ihren Blick.

Inga wich ihm aus. Welche Wahl hatte sie? Sie kannte sich auf Skarpö nicht aus, wusste nur, dass sie vom Fähranleger dem Skarpövägen folgen musste, bis die Straße in der Inselmitte nach Süden hin abbog. Von dort war es nicht weit bis nach Dikholmen, der kleinen Insel, die zu Skarpö gehörte, aber nicht über eine Brücke oder einen schmalen Fahrweg mit ihr verbunden war, wie man es von anderen Schäreninseln kannte.

Auf Skarpö wie auf Dikholmen gab es jeweils einen Anleger mit kleinen Fährbooten, das wusste Inga, aber diese verkehrten nur selten und nach keinem festen Fahrplan. Und irgendwo auf Dikholmen stand das Haus, das sie suchte und in dessen Türschloss hoffentlich der Schlüssel passte, den sie wie eine Diebin aus der Schreibtischschublade ihres Vaters entwendet hatte.

»Passt mein Koffer denn da rein?« Mit skeptischem Blick

und einer angedeuteten Kopfbewegung wies sie hinüber zu dem Motorrad.

»Das will ich meinen«, sagte der Fremde, griff mit einer Selbstverständlichkeit nach Ingas Koffer, als wäre es sein eigener, und trug ihn davon.

Inga eilte ihm nach. »Das ist sehr nett«, rief sie.

»Tja, ich bin ein gut erzogener Junge.« Inga hörte den Mann über seinen Scherz lachen. Er beugte sich zu dem Seitenwagen hinunter, nahm zwei Schutzhelme heraus und drückte sie Inga in die Hände. Sie sahen nicht sonderlich gepflegt aus und wiesen etliche Schrammen im Lack auf. Sie fragte sich, welche Köpfe schon darin gesteckt haben mochten, und beschloss, diesem Gedanken keine allzu große Beachtung zu schenken. Stattdessen sah sie dem Fremden dabei zu, wie er ihren guten Lederkoffer wenig einfühlsam in den Seitenwagen stemmte und ihn mithilfe eines abgewetzten Riemens routiniert festzurrte. Dann griff er nach einem der beiden Helme. »So, dann mal den Helm aufsetzen, Mädelchen.«

Dass er sie Mädelchen nannte, gefiel Inga nicht. Am liebsten hätte sie diese Respektlosigkeit mit deutlichen Worten kommentiert, entschied sich aber dagegen, da sie auf die Hilfsbereitschaft des Fremden angewiesen war.

Zögernd drehte sie den Helm in ihren Händen. Worauf ließ sie sich hier ein? Sie musste verrückt sein. Hatte sie erst einmal Platz auf seinem Gefährt genommen, könnte er sie wer weiß wohin bringen. Doch angesichts der einzigen Alternative, nämlich die Nacht am Fährhafen zu verbringen, blieb ihr wohl nichts weiter übrig, als sein Angebot anzunehmen. In was für eine unsägliche Situation hatte Siw sie nur gebracht! Nach ihrem letzten Aufeinandertreffen war Inga keine andere Möglichkeit geblieben, als Hals über Kopf die Flucht zu ergreifen. Neue Tränen sammelten sich in ihren Augen.

»Du lässt es wegmachen, oder du setzt keinen Schritt mehr in dieses Haus!«, hatte Siw geschrien, mit einem Hass, der den Sturm in ihrem Inneren nicht unmissverständlicher zum Ausdruck hätte bringen können. Ihre Stimme hatte sich fast überschlagen, und in ihren Augen hatte dieser gefährliche Glanz gelegen, den Inga nur zu gut kannte. »Du bist ein Schandfleck für deinen Vater und die ganze Familie! Scher dich zum Teufel!«

Inga hatte keine Zeit, herumzustehen und sich von ihren Zweifeln und den unliebsamen Erinnerungen aufhalten zu lassen. Mit dem Handrücken rieb sie sich über die Augen und setzte halbherzig den Motorradhelm auf. Ungeschickt nestelten ihre Finger am Verschluss herum. Sie ärgerte sich, dass sie nicht imstande war, ihn zu schließen.

»Ich hab noch nie … Wie geht denn das?«

Schon war er bei ihr. Sie spürte seine Finger an ihrem Kinn. Sie rochen nach einer Mischung aus Motoröl und Tabak. Inga versuchte, die Luft anzuhalten und sich nicht in etwas Widersinniges hineinzusteigern, als er die Schnalle des Kinnriemens schloss. Dann trat er einen Schritt zurück und nickte zufrieden.

»So, jetzt muss ich nur noch wissen, wohin ich dich und deinen Koffer bringen soll.«

»Ich weiß nicht … also … ich kenne den Weg nicht.« Seine Augenbrauen hoben sich. Sie sah, dass er den Schlüssel ins Zündschloss steckte. »Ich muss zu einem Gästehaus nach Dikholmen«, sagte sie. Ihre Stimme klang unsicher und hohl. Oder hörte sie sich nur so an, weil sie dieses Monstrum auf dem Kopf trug? »Ich hab es nur auf Bildern gesehen.«

Sie rief sich den Tag in Erinnerung, an dem ihr Vater mit Siw über den Kauf des Hauses gesprochen hatte. Es lag etwa zwei Jahre zurück, und es war das erste Gästehaus, das ihr Vater auf einer der Inseln gekauft hatte, um es an Urlauber zu vermieten. Für gewöhnlich gab er sich nicht mit dem Vermieten von Gästehäusern ab, sondern vermittelte sündhaft teure Wohnungen und Einfamilienhäuser in Stockholm und Umgebung. Aber dieses Haus schien aufgrund seiner abgeschiedenen Lage besonders reizvoll für überarbeitete Stadtmenschen zu sein.

»Dikholmen …«, wiederholte der Fremde. Er schwang sich auf sein Motorrad und bedeutete Inga, hinter ihm Platz zu nehmen. »Da musst du mit dem Fährboot rüber. Wir sollten uns beeilen, den Anleger zu erreichen. So viele Überfahrten machen die nicht.« Inga warf einen unsicheren Blick auf den Beiwagen mit ihrem festgezurrten Koffer. Dort zu sitzen wäre ihr lieber gewesen, aber es war müßig, darüber nachzudenken, weshalb sie es unterließ. »Ist eine einsame Gegend«, sagte er. »Dikholmen, meine ich. Da gibt's nur wenige Häuser. Wartet wenigstens jemand da auf dich?« Sie schüttelte den Kopf. »Und wie lange willst du bleiben?«

Sie trat näher, der Fremde ließ den Motor an. »Eine ganze Weile«, murmelte sie, und ihr wurde bewusst, dass sie bei ihrem kopflosen Davonlaufen keine Sekunde darüber nachgedacht hatte, dass sie in absehbarer Zeit einen Arzt, eine Hebamme, ein Krankenhaus brauchen würde.

Ihre Antwort verlor sich im Knattern des Motors.

# LILLEMOR

Granzbach, 2019

Drei Tage später kreuzte Lillemor in ihrem Taschenkalender den 12. Juni an. Ein Freitag. Bis dahin hatte sie noch einen guten Monat Zeit, um sich mental auf ihr Großprojekt einzustimmen. Auch über eine Probewanderung, wie Anja sie vorgeschlagen hatte, dachte sie nun ernsthaft nach. Immerhin könnte sie dabei feststellen, welche Streckenlänge sie in der Lage war zu leisten und wie es tatsächlich um ihre Motivation bestellt war. Sie hatte beschlossen, niemanden außer Mone und Anja in ihr Vorhaben einzuweihen. Es genügte, dass Anja nicht müde wurde, ihre Bedenken und Ängste zum Ausdruck zu bringen.

Selbst beim Telefonat, das Lillemor am Vorabend mit ihren Eltern in Schweden geführt hatte, hatte sie kein Wort über ihre Pläne verlauten lassen. Ihre Mutter sorgte sich ohnehin permanent um sie, und für ihren Vater war sie das kleine Mädchen geblieben, das es zu behüten und vor der Unbill der Welt zu beschützen galt. Bei jedem Telefonat, bei jedem ihrer seltenen Besuche gab er ihr zu verstehen, wie gern er sie näher bei sich haben würde und dass die zwischen ihnen liegenden fünfzehnhundert Kilometer für ihn nur schwer zu ertragen waren.

Sie klappte den Kalender zu, stand auf und stieg die Treppe nach oben in den ersten Stock, wo sich außer ihrem Schlafzimmer, dem Bad, einem Gästezimmer und einem Ankleideraum auch Timmys Zimmer befand. Die Tür war geschlossen.

Das war sie immer. Sie zu öffnen bedeutete, sich dem Schmerz in seiner ganzen Wucht auszuliefern. Die erste Zeit war es ihr kaum möglich gewesen, die Klinke zu drücken, die Tür aufzustoßen und das Zimmer zu betreten, in dem Timmy fast sechs Jahre lang geschlafen, gespielt, gelacht und geweint hatte. In dem sie ihn gewickelt, gestillt und ihn Abend für Abend in den Schlaf gesungen hatte. In dem sie mit ihm gekuschelt, ihm vorgelesen, ihm von seiner Kusine Alva und seinem Vetter Ole erzählt hatte, die in Schweden lebten und Inselkinder waren, so, wie sie selbst früher ein Inselkind gewesen war.

Sie sah, wie sich ihre Hand auf die Klinke legte, sie herunterdrückte und wie sich die Tür öffnete. In all der Zeit hatte Lillemor nichts in diesem Zimmer verändert. Das Kinderbett mit der bunten Patchworkdecke, die Malin für Timmy genäht und zu ihnen nach Deutschland geschickt hatte, stand noch immer an seinem Platz. Darüber an der Wand die beiden gerahmten Tierbilder, ein Fuchsjunges und zwei Wolfswelpen, in der Ecke der kleine Tisch mit dem blau angestrichenen Holzstuhl. Das Feuerwehrauto, die Kiste mit den Legosteinen, Kinder- und Malbücher im Regal. Die Deckenlampe, die aussah wie ein rotes Rennauto. Und die Zebraffe von Jesper auf der Fensterbank, halb Zebra, halb Giraffe. Ihr Anblick zauberte ein flüchtiges Lächeln auf Lillemors Gesicht. Timmy hatte jahrelang geglaubt, in Schweden lebten diese seltsamen Zebraffen, wie sonst hätte Jesper sie aus Ton formen können?

Lillemor trat ans Bett, sank auf die Knie und beugte sich vor, sodass ihr Oberkörper auf der Matratze mit der bunten Decke zu liegen kam. Sie streckte einen Arm aus und tastete, ohne hinzusehen, nach dem kleinen Kissen, auf dem Timmys Name eingestickt war und das er jeden Abend in der Nähe hatte wissen wollen, weil er beim Einschlafen einen Zipfel in der kleinen Faust gehalten hatte, so lange, bis er über die Schwelle des

Schlafs geglitten war und seine Hand sich entspannt hatte. Sie zog es zu sich heran, bettete ihren Kopf darauf, sog seinen Duft ein. Und während die Sehnsucht nach ihrem Kind sie innerlich zu zerreißen drohte, stiegen die Bilder der Erinnerung auf. Sie musste nicht nach ihnen rufen, sie kamen von allein, zerlegt in einzelne Sequenzen, ungeordnet wie ein Film, der beliebig vor und zurück lief. Und obwohl die Jahre ohne Timmy sie hinreichend gelehrt hatten, dass ihre Erinnerungen die nie ganz verheilende Wunde stets von Neuem aufrissen und zum Bluten brachten, ließ sie es zu, dass sie eintraten wie Gäste, die regelmäßig zu Besuch kamen, sich unaufgefordert niederließen und blieben. Wenn sie Timmy sehen wollte, blieb ihr nichts anderes, als den Erinnerungen die Tür zu öffnen und sich dem Schmerz auszuliefern.

Die Tränen rannen zwischen ihren Wimpern hindurch und sickerten ins Kissen, zwischen den ersten und den zweiten Buchstaben seines Namens. Und hinter ihrer Stirn sah sie ihren kleinen Jungen, wie er lachend auf sie zulief. Sie hörte ihn *Mama, fang mich!* rufen, und sie breitete die Arme aus und fing ihn auf, immer wieder fing sie ihn, drückte ihn an sich und küsste seine hellblonden Strubbelhaare und die vom Toben erhitzten Bäckchen. Fest umklammerte sie das Kissen, während sie lautlos hineinschluchzte und sich verzweifelt wünschte, es möge Timmy selbst sein, den sie in den Armen hielt.

Und während sie aus den Augenwinkeln den Sonnenstrahl wahrnahm, der Jespers Zebraffe am Fenster in einen Kranz aus Gold tauchte und einen hellen Streifen auf den Teppich malte, da überrollte das Heimweh nach Schweden Lillemor mit aller Macht.

Sie wuchsen auf Vaxön auf, einer Insel inmitten des Schärengartens, in der Sjögata, einer der kopfsteingepflasterten Straßen im alten Ortsteil der kleinen Stadt Vaxholm, nur eine halbe Autostunde von Stockholm entfernt. Auf Vaxön tickten die Uhren langsamer, bewegten sich die Leute ohne die Hast derer, die durch die nahe Großstadt eilten. Lillemor und ihre zwei Jahre jüngere Schwester Malin lernten früh, was es bedeutet, Inselmädchen zu sein.

Ihre Eltern Carl und Henrika hatten das Haus gekauft, als Lillemor wenige Monate alt und Malin noch nicht auf der Welt gewesen war. Es war nicht groß, aber geräumig genug für eine vierköpfige Familie und einen zotteligen schwarzen Hund, der keiner Rasse zuzuordnen war. Im Garten, dessen rückwärtige Seite an die felsige Küste grenzte, gediehen ohne großes Zutun Margeriten, Klatschmohn und Rittersporn in Beeten entlang des Holzzauns. Ein Baumriese von knorrigem Aussehen schien über sie zu wachen, seine Astgabeln waren viele Jahre ein wunderbarer Spielplatz für Lillemor und Malin. Carl hatte es nicht gern, wenn seine Töchter auf den Baum klommen und rittlings auf den Ästen saßen. Nicht weil es sich für Mädchen nicht gehörte, sondern weil er sie jedes Mal im Geiste mit blutig geschlagenen Knien oder schlimmeren Verletzungen am Fuß des Riesen liegen sah und allein die Vorstellung ihn nervös machte.

Auf die Feriengäste, die mit den Fährschiffen vom Mälarsee durch die Fahrrinnen des Schärengartens kamen und in Vaxholm an Land gingen, musste die Stadt mit den rot angestrichenen Häusern in den kleinen wilden Gärten beschaulich und märchenhaft wirken. Für Lillemor und Malin war es nichts Besonderes, sie kannten nichts anderes. Im Gegenteil, je älter sie wurden, desto mehr entflammten ihre Träume von einem Leben jenseits dieser verschlafenen Insel, von einem Studium in der Stadt – in Stockholm oder Göteborg oder gar im Ausland.

Im Gegensatz zu Malin, die sich schließlich für das Bleiben entschied, weil Jan Olof, mit dem sie schon als Zehnjährige aufs Meer hinausgefahren war, ebenfalls blieb, setzte Lillemor alles daran, ihren Traum zu verwirklichen. Niemanden überraschte es, dass sie nach der Schule in die Fußstapfen ihres Onkels trat, bei ihm in die Lehre ging und ihren Abschluss zur Keramikerin mit Bestnote absolvierte. Warum es sie aber anschließend ausgerechnet ins Ausland zog, nach Deutschland, um dort am Institut für Künstlerische Keramik und Glas zu studieren, verstand niemand. Ihre Eltern wurden nicht müde, auf sie, ihre Älteste, einzureden und sie so wortreich wie vergebens zum Bleiben zu bewegen. Mit harten Worten wies Henrika ihren Bruder Jesper zurecht, der Lillemor ihrer Meinung nach den Floh vom Auslandsstudium ins Ohr gesetzt hatte. Doch der zuckte nur mit den Schultern und führte Lillemors außerordentliches Geschick im Umgang mit Ton ins Feld, das er in jeder Hinsicht zu fördern gedachte, daher ihre Entscheidung guthieß und unterstützte.

Ihr Onkel Jesper war der Einzige, von dem Lillemor sich verstanden fühlte, und so zog es sie häufig in das windschiefe Haus etwas außerhalb Vaxholms, das ihm zum Wohnen und Arbeiten diente. Er hatte es selbst entworfen und mit daran gebaut, und obwohl es wirkte, als passte eins nicht richtig zum anderen, war es auf eine besondere Weise interessant und heimelig. Durch einen Durchlass gelangte man vom ebenerdigen Wohnbereich in die Werkstatt. Zwei Töpferscheiben und ein wuchtiger Arbeitstisch befanden sich darin. Den Brennofen hatte ihr Onkel aus Ziegelsteinen in einem Anbau errichtet, der unmittelbar an die Werkstatt angrenzte. Schon als kleines Mädchen hatte Lillemor es gemocht, wenn Onkel Jesper mit einer Handbewegung Platz auf dem Tisch geschaffen und sie dann hinaufgehoben hatte,

## Dikholmen, 1960

*Auf der Schwelle zwischen Nacht und Tag schälen sich die Konturen einer der Inseln aus dem Grau der Morgendämmerung. Ich kenne ihren Namen nicht, weiß nicht, wo ich bin. Im Vertrauen darauf, mich nach drei Stunden weit genug von zu Hause entfernt zu haben, rudere ich auf ihre Küste zu, auf eine kleine Bucht. Mit zusammengekniffenen Augen spähe ich hinüber. Keine Lichter. Keine Häuser. Aufatmen. Nur noch ein paar Meter und das Boot schrammt über den steinigen Grund. Umständlich klettere ich heraus, mit den ungelenken Bewegungen wie denen einer alten Frau, voller Angst, nicht wissend, wohin ich gehen werde. Eiskaltes Wasser dringt in meine Schuhe, durchnässt meine Hose bis zu den Knien. Schwer schmiegt sie sich an meine Beine. Den Sack presse ich fest an mich, während ich an Land wate.*

Niemals wirst du uns entkommen. Wir bleiben bei dir, in dir, wohin auch immer du fliehst …

*Urplötzlich sind sie wieder da, überlagern das Pochen meines Herzens. Ich will mir die Ohren zustopfen, ein Reflex, den ich nicht ablegen kann. Ein sinnloser Wunsch. Völlig entkräftet erreiche ich das Ufer. Felsen, glatt geschliffen von Meer und Wind. Atemlos gestatte ich mir einen Moment des Ausruhens, einen einzigen, lasse den Sack zu Boden gleiten und drehe mich noch einmal zu meinem Boot um. Sehe es in den Wellen schaukeln, nah beim Ufer. Bei seinem Anblick überfällt mich die Angst plötzlich mit aller Macht. Früher oder spä-*

*ter wird jemand es entdecken, und wenn das Boot entdeckt wird, werde auch ich entdeckt! Mein Herz beginnt zu rasen, seine Schläge hämmern in meinen Schläfen. Ich muss doch unauffindbar bleiben! Deshalb muss das Boot verschwinden. Unser Boot.*

*Ich weiß, dass ich keine Wahl habe. Sehe mir dabei zu, wie meine Hände mit fahrigen Bewegungen den Sack öffnen, hineingreifen, das Beil finden. Über den Felsen eile ich zurück zum Boot, stehe gleich darauf wieder im Wasser. Im Nu füllen sich meine Augen mit Tränen, sie laufen mir übers Gesicht wie der Rotz aus der Nase, ich kann nicht aufhören zu weinen. Hebe den Arm mit dem Beil, schlage mit der letzten Kraft, die ich noch aufbringen kann, immer wieder ins Holz. Bis zu den Oberschenkeln stehe ich im Wasser, umspült von der kalten See, umgeben von der heraufziehenden Dämmerung, während ich die Schneide wieder und wieder in den Rumpf schlage. Das Boot erbebt unter der Wucht, mit der ich die Klinge ins Holz treibe. Es schaukelt und tanzt in der schaumigen Gischt, die an die Felsen brandet, und ich habe Angst, dass es davontreiben könnte, bevor ich fertig bin. Es ist, als wollte es sich zur Wehr setzen, als wollte es sich retten vor meiner Gnadenlosigkeit. Späne fliegen. Die Wellen zerren an meiner Öljacke, meinen Hosenbeinen, am Bootsrumpf. Das dumpfe Geräusch, wenn die Schneide tiefe Kerben in das Holz schlägt und es zum Splittern bringt, zerreißt die Stille um mich herum. Alles an mir ist starr vor Kälte, meine Hände fühlen sich taub an.*

*Auf einmal gleitet mir das Beil aus den Händen, klatscht ins Wasser und versinkt darin. Ohne einen Gedanken zu verschwenden, beuge ich mich nach vorn, um es wiederzufinden. Wie Feuer brennt das Salz in meinen zerschundenen Händen. Aber ich umklammere den Stiel des Beils so fest ich kann und mache weiter.*

*Es dauert eine halbe Ewigkeit, bis ich Wasser durch die beiden hineingehauenen Spalten ins Innere des Bootes eindringen sehe. Ich will schreien. Schreien vor Erleichterung. Ich lasse meine Arme sinken, spüre, wie die Kraft vollends aus ihnen weicht. Ein heftiges Zit-*

*tern erfasst mich, die Kälte, die Nässe, die Müdigkeit, der ich so gern nachgeben würde. Das Boot füllt sich nur langsam mit Wasser. Wenn ich es mit Steinen beschwere, wird es schneller kentern. Hastig und mit bebenden Schultern schaue ich zum Ufer, frage mich, wie viele Steine ich wohl hertragen muss, wie viel Gewicht notwendig sein wird, damit das Boot sinkt, doch ich verwerfe die Idee, weil ich nicht mehr dazu imstande bin.*

*Eines der beiden Holzruder lasse ich im Boot liegen, mit dem anderen gebe ich ihm einen Schubs, dann noch einen, bis die Wellen es mit hinausnehmen. Atemlos wate ich zurück zur Küste, sinke auf einen Felsen, schmecke Salz auf meinen Lippen, streiche mir nasse Haarsträhnen aus der Stirn. Inzwischen ist das fahle Licht der Morgendämmerung aufgezogen. Ich sehe zu, wie Wind und Wellen das Boot mitnehmen. Wie es irgendwann in eine Schieflage gerät, weiter trudelt, sich dreht, wie der Bug höher steigt. Was habe ich nur getan? Es verschwimmt vor meinen Augen, die Tränen laufen mir in Strömen übers Gesicht. Ich stehe auf, schultere den Sack und greife nach dem Ruder. Aus zusammengekniffenen Augen erkenne ich die Umrisse eines Waldes, der sich an die Bucht anschließt.*

*Den Sack über die Felsen und zwischen den vom Wind gebeugten Baumstämmen hindurch zu schleppen, kostet mich eine unglaubliche Kraft. Meine Schultern fühlen sich an wie zerschlagen, die Arme, als gehörten sie mir nicht. In meinem Rücken pocht es, und meine Füße in den durchnässten Schuhen sind kalte, gefühllose Anhängsel.*

*Da taucht mit einem Mal eine Lichtung vor mir auf. Ich setze den Sack ab, das Ruder fällt mir aus der Hand, und ich lasse mich ins Moos sinken, unfähig, meine Augen nur eine Sekunde länger offen zu halten.*

*Als ich erwache, ziehen schneeweiße Wolkenfetzen über mich hinweg, der Wind treibt sie auseinander, zerrt so lange an ihnen, bis sie ihre Form verändern. Ab und zu blitzt ein Stück vom hellen Morgen-*

*himmel durch, fällt ein Sonnenstrahl durch die Wipfel zu mir herunter, wärmt für einen Moment meine Stirn, die sich kalt anfühlt vom Schweiß, der noch nicht getrocknet ist. Feuchte Haarsträhnen kleben an meinen Schläfen. Ausgestreckt liege ich da. Alles an mir zittert. Mein Herz jagt nicht mehr wie in der letzten Stunde, aber beruhigt hat es sich nicht. Unter mir fühle ich das Moos, weich und saftig grün, gespickt mit weißen Sternen, ein Moosbett. Mit geöffneten Händen liege ich da, ein Luftzug kühlt die aufgeplatzten Blasen, die blutigen Wunden darin. Durch den schmalen Spalt meiner Augenlider sehe ich, wie sich die Spitzen der Tannen im Wind ganz leicht hin- und herbewegen. Ihre Stämme knarzen. Vögel singen. Das Meer kann ich nicht hören, es müssen mindestens fünfhundert Meter zwischen der Lichtung und der felsigen Küste liegen, an der ich gestrandet bin. Doch der gleichförmige Wellenschlag der letzten Stunden hallt wie ein Echo in meinen Ohren nach.*

*Immer wieder treibt die Erinnerung mir die Bilder der Augenblicke in den Kopf, in denen ich mir jede Möglichkeit zur Rückkehr genommen habe. Nehmen musste. Die Bilder versetzen mich in eine Unruhe, die ich nicht gebrauchen kann. Ich muss klar denken. Darf mich nicht von Zweifeln oder Angst bestimmen lassen.*

*Mit einer Hand taste ich nach der Stelle über der Brust, an der das Medaillon auf meiner Haut ruht, finde es nicht. Wo ist es? Ich werde es doch nicht verloren haben? Beunruhigt ziehe ich den Reißverschluss der Öljacke etwas auf, schiebe meine Hand hinein, taste weiter. Da! Über der rechten Schulter. Ich ziehe es nach vorn, umschließe es mit meinen Fingern, atme tief ein und wieder aus.*

*Das Zittern vergeht nicht. Ich muss aus den nassen Kleidern. Langsam richte ich mich auf. Sehe mich um. Die Lichtung ist nicht sicher. Ich brauche Schutz. Ein Versteck. Einen Ort zum Bleiben. Und dann höre ich sie plötzlich wieder.*

Du kannst uns nicht entkommen. Niemals!

# INGA

Dikholmen, 1968

Wie unwohl sie sich fühlte, merkte Inga schon nach wenigen Augenblicken. Sie wünschte sich, den Abstand zu dem Fremden vergrößern zu können, aber diesen Spielraum bot der Platz auf der Motorradsitzbank ihr nicht. So blieb ihr nichts übrig, als die unangenehme Nähe zu ihm zuzulassen. Seine Aufforderung, dass sie gut daran täte, während der Fahrt beide Arme um seinen Oberkörper zu legen, hatte blankes Entsetzen in ihr ausgelöst. Aber schon nach den ersten Metern hatte sie begriffen, dass ihre Hände nirgendwo anders Halt finden würden. So befand sie sich in einer ausgesprochen misslichen Lage, weil sie zwar erkannte, dass sie auf die Hilfe des Mannes angewiesen und daher gezwungen war, ihm einen gewissen Vertrauensvorschuss entgegenzubringen, er aber andererseits ein Unbekannter war, den sie weder einschätzen konnte noch berühren wollte.

Die Vibration des Motors übertrug sich bald auf ihren Körper, sodass die Muskulatur ihrer Arme und Beine verkrampfte. Mit der Zeit gewöhnte sie sich an den Helm, der ihren Kopf umschloss, und an den Lederriemen unter ihrem Kinn. Im Stillen hoffte sie, der Fremde möge ein rechtschaffener Mensch sein, der sie, wie abgesprochen, zur Fähre nach Dikholmen bringen würde.

Sie folgten dem Skarpövägen, der von der Küste wegführte und sich zwischen Wiesen, Viehweiden und Nadelwäldchen entlangschlängelte. Hier und da passierten sie einsame Gehöfte und rote Holzhäuser, die trotz des nachlassenden Lichtes aus dem Grün der Umgebung heraus leuchteten wie bunte Bausteine.

Irgendwann verringerte der Motorradfahrer das Tempo, schließlich brachte er die Maschine zum Stehen. Das Motorengeräusch verstummte, Inga atmete auf. Sie glitt von der Sitzbank, erleichtert, wieder Boden unter den Füßen zu spüren. Tief sog sie die kühle Luft in die Lungen.

»Hier ist es«, hörte sie den Fremden sagen, noch bevor sie Einzelheiten der Umgebung wahrgenommen hatte.

Mit einem Ächzen stieg er vom Motorrad. Vor ihnen schälten sich die Umrisse eines verwinkelten Gebäudekomplexes aus der Dämmerung, Holzhäuser mit rotem Anstrich und weißen Fensterrahmen, umgeben von Grundstücken mit hochgewachsenen Birken und Lattenzäunen. Einige Fenster warfen Licht aus dem Inneren nach draußen. In unmittelbarer Nähe erkannte Inga einen Landungssteg, daneben ein Fährboot, zwei Segel- und etliche Motorboote, die am Anleger vertäut waren.

»Der Hafen«, murmelte sie erleichtert.

Entschlossen öffnete sie die Schnalle des Kinnriemens und streifte sich den Helm vom Kopf. Sie legte ihn auf die Motorradsitzbank und ordnete ihr Haar, als wären Äußerlichkeiten in diesem Augenblick von höchstem Belang.

»Übertreib nicht«, sagte der Fremde.

»Was?«

»Hafen …«

Er stieß ein verächtliches Schnauben aus, und Inga hörte ihn etwas vom Containerhafen in Göteborg brummeln, wo er über zwanzig Jahre lang Schiffe mit dem Kran beladen habe.

Seine Worte drangen zwar an ihre Ohren, erreichten ihren Geist jedoch nur bruchstückhaft. In Gedanken war sie bereits einen Schritt weiter. Unter allen Umständen wollte sie an diesem Tag noch Dikholmen erreichen. Sie wusste, dass es nur ein kurzer Weg bis zu der Nachbarinsel war, höchstens eine Viertelstunde mit dem Fährboot, fürchtete aber, dass sie die letzte Überfahrt verpasst hatte. Um diese Zeit würde sicher niemand mehr von Skarpö ablegen. Wie ließe sich das herausfinden? Wahrscheinlich war das vor ihnen liegende Haus die einzige Möglichkeit, es in Erfahrung zu bringen. Unentschlossen wanderte ihr Blick zurück zu dem Fremden, der sie abwartend ansah, und streifte gleich darauf ihren Koffer im Beiwagen.

Nun erst nahm sie die Kälte wahr, die ihr unaufhaltsam unter die Kleider kroch, ihre eisigen Füße, ihren schmerzenden Rücken. Der Fahrtwind musste sie ausgekühlt haben, ohne dass sie es bemerkt hatte.

»Hör mal, Mädelchen.« Der Mann trat einen Schritt auf sie zu. »Ich hab ein denkbar schlechtes Gefühl, dich hier mit deinem Koffer abzusetzen. Ich fürchte, niemand bringt dich heute noch rüber nach Dikholmen.«

Inga erstarrte. Prophezeiungen dieser Art waren das Letzte, was sie hören wollte. In einem stillen Winkel ihres Herzens fürchtete sie jedoch, dass er recht hatte. Wie naiv war sie nur gewesen! Warum hatte sie bei ihrem Aufbruch nicht einkalkuliert, dass es möglicherweise zu spät sein könnte für eine Überfahrt von Skarpö nach Dikholmen? Wo würde sie schlafen, wenn sie bis zum Morgen hier festsitzen würde?

Flüchtig dachte sie an das gut gefüllte Portemonnaie in ihrer Anoraktasche. Sie wäre in der Lage, eine Pension oder ein Hotel zu bezahlen, falls es so etwas überhaupt in dieser Gegend gab. Geld spielte im Leben der Söderbergs keine Rolle, und Inga hatte nie gelernt, seinen Wert zu schätzen, weil es im Überfluss vorhanden war und sie nie darum hatte betteln müssen. Der Großzügigkeit ihres Vaters, der nicht mit Taschengeld geizte, war es zu verdanken, dass sie vor ihrer Flucht eine ansehnliche Summe in Scheinen und Münzen in ihrer Spardose vorgefunden hatte.

Sie drehte sich um und setzte sich in Bewegung. »Ich geh fragen!«

Der Fremde seufzte auf. »Na dann.« Er lehnte sich an sein Motorrad und fingerte eine Packung Zigaretten aus der Brusttasche.

Im Lichtkegel des Motorradscheinwerfers hielt Inga ohne einen weiteren Gedanken auf den Gebäudekomplex zu. Jeder Schritt schürte die Hoffnung in ihrem Herzen, einem verheißenen Lichtstreif am Horizont entgegenzugehen.

*ULF BENGTSSON, HAFENMEISTER* stand auf dem angelaufenen Messingschild neben der Haustür des vorderen Gebäudeteils. Eine Klingel suchte sie vergeblich. Erst nach dem zweiten Klopfen wurde ihr geöffnet. Ein Mann mittleren Alters trat heraus. Er trug, wie der Fremde mit dem Motorrad, eine blaue Arbeitshose und ein zur Hälfte aufgeknöpftes kariertes Hemd mit einem fleckigen grauen T-Shirt darunter. In der Hand hielt er eine Kappe, die er offenbar gerade vom Kopf genommen hatte, denn sein Haar stand wirr in alle Richtungen ab.

»*Hej*«, sagte sie, bemüht um ein freundliches Lächeln.

Stumm nickte er ihr zu. Das Innere des Hauses war in warmes Licht getaucht, es duftete nach geröstetem Speck und Bratkartoffeln.

»Wer ist es?«, war eine Frauenstimme zu vernehmen.

»Entschuldigung«, beeilte Inga sich zu sagen. »Ich muss rüber nach Dikholmen.«

Der Gedanke an eine warme Mahlzeit rief ihr ins Bewusstsein, dass sie den ganzen Tag noch nichts Vernünftiges gegessen hatte.

»Morgen früh wieder.« Er wandte sich halb um, ohne ihre

Antwort abzuwarten, und war bereits im Begriff, die Tür zu schließen.

»Aber das geht nicht!«, rief Inga.

Ihr wurde bewusst, dass sie sich anhörte wie ein trotziges Kind, das das Nein eines Erwachsenen nicht akzeptieren will.

»Nicht?«, fragte er, während er innehielt und sich ihr wieder zuwandte.

Vehement schüttelte sie den Kopf. »Ich muss heute noch rüber. Jetzt.«

Sie bereute den fordernden Unterton in ihrer Stimme, sie hatte freundlich bitten wollen, aber nun war es zu spät.

»Tja, ich schätze, das wird nichts. Das nächste Fährboot geht erst morgen früh.« Wieder trat der Hafenmeister einen Schritt zurück, um die Tür zu schließen.

Die Gedanken in Ingas Kopf überschlugen sich. Wenn kein Wunder geschah, würde sie die Nacht im Freien verbringen müssen. In der Kälte. Mutterseelenallein. Eine Vorstellung, die ihr ganz und gar nicht behagte.

Da kam eine Frau aus dem hinteren Teil des Hauses, wohl die, die zuvor gerufen hatte. Sie trug ihr weizenblondes Haar zu zwei zotteligen Zöpfen geflochten. In einer Geste der Vertrautheit berührte sie die Schulter des Hafenmeisters, offenbar ihr Ehemann.

»Wir haben dich hier noch nie gesehen«, sagte sie, ohne sich vorzustellen.

Wahrscheinlich wollte sie deutlich machen, dass die Bewohner Dikholmens ihr bekannt waren und Fremde sofort auffielen. Dennoch wirkte sie nicht so abweisend wie ihr Mann, denn sie schenkte Inga ein Lächeln, und ihre Stimme hatte weich geklungen.

»Ich komme aus Stegesund«, erklärte Inga, um einen versöhnlichen Tonfall bemüht. Es lag ihr fern, den beiden etwas über die Beweggründe zu erzählen, die sie nach Dikholmen führten.

»Und darf ich fragen, warum du unbedingt so spät noch rüberwillst?«, fragte Ulf Bengtsson mit zusammengekniffenen Augen.

»Ich hab mich mit der Zeit vertan. Ich kenne die Fahrpläne der Fähren nicht und bin einfach los …«

Der Hafenmeister verschränkte die Arme vor der Brust. »Eine Ausreißerin, was?« War das ein Verhör? Was ging es ihn an, warum sie um eine Fährüberfahrt bat? In einer Geste der Hilflosigkeit drehte sie sich nach dem Fremden mit dem Motorrad um. Verrückt, dass ausgerechnet er, den sie genauso wenig kannte wie den Hafenmeister, ihr plötzlich als der verheißene Retter erschien. Ulf Bengtsson entging ihr suchender Blick nicht. »Ist da noch jemand?«

Inga schüttelte den Kopf. »Ach, das ist nur …« Sie rief sich innerlich zur Ruhe, indem sie tief Luft holte. »Bitte, bitte hilf mir! Ich kann nicht zurück, und ich kann auch die Nacht nicht hier draußen verbringen. Ich bin … Ich …« Sie brach ihr Gestammel ab, dachte an das Kind und berührte ihren Bauch, als könnte sie den Hafenmeister mit dieser Geste umstimmen. Aber wahrscheinlich würde er ihr ohnehin nicht glauben. Verzweifelt überlegte sie, ob sie ihm Geld anbieten sollte, und kam sich gleichzeitig schäbig vor bei diesem Gedanken. Da durchfuhr sie eine Idee. Wenn alle Bewohner von Dikholmen dem Hafenmeister und seiner Frau bekannt waren, kannten sie möglicherweise auch ihren Vater und das Gästehaus! Wahrscheinlich brachte Ulf Bengtsson hin und wieder sogar Gäste hinüber auf die Insel. »Bitte«, versuchte sie es ein letztes Mal, »meinem Vater gehört ein Gästehaus auf Dikholmen, und ich werde für eine Weile dort wohnen.« Sie wagte kaum zu atmen. »Um zu lernen«, fügte sie rasch hinzu.

Was zwar nicht der Wahrheit entsprach, aber es konnte nicht schaden, ihrem Ansinnen einen tugendhaften Anstrich zu verleihen. Dass sie die Schule für ihr waghalsiges Unternehmen abgebrochen hatte, brauchte niemand zu wissen.

»Ach, eine Söderberg-Tochter?« Zum ersten Mal hellte sich Ulf Bengtssons Gesicht auf. Er tauschte einen wissenden Blick mit seiner Frau, die noch immer neben ihm stand.

Im Normalfall hätte Inga ihn korrigiert, denn sie war nicht eine, sondern die einzige Söderberg-Tochter, doch viel zu überrascht darüber, dass ihr Plan anscheinend aufging, strahlte sie den Hafenmeister an.

»Dann kennst du meinen Vater?« War dies das Wunder, das sie noch vor wenigen Augenblicken herbeigesehnt hatte?

»Klar, kennen wir den. Er schickt regelmäßig Gäste hierher, damit ich sie rüberbringe.«

»Und werden die Gäste auch auf den nächsten Tag vertröstet, wenn sie abends hier stehen?«

Ein geschickter Zug, wie Inga fand, und sie beglückwünschte sich zu dieser Frage, die sie mit einem Lächeln hervorgebracht hatte. Sie ging davon aus, dass ihr Vater den Hafenmeister gut bezahlte.

»Nein«, antwortete dieser erwartungsgemäß. »Ich hab einen Vertrag mit ihm, dass seine Feriengäste zu jeder Zeit rübergebracht werden.«

Inga nickte. Eine Steinlawine polterte von ihrem Herzen. Jetzt war nur noch ein kleiner Schritt vonnöten. Sie setzte erneut ein hinreißendes Lächeln auf.

»Wäre es denn möglich, mich als einen Gast zu betrachten? Immerhin beziehe ich ja das Gästehaus.«

Wieder wechselte der Hafenmeister einen Blick mit seiner Frau. »Können wir sicher sein, dass sie uns nicht anflunkert, Marit?«, fragte er sie.

Die Frau lächelte erst ihn, dann Inga an. Es war ein ermutigendes Lächeln. Eines, das etwas Verbindendes signalisierte und Inga hoffen ließ. Sie tastete nach dem Schlüssel in ihrer Jackentasche, zog ihn heraus und hielt ihn wie ein Beweisstück auf der flachen Hand.

»Ihr könnt ja mitkommen, wenn ich aufschließe.«

Der Hafenmeister gab sich geschlagen. »Lass mich zu Ende essen, dann bring ich dich rüber.«

Die Tür fiel ins Schloss, bevor Inga sich bedanken konnte. Sie atmete hörbar auf.

Leichten Schrittes ging sie zurück zu dem Fremden, der an seinem Motorrad lehnte. In weißen Schlieren waberte der Zigarettenrauch über ihm. Was war er für einer? Wieso verschwendete er seine Zeit mit einem geflohenen Mädchen, das ebenso arglos wie naiv war? Ob er eine Familie hatte? Wie er wohl hieß? Ob sie ihn nach seinem Namen fragen sollte?

»Und?« Nach einem letzten Zug schnippte er die Zigarettenkippe auf die Straße. Erwartungsvoll sah er Inga an.

»Der Hafenmeister bringt mich rüber.«

Der Mann stieß einen leisen Pfiff aus und grinste sie an. »Du hast Bengtsson rumgekriegt? Wie hast du das denn geschafft?«

Sie lächelte. »Weibliche Raffinesse.«

Er lächelte jetzt ebenfalls.

»Und auf Dikholmen kennst du dich aus?«

»Nein.«

»Aber du findest das Haus?«

»Keine Ahnung.«

»Mädelchen, auch wenn es nicht richtig dunkel wird in diesen Nächten, muss man schon genau wissen, wohin man will. Da drüben gibt's kaum asphaltierte Wege, geschweige denn Straßenschilder.«

»Na, so groß ist Dikholmen ja nicht.«

Es klang fest und unerschütterlich, aber Inga spürte den nächsten Zweifel heraufziehen. Sie wusste nicht einmal, wie groß oder klein die Insel war. In ihrer Naivität war sie davon ausgegangen, dass es Möglichkeiten gab. Einen Bus, ein Taxi, zur Not würde sie per Anhalter fahren. Aber es war Abend, und die Aussicht, auf Dikholmen einem ähnlich hilfsbereiten Menschen wie dem Motorradfahrer zu begegnen, begann zu schrumpfen.

»Immerhin zehn Kilometer lang und drei breit«, hörte sie ihn jetzt sagen. »Wenn das Haus, das du suchst, am anderen Ende liegt, hast du einen ordentlichen Marsch vor dir.« Er tippte den Koffer an. »Und an dem trägst du dich müde.«

Sie warf den Kopf in den Nacken und schloss die Augen. »Du hältst mich bestimmt für ziemlich unfähig.«

»Ich halte dich für ziemlich planlos«, sagte er.

Sie sah ihn an. »Kann ich bitte meinen Koffer haben?« Anstatt auf ihre Bitte einzugehen, stieg er ohne ein Wort auf sein Zweirad und ließ den Motor an. »Hey!«, rief sie ihm zu. Ihr Herz begann zu trommeln. Er würde doch nicht ihr ganzes Hab und Gut mitnehmen und davonfahren!

»Ich komme mit«, vernahm sie seine Stimme über das Brummen des Motors hinweg.

»Nach Dikholmen?«

»Würde mir ewig Vorwürfe machen, wenn ich übermorgen in der Zeitung lesen müsste, dass ein junges hübsches Ding mit einem fünfzig Kilo schweren Koffer irgendwo im Gestrüpp vor Erschöpfung zusammengebrochen ist.«

Er zwinkerte ihr zu und ließ sein Motorrad langsam zum Anleger rollen.

# LILLEMOR

Granzbach, 2019

Nachdem der geliehene Rucksack tagelang im Flur neben der Garderobe auf den Fliesen gestanden und Lillemor ihn lediglich dann und wann aus den Augenwinkeln heraus gestreift hatte, trug sie ihn zwei Tage vor ihrer geplanten Abreise in die Küche. Sie stellte ihn auf einen der beiden Stühle und beschäftigte sich zum ersten Mal näher mit ihm. Öffnete alle Reißverschlüsse und Schnallen, griff in die Seitenfächer, um den Stauraum abzuschätzen, ließ probeweise eine Wasserflasche in das dafür gedachte Seitenfach gleiten.

Wie packte man einen Rucksack, den man mehrere Tage auf dem Rücken mit sich herumtragen würde? Ob es eine Anleitung gab? Die schweren Dinge kamen wahrscheinlich nach unten, die leichten obenauf. Andererseits würde sie alles, was sie öfter brauchte, nach oben legen müssen. Bisher hatte sie keinen Gedanken daran verschwendet, wie viel jedes Einzelteil wog, das sie mitnehmen wollte. Im Outdoorladen hatte sie auf einem Schild den Begriff »Ultraleichtgewicht« in Bezug auf die Rucksäcke gelesen, ohne weiter darüber nachzudenken, weshalb ein möglichst geringes Gewicht so wichtig war.

»Hm.« Mehr fiel ihr dazu nicht ein. Mones Rat, wenigstens einmal versuchsweise mit gepacktem Rucksack eine längere Wegstrecke zu gehen, hatte Lillemor in den Wind geschlagen. Eine Nachlässigkeit, die sie jetzt bedauerte. Vielleicht hätte sie auf ihre Freundin hören sollen. Vielleicht ging sie tatsächlich zu blauäugig an ihre Wanderung heran. Wer keinerlei Erfahrung im Tragen von Rucksäcken und Wanderschuhen besaß, tat sicher gut daran, sich etwas besser vorzubereiten. »Ach was«, murmelte sie, »das wird sich alles ergeben.«

Der Rucksack behielt seinen Platz auf dem Küchenstuhl. Lillemor deponierte diverse Utensilien um ihn herum: zwei lange Hosen, eine Leggings, zwei Shorts, drei kurzärmlige T-Shirts, ein langärmliges, einen warmen Pullover mit Kapuze, fünf Slips, zwei BHs, drei Paar Socken, ein Schlafshirt, eine Kappe, ihre Sonnenbrille, ein Handtuch, Sportschuhe zum Wechseln, ihre Wanderschuhe, die sie anziehen würde, die Regenjacke. Jetzt konnte sie den Küchentisch nicht mehr zum Essen nutzen. Bei jedem Teil, um das Lillemor die Sammlung ergänzte, warf sie dem Rucksack einen kritischen Seitenblick zu, als erwartete sie einen Kommentar von ihm oder wenigstens ein stummes Nicken auf die unausgesprochene Frage, ob all das in ihn hineinpassen würde.

Am Vorabend ihrer Abreise legte sie ihre gepackte Kulturtasche dazu. Dann begann sie, den Rucksack zu füllen. Sie merkte schnell, dass er nicht alles fasste, was sie bereitgelegt hatte. Sie sortierte ein paar Teile aus und entschied, die Sportschuhe herauszunehmen und zusammengeknotet an eine Schlaufe zu binden. Dadurch würde im Inneren mehr Stauraum entstehen. Schließlich ließ sie den Verschluss zuschnappen und hob den Rucksack an. Lieber Himmel! Er musste mindestens zehn Kilo wiegen. Sie trug ihn ins Badezimmer, wo sie versuchte, ihn auf der Waage auszubalancieren. Er fiel herunter, weshalb sie sich kurzerhand zunächst selbst wog und gleich darauf noch einmal mit geschultertem Rucksack. 13,8 Kilo! Sie hätte sich vorher erkundigen sollen, wie viel Gewicht angeraten wurde. Dafür war es jetzt zu spät.

Lillemor trug den Rucksack in den Flur und stellte ihn dort ab. Sie warf ihm einen letzten misstrauischen Blick zu und wandte sich dann um. Vor der Wand zwischen Küche und Wohnzimmer blieb sie stehen. Mehrere gerahmte Fotografien hatten dort ihren Platz, Schnappschüsse einer glücklichen Familie. Vater, Mutter, Kind. Bernhard, Lil, Timmy. Im Sommer bei einem Nordseeurlaub. Timmy und Bernhard auf dem Deich zwischen frei laufenden Schafen. Timmy als Baby, schlafend an Lillemors Schulter. In Badehose im Planschbecken, mit seinem unverwechselbaren Strahlen. Bernhard und Lillemor am Tag ihrer Hochzeit auf Vaxön, ein Bilderbuchtag, der einen wolkenlosen Himmel blau und strahlend über die kleine Schäreninsel gespannt hatte.

Lillemor erinnerte sich, als wäre es erst am Tag zuvor gewesen. Sie hatte ein schlichtes cremefarbenes Kleid getragen, das die Wölbung ihres Dreimonatsbauches geschickt kaschiert hatte, und einen Haarreif mit winzigen weißen Blüten. »Ich war noch nie so glücklich«, hatte Bernhard ihr ins Ohr geflüstert und sie mit geschlossenen Augen auf die Stirn geküsst, während Malin den Auslöser der Kamera gedrückt und das Foto aufgenommen hatte, das seit Jahren inmitten all derer, die anschließend hinzugekommen waren, an dieser Wand hing. Behutsam glitt Lillemors Fingerspitze über den Bilderrahmen. Doch gleich wanderte ihr Blick weiter. Eine Schwarz-Weiß-Aufnahme, die Malin gemacht hatte, bei einem ihrer Vaxholm-Urlaube. Sie hatten Kirschen geerntet im Garten des Elternhauses. »Die Kirschbaums ernten Kirschen«, hatte Malin gerufen, das Kameraobjektiv vor dem Gesicht. Bernhard hatte sein verblichenes Ramones-Shirt getragen, Lillemor ein geblümtes Jerseykleid und Timmy seine rote Latzhose und ein geringeltes T-Shirt. Bernhard hatte ihn auf die Schultern gehoben, wo Timmy wie ein König gethront hatte, einen Eimer mit Kirschen in den Armen. Lillemor hatte zu Timmy hinaufgeblickt und seine Hand gehalten.

Sie nahm den Rahmen von der Wand, drehte ihn um und löste das Foto heraus, trug es in die Küche, legte es auf den Tisch. Zu ihrer Geldbörse, der Sonnenbrille und dem kleinen Erste-Hilfe-Täschchen, das sie auf Mones Rat hin sicherheitshalber mitnehmen würde. Ihre Wanderung ohne Bernhard und Timmy zu machen war für Lillemor nicht denkbar.

»Sie tragen sie im Herzen«, hatte ihre Therapeutin gesagt, aber Lillemor hatte den Kopf geschüttelt, vergebens nach Worten gesucht, die hätten erklären können, dass sie ohne die visuelle Erinnerung an die Zeit, als sie, Bernhard und Timmy eine Familie gewesen waren, keinen Schritt würde gehen können.

Am Abend streckte sie sich auf dem Sofa aus, der Fernseher lief, wie er es abends immer tat. Die Leere in ihrem Haus fühlte sich erträglicher an, wenn sie mit menschlichen Stimmen versetzt war. Eine Reisedoku – die Küsten der Ostsee von Dänemark bis Polen. Lillemor regelte den Ton etwas herunter, nahm ihr Handy und tippte die Nummer ihrer Schwester an.

»Das ist schön, dass du dich meldest, Lilla.« Malin nannte sie seit jeher Lilla, Kleine. Niemand sonst nannte sie so. Lilla war ein Kosename, den nur Malin benutzen durfte. Malin mit ihren eins achtundsiebzig, die mit neun Jahren schon über ihre ältere Schwester hinausgewachsen war, wie Onkel Jesper es im Spaß oft gesagt hatte.

Im Fernseher erschien eine atemberaubende Klippenformation, aufgenommen aus einem Helikopter heraus. Der Pilot grinste in die Kamera.

»Ja, ich dachte …«

Lillemor suchte nach Worten. Sie hatte sich selbst versprochen, niemandem außer Mone und Anja von ihrer geplanten einsamen Wanderung zu berichten, weil sie vermeiden wollte, dass jemand sich unnötige Sorgen machte. Dennoch verspürte sie das Bedürfnis, wenigstens Malin einzuweihen.

»Wie geht es dir?«, fragte Malin.

»Ganz gut so weit.«

»Alva hat am Wochenende ihren Geburtstag gefeiert. Sie hat sich total über dein Päckchen gefreut, wird sich bestimmt noch persönlich bei dir bedanken.«

»Ach, das hat Zeit. Sie ist jetzt achtzehn, da hat sie andere Dinge im Kopf.«

»Da sagst du was!«

»Hat sie sich inzwischen entschieden, was sie nach dem Abitur machen will?«

»Ach, du kennst sie. Sie hat viele Ideen im Kopf. Im Moment steht der Journalismus wieder hoch im Kurs. Aber ihre Leidenschaft für die Natur und den Umweltschutz kann sie einfach nicht ablegen. Wir warten ab. Was sollen wir sonst machen? Da ist unser Kleiner strukturierter. Für Ole steht schon lange fest, dass der Gewässerschutz seine Zukunft sein wird.«

Die Worte ihrer Schwester rieselten in Lillemors Ohr. Sie riefen die Gesichter ihrer Nichte und ihres Neffen in Erinnerung, und sie dachte an die wenigen Fotos, die die beiden zusammen mit Timmy zeigten. Sie waren nur ein paar Jahre älter als Timmy und hatten sich jedes Mal unbändig gefreut, wenn die Kirschbaums in den Ferien nach Vaxholm gekommen waren.

»Du weißt ja, dass das Meer sein Element ist.«

»Wie geht es Mamma und Pappa?«

»Pappas Gelenkschmerzen machen ihm zu schaffen, wollte gerade zu ihnen rüber. Ich hab einen Möhrenkuchen gebacken. Er wartet bestimmt schon drauf.«

*Ich breche morgen zu einer Wanderschaft auf, Malin …*

Die Worte hatten sich in ihrem Hals festgeklemmt. Als wären sie nicht dazu bestimmt, ausgesprochen zu werden. Nicht dazu bestimmt, erklärt werden zu müssen. Als wären sie einzig für ihr Herz bestimmt.

»Das ist schön, danke, Malin, dass du dich so um die beiden kümmerst.«

Lillemors Blick glitt hinüber zum Fernseher, wo gerade eine junge Frau in grünem Parka interviewt wurde, offenbar eine Fossiliensammlerin. Hinter ihr rauschte die Ostsee, und ihre brünetten Locken wehten im Wind, während sie etwas über die Versteinerungen nach der letzten Eiszeit erzählte.

»Schon gut, Lilla. Du, ich muss los. Lass uns ein anderes Mal weiterreden.«

»Ja sicher, grüß die beiden.«

»Mache ich.«

»Und die Kinder und Jan Olof.«

»Ja, klar.«

»Mach's gut, Malin.«

»Du auch, Lilla.«

Sie berührte die rote Taste und ließ die Hand mit dem Handy sinken. Wie gern sie jetzt dort wäre! In Vaxholm, in ihrem Elternhaus in der Sjögata. An dem großen Küchentisch, wo Malin in zehn Minuten den schwedischen Möhrenkuchen auf den Tisch stellen würde. Wo ihre Mutter ihn mit dem Messer in Stücke schneiden würde. Wo ihr Vater Carl ein wenig wegen seiner Arthrose ächzen würde. Wo sie ein Teil der Familie war. Wo sie eine Tochter, eine Schwester, eine Tante war. Nicht nur im Herzen. In den Gedanken. In der Erinnerung. Sondern ganz und gar. Mit allen Sinnen. Am Küchentisch, wo miteinander gegessen, gelacht und erzählt wurde. Ihre Augen begannen zu brennen, sie blinzelte ins Licht der Wandlampe, wollte die Tränen unterdrücken, es misslang. Lillemor sprang auf, stürzte in die Küche, drehte den Hahn auf und schaufelte sich händeweise kaltes Wasser ins Gesicht. Es vermischte sich mit ihren Tränen, die nicht versiegen wollten, aber wenigstens kühlte es ihre Wangen und Lider.

Und ohne eine Ankündigung formte sich mitten im Schmerz ihres Heimwehs sein Gesicht mit den braunen Augen, glaubte sie, seine Hände auf ihrer Haut zu spüren wie damals. Die Erinnerung an ihre letzte Begegnung, die voller Zärtlichkeit und Leidenschaft gewesen war, überkam sie mit ungeheurer Wucht.

Lillemor richtete sich auf, stellte das Wasser ab. Es tropfte von ihrem Kinn, rann als feines Rinnsal an ihrem Hals hinab. Sie riss das Küchenhandtuch vom Haken und presste es sich vors Gesicht. Sie hatte einen hohen Preis bezahlt.

## ANKUNFT

An einem regnerischen Sommerabend stand Lillemor durchnässt vor der Tür ihrer neuen WG, mit einem Koffer in der Hand und ihrer Jeanstasche über der Schulter. Sie trug ein kurzes Kleid mit Spaghettiträgern. Der Regen hatte einen feuchten Film auf ihren Beinen hinterlassen. Das Wasser tropfte aus ihren Ponyfransen und von ihrem Gepäck, ihre Sneaker waren von der Nässe durchgeweicht. Sie stand in einer Pfütze, als ihr geöffnet wurde, was sie etwas verlegen machte.

»*Hej*, ich bin nass, sorry.«

Sie hatte vorgehabt, ihre neuen Mitbewohner anders zu begrüßen, ihren Namen zu nennen, sich vorzustellen, wie es üblich war, wenn man sich noch nicht kannte. Sie hatte ein wenig Deutsch gelernt. Aber eine Entschuldigung wegen ihres Aufzugs erschien ihr in diesem Augenblick angebrachter.

Ihr Gegenüber, ein hoch aufgeschossener Typ, hob für einen Moment die Augenbrauen, schien jedoch das tropfende Mädchen vor der Tür gleich einordnen zu können und lächelte.

»Du bist die Neue! Rein mit dir, aber untersteh dich, dich zu schütteln.«

Er lachte, anscheinend hatte er etwas Witziges gesagt. Lillemor verstand es nicht, dafür reichten ihre Deutschkenntnisse nicht. Sicherheitshalber stimmte sie in sein Lachen ein. Er half ihr mit dem Koffer, während sie an der Tür die Schuhe auszog und ihm barfuß folgte. Ihre Füße hinterließen feuchte Abdrücke auf den Fliesen.

»Hier ist das Bad«, sagte er. Mit dem Fuß stieß er die erste Tür auf der rechten Seite des Flures auf, angelte nach einem Handtuch und reichte es ihr. »Und das ist dein Zimmer.« Er öffnete eine weitere Tür, die ihre besten Tage hinter sich hatte. Das Holz wies etliche Kerben auf, und vier dunkle Stellen zeugten davon, dass hier einmal ein Poster geklebt hatte. Lillemor rieb sich mit dem Handtuch über Hände, Gesicht und Haare.

»Da drüben ist die Küche.« Mit einer angedeuteten Kopfbewegung wies er auf die offen stehende Tür. »Hier ist mein Zimmer und da Carlottas. Komm erst mal an, ich mach uns einen Kaffee. Trinkst du Kaffee?«

Er sprach schnell, zu schnell, als dass Lillemor jedes Wort hätte verstehen können, aber das meiste hatte sich ihr erschlossen, und sie rief ihm »Ja, gerne!« nach, als sie sah, dass er in der Küche verschwand und sich an der Kaffeemaschine zu schaffen machte.

Sie schätzte ihn auf etwas älter, als sie selbst es war, und auf mindestens eins achtzig. Er könnte Schwede sein, schoss es ihr durch den Kopf. Seine Haare waren hellblond und verstrubbelt, als wäre kein Kamm imstande, sie zu bändigen, und offenbar hielt er nicht viel vom Rasieren. Blaue Augen hatte er. Leuchtend blaue Augen. Und wenn er lachte, formte sich ein Grübchen in seinem Kinn.

»Ich bin übrigens Bernhard«, rief er ihr über die Schulter zu, und da erst bemerkte sie, dass sie noch immer im Flur stand und zu ihm hinübersah.

Rasch wandte sie sich um. Zum ersten Mal betrat sie ihr Zimmer, das glücklicherweise möbliert angeboten worden war. Rechts entdeckte sie einen Kleiderschrank, zweitürig, nicht sehr groß, aber es würde schon gehen. Vor dem Fenster stand ein Schreibtisch aus Kiefernholz, die gesamte linke Seite wurde von einem Himmelbett eingenommen. Unwillkürlich hielt Lillemor den Atem an.

»*Herregud!*«, stieß sie aus.

Bernhard in der Küche lachte. Schon hörte sie ihn näher kommen. »Du hast das Bett entdeckt?« Sie wandte sich zu ihm um. Er lehnte im Türrahmen, die Arme vor der Brust verschränkt. Sie waren muskulös, nicht übertrieben, gerade so, dass es attraktiv wirkte. »Deine Vorgängerin war eine Prinzessin.«

Er lachte wieder. Das Grübchen in seinem Kinn gefiel ihr. Und das Strahlen seiner Augen. Er trug verwaschene Jeans und ein graues T-Shirt mit einem winzigen Loch am Ärmelsaum.

»Ich bin keine.«

»Das wird sich zeigen.«

Sie hätte ihm gern erzählt, dass sie als kleines Mädchen bis in die zweite Astgabel des Baumriesen hatte klettern können und dass eines ihrer Knie immer aufgeschrammt gewesen war, dass sie einen Flussbarsch von einem Zander unterscheiden und beide ausnehmen konnte, dass sie einen Bootsführerschein hatte und verschiedene Knoten zum Vertäuen binden konnte. Doch weil ihr ihre Kenntnisse der deutschen Sprache noch zu bruchstückhaft erschienen, verzichtete sie darauf.

Ihr Blick glitt über die Vorhänge des Himmels, die aus zartem weißem Musselin gefertigt und mit Schleifen an den Holzpfosten zusammengebunden waren, und sie dachte an die karierte Bettwäsche in ihrem Koffer.

Später, nachdem sie ausgepackt und ihr nasses Kleid gegen Shorts und T-Shirt getauscht hatte, saßen sie beieinander am Küchentisch, auf dem noch die Krümel der letzten Mahlzeit lagen. Sie tranken Kaffee und aßen Haferkekse dazu, die ihre Mutter tags zuvor gebacken und ihr in einer Blechdose mitgegeben hatte. Lillemor erfuhr, dass Bernhard ebenfalls am Institut für Keramik und Glas studierte, dass er kurz vor dem Abschluss stand und es sein größter Traum war, als Bildhauer zu arbeiten. Eine eigene Werkstatt zu haben. Künstler zu sein.

»Ich beneide dich«, sagte sie. Der Kaffee war noch heiß, sie spitzte die Lippen und trank vorsichtig noch einen Schluck. »Du bist schon so weit, und ich fange erst an.«

»Was möchtest du machen, später, meine ich?«

Sie fuhr mit dem Zeigefinger am Henkel ihrer Tasse entlang. »Krüge, Schüsseln, Tassen, ausgefallene Formen. Ich mag Raku.« Bei ihren Worten begannen Bernhards Augen zu funkeln.

»Wirklich? Ich auch!«

Sie hörte, wie er von schamottiertem Ton sprach, vom Temperaturschock nach dem Brennen, von der Rauheit und der Kraft des Materials und dem Netz aus gewollten Rissen, das sich erst nach dem Abkühlen darstellte. Du sprichst mir aus der Seele, wollte sie sagen, aber sie behielt es für sich und freute sich still, dass es etwas gab, das sie miteinander teilten.

Am Ende erfuhr sie, dass Carlotta, die dritte im Bunde, auch am selben Institut studierte, viel und schnell sprach, laut lachte, fantastisch kochte und für ein paar Tage zu ihren Eltern gereist war. Lillemor entging nicht, dass Bernhard sich große Mühe gab, jedes Wort möglichst deutlich auszusprechen. Sah er ihrem Gesicht an, dass sie nicht alles verstanden hatte, wiederholte er das Gesagte, umschrieb mit anderen Worten, was er meinte, oder wechselte ins Englische.

Was für ein Glück ich habe, dachte sie.

Der nächste Tag war ein Sonntag. Das Erste, was Lillemor sah, als sie die Augen aufschlug, waren Sterne. Winzige goldene, in den Musselinhimmel gestickte Sterne. Am vergangenen Abend waren sie ihr nicht aufgefallen. Ihre Vormieterin musste tatsächlich etwas Königliches im Blut gehabt haben. Vielleicht war sie auch einfach nur ein Mädchen, das sich einen Traum erfüllt hatte.

Lillemor drehte sich zur Seite. Ihre erste Nacht in einem Himmelbett. Ihre erste Nacht in Deutschland. Kaffeeduft. Geschirrklappern in der Küche. Sie dachte an den vergangenen Tag, ihre Ankunft in der neuen Wohnung, an den Platzregen, ihre nassen Schuhe, an Bernhard. Sie lächelte, rollte sich aus dem Bett und stand fünf Minuten später unter der heißen Dusche.

Nach einem Kaffeefrühstück zeigte Bernhard ihr die Stadt, in der sie fortan leben würde, und das Viertel, in dem sich Keramikwerkstätten und Ateliers in schmalen Sträßchen aneinanderreihten. Schaufenster und Hauseingänge waren fantasievoll dekoriert. Lillemor staunte über die Vielzahl an Keramikarbeiten, die liebevoll arrangierten und handgefertigten Pflanztöpfe, in denen Oleander und üppige Lavendelbüsche wuchsen, Tonskulpturen, die den Ideenreichtum ihrer Schöpfer zum Ausdruck brachten.

»Das ist mein Traum«, sagte Bernhard, als sie später in einem Eiscafé saßen.

»Du meinst, eine eigene Werkstatt?«, fragte Lillemor zwischen zwei Löffeln Pistazieneis.

»Unbedingt«, erwiderte er. »Ich weiß noch nicht, wie ich das finanziell hinbekomme, aber das wird schon.« Er erzählte Lillemor von seinem Job im Kino, wo er an den Wochenenden Tickets oder Popcorn verkaufte, und dass er jede Mark, die er verdiente, zur Seite legte.

»Obwohl ich das eigentlich nicht müsste«, fügte er leise

hinzu. Etwas Ernstes grub sich in seine bis dahin entspannten Züge.

»Was heißt das?«

Gedankenverloren stocherte er mit dem Löffel in seinem Eis herum. »Meine Eltern würden mir alles finanzieren.« Lillemors Augenbrauen hoben sich, aber sie fragte nicht nach, weil sie ihm Zeit geben wollte. Seine Lippen verzogen sich zu einem flüchtigen Lächeln, das so schnell verschwand, wie es gekommen war. »Mein Vater handelt mit Autos. Mit solchen, die sich nicht jeder leisten kann, weißt du. Ihm gehören vier Autohäuser, er hat sich von unten nach ganz oben gearbeitet. Und er hat sich gewünscht, dass ich in seine Fußstapfen trete und einmal weiterführe, was er aufgebaut hat. Dazu hätte ich mit einer KFZ-Lehre anfangen sollen, so wie er, und danach hätte sich eine kaufmännische Laufbahn angeschlossen. Das war sein Werdegang, und den wollte er auch für mich.« Er unterbrach sich und schob sich einen Löffel Eis in den Mund.

»Aber du hattest andere Pläne«, stellte Lillemor fest.

Bernhard nickte. »Ich hab immer gewusst, dass diese Luxusautowelt nicht mein Ding ist. Dass ich nicht dafür gemacht bin, anderen Leuten kostspielige Karossen aufzuschwatzen. Wir haben zu Hause viel gestritten deswegen. Meine Mutter hat versucht einzulenken, aber zwischen meinem Vater und mir ist damals ein Bruch entstanden, den wir nicht kitten konnten. Irgendwann hat er mich in Ruhe gelassen. Wir streiten nicht mehr. Aber ich weiß, dass er mir nicht verziehen hat. Und jetzt will ich ihm beweisen, dass ich mir was Eigenes aufbauen kann.«

»Ohne seine Hilfe«, ergänzte Lillemor und sah Bernhard zustimmend nicken, während sein Eislöffel über den Boden des Bechers kratzte.

Sie hatte sich anstrengen müssen, seinen Worten zu folgen, aber verstanden, weshalb er auf die finanzielle Unterstützung seines Vaters verzichtete. Weshalb er alle Annehmlichkeiten ausschlug, die er sich mithilfe von regelmäßigen väterlichen Zuwendungen würde erlauben können. Eine schicke Wohnung, ein Auto, eine Reise ab und zu. Stattdessen fuhr er mit dem Bus, lebte in einer WG in einem Zimmer mit gebrauchten Möbeln und verkaufte Popcorn. Seine Standhaftigkeit beeindruckte Lillemor.

»Genau«, erwiderte er. Sein Gesicht entspannte sich. »Mit dem Studienkredit und dem Job im Kino komme ich über die Runden. Und ich vertraue darauf, dass das Leben mir dabei helfen wird, mir meinen Traum von einer eigenen Werkstatt eines Tages zu erfüllen.«

»Mein Onkel hat eine«, sagte Lillemor.

»Eine Werkstatt?« Aus großen Augen sah er sie an. Erwartungsvoll. Wie ein Kind, dachte sie, und sie lächelte, weil sie in diesem Gesichtsausdruck etwas von dem kleinen Jungen erkannte, der er einmal gewesen war. Wie er wohl aufgewachsen war? Ob er Geschwister hatte? Was er ihr gerade anvertraut hatte, ließ nicht darauf schließen. Eine Freundin vielleicht? Davon hatte er bisher nichts erzählt. Sie nickte, dachte an Onkel Jesper, sein schiefes Haus, seinen Skulpturengarten und dass sie ohne ihn nicht hier sitzen würde. »Erzähl!«

Bernhard konnte es anscheinend kaum abwarten, und Lillemor wechselte ins Englische, weil ihr für vieles die deutschen Worte fehlten. Sie ließ nichts aus, beschrieb Onkel Jespers Haus, die Werkstatt, seine Objekte, für die die Leute eigens zu ihm kamen und die er nirgendwo anders verkaufte als direkt in seiner Arbeitsstätte, und die Zebraffen natürlich, für die man ihm den Preis verliehen hatte.

»Willst du nach dem Studium zurück?«, fragte Bernhard, nachdem sie geendet hatte. Sie verrührte den Rest in ihrem Eisbecher zu einer cremigen Masse.

»Meine Familie lebt in Schweden«, sagte sie. »Ich glaube, es würde sie freuen, wenn ich wieder heimkehre.«

»Und es ist dir wichtig, ihre Erwartungen zu erfüllen?«

Für ihn schien dies nicht von Bedeutung zu sein, wie er eindrücklich geschildert hatte. Er blieb sich treu, folgte seiner inneren Stimme, traf seine Entscheidungen mit dem Herzen. Lillemor zuckte mit den Schultern.

»Ich weiß nicht«, sagte sie ausweichend.

Sie hatten geweint, als Lillemor sich am Flughafen in Stockholm verabschiedet hatte. Ihre Mutter, Malin, sogar ihr Vater hatte ein paarmal verstohlen geblinzelt. Er hatte sie so fest an sich gedrückt, dass ihr beinahe die Luft weggeblieben war. »Komm wieder, hörst du?«, hatte er ihr mit tränenerstickter Stimme ins Ohr geflüstert.

Sie hatte sich miserabel gefühlt beim Anblick ihrer schluchzenden Mutter, die so getan hatte, als unternähme Lillemor eine Reise ans entlegenste Ende der Welt, von wo aus sie nie wieder zurückkehren würde.

Onkel Jesper war nicht mitgekommen zum Flughafen. Er hatte sie tags zuvor noch einmal besucht. »Lern mit den Augen«, hatte er gesagt, »und dann mach, was du dir abgeguckt hast. Mach es genauso, oder mach es besser.«

Er hatte ihre Hand genommen und einen kleinen aus Ton gefertigten Anhänger hineingelegt, etwa in der Größe eines Ein-Öre-Stücks, flach, mit einem Loch in der Mitte, orangerot glasiert.

»Hab ihn für dich gemacht«, hatte er gesagt. Lillemor hatte ihn zwischen zwei Fingern gedreht.

»Damit das Feuer in dir weiterbrennt.«

Noch am selben Abend hatte sie ihn an ein dünnes Lederband gefädelt und trug ihn seitdem. Er erinnerte sie an das Feuer. Und an die kleine Werkstatt auf Vaxön, wo er entstanden war.

»Du bist gerade in Gedanken zu Hause, stimmt's?«

Sie hatte nicht gemerkt, dass Bernhard seine Arme auf dem Tisch aufgestützt hatte und sie über seine zusammengefalteten Hände hinweg aus seinen blauen Augen anlächelte. Die Hitze schoss ihr in die Wangen. Besonders viel Erfahrung mit Jungs hatte sie bisher nicht sammeln können. Wenn überhaupt, so waren sie ernüchternd und von Enttäuschung geprägt gewesen. Ein paar Schwärmereien. Und die Liebelei mit Ray aus Irland, den sie auf einer Klassenfahrt kennengelernt hatte. Sie war vierzehn gewesen und Ray ein Jahr älter. Er hatte sie auf den Mund geküsst und Lilly genannt, und sie waren Hand in Hand gegangen. Ihr Herz hatte in seiner Nähe einen Salto nach dem anderen gemacht. Doch die zahllosen Briefe, die sie später voller Sehnsucht nach Tralee geschickt hatte, waren unbeantwortet geblieben. In Nächten ohne Schlaf hatte sie um den irischen Jungen geweint, sich nach ihm verzehrt und schließlich begriffen, dass sie für Ray nur ein Abenteuer gewesen war, ein Klassenfahrtflirt, was den Schmerz nicht genommen, sondern verdoppelt hatte.

Geschäftig kratzte sie den Rest aus ihrem Eisbecher.

»Vielleicht übernimmst du irgendwann die Werkstatt deines Onkels«, sagte Bernhard.

Lillemor lächelte. Davon hatte Onkel Jesper oft genug gesprochen.

»Das solltest du auf alle Fälle im Auge behalten.« Bernhard lachte.

»Im Auge behalten?«

»Entschuldige, eine Redewendung. Es bedeutet, etwas nicht zu vergessen.«

»Den Traum von der Werkstatt?«

»Ja.«

»Niemals.«

# INGA

Dikholmen, 1968

Die Überfahrt mit dem Fährboot verlief schweigsam und dauerte nicht länger als eine Viertelstunde. Ulf Bengtsson hatte sich nach einem kurzen Gespräch mit dem Motorradfahrer bereit erklärt, ihn als Ingas Begleitung mit hinüberzunehmen und in der Bucht von Dikholmen zu warten, um ihn, nachdem er sie zum Gästehaus gebracht hatte, wieder nach Skarpö zu bringen. Die Art, wie die beiden miteinander gesprochen hatten, erweckte in Inga den Eindruck, als wäre es nicht das erste Mal, dass der Hafenmeister den Mann mit dem Motorrad übersetzte.

Dikholmen ruhte im fahlen Licht dieser Juninacht, als das Fährboot die Anlegestelle erreichte, eine kleine natürliche Bucht, an deren Ufer es nicht einmal eine Laterne gab. Schwach erhellte der Lichtkegel des Fährbootes die Umgebung, glatte, von gelben Flechten überzogene Felsen, dahinter Sträucher und der Beginn eines schmalen Sandweges, der ins Inselinnere führte. Über eine Rampe schob Ingas Begleiter sein Gespann vom Boot auf einen schmalen Holzsteg. Sie folgte ihm.

»Hab Ulf nach dem Gästehaus gefragt, das du suchst.« Der Motorradfahrer blieb stehen, drehte sich zu ihr um. Für einen Moment tauchten die Seitenlichter der Fähre sein Gesicht in einen milchigen Schein. Es wirkte entspannt, viel entspannter, als Inga selbst sich fühlte. »Ich bin zwar regelmäßig auf der Insel«, fuhr er fort, während er sich in Bewegung setzte und sein

Gefährt, das die gesamte Breite des Stegs einnahm, in Richtung Ufer schob. Das Motorrad ächzte, und der Steg erzitterte unter seinem Gewicht. Inga strengte sich an, jedes Wort zu verstehen. »Ein Haus für Feriengäste ist mir aber nicht bekannt«, hörte sie ihn sagen. »Ulf hat mir die Richtung grob erklärt. Am besten fahren wir zum ersten Haus, an dem wir vorbeikommen, und du fragst da nach dem Weg.«

Sie nickte, froh, dass er bestimmt hatte, wie sie vorgehen würden. »Das heißt, du kennst dich wenigstens ein bisschen hier aus?«, erkundigte sie sich, als sie den sandigen Uferstreifen erreicht hatten. Sie setzte den Helm wieder auf.

»Zumindest kenne ich die Leute, die dauerhaft hier wohnen.«

Er ließ den Motor an, und sie setzte sich hinter ihn. Eine diffuse Unruhe kroch in ihr herauf. Dass sie derart blauäugig in ihr waghalsiges Unternehmen aufgebrochen war! Sie hätte sich mehr für das Gästehaus interessieren, hätte sich vorher erkundigen sollen, an welcher Stelle der Insel, an welchem Ufer es sich befand. Dass sie all das nicht getan hatte, ließ sie für einen Moment an der Richtigkeit ihres Wissens zweifeln. Nur dass sich das Gästehaus auf Dikholmen befand, wusste sie genau. Wenn sie ihren Vater auch schon lange nicht mehr über dieses Haus hatte sprechen hören. Ob er es inzwischen wieder verkauft oder hatte abreißen lassen, um etwas Neues, etwas Luxuriöseres auf dem Grundstück zu errichten? Nein, der Schlüssel in ihrer Tasche war Beweis genug. Oder hatte sie in Eile und Aufregung versehentlich nach dem falschen gegriffen? Ihre Gedanken jagten einander, und sie taten es mit einer solchen Vehemenz, dass sie sich außerstande sah, sie abzuschütteln und die innere Ruhe wiederzugewinnen.

Nach wenigen Minuten Fahrt schälten sich die Umrisse eines Gebäudes aus der Umgebung. Inga stieg ab und bewegte sich ein paar Schritte. Das Knattern des Motorrads verebbte, aber ihr Begleiter war so freundlich, ihr mit dem Licht des Scheinwerfers den Weg auszuleuchten. Sie richtete ihren Blick nach vorn, versuchte inständig, irgendetwas zu erkennen, ein Hinweisschild vielleicht, das auf das Gästehaus hinwies, ihr seine Existenz bestätigte und dass sie in die richtige Richtung gefahren waren. Doch sie fand nichts dergleichen. Eine neue Woge der Verunsicherung schwappte über sie hinweg. Ungeduldig streifte sie sich den Helm vom Kopf und wunderte sich, wie vertraut ihr dieser Handgriff bereits geworden war. Zögerlich ging sie auf das Haus zu. Als sie durch das Gartentor trat, öffnete sich die Eingangstür. Zwei Frauen traten heraus, sie scherzten miteinander, eine von ihnen zog die Tür hinter sich ins Schloss.

»Entschuldigung«, rief Inga ihnen zu. »Ich suche das Gästehaus von Söderberg Immobilien.«

Die beiden Frauen warfen sich einen raschen Blick zu.

»Das kleine Holzhaus am Südufer«, hörte Inga die größere von ihnen sagen, und sie glaubte, die Felsbrocken, die von ihrem Herzen polterten, hören zu können.

»Ja, ich meine, da hängt ein Schild dran. Wie, sagtest du, ist der Name?«

»Söderberg.«

»Schon möglich. Hier gibt es nur das eine Gästehaus, also wird es das wohl sein.«

»Ja, bestimmt«, erwiderte Inga. Sie spürte, dass die Bekräftigung notwendig war, um sich selbst Mut zuzusprechen. »Wie weit ist es bis dorthin?«, fragte sie.

Zwischen ihr und den beiden Frauen lagen nur noch zwei Armlängen. Jetzt erkannte sie ihre Gesichter und dass ihre Züge einander auffallend ähnelten, obwohl die Größere von ihnen etliche Jahre jünger sein musste und langes blondes Haar hatte, während die zweite ihr graues Haar kurz geschnitten trug.

»Zu Fuß eine gute halbe Stunde«, antwortete die Jüngere, fügte aber, als sie den Motorradhelm unter Ingas Arm sah, gleich hinzu: »Motorisiert geht's allerdings schneller.«

»Ach, schau mal«, rief da die Grauhaarige. »Hab dich gar nicht erkannt.« Sie winkte dem Motorradfahrer zu, und er rief etwas zu ihr hinüber, woraufhin auch die zweite Frau grüßend die Hand in seine Richtung hob.

Kannten sie sich? Warum hatte er ihr das nicht gesagt?

»Du kennst sie?«, fragte sie ihn kurz darauf, als sie ihren Platz auf dem Sozius wieder einnahm.

»Ja.« Zu mehr ließ er sich nicht hinreißen. Schon startete er den Motor, und sie setzten die Fahrt fort.

Kurze Zeit später hielten sie erneut. Dieses Mal vor einem eingezäunten Grundstück mit einem Kiesweg, der zwischen zwei mit Birken bewachsenen Rasenflächen hindurch auf ein Haus zuführte. Obwohl der Lichtkegel des Motorradscheinwerfers nicht bis zum Haus reichte und Inga nur schemenhafte Konturen erkannte, atmete sie auf. Dies war das Gästehaus ihres Vaters, wie das Schild am Zaun bewies: SÖDERBERG IMMOBILIEN, STOCKHOLM.

»Und hier willst du jetzt ganz allein bleiben?«

Die Vorstellung schien dem Fremden entweder nicht zu behagen oder sein Fassungsvermögen zu übersteigen. Inga stieg ab. Sie nickte.

»Hast du da alles, was du brauchst?«

Wieder nickte sie, entledigte sich des Helms, legte ihn auf die Sitzbank und umrundete das Motorrad, um den Gurt von ihrem Koffer zu lösen. Ihr Begleiter stieg ebenfalls ab.

»Lass mich das machen.« Mit zwei langen Schritten war er neben ihr, wuchtete den Koffer aus dem Beiwagen und stellte ihn neben Inga in den Staub.

Sie lächelte ihn an, zum ersten Mal, wie sie feststellte.

»Inga Söderberg«, sagte sie leise, überlegte kurz, ob sie ihm der Höflichkeit halber die Hand reichen sollte, entschied sich dann aber dagegen.

Als er ihren Namen hörte, warf er einen raschen Blick auf das Schild am Gartenzaun und pfiff leise durch die Zähne. »Ach …«, murmelte er, »dann bist du …«

»Danke«, sagte sie, ohne ihn aussprechen zu lassen, »dass du das hier für mich getan hast.«

Er schwieg, nickte, wusste offenbar nicht, was er sagen sollte, vergrub die Hände in den Hosentaschen.

»Magnus Lund«, murmelte er. Inga lächelte wieder.

Sie nahm ihren Koffer und schleppte ihn über den Kiesweg bis zur Holztreppe und die drei Stufen nach oben zur Haustür. Dort unter dem Vordach stellte sie ihn ab. Die Nacht war hell, was ihr das Aufschließen der Tür erleichtern würde. Wie eine Einbrecherin fühlte sie sich. Obwohl sie sicher war, dass das Gästehaus unbewohnt war – andernfalls hätte der Schlüssel nicht in der Schublade gelegen –, beschlich sie ein mulmiges Gefühl. Die vormals verspürten Zweifel kehrten zurück. Was, wenn er nicht passte? Wenn das Türschloss, warum auch immer, ausgewechselt worden war? Wenn sie sich geirrt hatte?

Ihre Sorgen waren unbegründet. Spielend leicht glitt der Schlüssel ins Schloss. Sie drehte ihn herum. Mit einem leisen Klacken sprang die Tür auf. Inga stieß einen Laut der Erleichterung aus und schob den Koffer vor sich ins Innere des Hauses. Bevor sie die Tür hinter sich schloss, blickte sie ein letztes Mal nach draußen, wo sie durch die Bäume hindurch das sich entfernende Rücklicht von Magnus' Motorrad sah und hörte, wie er knatternd davonfuhr.

Wie in Zeitlupe schloss sie die Tür. Lehnte sich von innen dagegen. Noch immer fror sie, sie hatte Hunger und Durst und spürte die Anstrengungen der letzten Stunden in ihrem gesamten Körper. Doch gleichzeitig breitete sich eine tiefe Erleichterung in ihr aus. Sie hatte es geschafft! Hatte ihrer jähzornigen Stiefmutter den Rücken gekehrt und ihr gezeigt, dass sie sich nicht von ihr unter Druck setzen lassen würde.

Ohne sich zu bewegen, suchte sie nach einem Lichtschalter, zuerst rechts neben der Tür, dann links. Sie starrte ins Dunkel, tastete sich an der Wand entlang bis zum nächsten Türrahmen. Auch hier fand sie keinen Schalter. Dann erst fiel ihr ein, dass etliche der kleinen Inseln im Schärengarten nicht an Strom- und Wasserleitungen angeschlossen waren. Das lernten schwedische Kinder im ersten Schuljahr. Und Inselkinder, die nicht in einer feudalen Villa auf Stegesund aufwuchsen, wussten es wahrscheinlich bereits vorher. Wieso hatte sie daran nicht gedacht? Sie würde Lampenöl brauchen, einen Kanister mit Wasser, Brennholz, Streichhölzer, Kerzen, vielleicht eine Taschenlampe, Batterien. »Hast du da alles, was du brauchst?«, hatte Magnus gefragt.

Dass seine Frage all die Dinge eingeschlossen hatte, die unerlässlich waren für den Alltag auf einer Insel ohne Strom und fließendes Wasser, begriff Inga erst in diesem Augenblick. Was war sie nur für ein verwöhntes, dummes Mädchen? Für einen Moment hielt sie die Luft an, bereute ihren Plan, stellte ihr selbst gewähltes Asyl infrage. Mit ihrer Flucht hatte sie zwar den Faden zwischen sich und Siw durchtrennt, hatte sich befreit, um der ausgesprochenen Drohung zu entgehen, hatte ihr Kind gerettet, doch gleichzeitig wusste sie, dass sie in dieser Abgeschiedenheit allein nicht überleben konnte. Und sie war ja nicht nur für ihr eigenes, sondern auch für das Leben ihres ungeborenen Kindes verantwortlich.

Unwillkürlich tastete Inga nach ihrem Bauch. Den Tränen nah schritt sie durch die von Schatten bevölkerten Zimmer des Hauses. Sie fand sich nicht zurecht, tastete sich wie eine Blinde mit ausgestreckten Armen an den Wänden entlang und hörte erst auf damit, als sie mit dem Knie an ein Möbelstück stieß, das ein Sofa sein mochte. Dort sank sie nieder, fand ein kleines Kissen, das sie sich unter den Kopf schob. Sie zog den Reißverschluss ihres Anoraks zu bis unters Kinn und rollte sich zusammen wie eine Katze. Nur nicht an die Kälte denken. Es war trocken, und sie hatte ein Dach über dem Kopf, das musste vorerst reichen. Die Juninächte waren hell, es würde nur ein paar Stunden dauern, bis das Innere des Hauses sich ihr offenbaren würde.

Ihre Lider wurden schwer, und bevor sie in die Arme des Schlafes glitt, dachte sie an den Proviant in ihrem Koffer – Käse, Äpfel, Brot, eine angebrochene Tüte Zimtkekse, eine Flasche Zitronenlimonade. Am kommenden Morgen würde sie sich um alles kümmern. Um Lebensmittel. Um Wasser. Um Licht.

Und um den Brief an Jesper.

# LILLEMOR

Granzbach, Wetzlar 2019

Sie trug schwer an ihrem Rucksack, sein Gewicht drückte sie förmlich zu Boden. Ihre Wanderschuhe sanken knöcheltief in den Matsch ein, durch den sie stapfte. Der Wald nahm kein Ende, er sah nach jeder Biegung gleich finster aus. Hoch aufragende Nadelbäume, dicht an dicht, säumten den vor ihr liegenden Weg. Sie hatte gelesen, dass sich die Markierungen, denen sie folgen musste, an Bäumen und Schildern befanden, aber sie entdeckte keine einzige. Wahrscheinlich war sie von vornherein dem falschen Pfad gefolgt, in der Hoffnung, bald eines der gesuchten Hinweisschilder zu entdecken, doch anstatt umzukehren, war sie weiter in den Wald hineingelaufen. So war ihr jegliche Orientierung abhandengekommen, und sie ging und ging, ohne zu wissen, wohin der Weg sie führen würde. Der Regen, der sie von Beginn an begleitet hatte, nahm zu, ein regelrechter Wolkenbruch durchnässte sie bis auf die Haut, die Hose klebte an ihren Beinen. Immer tiefer sank sie in den Morast, ihre Schuhe blieben darin stecken, sie geriet in Panik, als sie merkte, wie schwer es ihr fiel voranzukommen.

Mit einem Mal vernahm sie das Zwitschern eines Vogels. Nein, es waren mehrere Vögel. Sie hielt inne, legte den Kopf in den Nacken und blickte nach oben in einen hellblauen Himmel.

Lillemor schlug die Augen auf, ihr Herz jagte, sie brauchte

einen Augenblick, um zu realisieren, dass sie warm und trocken in ihrem weichen Bett lag, dass Morast und Wolkenbruch und ihre undichte Regenjacke nichts weiter als Elemente eines unschönen Traumes gewesen waren. Durch das geöffnete Schlafzimmerfenster drang der Gesang der Vögel zu ihr herein. Erleichtert, dass die Panik der vergangenen Augenblicke nicht die Realität gespiegelt hatte und mehr und mehr verblasste, blinzelte sie in die Helligkeit des Morgens. Sie drehte den Kopf zur Seite, sah auf ihren Wecker. Halb sieben. Mone und Anja würden erst in zwei Stunden da sein, um sie abzuholen und nach Wetzlar zu bringen.

Lillemor schüttelte die Reste ihres Traumes ab, stand auf und ging zum Fenster. Ihr Blick glitt über den Garten hinweg, über die Dächer der Nachbarhäuser in den Himmel, der einen freundlichen Sommertag versprach.

»12. Juni«, murmelte sie, als wäre es notwendig, das Datum zu nennen, damit sie es glaubte.

An diesem Morgen würde sie starten. Sie drehte sich um und ging in die Küche. Eine Tasse Kaffee, mehr würde sie nicht herunterbringen. Dass sie ihren Magen vor Beginn ihrer ersten Etappe nicht mit einem vernünftigen Frühstück versorgte, würde ihr höchstwahrscheinlich harsche Kritik von Anja eintragen. Lillemor beschloss, es für sich zu behalten. Sie trank den Kaffee schwarz, wie sie es seit jeher tat, und merkte, dass sie innerlich zu unruhig war, um zu sitzen. Mit der Tasse in der Hand ging sie zum Küchenfenster. Ein Fahrradfahrer fuhr vorbei, die Zeitungsfrau zog ihren mit Werbeprospekten vollgestopften Trolley über den Gehweg. Müllers Katze schlich mit erhobenem Kopf über den Rasen.

Um halb neun hielt Mones blauer Kombi in der Einfahrt.

»Hast du gut geschlafen, bist du fit?«

»Blöd geträumt«, erwiderte Lillemor kurz, sie verspürte

keine Lust, sich an ihren Traum zu erinnern, an die verloren gegangene Orientierung, den Regen, die Schuhe im Morast.

»Na, komm.«

Neunzig Minuten später fand Lillemor sich auf dem Domplatz in der Wetzlarer Altstadt wieder. Der Rucksack fühlte sich fremd und schwer an auf ihrem Rücken, die Gurte drückten schon jetzt unangenehm auf ihre Schultern, sodass sie zur Entlastung beide Hände darunterschob. Sorgenvoll dachte sie an die vor ihr liegenden Kilometer der nächsten Tage, die ihr nicht nur Ausdauer, sondern auch Kraft abverlangen würden.

»Willst du kurz reingehen, bevor du losziehst?«, fragte Mone mit einer Kopfbewegung in Richtung des wuchtigen Kirchenbaus. Sie hatten das Auto in einer Seitenstraße geparkt und waren die wenigen Schritte bis zum Dom an Lillemors Seite geblieben.

»Weiß nicht.« Unschlüssig ließ sie ihren Blick an der Fassade des Langhauses entlangwandern. »Kirchen bedeuten mir nicht so viel.«

Anja zog Lillemor an sich. »Ich wünsch dir alles, was du dir wünschst«, sagte sie, und als sie einander losließen, bemerkte Lillemor den Tränenschimmer in den Augen ihrer Freundin.

»Du wirst doch nicht weinen, Anja!«

Verlegen rieb Anja sich über die Augen. »Versprich, dich jeden Tag mindestens einmal zu melden«, sagte sie, ohne auf Lillemors Bemerkung einzugehen.

»Mach ich.«

»Finde, was du suchst«, sagte Mone, zog Lillemor in ihre Arme und küsste sie auf die Wange.

»Ihr seid die Besten«, sagte Lillemor, »und ich drehe mich nicht noch mal um.« Sie winkte ihren Freundinnen mit beiden Händen zu und wandte sich dem Dom zu.

Wieder glitt ihr Blick an der Fassade des imposanten Kirchenbaus empor, an seinem aus rotem Sandstein errichteten Turm, verweilte schließlich am Turmportal. Sechs aus Stein gemeißelte Skulpturen standen dort auf Säulen, die Madonna in ihrer Mitte. Lillemor fragte sich, wen sie darstellten. Sie verstand nichts von Kirchengeschichte, erinnerte sich vage an ein paar Namen aus der Bibel – es war zu lange her, dass sie in der Schule davon gehört hatte. Und seit das mit Timmy und Bernhard passiert war, hatte sie ohnehin jeden Glauben an die schützende Macht Gottes verloren.

»Sie haben ihn gefunden!«

Eine Stimme zerrte sie aus ihren Gedanken. Erschrocken wandte sie sich um, entdeckte einen jungen Mann neben sich, der etwas kleiner war als sie, in Jeans und dunkelblauem Poloshirt. Er lächelte sie an. Gern hätte sie seine Freundlichkeit erwidert, spürte aber, dass sie zu beschäftigt war mit seiner Frage, die sie nicht in einen plausiblen Zusammenhang bringen konnte.

»Gefunden?«

Er wies auf die äußere der Skulpturen an der rechten Seite. »Ihren Schutzpatron.«

*Was um Himmels willen ist ein Schutzpatron?*

Schutzengel war ihr ein Begriff. Ob es zwei verschiedene Worte für dasselbe waren? In der Hoffnung, die Antwort am Turmportal zu finden, folgte sie seiner Hand mit ihrem Blick. Eine männliche Figur, langhaarig, bärtig, mit einem Gewand, so lang, dass es seine Füße verbarg. In der rechten Hand hielt er eine Muschelschale.

»Kommen Sie, wir gehen da drüben rein«, hörte sie wieder die Stimme des Mannes.

Im Gehen drehte er sich zu ihr um, lächelte noch einmal und eilte ihr voran an der Fassade entlang. Lillemor wusste nicht, warum sie ihm folgte. Warum sie fast mechanisch einen Fuß vor den anderen setzte, ohne darüber nachzudenken. Warum sie ihn nicht fragte, was ein Schutzpatron war und wen die Figur am Turmportal darstellte. Warum sie schwieg und sich von ihm leiten ließ, ohne zu wissen, wohin.

Nach wenigen Schritten erreichten sie ein weiteres Portal. Es führte ins Langhaus des Domes. Kühle umfing sie beim Eintreten. Stille. Die majestätische Erhabenheit, die Kirchen dieser Größenordnung ausstrahlen. Es roch schwach nach flüssigem Wachs und dem Duft kürzlich gelöschter Kerzen. Zwischen den Säulen hindurch sah Lillemor jemanden mit einem Arm voller Blumen und einer großen Vase im Altarbereich hantieren. Sonst war das Gotteshaus menschenleer.

»Ich bin direkt bei Ihnen, geben Sie mir fünf Minuten.«

Lillemor wollte etwas darauf erwidern, wollte den Mann fragen, wozu sie ihm fünf Minuten geben solle, wollte ihm sagen, dass sie nur in der Stadt war, um ihre Wanderschaft zu beginnen, um loszuziehen mit dem Gewicht auf dem Rücken, das sie jetzt schon in jedem Muskel spürte. Doch ehe sie den Mund öffnen konnte, war er nach vorn geeilt, wo er kurz darauf eine Tür im Seitengang öffnete und sich ihren Blicken entzog. Der Höflichkeit halber beschloss sie zu warten und erinnerte sich an Anjas Worte, dass es nicht schaden könne, ihre Reise in einer Kirche zu beginnen.

Sie ging ein paar Schritte und blieb hinter der letzten Bankreihe stehen. Weiter vorne bemerkte sie den gekreuzigten Christus von der Decke herabhängen, neben ihm zwei Figuren, von denen eine wohl Maria darstellte. Alle drei Gestalten waren aus Holz geschnitzt, farbig angemalt und auf seltsame Weise miteinander verbunden. Am Fuß des Kreuzes entdeckte sie einen ins Holz gearbeiteten weißen Totenschädel. Wie konnten Menschen vor einem solchen Anblick nur Ruhe und Frieden finden?

Da nahm sie plötzlich eine Bewegung wahr. Sie drehte den

Kopf, sah jemanden eintreten. Eine junge Frau, sie schätzte sie auf Mitte bis Ende zwanzig, mit kupferroten kurz geschnittenen Haaren. Sie trug knöchelhohe Wanderschuhe und einen Rucksack auf dem Rücken. Mit ihren muskulösen Beinen und dem karierten, vor dem Bauch verknoteten Männerhemd machte sie einen robusten Eindruck. Als sie Lillemor entdeckte, zuckte ein Lächeln in ihren Mundwinkeln.

Für einen Moment hielt sie inne, heftete ihren Blick auf das Kreuz, von dem Lillemor sich wenige Augenblicke zuvor zwiegespalten abgewandt hatte, und bekreuzigte sich. Sie tat es ohne Hast, als wäre sie mit ganzem Herzen beteiligt. Peinlich berührt senkte Lillemor den Blick. Es war, als beobachtete sie eine intime Handlung, bei der sie nichts verloren hatte, an der sie nicht teilhaben sollte. Jetzt trat die Fremde auf Lillemor zu. Sommersprossen sprenkelten Wangen, Nase und Stirn. Sie verliehen ihr etwas Kindliches. Fasziniert stellte Lillemor fest, dass die Art, wie sie sich bewegte, trotz des Gewichtes auf ihrem Rücken leicht und fließend wirkte.

»Das ist ja nett!«, sagte die Rothaarige beim Näherkommen, als wären sie miteinander befreundet und sich zufällig nach langer Zeit wiederbegegnet. Eine kleine silberne Muschel schmiegte sich in ihre Halsgrube, sie erinnerte Lillemor an die Muschel in der Hand der Steinfigur draußen am Turmportal. Nicht weniger irritiert als kurz zuvor bei der Begegnung mit dem Fremden lächelte sie ihr zu. Was ist hier eigentlich los?, hätte sie am liebsten gefragt, um endlich zu verstehen. »Ich wusste gar nicht, dass noch mehr …« Suchend sah die junge Frau sich um. »Oder sind wir nur zu zweit? Er hatte von einem Einzelsegen gesprochen.«

*Ich bin im falschen Film …*

Vergebens mühte Lillemor sich, einleuchtende Zusammenhänge zwischen den Bruchstücken in ihrem Kopf herzustellen.

»Ist das hier dein Startpunkt, oder bist du schon …?« Wieder blieb der Satz unbeendet im Raum stehen. Zur Abwechslung sah Lillemor sich zu einer Antwort in der Lage.

»Ja, ich geh heute los.«

»Super, ich auch. Vielleicht können wir zusammen …«

*Nein, bitte nicht!*

Möglicherweise war dies der Zeitpunkt, die Kirche zu verlassen. Frau Dr. Ohlig hatte die geplante Wanderung eine Reise zu sich selbst genannt. Zu sich selbst konnte man nur finden, wenn man auch bei sich blieb, oder nicht? Eine plappernde, sommersprossige Weggefährtin würde sie ganz gewiss daran hindern.

»Ah, da sind ja gleich zwei Pilgerinnen!«

Der Fremde, der Lillemor in den Dom geführt hatte, kam durch den Mittelgang auf sie zu. Er trug jetzt eine Art Schal quer über seinem Oberkörper, der auf seiner rechten Schulter auflag.

*Ich bin keine Pilgerin, das ist ein Missverständnis …*

»Rieke Sprott«, sagte die Rothaarige, trat einen Schritt nach vorn und reichte ihm die Hand. »Sie sind bestimmt Diakon Baumeister. Wir haben telefoniert.«

»Ah, wunderbar!« Er lächelte, ergriff ihre Hand und schüttelte sie.

»Dann sind Sie …?« Er wandte sich Lillemor zu.

Noch immer versuchte sie verzweifelt herauszufinden, was hier vor sich ging. Der Höflichkeit halber stellte sie sich den beiden vor.

»Lillemor Kirschbaum.«

»Interessanter Name«, sagte Rieke lächelnd.

Sie schüttelten einander die Hände, Lillemor, Rieke Sprott und Diakon Baumeister, drei Menschen, die offenkundig etwas miteinander verband, was sich Lillemor beim besten Willen nicht erschloss.

»Wir gehen in die Stephanuskapelle«, sagte Diakon Baumeister, und sie folgten ihm durch den Mittelgang nach vorne – Rieke Sprott mit dem entschlossenen Schritt der Zielstrebigen, Lillemor mit einer Mischung aus Unsicherheit und Neugier. Auf der Höhe des Kreuzes führte zur Linken eine Tür in einen Andachtsraum, der nur von einem einzelnen schmalen Fenster aus rotem und grauem Glas erhellt wurde. Außer ein paar Gebetsstühlen, einem gemauerten Altar mit zwei Kerzenleuchtern und einem Eisenkandelaber an der Decke war er schmucklos. Es brannte kein Licht, die Kerzen hatte niemand angezündet. Die Stephanuskapelle. In Lillemors Kopf türmten sich die Fragezeichen. »Möchten Sie ablegen?«, fragte Diakon Baumeister mit einem Blick in Richtung der beiden Rucksäcke.

*Eine gute Idee!*

Lillemor löste die Schnallen, erleichtert, sich des Gewichtes auf ihrem Rücken für eine Weile entledigen zu können.

Rieke dagegen schüttelte den Kopf. »Ich bin startklar, ich lege nichts mehr ab.« Sie lachte. »Ich bin nur hier wegen des Pilgersegens.«

Lillemor hielt inne.

*Wegen des Pilgersegens …*

In Gedanken wiederholte sie die Worte, die so befremdlich in ihren Ohren klangen, als hätte Rieke sie in einer ihr unbekannten Sprache gesprochen. Schutzpatron, Pilgersegen, Diakon … In welches Universum war sie geraten?

Sie könnte sich umdrehen und gehen, diese dämmrige Kapelle, den stillen Dom verlassen, das Kreuz mit dem Totenschädel hinter sich lassen, hinaustreten in den sonnigen Vormittag. Sie ließ die Schnalle ihres Brustgurtes wieder einrasten, straffte die Schultern, suchte nach Worten, mit denen sie sich halbwegs elegant entschuldigen und der Situation entziehen könnte. Doch da bat Diakon Baumeister sie beide auch schon mit einer leichten Handbewegung und ohne ein Wort, sich vor ihn hinzustellen. Lillemor fixierte einen Punkt im roten Mauerwerk hinter ihm und versuchte, sich zu entspannen. Was sollte schon passieren, wenn sie sich darauf einließ?

Diakon Baumeister legte beide Handflächen aneinander und begann zu beten. Mit einem Seitenblick sah Lillemor, dass auch Rieke die Hände faltete.

*Wann hab ich zum letzten Mal gebetet?*

Da sie nicht wusste, was sie mit ihren Händen machen sollte, umfasste sie eine mit der anderen in Höhe ihres Bauchnabels. Die Stimme des Diakons drang an ihr Ohr, sie hatte etwas Unaufgeregtes, klang warm und tief, eine Stimme, der man gern zuhörte, weil sie angenehm war und Vertrauen weckte. Bis zu diesem Zeitpunkt war Lillemor davon überzeugt, den Pilgersegen, der allem Anschein nach für Rieke Sprott so essenziell war, dass sie um einen telefonischen Termin dafür gebeten hatte, als eine Episode am Beginn ihrer Wanderschaft zu betrachten, in die sie versehentlich geraten war und die es galt, rasch hinter sich zu bringen.

Doch nun, da sie dem betenden Diakon gegenüberstand und sich des Gewichtes auf ihrem Rücken noch einmal bewusst wurde, verspürte sie eine Form von Aufregung, die sie nicht erwartet hatte.

Er streckte beide Arme aus, hielt sie mit nach unten gerichteten Handflächen über ihre Köpfe. Die Wärme seiner Hand übertrug sich auf sie, während er sprach. Sie stand so nah vor ihm, dass sie die hellen Bartstoppeln auf seinem Kinn und ein kleines Muttermal unter seinem linken Nasenflügel erkannte. Überrascht stellte sie fest, dass sie sich auf seine Worte konzentrieren wollte, dass sie wissen wollte, was er sagte, und so richtete sie ihre Aufmerksamkeit auf sein Gebet und schloss die Augen, um sich vor Ablenkungen zu schützen.

*»Gott, Du hast Deinen Knecht Abraham auf allen Wegen unversehrt behütet. Du hast die Söhne Israels auf trockenem Pfad mitten durch das Meer geleitet. Durch den Stern hast Du den Weisen aus dem Morgenland den Weg zu Christus gezeigt. Deinen Knecht Mose hast Du durch die Wüste zum Wasser des Lebens geführt.«* Seine Worte verwandelten sich hinter Lillemors Lidern zu Bildern, die als Fragmente aus der Tiefe ihrer Erinnerung aufstiegen. Die Menschen des Alten Testamentes auf ihren Wegen und Reisen. »Leite und führe auch Rieke und Lillemor auf ihrer Pilgerreise.« Er hatte sich ihren Namen gemerkt, ihn sogar richtig ausgesprochen, was sie mit einer stillen Freude zur Kenntnis nahm. »Lass sie Deine Gegenwart erfahren, mehre ihren Glauben, stärke ihre Hoffnung und erneuere ihre Liebe.« Es gefiel ihr, dass er dem Gebet eine persönliche Note gab, dass er ihren Namen nannte, sie dem Schutz Gottes anvertraute. Wärme durchströmte sie. Freude. Dankbarkeit. »Schütze sie vor allen Gefahren, und bewahre sie vor jedem Unheil. Führe sie glücklich ans Ziel ihrer Reise, und lass sie unversehrt nach Hause zurückkehren. So segne sie im Namen des Vaters, des Sohnes und des Heiligen Geistes. Amen.« Als sie die Augen aufschlug, sah sie Diakon Baumeisters rechte Hand, die in diesem Moment den Segen mit einem Kreuzzeichen in der Luft über ihrem und Riekes Kopf beendete. »Möge Gott euch Kraft schenken, euren Weg im Vertrauen auf Ihn zu gehen. Möge Er euch Antworten auf eure Fragen und Klarheit in unklaren Zeiten schenken. Möge Er euch Licht sein, wenn die Pfade dunkel sind. Geht mit ganzem Herzen, mit ganzer Seele. Und vergesst nie, dass ihr nicht allein geht.«

Er trat einen Schritt zur Seite. Lillemor spürte ihr Herz in den Schläfen pochen. Ein warmes, wohliges Gefühl rieselte durch sie hindurch, doch sie war unfähig, sich zu erklären, wodurch es ausgelöst worden war. Da sie nicht an Gott glaubte, war es wohl kaum auf etwas Göttliches zurückzuführen. Allein die Stimme von Diakon Baumeister? Oder die sakrale Atmosphäre ringsumher?

»Vielen Dank!«, hörte sie Rieke sagen, und sie sah ihre grünen Augen hinter den Gläsern ihrer Nickelbrille leuchten.

## Dikholmen, 1960

*Sie sind in meinem Kopf und gleichzeitig um mich herum. So, wie ich sie kenne. So, wie ich sie hasse.* Du bist ein schlechter Mensch, *raunen sie mir zu, sie lachen mich aus, sagen mir, dass ich nichts fertigbringe, nicht einmal ein Versteck finde.* Er kommt dich holen, *höre ich sie wispern,* holen, holen, holen …

*Seit Stunden liege ich in meinem Moosbett auf der Lichtung. Nackt bis auf den gestrickten Pullover, der mir bis zu den Oberschenkeln reicht. Hose, Schuhe, Strümpfe habe ich zum Trocknen neben mir auf der Wiese ausgebreitet und mich zurück in das weiche Polster sinken lassen, in den Abdruck meines Körpers. Die Muskeln verspannt, der Rücken schmerzend, meine Hände wund. Ich kauere an diesem Ort, nass und frierend, aus Angst, jemand könnte mich finden. Aber keiner ist bisher gekommen. Keine Menschenseele. Bin ich auf einer der unbewohnten Inseln gestrandet? Obwohl ich die Menschen meiden will, stockt mir fast der Atem beim Gedanken daran, dass ich mich hier nur von dem würde ernähren können, was die Insel hervorbringt. Mein Herz ist schwer, das Ziehen darin hört nicht auf. War es richtig zu gehen? Die Liebsten zu verlassen? Werde ich wirklich ohne sie leben können?*

*Das Heimweh nach meinen Kindern zerreißt mich jetzt schon, obwohl ich erst wenige Stunden fort bin. Sie werden nicht verstehen. Sie werden mir nie verzeihen. Und Anders? Mein Anders, von dem ich geglaubt habe, dass er mich liebt? Mich, das verrückte Kind, das sonderbare Mädchen, die seltsame Frau, die mit den Möbelstücken spricht, mit den Türen und Fenstern, mit den Tassen im Schrank und den eingemachten Steckrüben auf dem Brett in der Vorratskammer. Doch auch von Anders kam all die Jahre nicht mehr als ein Kopfschütteln, das gleiche, das mich mein Leben lang begleitet hat. Kopfschütteln hilft nicht. Genauso wenig wie Totschweigen. Tuscheln hinter vorgehaltener Hand. Einsperren in den Schuppen. Oder Schläge.*

Dir werd' ich die Verrücktheiten schon austreiben …

*Mein Vater hat sich nicht mal die Mühe gemacht, die Schuppentür zu schließen, wenn er mich auf den Holzbock gestoßen und mir die Gerte über den Hintern gezogen hat. Er hat sie erst danach geschlossen, mich weinend und mit brennender Haut zurückgelassen, zitternd am ganzen Körper. Noch heute pfeift das Zischen der Gerte in meinen Ohren, höre ich das Geräusch des Schlüssels, wie er sich nach der unsäglichen Prozedur im Vorhängeschloss dreht. Noch heute sehe ich die Ritzen zwischen den Latten der Holztür, die etwas Licht von draußen zu mir hereindringen ließen – fünf feine helle Linien auf dem lehmgestampften Boden. Hätten doch die gewaltsamen Ausbrüche meines Vaters dazu gedient, zum Schweigen zu bringen, was mich auf Schritt und Tritt verfolgt! Doch in der Einsamkeit des Schuppens vernahm ich unerbittlicher denn je, was mich letztlich hergetrieben hat. Auf diese Insel, deren Namen ich nicht kenne.*

*Wenn ich Anders heirate, habe ich lange gedacht, wird alles besser. Wird alles gut. Endlich wird dann alles gut. Dann verschwinden sie, habe ich gedacht, wenn er bei mir ist, werden sie verstummen.*

*Heute weiß ich, wie machtvoll sie sind. Dass weder meine Ehe mit Anders noch die Schläge meines Vaters sie ersticken konnten. Noch immer kommen sie unverhofft, ohne Ankündigung, verlangen nach Antworten, die ich ihnen geben muss, denn tue ich es nicht, werden sie lauter, eindringlicher, fordernd. Manchmal höre ich sie schon am Morgen, manchmal Nacht für Nacht, wenn der Schlaf sich nicht einstellen will, manchmal tagelang gar nicht.*

*»Du siehst Gespenster«, hat Anders lachend gesagt, als ich gewagt habe, ihm von ihnen zu erzählen, ein paar Tage nach unserer Hochzeit. Und dann war ich diejenige, die den Kopf geschüttelt hat. »Nein!«, habe ich gerufen und zu einer Erklärung ansetzen wollen. Ihm sagen wollen, wie es ist, wenn ich sie höre, und dass ich keine Gespenster sehe und nicht mit Möbelstücken spreche. Aber er hat mir nicht zugehört, wollte nichts davon wissen, wie mein Vater nichts davon hat wissen wollen. Und so wurde aus dem verrückten Kind das sonderbare Mädchen und schließlich die seltsame Frau. Seine seltsame Frau.*

*Ich schüttle die unliebsamen Erinnerungen ab, blinzle hinauf ins Sonnenlicht, das den Wald leuchten lässt. Silberne Rauten tanzen auf den Sonnenstrahlen zwischen meinen halb geschlossenen Lidern.*

*Mein einziges Unterhemd habe ich in Streifen gerissen und sie wie Verbände um meine geschundenen Hände, um die aufgeplatzten Blasen gewickelt. Vielleicht wächst auf dieser Insel heilender Spitzwegerich oder Frauenmantel.*

*Die Wunden pochen. Sie treiben mir die Bilder des Bootes in den Kopf. Die Schläge mit dem Beil. Die Kraft, die ich mir niemals zugetraut hätte. Die beiden Löcher im Rumpf. Verborgen zwischen den grauen Felsrücken habe ich am Ufer ausgeharrt, den Sack mit meinen Habseligkeiten an mich gepresst, und dabei zugesehen, wie es hinaustrieb. Ich hoffe, das Innere ist rasch vollgelaufen, damit das Meer leichtes Spiel mit ihm hatte.*

*Ich esse einen Apfel und trinke schluckweise Wasser, gehe sparsam damit um, solange ich nicht weiß, wo ich neues finde. Wie lange werden die Vorräte reichen?*

*Ich muss weg von hier, die Lichtung verlassen, bevor die Dämmerung am Abend alles verschluckt. Ich ziehe meine Strümpfe an und danach die Schuhe. Sie sind noch nicht trocken, das Wasser hat weiße Ränder auf dem Leder hinterlassen. Die Hose dagegen ist warm von der Sonne, ich schlüpfe hinein, schnüre mit meinen ver-*

*bundenen Händen ungelenk eine Schleife vor dem Bauch. Öljacke und Mütze stopfe ich in den Sack, ziehe die Ärmel des Strickpullovers über meine Handflächen, um sie zu schützen. Sie brennen, als ich mir den Sack über die Schulter werfe. Ich will aufschreien, den Sack fallen lassen, aber ich weiß, dass ich ihn brauche, dass ich leise sein und die Schmerzen aushalten muss. Das Ruder, das mir vielleicht eines Tages nützlich sein kann, verstecke ich zwischen den Sträuchern einer dornigen Hecke am Rand der Lichtung, wo ich es wiederfinden werde.*

*Ich sehe mich um. Mein Orientierungssinn ist gut. Ich weiß, aus welcher Richtung ich gekommen bin, beschließe, durch den Wald zu gehen und einen Platz zu suchen, an dem ich mich verstecken kann.*

*Zwischen den Bäumen fühle ich mich sicher. Sie recken sich weit zum Himmel hinauf, und ich bewege mich zwischen ihnen hindurch, als gehörte ich hierher, als wäre ich eine Bewohnerin dieses Waldes, eine Füchsin auf der Suche nach einem neuen Bau. Unter meinen Sohlen knacken Zweige, Tannennadeln, heruntergefallene Zapfen. Die Luft riecht nach Harz und Holz und Erde. Hier und da raschelt es im Unterholz. Zwischendurch wechsle ich den Sack mit zusammengebissenen Zähnen von einer auf die andere Schulter.*

*Irgendwann lassen die Bäume mehr Licht in den Wald herein. Niedrige Hecken markieren den Waldrand, und ich entdecke Sträucher mit saftigen roten Walderdbeeren. Ich setze den Sack ab, reiße die Früchte von den Zweigen und schiebe sie mir gierig zwischen die Lippen. Sie schmecken süß, ich wusste nicht, wie ausgehungert ich bin. Hinter einer Gruppe von Birken sehe ich das Meer silbern in der Nachmittagssonne glitzern. Und während ich nicht genug davon bekomme, die Beeren mit der Zunge zu zerdrücken und ihre Süße zu schmecken, wandert mein Blick umher, und ich zucke erschrocken zusammen, als ich dort, wo die Birken das Meer freigeben, geschützt von wilden Hecken, eine Kate bemerke.*

# LILLEMOR

Wetzlar, 2019

»Der heilige Jakobus.«

Mit von sich gestrecktem Arm wies Rieke hinauf zu der Steinskulptur am Turmportal. Noch unter dem Einfluss des in der Kapelle Erlebten hatte Lillemor zusammen mit Rieke den Dom verlassen und fand sich nun an derselben Stelle wieder, an der sie eine gute halbe Stunde zuvor bereits gestanden hatte.

»Und?«, fragte Lillemor.

Erneut glitt ihr Blick an der Fassade des Portals empor, heftete sich auf die Figur, die jetzt einen Namen hatte. Der heilige Jakobus also. Was ein Pilgersegen war, hatte sie inzwischen aus nächster Nähe erfahren. Würde sie nun dem Geheimnis der Steinskulptur auf die Spur kommen? Mit hochgezogenen Augenbrauen warf Rieke ihr einen Blick zu, in dem eine nicht zu übersehende Mischung aus Staunen und Fassungslosigkeit lag.

»Na, *der* Jakobus.« Die Art der Betonung verriet, wie unbegreiflich es für die junge Frau sein musste, dass jemand mit dem Namen des Heiligen nichts anfangen konnte. »Was bist du für eine Jakobspilgerin, die ihren Schutzpatron nicht kennt?« Rieke lachte breit, während sie sprach, als wäre Lillemors offenbare Bildungslücke nur mit Humor zu ertragen.

»Ich bin doch gar keine Jakobspilgerin«, wandte Lillemor ein. Sie verspürte das dringende Bedürfnis, sich zu verteidigen.

»Was?« Zwischen Riekes Augenbrauen erschien eine Falte.

»Ich geh wandern, ganz einfach.« Lillemor hörte selbst, dass ihre Stimme leicht gereizt klang. Sie war niemandem Rechenschaft schuldig, dieser rothaarigen Besserwisserin schon gar nicht. »In den Dom und dieses Pilgerding bin ich aus Versehen reingeschliddert.«

»In das Pilgerding?« Rieke begann zu lachen. Dabei entblößte sie zwei blendend weiße Zahnreihen. Es war ein unbekümmertes, lautes Lachen, das zwar wenig weiblich wirkte, wie so vieles an ihr, in dem aber etwas ausgesprochen Ansteckendes mitschwang. Dennoch stand Lillemor, die sich auf unerträgliche Weise bloßgestellt fühlte, nicht der Sinn danach, in diesen Ausbruch einzustimmen. Sie drehte sich um und wollte nichts anderes, als Rieke kommentarlos stehen zu lassen. Doch ehe sie ihr Vorhaben in die Tat umsetzen konnte, verebbte das Gelächter. »Entschuldige«, sagte Rieke. Es klang nicht wie eine Floskel, weshalb Lillemor innehielt, sich wieder zu ihr umwandte und ihr zuhörte. »Aber du siehst so aus, als ob … Ich meine, der Lahn-Camino beginnt hier, genau hier am Dom beim heiligen Jakobus …« Flüchtig blickte sie zu der Steinskulptur hinauf, ohne mit dem Sprechen innezuhalten. »Und du trägst diesen beladenen Rucksack, bist offenbar zu Fuß unterwegs. Okay, die Muschel fehlt dir, aber sonst … Also, tut mir leid, es liegt mir wirklich nah zu glauben, dass du …« Wieder lachte sie und beendete den Satz nicht. Lillemor verdrehte die Augen und wandte sich erneut ab. Sie verspürte nicht die geringste Lust, sich für ein Missverständnis zu rechtfertigen, für dessen Entstehung sie nicht verantwortlich war. So hatte sie sich den Beginn ihrer Wanderschaft nicht vorgestellt. Ohne ein weiteres Wort setzte sie sich in Bewegung. »Hey, warte doch!«, rief Rieke ihr nach. Im Laufschritt holte sie Lillemor ein. »Es war nicht so gemeint, entschuldige.«

Lillemor blieb stehen. »Es ist ein Zufall«, sagte sie genervt, nachdem sie sich Rieke wieder zugewandt hatte. »Ich geh zwar hier am Dom los, aber von diesem Lahndings höre ich gerade zum ersten Mal. Der heilige Jakobus ist mir unbekannt, was ein Pilgersegen ist, wusste ich bis vorhin auch nicht. Ich hab vor, den Lahnwanderweg zu gehen.«

»Jetzt versteh ich«, sagte Rieke. »Klassische Fehlkommunikation, würde ich sagen.«

»Tja.« Lillemor wollte mit den Schultern zucken, merkte aber, wie schwer ihr diese Bewegung mit dem ungewohnten Gewicht des Rucksacks fiel.

»Ist doch nicht schlimm«, Rieke war hörbar um einen versöhnlichen Tonfall bemüht, »dann wünsche ich einen guten Weg.«

»Ebenso, danke.«

Lillemor sah Rieke nach, die zielstrebig den Domplatz überquerte und in die angrenzende Fußgängerzone eintauchte. Anscheinend kannte die junge Pilgerin ihren Startpunkt. Im Gegensatz zu ihr selbst. Sie stieß einen tiefen Seufzer aus. Wenige Augenblicke zuvor hatte sie sich auf eine nicht näher zu beschreibende Art getragen gefühlt von den Worten des Diakons und der Stimmung in der Stephanuskapelle, hatte den Dom gestärkt verlassen, und nun hatte Riekes Gelächter alles zerstört. Ihretwegen fühlte Lillemor sich um einen guten Start betrogen.

Sie sah sich um. In welche Richtung würde sie gehen müssen, um die erste der Markierungen zu finden?

Fußgänger eilten an ihr vorbei, drei plappernde Teenager mit Schultaschen, ein älteres Ehepaar, eine Mutter mit zwei unwilligen Kleinkindern im Schlepptau, die diese wortreich ermahnte und antrieb. Am Rande des Domplatzes hielt ein Lastwagen, hinter ihm wurde ungeduldig gehupt. Wie ein Fremdkörper kam Lillemor sich vor. Die Gurte des Rucksacks drückten, die klobigen Wanderschuhe fühlten sich an, als wären es nicht ihre eigenen, und ihr Rücken kämpfte gegen das ungewohnte Gewicht, das sie ihm zumutete. Es war, als müsste sie jeden Schritt mit ihrem Körper ausbalancieren.

*Wohin?*

Ihr Wanderführer befand sich in ihrem Rucksack. Weshalb hatte sie nicht dran gedacht, ihn herauszunehmen? Sie hätte sich doch denken können, mit welchem Umstand das Ab- und Aufsetzen des Rucksacks jedes Mal verbunden war. Der Not gehorchend öffnete sie Schulter- und Beckengurte, streifte den Rucksack ab und stellte ihn zwischen ihre Füße. Sogleich fühlte sie sich leichter, streckte sich, genoss das Gefühl, nahm ihre Wasserflasche aus dem Seitenfach und trank einen Schluck. Eine laue Brise wehte über den Domplatz und kühlte ihren Nacken.

Kurz darauf marschierte sie, das Schwergewicht wieder geschultert, den Wanderführer in den Händen, in Richtung Fußgängerzone. Durch die geöffnete Tür eines Cafés zog der verlockende Duft von gerösteten Kaffeebohnen bis hinaus auf die Straße. Gäste saßen mit ihren Espressotassen an kleinen Tischen in der Morgensonne, ein junger Kellner war dabei, leuchtend gelbe Sonnenschirme aufzuspannen. Lillemor verdrängte den Wunsch, hier Rast zu machen, es galt, auf den Weg zu kommen. An einem Wegweiser entdeckte sie das erste rote W und gleich darunter eine stilisierte gelbe Muschel auf blauem Grund. Rieke hatte von einer Muschel gesprochen. Lillemor dachte an jene in der Hand der Jakobusskulptur am Turmportal und an den silbernen Anhänger an Riekes Hals. Wahrscheinlich folgten die Pilger diesen blau-gelben Symbolen.

Pilger – ein Begriff, den sie kannte, ohne ihn mit Leben füllen zu können. Was unterschied einen Pilger von einem Wanderer? Beide waren über weite Strecken zu Fuß unterwegs, das verband sie miteinander. Soweit sie wusste, geschah das Pilgern aus religiösen Motiven heraus, oder irrte sie sich? Ob Rieke Sprott aus religiösem Antrieb heraus auf dem Weg war?

Da näherte sich schon das Ende der Fußgängerzone, die in eine breite, viel befahrene Straße mündete. An der Ampel warteten einige Fußgänger. Lillemor entdeckte Rieke sofort. Jetzt sah sie, dass auch am Reißverschluss ihres Rucksacks eine Muschel baumelte und sie außerdem eine zusammengerollte Isomatte dabeihatte. Sie überlegte, sich bewusst im Hintergrund zu halten, um ihr einen Vorsprung zu lassen. Doch dann drehte die rothaarige junge Frau sich um, als hätte sie Lillemors Anwesenheit gespürt.

»Hey, da bist du ja«, rief sie ihr lachend zu. »Sieht so aus, als wären wir in derselben Richtung unterwegs.«

Lillemor stöhnte unhörbar auf.

*Ich will doch allein gehen …*

Allein gehen. Darin war sie geübt. Allein aufwachen. Allein einschlafen. Allein frühstücken. Allein an der Töpferscheibe sitzen. Allein sein, immer. Sie dachte an das Foto in ihrem Rucksack. An Timmys Lachen. Und an Bernhard.

## UNZERTRENNLICH

Elf Tage, nachdem Lillemor mit vom Regen durchnässten Schuhen und tropfenden Haaren vor der Tür ihrer neuen WG gestanden hatte, küsste Bernhard Kirschbaum sie zum ersten Mal. Am helllichten Tag vor ebendieser Wohnungstür. Und Lillemor küsste ihn zurück, weil sich kein Kuss in ihrem Leben jemals richtiger angefühlt hatte. Sie stand auf den Zehenspitzen, denn sonst hätte sie nicht bis zu ihm heraufgereicht, ihre Knie waren weich wie Pudding, und in ihren Adern pulsierten Glück und Aufregung.

Eigentlich waren sie auf dem Weg zur Uni, und sie wussten, dass sie keine Zeit verlieren sollten, denn der Bus würde nicht auf sie warten.

*Wir müssen los …*

Die Worte drängten sich Lillemor auf, aber sie fühlten sich falsch an, als wäre es nicht der richtige Zeitpunkt für die Uni und für das Unterbrechen des Augenblicks. Als verlangte dieser Moment danach, ihn bis ins Unendliche auszudehnen. Als wären der Kuss, die Umarmung, das Herzklopfen und die weichen Knie die Einleitung zu etwas, das aus einem gewöhnlichen Mittwoch einen Feiertag machen würde.

Ohne ein Wort gingen sie aus dem Haus, lachten, als der Bus ohne sie abfuhr, schlenderten Hand in Hand durch die Straßen. Im Kiosk neben dem Rathaus kaufte Bernhard zwei Dosen Coke und eine Tüte Chips, und sie sprachen über Schweden, über Lillemors Leben als Inselkind, das sie für ihr Studium in Deutschland aufgegeben hatte, über ihre Eltern Henrika und Carl, ihre Schwester Malin und über ihre Großmutter Alva, die elf Jahre vor Lillemors Geburt verschwunden und bis zum heutigen Tage nicht wieder aufgetaucht war. Bernhard stellte Fragen, die nicht vorwitzig klangen, sondern sein aufrichtiges Interesse an ihrem Leben signalisierten. Wie es denn angehen könne, dass eine Großmutter von einem Augenblick zum nächsten verloren gehe, wollte er wissen und brachte Lillemor mit der Art, wie er es gesagt hatte, zum Lachen. Dabei war das Verschwinden von Alva Jansson im Sommer des Jahres 1960 eine ebenso ernste wie traurige Angelegenheit, die wie ein Schatten über der Familie ruhte, wie etwas unaussprechlich Heiliges, das nicht angerührt werden durfte, weil es keine Antworten gab. Nie gegeben hatte.

»Es ist nie aufgeklärt worden«, sagte sie, trank einen Schluck Coke und sah Bernhard schulterzuckend an. Er hielt ihr die geöffnete Chipstüte hin, aber sie schüttelte den Kopf.

Sie war nicht geübt darin, mit Menschen außerhalb ihrer Familie darüber zu sprechen. In Bernhards Gegenwart davon zu erzählen fühlte sich ungewohnt an, aber nicht falsch. Sie saßen nah beieinander auf dem gemauerten Sims am Rathausplatz, direkt neben dem Brunnen, den ein Keramikkünstler gestaltet hatte und der wie eine bauchförmige, halb liegende Vase aussah, aus deren Öffnung gluckernd das Wasser in ein blau gefliestes Becken rann.

»Ein Verbrechen?«, flüsterte Bernhard. Ganz ernst blickte er Lillemor an.

Wieder zuckte sie mit den Schultern. »Sie haben lange nach ihr auf den umliegenden Inseln gesucht, aber nicht die kleinste Spur gefunden. Am Ende blieben viele Fragezeichen. Offiziell gilt sie noch heute als vermisst.«

»Es wäre also möglich, dass sie noch lebt?«

»Malin und ich haben uns früher manchmal vorgestellt, dass sie unglücklich war mit unserem Großvater und dass sie sich unsterblich in einen anderen Mann verliebt hat, weshalb sie nicht anders konnte, als Großvater und ihre Zwillinge zu verlassen. Wir haben herumgesponnen, uns vorgestellt, dass sie irgendwo in Schweden oder im Ausland lebt, inzwischen eine andere Familie hat, andere Enkelkinder, und uns deshalb gar nicht vermisst.« Sie lachte auf, stellte fest, wie leicht es ihr fiel, darüber zu sprechen. Sie hatte ihre Mormor nie kennengelernt, weshalb ihr eine emotionale Bindung seit jeher fehlte. Doch sie wusste, wie sehr ihre Mutter unter dem Stigma des verlassenen Kindes gelitten hatte. In der Schule hatte man sie und Jesper so genannt. Die verlassenen Kinder. Als wären sie über Nacht zu Vollwaisen geworden. Dabei hatte ihr Vater die nächsten Jahre alles dafür getan, ihnen zu ersetzen, was sie verloren hatten. Bis Henrika und Jesper siebzehn gewesen waren, hatte er sich aufgerieben, um sich und die Kinder mit der Arbeit auf dem Kutter über Wasser zu halten. Eines Morgens hatte er tot im Bett gelegen. Er war im Schlaf gegangen, so still und leise, wie seine Alva einst gegangen war. Erst da waren Henrika und Jesper zu Vollwaisen geworden. »Sie haben mir nie gefehlt«, sagte Lillemor. »Die Eltern meiner Mutter waren für mich von Anfang an nichts weiter als Gesichter auf einem Schwarz-Weiß-Foto, das an der Wand in unserer Küche hängt.«

Zu diesem Zeitpunkt übte Lillemor noch, ihr Deutsch zu verbessern, doch dank Bernhards Hilfe verfügte sie bereits über einen ansehnlichen Wortschatz. Im Gegenzug brachte sie ihm an diesem Tag ein paar Worte auf Schwedisch bei. Snöflinga, Schneeflocke, morotskaka, Möhrenkuchen, stjärnfall, Sternschnuppe. Sie lachten über seine Aussprache, seine Sprachbegabung konnte mit der ihren bei Weitem nicht mithalten.

Ein tiefes Wohlbefinden durchströmte Lillemor in Bernhards Nähe. Sie mochte seine Stimme, den Anblick seiner immer etwas verstrubbelten Haare, sein Lachen. Da war etwas zwischen ihnen, für das sie keine Worte brauchten, keine schwedischen und keine deutschen, weil kein Wort der Welt zum Ausdruck hätte bringen können, was sie fühlten.

Im Augenblick des ersten Kusses wusste Lillemor noch nicht, wie sehr sie Bernhard gefallen hatte, als er ihr nach ihrer Ankunft in Deutschland die Tür geöffnet und sie tropfnass vor ihm gestanden hatte. Dass er sie seitdem verstohlen ansah, wenn sie sich in der Wohnung bewegte, im Bus neben ihm saß, wenn sie vor ihm die Treppe hinunterlief, wenn sie mit einem Handtuchturban auf dem Kopf mit gewaschenen Haaren das Badezimmer verließ. Dies alles erfuhr Lillemor erst lange nach dem ersten Kuss.

Und da vertraute sie Bernhard an, dass ihr vor ihm noch kein Mann solche Dinge gesagt hatte. Dass ihr noch keiner vor ihm das Gefühl geschenkt hatte, der Mittelpunkt seines Universums zu sein. Dass sie sich noch nie so geliebt gefühlt hatte wie von ihm.

»Aber es hat doch bestimmt schon mal jemand eine Rolle in deinem Leben gespielt«, sagte er. »Ein Mädchen wie du …«

Er küsste sie auf die Stirn. Sie lagen dicht beieinander in Lillemors Himmelbett, ihre Nase in seiner Halsgrube, seine Hand in ihrem Haar, ihre Beine miteinander verschlungen, seit einer halben Stunde unverändert. Sie verspürten kein Bedürfnis, sich voneinander zu lösen, aufzustehen, sich anzuziehen, in den Alltag zu gehen, zum Institut, nicht einmal Lust auf eine Tasse Kaffee. »Wenn du bei mir bist, hab ich alles, was ich zum Überleben brauche«, sagte Bernhard manchmal.

Ihr Zeigefinger folgte den Konturen seines Oberarms bis hinauf zum Schlüsselbein.

*Ein Mädchen wie du …*

Sie hatte nicht gewusst, dass sie zu den Mädchen gehörte, die einem Jungen den Verstand rauben konnten oder den Atem oder beides. Und dann erzählte sie ihm von Ray aus Irland, der ihr den Kopf verdreht und das Herz gebrochen hatte. Und von Per, in den sie zwei Schuljahre lang verliebt gewesen war, der sich aber nicht einmal ansatzweise für sie interessiert hatte. Und dass es sonst niemanden gegeben hatte, der es wert wäre, ihn an dieser Stelle zu nennen.

Erst Tage später, als sie morgens im Badezimmer vor dem Spiegel stand und ihr Haar bürstete, während Carlotta hinter dem Duschvorhang wortreich von ihrem Date am Vorabend berichtete, kam ihr Bernhards Frage noch einmal in den Sinn. Und da erst fiel ihr ein, dass sie Eskil nicht erwähnt hatte. Eskil Söderberg, den sie kannte, seit sie denken konnte, und der daher selbstverständlich eine Rolle spielte. Aber es war eine Nebenrolle, eine in diesem Zusammenhang unbedeutende, geradezu belanglose Nebenrolle. Es war eine Freundschaft aus Kindertagen, die es nicht in die Gegenwart geschafft hatte. Sie verdiente höchstens noch die Bezeichnung Bekanntschaft, weshalb ihr Eskil bei Bernhards Frage nicht in den Sinn gekommen war und sie ihn unerwähnt gelassen hatte. Sie legte die Bürste beiseite und betrachtete ihr Spiegelbild.

Wie mochte es ihm gehen? Seit ihrer Abreise aus Schweden hatte sie nichts von ihm gehört. Sie legte die Bürste auf die Ablage. Noch ehe sie das Badezimmer verließ, sank die Erinnerung an Eskil Söderberg dorthin zurück, von wo sie aufgestiegen war.

# INGA

Dikholmen, 1968

Ihr Schlaf war leicht, mehrmals wachte sie auf, nickte gleich darauf wieder ein. Irgendwann schlug sie, aufgeschreckt von einem Geräusch, das sie meinte, gehört zu haben, die Augen auf. Im ersten Moment glaubte sie, sie läge in ihrem ein Meter achtzig breiten Bett in der Villa auf Stegesund. Doch gleich darauf kehrte die Erinnerung zurück. Die Flucht vor der Stiefmutter. Die Überfahrt nach Skarpö. Magnus, der Mann mit dem Motorrad. Die beiden Frauen, die sie nach dem Weg gefragt hatte. Das Gästehaus auf Dikholmen ohne Strom und Wasser.

In ihrer rechten Hand sirrte es unangenehm, wahrscheinlich hatte sie während des Schlafs auf ihr gelegen. Sie setzte sich auf, lauschte, knetete die eingeschlafenen Finger. Sie war nicht vertraut mit den Geräuschen in diesem fremden Haus, in dem man anscheinend eine Menge Holz verbaut hatte. Fußböden, Decken, Türen, Gebälk, alles um sie herum knackte und knirschte. Die Nacht warf ihr sanftes Licht durch die Fenster ins Innere des Hauses, weshalb Inga nicht einschätzen konnte, wie spät oder früh es sein mochte. Sie rieb sich mit den Händen über die Oberarme, die sich verspannt und kalt anfühlten, ein heftiger Druck in ihrer Blase trieb sie schließlich auf. Eine Toilette würde sie im Haus wahrscheinlich vergeblich suchen. Auf den Schäreninseln ohne Strom und fließendes Wasser war es üblich, seine Notdurft in kleinen Holzverschlägen zu verrichten, die sich auf den Grundstücken etwas abseits der Wohnhäuser befanden.

Inga seufzte auf und rutschte auf die Sofakante. Söderberg Immobilien war bekannt für luxuriöse Bungalows und schicke Eigentumswohnungen. Was ihren Vater dazu bewogen hatte, dieses schlichte Holzhaus zu erstehen, in dem es nicht einmal eine Toilette gab, erschloss sich ihr nicht. Vielleicht würde sie Gelegenheit haben, ihn danach zu fragen. Am liebsten wäre es ihr ohnehin, so bald wie möglich Kontakt zu ihm aufzunehmen. Er sollte nicht glauben, dass sie ihn hinterging, weil sie in dieser Nacht- und Nebelaktion ihr Zuhause verlassen und sich in seinem Gästehaus einquartiert hatte. Er sollte wissen, dass Siw die Schuld an ihrer Flucht trug, dass sie seine Tochter regelrecht vor die Tür gesetzt hatte. Inga malte sich aus, wie ihr Vater Siw zur Rechenschaft ziehen würde, sie im besten Fall hinauswerfen und Inga nach Stegesund zurückholen würde, damit sie ihr Kind im Schutz ihres Elternhauses zur Welt bringen könnte. Beim Gedanken daran lachte Inga unhörbar auf. Eine Wunschvorstellung, die vielleicht nie wahr werden würde. Sie kannte ihren Vater zu wenig, um seine Reaktion einzuschätzen. Vielleicht teilte er die Einstellung seiner Frau und betrachtete seine schwangere Tochter ebenfalls als eine Schande für die Familienehre.

Sie schob den Ärmel ihrer Jacke etwas zurück und versuchte, das Ziffernblatt ihrer Armbanduhr abzulesen. Erfolglos. Es musste früher Morgen sein, denn im Gegensatz zum vorigen Abend drang etwas mehr Helligkeit durch die Fenster ins Innere des Hauses. Inga erhob sich und sah sich um. Ein gemusterter Webteppich auf dem Fußboden, sonnengelbe Vorhänge vor den Fenstern. An einer Wand stand eine Vitrine mit Glastüren, die eine Menge Geschirr enthielt. Vor dem Fenster ein rustikaler Tisch mit vier Stühlen, gleich daneben das Sofa, auf dem sie geschlafen hatte, und an der Längsseite ein Kachelofen. Eine Glastür führte hinaus in den Garten und eine weitere zur Küche, die klein und einfach ausgestattet war, aber immerhin über einen emaillierten Holzofen mit einer Kochplatte verfügte, auf der ein Wasserkessel stand, wie Inga erfreut feststellte. Sie griff nach dem Haustürschlüssel und suchte den Weg nach draußen.

Eine diffuse Helligkeit empfing sie dort. Noch einmal warf sie einen Blick auf ihre Armbanduhr. Kurz vor fünf. Sie umrundete das Haus, indem sie dem Kiesweg folgte. An der Seite entdeckte sie einen Stapel sorgfältig aufgeschichtetes Brennholz unter einem Unterstand, der es vor Nässe schützte, und auf der Rückseite des Hauses eine Eisenpumpe und einen Blecheimer daneben.

Inga hielt inne, ließ ihren Blick aus zusammengekniffenen Augen über die ungemähte Wiese wandern, zwischen den Birken hindurch und an den wild wuchernden Sträuchern entlang, die hier und da Teile eines Lattenzauns freigaben. Langsam hielt sie auf das Ende des Grundstücks zu, wo sich ein aus Brettern gezimmertes Toilettenhäuschen aus der Dämmerung schälte. Unmittelbar dahinter, abgetrennt nur vom ringsumher verlaufenden Zaun, begann der Wald. Dicht beieinanderstehende Fichten reckten sich dort dem aufhellenden Himmel entgegen. Außer dem Gesang der Vögel in den Bäumen und Ingas Atem war kein Geräusch zu vernehmen.

Sie erreichte den Abtritt, legte die Hand auf den Türgriff. Doch bevor sie öffnen konnte, hörte sie es knacken, ganz in der Nähe, und direkt noch einmal. Ein Geräusch wie von Schritten auf Waldboden, kleine Äste und Nadeln unter Schuhsohlen. Wie vom Donner gerührt hielt sie inne, horchte. Ihr Herz schlug ihr bis zum Hals. Hatte jemand beobachtet, dass sie abends zuvor ins Haus eingezogen war? Magnus fiel ihr ein und dass er davon gesprochen hatte, dass nur wenige Menschen auf Dikholmen lebten. Außer ihm wusste niemand, dass das Haus nun bewohnt war. Konnte seine Hilfsbereitschaft Tarnung gewesen sein und lediglich dazu gedient haben, sie in Sicherheit zu wiegen, damit er jetzt sein wahres Gesicht zeigen konnte?

Ein eisiger Schauer rieselte über Ingas Körper. Und was war mit den beiden Frauen, die sie nach dem Weg gefragt hatte? Sie hatten freundlich gewirkt, aber Inga hatte nicht herausfinden können, warum Magnus so getan hatte, als würde er sie nicht kennen, obwohl er offenbar kein Fremder für sie war. Dann war da noch Ulf Bengtsson, der Hafenmeister, der ebenfalls wusste, wo er sie finden würde. Allesamt waren es hilfsbereite Menschen. Warum trieb ein Geräusch ihr dann solch widersinnige Zweifel in den Kopf?

Es blieb still. Sie atmete auf. Vielleicht ein Tier. Ob in Dikholmens Wäldern Füchse lebten? Oder wilde Katzen? Elche? Wölfe? Sie rief sich zur Ordnung, öffnete die Tür und trat ein.

Als sie wenig später das Toilettenhäuschen verließ und die Wiese überquerte, um zurück ins Haus zu gelangen, war alles ruhig ringsumher. Dennoch warf sie im Gehen immer wieder einen Blick über die Schulter.

*Da ist niemand.*

Im Stillen wiederholte sie den Satz, überzeugt davon, dass sich um diese Uhrzeit keine Menschenseele in unmittelbarer Nähe aufhielt. Dennoch atmete sie nach dem Betreten des Hauses erleichtert auf.

Die Müdigkeit war verflogen, und Inga beschloss, ihren Koffer auszupacken, schließlich würde sie eine Weile bleiben. Sie schleppte ihn in den einen der beiden separaten Räume, die vom Wohnraum abzweigten, es war tatsächlich ein Schlafzimmer, das sie am vergangenen Abend im Dämmerlicht nicht gefunden hatte. Vor Überraschung machte sie große Augen. Die Hälfte des Zimmers wurde von zwei aus hellen Holzbrettern gezimmerten Alkoven eingenommen, in denen sich dicke Matratzen, Decken und Kissen befanden und die mit Baumwollvorhängen abgedunkelt werden konnten. Inga entschied sich für die hintere der beiden Bettnischen. Einen Schrank suchte sie vergeblich, daher räumte sie ihre Kleidung in die großen Einbauschubladen unterhalb der Matratze. Den Koffer stellte sie in die Ecke unter ein Hängeregal, in dem sie saubere Bettwäsche und Frotteehandtücher entdeckte. Die Flasche Zitronenlimonade, die sie zwischen ihren Pullovern fand, trank sie zur Hälfte leer, mit großen Schlucken wie eine Verdurstende. Die übrigen Lebensmittel deponierte sie in der Küche auf einem Bord an der Wand. Sie musste später unbedingt herausfinden, wo sie etwas einkaufen konnte.

In einem kleinen Badezimmer, das diesen Namen nicht verdiente, fand sie einen Holztisch mit einer Emailleschüssel und zwei Haken an der Wand. Inga hatte noch nie in solcher Einfachheit gelebt, aber es würde schon gehen. Sie würde sich zurechtfinden.

Entschlossen griff sie nach dem mitgebrachten Briefblock und ihrem Füllfederhalter und setzte sich an den Tisch vor das Fenster, von wo aus sie den Garten sehen konnte. Sie ließ ihren Blick ins Grün der Birken wandern, in denen der Morgenwind spielte, und ihre Gedanken glitten zu dem Jungen, den sie im letzten Sommer am Hafen von Vaxholm kennengelernt hatte.

Es war sehr warm gewesen, sie hatte ihr neues ärmelloses Minikleid getragen, weiß mit blauen Punkten, das ihre wohlgeformten Beine betonte. Sie hatte ihren Vater und Siw zu einer Feier bei Freunden begleitet. Es waren Leute mit einem großen Anwesen und einem Swimmingpool im Garten …

Die Gäste waren alle im Alter ihres Vaters, und so hatte es nicht lange gedauert, bis die Langeweile Inga nach draußen trieb. Sie schlenderte durch die verschlafenen Gassen bis zum

Kai, wo die Fähren anlegten, die die Leute von Stockholm auf die Schäreninseln brachten. Oder von dort aus zurück in die Stadt. Inga streifte die Sandalen von den sonnengebräunten Füßen, setzte sich auf eine der Bänke und reckte das Gesicht mit geschlossenen Augen der Sonne entgegen.

»Was dagegen, wenn ich meine Sachen kurz bei dir lasse?«

Sie erinnerte sich, dass sie zusammengeschreckt war und den Mund geöffnet hatte, um dem ungebetenen Ruhestörer eine passende Antwort zu geben. Doch als sie sich zu ihm umwandte, die Augen zum Schutz vor der Sonne mit der Hand beschattet, schluckte sie die pampige Bemerkung herunter, die sie ihm hatte entgegnen wollen, und setzte stattdessen ein Lächeln auf.

Er gefiel ihr. Kein Langweiler. Schulterlange dunkle Haare, wilde Koteletten und ein geflochtenes Lederband um die Stirn. Er trug Jeans mit Bügelfalte und weitem Schlag und darüber ein gestreiftes Hemd ohne Kragen und eine ärmellose Weste mit Fransen.

Er stellte einen kleinen Koffer neben ihr ab und eine Art Schultasche aus abgewetztem braunem Leder. Noch ehe sie etwas sagen konnte, wandte er sich um und ging hinüber zu Blombergs Kiosk. Inga zuckte mit den Schultern. Er hatte es anscheinend nicht nötig, ihre Antwort abzuwarten. Sie wandte ihr Gesicht in die entgegengesetzte Richtung und hielt die Augen geschlossen, aber irgendwann nahm sie wahr, dass er sich neben sie setzte.

»Jesper Jansson.«

Sie öffnete die Lider, sah ihn an, lächelte. Er reichte ihr seine Hand, sie nahm sie. Sein Händedruck war fest, warm, angenehm. Beim Blick in seine Augen fiel ihr sofort die ungewöhnliche Farbe darin auf, hellbraun wie Karamell, mit einem feinen dunklen Rand. Kein Junge, den sie kannte, hatte solche Augen!

»Inga Söderberg.«

»Ich hätte wetten können, dass du Agnetha Fältskog bist.«

Sie lachte, warf ihren Kopf in den Nacken. Es war nicht das erste Mal, und es schmeichelte ihr, dass sie mit der hübschen Sängerin verwechselt wurde, die seit einiger Zeit mit großem Erfolg in aller Munde und zufälligerweise in ihrem Alter war.

»Ich kann nicht so singen wie sie.«

»Lass mal hören.«

»Lieber nicht.« Wieder lachte sie.

»Magst du?«

Er hielt ihr eine Packung Zigaretten hin, aus der er sich schon eine genommen hatte. Sie steckte lässig in seinem Mundwinkel. Inga bemerkte ein Lederband um seinen Hals mit einem silbernen Anhänger in Form einer Feder.

»Ich mag den Gestank nicht.« Sie schüttelte den Kopf, wusste, dass sie es riskierte, ihn damit zu brüskieren, und hielt unbemerkt die Luft an. Aber er ließ sich nicht davon beeindrucken, grinste und riss ein Streichholz an. Im nächsten Augenblick nahm er einen tiefen Zug.

»Hab dich noch nie hier gesehen.« Er setzte sich neben sie, streckte die Beine aus. Den Rauch blies er in die entgegengesetzte Richtung.

»Ich wohne auf Stegesund.«

Sie sahen die nächste Fähre herankommen. Beim Blick auf sein Gepäck bedauerte sie es, dass ihre Begegnung schon bald zu Ende sein würde.

»Wohin fährst du?«, fragte sie.

»Nirgends hin.« Seine Antwort freute sie, weil damit die Chance stieg, noch ein wenig mit ihm zu plaudern. »Bin eben angekommen. Ich wohne hier.«

»Ah, okay, ich hatte gedacht …«

»Ich besuche die Keramikhochschule in Göteborg und komme nur am Wochenende nach Hause.«

»Keramikhochschule? Was lernst du da?«

»Kunsthandwerk im weitesten Sinn.« Er klopfte die Asche von seiner Zigarette. Eine Brise nahm den grauen Aschestaub mit und trug ihn davon.

»Ein Künstler also.« Sie nickte anerkennend.

»Und du?«

Er musterte sie. Sein Blick glitt über ihre übereinandergeschlagenen gebräunten Beine und über ihre Füße in den weißen Riemchensandalen.

»Oh, ich hab noch ein Schuljahr vor mir und … Na ja, ich weiß noch nicht, was ich danach machen möchte«, erwiderte sie und beglückwünschte sich zu ihrer entspannt hervorgebrachten Antwort, weil sie suggerierte, dass sie noch eine Menge Zeit hatte, bis sie sich festlegen würde.

»Wofür interessierst du dich?«

Er neigte den Kopf zur Seite und sah ihr offen ins Gesicht. Seine Augenfarbe faszinierte Inga. Es gelang ihr kaum, ihren Blick abzuwenden.

*Für dich …*

Inga erinnerte sich, dass sie auf seine Frage ehrlicherweise mit diesen beiden Worten hätte antworten müssen, denn ihre kurze Begegnung am Kai von Vaxholm hatte genügt, um ihr Interesse an Jesper Jansson zu wecken. Was sie ihm auf seine Frage erwidert hatte, war ihr entfallen. Doch dass sie einander lange, viel zu lange angesehen hatten, dass der Blick aus seinen karamellfarbenen Augen etwas in ihr ausgelöst hatte, das ihr Herz in Aufruhr versetzt und sich seitdem nicht wieder beruhigt hatte, daran erinnerte sie sich, als wäre es gestern gewesen und nicht ein Jahr zuvor. Sie schob den Bogen Papier auf dem Tisch zurecht, den die Morgensonne mittlerweile mit einem hellen Streifen übergossen hatte, und setzte den Füllfederhalter an.

*Mein liebster Jesper …*

Sie hielt inne, bohrte ihren Blick in das Geschriebene, in seinen Namen, so lange, bis die Buchstaben miteinander verschmolzen, bis ihre Augen zu brennen begannen und ihr das Atmen schwerfiel. Sie wollte ihm schreiben, dass sie ihn vermisste, sich nach seiner Umarmung sehnte, nach seinen Küssen, nach dem Glück, nach all dem, was sie empfand, wenn er in ihrer Nähe war. Wollte ihm schreiben, dass sie ein Kind erwartete, sein Kind, ihr gemeinsames Kind, dass sie nicht mehr zu Hause in der Villa auf Stegesund wohnte, weil ihre Stiefmutter sie vor die Tür gesetzt, ihr gedroht und ihr keine Wahl gelassen hatte. Wollte ihm schreiben, dass sie am liebsten in seine Arme geflohen wäre, sich zu ihm nach Göteborg abgesetzt hätte, den Weg bis zu ihm aber nicht hatte bewältigen können und stattdessen dieses kleine Haus auf Dikholmen ihr Rettungsanker geworden war. Wollte ihm schreiben, wie einsam, wie verloren, wie abgetrennt von ihm sie sich fühlte, hier in der Abgeschiedenheit Dikholmens, wo kaum Menschen lebten. Wollte ihn bitten herzukommen, bald, morgen, direkt. Wollte ihm schreiben, wie sehr sie ihn liebte. Wie sehr sie ihn brauchte. So viele Worte, ein Durcheinander aus Worten, die sich nicht sinnvoll ordnen ließen.

Inga blinzelte die aufsteigenden Tränen weg, der Füllfederhalter fiel ihr aus der Hand. Sie schob den Stuhl zurück, sprang auf, trat an die in den Garten führende Glastür und riss sie auf. Kühl strömte die Morgenluft zu ihr herein, strich ihr über die nassen Wangen, vermochte aber nicht, die unaufhörlich fließenden Tränen zu trocknen. Ungeduldig rieb sie mit den Ärmelsäumen über ihre Augen, ging hastig ein paar Schritte hin und her und füllte dabei ihre Lungen mit tiefen Atemzügen. Nur langsam beruhigte sie sich. Und während sie ihren Blick ziellos über die wilden Sträucher gleiten ließ, die das Grundstück vom angrenzenden Wald mit seinen in den Himmel emporragenden

Fichten trennten, nahm sie plötzlich hinter dem Zaun eine Bewegung wahr. Das Herz klopfte ihr bis zum Hals. Eine Gestalt. Dunkel gekleidet, zur Hälfte vom Gestrüpp verborgen. Ob Mann oder Frau war aufgrund der Entfernung unmöglich zu sagen. Im Nu überzog ein Schweißfilm ihre Handflächen.

Hatte sie sich draußen am Toilettenhäuschen doch nicht getäuscht? Wurde sie beobachtet?

# LILLEMOR

Wetzlar, 2019

Wollen wir ein Stück zusammen …?«

Was für eine seltsame Angewohnheit, angefangene Sätze nicht zu beenden!

In Lillemors Innerem regte sich leiser Widerstand. Sie hatte sich vorgenommen, allein unterwegs zu sein, wollte Frau Dr. Ohligs Worte der Reise zu sich selbst am eigenen Körper, im Herzen, im Kopf ganz und gar erfahren. Würde es sie nicht vom Wesentlichen ablenken, wenn sie sich gleich zu Beginn schon jemandem anschloss? Andererseits wuchs so etwas wie Neugier in Lillemor. Sie wollte wissen, was es mit diesem Muschelweg auf sich hatte, warum Menschen ihm folgten, wohin er führte, wie lang er war. Wie hatte Rieke ihn vorhin genannt? Camino … Was bedeutete das, und warum hatte man ihm keinen deutschen Namen gegeben? Muschelweg zum Beispiel. Das klang doch gar nicht schlecht.

»Von mir aus«, hörte sie sich sagen. Die Ampel sprang auf Grün. Sie überquerten den Zebrastreifen und bogen in eine ansteigende Nebenstraße ein.

Schweigend gingen sie nebeneinander her, passierten die Ruine der alten Reichsburg und folgten der Straße steil hinauf. Die Sonne brannte. Es war nicht einmal Mittag, und die Temperatur lag schon bei weit über zwanzig Grad im Schatten, wie Lillemor beim Blick auf die digitale Temperaturanzeige vor einer Bankfiliale feststellte. Sie reduzierte ihr Tempo, weil die Hitze ihr den Schweiß auf die Stirn und in den Nacken trieb.

Rieke trug inzwischen einen olivfarbenen Baumwollhut mit breiter Krempe, der ihr Gesicht beschattete. An einen Schutz für den Kopf hatte Lillemor keinen Gedanken verschwendet. Wie dumm! Sehnsuchtsvoll dachte sie an die Sonnenbrille in ihrem Rucksack, wehrte sich aber dagegen, schon wieder stehen zu bleiben, um ihn erneut zu durchsuchen.

Bald ließen sie die letzten Häuser und den städtischen Verkehrslärm hinter sich und tauchten nach kurzer Zeit in ein schattiges Waldstück ein. Wieder entdeckte sie beide Markierungen übereinander an einem Hinweisschild. Lillemors Wanderweg und Riekes Muschelweg führten noch immer in dieselbe Richtung. Eine Weile gingen sie schweigend. Nur das Geräusch ihrer Schritte auf dem geschotterten Waldweg war zu vernehmen. Lillemor stellte fest, dass sich allmählich ein Rhythmus einstellte, eine neue Art zu gehen, langsam, besonnen und aufmerksamer. Noch immer fühlte sich das Gehen in den Wanderschuhen beschwerlich an, aber Schritt für Schritt gewöhnten sie sich aneinander, die Schuhe und sie. Immer wieder schob sie beide Daumen unter die Schultergurte des Rucksacks, um den Druck abzufedern und ihren Schlüsselbeinen dadurch etwas Entlastung zu schaffen.

»Erzähl mal«, unterbrach Riekes Stimme das Schweigen zwischen ihnen.

»Was meinst du?«

»Wer du bist und so.«

»Erst wenn du mir sagst, was es mit dem Muschelweg auf sich hat, den du hier gehst. Hat er was zu tun mit diesem Weg in Spanien, von dem alle reden?«

»Kann man so sagen.« Rieke schmunzelte.

»Wie hast du ihn vorhin genannt?«

»Lahn-Camino. *Camino* ist das spanische Wort für Weg.«

Lillemor nickte. »Dann hab ich was gelernt.«

»Dazu ist der Camino da.«

»Zum Lernen?«

»Genau.« Wieder lächelte Rieke.

Es war nichts zu hören außer ihren gleichförmigen Schritten auf dem Waldweg und dem Zwitschern der Vögel in den Tannen.

»Santiago de Compostela sagt dir also was«, sagte Rieke.

»Klar. Aber ich weiß nicht viel darüber.«

»Santiago ist das Ziel aller Pilger«, erklärte Rieke. Sie klang wie eine Reiseleiterin inmitten ihrer Touristengruppe vor der Kathedrale von Santiago de Compostela. »Ist die Hauptstadt von Galicien und liegt im Nordwesten von Spanien. Santiago ist das Ende des Jakobswegs. Da befindet sich das Grab des Apostels Jakobus, der diesem Weg seinen Namen gegeben hat. Wenn man Jakobsweg hört, denken die meisten Leute zuerst an den Pilgerweg, der in Frankreich anfängt und dann durch die Pyrenäen führt bis nach Santiago de Compostela. Aber es gibt eine ganze Menge Jakobswege. In Spanien, in Portugal und auch in anderen europäischen Ländern. Es ist ein richtiges Netz.«

»Und jeder von denen führt bis nach Santiago?«

»Natürlich haben sämtliche Wegstücke einen offiziellen Zielort, aber das Besondere ist, dass sie alle nach Westen führen und man in Santiago de Compostela ankäme, würde man sie hintereinander gehen. Es gibt Karten, auf denen sie verzeichnet sind. Wenn man sich das ansieht, werden die Verbindungen zwischen ihnen deutlich.«

Der Waldweg führte geradeaus – ohne Anstiege, Gefälle und Abzweige. Die Luft war klar, roch frisch und holzig, und Lillemor stellte fest, wie wohl sie sich inmitten der riesigen Tannen und Fichten fühlte. Es war lange her, dass sie einen Waldspaziergang unternommen hatte.

»Machst du das öfter?«, fragte Lillemor. »Ich meine, einen dieser Caminos gehen?«

Rieke schüttelte den Kopf. »Ich war schon häufig pilgernd unterwegs, dazu brauche ich aber Santiago nicht. Und auch keinen ausgewiesenen Jakobsweg. Ich hab meine eigenen Ziele.«

»Das heißt?«

»Das heißt, dieser Camino endet offiziell in Lahnstein, aber mein Ziel ist Obernhof.«

»Weil Lahnstein dir zu weit ist?«

Rieke warf den Kopf nach hinten und hielt geistesgegenwärtig mit einer Hand ihren Hut fest, während sie wieder ihr unbekümmertes Lachen ausstieß.

»Nein«, sagte sie dann. »Ich will kein vorgegebenes Ziel erreichen, sondern eines, das ich mir selbst gesteckt habe, Obernhof. Ich könnte mit dem Auto oder der Bahn hinfahren, aber es ist ein besonderes Ziel, und ich möchte deshalb auf besondere Weise, nämlich als Pilgerin, dort ankommen, mit Gott im Herzen, verstehst du?«

Nein, das verstehe ich nicht so ganz, dachte Lillemor.

»Und was ist da, in Obernhof?«, fragte sie zurück. »Auf ein besonderes Ziel zuzugehen klingt spannend.«

Einen Moment lang schwieg Rieke, als ginge es um ein Geheimnis, das es unter allen Umständen zu bewahren galt, und als müsste sie sorgfältig abwägen, ob sie das Risiko eingehen könnte, einen fremden Menschen einzuweihen.

»Das ist es auch«, antwortete sie. Sie sahen einander an. »Ich erfülle mir da einen Traum.«

Ihre Augen hinter den runden Brillengläsern leuchteten, so wie nach dem Pilgersegen.

»Du machst mich neugierig.«

Rieke lachte auf. »Neugier ist der beste Motor, um sich seine Träume zu erfüllen. Welchen träumst du?«

Geschickt hatte Rieke das Thema gewechselt, und im Stillen fragte Lillemor sich, warum ihre Pilgergefährtin so eine Geheimniskrämerei um das Ziel ihrer Reise machte.

»Das Träumen hab ich verlernt«, murmelte Lillemor, als wäre die Antwort nicht für Rieke, sondern als eine Feststellung für sie selbst gedacht.

»Das glaube ich nicht.«

Lillemor stutzte, sah für einen Moment hinüber zu Rieke, die unbeirrt ausschritt. Was bildete sich diese rothaarige Sprotte eigentlich ein? Die hatte doch überhaupt keine Ahnung von ihrem Leben, von dem, was sie in den letzten Jahren durchgemacht hatte, von der Schwere, die sie nunmehr durchs Leben trug. Sie wusste nichts von dem Traum, den sie mit Bernhard geträumt hatte, nichts von dem Geheimnis, das sie mit Eskil teilte, nichts vom Schmerz einer Mutter, die den Rest ihres Lebens ohne ihr Kind leben musste. Was maßte sie sich an?

Schon bereute Lillemor ihren Entschluss, sich Rieke Sprott angeschlossen zu haben. Sie biss sich auf die Zunge, um ihren Unmut nicht unkontrolliert herauszulassen.

Schweigend gingen sie weiter. Als sie auf die Mauerreste einer Kirchenruine mitten im Wald stießen, von deren Existenz nur noch die moosbewachsenen Grundmauern zeugten, blieb Rieke stehen. Wo einstmals Kirchenbänke und ein Altar gestanden hatten, hatte die Natur einen Teppich aus vertrocknetem Laub ausgebreitet.

»Ich mache eine Pause«, sagte Rieke. »Willst du weiter?«

Erst jetzt fiel Lillemor auf, dass sie während des gesamten letzten Kilometers nicht auf die Markierungen geachtet hatte. Doch ein Blick auf die in der Nähe angebrachte Hinweistafel bestätigte ihr, dass beide Wege noch parallel verliefen.

»Gute Idee.«

Umständlich schälte sie sich aus ihrem Rucksack, dankbar

für die Möglichkeit, ihrem Rücken eine Pause zu gönnen. Sie öffnete den Reißverschluss und suchte nach dem eingepackten Proviant.

»Was für ein kraftvoller Ort«, hörte sie Rieke sagen, mit einer gewissen Andacht in der Stimme. Lillemor wandte sich zu ihr um. Rieke, den Rucksack noch immer auf dem Rücken, stand in der Mitte der Grundmauern der ehemaligen Basilika, den Blick zum Himmel gerichtet, beide Arme ausgebreitet, mit nach oben gerichteten Handflächen. Ihre Augen waren geschlossen, und sie murmelte etwas, das ein Gebet sein mochte. Ihr Anblick erinnerte Lillemor an die Situation im Dom, als Rieke eingetreten war und sich feierlich bekreuzigt hatte. Wieder empfand sie sich wie eine ungeladene Beobachterin, die in diesem Moment der Zweisamkeit zwischen Rieke und ihrem Gott nichts verloren hatte. Peinlich berührt wandte sie sich ab, doch da löste Rieke den Augenblick auch schon auf. Sie legte ebenfalls den Rucksack ab und stellte ihn neben Lillemors, der wesentlich voluminöser wirkte. »Du hast eine Menge Zeugs dabei«, stellte Rieke fest.

Sie hockte sich auf eine niedrige Mauer, schraubte ihre Thermoskanne auf und goss Tee in den Deckelbecher.

»Na ja, was man so braucht, denke ich.«

Lillemor streifte ihren schwergewichtigen Begleiter mit einem zweifelnden Blick und setzte sich ebenfalls.

»Stören dich die Schuhe nicht, die du drangebunden hast?«

»Die passten nicht mehr rein.«

»Sie ziehen das Gewicht nach hinten.« Rieke streckte die Beine lang aus und nahm einen Schluck von ihrem dampfenden Tee.

»Was?« Lillemor machte große Augen.

»Was du außen dranhängst, ist eine zusätzliche Belastung für deinen Rücken. Ist besser, wenn du alles reinpackst und so nah wie möglich am Körper trägst.«

»Dann dürfte ich die Schuhe gar nicht mitnehmen«, sagte Lillemor. »Die passen beim besten Willen nicht mehr da rein.«

»Brauchst du sie?«

»Ich denke schon.«

Sie bohrte ihren Blick in den Rucksack und tastete unwillkürlich jeden Millimeter ab, jedes Teil, jedes Kleidungsstück, das sie hineingestopft hatte, und spürte große Zweifel aufziehen.

»Pilgern bedeutet auch, sich zu reduzieren.«

Sich reduzieren? Hatte sie zu unüberlegt gepackt? Würde sie einiges gar nicht brauchen und deshalb unnötiges Gewicht tragen? Riekes Rucksack wirkte neben dem ihren wie der eines Kindes.

»Du weißt, wie das geht, oder?«, fragte sie mit kritischem Blick. »Sich zu reduzieren?«

Rieke lächelte, nippte an ihrem Tee. »Es lebt sich leichter, wenn man lernt, auf Unnützes zu verzichten.«

Stille umgab sie. Nur die Vögel sangen, und irgendwo raschelte es im Unterholz. Das Grün der Bäume ließ schmale Streifen Sonnenlicht hindurch.

Lillemor packte ihren Proviant aus – ein belegtes Brot, Käse, Trauben. Sie saßen nebeneinander, aßen. Rieke biss in einen Apfel, sie tauschten ein paar Belanglosigkeiten aus. Woher kommst du, wo wohnst du, was machst du? Lillemor erfuhr, dass ihre Begleiterin neunundzwanzig war und vor Kurzem ihr Studium in Religionswissenschaften und altgriechischer Philologie abgeschlossen hatte.

Noch nie gehört, dachte Lillemor zwischen zwei Bissen, aber sie sagte es nicht, um ihre Unwissenheit zu verbergen.

»Gräzistik«, präzisierte Rieke mit einem Schmunzeln. Sie knabberte an ihrem Apfel. »Die Wissenschaft von der Sprache und der Literatur des Altgriechischen.«

»Klingt anspruchsvoll.«

»Ist es auch.«

»Was machst du draus?«

»Im Moment gar nichts. Ich könnte unterrichten, aber ich merke, dass ich das gar nicht will.«

»Hast du einen anderen Plan?«

»Ich zweifle noch.«

Sie holte aus und warf das Gehäuse ihres Apfels in hohem Bogen in den Wald hinein. Dann hielt sie Lillemor eine kleine Metalldose mit Möhrenschnitzen hin. Lillemor pflückte sich einen heraus.

»Ist das der Grund, aus dem du jetzt unterwegs bist?«

»In gewisser Weise.«

»Und Obernhof hat auch was damit zu tun?«

»Ja.«

Sie aßen schweigend, Rieke knabberte Möhren, Lillemor trank ihre Wasserflasche zur Hälfte leer. Allem Anschein nach hatte Rieke nicht vor, über ihre Motive zu sprechen. Dann haben wir also etwas gemeinsam, dachte Lillemor, denn auch sie hatte sich vorgenommen, den Grund ihrer Wanderschaft für sich zu behalten.

»Ich dachte immer, dass Menschen aus religiösen Motiven diesen Jakobsweg gehen«, versuchte sie es weiter, und sie hatte ihrem Gedanken bewusst einen verallgemeinernden Anstrich verliehen.

»Ursprünglich war das auch so«, bestätigte Rieke. »Aus ganz Europa kamen die Pilger nach Santiago. Meistens Mönche oder Äbte, auch Könige, die zum Grab des Heiligen gepilgert sind. Heute hat sich das gewandelt. Das Grab des Jakobus in der Kathedrale wird zwar von den Pilgern besucht, aber nicht alle haben ihre Spiritualität im Rucksack, wenn sie ankommen. Inzwischen ist der Jakobsweg ja richtig trendy geworden.«

In der Nähe schlug eine Autotür.

»Ich geh mal ins Gebüsch.«

Rieke stand auf, verschwand im Dickicht. Für sie schien es das Normalste der Welt zu sein, sich hinter einem Baum zu erleichtern. Austreten im Gebüsch. Lillemor dachte nach. Wann hatte sie sich zum letzten Mal in die Natur gehockt? Als Kind, auch später als Teenager. Zu Hause in Schweden. Wenn sie mit Eskil stundenlang durch die Dikholmer Wälder gestreift war, hatte es ja keine andere Möglichkeit gegeben, die Wedel der meterhohen Farne waren ihr Schutz gewesen. Es war keine Scham zwischen ihnen gewesen, zu keiner Zeit.

Dikholmen war der schönste Spielplatz gewesen, den sie sich hätten wünschen können. Das Baumhaus kam ihr in den Sinn, errichtet zwischen drei Astgabeln und in einer Höhe, die sie ohne Leiter nicht hatten erreichen können. Wo Eskil all die Latten und Leisten, die Nägel, die Dachpappe, das Werkzeug aufgetrieben hatte, war Lillemor schleierhaft gewesen. Jeden Tag hatte er neues Zeug herbeigeschleppt, und so hatten sie ihr eigenes Haus gebaut, irgendwo am Waldrand, mit einem Fenster, durch das am Abend der Mond hereingeschienen, und mit Decken und Kissen, die Eskils Mutter ihnen überlassen hatte. Die Leiter hatte Onkel Jesper ihnen gegeben, sie hatte die richtige Größe gehabt, obwohl die oberste Sprosse herausgebrochen war. Ohne die Leiter hätten sie ihr Baumhaus nicht bauen und nutzen können.

Als Lillemor Riekes Schritte hörte, straffte sie die Schultern und ließ die Erinnerung davonziehen, obwohl sie sich ihr liebend gern noch hingegeben hätte. Wie es Eskil inzwischen gehen mochte? Nachdem das mit Bernhard und Timmy passiert war, hatte sie nicht anders gekonnt, als den Kontakt zu ihm einzustellen, hatte weder auf seine E-Mails reagiert noch seine zahllosen Anrufe angenommen. Das Herz wurde ihr schwer, wenn sie an den Schmerz dachte, der sie damals innerlich zerrissen und der nichts anderes zugelassen hatte, als Eskil zu ignorieren.

»Dein Name klingt nicht deutsch«, hörte sie Rieke sagen. Sie räumten ihre Rucksäcke ein und schulterten sie. »Und da ist ein leichter Akzent, wenn du sprichst«, fügte sie hinzu. »Dänisch?«

»Schwedisch.« Sie setzten sich in Bewegung. »*Lille mor* bedeutet kleine Mutter.«

Sie wusste nicht, warum sie das gesagt hatte. Es hatte einmal eine Zeit gegeben, in der die Bedeutung ihres Namens sie mit Stolz erfüllt hatte. Als sie Mone und Anja kennengelernt hatte, damals, als Timmy drei gewesen und ein Kindergartenkind geworden war. Verzückt hatten alle ihre Erläuterung zur Kenntnis genommen. So ein hübscher Name! Timmys kleine Mutter. Ein Druck senkte sich auf ihre Brust, sie versuchte, ihn mit ein paar Atemzügen unter Kontrolle zu bringen.

»Das ist ja nett!«, rief Rieke begeistert aus. »Bist du denn eine Mutter?«

Lillemor atmete tief ein und wieder aus. In was für eine Situation hatte sie sich da gebracht! Warum hatte sie die Bedeutung ihres Namens nicht für sich behalten? Riekes Rückfrage war nur verständlich, und Lillemor ärgerte sich, weil sie sich genötigt sah, darauf zu reagieren. Dabei versuchte sie seit über sieben Jahren, solche Gespräche zu vermeiden. Es fiel ihr noch immer schwer, etwas in der Art zu sagen wie: Nein, ich bin keine Mutter mehr. Ich war eine. Fünf Jahre und elf Monate lang war ich die Mutter eines wunderbaren kleinen Sohnes. Sein Name war Timmy, er hatte dieselben blonden Strubbelhaare wie sein Vater, er mochte die Haut auf dem warmen Kakao und die selbst gebackenen Zimtschnecken seiner schwedischen Oma Henrika, und als er mir genommen wurde, war es, als hätte mir jemand bei lebendigem Leib das Herz aus der Brust gerissen.

Nichts davon brachte sie heraus, weil die Erfahrung sie gelehrt hatte, dass ihre Offenheit weitere Fragen nach sich ziehen würde, Betroffenheit, Mitleid, Verlegenheit.

»Darüber spreche ich nicht so gern.« Eine erprobte Antwort, die meist eine Entschuldigung bei ihrem Gegenüber hervorrief.

»Oh, sorry, konnte ich nicht wissen.« Rieke hob die Hände.

Schweigend gingen sie weiter, folgten einem asphaltierten Weg entlang eines Baches, der ihre Schritte mit seinem Gluckern begleitete. In den Gräsern an seinen Ufern summten Insekten.

»Ich achte überhaupt nicht auf die Markierungen«, stellte Lillemor ernüchtert fest.

»Vielleicht soll das so sein.«

»Wie meinst du das?«

»Du bist von Anfang an den Muscheln gefolgt.«

»Ich glaube eher, ich bin von Anfang an dir gefolgt.«

»Und ich bin den Muscheln gefolgt, das ist dasselbe.«

Wie auf ein unhörbares Kommando wandten sie einander die Gesichter zu und lächelten sich an.

»Was sagt uns das?«, fragte Lillemor.

»Sieh es mal so: Du hast deine Reise mit einem Pilgersegen begonnen, du hast etwas über den Camino, die Pilger, den heiligen Jakobus gehört, du bist unterwegs mit einer, die den Muscheln folgt …«

Jetzt hob Lillemor die Hände. »Okay, ich verstehe.«

»Schlag den Lahnwanderweg in den Wind.«

*Gehen Sie los, und schauen Sie, was der Weg mit Ihnen macht …*

Der Rat ihrer Therapeutin oder eine alte Pilgerweisheit? Der Umstand, dass sich ihr schon am ersten Tag ein Weg zeigte, den sie sich selbst nicht ausgesucht hatte, an dem sie aber zunehmend Gefallen fand, verbuchte Lillemor als Erkenntnis des Tages.

»Dann bin ich jetzt eine Pilgerin?«

Rieke lachte. »Ist das wichtig?«

»Ich weiß es noch nicht«, sagte Lillemor. »Und eine Muschel hab ich auch nicht.«

»Abwarten. Vielleicht findest du eine.«

»Im Wald kommen die ja nicht so oft vor.« Ein Lächeln legte sich auf Lillemors Lippen.

»Manchmal findet man Dinge an Orten, an denen man sie nicht vermutet«, bemerkte Rieke.

Lillemor streifte sie mit einem Seitenblick. Trotz ihres jungen Alters schien sie eine reife Persönlichkeit zu sein. Sie hatte eine etwas unweibliche Seite, aber dahinter verbarg sich noch eine andere Rieke, eine sanftmütige und stille. Eine, die sich nicht an vorgegebenen Zielen orientierte, sondern sich eigene steckte und sich Träume erfüllte. Was war sie für ein Mensch, und was suchte sie in Obernhof?

Lillemor schob die Daumen unter die Schultergurte. Sie drückten immer heftiger auf ihre Schlüsselbeine, rechts mehr als links, sie konnte es kaum erwarten, den Rucksack endlich wieder abzulegen.

Ein paar Kilometer weiter tauchte eine kleine Stadt vor ihnen auf. Braunfels, ihr Etappenziel. Eine Welle der Erleichterung flutete Lillemors Herz. Ihr Rücken schmerzte, die Füße sehnten sich aus den Schuhen heraus.

»Wir haben es geschafft!«, rief sie und nahm verwundert zur Kenntnis, dass sie sich zwar erschöpft, aber nicht am Ende ihrer Kräfte fühlte.

»Hast du daran gezweifelt?«

»Hab ja noch nie so was gemacht«, erwiderte Lillemor. »Woher sollte ich wissen, ob ich das durchhalte?«

»Und du suchst dir jetzt eine Übernachtungsmöglichkeit?«, fragte Rieke.

Lillemor nickte. »Du nicht?«

»Ich hab ein Zelt dabei. Finde schon was, keine Sorge.«

»Wollen wir unsere Handynummern austauschen?«

»Ja, gern.« Schon zog Rieke ihr Handy aus der Hosentasche.

»Und morgen geht's bis Weilburg?«

»Sollen wir zusammen?«

Sie wechselten einen kurzen Blick, lächelten einander zu, und Lillemor fragte sich, ob auch Rieke, so wie sie selbst, an ihre Anlaufschwierigkeiten vor dem Wetzlarer Dom dachte.

»Ja«, antwortete sie ohne Zögern.

Sie tauschten ihre Handynummern, und als Rieke davongezogen war, suchte Lillemor nach bezahlbaren Unterkünften in Braunfels. Sie telefonierte die Liste der Pensionen ab. Bei der dritten Nummer hatte sie Erfolg. Ein einfaches Zimmer mit Bad für dreißig Euro in einer ruhigen Nebenstraße, die nur ein paar Gehminuten entfernt lag, wie das Navi ihres Handys ihr zeigte. Dankbar machte Lillemor sich auf den Weg.

Die Minks, ein älteres Ehepaar, hießen sie herzlich willkommen und händigten ihr Zimmer- und Haustürschlüssel aus. Frau Mink trug eine hellblaue Kittelschürze und orthopädische Schuhe. Sie zeigte Lillemor das Pensionszimmer im Parterre. Ein Bett, ein Tisch, zwei Stühle, eine Kommode, Kiefernholzmöbel mit Gebrauchsspuren, beige-braun gemusterte Bettwäsche, ein winziges grün gefliestes Bad ohne Tageslicht, alles sehr gediegen so wie Frau Mink, lediglich der Chagall-Druck im Messingrahmen über dem Bett peppte etwas auf.

»Ziehen Sie abends die Vorhänge zu, man kann sonst reingucken von drüben.« Frau Mink deutete mit dem Kopf in Richtung Fenster. Lillemor nickte, schnallte die Gurte auf und ließ den Rucksack mit einem Ächzen auf den Boden gleiten. »Junge Frau, Sie sehen aus, als gingen Sie heute keinen Schritt mehr vor die Tür. Ich hab Kartoffelsalat gemacht. Es ist sowieso viel zu viel, ich bringe Ihnen nachher einen Teller vorbei.«

Kartoffelsalat, eine wunderbare Aussicht!

»Das ist sehr lieb, ja gern«, sagte Lillemor.

Frau Mink verließ das Zimmer. Leise fiel die Tür ins Schloss. Lillemor sank auf einen der Stühle und schnürte ihre Wanderschuhe auf.

Bevor sie sich unter die Dusche stellte, tippte sie eine Kurznachricht an Mone und Anja in ihr Handy: *Erstes Etappenziel erreicht. Braunfels. Großartige Unterkunft mit Kartoffelsalat. Hab Jakobus kennengelernt. Und eine rothaarige Sprotte. Wusste nicht, dass man innerhalb eines Tages eine Jakobspilgerin werden kann. Sorgt euch nicht. Liebe Grüße, Lil*

## HEIMKEHR

Der Wind zerrte an der blau-gelben Fahne am Heck, die verschlissen war und an einer Seite ausgefranst. Lillemor zog ihre Mütze tiefer über die Ohren und streifte sich die Kapuze ihrer Steppjacke darüber. Mit beiden Händen hielt sie sie unter dem Kinn fest, damit der Wind sie ihr nicht herunterwehte. Ein paar vorwitzige Haarsträhnen tanzten vor ihrer Stirn. Sie schloss die Augen, um sich für einen Moment der stillen Freude hinzugeben, nach fast einem halben Jahr wieder nach Hause zu kommen. Dabei blendete sie aus, dass es an diesem 21. Dezember alles andere als gemütlich auf dem Deck der Fähre war. Am Himmel über Stockholm ballten sich Wolken in allen Grauschattierungen, aus denen feiner Nieselregen niederging. Kalt blies der Wind ihr ins Gesicht, aber sie trug ihre warme Jacke und die türkisfarbenen Handschuhe, die Carlotta ihr als vorgezogenes Weihnachtsgeschenk mitgegeben hatte. Den Schal hatte sie sich dreimal um den Hals geschlungen und ihr Kinn hineingegraben.

Tuckernd legte das Personenfährschiff der Waxholmsbolaget in Stockholm ab, glitt vorbei an der südöstlichen Spitze von Kungsholmen mit dem auffälligen roten Rathausturm und ließ kurz darauf die letzten Häuser der Stadt hinter sich. Eine schwergewichtige ältere Dame in marineblauem Wollmantel und weißer Pudelmütze sank mit einem Ächzen auf den überdachten Platz neben Lillemor, auf dem Schoß einen voll beladenen Einkaufskorb. Sie beanspruchte so viel Raum, dass sie permanent gegen Lillemors Arm oder Schulter stieß, was sie entweder nicht registrierte oder nicht störte. Unwillkürlich rückte Lillemor ein wenig zur Seite. Die Idee, ins Innere der Fähre auszuweichen, verwarf sie, kaum dass sie ihr in den Sinn gekommen war, denn bei diesem Wetter hatten sich die meisten anderen Fahrgäste bereits in den Fahrgastraum zurückgezogen, weshalb es dort vor Menschen nur so wimmelte. Notgedrungen entschied Lillemor sich für einen weniger komfortablen Stehplatz am Bordgeländer, auch wenn sie dort dem Wind und der feuchten Luft schutzlos ausgesetzt war.

Während die Fähre durch die Schaumkronen des eisig kalten Mälarsees pflügte, dabei Klippen und kleine Felseninseln passierte und Kurs auf den Hafen von Vaxholm nahm, trieben Lillemors Gedanken zu Bernhard. Eines Tages würde sie ihn mitnehmen nach Schweden und mit ihm auf einer solchen Personenfähre nach Vaxholm fahren. Sie würden vielleicht auf dem Platz sitzen, auf dem die Pudelmützenfrau sich jetzt in ihrer ganzen Fülle ausgebreitet hatte. Bernhard und sie bräuchten nur einen Platz, weil sie auf seinem Schoß sitzen würde, beide Arme um ihn geschlungen, ihren Kopf an seiner Schulter. Ohne ihre Entscheidung, Schweden zu verlassen und zum Studium nach Deutschland zu gehen, hätte sie Bernhard Kirschbaum niemals kennengelernt. Sein Gesicht formte sich in ihren Gedanken, seine strahlend blauen Augen, das Grübchen in seinem Kinn, die Art, wie er ihren Namen aussprach und wie er ihre Stirn küsste, wenn sie morgens nebeneinander aufwachten. Ein Gefühl tiefer Liebe durchströmte sie.

Dennoch ließ sich nicht leugnen, dass sich ein Teil von ihr von Zeit zu Zeit nach Vaxholm zurücksehnte. Dann spürte sie, wie es plötzlich in einem Winkel ihres Herzens stach, und dieses Stechen war zu hartnäckig, zu unnachgiebig, als dass sie es hätte ignorieren können. Heimweh. Nach der Insel, der Ostsee, nach Vaxholm und seinen kopfsteingepflasterten Gassen mit dem Wollädchen an der Ecke, Esbjergs Galerie und dem Gartencafé im alten Ortsteil Norrhamnen, nach ihrem Elternhaus in der Sjögata mit dem Baumriesen im Garten, der Küche mit dem zerkratzten Tisch und dem Schwarz-Weiß-Foto ihrer Großeltern an der Wand. Im Stillen nannte sie diese Augenblicke, in denen das Heimweh mit kalten Fingern nach ihr griff, ihre schwachen Momente. Sie sprach nicht darüber, und wenn sie in der Nacht Bernhards gleichmäßige Atemgeräusche hörte und sich an ihn schmiegte, ihre Hand leicht auf seine Hüfte oder seine Brust gelegt, dann spürte sie, wie die schwachen Momente davonstoben und sich eine tiefe Ruhe in ihr Herz senkte. Es war, als könnte Bernhard zaubern, als hätte seine Nähe die Kraft, Lillemors schwachen Momenten die Schwere zu nehmen.

Ihrem Job im Café am Granzbacher Rathausplatz war es zu verdanken, dass sie sich das Flugticket nach Stockholm hatte leisten können, um über Weihnachten nach Hause zu fliegen. Und obwohl sie Bernhard bereits vermisste, seit sie sich am Frankfurter Flughafen mit einer innigen Umarmung und vielen Küssen voneinander verabschiedet hatten, hüpfte ihr Herz jetzt beim Gedanken daran, in einer guten Stunde am Fähranleger von Vaxholm mit ihrem Koffer von Bord zu gehen.

Die Pudelmützenfrau schräg vor ihr wechselte ein paar

Sätze mit ihrem Nachbarn zur Linken. Das stete Brummen des Schiffsmotors verschluckte die Worte. Nur Fetzen drangen an Lillemors Ohr. Schwedische Wortfetzen. Wie wundervoll es sich anfühlte, ins Stimmengewirr ihrer Muttersprache einzutauchen, auch wenn es nur Bruchstücke waren. Auch wenn es sie gar nicht betraf, was die Menschen um sie herum sprachen. Den ganzen Tag schon, beginnend mit ihrer Ankunft auf dem Flughafen Arlanda, danach im Bus nach Stockholm und später am Strömkajen, wo sie auf das Fährschiff gewartet hatte, hatte sie sich lächelnd zwischen den Menschen bewegt und sich ihnen zugehörig gefühlt, obwohl sie sie nicht kannte. Einzig, weil sie hier nicht »die Schwedin« war, sondern Lillemor Engström, in Vaxholm auf Vaxön geboren und aufgewachsen. Eine von ihnen.

Sie warf einen Blick zurück zum Heck mit der in der Brise wehenden blau-gelben Fahne. Stockholm war nur noch eine im Dunstschleier verschwindende Ahnung, und die vom diesigen Winteratem eingehüllten Schäreninseln mit ihren bewaldeten Ufern wirkten, als ruhten sie in einem gnädigen Winterschlaf. Der Wind trieb ihr den Eisregen ins Gesicht, und sie schob die Hände tief in die Jackentaschen, blinzelte in den Dunst, der die kleinen Inseln wie hinter einem Schleier verbarg. Sie kannte kaum jemanden, der sich für ein Leben in Einsamkeit und Minimalismus auf diesen felsigen Eilanden entschieden hatte, ohne Strom, ohne fließendes Wasser, abgeschieden und manchmal gar ohne Nachbarn. Auch wenn die Inseln im Sommer idyllisch und im Winter märchenhaft wirkten, so verlangte ein Leben ohne die selbstverständlichen Dinge des täglichen Lebens den Inselbewohnern einiges ab. Eskils Mutter fiel ihr ein, das gelbe Haus am Südufer von Dikholmen, diese fast unbewohnte Insel, die zu Skarpö gehörte, aber nicht mit ihr verbunden war. Eskil war dort zur Welt gekommen, er hatte nie woanders gelebt. Schon früh hatte er gelernt, dass Holz gehackt werden musste, wollte man es im Winter warm im Haus haben, und dass es Wasser ausschließlich draußen an der Kolbenpumpe gab, mit deren Hilfe es in einen Eimer gepumpt und dann ins Haus getragen werden musste. Im Gegensatz zu Lillemor hatte es ihn nie in die Ferne gezogen.

Beim Gedanken an den Streit vor ihrer Abreise nach Deutschland fuhr ihr ein Stich durchs Herz. Er hatte sich nicht gemeldet, kein Wort, keine Nachricht, keine Entschuldigung. Dabei hatte sie sehnlichst darauf gewartet. Schließlich war er es gewesen, der sich im Ton vergriffen hatte. Der sie mit einem wütenden Schnauben stehen gelassen und die Tür hinter sich so fest zugeworfen hatte, dass sie zusammengezuckt war und der Knall in ihren Ohren nachgehallt hatte. Er war gegangen. Nicht sie. Also war er es, der sich zu entschuldigen hatte. Nicht sie.

Sie stieß einen Seufzer aus und schüttelte die Gedanken ab, weil sie feststellte, dass sie ihre Vorfreude auf Vaxholm und ihr Zuhause trübten. Eskil konnte ihr gestohlen bleiben. Ihre Freundschaft hatte einen tiefen Riss bekommen, der sich durch Eskils Unvermögen, sich zu entschuldigen, zu einem Krater ausgewachsen hatte.

Als der Hafen von Vaxholm in Sicht kam, schulterte sie ihren Rucksack und griff nach dem feucht gewordenen Griff ihres Koffers, den sie beim Betreten des Decks an die Seite geschoben hatte. Dann strebte sie inmitten der übrigen Fahrgäste dem Ausgang der Fähre zu.

Als Lillemor später zu Hause am Fenster ihres Mädchenzimmers unterm Dach stand, in dem sich nichts verändert hatte, und ihren Blick sehnsuchtsvoll nach draußen über die Krone des Baumriesen hinwegwandern ließ, da erhaschte sie zwischen den Dächern der Nachbarhäuser in der Ferne einen Streifen Meer, und sie fühlte sich wieder wie das Inselmädchen, das sie einmal gewesen war.

Im Haus duftete es nach dem Auflauf, den ihre Mutter zur Feier des Tages aus Kartoffeln, Zwiebeln, Anchovis und Sahne zubereitet hatte und der noch im Ofen garte. Es war ein traditionelles schwedisches Rezept mit dem Namen Janssons Versuchung, doch Henrika hielt daran fest, es sei eine Überlieferung ihrer Mutter Alva. Und wenn Lillemors Vater dann einwandte »Aber Alva verschwand, als du ein Kind warst«, wurde ihre Mutter still und senkte den Kopf und murmelte etwas, das niemand verstand, vielleicht nicht einmal sie selbst.

Lillemor hörte ihre Mutter in der Küche hantieren, während sie ihre Sachen in den Kleiderschrank sortierte. Der leer geräumte Koffer passte genau in die Nische zwischen Schrank und Fenster. Dann trat sie an den Schreibtisch aus hellem Holz, an dem sie so lange nicht gesessen hatte, fuhr mit der flachen Hand über seine Oberfläche, die Flecken und Kerben, die dunkle Stelle, an der ihr die Tinte aus dem Füller gelaufen war, das kleine helle Rechteck, wo jahrelang der Stiftesammler aus Kork seinen Platz gehabt hatte. An der Seite lagen ordentlich gestapelt etliche Ausgaben der *KERAMISK TIDNING*, einer Fachzeitschrift für Freunde der künstlerischen Keramik mit Informationen zu Werkstätten, Galerien, Künstlern, Ausstellungen und Märkten. Vor einiger Zeit hatte Onkel Jesper damit begonnen, ihr die Zeitschriften Monat für Monat zukommen zu lassen, nachdem er sie gelesen hatte. Offenbar hatte er diese Gewohnheit auch während ihrer Abwesenheit beibehalten.

Sie ließ den Daumen an den Ausgaben entlangwandern und stutzte. In der untersten Zeitschrift steckte ein weißes Briefkuvert. Sie zog es heraus. Nur ihr Vorname stand darauf, die Abkürzung Lil in staksigen Druckbuchstaben, die ihr so vertraut waren, dass sie sie sofort zuordnen konnte. Sie riss den

Umschlag auf, zog den Briefbogen heraus und faltete ihn auseinander. Ihr Blick glitt über die wenigen Worte.

*Es tut mir leid, Lil. Lass uns noch mal reden, bevor du fliegst. Geh nicht so. Bitte nicht. Ich warte auf dich am Anleger. Heute Abend um sieben. Eskil*

Er hatte nie viel geredet. Das war eine seiner Stärken. Mit wenigen Worten alles auf den Punkt zu bringen, beherrschte niemand so gut wie Eskil. Sie hatte ihn immer dafür bewundert. Sie selbst war dazu nicht in der Lage, suchte oft nach den richtigen, den besten Formulierungen und ärgerte sich, wenn sie sie nicht fand. Worte konnten zerstörerisch sein, wenn sie nicht gut gewählt waren, deshalb entschied sie sich oft für das Schweigen.

Noch einmal wanderte ihr Blick über die Zeilen. Eine Entschuldigung. Eine Bitte. Ein Angebot zur Versöhnung. Alles, worauf sie gewartet hatte. Doch wieso steckte sein Brief in der Zeitung? Und vor allem, seit wann? Gedankenverloren faltete sie den Bogen zusammen und schob ihn zurück ins Kuvert. Er musste ihn vor ihrer Abreise im Sommer hierher gebracht haben. Aber er hatte doch gewusst, dass ihre Eltern sie gegen Mittag zum Flughafen hatten bringen wollen. Wie hatte er da um ein Treffen abends um sieben Uhr bitten können?

»Wann kam der hier an?«, fragte sie wenig später ihre Eltern, das Kuvert in der erhobenen Hand.

In der Küche bollerte der Holzofen, ihre Mutter stand rotwangig, beide Hände in riesigen geblümten Topfhandschuhen, vor der geöffneten Ofentür.

»Setz dich, gibt Essen«, sagte ihr Vater, der bereits Platz auf seinem Stuhl am Kopfende genommen hatte. Mit einem Lächeln nickte er ihr zu. Der Tisch war für drei gedeckt, mit den guten Tellern aus dem Wohnzimmerschrank. In der Mitte stand ein glasierter Krug mit Tannenzweigen, daneben brannte eine der honiggelben Kerzen, die Carl jedes Jahr vor dem Julfest beim Kerzenmacher auf dem Markt kaufte. Ein besonderer Tag. Ein Tag für gutes Geschirr und die teuren Kerzen. Lillemor schluckte. Sie sah das Strahlen in den Augen ihres Vaters und wollte ihm die Wiedersehensfreude nicht verderben. »Komm«, hörte sie ihn sagen. Er wies auf den Stuhl am Fenster, ihren Platz.

»An dem Tag, an dem du weg bist nach Deutschland«, beantwortete ihre Mutter die Frage abwesend.

Sie beugte sich vor und angelte die Auflaufform aus dem Backofen. Der Duft von geschmolzenem Käse erfüllte die kleine Küche.

»Eskil war an diesem Tag hier?«

»Nein.«

»Wann dann?«

»Er hat ihn nicht selbst gebracht.« Ihre Mutter stellte die Form auf einen Untersetzer und streifte die Topfhandschuhe aus. »Jesper kam mit der Zeitschrift und hatte den Brief dabei.«

»Aber am Tag meiner Abreise war Onkel Jesper gar nicht hier«, murmelte Lillemor. »Ich weiß noch, dass ich mich einen Tag vor dem Abflug von ihm verabschiedet habe. Wieso hat er mir dann die Zeitschrift und den Brief nicht mitgegeben?«

Nachdenklich berührte sie den Anhänger an dem Lederband, das sie um den Hals trug, seit ihr Onkel ihn ihr geschenkt hatte.

Ihre Mutter nahm zwei große Löffel aus der Schublade. »Dann war es vielleicht am Tag vorher.«

Lillemor kniff die Augen zusammen, sodass sich die Haut zwischen ihren Brauen in Falten legte. Sie starrte ihre Mutter an.

»Mamma! Das ist wichtig! Wenn ich noch hier war, warum hab ich den Brief dann nicht bekommen?«

Eskil hatte sie sehen wollen am Tag vor ihrer Abreise. Hatte am Anleger auf sie gewartet, abends um sieben. Wie lange hatte er wohl dort gesessen und gehofft, dass sie käme, ehe er enttäuscht gegangen war?

»Ach, Lil, das weiß ich doch nicht mehr, ist fast ein halbes Jahr her.«

Ihre Mutter drehte sich zu ihr um und strich ihr sanft über die Schulter. Dann ging sie zum Tisch, nahm den Teller ihres Vaters und wandte sich wieder dem Kartoffelauflauf zu.

»Aber ich muss das wissen, Mamma!«

»Jetzt setz dich doch erst mal«, wiederholte ihr Vater. »Malin kommt ein bisschen später.«

Widerwillig nahm Lillemor Platz. Sie sah ihrer Mutter zu, wie diese mit den Löffeln in den Kartoffelauflauf stach und eine große Portion auf den Teller ihres Vater schöpfte.

»Mamma, erinnere dich bitte.«

»Meine Güte, Lil, du tust ja, als hinge ein Leben dran!«

Ihre Mutter stellte den Teller mit den dampfenden Kartoffeln vor ihren Vater hin.

So ähnlich fühlt es sich auch an, dachte Lillemor, aber sie sprach es nicht aus. Sie reichte ihren Teller quer über den Tisch, und ihre Mutter nahm ihn an.

»Ich möchte wissen, warum ich den Brief nicht bekommen habe, wenn ich noch nicht abgereist war.«

»Ich hab ihn zusammen mit der Zeitung irgendwohin gelegt.«

»Irgendwohin?«

Das konnte doch nicht wahr sein! Was hatte ihre Mutter sich dabei gedacht, ihr den Brief ihres besten Freundes vorzuenthalten? Um sich ihren anschwellenden Ärger nicht anmerken zu lassen, atmete Lillemor tief ein. Sie sah ihren Vater fragend an, doch er zuckte nur mit den Schultern, seine Miene blieb unergründlich. Ihre Mutter hielt den Blick gesenkt und sagte nichts. Mit hektischen Bewegungen schöpfte sie Lillemors Teller voll.

»Wir hatten Streit an diesem Tag«, sagte sie leise. Sie schob Lillemor den Teller hin und setzte sich. Ihre Wangen glühten.

»Wer?«

Die Ungeduld zerrte an Lillemors Nerven. Am liebsten hätte sie ihre Mutter an den Schultern gepackt, um die Worte aus ihr herauszuschütteln.

»Dein Onkel Jesper und ich«, sagte sie, hob den Kopf, warf ihrem Vater über den Tisch hinweg einen raschen Blick zu.

»Lasst uns essen«, sagte der nur, nahm seine Gabel und begann, den dampfenden Auflauf auf seinem Teller etwas zu verteilen. »Nun hast du ja den Brief.«

Er sah Lillemor nicht an. Offenbar wollte er sich den Appetit weder durch den Brief noch durch die Erinnerung an den Streit zwischen seiner Frau und deren Bruder verderben lassen.

»Und was hatte euer Streit mit dem Brief zu tun?«, fragte Lillemor, an ihre Mutter gewandt.

Die strich sich eine Haarsträhne hinters Ohr. Sie blickte Lillemor aus traurigen Augen an.

»Es tut mir leid«, sagte sie mit ehrlichem Bedauern. »Jesper hat mir den Brief für dich gegeben. Dann haben wir gestritten. Es ging mir nicht gut an diesem Tag. Dass du uns … verlassen hast …« Sie stockte, nestelte am Saum ihres Pullovers. »Du weißt ja, dass ich nicht gut damit zurechtkomme, wenn jemand weggeht, den ich …«, sie schob ihren Arm über den Tisch und tastete nach Lillemors Hand, die unbewegt neben dem Teller ruhte, »… lieb habe.«

»Ja, ich weiß«, erwiderte Lillemor. Sanft drückte sie die Hand ihrer Mutter. »Entschuldige, Mamma.«

Sie bereute den vorwurfsvollen Ton der letzten Augenblicke, weil sie wusste, wie schwer ihre Mutter an der Tatsache trug, dass es nach dem Verschwinden ihrer Großmutter Alva vor inzwischen dreißig Jahren nie ein Lebenszeichen, dafür eine Menge Gerüchte gegeben hatte. Die Leute hatten getuschelt. Alva Jansson sei mit einem anderen Mann durchgebrannt, hatte man gemunkelt. Eine Rabenmutter sei sie, die nur an ihr eigenes Seelenheil denke. Mit bemitleidenswerten Blicken hatte man Anders und die Zwillinge bedacht. Lillemors Mutter hatte Jahre gebraucht, um darüber sprechen zu können.

»Es fiel mir schwer, dich gehen zu lassen, und Jesper wusste das. Aber er hat dich immer darin bestärkt, in Deutschland zu studieren, und das hab ich ihm an diesem Tag vorgeworfen. Wieder einmal. Ich wollte es eigentlich gar nicht, aber irgendwie ergab ein Wort das andere, du weißt, wie das geht. Und wenn man sowieso ein bisschen dünnhäutig ist, sagt man schnell und unüberlegt Dinge, die man nicht sagen wollte. Darüber hab ich den Brief völlig vergessen und ihn wohl in Gedanken in die Zeitung geschoben. Es tut mir leid, Lil.«

Für einen Moment schloss Lillemor die Augen. Hätte es etwas geändert, wenn sie Eskils Brief am Tag vor ihrer Abreise erhalten hätte? Wäre sie zum Anleger gegangen, um Eskil dort zu treffen? Oder hätte sie sein Versöhnungsangebot aus verletztem Stolz ignoriert? Sie griff nach der Gabel und stocherte lustlos in ihrem Auflauf herum. Es war müßig, sich darüber den Kopf zu zerbrechen.

»Ihr habt doch sicher in der Zwischenzeit hundertmal telefoniert«, lenkte ihre Mutter ein. Noch immer saß sie vor ihrem leeren Teller. Ihr Vater war der Einzige, der begonnen hatte zu essen.

»Haben wir nicht.«

»Nein?«

»Wir sind im Streit auseinander.«

»Was?« Die Augen ihrer Mutter weiteten sich. »O nein, Lil, das wusste ich nicht.«

»Jetzt weißt du es.«

## Dikholmen, 1960

*Eine Kate! Wie aus dem Nichts. Wer weiß wie lange hab ich mich und meine Habseligkeiten durch den Wald geschleppt. Die Muskeln brennen, meine Füße sind wundgelaufen in den nassen Schuhen, meine Hände fühlen sich taub an. Der Sack auf meinem Rücken wird mit jedem Meter schwerer. Ein Versteck habe ich gesucht, einen Platz, wo niemand mich findet, wo ich mich vor den Menschen verbergen kann, wo ich Schutz finde und Kräfte sammeln kann. Noch schmecke ich die Süße der Walderdbeeren auf der Zunge, aber ich stehe wie versteinert da, und ein eigenartiges Gefühl befällt mich, jetzt, da die Kate vor meinen Augen aufgetaucht ist und ich nicht weiß, ob ich mich freuen oder fürchten soll.*

*Großmutter hat früher immer gesagt, dass wahr werden kann, was ich mir wünsche, wenn ich es mir in Gedanken nur lebendig und farbig genug vorstelle. Und obwohl ich weiß, dass ich keinen besseren Unterschlupf finden kann als diese marode Kate, kriecht mir eiskalte Angst über den Körper. Angst, jemand könnte dort sein, der mich zurückbringt. Angst, Anders könnte dort sein. Irgendeiner könnte dort wohnen, könnte schon vor mir Zuflucht gesucht haben, könnte mir etwas antun, könnte mich zwingen zu sprechen, könnte, könnte, könnte …*

*Ich ziehe mich ein paar Schritte in den Wald zurück, lasse den Sack mit meinen kostbaren Vorräten heruntergleiten, schleife ihn zwischen den Tannen hindurch hinter mir her, weil ich ihn nicht mehr auf den Rücken wuchten will, der sich anfühlt, als bräche er gleich entzwei. Mit den Füßen scharre ich Walderde über die Schleifspur und ducke mich ins Gebüsch. Von hier aus behalte ich die Kate im Blick und bleibe selbst unentdeckt. Das Gebälk sieht morsch aus, die grauen Holzbretter verwittert. Auf dem Dach wuchert eine Menge Moos, um die Kate herum wachsen knorrige Bäume und wild wuchernde Sträucher. Windschief steht sie da, verfallen, ein Fenster kann ich von hier aus nicht erkennen, auch keine Tür, vielleicht ist es die Rückseite.*

*Meine Beine zittern vor Schwäche, ich sinke auf die Knie, die Erde ist feucht. Ohne eine Bewegung verharre ich im Schutz des Waldes, hoffe inständig, dass die kleine Behausung leer steht, unverschlossen ist, unbewohnt. Ich sehe die Sonne wandern, warte, bis sie hinter den Wipfeln auf der anderen Seite versinkt und das Abendlicht kommt. Jetzt erst löse ich mich aus meiner Starre. Schleiche mich aus dem Wald, an den Beerensträuchern vorbei und an die Kate heran. Sie ist nicht eingezäunt, nur von Gestrüpp umgeben. Ich muss hindurch, einen anderen Zugang gibt es nicht. Schützend halte ich die Arme vors Gesicht, während ich mich vorankämpfe. Dornen reißen ein Loch in mein rechtes Hosenbein unterm Knie. Eine stachlige Ranke peitscht an meine Schläfe, ich zucke zurück, beiße mir auf die Lippen, um nicht aufzuschreien. Mit zwei Fingern befühle ich das blutige Rinnsal, das vom Haaransatz herunterrinnt. Ich presse meine rechte Handfläche mit dem notdürftigen Verband auf die Wunde. Schmutzig ist er inzwischen geworden und feucht.*

*Und dann liegt sie vor mir, die Kate, sie ist noch baufälliger, als sie von Weitem gewirkt hat. Ob sie verlassen wurde, weil es zu gefährlich ist, sich in ihr aufzuhalten? Die Angst, jemandem hier zu begegnen, weicht mit jedem Atemzug. Eine derart marode Behausung kann niemandem als Wohnraum dienen, allenfalls als Lagermöglichkeit.*

*Ich umrunde sie, stehe jetzt auf der Vorderseite. Es gibt eine schief im Rahmen hängende Tür und ein mit Brettern vernageltes Fenster. Ein auf der Vorderseite offener Verschlag duckt sich an die Kate, dort liegen Bretter mit verrosteten Nägeln, eine alte Leiter mit herausgebrochenen Sprossen, rostiges Werkzeug, ein Eimer mit Löchern im Boden, eine zerrissene Abdeckplane. Nichts, was zu gebrauchen ist. Zutiefst enttäuscht stelle ich fest, dass die Tür der Kate verriegelt ist. Ein Vorhängeschloss baumelt an einer Kette. Ich rüttle trotzdem daran. Vielleicht, weil ich weiß, dass die Dinge manchmal anders sind, als sie scheinen. Vielleicht, weil ich so verrückt bin zu glauben, die Tür könnte durch meine bloße Willenskraft aufspringen.*

*Sie tut es nicht.*

*Ich fühle mich unendlich müde, lehne meinen Rücken an die von der Sonne noch warme Bretterwand. Eine Träne muss mir über die Wange gerollt sein, ich merke es erst, als ich sie salzig auf meiner Oberlippe schmecke. Mein Blick streift den Verschlag und das unnütze Zeug darin. Wenigstens scheint das Dach intakt zu sein. Ich werde mich damit begnügen müssen. Zumindest für diese eine Nacht.*

*Ich fange an, etwas Platz zu schaffen, gerade so viel, dass ich mir ein Lager zum Schlafen herrichten kann. Die löchrige Plane breite ich auf der Erde aus, sie ist riesig, mindestens drei Meter lang und fast genauso breit. Dann gehe ich zurück zum Waldrand und hole meinen Sack. Ich ziehe ihn hinter mir her bis zum Gestrüpp. Keine Ahnung, wie ich ihn hindurchhieven soll, ich presse ihn fest vor meinen Oberkörper, als wäre er ein Teil von mir. Wieder verletze ich mich an den dornigen Ranken, dieses Mal an der Stirn, aber es ist nur ein Kratzer, der nicht blutet. Ein zweites Mal durchdringe ich das Gestrüpp und gelange außer Atem wieder zur Kate.*

*Ich würde gern ein Feuer machen, Wasser wärmen, mir den Staub von der Haut waschen, meine Wunden säubern. Und dann schlafen. Bis morgen früh. Die Aussicht darauf, meine Schuhe ausziehen und mich ausstrecken zu können, beschleunigt meine Schritte. Ich biege um die Ecke, bin jetzt an der Vorderseite. Der Sack wird mir schwer, ich kann ihn nicht länger halten. Staub wirbelt auf, als er auf die Erde fällt. Ich schleife ihn zum Verschlag. Und erstarre.*

*Da stehen zwei Schuhe, Männerschuhe, abgestoßen an den Kanten, direkt neben der Plane, die ich ausgebreitet habe. Mein Herz fängt an zu hämmern, das Blut pocht in meinen Ohren, als mir klar wird, dass es nicht nur Schuhe sind, dass zwei Füße darin stecken, dass sie zu einem Mann gehören, zu einem fremden Mann, der unter dem Verschlag steht, neben der Plane, auf der ich die Nacht verbringen will. Ich will sein Gesicht nicht sehen, senke den Kopf, blicke stur auf meine Füße, die Salzränder auf meinen Schuhen, den Riss in der Hose, die feuchten Flecken auf meinen Knien. Er sagt etwas, mein Herz rast, ich verstehe ihn nicht, will nichts hören, will weg, nur weg. Bestimmt hält er mich für eine Herumtreiberin, so schmutzig, wie ich aussehe, blutend, zitternd vor Angst.*

*Ich greife nach meinem Sack, drehe mich um, will loslaufen, ohne zu wissen, wohin. Doch da wird urplötzlich die Erde weich, wie Morast, schlammiger Grund, der nachgibt, meine Füße sinken darin ein, ich verliere den Halt, meine Knie knicken weg, ich merke, wie der Sack mir entgleitet und sich ein schwarzer Vorhang vor meine Augen senkt.*

# LILLEMOR

Braunfels, 2019

Lillemor wachte, entgegen ihrer Gewohnheiten, nicht ein einziges Mal auf. Das Morgenläuten einer Kirche in der Nähe, das sie durch das offene Fenster vernahm, weckte sie gegen sieben Uhr. Sie schlug die Augen auf, streckte sich und spürte sogleich die Schwere in ihren Beinen. Ihr Körper brannte an Stellen, von denen sie nicht gewusst hatte, dass es dort wehtun konnte. Müde und steifbeinig stakste sie ins Bad. Nun spürte sie auch die Verspannung in den Schultern und im Nacken.

»Das kann ja heiter werden heute.« Sie betrachtete ihr Gesicht im Spiegel und streifte ihr T-Shirt über den Kopf. Ihre Schlüsselbeine, an denen sie bereits am vergangenen Abend Druckstellen entdeckt hatte, leuchteten ihr in einem alarmierenden Rot entgegen. Vorsichtig betastete sie sie mit den Fingerspitzen. Die Schultergurte. Ob sie sie falsch eingestellt hatte? Bei der Menge an Gurten, Schlaufen und Schnallen hatte sie wahrscheinlich irgendetwas übersehen. Gewissenhafter als tags zuvor schulterte sie eine halbe Stunde später ihren Rucksack. »Du lieber Himmel«, murmelte sie, als das Gewicht sie regelrecht zu erdrücken drohte.

»Er fühlt sich an, als wäre doppelt so viel drin wie gestern«, sagte sie zu Rieke, als sie sich zur verabredeten Zeit auf dem Braunfelser Marktplatz trafen.

Es war ein heller Morgen, die Sonne blitzte zwischen den Wolken hindurch, und Rieke trug bereits ihren breitkrempigen Sonnenhut. Sie wirkte erholt und motiviert, bewegte sich leichtfüßig wie am Tag zuvor, obwohl sie die Nacht in ihrem Zelt verbracht und daher mit erheblich weniger Komfort hatte auskommen müssen als sie selbst.

»Es war auch gestern schon zu viel drin.« Mit kritischem Blick musterte Rieke das Ungetüm auf Lillemors Rücken. Sie brachte einen der beiden darangeknoteten Sportschuhe leicht zum Schwingen. Ihre Bemerkung hatte auf eine unangenehme Weise rechthaberisch geklungen. Sie erinnerte an die Rieke vor dem Wetzlarer Dom, Miss Oberschlau, von der Lillemor sich ausgelacht gefühlt hatte. »Ich wette, du könntest etliches auspacken, ohne es zu vermissen.« Sie schob mit dem Zeigefinger ihre Brille ein Stück nach oben.

Im Geiste überschlug Lillemor den Inhalt ihres Rucksacks. Vielleicht hatte Rieke recht. Die Aussicht auf zwei Kilos weniger, auf schmerzfreie Schlüsselbeine, auf Entspannung für ihre Schultern, ihren Nacken, übte einen Reiz aus, dem sie sich nicht entziehen konnte. Und obwohl sie sich darüber im Klaren war, wie schwer es ihr fallen würde, eine Auswahl zu treffen, nickte sie Rieke zu.

»Angenommen«, hörte sie sich sagen, und schon schnappten die Schnallen der Gurte auf.

»Was?« Riekes Augen wurden groß.

»Na, du hast doch gesagt, du wettest.«

Rieke grinste, sie zog die Nase kraus. »Dann brauchen wir einen Wetteinsatz.«

»Schlag was vor.«

Rieke überlegte nur kurz. »Wer verliert, schläft heute Nacht im Zelt.« Für einen Moment starrte Lillemor sie entgeistert an. Sie erinnerte sich an den vorherigen Abend, an dem sie nach den Anstrengungen des ersten Tages die Einfachheit ihres Pensionszimmers genossen hatte, als wäre es eine Suite in einem Fünfsternehotel. In Sekundenbruchteilen trieben ihre Gedanken viele Jahre zurück, viele Kilometer nordwärts, nach Schweden, auf die Insel Dikholmen mit ihren Birkenhainen, den Kieferwäldern, mit der fast kreisrunden Lichtung inmitten des Waldes, an deren Rändern Steinpilze wuchsen und wo sie in den Ferien gezeltet hatten. Sie und Eskil. Sie hatten die Lichtung beschlagnahmt, kaum dass sie sie entdeckt hatten. Hatten Eskils Zelt aufgebaut, Reisig gesammelt und ein Feuer gemacht. Schulter an Schulter hatten sie nebeneinandergelegen und ihre erste Zigarette geraucht. Die Erinnerungen an die hellen Nächte auf Dikholmen rauschten durch sie hindurch, sie verspürte den Wunsch, sie festzuhalten, sich in sie hineinfallen zu lassen, noch einmal dreizehn sein zu können und von ihrem Schicksal, das später ihr Leben unerbittlich zerschlagen würde, nichts zu wissen. »Hey, jetzt musstest du aber lange überlegen!« Riekes Stimme zerschnitt ihre Gedanken. »Gefällt dir der Wetteinsatz nicht?«

»Doch, klar«, beeilte Lillemor sich zu sagen. »Übernachten im Zelt klingt fantastisch.« Sie legte den Kopf schräg. »Aber …« Rieke sah sie mit erhobenen Augenbrauen an. Sie schob ihre Daumen unter die Brustgurte. »Nehmen wir an, ich sortiere wirklich ein paar Dinge aus, was mache ich dann damit? Ich kann sie ja schlecht hier auf dem Marktplatz liegen lassen.«

»Könntest du.«

»Was?«

»Na ja, du könntest sie verschenken. Oder wir gehen zur Post, und du packst alles in ein Päckchen und schickst es dir nach Hause.«

Lillemor runzelte die Stirn. Riekes letzte Idee schien ihr am ehesten umsetzbar. »Du hast das schon mal gemacht, oder?«

Rieke grinste. »Bei meinem ersten Trip durch Griechenland. Ich hatte so viel Zeug dabei, total verrückt!«

Kurz darauf stand der Rucksack auf der Bank, und Lillemor begann, seinen Inhalt auszupacken. Schmunzelnd beobachtete Rieke, wie sich die Sitzfläche mehr und mehr füllte.

»So.« Lillemor trat einen Schritt zurück.

»Unglaublich«, sagte Rieke. »Vier T-Shirts …« Sie schüttelte den Kopf. »Wann willst du die alle anziehen?«

Lillemor zuckte mit den Schultern. »Ich weiß nicht.«

»Zum Wechseln reicht eins.« Entschlossen griff Rieke nach dem Stapel mit den Shirts. »Eins hast du an, eins nimmst du mit. Die anderen können weg.«

»Was?«

»Ja klar, du wäschst abends das, was du am Tag anhattest. Wenn es am nächsten Morgen trocken ist, packst du es ein, ansonsten trocknet es unterwegs.«

»Aber …«

»So geht pilgern. Reduzieren. Sich aufs Wesentliche beschränken. Keine unnötige Last tragen. Erkennen, was man wirklich braucht. Das hat etwas sehr Befreiendes.« Mit einer Kopfbewegung deutete Rieke auf das Foto in Lillemors Hand. Es hatte im Innenfach gesteckt, zwischen dem Erste-Hilfe-Täschchen und ihrem Portemonnaie. »Was ist das?«

»Das wiegt nichts«, erwiderte Lillemor rasch.

Sie hielt es so, dass die Vorderseite, die Bernhard, Timmy und sie beim Kirschenernten zeigte, für Rieke nicht sichtbar war.

»Ein Foto?« Lillemor nickte. Bisher war es ihr gelungen, in Riekes Gegenwart nicht von ihrer Familie zu sprechen, weil es unausweichlich gewesen wäre, auch von dem schwärzesten Tag in ihrem Leben erzählen zu müssen. »Zeig doch mal.«

Sie wechselten einen stummen Blick.

*Ich will es dir nicht zeigen …*

»Verstehe, es hat eine besondere Geschichte.« Eine besondere Geschichte. Ja, die hatte es unbestritten. »Schon okay«, sagte Rieke.

Sie lächelte, und sie sah sympathisch dabei aus, liebenswert, verständnisvoll. Die andere Rieke. Jene, die Lillemor begann, ins Herz zu schließen.

»Flohmarkt?«

Fast zeitgleich drehten sie sich um. Eine Frau in Lillemors Alter stand zwei Schritte hinter ihnen. Sie linste ihnen über die Schulter auf die Kleiderstapel. Die linke Hand hielt sie schützend vor dem Oberkörper, wo ein Säugling, von dem man nur einen Teil seines gelben Baumwollmützchens sah, in einem Tragetuch schlief. In der Rechten hielt sie die Hand eines kleinen Jungen, der nicht älter als fünf sein mochte. Er trug eine blaue Kappe mit dem Emblem eines bekannten Bundesligavereins und eine Brille, deren rechtes Glas zugeklebt war.

»Ja«, erwiderte Rieke. »Ganz spontan.« Sie lachte und zwinkerte Lillemor ermutigend zu. »Deine Chance.«

Lillemor ließ ihren Blick über die Ansammlung all der Dinge auf der Bank wandern. Dabei rief sie sich Riekes Worte ins Gedächtnis. Sich aufs Wesentliche beschränken. Keine unnötige Last tragen. Erkennen, was man wirklich braucht.

*Welche Last möchtest du tragen, Lillemor Kirschbaum? Und von welcher willst du dich befreien?*

»Du kannst dich locker von mindestens sieben Teilen trennen«, hörte sie Rieke leise sagen. »Ich warte auf dich da drüben.«

Lillemor sah Rieke nach, die über den Marktplatz in Richtung eines Cafés schlenderte. Eine junge Mitarbeiterin trug gerade eine Tafel heraus, auf der stand: *HEUTE SCHWEDISCHE MANDELTORTE – AUCH ZUM MITNEHMEN.*

Sieben Tage nach dem Julfest nahmen sie unter einem von Schneewolken verhangenen Himmel am Fähranleger von Vaxholm erneut Abschied. Es war noch früh, Lillemors Flug war für die Mittagszeit geplant, und die Stille des Wintermorgens ruhte müde über dem Hafen. Um diese Zeit warteten nur wenige Menschen am Kai. Die Luft war feucht und versetzt mit feinem Niesel, der wie ein Film ihre Gesichter benetzte. Ihr Vater hatte seinen grünen Regenschirm aufgespannt, unter dem er und ihre Mutter sich aneinanderdrängten. Malin, die sich die Kapuze ihres Regenmantels tief ins Gesicht gezogen hatte, vergrub beide Hände in den Taschen. Dass sie zu dieser frühen Stunde aus den Federn gekrochen war, um ihre Lilla zum Hafen zu begleiten, rechnete Lillemor ihrer Schwester hoch an. In den Fenstern des Hotels hinter ihnen leuchteten überdimensionale Sterne und Schneeflocken gegen den trüben Morgen an, und der wuchtige Bau des Kastells auf der gegenüberliegenden Seite wirkte im gelben Schein der am Fuß der Fassade angebrachten Strahler wie ein Bollwerk gegen die nicht weichen wollende Dämmerung.

Der Reihe nach umarmte Lillemor ihre Eltern und Malin, zog ihren Koffer auf die Fähre und drehte sich noch einmal um, um ihnen zuzuwinken. Ihre Mutter tupfte sich mit einem riesigen Männertaschentuch die Augen. Wortlos gab sie Lillemor damit zu verstehen, welchen Kummer sie ihr mit dem Fortgehen bereitete. Doch ehe Lillemors Gewissen sich regen konnte, warf Malin ihr lachend mit beiden Händen einen Luftkuss zu, und Lillemor machte einen Kussmund und winkte noch einmal, bevor sie im Inneren der Fähre verschwand. Dankbar registrierte sie, dass nur wenige Fahrgäste an Bord waren, und so blieb sie im Innenraum, sank auf einen Platz am Fenster und streifte sich die Mütze vom Kopf.

Tuckernd legte die Fähre ab und nahm schon bald an Fahrt auf. Lillemor sah durch die von der Gischt bespritzte Scheibe nach draußen in den Dunst, aus dem sich in der Ferne vereinzelt verschwommene Lichtpunkte herauslösten, die erleuchteten Fenster der Schäreninselhäuser.

Nach zehn Tagen wieder auf dem Weg nach Deutschland zu sein erschien Lillemor unwirklich. Die Zeit war wie im Flug vergangen. Den Heiligen Abend hatten sie nach alter Tradition zu Hause gefeiert, mit einem stattlichen Weihnachtsmahl, das hauptsächlich aus Fisch bestanden hatte. Das *julbord* hatte sich unter den Platten mit geräuchertem Aal, gebeiztem Lachs, Krabbensalat und drei Sorten eingelegten Heringen beinahe gebogen. Ihr Onkel Jesper hatte ihnen eine Tanne gebracht, die Lillemor und Malin mit roten Kugeln, Girlanden und elektrischen Kerzen geschmückt hatten. Die Einladung ihrer Mutter an ihn zum Essen hatte er gern angenommen, und so hatten sie den Heiligen Abend zu fünft verbracht, stundenlang geschmaust, erzählt und *glögg* und Wein getrunken.

Jemand stieß die Tür vom Außendeck auf, und ein eisiger Luftzug strömte mit ihm zusammen herein, bevor die Tür krachend zufiel.

Lillemor hatte ihren Onkel nach Eskil fragen wollen. Der Brief, den sie fünf Monate zu spät entdeckt hatte, hatte ihr keine Ruhe gelassen. Tag für Tag hatte sie mit sich gerungen, Eskil anzurufen oder einfach hinüber nach Dikholmen zu fahren, wo er immer noch mit seiner Mutter in dem kleinen gelben Holzhaus unweit der Küste wohnte. Oder wenigstens Onkel Jesper zu fragen, ob er Eskil noch ab und zu sah. Wie es ihm ging. Was er so machte. Belanglos hätte es klingen können. Warum hatte sie es nicht getan? Warum war sie nicht imstande gewesen, über ihren Schatten zu springen, ihren Stolz zu überwinden und ihrem ehemals besten Freund einen Schritt entgegenzugehen?

Malin war die Einzige, mit der sie ihre Gedanken geteilt hatte. Malin, die Pragmatische. Die an die Dinge mit Klarheit heranging. Die nicht grübelte, sondern handelte. Die nicht mit dem Schlimmsten rechnete, sondern mit dem Besten. Die optimistisch blieb, auch wenn sich die Umstände alles andere als erfreulich entwickelten.

*Trefft euch und sprecht euch aus.*

Der Rat ihrer Schwester hatte Lillemor tagelang verfolgt. Malin hatte ihn mit einer Leichtigkeit hervorgebracht, die sie selbst nicht empfunden hatte. Nach fast einem halben Jahr schien der Zeitpunkt verpasst zu sein. Die alten Dinge ruhten unangetastet irgendwo unter der Oberfläche, und vielleicht war es besser, sie dort zu lassen, sie nicht anzurühren, nichts aufzuwühlen.

War es nicht müßig, sich darüber den Kopf zu zerbrechen, was sie hätte tun oder sagen sollen? Sie befand sich mit dem Flugticket nach Frankfurt in der Tasche auf dem Weg zurück nach Deutschland, und mit jedem Meter, den die Fähre sich durch die weißschaumigen Wellenkronen des Schärenmeeres grub, vergrößerte sie die Entfernung zwischen sich und Eskil. Wenn es da überhaupt etwas zu vergrößern gab. Weiter voneinander entfernt waren sie nie gewesen und würden sie kaum sein können.

Ohne einen Wimpernschlag starrte sie durch die Scheibe hindurch, die allmählich beschlug und ihr die Sicht nahm. Aus den Augenwinkeln bemerkte sie, dass jemand ihr gegenüber Platz genommen hatte. Ein Reißverschluss wurde aufgezogen, Jackenärmel raschelten.

Warum hörte sie nicht auf, einer verlorenen Freundschaft nachzutrauern? Sie sollte sich auf Bernhard konzentrieren, den sie schon in wenigen Stunden wiedersehen würde. Lillemor dachte an das Buch über die wikingerzeitliche Keramik in

Schweden, das sie in dem kleinen Antiquariat in der Nähe der Kirche in der Kungsgata im Schaufenster entdeckt und in rotes Geschenkpapier mit winzigen Mistelzweigen hatte einpacken lassen. Sie wusste, dass es Bernhard gefiel, und lächelte, als sie sich seinen Gesichtsausdruck ausmalte, wenn er es auspacken würde.

»Ich hab mir geschworen, dass mir das kein zweites Mal passiert, Lil.«

Seine Stimme schreckte sie auf. Abrupt wandte sie sich um. Ihr Blick traf auf sein Gesicht, die braunen Augen, sie konnte nicht glauben, dass er es war.

Wie zur Salzsäure erstarrt verharrte sie. Mit allem hatte sie gerechnet, aber nicht mit Eskil hier an diesem Morgen, an dem sie wieder einmal auf dem Weg von Schweden nach Deutschland war.

Er trug seine graue Steppjacke, die ihn seit Jahren durch die kalten Monate begleitete, und die schwarze Mütze, die seine Mutter ihm gestrickt hatte. Blonde Strähnen lugten unter dem Umschlag der Mütze hervor. Sein Anblick katapultierte sie um Jahre zurück. Es war, als wäre kein Tag vergangen, seit sie gemeinsam mit der *MIN KÄRLEK* aufs Meer hinausgefahren waren, danach auf den von der Sonne gewärmten Holzdielen des Anlegers gesessen und über den Sinn des Lebens philosophiert hatten. Seit sie durch die Inselwälder gestreift waren, um Pfifferlinge und Steinpilze zu sammeln, die Eskils Mutter anschließend auf dem Holzfeuerherd in ihrer winzigen Küche zubereitet hatte. Als wäre kein Tag vergangen, seit jeder Lillemor Engström und Eskil Söderberg im selben Atemzug genannt hatte, weil sie unzertrennlich gewesen waren. Freunde fürs Leben, das hatten sie einander geschworen, als Eskil zwölf und Lillemor neun gewesen war. Es hatte sich gut angefühlt, einen Freund fürs Leben zu haben. Noch dazu einen, der drei Jahre älter war.

Gerade einmal fünf Monate hatten sie nun in völliger Kontaktlosigkeit gelebt, und trotzdem schien es ihr, als hätte er sich äußerlich verändert. Seine Züge wirkten kerniger, der Ausdruck in seinen Augen war anders, als läge eine Spur Traurigkeit darin. Unsinn. Das bildete sie sich wahrscheinlich ein. Was tat er hier? Ein Zufall, dass sie sich nach dem verpassten Brief, nach fast einem halben Jahr des Schweigens, nach zehn Tagen des Grübelns hier trafen? Unmöglich!

Fieberhaft suchte sie nach Worten. Als hätte sie jemals in Eskils Anwesenheit nach Worten suchen müssen. Aber Moment, was hatte er da eben gesagt?

*Ich hab mir geschworen, dass mir das kein zweites Mal passiert, Lil …*

Im Streit auseinanderzugehen? War es das, worauf seine Bemerkung anspielte? Warum sagte er nichts mehr?

»Du hast dich kein bisschen verändert«, sagte sie schließlich, obwohl es nicht ihrem Eindruck entsprach und weil sie beim besten Willen nicht wusste, was sie sonst hätte sagen sollen.

Früher war es eine Selbstverständlichkeit gewesen, dass sie sich zur Begrüßung und zum Abschied umarmt hatten, aber es war nicht mehr früher, etwas hatte sich verändert in diesen Monaten des Schweigens. Ihr Streit von damals ragte wie eine Mauer zwischen ihnen auf.

»Nur äußerlich nicht«, hörte sie ihn sagen.

Es lag ein ernster Unterton in seiner Stimme, den sie deutlich wahrnahm. Mit einer Hand streifte er die Mütze vom Kopf. Er trug sein Haar noch immer in der Mitte gescheitelt und schulterlang. Mit einer Handbewegung, die ihr so vertraut war, als wäre es ihre eigene, strich er sich eine Strähne hinters Ohr.

»Was meinst du damit?« Die Mauer begann zu bröckeln. Sie übersprangen unnötigen Small Talk oder Begrüßungsfloskeln, die eine Freundschaft nicht brauchte. Sie sah das ihr vertraute

Grinsen, das über seine Lippen zog, zuerst den linken, dann den rechten Mundwinkel für eine Millisekunde anhob und sich im nächsten Augenblick verflüchtigte. So kannte sie ihn. Der Eindruck, er hätte sich verändert, stob davon. »Ich hab deinen Brief nicht bekommen«, fuhr sie fort, ohne seine Antwort abzuwarten. Sie überlegte, ob sie ihm erzählen sollte, dass sie ihn eingepackt hatte, dass er sich in ihrem Koffer zwischen zwei Seiten ihres Notizbuches befand, zwischen dem 18. und dem 19. Dezember, weil sie ihn nicht auf Vaxön hatte zurücklassen wollen, aus einem Grund, den sie sich nicht erklären konnte. »Meine Mutter hatte ihn in eine Zeitung geschoben, und ich konnte ihn nicht rechtzeitig vor meiner Abreise finden.« Seine Augen wurden groß, er stieß ein kurzes, verzweifeltes Lachen aus. »Hast du …«, sie senkte den Kopf und sah ihn von unten herauf unsicher an, »… hast du auf mich gewartet, damals?«

»Zwei Stunden.«

Er formte seine Mütze zu einer Rolle, schob sie mit der flachen Hand auf dem Oberschenkel hin und her.

»Ich wusste das nicht, tut mir leid.«

»Schon gut.« Sie schwiegen, das Motorengeräusch drang monoton an Lillemors Ohren, zwei Frauen lachten laut auf. »Du bist nicht zufällig hier, oder?«, fragte sie und sah ihm offen ins Gesicht, in diese traurigen Augen mit den dichten dunklen Wimpern, um die sie ihn immer schon beneidet hatte.

Er schüttelte den Kopf, erwiderte ihren Blick. »Ich weigere mich zu glauben, dass das mit uns … zu Ende sein soll.«

Er hörte sich an, als spräche er über eine Beziehung. Aber war das denn so falsch? Eine Freundschaft war auch eine Form von Beziehung, eine soziale Bindung, die auf Zuneigung und Vertrauen basierte. Auf Treue und Verlässlichkeit. Und auf Ehrlichkeit. Auf all dem, woran es ihrer Freundschaft gerade mangelte.

»Ich hatte mir mehr Unterstützung von dir gewünscht«, sagte sie, weil es ihr richtig vorkam, die Dinge beim Namen zu nennen.

Doch kaum hatten die Worte ihre Lippen verlassen, bereute sie ihre vorschnelle Bemerkung. Ihm Vorwürfe zu machen war nicht die beste Voraussetzung für das Überbrücken des Grabens, der sich unübersehbar zwischen ihnen auftat.

Wieder stieß er ein kurzes Lachen aus. »Und ich hab nicht begriffen, dass es dir überhaupt nichts ausmacht zu gehen.«

»Meine Güte, Eskil, du redest wie meine Mutter. Ich studiere in Deutschland, nicht auf einem Planeten im All, von dem es keine Rückkehr gibt.«

Sie hatte nicht ungeduldig klingen und nicht laut werden wollen, und sie ärgerte sich, dass sie sich nicht besser im Griff hatte.

»Du hättest nicht gehen sollen«, sagte er leise. »Man geht nicht im Streit auseinander.«

»Ja, das war ein Fehler«, gab Lillemor zu. »Aber ich hab die ganze Zeit auf ein Wort von dir gewartet. Auf eine Entschuldigung.«

»Ach! Wer von uns hat denn die Insel verlassen? Warst nicht du diejenige, die sich hätte melden müssen?« Er hatte seine Stimme nur ein wenig erhoben, aber es lag kein Missfallen in dem, was er gesagt hatte, nur eine endlose Enttauschung, die jedes Wort mit Bitterkeit tränkte. Lillemor senkte den Kopf, schwieg, wollte nichts Falsches sagen, nichts, was ihr Zerwürfnis befeuern würde. »Aber jetzt bist du ja da«, hörte sie ihn sagen.

Es war, als hätten seine Worte und die versöhnende Art, wie er sie ausgesprochen hatte, die Kraft, alles Trennende vom Tisch zu wischen. Sein Mund verzog sich zu einem Lächeln.

»Und du auch«, antwortete sie und erwiderte sein Lächeln.

Ehrlich und ohne Mühe legte es sich auf ihre Lippen. »Woher wusstest du, dass ich …?«

Er lachte. »Malin konnte es nicht länger mit ansehen.«

»Das hat sie gesagt?«

»Wortwörtlich.«

»Und du fährst an diesem ungemütlichen Donnerstagmorgen extra nach Stockholm, weil …«

Absichtlich ließ sie den Satz unbeendet, in der Hoffnung, Eskil würde ihn fortführen, was er auch tat.

»… ich dich davon überzeugen will zu bleiben.«

Er zuckte mit den Schultern, und sie sah ihm an, wie ernst es ihm war.

Lillemor schnappte nach Luft. »Das ist nicht dein Ernst!«

»Doch, ist es.«

»Eskil, ich studiere! Ich kann mein Leben in Deutschland, mein Studium nicht einfach abbrechen und zurückkommen, nur weil du …«

»Weil ich was?«

»Ach, ich weiß es doch nicht! Weil du nicht verstehst, wie wichtig mir das ist.«

»Aber dass mir auch etwas wichtig sein könnte, kommt dir nicht in den Kopf, oder was?« Er funkelte sie aus seinen braunen Augen an. »Du kannst auch in Göteborg studieren, so, wie dein Onkel Jesper es getan hat. Dann wärst du nur von montags bis freitags weg, und am Wochenende kämst du nach Hause.«

Aus zusammengekniffenen Augen fixierte sie sein Gesicht. »Was soll das, Eskil? Wolltest du mich hier treffen, um den ganzen Kram, den wir im Sommer schon mal hatten, wieder aufzuwärmen? Falls das so ist, darauf lege ich keinen Wert! Ich studiere in Deutschland, es gefällt mir, ich werde dort bleiben. Ende der Diskussion.«

Sie wandte sich ab, verschränkte die Arme vor dem Oberkörper und starrte wieder aus dem Fenster, auf dessen Scheibe sich inzwischen eine so große Menge Kondenswasser gesammelt hatte, dass es vollständig beschlagen war. Noch vor wenigen Augenblicken hatte sie sich unbändig gefreut, dass sie und Eskil sich auf einem guten Weg der Annäherung befanden. Doch mit einem einzigen Satz hatte er all das zerstört. Die Annäherung, die Freude, die Aussicht auf die Rettung ihrer Freundschaft.

Hundertmal hatte sie ihm erklärt, wie wichtig dieses Auslandsstudium für sie war und dass die Hochschule ihr den Weg ebnen würde, auf dem sie ihre künstlerische Begabung vertiefen könnte. Warum fiel es ihm so schwer, ihre Entscheidung zu akzeptieren? Lag der Wert einer Freundschaft nicht auch darin, die Entscheidung des anderen anzuerkennen, selbst wenn sie den eigenen Wünschen entgegenstand?

Sie bewegte ihren Kopf ein wenig, sodass sie Eskil ansehen konnte. Er hatte aufgehört, seine Mütze zu rollen. Sein Blick war nach unten gerichtet, er sah aus, als dächte er nach. Hatten ihre Worte etwas in ihm ausgelöst?

Sie biss sich auf die Lippen. Die Stille zwischen ihnen kam ihr vor wie das Kondenswasser auf der Scheibe, das den Blick in die Weite verhinderte. Sie sehnte sich nach Klarheit, nach Offenheit und nach Verständnis. Eskils Brief kam ihr wieder in den Sinn. Hätte es etwas geändert, wenn sie ihn damals rechtzeitig gefunden hätte?

»Wenn ich deinen Brief früh genug bekommen hätte …«, begann sie, ohne darüber nachzudenken, dass sie die Diskussion einen Moment zuvor für beendet erklärt hatte, sie jedoch erneut aufgriff.

Eskil sah sie an. »Was dann?«

»Ja, was dann?« Sie wechselten einen langen Blick. »Was hättest du mir gesagt?«, fragte sie.

»Dasselbe wie gerade eben.«

Lillemor schloss die Lider, versuchte, gleichmäßig zu atmen, öffnete die Augen wieder. Eskil konnte ein Sturkopf sein, vor allem, wenn es um etwas ging, das für ihn von zentraler Bedeutung war. Brauchte er deutlichere Worte? Andere Argumente, die ihm die Aussichtslosigkeit seiner Verbissenheit vor Augen führen würden?

»Es ist nicht nur das Studium«, sagte sie mit fester Stimme.

»Nicht?«

Wie ein Kind sah er sie an. Sein Gesichtsausdruck erinnerte sie an den Jungen von früher, mit dem sie ihre Schaumzuckerhütchen geteilt hatte, weil sie gewusst hatte, wie gern er sie mochte. Fast wünschte sie sich, eine Tüte davon bei sich zu haben, um sie aufreißen und ihm hinhalten zu können.

»Ich hab jemanden kennengelernt.« Sie sah, dass es in seinen Augen flackerte. »Er heißt Bernhard. Wir sind zusammen.«

»So ist das.« Er stand auf, zog den Reißverschluss seiner Jacke zu und streifte die Mütze über. »Glückwunsch, Lil. Und gute Reise.«

Er nickte ihr zu und verließ den Innenraum durch die Tür zum Außendeck. Mit einem Knall fiel sie hinter ihm ins Schloss.

# INGA

Dikholmen, 1968

Ist da jemand?«

Ihre Stimme klang erbärmlich und wie die einer Fremden, und sie spürte das Pochen ihres Herzens bis hinauf in die Schläfen. Der Anblick der Gestalt, die urplötzlich im Gestrüpp hinter dem Zaun aufgetaucht war und wie ein Geist dort im Zwielicht verharrte, wühlte Inga auf. Hastig schlang sie beide Arme um den Oberkörper. Sie dachte an ihr ungeborenes Kind, dieses wenige Wochen alte Lebewesen in ihrem Bauch, dem sie versprochen hatte, es zu beschützen und alles von ihm fernzuhalten, was ihm schaden könnte.

Das schmerzhafte Gefühl der Verlorenheit, das sich ihrer bemächtigt hatte, als sie angesetzt hatte, Jesper zu schreiben, ließ nur langsam von ihr ab. Die sanfte Helligkeit des Morgens, das Singen der Vögel in den Birken und das silbrige Leuchten der Ostsee, das sie durch die Lücken der Bäume hindurch sehen konnte, hätten dazu beitragen können, Ängste und Sorgen zu vertreiben – wäre da nicht diese dunkel gekleidete Gestalt aufgetaucht, die jetzt wie ein Spion in der Beerenhecke lauerte.

Im Bemühen, sie mit Blicken zu fixieren, kniff Inga die Augen zu schmalen Schlitzen zusammen. Vergebens. Es ließ sich nicht einmal hundertprozentig einordnen, ob es ein Mann oder eine Frau war.

Ingas Frage blieb unbeantwortet. Die Gestalt entzog sich mit einer geschmeidigen Bewegung ihren Blicken. Für einen Moment verharrte Inga, starrte weiter auf die Stelle, wo nichts daran erinnerte, dass dort wenige Augenblicke zuvor ein Mensch gestanden und zu ihr herübergestiert hatte. Ein Kälteschauer jagte über ihren Körper, und sie umschlang ihn noch fester, als wollte sie sich selbst halten.

Rasch wandte sie sich um und flüchtete zurück ins Haus. Beim Blick auf den begonnenen Brief an Jesper sammelten sich erneut Tränen in ihren Augen. Doch dieses Mal gab sie ihnen nicht nach. Sie hatte sich entschieden, in die Einsamkeit Dikholmens zu fliehen, hatte gewusst, dass Jesper, der weit weg in Göteborg studierte, nicht bei ihr sein würde, sosehr sie es sich auch wünschte. Es führte zu nichts, in Selbstmitleid zu zerfließen, auch wenn es das war, was sie am liebsten tun würde.

Entschlossen putzte sie sich die Nase, setzte sich an den Tisch und nahm den Füllfederhalter wieder zur Hand. Sofort stiegen die Worte in ihr auf, geradewegs aus ihrem Herzen, und sie flossen aufs Papier, ohne dass ihre Hand innehielt. In Gedanken mit Jesper verbunden schrieb und schrieb sie. Schrieb ihm alles, was ihr Herz zum Überlaufen brachte, und am Ende bat sie ihn, zu ihr zu kommen, sobald es ihm möglich sei. Nur das Kind in ihrem Leib ließ sie unerwähnt, davon würde sie ihm erzählen, wenn er bei ihr war.

*Küsse, deine Inga …*, schloss sie.

Ohne die Zeilen noch einmal zu lesen, faltete sie den Bogen Papier und drückte ihre Lippen darauf. Dann schob sie ihn in das Kuvert, das sie bereits zu Hause frankiert und mit der Adresse des Göteborger Studentenheims beschriftet hatte, in dem Jesper ein winziges Zimmer bewohnte. Nun musste sie nur einen Briefkasten finden und hoffen, dass dieser regelmäßig geleert wurde.

Kurz darauf streifte sie ihren Anorak über, verließ das Haus und schloss sorgfältig die Tür ab. In der Hoffnung, das Fahrrad, das sie am Morgen in der Nähe des Unterstandes für das Brennholz entdeckt hatte, fahrbereit vorzufinden, lief sie an der Seite des Hauses entlang.

Noch bevor sie die Stelle erreicht hatte, vernahm sie das Knattern eines Motors. Sie drehte sich um. Am Ende des Kieswegs entdeckte sie ein Motorrad mit Seitenwagen hinter dem Zaun. Der Fahrer hob die Hand und winkte ihr zu. Magnus! Ihn so unerwartet zu sehen zauberte ein Lächeln auf ihre Lippen. Sie winkte zurück, während sie ihm entgegenging.

»Ich war in der Nähe und dachte, ich schau mal vorbei.« Er lächelte ihr zu.

»Du kommst wie gerufen, Magnus!«

»Tatsächlich?« Er stellte den Motor ab und nahm den Helm vom Kopf.

»Wirklich!« Ein Stein nach dem anderen polterte von Ingas Herzen. »Ich kann dir gar nicht sagen, wie sehr!« Sie öffnete das Gartentor und trat zu ihm hinaus. »Ich bin … Wie soll ich sagen? Ich hab kein Wasser, kein Lampenöl, keine Kerzen, nichts zu essen. Das hatte ich mir irgendwie anders vorgestellt … Außerdem bin ich schwanger, weißt du, das macht es nicht leichter, und Jesper weiß es noch nicht, aber er soll es unbedingt wissen, und dann war jemand hier, der mich beobachtet, und das macht mir ehrlich gesagt große Angst, und, ja, dann hab ich hier einen Brief, der dringend zur Post muss …« Sie zog den Brief aus der Tasche und hielt ihn Magnus hin, als wäre er der Inselbriefträger, der höchstpersönlich vorbeigekommen war, um ihre Post abzuholen. »Entschuldige«, fügte sie rasch hinzu, als ihr bewusst wurde, dass Magnus' Gesichtsausdruck von besorgt zu überrascht und schließlich zu amüsiert gewechselt hatte.

Er griff nach dem Brief und grinste. »Jesper Jansson, aha. So heißt also der werdende Vater, der noch nichts ahnt von seinem

Glück. Den Brief kann ich mit rüber nach Skarpö zur Post nehmen.«

»Wirklich? Das ist …« Inga strahlte ihn an. Magnus' Anwesenheit sorgte dafür, dass ihr von Kummer und Angst beschwertes Herz an Gewicht verlor. »Vielen Dank!«

»Und was all das andere betrifft …«, fuhr er fort, »das meinte ich gestern, als ich fragte, ob alles da ist, was du brauchst.«

Verlegen senkte Inga den Kopf. »Ich bin wohl etwas blauäugig hergekommen.«

Magnus legte seinen Helm auf den Tank und stieg von der Maschine. »Für alles gibt es eine Lösung, Mädelchen. Darf ich?«

Bereitwillig gewährte Inga ihm Zutritt. Sie folgte ihm, während er über das Grundstück und schließlich durchs Haus lief, Badezimmer und Küche unter die Lupe nahm, sich von der Funktionstüchtigkeit der Wasserpumpe im Außenbereich überzeugte und immer wieder etwas vor sich hin brummte.

»Einkaufen kannst du auf Dikholmen nichts«, sagte er schließlich. »Dazu musst du mit der Fähre rüber nach Skarpö fahren. In der Nähe des Hafens gibt es einen kleinen Lebensmittelladen.«

Inga stieß einen Seufzer aus.

»Oder du sagst mir einfach, was du brauchst. Ich komme regelmäßig hierher und bringe Einkäufe. Bin so was wie ein Einkaufsbote.«

Ihre Augen weiteten sich. »Du bist was?«

Er griff nach der Öllampe auf dem Küchenschrank und überprüfte mit wenigen Handgriffen Stellrad und Docht. »Bin mehr oder weniger ungewollt dazu gekommen«, erwiderte er und stellte die Lampe zurück. »Betriebsbereit.« Inga nickte.

»Vor etlichen Jahren hat Ulf Bengtsson mich gebeten, Anna Börlund, die hier auf Dikholmen lebt, ein paar Einkäufe zu bringen, weil sie wegen eines gebrochenen Beines vorübergehend außer Gefecht gesetzt war. Das hat sich schnell rumgesprochen auf der Insel, und ich hab bei der Gelegenheit auch für die anderen eingekauft. Seitdem bringe ich jeden Samstag vorbei, was vorher bestellt wurde. Ich mach das ja gerne für die Frauen und will eigentlich gar nichts dafür haben, aber sie bezahlen mich alle.«

»Du übernimmst das Einkaufen nur für Frauen?«

Sie legte den Kopf schräg, und Magnus lachte schallend.

»Hör zu. Ich erzähl dir was über die Leute von Dikholmen.« Magnus lehnte sich in den Türrahmen, eine Hand in der Hosentasche.

»Jetzt bin ich gespannt.«

»Vier Häuser gibt's auf dieser Insel, drei sind dauerhaft bewohnt. Ausschließlich von Frauen.«

»Und du kennst sie alle?«

Er nickte.

»Mit Ebba und Astrid hast du gestern schon gesprochen. Mutter und Tochter. Seit Ebbas Mann vor ein paar Jahren gestorben ist, wohnen sie zu zweit hier. Astrid ist Künstlerin. Den größten Raum im Haus hat sie sich als Atelier eingerichtet. Sie malt verrücktes Zeug, bunt und wirr, den Leuten scheint es zu gefallen. Ab und zu packt sie ihre Bilder in Kartons und lässt sich von Ulf übersetzen, um sie auf den Märkten zu verkaufen. Sie hätte das Zeug, in Stockholm auszustellen. Hat sie früher gemacht, aber heute fehlt ihr die Energie, sagt sie.

Am anderen Ende der Insel wohnt Anna Börlund. Lehrerin im Ruhestand. Auch ohne Mann. Ist lange tot. War ein guter Kerl. Traurig, dass Anna schon so lange allein ist. Sie trauert immer noch. Am Nordufer wohnen zwei Schwestern, die aus Malmö hierhergezogen sind, weil sie ihren Lebensabend hier verbringen wollen. Über die beiden weiß ich nicht viel. Leben ganz autark, halten Hühner und Schafe und ziehen ihr Gemüse selbst.« Magnus hielt inne, und Inga sah ihm an, dass seine Gedanken bei den Frauen der Insel weilten. »Und dann ist da noch …«, er stockte für einen kurzen Moment, als wäre ihm ein Name entfallen oder als müsste er kurz darüber nachdenken, ob er den Satz beenden sollte oder nicht, »… die Frau ohne Stimme«, fuhr er dann fort. »Die lebt auch dauerhaft hier. Ist nur kein richtiges Haus, wo sie wohnt.«

»Sondern?«

»Eine Kate. Die ihr nicht mal gehört. Aber sie scheint zurechtzukommen. Für sie kaufe ich auch ein.«

Dass nur Frauen auf der Insel lebten, fand Inga seltsam, doch gleichzeitig erleichterte es sie. Flüchtig kehrten ihre Gedanken zu der Gestalt im Gestrüpp zurück.

»Warum nennst du sie Frau ohne Stimme? Hat sie keinen Namen?«

»Sie spricht nicht.«

»Weil sie nicht hören kann?«

Er schüttelte ganz leicht den Kopf und machte dabei schmale Augen, als wäre es nur auf diese Weise möglich, sich die Frau ohne Stimme ins Gedächtnis zu rufen.

»Ich glaub, sie kann schon sprechen, aber sie tut es nicht.«

»Wie verständigst du dich mit ihr, wenn du für sie einkaufst?«

»Wenn sie was braucht, schreibt sie es mir auf. Sie braucht fast nichts. Kenne keinen genügsameren Menschen.«

»Wie heißt sie?«

»Sie nennt sich Eira.«

»Wie die Göttin aus der nordischen Mythologie?«

»Oha, Fräulein Söderberg hat in der Schule aufgepasst!« Er grinste, stieß sich vom Türrahmen ab und trat in den Wohnraum.

Inga folgte ihm, sie lachte auf. »Eira ist die Göttin der Heilkunde.«

»Genau, die Insel-Eira zieht Kräuter in einem kleinen Garten neben ihrer Kate, hat mir schon oft geholfen. Hatte mal einen entzündeten Finger, und Eira war zur Stelle.«

»Merkwürdig.« Inga schüttelte den Kopf. Wieder dachte sie an die dunkle Gestalt, die ums Haus geschlichen war. Ob es diese heilkundige Frau ohne Stimme gewesen war? »Schleicht sie herum?«, fragte sie.

»Was meinst du?«

»Könnte sein, dass sie es war heute Morgen beim Haus.«

»Kann ihr niemand verbieten. Die Beeren sind für alle da.«

»Ja, natürlich. Wie alt ist sie?«

»Schwer zu schätzen. Um die vierzig vielleicht. Sie wirkt ein bisschen verrückt, aber das ist sie nicht. Angst musst du vor ihr nicht haben. Falls sie es war.«

»Die Chance, dass sich die Frauen hier zufällig über den Weg laufen, ist recht gering, oder?«, sagte Inga nachdenklich. »Es gibt ja nicht einmal einen Laden, in dem man sich begegnen könnte.«

Er nickte. »Wer hier eine andere Menschenseele finden will, muss sich schon auf den Weg machen. So, Mädelchen, jetzt gehen wir raus, und ich zeig dir, wie die Wasserpumpe funktioniert.«

# LILLEMOR

Braunfels, 2019

Lillemor staunte über die Leichtigkeit, mit der es ihr gelungen war, Gewicht und Platz in ihrem Rucksack in weniger als einer halben Stunde zu reduzieren. Rieke hatte ihren Beobachtungsposten eingenommen, einen der kleinen Außentische des Cafés am Braunfelser Marktplatz, in dem schwedische Mandeltorte als Kuchen des Tages angepriesen wurde. Mit einer Espressotasse in der Hand, den Rucksack neben sich auf dem Kopfsteinpflaster und ausgestreckten Beinen warf sie Lillemor hin und wieder ein ermutigendes Kopfnicken zu oder signalisierte mit emporgerecktem Daumen, dass sie ihre Entscheidung, wieder etwas auf den stetig wachsenden Stapel der aussortierten Teile zu legen, guthieß. Zwei T-Shirts, das zweite Paar Schuhe, eine kurze Hose, zwei Slips, das dritte Paar Socken.

»Verkaufen Sie auch Kinderkleidung?«

Die Frage der jungen Mutter mit dem Baby vorm Bauch und dem kleinen Jungen an der Hand hätte Lillemor beinahe aus der Fassung gebracht, denn sie hatte die Erschütterung noch einmal spüren können, die wie ein Tsunami durch sie hindurchgerauscht war, an diesem verregneten Januarabend zwei Jahre zuvor, als sie in Tränen aufgelöst Timmys Kleiderschrank ausgeräumt hatte. Als sie seine Jeans und Sommerhosen, seine Kapuzenpullover, seine T-Shirts und Socken, seine Sportsachen, seinen Anorak, seine Mützen und seinen Lieblingsschlafanzug mit dem Print von Bob dem Baumeister mit zitternden Händen aus den Regalen genommen und in Kartons gepackt hatte. Den Schlafanzug hatte sie am Ende wieder herausgeholt. Ebenso den roten Pullover, den Malin für Timmy gestrickt hatte, mit der überdimensionalen Schneeflocke auf der Brust und seinem Namen über dem rechten Ärmelsaum.

Auch Malins Kinder Alva und Ole hatten in jenem Winter einen solchen Pullover getragen. Alva in Weiß, Ole in Grün. Unsere Schneeflöckchen, hatte Malin lächelnd zu Lillemor gesagt, als die drei am Heiligen Abend mit leuchtenden Augen und in ihren Schneeflockenpullovern vor der geschmückten Tanne im Wohnzimmer der Großeltern auf Vaxön gestanden hatten. Wenn Lillemor daran zurückdachte, spürte sie jedes Mal den Schatten, der mit dieser Erinnerung verbunden war. Den Schatten der Endgültigkeit, denn es war das letzte gemeinsame Weihnachten für Alva, Ole und Timmy gewesen.

»Nein, nichts für Kinder«, hatte Lillemor sich zu sagen beeilt, und die junge Frau war lächelnd weitergezogen.

»So kann's gehen«, hörte sie Riekes Stimme. Ihre Pilgergefährtin stand wieder neben ihr, ein triumphierendes Grinsen auf den Lippen. »Jetzt hast du zwar die Wette verloren, aber Freiheit gewonnen.«

Lillemor begann, die auf der Bank liegenden Stapel aus Kleidung und Utensilien in wahlloser Reihenfolge in den Rucksack zu stopfen.

»Ich muss nur noch herausfinden, wo die Post ist, damit ich das aussortierte Zeug nach Hause schicken kann.«

»Leg die schweren Dinge nicht nach unten«, mahnte Rieke.

»Sondern?« Lillemor hielt inne. Sie tauschten einen kurzen Blick.

»Darf ich?«, fragte Rieke. Lillemor überließ ihr das Feld. »Der Schwerpunkt sollte sich in Schulterhöhe und dicht am Rücken befinden«, sagte Rieke, während sie alles, was Lillemor in den Rucksack hineingestopft hatte, wieder herausbeförderte. »Wenn du die schweren Dinge nach unten packst, liegt dein Rucksack nicht am Körperschwerpunkt und zieht daher nach hinten. Das kostet dich unnötige Kraft beim Gehen.« Fasziniert beobachtete Lillemor die Handgriffe, mit denen Rieke zu Werke ging. »Die leichten Sachen packst du am besten ins Bodenfach, bei mir ist das immer der Schlafsack. Alles Mittelschwere wie deine Klamotten packst du nach oben, möglichst nach außen. Und die schweren Sachen ganz nach oben, deine Kulturtasche hier zum Beispiel.« Sie sprach ohne jeden belehrenden Unterton. »Kleinzeug kommt ins Deckelfach«, sagte sie schließlich entschieden, und Lillemor sah ihr Portemonnaie, das Erste-Hilfe-Täschchen, Sonnenbrille und Papiertaschentücher im oberen Fach verschwinden. Ihr Blick fiel auf das Familienfoto, das noch auf der Bank lag. Rieke betrachtete es, und bevor Lillemor danach greifen konnte, reichte sie es ihr ohne ein Wort. Sie schloss den Reißverschluss des Deckelfachs und ließ die Schnalle einrasten. »Ohne die an der Außenseite baumelnden Schuhe riskierst du übrigens auch nicht, irgendwo hängen zu bleiben, an einem Ast oder so. Und jetzt zieh mal an.«

Wieder tauschten sie einen Blick. Lillemor schulterte den Rucksack. Sie ließ es zu, dass Rieke sich an den Gurten zu schaffen machte und sie neu einstellte. Lillemor ging ein paar Schritte, konnte kaum glauben, dass sich das Gewicht auf ihrem Rücken durch den verminderten Inhalt und Riekes Packsystem sinnvoller verteilte und sich damit wesentlich angenehmer tragen ließ.

»Und?«

»Tausendmal besser«, sagte sie anerkennend. »Danke.«

»Gerne.« Rieke setzte sich in Bewegung, zielsicher wie immer. »Jetzt suchen wir die Post und schicken deine Sachen auf den Weg.«

»Danke, Rieke«, wiederholte Lillemor, weil sie das Gefühl hatte, das erste Danke wäre nicht ausreichend gewesen. Sie nahm die aussortierten Kleidungsstücke unter den Arm und folgte Rieke. Noch immer hielt sie das Foto in der Hand. Rieke war taktvoll genug gewesen, nicht zu fragen. Hatte sich gemerkt, dass Lillemor über ihre Familie nicht sprechen wollte, und sie respektierte es. Dafür dankte Lillemor ihr im Stillen, doch gleichzeitig regte sich auf unerklärliche Weise der Wunsch in ihr zu reden. Über Bernhard und Timmy. Sie beim Namen zu nennen. Ehe sie weiter über dieses fremde und rätselhafte Bedürfnis nachdenken konnte, sah sie, wie sich ihre Hand hob, wie sie Rieke im Gehen das Foto hinhielt. »Das sind Bernhard, mein Mann, und Timmy, unser Kind.«

»Ah, deine Familie!« Rieke lächelte, betrachtete die fröhlichen Gesichter, die Kirschbaum-Gesichter.

»Das Foto wurde vor zehn Jahren aufgenommen«, sagte Lillemor leise. »In Schweden, im Garten meines Elternhauses. Meine Schwester hat es gemacht, sie heißt Malin. Wir sind auf einer Insel aufgewachsen, Malin und ich, auf einer Schäreninsel in der Nähe von Stockholm.«

Sie hatte Rieke tags zuvor so gut wie nichts über sich erzählt. Ihre schwedische Heimat hatten sie nur gestreift, Familienmitglieder mit keinem Wort erwähnt. Es hatte sich richtig angefühlt, all das unter Verschluss zu halten. Mehr als einmal hatte sich gezeigt, dass es ein gut funktionierender Schutz war, nicht zu viel von sich selbst zu offenbaren. Jetzt aber zog und zerrte es in ihr. Sie wollte sich dagegenstemmen, gegen den Wunsch zu erzählen, sich zu öffnen, mit Rieke zu teilen, was in ihrem Herzen brannte. Sie wusste, dass sie mit dem ersten Wort ungebremst mitten hineinfallen würde in all die Gefühle, die sie seit Jahren so sorgfältig mied. Mitten hinein in ihren Heimwehschmerz. In die Erinnerungen an Schweden, ihre Kindheit, an die guten Tage mit Bernhard und Timmy. In das Gefühl, unendlich verloren zu sein. Alleingelassen. Und schuldig.

»Schäreninsel«, sagte Rieke sanft, »klingt schön. Aber so idyllisch, wie man sich das Leben auf einer Schäreninsel vorstellt, ist es wahrscheinlich in der Realität nicht, oder? Erinnert ein bisschen an Michel aus Lönneberga und die Kinder aus Bullerbü.« Sie kicherte, dabei zog sie ihre Nase kraus. »Lillemor aus Bullerbü.«

»Das ist die Vorstellung, die man in Deutschland hat«, erwiderte Lillemor. Sie erreichten den Rand des Marktplatzes. »Aber so sehen wir Schweden unsere Heimat natürlich nicht.« Sie schob das Foto in die Gesäßtasche.

Eine ältere Frau zog mit ihrem Einkaufstrolley an ihnen vorbei. Rieke fragte sie nach dem Weg zur Post. Sie erfuhren, dass sich im Schreibwarenladen nur ein paar Meter weiter eine Postannahmestelle befand.

»Wie oft fahrt ihr hin?«, fragte Rieke, während sie sich erneut in Bewegung setzten und den Schreibwarenladen ansteuerten. »Nach Schweden, meine ich.«

Lillemor schluckte, suchte Worte, nach all den Jahren suchte sie immer noch nach Worten.

»Bernhard und Timmy …« Ob es oft vorkam, dass jemand so viele Jahre nach einem traumatischen Erlebnis immer noch nach Worten suchte? Nach Worten, die einer Fremden wie Rieke die Dimension deutlich machen konnten? Den unvergänglichen Schmerz, die nie enden wollende Traurigkeit, die in Lillemors Herzen nistete, an der Stelle, an der Timmys und Bernhards Namen unauslöschlich eingegraben waren? »Sie kamen bei einem Autounfall ums Leben«, sagte sie leise. Zwei junge Frauen gingen an ihnen vorbei, eine von ihnen sagte etwas, die andere lachte laut auf. Mit einer Hand warf sie ihr langes Haar über die Schulter, die beiden wirkten unbeschwert und fröhlich. Rieke war stehen geblieben, zwischen zwei Ständern mit Glückwunschkarten vor der Tür des Schreibwarenladens. Auch Lillemor hielt inne. Sie räusperte sich. »Vor über sieben Jahren.«

»O nein!«, hauchte Rieke. Ihre Augen hinter den runden Brillengläsern weiteten sich vor Bestürzung. »Das tut mir leid.«

»Ja«, sagte Lillemor nur, ihre Mundwinkel zitterten.

Sie blickte zu Boden, auf die Schnürsenkel ihrer Wanderschuhe, während die Erinnerungen aufbrachen und ungeordnet über sie herfielen.

## UNZEIT

Sie zwang sich dazu, das unerwartete Treffen mit Eskil auf der Fähre aus ihren Gedanken zu verbannen, vor allem die Tatsache, dass sie ein weiteres Mal im Streit auseinandergegangen waren. Und zerknirscht. Ein anderes Wort fiel ihr dafür nicht ein. Warum hatte er wieder damit anfangen müssen, anstatt ihrer Freundschaft durch die von ihm herbeigeführte Begegnung, die so vielversprechend begonnen hatte, den Weg für einen neuen Anfang zu ebnen?

Nachdem sie sich während der gesamten Flugdauer den Kopf darüber zermartert und irgendwann gemerkt hatte, wie sehr Eskils Sturkopf ihre Stimmung trübte, hatte sie im Augenblick der Landung in Frankfurt beschlossen, das Grübeln einzustellen und keine Energie mehr für ihn zu vergeuden. Und als sie später Bernhards blonden Wuschelkopf aus der Menge der Wartenden herausragen sah, seinen emporgereckten Arm und das Strahlen in seinen Augen, da wusste sie, was und wer in ihrem Leben wirklich zählte. Sie fielen sich in die Arme und küssten sich wie zwei, die sich nach vielen entbehrungsreichen

Jahren endlich wiedersahen. Bernhard hörte gar nicht damit auf, ihr zu sagen, wie sehr er sie vermisst hatte, und dann nahm er ihren Koffer und legte den Arm um ihre Schultern, und so zogen sie aus der Ankunftshalle zum Parkplatz.

Der Winter ging in einen regnerischen Frühling über, und aus dem Frühling wurde Sommer. Bernhard schloss sein Studium ab und unterschrieb einen befristeten Vertrag bei Bohmann, einem keramischen Betrieb nur ein paar Straßen von ihrer WG entfernt. Immer öfter sprach er von einer eigenen Werkstatt, der Wunsch loderte in ihm wie das Feuer im Brennofen, auch ein Jahr später noch.

Eines Tages entdeckten sie im Töpferviertel Granzbachs einen leer stehenden Laden, im Parterre eines Hauses, das etwas in die Jahre gekommen war. An der Schaufensterscheibe klebte ein Zettel. *Zu verkaufen. Laden mit angrenzender Töpferwerkstatt. Sofort. Irmtraud Fischer.* In Klammern war eine Telefonnummer notiert, die Lillemor mit einem Kugelschreiber auf Bernhards linken Handrücken schrieb. Noch am selben Abend rief er an.

Ja, Laden und Werkstatt seien zu besichtigen. Ja, gerne morgen. Siebzehn Uhr sei perfekt.

Bernhard nahm Lillemor in die Arme. »Siehst du«, flüsterte er ihr ins Ohr. »Das Glück ist mit uns.«

Lillemor küsste ihn und strahlte ihn an, weil sie sah, wie sehr er sich freute. Sie ließ sich von ihm in die Höhe heben und ausgelassen herumwirbeln.

Am Abend erzählten sie Carlotta von Irmtraud Fischer, und sie freuten sich, dass ihre Mitbewohnerin zur Feier des Tages eine große Schüssel Spaghetti mit frischem Pesto *di pomodori* für alle kochte.

Es war unübersehbar, dass Irmtraud Fischer, ebenso wie das Haus, ihre besten Jahre hinter sich hatte. Eine Menge Falten hatten sich in ihr sonnengebräuntes Gesicht gegraben, doch ihre hellblauen Augen blitzten Bernhard und Lillemor freundlich an, als sie ihnen die Tür öffnete. An ihren Ohrläppchen baumelten in Gold gefasste Jadetropfen, sie trug ein weites Kleid, das aussah wie eine Leinwand, auf der ein Künstler alle ihm zur Verfügung stehenden Farben ausprobiert hatte. Ihr Haar war schlohweiß, glatt und schulterlang, ein fliederfarbenes Band hielt es davon ab, ihr ins Gesicht zu fallen.

»Arthritis«, sagte sie und reckte beide Hände nach oben wie eine Grundschullehrerin, die ihrer Klasse den Zahlenraum bis zehn verdeutlichte. Ihre Finger sahen aus wie schief gewachsene, knorrige Äste. »Das Töpfern war die Leidenschaft meines Lebens«, fuhr sie fort, »aber mit diesen Händen …« Sie machte eine wegwerfende Handbewegung, und für einen vorübergehenden Moment grub sich eine tiefe Traurigkeit in ihre Züge. Lillemor nickte ihr zu. Sie hoffte, es möge so mitfühlend wirken, wie es gemeint war.

»Dann kommt mal mit«, sagte Irmtraud Fischer, als wären Lillemor und Bernhard alte Freunde, die lange nicht zu Besuch gewesen waren. Sie folgten ihr durch den Ladenraum, begutachteten die Theke und die in die Wände eingelassenen Regale. In Gedanken sah Lillemor ihr Geschirr darin stehen, ihre Teller, Schüsseln, Schalen, Tassen, sah, wie sie jedes Teil mit Liebe herrichtete, damit es besonders gut zur Geltung kommen konnte, sah, wie sie einem Kunden einen Krug in die Hand gab, um ihn fühlen zu lassen, was man nicht sehen konnte. Ihr gefiel, was ihre Fantasie ihr in den Kopf trieb, sie würde unendlich viele verschiedene Formen fertigen und nur wenige Farben verwenden, sodass eins zum anderen passte, auch wenn die Form eine andere war.

»Wo bleibst du?«, hörte sie Bernhard rufen.

Er war mit Irmtraud Fischer durch einen schmalen Gang in die Werkstatt gegangen, die sich an den Laden anschloss. Es roch etwas muffig, so wie es in leer stehenden, kalten Räumen, die nicht gelüftet wurden, roch. Lillemor beeilte sich. Ihr Blick glitt über den Brennofen, die beiden Töpferscheiben, einen großen Werktisch, zwei Schränke mit Türen, ein offenes Regal, den wuchtigen, mit Kerben übersäten Holztisch an der Seite. All das weckte Erinnerungen. Sie sah die großen Hände ihres Onkels, die die kleine Lil auf den Arbeitstisch hoben, damit sie dort sitzen und mit einem Tonklumpen experimentieren konnte. Die Bilder zogen andere nach sich, Malin, Mamma und Pappa, den Garten mit dem Baumriesen, und für einen kurzen Augenblick stach das Heimweh ihr mitten ins Herz. Sie griff nach Bernhards Hand, und seine Nähe sorgte dafür, dass der schwache Moment verging, dass sie zurückfand ins Hier und Jetzt und sich auf die Stimme der Verkäuferin konzentrieren konnte.

Der Kaufpreis überstieg die Summe, die sie sich erhofft hatten, Bernhard versuchte zu handeln, aber Irmtraud Fischer war unnachgiebig wie ein Kanten altes Brot. Sie würden darüber nachdenken müssen, hörte Lillemor Bernhard sagen, einmal drüber schlafen, rechnen, abwägen, all das, und sie verabschiedeten sich verhalten, weil sie sich zu früh gefreut hatten und jetzt merkten, wie dumm das gewesen war.

Bedrückt gingen sie nach Hause. Drei Tage lang dachten sie darüber nach, ob es eine Bank gäbe, die ihnen trotz fehlender Sicherheiten einen Kredit gewähren würde. Ob sie trotz monatlicher Kreditrückzahlungen noch etwas Geld übrig haben würden für das, was sie fürs Leben benötigten. Wohnungsmiete, Nebenkosten, Lebensmittel.

»Du bist gerade erst mit dem Studium fertig, dein Vertrag bei Bohmann ist befristet. Und bis ich so weit bin, dauert es noch drei Jahre. Wer sollte uns Geld leihen?« In Lillemors Gedanken rückte die zum Verkauf stehende Werkstatt in eine weite, kaum noch wahrnehmbare Ferne.

Sie legten ihre Ersparnisse auf den Tisch, die bedauerlicherweise recht übersichtlich waren, rechneten, wägten ab und kamen immer wieder zum selben Schluss. Bernhard wurde von Tag zu Tag verzagter.

»Es gibt nur eine Lösung«, sagte er schließlich.

In seiner Stimme lag ein ernüchternder Unterton, den Lillemor nicht kannte. Sie saßen in der Küche. Carlotta hatte versprochen, Pizza Margherita zu machen, sie knetete den Teig auf einem großen Holzbrett auf dem Tisch, direkt neben den vollgeschriebenen und vollgerechneten Seiten.

»Nämlich?«

»Mein Vater«, erwiderte Bernhard kaum hörbar und drehte seinen Kopf zur Seite, als könnte er Lillemor nicht in die Augen sehen oder als schämte er sich für seine Antwort. Dabei war sie ihm ohne großes Überlegen über die Lippen geflossen, was den Eindruck nahelegte, er hätte seit Tagen darüber nachgedacht und den Entschluss längst getroffen. Widerstrebend wandte er sich Lillemor zu. Über den Tisch hinweg sahen sie sich an. Seine Miene spiegelte eine tiefe Ernüchterung, die Lillemor wehtat. »Jeden Cent werde ich ihm zurückzahlen.« Er senkte den Kopf, betrachtete seine Hände, die nebeneinander auf der Tischplatte ruhten.

»Das wolltest du nie«, sagte Lillemor leise, als ob er das ohne ihre Bemerkung nicht gewusst hätte.

Als sie für einen Moment die Spur einer Verzweiflung in Bernhards Augen aufblitzen sah, bereute sie es, dass sie nicht geschwiegen hatte. Er ließ sich gegen die Stuhllehne sinken und raufte sich die Haare. Carlotta walkte den Teigklumpen, dabei wanderte ihr Blick unaufhörlich von ihr zu Bernhard.

»Bisher hab ich mich gut ohne ihn über Wasser halten können«, erklärte er. »Aber das hier schaffe ich nicht allein.« Die Enttäuschung grub sich in jedes Wort, in jeden Atemzug.

»Lass uns noch mal drüber nachdenken«, lenkte sie sanft ein. »Vielleicht ist es besser, noch zu warten mit der Selbstständigkeit.«

»Nein, verdammt, Lil, ich will nicht warten!« Er war laut geworden, reckte die Schultern und rieb sich mit beiden Händen über die unrasierten Wangen. Unmerklich zuckte sie zusammen. So schroff kannte sie Bernhard nicht. Und als wäre diese ihr fremde Schroffheit der Auslöser gewesen, blitzte eine Idee in ihr auf. Ihr Herz begann zu trommeln, als sie an ihren Onkel Jesper und seine Werkstatt in Vaxholm dachte.

»Und was, wenn wir nur so lange warten, bis ich mit dem Studium fertig bin und danach nach Schweden gehen? Mein Onkel würde uns bestimmt …«

»Das kann nicht dein Ernst sein!« Er starrte sie an, mit angehobenen Augenbrauen, die wie zwei Halbmonde über seinen vor Ungläubigkeit geweiteten Augen lagen. Die Heftigkeit, mit der er ihr auch diese Worte entgegengeschleudert hatte, brachte Lillemor zum Schweigen. »Auf gar keinen Fall, Lil, darauf kann ich nicht warten, das dauert mir viel zu lange!« Er sprang auf, als fühlte er sich außerstande, auch nur eine Sekunde länger neben ihr zu sitzen, stellte sich ans Fenster mit dem Rücken zu ihr und verschränkte die Arme, während er stumm hinaussah. Sie starrte ihn an, verstört von seinen harschen Worten und der darin mitschwingenden Entschiedenheit, die sie selbst auf schmerzliche Weise ausschloss. So selbstsüchtig hatte sie Bernhard nie erlebt. Sah er bei alldem nur sich? Dachte er denn gar nicht mehr an sie als Paar? An ihre gemeinsame Perspektive? Von einer eigenen Töpferwerkstatt träumten sie doch beide. So oft hatten sie sich ausgemalt, wie sie sich eines Tages ihren gemeinsamen Traum verwirklichen würden. Was war nur in ihn gefahren, dass er mit einem Mal so egoistisch dachte? In ihrem Inneren begann etwas zu bersten, ganz langsam, ohne Gepolter, aber unaufhaltbar. Wie ein wertvolles Tongefäß, das einem aus der Hand fiel und auf dem harten Boden entzweisprang, ohne dass man etwas dagegen tun konnte. »Außerdem will ich mich nicht in ein gemachtes Nest setzen.«

Er hatte es gesagt, ohne sich zu ihr umzudrehen. Carlotta ließ den Teigklumpen in eine Schüssel fallen, deckte ihn mit einem Küchenhandtuch ab und stellte ihn zum Gehen beiseite. Mit keinem Wort hatte sie sich an ihrem Gespräch beteiligt, aber jetzt nickte sie Lillemor ermutigend zu und ließ ihre Hand über ihre Schulter gleiten, bevor sie an ihr vorbeiging und die Küche verließ.

Der Stuhl scharrte über die Fliesen, als Lillemor ihn zurückschob. Sie stand auf. »Dein verdammter Stolz, Bernhard!«

»Es tut mir leid.« Er drehte sich um, kam auf sie zu, schloss sie in seine Arme. Schutzsuchend verkroch sie sich in der vertrauten Umarmung, wollte vergessen, was sie gerade getrennt hatte, wollte nicht länger an das zersprungene Tongefäß denken und den Scherbenhaufen nicht ansehen. »Es tut mir leid«, murmelte er wieder und wieder, sonst nichts, und er hörte nicht auf, ihr dabei übers Haar zu streichen.

Sie schwieg, weil sie seine Geste der Versöhnung nicht zerstören wollte, und spürte, wie sich all das Ungesagte, das in ihr brannte, still zurückzog.

Zehn Tage später unterschrieb Bernhards Vater den Kaufvertrag für die Werkstatt und den Laden. Sie einigten sich auf einen monatlichen Mietpreis, den Rudolf Kirschbaum ihnen bis zum Verbuchen der ersten Einnahmen stunden würde. Es war ein sachliches Abkommen, ohne jede Form von emotionaler Beteiligung. Lillemor begriff, dass die Kluft zwischen Rudolf Kirschbaum und seinem Sohn tiefer war, als sie geglaubt hatte, doch sie sagte kein Wort, und auch Bernhard vermied es, darüber zu sprechen. Stattdessen sprühte er vor Tatkraft und riss Lillemor mit. Sie kauften Wandfarbe in Lindgrün und Türkis und renovierten zwei Monate lang den Laden. Sie prüften das Werkzeug, das Irmtraud Fischer ihnen großzügig überließ, kauften Ton, neue Schneidedrähte, Schwämme, Schaber und Spachtel.

Als sie zum ersten Mal den Ofen in Gang brachten und die Flamme darin züngelte, als könnte sie es kaum erwarten, die ersten Werkstücke zu brennen, nahm Bernhard Lillemor in die Arme und drückte sie an sich. Es war die richtige Entscheidung, dachte Lillemor, als sie das Leuchten in seinen Augen bemerkte. Nach Schweden könnten sie immer noch gehen. Irgendwann. Sie würde ihr Studium fortführen, Bernhard würde bis zum Auslaufen der Befristung bei Bohmann seine Fähigkeiten perfektionieren und danach in der eigenen Werkstatt Gebrauchskeramik herstellen. Nebenher würde er sich als Bildhauer versuchen. Außerdem hatte Lillemor noch ihren Job im Café, vielleicht war es möglich, die Arbeitszeit aufzustocken, um wenigstens einen kleinen Anteil beizutragen. Gemeinsam würden sie es schaffen, daran zweifelten sie beide nicht.

Acht Wochen später wurde Lillemor schwanger.

## Dikholmen, 1960

*Schwärze um mich herum. In meinen Ohren sirrt etwas gegen das dumpfe Gefühl in meinem Kopf an. Ich bewege mich, ohne die Erde unter meinen Füßen zu berühren. Spüre nur die Wärme eines Körpers, dicht an meinem. Wie ist das möglich? Wo ist oben, wo unten? Dieser Fremde … Ihn habe ich als Letztes wahrgenommen, bevor es dunkel wurde vor meinen Augen. Warum sehe ich nichts? Was ist passiert?*

*Sind es seine Arme, die mich tragen? Verdammt, warum kann ich meine Augen nicht öffnen? Ich will sehen, was vor sich geht! Was für eine Kraft es kostet, die Lider zu bewegen, sie fühlen sich an, als lägen Sandsäcke auf ihnen. Endlich lässt das dumpfe Gefühl nach, meine Sinne werden klarer, was für ein Segen!*

*Ich will diesen fremden Körper nicht so nah bei mir haben. Mein Kopf berührt ihn. Ist es seine Schulter? Ein warmer Luftzug streift meine Stirn, meine Wange reibt sich am Stoff seines Hemdes. Da, wieder dieser Luftzug. Grundgütiger, es ist nicht der Wind, es ist sein Atem! Ich sinke nieder, seine Arme geben mich frei, ich spüre festen Boden unter meinem Rücken, den Beinen, meinen Armen. Etwas Weiches wird unter meinen Kopf geschoben. Jetzt endlich sehe ich. Ein schmaler Spalt Helligkeit. Sehe in einiger Entfernung die Konturen eines Baumes mit zum Himmel gereckten Ästen und neben mir die Silhouette einer Gestalt.*

*Plötzlich ist Wasser auf meinen Lippen, es rinnt mir in den*

*Mund, ich schlucke es hinunter, es ist kalt, frisch, befeuchtet meine Zunge, meine ausgedörrte Kehle, noch ein Schluck, so wohltuend. Ich öffne den Mund, bekomme nicht genug, mehr fließt hinein und zugleich rinnt es aus meinen Mundwinkeln heraus. Ich verschlucke mich, huste. Endlich kann ich meine Augen öffnen, ganz. Alles ist hell, wieder hell, wunderbar hell. Drei Birken direkt vor mir, wie Wächter stehen sie da, kerzengerade, darüber der blaue Himmel. Eine einzige schneeweiße Wolke zieht vorüber, weit genug weg von der Sonne, die ihre Strahlen zwischen den Zweigen hindurchschickt, sacht spielt der Wind mit den Blättern das Licht- und Schattenspiel, das ich als Kind so mochte. Weiter oben kreisen zwei Vögel sanft umeinander. Zu Hause. Es ist wie zu Hause, als läge ich im Garten hinter unserem kleinen rot angestrichenen Haus, Anders' Elternhaus, das er für uns hergerichtet hat, in dem Sommer, als ich mit den Zwillingen schwanger war. Im Gras habe ich gelegen, beide Hände schützend auf meinem gewölbten Leib, unter der Birke, in deren Rinde Anders ein Herz geschnitzt hat. Zehn Jahre ist das her. Derselbe Himmel, derselbe Wind, dieselbe Frau.*

*Sofort zieht sich mir das Herz zusammen. Ich denke an das Amulett auf meiner Brust, an die Bilder darin. Sie sind alles, was mir bleiben wird. Ich atme tief, um die Erinnerungen zu verdrängen, neige den Kopf zur Seite, sehe die Männerschuhe, das abgestoßene braune Leder.*

*»Besser?« Er fragt nicht, wer ich bin oder was ich hier mache. Nur ob es mir besser geht. Ich nicke, bewege mich ein wenig, drehe meinen Kopf, sehe den Verschlag, das Gerümpel darin. Ich liege direkt vor der Kate. Wo ist er, der Sack mit meinen Habseligkeiten, mein einziges und ganzes Hab und Gut? Da drüben, nur ein paar Schritte entfernt, sehe ich ihn. Dort, wo er mir entglitten ist. Für den Fremden neben mir scheint er uninteressant zu sein. Innerlich atme ich auf. »Magnus«, sagt er mit einer volltönenden, ruhigen Stimme.*

*Einfach Magnus. Nichts weiter. Ich könnte es ebenso machen.*

*Könnte meinen Vornamen nennen. Nichts weiter. Ich zögere, kaue auf meinen Lippen herum wie ein kleines Mädchen, das auf die Frage eines Erwachsenen nichts zu antworten weiß. Hatte mir doch geschworen, zu niemandem ein Wort zu sagen. Keine Namen preiszugeben, nicht meinen eigenen, nicht die meiner Kinder. Schweigen reduziert das Risiko, etwas auszuplappern, was niemanden etwas angeht. Wieder nicke ich, wortlos. Mustere ihn verstohlen, wie er dasitzt, den Rücken an die Wand der Kate gelehnt, mit ausgestreckten Beinen, eine Wasserflasche in der Hand. Er könnte in meinem Alter sein, Anfang dreißig, vielleicht etwas älter. Magnus trägt eine braune Arbeitshose und ein kariertes Hemd mit aufgekrempelten Ärmeln. Muskulöse Arme hat er, kräftige Hände, und unter seiner olivfarbenen Kappe blitzen kurz geschnittene blonde Haare hervor. Bärtig ist er. So wie Anders.*

*»Siehst aus, als ginge es dir nicht gut«, höre ich ihn sagen, und sein Blick, den ich nicht deuten kann, wandert über meinen Körper. »Brauchst du einen Schlafplatz?«*

*Steht es auf meiner Stirn geschrieben? Hat er mich in den letzten Stunden möglicherweise beobachtet, meine Ankunft auf der Insel, auf der ich wie Strandgut angespült wurde, das zerstörte Boot, meine Rast auf der Lichtung, mein Umherstreifen?*

*Ja, ich brauche unbedingt einen Schlafplatz, will ich rufen, und mich erkundigen, wo wir sind, auf welcher Insel ich gestrandet bin. Die Frage brennt mir wie Feuer unter den Nägeln. Wahrscheinlich könnte er sie mir spielend leicht beantworten. Doch ich weiß, dass es besser für mich ist, sie hinunterzuschlucken, weil sie nur der Anfang wäre. Der Anfang eines Gesprächs, weiterer Fragen, einer Unterhaltung, in deren Verlauf mir möglicherweise mein Name über die Lippen käme und wer weiß was sonst noch.*

*Auf seine Frage nach dem Schlafplatz nicke ich erneut, zaghaft, in der Hoffnung, dass er mir dabei helfen wird, einen zu finden. Gleichzeitig fürchte ich, er könnte ein schlechter Mensch sein und mir etwas anbieten, wovor mir graut, und das, obwohl nichts an ihm auf hinterlistige Absichten schließen lässt. Führte er Böses im Schilde, hätte er meine Schwäche längst ausnutzen können, denn in meinem Zustand ist nicht mit großer Gegenwehr zu rechnen. Im selben Augenblick wünsche ich mir, er würde aufstehen und gehen, mich meinem Schicksal überlassen, meinem selbst gewählten Leben in Einsamkeit und mit meinen Stimmen als einzigen Gefährten.*

*»Ich schließe dir auf«, sagt er. »Kannst heute Nacht drin schlafen.«*

*Seine Worte lösen einen Ruck in mir aus. Die Kate gehört ihm. Ich befinde mich auf seinem Grund und Boden. Es tut mir leid, will ich sagen, dass ich hier eingebrochen bin, wohl wissend, dass er mich fortjagen könnte. Dankbar, dass er es nicht tut, dass er mir stattdessen seine Kate als Unterschlupf anbietet, versuche ich mich an einem Lächeln. Zittrig lässt es sich auf meinen Lippen nieder, verschwindet jedoch sofort wieder.*

*Ich stütze mich auf meine Hände, um mich aufzurichten, ziehe sie unvermittelt zurück, während mir ein spitzer Schrei entfährt. Die Haut meiner wund geriebenen Handflächen fühlt sich an, als hätte ich rot glimmende Glut berührt.*

*»Du hast ja eine Stimme«, sagt er mit einem Grinsen im Gesicht.*

*Ich sehe ihn an und wende vor Verlegenheit den Blick ab, weil ich die Freundlichkeit und den feinen Schalk in seinen Augen bemerke, in seinen blauen Augen in einem von der Sonne gebräunten Gesicht.*

*Ich spreize die Finger, betrachte meine Hände, die verrutschten Stoffstreifen – notdürftig angelegte verdreckte Verbände, die die mit Blut und Wasser gefüllten Blasen nur unzureichend schützen – und die aufgeplatzte Stelle zwischen linkem Daumen und Zeigefinger. Ich sehe das rohe Fleisch, in das sich ein feiner Splitter gebohrt hat, und denke an das Schlimmste, an einen Wundbrand, der meine Hände befallen und meine Finger abfaulen lassen kann. Und wieder zweifle ich meine Entscheidung an. Ist der Preis, den ich für mein Leben in der Abgeschiedenheit zahle, nicht zu hoch?*

*Tränen schießen mir in die Augen, ich will sie nicht, will vor dem Fremden keine Schwäche zeigen, wende mein Gesicht hastig von ihm ab, schließe die Lider, in der Hoffnung, die Tränen darunter zum Versiegen bringen zu können. Aber sie finden ihren Weg, rinnen durch meine Wimpern hindurch und über meine Wangen. Es ist, als bräche etwas in mir mit Getöse auf. Während ich all meine Not aus mir herausweine, spüre ich plötzlich den sanften Druck seiner Hand auf meiner Schulter. Du bist nicht allein, scheint sie zu sagen, und zum ersten Mal seit meinem Aufbruch am frühen Morgen glimmt ein winziger Hoffnungsfunke in mir auf.*

# LILLEMOR

Weilburg, 2019

Etwas hatte sich verändert zwischen ihnen, das spürte sie allzu deutlich. Seit Rieke Lillemor dazu ermutigt hatte, sich von unnötigem Gewicht zu trennen. Und seit sie ihr einen Blick auf das Familienfoto gewährt und dann Bernhards und Timmys Namen genannt hatte. Es war, als wäre seither die schützende Haut, die sie sich über Jahre hinweg hatte wachsen lassen, durchlässiger geworden, die Haut, die alles Schmerzverstärkende zuverlässig von ihr fernhielt. Worte, Gedanken, aufwallende Erinnerungen konnten solche Schmerzverstärker sein. Die Fotos an der Wand, die Melodie eines Schlafliedes, die Patchworkdecke auf Timmys Kinderbett oder das Auszupfen der verwelkten Blüten von den Stängeln des Islandmohns, den Bernhard einst ins Staudenbeet gesät hatte und der Jahr für Jahr in leuchtenden Gelb- und Orangetönen blühte. Die Schutzhaut war porös geworden, ohne dass es sie störte. Und dass es sie nicht störte, überraschte und erleichterte sie gleichermaßen.

Genau genommen hatte ihre Schutzhaut bereits im Dom begonnen, durchlässiger zu werden, wie sie jetzt feststellte. In dem Augenblick, in dem Diakon Baumeister seine Hand über ihren Kopf gehalten und die göttlichen Mächte um den notwendigen Schutz für ihren Weg gebeten hatte, da hatte sie zum ersten Mal der Eindruck beschlichen, etwas lange nicht Verspürtes an ihr empfindlich gewordenes Herz lassen zu können.

Etwas, das sie seit Jahren auf Distanz hielt, weil sie mit Bernhard und Timmy einen Teil ihres Herzens verloren hatte und die dadurch entstandene Wunde nur oberflächlich verheilt und in der Tiefe anfällig für Verletzlichkeiten geblieben war.

»Danke.«

Riekes Stimme unterbrach ihre Gedanken. Im Gehen warf sie ihr einen fragenden Blick zu. Sie befanden sich auf einem breiten, mit Schotter ausgestreuten Waldweg im Schatten mächtiger Fichten, die ihre Spitzen in den Mittagshimmel reckten. Vogelgezwitscher und das Brummen von Insekten im Gestrüpp zu beiden Seiten des Weges begleiteten sie.

»Wofür?«, fragte Lillemor.

Seit einiger Zeit folgten sie dem Weg schweigend, jede versunken in ihrer eigenen Gedankenwelt.

»Dass du mir das erzählt hast von deiner Familie«, erwiderte Rieke. »Ich hab gespürt, dass es dir nicht leichtgefallen ist, deshalb schätze ich es umso mehr.«

»Ich wundere mich, dass es leichter war, als ich dachte«, sagte Lillemor. »Aber es kann ja nicht immer alles schwer bleiben.«

»Magst du mir von ihnen erzählen?« Erneut wechselten sie einen kurzen Blick.

»Von Bernhard und Timmy?«

Rieke nickte. »Wie war er so, Bernhard, meine ich? War er die große Liebe?«

»Ja, irgendwie schon.« Lillemor heftete ihren Blick auf eine Weggabelung, die in Sicht kam. Hatte jemals jemand sie gefragt, ob Bernhard ihre große Liebe gewesen war? Rieke tat es einfach. Und es hatte weder neugierig noch plump geklungen. »Er hat mir auf Anhieb gefallen«, sagte sie. Bilder der Erinnerung stiegen in ihr auf. Bernhards Gesicht formte sich darin. »Sein Lachen, das Grübchen in seinem Kinn, die Art, wie er mich aufgenommen hat, als ich nach Deutschland kam. Wir haben die gleiche Leidenschaft geteilt, die Arbeit mit Ton, und schon früh von einer eigenen Töpferwerkstatt geträumt.«

»Und ging euer Traum in Erfüllung?«

»Ja«, sagte Lillemor leise. »Ja, er ging in Erfüllung. Aber als wir ihn endlich verwirklicht hatten, als wir eine Werkstatt und einen kleinen Laden hatten und unser Traum Gestalt annahm, wurde es schwierig.«

»Schwierig? Wieso denn?«

Lillemor seufzte auf. »Wir hatten damals nur wenig Geld«, sagte sie leise. »Bernhard hatte in einem Keramikbetrieb gearbeitet, und er hörte damit auf und machte sich selbstständig, sobald wir die Werkstatt eingerichtet hatten. Ich hab zu dieser Zeit noch studiert und konnte nur mit dem Verdienst meines Aushilfsjobs etwas beitragen. Wir kamen mehr schlecht als recht über die Runden. Mein Schwiegervater hatte die Werkstatt gekauft, und wir haben ihm Miete gezahlt, was uns entlastet hat, vor allem, wenn es mal einen Monat eng war. Bernhard ist sich damals aber selbst untreu geworden, weil er finanziell nie abhängig sein wollte von seinem Vater. Gewohnt haben wir da noch zusammen mit einer Kommilitonin in einer WG, die Miete war erschwinglich. Aber als Carlotta auszog, fanden wir keinen neuen Mitmieter, was die Situation erschwerte. Damals hab ich begriffen, dass ein Traum viel schöner ist, solange er in der Ferne liegt. Solange er nicht zum Greifen nah ist. Und dann wurde ich auch noch schwanger. Alle Pläne wackelten, meine persönliche Perspektive verschwand von einem Tag zum anderen. Ich hätte mich so gern auf das Kind gefreut. Bernhard tat, was er konnte. Aber ich glaube, er hat mich nicht verstanden. Das war die Zeit, in der ich plötzlich nicht mehr sicher war.«

Sie erreichten die Biegung, an der ein Weg nach rechts und ein anderer nach links abzweigte. An einem Hinweisschild entdeckten sie eine gelbe Muschel auf blauem Grund, die den Weg wies. Sie folgten ihr.

»Nicht mehr sicher?«, fragte Rieke. »Was heißt das?«

Wieder stieß Lillemor einen kurzen Seufzer aus. »Ich war nicht mehr sicher, ob die Entscheidungen, die ich getroffen hatte, richtig waren. Nichts fühlte sich richtig und gut an.«

»Auch Bernhard nicht?«

»Ich weiß es nicht«, sagte Lillemor unsicher. »Ich hab ihn geliebt, und trotzdem war da plötzlich irgendetwas zwischen uns, das nicht dorthin gehörte.«

Sie zog ihre Wasserflasche aus dem Seitenfach des Rucksacks, schraubte den Deckel ab und trank im Gehen einen großen Schluck. Rieke war taktvoll genug, um nicht nachzubohren, und so konnte sie sich innerlich verkriechen. Als wäre sie in das Innere einer Muschelschale geschlüpft, um sich in ihrer Stille zu verbergen. So gingen sie schweigend weiter und ließen das Ende ihres Gesprächs offen.

Als sie Weilburg erreichten, sanken sie an der träge dahinfließenden Lahn ins Gras. Rieke schob sich den Rucksack unter den Kopf und streckte sich lang aus. Lillemor öffnete die Schnürsenkel ihrer Wanderschuhe. Das Gewicht auf ihrem Rücken und die ungewohnte Belastung fraßen sich stetig in jede Zelle ihres Körpers. Eine heiße Dusche und ein bequemes Bett würden ihr nachher guttun. Sie angelte im Deckelfach ihres Rucksacks nach ihrem Handy, um nach einem Hotelzimmer zu suchen. Dabei bemerkte sie, dass Rieke sich aufsetzte und zu ihr herübersah.

»Meinst du, du bekommst das Zelt nachher allein aufgebaut, oder brauchst du Hilfe?«, fragte sie mit einem Grinsen.

Lillemor legte die Stirn in Falten. »Was?«

»Na, wir haben gewettet. Schon vergessen?

Sie hatten kein Kind geplant, jetzt, da Bernhard mit dem Studium fertig war und Lillemor gerade einmal auf vier Semester zurückblickte. Außer mit Bernhard sprach sie mit niemandem darüber, als wäre ein heranwachsendes neues Leben es nicht wert, über seine Existenz zu sprechen. Weder ihren Eltern noch Malin hatte sie davon erzählt. Sie verschob das Telefonat mit ihnen von einer Woche zur nächsten. Wenn Bernhard sie mit unendlicher Geduld immer wieder fragte, warum er es nicht wenigstens seinen Eltern erzählen dürfe, sah sie ihn mit einem tieftraurigen Blick an und schüttelte stumm den Kopf. »Noch nicht«, sagte sie jedes Mal.

Nicht, solange der Nebel da ist, hätte sie sagen können. Aber sie unterließ es, weil sie wusste, dass er sie nicht verstehen würde. Sie verstand es ja selbst nicht. Fühlte sich wie in einer stickigen Dunstwolke, durch die sie nichts sehen konnte. Der verschwommene schwarz-weiße Fleck auf dem Bildschirm hatte ihrer Gynäkologin ein Lächeln auf die Lippen gezaubert. »Da, schauen Sie«, hatte die junge Ärztin mit dem hellblonden Kurzhaarschnitt gesagt und dabei den Sensor des Ultraschallgerätes auf Lillemors Unterleib leicht hin- und herbewegt. »Unverkennbar.« Sie hatte die Aufnahme ausgedruckt und ihr in die Hand gegeben, zusammen mit diesem blauen Heft, das sie von nun an bei sich tragen und jeden Monat zu den Untersuchungen mitbringen sollte.

Wie betäubt hatte Lillemor die Praxis verlassen, das Bild im Reißverschlussfach ihrer Umhängetasche. Ein Kind. Wie würde das zusammenpassen mit ihren Plänen? Mit ihren und Bernhards gemeinsamen Plänen? Sie standen doch erst am Anfang. Sie sah sie davonziehen. Wie Luftballons, die sie einmal aufgepustet hatte, die bunt und prall gewesen waren, die sie fest in der Hand gehalten hatte. Doch jetzt stoben sie empor, und der Wind trieb sie davon, ohne dass sie auch nur einen von ihnen hätte festhalten können.

Von einer eigenen Kollektion hatte sie geträumt, von Design und Muster mit Wiedererkennungswert, hatte ungezählte Entwürfe festgehalten auf Papier und im Kopf, sich in allen Farben ausgemalt, wie sie Teller, Krüge, Schalen gestalten würde. Ihre Zukunft, der Grund, aus dem sie nach Deutschland gegangen war, die Werkspraktika, die Abschlussprüfungen, die Sorge, mit einem Kind überfordert sein zu können, alles verschwamm in einem sich nicht auflösen wollenden Nebel, sosehr sie es sich auch wünschte. Und der Nebel raubte ihr die Sicht, die Luft und die Kraft.

Seit Beginn der Schwangerschaft fühlte sie sich nicht gut. Sie litt unter Kopfschmerzen, ihr war schlecht, sie zermarterte sich das Hirn darüber, wie alles werden würde nach diesem beschwerlichen Anfang. Manchmal betrachtete sie die Umrisse auf dem Ultraschallbild, eine dunkle Abgrenzung zu grauen, weißen und schwarzen Sprenkeln, kaum deutbar und doch eindeutig ein Kind. Nein, nicht ein Kind. Ihr Kind. Ihr Kind, das ihrem Vornamen eine neue Bedeutung verleihen würde. Sie würde eine kleine Mutter sein, eine echte *lille mor.*

»Ich kann mich nicht freuen«, sagte sie eines Abends zu Bernhard, als sie einander gegenüber am Küchentisch saßen. Bernhard hatte eine leckere Gemüselasagne mit Gorgonzola gemacht, nach einem Rezept von Carlotta. Lustlos und ohne Appetit stocherte Lillemor mit der Gabel darin herum. Seit neun Wochen ging das jetzt schon so.

»Du isst nur noch Krümel«, sagte Bernhard manchmal, wenn er ihr voller Sorge dabei zusah, wie sie Nudeln, Bratkartoffeln oder Erbsen von einem Rand des Tellers zum anderen schob, bis sie kalt waren, und am Ende nur etwas Tomatensauce vom Löffel geleckt oder an einem Salatblatt geknabbert hatte. Sie zwang sich dazu, etwas zu essen, weil sie wusste, dass sie essen musste. Und wegen Bernhard, der sich unermüdlich ins Zeug legte. Der Käse war wunderbar geschmolzen, das Gemüse pikant gewürzt, die Pasta auf dem Punkt. Er hatte sich Mühe gegeben, weil er wusste, wie sehr sie Lasagne mochte. Gemocht hatte.

Ihre Gabel sank auf den Teller. »Ich kann nichts essen, entschuldige.«

»Aber warum denn nicht?«

»Ich fühl mich nicht gut.«

Sie stand auf, verließ die Küche, ging ins Bad. Im Spiegel sah sie ein Gesicht mit stumpfen Augen, und sie fragte sich, weshalb verdammt noch mal sie nicht glücklich sein konnte, weshalb die Anwesenheit des winzigen Wesens in ihrem Bauch sie nicht mit Freude und Stolz erfüllte, mit einem Glücksgefühl, das schwerer wog als die Nebelwolke und dem es gelingen könnte, sie zu durchbrechen. Denn so war es doch gedacht, so sollte es doch sein, oder nicht? Sie liebte Bernhard, und Bernhard liebte sie. Waren damit nicht die wichtigsten Voraussetzungen für Glückseligkeit gegeben?

Sie wandte sich ab, um ihr kummervolles Gesicht nicht länger ansehen zu müssen. Kurz darauf rollte sie sich mit geschlossenen Augen auf dem Sofa zusammen, weil sie nicht wusste, wie sie dem Hämmern in ihrem Kopf sonst beikommen sollte.

»Warum telefonierst du nicht mal mit Malin?«

Bernhards Stimme, nah an ihrem Ohr. Sie spürte seinen Atem auf ihrer Wange, seine Finger, die ihr behutsam ein paar Haarsträhnen aus der Stirn strichen, die kuschelige Decke, die er ihr überlegte.

»Ich weiß es nicht«, antwortete sie wahrheitsgemäß.

Seine Finger auf ihrer Stirn fühlten sich warm an, tröstlich. Sie mochte es, wenn er mit ihren Haaren spielte.

»Vielleicht morgen«, flüsterte sie, um Bernhard zu beruhigen, nicht, weil sie es wirklich vorhatte.

»Es wird wunderbar werden«, hörte sie Bernhards leise Stimme an ihrem Ohr wie eine Melodie, wie ein Schlaflied. »Wir werden es zusammen schaffen. Du setzt mit dem Studium einfach aus und machst weiter, wenn das Kleine im Kindergarten ist. Und vorher gehen wir gemeinsam in die Werkstatt und nehmen es mit. Wir stellen den Kinderwagen in die Ecke zwischen Werktisch und Fenster, da kann es schlafen, während wir arbeiten. Wir werden ein wunderbares Kind haben, es wird unser kleiner Schatz.«

Bernhards Worte gefielen ihr, seine Stimme umhüllte heilsam ihre Seele, doch er vermochte es nicht, sie aus dem dunklen Schacht herauszuholen, auf dessen Grund sie hockte, verloren und bedrückt. Eine Träne suchte sich ihren Weg aus dem äußersten Winkel ihres linken Auges, rann seitlich an ihrer Schläfe herunter, tropfte aufs Kissen, ohne dass Bernhard es bemerkte.

War es wirklich so leicht, wie er es sie gerade hatte glauben machen wollen? Sie wusste, dass manche Babys mehr schrien als schliefen und ihre Mütter sie Tag und Nacht stundenlang im Haus umhertrugen, dass ein Säugling gewickelt und spazieren gefahren werden musste und all das.

»All das, Bernhard«, flüsterte sie, und dabei legte sie eine Hand auf ihren Unterleib, als wartete sie auf eine Antwort aus ihrem Inneren, die Kummer, Sorge und alle Befürchtungen im Nu auslöschen könnte.

Doch die einzige Resonanz war die unterschwellige Angst, Bernhard könnte, weil er seine eigenen Pläne und Wünsche mit unbeirrbarer Zielstrebigkeit verfolgte, sie und das Baby eines Tages übersehen.

Die Woche einer wichtigen Klausur in Werkstoffkunde war Lillemors zehnte Schwangerschaftswoche. Die morgendliche Übelkeit hatte etwas nachgelassen, doch die Kopfschmerzen belasteten sie ungewöhnlich stark. Um auf Schmerztabletten verzichten zu können, versuchte sie, mit frischer Luft und viel Ruhe dagegen anzugehen. Es gelang nur mäßig. Der Gedanke, in wenigen Tagen konzentriert ihr Wissen unter Beweis stellen zu müssen, löste einen Anflug von Verzweiflung in ihr aus.

»Ich werd's vermasseln«, sagte sie zu Bernhard.

Er schloss sie in die Arme und hielt sie eine lange Weile, murmelte ermutigende Worte. »Du schaffst das schon. Du bist doch gut. Du wirst ihnen zeigen, was du draufhast. Ich bin bei dir.«

Er hatte leicht reden. Er würde nicht mit einem dröhnenden Schädel über der Klausur sitzen müssen. Und er war auch nicht umgeben von diesem unsäglichen Nebel, der Lillemor die Sicht nahm und jegliche Perspektive verschluckte.

So kam es, dass sie sich krankmeldete. Sie verkroch sich ins Bett und lebte dort wie in einer Höhle, zu der niemand Zutritt hatte, nicht einmal Bernhard.

Sechs Tage später erwachte sie so früh, dass der Spalt zwischen den Vorhängen noch kein Licht hindurchließ. Sie wollte aufstehen, weil sie zur Toilette musste, aber noch ehe sie die Beine aus dem Bett geschwungen hatte, beschlich sie eine finstere Ahnung. Sie spürte, dass ihr Slip feucht war, auch ihre Oberschenkel und das Laken. Alarmiert knipste sie die Nachttischlampe an, ohne Rücksicht auf Bernhard, der schlafend neben ihr lag. Sie schlug die Decke zurück, erstarrte beim Blick auf das Laken, unfähig, einen Laut über die Lippen zu bringen. Bernhard bewegte sich, blinzelte verschlafen ins Licht und zu ihr herüber. Ihre Hand zitterte, als sie den Saum ihres T-Shirts etwas anhob. Voller Entsetzen starrte sie auf das Blut, das an der Innenseite ihrer Oberschenkel hinunterrann.

# INGA

Dikholmen, 1968

Vier Tage vergingen, ohne dass die dunkle Gestalt erneut am Rande des Grundstücks auftauchte. An jedem Abend, an dem Inga sich verinnerlichte, dass während des zurückliegenden Tages niemand um ihr kleines Haus herumgeschlichen war, löschte sie mit einer Mischung aus Erleichterung und Zuversicht die Lichter. Mit geschlossenen Lidern lag sie dann unter dem Federbett in dem hinteren der beiden Alkoven im Schlafraum, beide Hände schützend auf ihrem Unterleib. Leise erzählte sie ihrem Baby von seinem Vater, den sie unsterblich liebte und der schon bald bei ihnen sein würde. Und während sie zärtlich ihren Bauch streichelte, in der Hoffnung, das Kind durch die Berührungen zu erreichen, lenkte sie ihre Gedanken hin zu Jesper. Sie träumte sich in seine Umarmung und rief sich den Blick seiner hellbraunen Augen ins Gedächtnis, mit dem er sie ansah, voller Verlangen, voller Liebe, bevor sich ihre Lippen zu einem leidenschaftlichen Kuss fanden. Inga fühlte sich zutiefst geborgen in diesen Erinnerungen, weil sie das Hoffnungsflämmchen in ihrem Herzen beständig am Leuchten hielten. Sie zweifelte nicht daran, dass Jesper so schnell wie möglich zu ihr nach Dikholmen kommen würde, wenn er erst ihren Brief erhalten hatte, den Magnus noch am selben Tag zur Post gebracht hatte.

Magnus' unverhofftem Besuch war tags darauf ein zweiter gefolgt. Dank seiner Hilfsbereitschaft besaß Inga neben Kerzen, Streichhölzern und Lampenöl inzwischen einen ansehnlichen Vorrat an Lebensmitteln, unter anderem Haferflocken, Orangen, frische Milch und einen kleinen Beutel Walnusskerne, weil Magnus die Meinung vertrat, dass schwangere Frauen »so etwas« benötigten, um ein gesundes Kind zur Welt zu bringen. Seine Freundlichkeit rührte Ingas Herz an, sie hatte sich wortreich bedankt und versprochen, sich eines Tages erkenntlich zu zeigen. Doch Magnus hatte nur lachend abgewinkt.

Nach einer kurzen Inspektion des Fahrrades, das Inga entdeckt hatte, hatte Magnus festgestellt, dass die Schläuche intakt waren und die Bremsen funktionierten. Und nachdem er sich der störrischen Sattelschraube angenommen hatte, um die Höhe einzustellen, hätte man glauben können, Inga und das froschgrüne Fahrrad seien füreinander geschaffen. Mit einem breiten Lachen hatte sie das Rad zum Gartentor hinausgeschoben und eine Probefahrt auf dem Schotterweg unternommen. »Ich bin mobil!«, hatte sie Magnus ausgelassen zugerufen und dabei ausgesehen wie ein kleines Mädchen, das zum ersten Mal voller Stolz eine längere Wegstrecke mit seinem neuen Fahrrad zurückgelegt hatte.

Um herauszufinden, wo ihre nächsten Nachbarinnen lebten, und weil es sie verrückt machte, sich erfüllt von innerer Unruhe ausschließlich durch die Räume des Hauses oder allenfalls im Garten zu bewegen, begann Inga, kleine Erkundungen zu unternehmen. Hin- und hergerissen zwischen ihrem Wunsch, Kontakt zu den Frauen der Insel aufzunehmen, und der Sorge, bei Jespers Eintreffen nicht im Haus zu sein, achtete sie darauf, nie länger als zwei Stunden fortzubleiben. Jedes Mal legte sie einen Zettel für Jesper vor die Haustür: *Warte auf mich, Liebster, bin bald wieder hier.*

Sie fand heraus, dass Magnus recht hatte und sich nur ein einziger gut befahrbarer Weg über die Insel schlängelte, der

Hauptweg. *Stora vägen*, wie Magnus ihn nannte, wohl wissend, dass diese Bezeichnung dem Weg mehr als schmeichelte. Dann und wann zweigten unbefestigte Pfade zu beiden Seiten von ihm ab. Die meisten führten durch saftig grüne, mit Butterblumen gesprenkelte oder von Heidekraut bewachsene Wiesen. Andere mündeten in den lichten Laubwäldern, von denen Dikholmen so viele besaß, dass es Inga Mühe bereitete, sie voneinander zu unterscheiden. Hin und wieder entdeckte sie Pfade, die zur felsigen Küste führten, doch nicht alle endeten am Wasser. Oft folgte sie einem von ihnen, der zwar die Nähe zur Ostsee erahnen ließ, irgendwann jedoch von wildem Gestrüpp begrenzt wurde und ähnlich einer Sackgasse abrupt endete.

Inzwischen wusste sie, dass ihr Haus sich nur etwa zweihundert Meter von einer kleinen natürlichen Bucht entfernt befand, deren Kieselstrand seicht ins Meer mündete. Sie wurde ringsherum von grauen, mit gelben Flechten bewachsenen Klippen begrenzt. Schnell fand sie dort ihren Lieblingsplatz, einen von der Sonne gewärmten Felsrücken mit glatt geschliffener Mulde, die sich zum Sitzen geradezu anbot. Von hier aus beobachtete Inga das Spiel der Sonnenstrahlen auf den Wellen, die sanft heranrollten und den kleineren Kieselsteinen beim Überspülen ein leises Klackern entlockten. Am Horizont erhob sich eine baumbestandene Nachbarinsel aus dem Schärenmeer, Inga erkannte zwei rot gestrichene Häuser zwischen den Bäumen und eine Fahnenstange mit einer blau-gelben Flagge, die im Wind flatterte. Zuweilen tuckerte in einiger Entfernung ein Fischerboot vorüber. Jedes Mal heftete sie ihren Blick fest darauf und gab sich dem brennenden Wunsch hin, Jesper möge an Bord sein und das Boot möge Kurs auf ihre kleine Bucht nehmen, um ihn zu ihr zu bringen. Sie malte sich aus, wie sie einander in die Arme stürzen würden, wie er ihr Gesicht mit zärtlichen Küssen bedecken und wie sie in sein Ohr flüstern würde, dass sie ihn unendlich vermisst hatte. Dabei zerriss die Sehnsucht nach ihm beinahe ihr Herz, in dem es zog und stach, als hätte es sich vor Schmerzen entzündet. Sobald das Fischerboot sich ihren Blicken entzog, kroch das Gefühl düsterer Einsamkeit in ihr herauf, das auch die Sonne am wolkenlosen Junihimmel mit ihrer Wärme und Helligkeit nicht auszumerzen vermochte.

Irgendwann begann Inga, sich an ihr selbst gewähltes, von Kargheit bestimmtes Leben zu gewöhnen. An den morgendlichen Gang zur Wasserpumpe hinter dem Haus, mit deren Hilfe sie den Fünfliterkanister füllte, den Magnus ihr gebracht hatte. An die einfachen Mahlzeiten, die selten etwas Warmes beinhalteten, weil niemand ihr das Kochen beigebracht hatte – sie begnügte sich mit trockenem Brot, Konservenwurst und Obst.

Da sie auf ihre heiß geliebten Schaumbäder verzichten musste, wusch sie sich mit eiskaltem Wasser über der Emailleschüssel in einem winzigen Raum, den man kaum Badezimmer nennen konnte. Am Abend zündete sie die beiden Öllampen an – sie hatte inzwischen eine zweite gefunden –, stellte eine ans Fenster und eine auf den Tisch und aß in dem gelben Lichtschein eine Schale Haferflockenbrei.

Damit ihr das Gespür für die Wochentage nicht verloren ging, begann sie, an jedem Morgen nach dem Aufstehen das jeweilige Datum und den Wochentag auf das oberste Blatt ihres Schreibblocks zu notieren. Es war drei Tage vor Mittsommer, dem Tag, an dem überall im Land fröhlich das Fest der Sommersonnenwende gefeiert wurde. Ob die Frauen auf Dikholmen ebenfalls Mittsommer feierten?

Ein Anflug von Sentimentalität braute sich in Inga zusammen. Sie dachte an die Feste der Vergangenheit, den weitläufigen Garten hinter der Villa, in den ihr Vater und Siw in jedem Jahr eine Vielzahl von Gästen einluden. Freunde der Familie,

Nachbarn, Geschäftspartner. An langen Tischen wurde miteinander gegessen, die Angestellten brachten große Schüsseln mit Dillkartoffeln, Platten mit eingelegtem Hering und Etageren voller Erdbeeren, und nach dem Essen floss eisgekühlter Aquavit in kleine Gläser, die vor Kälte beschlugen. Später tanzten alle Hand in Hand um die mit Zweigen und Blumen geschmückte Mittsommerstange, und die Mädchen sangen und trugen Kränze im Haar, auch sie selbst hatte das stets getan. Sie dachte an ihren Vater, der sich irgendwo in Südeuropa auf Geschäftsreise befand und nicht ahnte, dass sich seine schwangere Tochter mutterseelenallein in sein Gästehaus gestohlen hatte und dort gerade lernte, wie man in der Einsamkeit der Schären überlebte. Auch wenn sie und ihr Vater keine innige Beziehung miteinander pflegten, so hatte sie sich in seiner Nähe doch immer beschützt und sicher gefühlt.

Ein lange nicht verspürtes, ein beinahe vergessenes Gefühl bemächtigte sich ihrer, es gelang ihr kaum, es einzuordnen, und es verwirrte sie zutiefst. Sehnte sie sich wirklich nach ihrem Vater? Nach diesem Vater, dem von Anfang an auf unbestimmte Weise das Siegel der Unerreichbarkeit angehaftet hatte? Zu dem sie nie eine enge Bindung entwickelt hatte, weil er all die Jahre gleichzeitig bei ihr und fern von ihr gewesen war?

Sie spürte den Druck in ihrem Hals, wollte ihn vertreiben, indem sie ein paarmal schluckte, aber er blieb und erinnerte sie daran, wie allein sie war. Sie riss ihren Anorak vom Haken neben der Haustür, stürzte nach draußen und schob mit eiligen Schritten das Fahrrad zum Gartentor.

Zum ersten Mal seit ihrer Ankunft auf Dikholmen verdüsterten Wolken den Himmel. Nur kurz warf Inga einen kritischen Blick hinauf. Die Luft war mild wie an den Tagen zuvor, und die Wolken sahen zwar grau, jedoch nicht danach aus, als würden sie jeden Moment bersten. Mit ein wenig Glück würde der Himmel seine Schleusen erst öffnen, nachdem sie zurück war. Sie folgte dem *stora vägen* in die Richtung, aus der sie und Magnus am ersten Tag gekommen waren, und bog nach einer Weile in einen Wiesenpfad ein, an dessen Ende sich ein Fichtenwald erstreckte. Irgendwo würde sie die Frauen, von denen Magnus gesprochen hatte, schon finden. Sie würde sie finden und eine Anlaufstelle haben, wenn sie sich so allein und verloren fühlte wie jetzt. Und vielleicht feierten sie ja sogar Mittsommer. Der unebene Untergrund verlangte Inga eine Menge Kraft ab. Sie stemmte sich in die Pedale und strengte sich an, um das Gleichgewicht nicht zu verlieren, hüpfte ungewollt auf dem Sattel auf und ab.

*Pass auf dich auf, wenn du mit dem Rad unterwegs bist!*, hallte Magnus' Stimme in ihren Ohren wider. *Wenn du stürzt irgendwo da draußen und dich verletzt, findet dich wahrscheinlich so schnell niemand.*

Seine Mahnung beherzigend stieg sie ab. Außer Atem schob sie ihr Fahrrad bis zum Waldrand. Dort lehnte sie es an den schuppigen Stamm einer Fichte und trat zwischen hüfthoch wachsenden Farnen hindurch in den Wald. Vogelgezwitscher umgab sie von allen Seiten. Vorsichtig bewegte sie sich ein paar Schritte, hielt dann inne, als wäre sie in ein Heiligtum eingetreten, in dem man sich einer allgegenwärtigen höheren Macht entsann. Sie legte den Kopf in den Nacken, lauschte dem mehrstimmigen Gesang der Vögel. Ganz leicht schwankten die Wipfel der Kiefern und Fichten im Wind, begleitet vom leisen Knarzen der Stämme. Zwischen ihnen blitzten dann und wann graue Wolkenflecken auf. Wie in einer Kathedrale fühlte Inga sich, die Bäume wurden zu aufragenden Säulen, zwischen denen sie andächtig hindurchschritt. Unter ihren Schuhsohlen knackten Nadeln und Ästchen, hier und da ragten junge Schösslinge empor, die sich vermutlich selbst gesät hatten.

Eine Bewegung zu ihrer Rechten unterbrach ihre Gedanken. Abrupt wandte sie sich um. Ein Eichhörnchen! Im letzten Augenblick entdeckte sie seinen buschigen roten Schwanz, bevor es behände zwischen den ausladenden Ästen eines Baumes nach oben huschte und dort verschwand. Schritt für Schritt bewegte Inga sich weiter. Sie nahm den Duft von Harz, Holz und Erde wahr, berührte den rauen Stamm einer Kiefer, hob einen herabgefallenen Fichtenzapfen auf und schnupperte an ihm. Es war, als strömten die Bäume eine Art Heilkraft aus, die ihr Herz ruhiger werden ließ.

Vertieft in ihre Gedanken stellte sie plötzlich fest, dass der Wald lichter geworden war und den Blick auf einen fast kreisrunden, von Gräsern bewachsenen Platz freigab. Doch ehe sie sich einen Weg an den dornigen Hecken vorbei zur Lichtung suchen konnte, entdeckte sie nicht weit von sich entfernt eine Frau. Inga blieb stehen, wagte es kaum, zu atmen oder sich zu bewegen. Dem ersten Impuls der Freude, einen anderen Menschen gefunden zu haben, folgten sofort die Erinnerungen an die dunkle Gestalt, die urplötzlich in der Nähe ihres Hauses aufgetaucht war und von der sie sich auf eine unangenehme Weise beobachtet gefühlt hatte. Dabei hatte die Frau dort an der dornigen Hecke überhaupt keine Ähnlichkeit mit der unheimlichen Gestalt.

*Ich bin total verrückt geworden!*

Sie schüttelte den Kopf über sich selbst. Wahrscheinlich handelte es sich um eine der Inselfrauen. Wie waren noch ihre Namen? Magnus hatte sie doch alle erwähnt. Ebba und Astrid. Nein, die hatte sie bereits aus der Nähe gesehen, und keine von beiden ähnelte der Fremden. Anna, die verwitwete Lehrerin im Ruhestand? Auch sie schied aus, denn die Frau drüben an der Hecke war zweifellos jünger, da war Inga sicher, obwohl sie ihr Gesicht nur von der Seite sah. Die Schwestern aus Malmö, die unter sich blieben, konnten es aus diesem Grund ebenfalls nicht sein. Die Frau ohne Stimme? Was hatte Magnus über sie berichtet? Dass sie wunderlich sei und etwas von der Heilkunde verstehe, an mehr erinnerte Inga sich nicht.

Sie gab auf, atmete tief ein und trat aus dem Wald heraus. Die Frau bemerkte sie nicht, zupfte unbeirrt schwarze Beeren von den Zweigen der Blaubeersträucher, die an dieser Stelle zuhauf wuchsen, wie Inga beim Näherkommen bemerkte. Noch immer hatte die Frau Inga nicht entdeckt, zu sehr war sie mit dem Abstreifen der Beeren beschäftigt, die nach und nach den Weidenkorb in ihrem Arm füllten. Inga schätzte die Frau auf Ende dreißig, sie war von schlanker Statur und trug ein Sommerkleid, gelb mit hellgrünen Punkten und kleinem Kragen, das bei jeder Bewegung ihre Knie umspielte. Unter einem Kopftuch lugte honigblondes Haar hervor, das sich in sanften Locken über ihre Schultern kringelte. Fasziniert von den geschickten Handgriffen, mit denen sie die Beeren von den Zweigen streifte, blieb Inga stehen.

Sie überlegte, wie sie sich bemerkbar machen, was sie sagen könnte, ohne die Fremde, die höchstwahrscheinlich ihre Nachbarin war, zu erschrecken. Wie schön es wäre, mit ihr in ein Gespräch zu kommen!

Jetzt hörte sie, dass die Frau eine Melodie summte. Ihre zarte Stimme erfüllte die Waldluft auf eine Weise, die den Eindruck erweckte, sie gehörte nirgendwo anders hin als an diesen Ort, auf diese Lichtung, in diesen Wald. Inga spitzte die Ohren. *Gamla Moder Jord*. Ein Frühlingslied. Inga kannte es aus dem Schulchor, sie hatten es mehrstimmig gesungen, begleitet von Herrn Heyberg am Klavier, der sich als bekennender Perfektionist nicht mit Halbherzigkeiten zufriedengegeben hatte. Dabei hatte Inga ihre Stimme nie für etwas Besonderes gehalten, war nicht imstande gewesen, die hohen Töne sauber zu singen wie die meisten anderen Mädchen, doch Herr Heyberg hatte sie nie kritisiert.

Die Singstimme der Beerenpflückerin aber klang wundervoll, eine zarte Kraft lag darin, die Inga in ihren Bann zog.

»O du alte, o du alte Mutter, du alte Mutter Erde. Wo bist du die ganze lange Nacht gewesen? O gerade hier, gerade hier …«

Eine Beere nach der anderen wanderte in den Korb, während sich Gesang und Summen abwechselten. Es war, als richtete die fremde Frau die Worte des Frühlingsliedes direkt an die sie umgebende, aufblühende Natur, an die Erde unter ihren Füßen, an jeden Halm, die Zweige und die schwarzen Beeren in ihren Händen, an die würzige Waldluft, die sie mit jedem Atemzug einatmete. Wie verzaubert stand Inga da, unfähig, einen Schritt vor den anderen zu setzen oder mit einem Wort auf sich aufmerksam zu machen. Da wandte sich die Frau plötzlich zu ihr um. Die Melodie erstarb. Aus riesengroßen Augen starrte sie Inga an. Jetzt erst bemerkte Inga, dass sie leise mitgesummt und damit den Bann ungewollt zerstört hatte. In den Augen der Frau flackerte es. Gehetzt wanderten ihre Blicke an Inga vorbei in den Wald, als suchte sie dort etwas oder als sähe sie jemanden. Ein kaltes Prickeln überzog Ingas Rücken. Rasch drehte sie sich um, folgte mit Blicken denen der Fremden, doch da war nichts und niemand.

»Bitte«, rief sie und hob in einer beschwichtigenden Geste die Hände. »Entschuldige bitte, ich wollte dich nicht …« Schon löste die Fremde sich aus ihrer Starre. Ohne ein Wort oder einen weiteren Blick drehte sie sich um und hastete zwischen den Blaubeersträuchern hindurch in den Wald hinein. Ingas Arme sanken herab. Sie sah ihr nach, sah das gepunktete Kleid zwischen den Bäumen verschwinden. »Wo rennst du denn hin?«, murmelte sie und setzte sich in Bewegung. »Warte doch!« Sie hatte gerufen, so laut sie konnte, wollte, dass die Frau im gelben

Kleid stehen blieb, zurückkam, damit sie sich bei ihr entschuldigen konnte, wollte höflich sein, sich vorstellen, ihren Namen nennen und Freundschaft schließen. Sie näherte sich den Blaubeersträuchern, der Stelle, an der sie die Frau wenige Augenblicke zuvor noch gesehen hatte, blickte sich um. Nichts war von dem gelben Kleid zu sehen, kein Schritt knackte auf dem Waldstreu. »Wo bist du?«

Sie drehte sich um sich selbst, spähte in alle Richtungen. Ein Wald wie tausend andere. Kiefern, Fichten, Gestrüpp, herumliegende Zapfen, moosbedeckte Äste, totes Holz. Nichts deutete darauf hin, dass hier eben noch eine singende Frau in einem gelben Sommerkleid erschrocken das Weite gesucht hatte.

# LILLEMOR

Weilburg, 2019

Der Schmerz ließ nach, kaum dass sie ihren linken Wanderschuh aufgeschnürt und ausgezogen hatte. Beim Abstreifen der Socke wurde eine daumennagelgroße Blase an der Ferse sichtbar, hellrot umrandet und prall gefüllt mit Flüssigkeit.

»So ein Mist!«, entfuhr es ihr. Mit einem klagenden Laut sank sie zurück auf die Isomatte des Zeltes, auf der Rieke ihren Daunenschlafsack für sie ausgebreitet hatte.

»Mit einem Zelt unterwegs zu sein gibt einem das Gefühl grenzenloser Freiheit«, hatte Rieke gesagt, während sie routiniert mit den Zeltstangen hantiert und ihr olivgrünes Iglu, wie sie es nannte, aufgebaut hatte. »Keine Mauern, keine Wände, keine Verbindlichkeiten. Dafür ganz viel Flexibilität und selbstbestimmtes Leben.«

Zuerst hatte Lillemor protestiert. Hatte das Einlösen ihrer verlorenen Wette abzuwenden, aufzuschieben und Rieke davon zu überzeugen versucht, dass es ihr unangenehm war, in fremden Schlafsäcken zu schlafen. Dabei war ihr urplötzlich die Nacht auf der Lichtung in den Sinn gekommen, die sie mit Eskil unter dem funkelnden Sternenmeer verbracht hatte. Eng aneinandergeschmiegt in seinem Schlafsack. Es war das erste und einzige Mal gewesen, dass sie in einem fremden Schlafsack geschlafen hatte, und es war ihr alles andere als unangenehm gewesen, aber die Situation war mit dieser nicht vergleichbar.

Rieke hatte ihr kurzes Abdriften in die Vergangenheit samt aller Bedenken und Ausflüchte mit einer Handbewegung zunichtegemacht. Gelacht hatte sie, auf ihre typische Art, schallend mit offenem Mund und blitzenden Augen. »Nach einem anstrengenden Pilgertag wird es dir so was von egal sein, ob der Schlafsack dir oder jemand anderem gehört!«

Sie hatte recht behalten. Dass Lillemor sich in der Nacht nicht mit den Annehmlichkeiten eines Hotelzimmers umgeben, sondern auf einer Isomatte in einem geliehenen Schlafsack schlafen würde, spielte in diesem Augenblick nur eine untergeordnete Rolle. Ihre Bedürfnisse hatten sich bereits nach der zweiten Etappe relativiert und auf schlichte Unentbehrlichkeiten beschränkt.

Sie richtete sich auf. Ihr Kopf berührte beinahe die Kuppel. Für Bewegungen bot Riekes Iglu kaum Spielraum. Die ausgerollte Isomatte mit dem Schlafsack füllte das Zeltinnere vollständig aus, Rucksack und Wanderschuhe fanden in einer abgetrennten Nische Platz.

»Sorg dich nicht, es ist wind- und regenfest.« Mit einem Zwinkern hatte Rieke sich zum Gehen gewandt. »Wir treffen uns um halb sieben zum Essen in der Stadt!«

Rieke war der Weilburger Jugendzeltplatz nicht unbekannt. Sie war vorbereitet, wie hätte es anders sein können? Ohne großes Überlegen hatte sie die Richtung eingeschlagen und Lillemor auf direktem Weg zum Schiffstunnel geführt, hinter dem sich der baumbestandene Zeltplatz in unmittelbarer Nähe zur Lahn auf einem weitläufigen Gelände erstreckte. Ihre Blicke schweiften umher. Sie entdeckte eine Reihe grüner Kanus umgedreht in der Nähe einer natürlichen Anlegestelle und in einiger Entfernung eine Holzhütte, in der sie die sanitären Anlagen vermutete. Hier und da saßen Camper vor ihren bunten Zelten, Farbtupfer im Grün. Von irgendwoher trug der Wind Musikfetzen zu ihr heran. Jemand spielte Gitarre. Ein schwacher Duft von gegrilltem Fleisch waberte in der Luft. Zwei junge Mädchen in Shorts und Bikinioberteilen gingen an ihr vorbei, in ihrer Mitte eine Kiste Flaschenbier, an der sie offenbar schwer trugen. Sie strebten auf eine Gruppe zu, aus der ihnen jemand etwas zurief, das sie zum Lachen brachte.

Lillemor hatte sich für einen von Bäumen geschützten Platz entschieden, von wo aus sie auf den Fluss blicken konnte. »Übernachtung mit Lahnblick, dafür ohne Dusche«, murmelte sie. Immerhin bot der Zeltplatz fließendes kaltes Wasser an der Außenseite der Hütte, in der sich die Toiletten befanden.

Ein rascher Blick aufs Handydisplay sagte ihr, dass ihr eine gute Stunde Zeit blieb bis zum verabredeten Abendessen mit Rieke. Sie hatten beide tagsüber nichts Vernünftiges zu sich genommen, je ein belegtes Brötchen mittags und zwei Bananen, die sie am Morgen in Braunfels an einem Marktstand gekauft hatten.

Mone hatte eine Nachricht geschickt – liebe Wünsche, Herzchen, ein Rucksacksmiley –, und entlockte Lillemor damit ein flüchtiges Lächeln. In einiger Entfernung hörte sie die Jugendlichen lachen und miteinander scherzen. Am Ufer zogen zwei Männer ihre Kanus an Land. Erneut betrachtete sie mit sorgenvoll gerunzelter Stirn ihre wund gelaufene Ferse. Sie würde die Blase aufstechen müssen. Ärgerlich, dass sie keinen Gedanken daran verschwendet hatte, sich nach all den Kilometern in den klobigen Schuhen eine Blase laufen zu können. Ganz abwegig war er schließlich nicht.

Umständlich wuchtete sie ihren Rucksack aus der Seitennische des Iglus, öffnete ihn und griff im Sammelsurium ihrer Waschutensilien zielsicher nach der Nagelschere. Unentschieden saß sie in der Zeltöffnung, mit angewinkeltem linkem Bein, und betrachtete die betroffene Ferse. Um ihr Operationsfeld besser in Augenschein nehmen zu können, hatte sie den Fuß auf den rechten Oberschenkel gestellt. Sie setzte die Schere an und zögerte. War das eine gute Idee? Was, wenn sie die heile Haut beim Aufstechen der Blase versehentlich verletzte? Sie würde am kommenden Morgen keinen Schritt gehen können. Jedenfalls nicht in den Wanderschuhen. Und auch ihre Sneaker würden, obwohl sie aus nachgiebigerem Material waren, Druck auf die wunde Stelle ausüben.

Sollte sie ihre Wanderung etwa vorzeitig abbrechen müssen? Schon nach zwei Tagen? Mit leisem Bedauern bereute Lillemor, sich vor dem Packen nicht besser informiert zu haben. Warum hatte sie ihre Riemchensandalen nicht eingepackt, sie waren leicht und ließen die Ferse offen. Oder besser solche Trekkingsandalen, wie Rieke sie dabeihatte? In denen würde sie zur Not sogar ein paar Kilometer wandern können.

Nach einem weiteren Moment des Zögerns setzte sie die Scherenspitze in der Mitte der Blase an und stach vorsichtig hinein. Sofort entstand eine winzige Öffnung. Klare Flüssigkeit trat aus, die Lillemor mit einem Papiertaschentuch auffing, so lange, bis sie versiegte. Schließlich klebte sie ein Pflaster darüber. Wenigstens daran hatte sie gedacht. Anschließend schlüpfte sie ins Zelt, schälte sich aus ihren verschwitzten Klamotten und wickelte sich in ihr Handtuch. Barfuß ging sie zu den Sanitäranlagen, in deren Nähe sich um diese Zeit niemand sonst aufhielt. Die Außenwaschbecken hatte man in weiser Voraussicht auf der den Zeltplätzen abgewandten Seite der Hütte angebracht. Lillemor war sich darüber im Klaren, dass sie mit einer Katzenwäsche vorliebnehmen musste und keine Gedanken an so etwas wie ein Schamgefühl verschwenden sollte. Hastig warf sie einen Blick über die Schulter, um sich zu vergewissern, dass sie geschützt war vor ungebetenen Beobachtern. Dann ließ sie ihr Handtuch achtlos zu Boden fallen und schaufelte sich mit hek-

Studieren nach Deutschland gegangen bin, hat es uns extrem erschwert, wieder zueinanderzufinden. Und jede Begegnung mit ihm auf der Insel war verbunden mit …«, sie stockte, suchte nach Worten, »… mit Verletzungen. Deshalb wollte ich ihn irgendwann nicht mehr sehen. Bei jedem Besuch zu Hause hab ich es vermieden, ihm über den Weg zu laufen.«

Ihr Blick glitt an den Kanufahrerinnen vorbei ins Leere, auf den ruhig dahinströmenden Fluss, auf dessen Oberfläche sich die untergehende Sonne spiegelte, bevor sie hinter den Bäumen versank. In der Stille des hereinbrechenden Abends drangen erneut Gesangsfetzen zu ihnen herüber, begleitet von der Gitarre. Eine Ballade von Phil Collins.

Sie dachte an den Tag, an dem Eskil sie mit seiner Anwesenheit auf der Fähre überrascht hatte. An die stille Freude, ihn so unverhofft zu treffen, die Hoffnung, den Streit von einst begraben zu können. An den Wortwechsel, seine Vorwürfe, ihre Ungeduld. Und am Ende die tiefe Enttäuschung in seinem Blick, als sie von Bernhard erzählt hatte. Von diesem Tag bis zu ihrem nächsten Wiedersehen hatte es zehn lange Jahre gedauert.

## WIEDERSEHEN

Über den Schäreninseln steht die Zeit still, dachte Lillemor, als sie sich mit der Personenfähre der Waxholmsbolaget dem Inselhafen von Vaxholm näherte. Sie dachte an die sich hinter dem Hafen entlangziehenden Gassen mit den kleinen Boutiquen und Galerien, die Kirche mit den beiden Kreuzen auf dem Dach, die roten Häuser hinter den Lattenzäunen von Norrhamnen, das Kastell mit seinen wuchtigen Mauern, Blombergs Kiosk und dass all das von einer Beständigkeit war, die sich nicht von der schnelllebigen Zeit beeinflussen ließ.

Seit Jahren kam sie nur noch zu Besuch. Als Gast. Einmal im Jahr für zwei oder drei Wochen, in den Semesterferien im Sommer, manchmal über Weihnachten. Wie eine Touristin.

Sie hätte den Bus nehmen können. Von Stockholm aus brauchte er nur unwesentlich länger als die Fähre. Doch sie mochte es, sich ihrer Insel vom Wasser aus zu nähern, auf dem Deck zu stehen und die Luft zu atmen, die hier anders schmeckte als an jedem anderen Ort, die Haare vom Wind zerzaust, während der massige Rumpf der Fähre durch die Fahrrinnen der Ostsee glitt, vorbei an den zerklüfteten, baumbestandenen Schäreninseln.

An diesem Tag war der Himmel bereits bei der Landung in Stockholm verhangen von grauen Wolkenbergen gewesen. Während die Fähre durch die Schaumkronen gepflügt war, hatte er sich weiter verfinstert, die Luft war feucht und dunstig. Die ersten Tropfen fielen nieder, als die Fähre am Hafen von Vaxholm anlegte und kurz darauf Touristen und Pendler auf den Kai eilten. Im Gehen streifte Lillemor sich die Kapuze über den Kopf, mit der anderen zog sie ihren Rollkoffer hinter sich her. Nur am Rande nahm sie wahr, dass jemand sie anrempelte und sich auf Schwedisch entschuldigte.

Schon von Weitem erkannte sie ihren Vater zwischen den belaubten Bäumen, die den Kai von der Straße trennten, in der Nähe von Blombergs Kiosk. Als er sie entdeckte, hob er winkend einen Arm, den grünen Regenschirm wie ein leuchtendes Segel in der Luft hin- und herschwenkend. Er war inzwischen sechzig. Ihre Mutter hatte bei ihrem letzten Telefonat von Schmerzen in seinen Gelenken berichtet, die ihm an manchen Tagen zusetzten, vor allem bei feuchtem Wetter, bei Nebel, bei Kälte. Vielleicht war dies so ein Tag.

»*Hej*, Pappa!«

Sie stellte ihren Koffer ab, ließ sich in die Arme schließen, wortlos. Er sagte nie etwas bei seinen Umarmungen, doch es lag eine Kraft darin, die unzweifelhaft deutlich machte, was kein Wort der Welt zum Ausdruck bringen konnte: Ich bin froh, dass du da bist. Bleib hier … Bleib bei mir … geh nicht wieder weg.

Er ließ sie los, trat einen Schritt zurück, musterte sie. »Geht es dir gut?«

»Ja, und dir?«

Statt einer Antwort setzte er sich in Bewegung, darum bemüht, seinen Schirm so zu positionieren, dass auch sie darunter vor dem Regen geschützt war.

»Komm, ich hab in der Strandgata geparkt. Viel los heute.« Sie folgte ihm, ihren Koffer hinter sich herziehend.

»Wie geht es Mamma? Und Malin, wie geht es Malin?«

»Gut, sehr gut, alles bestens. Mamma geht jeden Tag zu ihr.«

Nebeneinander überquerten sie die Straße. Ihr Vater hatte seine Mühe mit dem Schirm. Es bereitete seiner Schulter offenkundig Schmerzen, ihn hoch über ihren Köpfen zu balancieren.

»Gib mir den Schirm«, sagte sie und streckte die Hand aus, obwohl sie ahnte, dass er es sich nicht nehmen lassen würde, sie vor dem Regen zu schützen.

»Nein, lass, geht schon, zieh du mal deinen Koffer.«

»Und das Baby?«, fragte sie. Sie wäre gern schneller gegangen, aber aus Rücksicht passte sie sich dem Tempo ihres Vaters an.

»Eine hübsche kleine Alva«, erwiderte er. Sie hörte, dass er lächelte, obwohl sie sein Gesicht nicht sah. »Sie sieht aus wie Malin damals, mit diesem kleinen runden Mündchen.«

»Haben nicht alle Babys kleine runde Mündchen?«

Er lachte, wies mit dem ausgestreckten Arm auf die gegenüberliegende Straßenseite, wo Lillemor den dunkelroten Volvo entdeckte, den ihr Vater seit Jahr und Tag fuhr.

»Hier sind wir schon.«

Er kramte in der Jackentasche nach dem Autoschlüssel. Umständlich schloss er die Heckklappe auf. Lillemor sah, dass seine von der Arthritis verkrümmten Finger nach ihrem Koffer griffen.

»Lass, Pappa, ich mach das.«

Sie wuchtete ihr Gepäck in den Kofferraum und schlug die Klappe zu. Wenig später saßen sie nebeneinander im Wagen, und ihr Vater lenkte ihn in den fließenden Verkehr.

»Dabei haben wir immer gedacht, Mamma und ich, wir haben immer gedacht, dass du zuerst ein Kind bekommst. Als die Ältere …«

Er setzte den Blinker, bog rechts ab. Lillemor wandte den Kopf, blickte aus dem Seitenfenster, um ihren Vater nicht ansehen zu müssen, um ihm nicht sagen zu müssen, dass sie schwanger gewesen war, dass es acht Jahre her war, als sie morgens in einer Lache aus Blut aufgewacht war und geglaubt hatte, sie müsste sterben.

Die Scheibe beschlug. Vaxholms Häuser, die Schaufenster der Läden, die vorbeihastenden Menschen mit ihren farbigen Schirmen oder hochgeschlagenen Mantelkrägen entzogen sich ihren Blicken.

Zehn Minuten später hielt ihr Vater vor dem Haus in der Norrbergsgata, in dem Malin und Jan Olof wohnten. Ein rot angestrichenes Einfamilienhaus mit weißen Fensterrahmen und einer rundum verlaufenden Veranda, umgeben von wildem Mohn und Heidelbeersträuchern. Wie zu erwarten stand ein saftiger Möhrenkuchen auf dem gedeckten Tisch, mit Mandeln und Apfelmus, so, wie ihre Mutter ihn seit jeher zubereitete. Malin strahlte, als sie Lillemor in der Tür stehen sah. Mit ausgebreiteten Armen stürmten sie aufeinander zu.

»Wie schön, wie schön, du bist hier, Lilla!« Ihre Schwester drückte sie an sich.

Lillemor schlüpfte aus den Schuhen, stellte sie zu den anderen in den Hausflur und betrat die Wohnküche. Malin nahm ihr die nasse Jacke ab, brachte sie in den Heizungskeller, und als sie zurückkam, hatte sie ein Paar dicke Socken dabei, die sie ihr reichte.

Ihr Vater setzte sich an den Tisch, ihre Mutter schenkte ihnen frisch aufgebrühten Kaffee ein. Sein Duft stieg Lillemor in die Nase. Zu Hause. Endlich wieder.

»Wie entspannt du aussiehst«, stellte sie überrascht fest, während sie Malins Wollsocken überstreifte. »Dass eine frischgebackene Mutter so ausgeruht sein kann!«

Malin lachte. Sie sieht schöner aus denn je, dachte Lillemor, mit ihren grünen Augen und dem Leuchten darin, wunderschön, trotz der Rundungen um ihren Bauch, die noch an die Schwangerschaft, an die fünfzehn Kilo erinnerten, die sie zugenommen hatte.

»Und wo ist die kleine Miss Lundquist?«, fragte Lillemor. Der Kaffee dampfte, als sie die Tasse an ihre Lippen hob.

»Sie schläft, in einer guten Stunde dürfte sie sich melden«, erwiderte Malin. Sie nahm neben Lillemor Platz. »Sie ist ein Schatz, schreit so gut wie gar nicht, als ob sie spüren würde, dass ich mich von der Geburt noch ein bisschen erholen muss.« Wieder lachte Malin. Sie trug ihr Haar kürzer, schulterlang.

Ihre Mutter schnitt den Kuchen, gab auf jeden Teller ein Stück, und Malin berichtete ihrer Schwester von der Geburt. Später, nachdem ihre Eltern gefahren waren und die kleine Alva gestillt und schläfrig in Malins Arm ruhte, fasste Lillemor sich ein Herz. Es war der richtige Zeitpunkt.

»Ich war schwanger, Malin.« Malins Augen wurden groß und rund. Für einen Augenblick erstarrte sie. Für einen Augenblick wirkte sie wieder wie die kleine Malin, mit der sie in der Krone des Baumriesen gesessen und Geheimnisse geteilt hatte.

»Ich hab niemandem erzählt, dass ich es verloren hab«, fügte Lillemor hinzu und etwas leiser: »Als hätte ich gewusst, dass es nicht gut ausgeht.«

»O nein! Warum hast du nichts gesagt?«

Malins Bedauern war echt, es rührte Lillemor zutiefst, dass sich die Augen ihrer Schwester mit Tränen füllten, und sie fragte sich, warum sie sich damals nicht dazu hatte überwinden können, mit ihr über die ungewollte Schwangerschaft und das verlorene Kind zu sprechen.

»Ich konnte nicht, ich konnte einfach nicht.«

»Lilla, das tut mir so leid!« Malins Hand tastete nach der ihrer Schwester, umfasste sie leicht und warm.

»Ist schon gut, es ist acht Jahre her, und bitte behalt es für dich, ja? Ich will nicht, dass Mamma und Pappa sich aufregen oder sorgen oder so was.«

»Weißt du, warum du es …?«

»Es passiert manchmal, hat meine Ärztin damals gesagt. Nicht immer gibt es einen Grund.«

»Das heißt, du kannst wieder schwanger werden?«

Lillemor nickte. Zaghaft.

Alva schmatzte leise im Schlaf, ihre winzigen Hände zu Fäusten geschlossen. Sie war so zierlich, dass sie in dem Strampelanzug aus gelbem Frottee fast ertrank. Lillemor konnte ihren Blick nicht von ihr abwenden.

»Ich glaube, ich hab's von Anfang an gewusst«, sagte sie leise.

»Dass du es verlieren wirst?«

Lillemor nickte abwesend, ihren Blick auf Alvas winzige Fäustchen gerichtet. »Ich konnte mich nicht auf das Kind einlassen, es ging mir nicht gut, es war, als sträubte sich alles in meinem Körper dagegen, es zu behalten. Manchmal denke ich, es hat meine Ablehnung gespürt, es wusste, dass ich es nicht wollte, dass es nicht zum richtigen Zeitpunkt in unser Leben kam. Und wenn ich deine kleine Alva jetzt ansehe, frage ich mich, ob mein Baby auch so ein schönes kleines Mädchen geworden wäre.«

Ein Kloß setzte sich in ihren Hals. Sie schluckte ein paarmal, um ihn zu vertreiben.

»Möchtest du sie halten?«, fragte Malin. Ohne eine Antwort abzuwarten, stand sie auf. Behutsam legte sie die kleine Alva in Lillemors Armbeuge und trat einen Schritt zurück. »Darf ich vorstellen?«, sagte sie mit einem Lächeln. »Alva, das ist deine Tante Lil. Lilla, das ist deine Nichte Alva.«

Eine Welle aus Zärtlichkeit schwappte über Lillemors Herz hinweg. Alva fühlte sich warm und weich an und leicht wie eine Puppe. Sie verzog das kleine Gesicht, schmatzte wieder, hob ein Augenlid und schloss es. Lillemor neigte ihren Kopf zu ihr hinunter und küsste sanft den hellen Flaum.

»Wie süß du bist«, flüsterte sie.

Malin begann, das Kaffeegeschirr vom Tisch zu räumen.

»Lass doch, Malin, ich kann das nachher machen.«

Doch Malin lächelte nur und stapelte die Teller aufeinander.

»Du hast ihr Mormors Namen gegeben«, sagte Lillemor. Mit der Fingerspitze streichelte sie Alvas winzige Faust.

»Er gefällt mir«, rief Malin aus der Küche, begleitet von Geschirrklappern. »Irgendwann erzähle ich ihr die Geschichte von ihrer Urgroßmutter, die auf rätselhafte Weise verschwand und von niemandem jemals wiedergesehen wurde.«

»Wir werden wohl nicht mehr erfahren, was mit ihr geschehen ist.«

Malin kam zurück, brachte zwei Gläser Eistee und reichte Lillemor eines davon.

»Es will mir einfach nicht in den Kopf, dass man damals ein Verbrechen ausgeschlossen hat«, sagte Lillemor nachdenklich, »und die offizielle Version eines Unfalls wurde ja auch nie bestätigt.«

Flüchtig erinnerte sie sich an das, was man ihr und Malin über das Verschwinden ihrer Großmutter erzählt hatte. Es war im Jahr 1960 gewesen, an einem Wochentag im September. Ihre Mutter und ihr Zwillingsbruder Jesper waren zehn Jahre alt gewesen, als sie am Morgen aufgestanden waren und zum ersten Mal im Leben ihre Mutter nicht vorgefunden hatten. Stattdessen war ihr Vater beunruhigt durch das Haus gewandert, treppauf, treppab, ohne ihre aufgeregten Fragen zu beantworten. Nicht nur die Mutter war wie vom Erdboden verschluckt gewesen, auch das Ruderboot hatte nicht mehr am Steg hinter dem Haus gelegen. Ein Umstand, der den Verdacht geschürt hatte, dass sie Heim und Familie verlassen hatte.

»Lass uns nicht schwermütig werden, Lilla. Erzähl, wie es mit eurer Werkstatt läuft.«

»Bernhard ist glücklich«, sagte Lillemor, dankbar für die Ablenkung. Das Verschwinden von Mormor Alva rief jedes Mal ein beklemmendes Gefühl in ihr hervor, das sich wie ein Schatten auf sie senkte. Wie immer, wenn sie daran dachte, endeten ihre Gedanken mit der Vorstellung, jemand könnte ihrer Großmutter Gewalt angetan haben. »Mit der Arbeit in der Werkstatt, mit unserer neuen Wohnung, mit seiner Kunst. Wir haben nicht viel Geld, aber wir sind beide nicht anspruchsvoll. Es reicht fürs Essen und die Miete und ab und zu einen Kinobesuch. Bernhard ist optimistisch.« Lillemor gab sich betont heiter, merkte aber, wie schwer es ihr fiel.

»Und du?«, fragte Malin vorsichtig. »Bist du auch optimistisch?«

Lillemor seufzte, stand auf, reichte ihrer Schwester das schlafende Baby und ging zum Fenster. Wie Bindfäden fiel der Regen vom grauen Himmel.

»Wir wollen heiraten.«

»Heiraten?« Malin lächelte. »Das ist ja wundervoll! Wann?«

»Das haben wir noch nicht festgelegt. Vielleicht im kommenden Sommer, vielleicht im nächsten. Auf jeden Fall wird die Hochzeit hier stattfinden.« Sie drehte sich um.

»Hier in Vaxholm? O mein Gott, ich kann es nicht fassen. Was für eine Überraschung!«

»Wir haben es erst vor ein paar Tagen beschlossen.«

»Soso, ihr habt es beschlossen. Das klingt ja nicht gerade romantisch. Hat er dir keinen Antrag gemacht?«

»Du hast recht, es hätte ein bisschen romantischer sein dürfen«, gab Lillemor zu. »So ist Bernhard ja nicht.« So ist er nicht *mehr*, hätte sie sagen müssen. »Ich hab ihm gesagt, dass ich seine Frau werden will, aber nur, wenn er mich hier auf der Insel heiratet.«

Sie lachten. Malin stand auf, ging ein paar Schritte bis zu Alvas Stubenwagen und legte die Kleine behutsam hinein. Mit liebevollen Handgriffen breitete sie eine Decke mit rosafarbenen Sternen über ihr aus.

Dann kam sie zurück und schloss ihre Schwester in die Arme. »Wunderbar, Lilla, das wird wundervoll!«

Wie sehr sie sich freut, dachte Lillemor.

Sie übernachtete im Gästezimmer, das irgendwann einmal als zweites Kinderzimmer dienen sollte. Helle Holzdielen auf dem Fußboden, weiße Möbel, ein Juteteppich in Blautönen vor dem Bett, das Fenster mit Blick in den Garten. Sie setzte sich auf die Bettkante, nahm ihr Handy und tippte Bernhards Nummer an. Das Gespräch dauerte nur wenige Minuten, sie tauschten ein paar Belanglosigkeiten aus.

»Du fehlst mir«, sagte er.

»Du mir auch«, erwiderte sie, weil sie wusste, dass er es hören wollte.

In Wirklichkeit hatte sie ihn, seit sie am Mittag in Stockholm gelandet war, noch keine Sekunde vermisst, wie sie jetzt feststellte. Nicht einmal, als sie Malin von ihren Hochzeitsplänen erzählt hatte.

Am darauffolgenden Nachmittag klarte es auf. Malin wickelte das Baby, hüllte es in eine warme Decke und legte es in den Kinderwagen. Dann brachen sie auf, um ihren Onkel Jesper zu besuchen. Jedes Mal bei ihren Besuchen auf der Insel beschlich Lillemor ein banges Gefühl, wenn sie das Haus ihres Onkels am Ortsrand aufsuchte, denn es war immerhin möglich, dass Eskil ihr dort begegnete. Seine Mutter und ihren Onkel verband eine jahrelange enge Freundschaft, sie hatten einander schon gekannt, bevor Lillemor und Eskil geboren waren. Es war unübersehbar, dass Jesper – sie nannten ihn nicht mehr Onkel Jesper, seit sie älter waren – nicht nur eine besondere Zuneigung für Eskils Mutter, sondern von Anfang an auch für deren kleinen Sohn gehegt hatte, der ohne Vater aufgewachsen war. Keine Frau hatte sich so beständig in seinem Leben gehalten wie sie, und so hatte es Lillemor nie gewundert, dass sie und Eskil häufig im Haus ihres Onkels anzutreffen waren. Umso erstaunlicher erschien es ihr, dass sie den beiden seit nunmehr zehn Jahren nicht dort begegnet war.

»Meine Lieblingsnichten, wie schön, euch zu sehen, rein mit euch!« Jesper umarmte erst Lillemor, dann Malin, bevor er sich über den Kinderwagen beugte. »Und Prinzessin Alva ist auch da.« Er verzog das Gesicht und gab quietschende Laute von sich, die man einem Erwachsenen kaum zutrauen würde. Noch immer trug er sein Haar im Nacken zusammengebunden, doch es wurde allmählich lichter, an den Schläfen mischten sich erste graue Strähnen darunter. »Eskil kommt gleich«, sagte er leichthin an Lillemor gewandt. »Er macht noch ein paar Erledigungen.«

»Oh«, erwiderte sie nur, bemüht, äußerlich gelassen zu erscheinen, obwohl die Worte ihres Onkels ihr Herz zum Trommeln brachten. »Hab ihn sehr lange nicht gesehen.« Beinahe zehn Jahre. Sie hatte nicht nachzurechnen brauchen.

»Ist ein guter Junge, ein bisschen planlos immer noch, aber er hat ein großes Herz, wie er sich um seine Mutter sorgt.«

»Wieso, was ist denn mit ihr?«

Der heitere Blick schwand aus Jespers Augen. »Sie ist krank«, sagte er. Ein Schatten zog über sein Gesicht. »Eine Muskelerkrankung. Sie kommt einigermaßen zurecht, aber ohne Eskils Hilfe wäre vieles schwierig für sie.«

Da hörten sie das Geräusch eines herannahenden Autos vor dem Haus, kurze Zeit später die Haustür, die geöffnet wurde und gleich darauf ins Schloss fiel. Geräusche, die eine merkwürdige Unruhe in Lillemor hervorriefen.

Dann sah sie ihn. Er kam zur Tür herein, eine Papiertüte mit Einkäufen im Arm. In Jeans, einem weiten schwarzen T-Shirt und abgenutzten Sportschuhen. Sein Äußeres war ihm nie wichtig gewesen.

Seine blonden Haare waren etwas kürzer als früher, der Dreitagebart stand ihm, er wirkte nicht mehr so weich wie der Junge von einst. Er sah gut aus, attraktiv.

Ihr Herz wollte sich überhaupt nicht beruhigen. Ob es an der Unsicherheit lag, weil sie nicht wusste, was sie sagen sollte? Nicht wusste, ob sie überhaupt etwas sagen sollte? Ob sie ihn, um die Situation aufzulockern, *ekorre* nennen sollte, wie sie es früher getan hatte, weil er imstande gewesen war, flink wie ein Eichhörnchen von einer Astgabel des Baumriesen in die nächste zu klettern? Bei dem Gedanken daran senkte sie kurz den Kopf und biss sich auf die Lippen. Ihre letzte Begegnung mit dem Streit auf der Fähre ragte wie eine Mauer zwischen ihnen auf.

Sie sah, wie Eskil zuerst den einen, dann den anderen Mundwinkel anhob, er grinste wie früher, nichts an ihm wirkte fremd. Er ging zum Tisch, stellte die Tüte ab, drehte sich zu ihr um.

»Unfassbar, Lil. Dass du da bist.«

Sie standen einander gegenüber, zwei Armlängen lagen zwischen ihnen. Sie heftete ihren Blick auf sein Gesicht, vernahm gedämpft Malins und Jespers Unterhaltung am anderen Ende der Küche, ohne ihre Worte zu verstehen. Alva quiekte im Schlaf.

»Wie lange bleibst du?«, fragte er.

»Nur eine Woche dieses Mal.«

»Dieses Mal?«

»Sonst bleibe ich manchmal zwei. Ich komme jedes Jahr hierher.«

»Das ist nicht dein Ernst.«

»Wusstest du das nicht?«

»Woher hätte ich es wissen sollen?«

Er drehte sich zu Jesper um und warf ihm einen Blick zu, in dem sich ein stiller Vorwurf spiegelte.

Jesper zuckte mit den Schultern und hob beide Hände. »Woher hätte ich wissen sollen, dass du nach eurem Zerwürfnis noch Wert drauf legst, sie zu sehen?«

»Jetzt ist sie ja hier«, lenkte Malin ein.

Er trat näher, abwartend, unsicher, genauso unsicher wie Lillemor, die sich nicht erklären konnte, warum ihr Herz nicht endlich mit den Trommelwirbeln aufhörte. Er breitete seine Arme aus, und sie überlegte nicht, ging auf ihn zu, umschlang seinen Oberkörper und spürte die feste Muskulatur unter seinem T-Shirt, während er sie hielt, so wie früher.

## Dikholmen, 1960

*Der siebenundneunzigste Stein. Werde ich jemals damit aufhören? Ein Hügel, ein kleiner Berg aus Kieselsteinen türmt sich mittlerweile an der rückwärtigen Seite der Kate auf. Ab und zu hocke ich mich daneben und zähle sie. Um das Gefühl für die Zeit nicht zu verlieren. Jeden Tag lasse ich auf meinen Streifzügen einen in meine Tasche gleiten. Sie sind leicht zu finden, drüben in der Bucht oder an den Wegrändern, Dikholmen ist reich an Steinen. Ein Ritual, mein Steinritual, seit ich hier bin. Seit ich vor fast einhundert Tagen auf dieser Insel Zuflucht fand. Seit Magnus mir seine Kate überlassen hat.*

*Decke und Kissen und ein Fell hat er mir ohne ein Wort auf die Pritsche gelegt. Die klemmende Lüftungsklappe am Ofen hat er gerichtet, eine Schubkarre mit Buchenscheiten und Spaltholz in den Verschlag geschoben und einen Fünfliterkanister in die Ecke gestellt, den er jeden Tag mit Wasser füllt.*

*»Es wird Herbst«, hat er vor ein paar Tagen gesagt, sonst nichts. Wasser, Lampenöl, Streichhölzer, Brot, eine Kanne Milch. Alles bringt er ohne ein Wort. Er kommt jeden Tag und richtet irgendetwas in diesem maroden Unterschlupf. Dichtet das kleine Fenster ab, leimt das wacklige Tischbein an, repariert das Loch im Dach. Gestern hat er ein Jutesäckchen mit Walnüssen auf den Tisch gestellt. »Eigene Ernte«, hat er gesagt, und dabei verschmitzt gelächelt, wie er das manchmal tut. Wenn so ein Lächeln durch seinen Bart dringt, ist*

*es, als ginge für einen Augenblick die Sonne in der dunklen Kate auf, und ich frage mich, was er für ein Mensch ist. Warum er das für mich tut, warum er mich versorgt, obwohl ich nicht ein einziges Wort mit ihm spreche und er auch nach fast hundert Tagen noch immer nichts von mir weiß. Bei jedem seiner Besuche fürchte ich mich davor, er könnte mich zum Antworten drängen. Oder mich fortjagen, weil ich ihm undankbar erscheine. Aber er drängt nicht. Er verlangt nichts. Er erduldet mein Schweigen.*

*Eine kleine Schiefertafel hat er mir gegeben und ein Stück Kreide. »Schreib auf«, hat er gesagt, »schreib auf, was du brauchst.« Ich habe kein Geld, kann nichts bezahlen, schrieb ich mit krakeligen Buchstaben, voller Scham. Mit dem Ärmel hat er die Worte weggewischt und mir die Tafel zurückgegeben. »Schreib, was du brauchst«, hat er wieder gesagt, und ich habe schnell den Kopf gesenkt, um seinem Blick auszuweichen, er sollte die Röte nicht sehen, die mir in die Wangen schoss. Was täte ich ohne ihn? Wovon würde ich leben? Er versorgt mich mit einer Selbstverständlichkeit, die mir das Gefühl gibt, dass es ihm nicht einerlei ist, was mit mir geschieht. Dass es ihm wichtig ist, dass ich zu essen habe, frisches Wasser, dass ich es warm und trocken und sicher habe in der Kate. Dass ich ihm etwas bedeute.*

*Ein paarmal hat er nach meinem Namen gefragt: »Wie soll ich dich nennen, wenn du mir nicht sagst, wie du heißt?« Aber ich habe die Lippen zusammengepresst. Es fiel mir schwer. Für all das, was er für mich tut, könnte ich ihm wenigstens meinen Namen sagen, habe ich später gedacht, als er fort war und ich von den Felsen in der Bucht aus auf die windumtoste See hinaussah. Damit würde ich aber das Versprechen brechen, das ich mir selbst gegeben habe. Niemand wird mich je wieder bei meinem Namen nennen, schoss es mir durch den Kopf. Mein Herz wurde schwer wie Blei, doch auch diese Schwere werde ich tragen müssen.*

*Irgendwann hat er angefangen, mir von den Bewohnerinnen zu erzählen, die auf dieser Insel leben. Drei Frauen. Ebba, Astrid,*

*Anna. Auf einer Insel bin ich gestrandet, auf der nur Frauen leben! Inselfrauen. Nun bin ich eine von ihnen.*

*»Vielleicht besuchst du sie mal«, hat er gesagt, »dann bist du nicht so allein, Astrid Karlsson dürfte in deinem Alter sein.«*

*Erzähl niemandem von mir, bring keine von ihnen hierher, nenn ihre Namen nie wieder, wenn du bei mir bist, habe ich rasch auf die Tafel gekritzelt. Mein Herz hat so wild gepocht, dass ich Sorge hatte, er könnte es hören. Seine Augen sind ganz klein und schmal geworden, als er es gelesen hat. Warum nicht?, hätte er fragen können. Hat er aber nicht. Er ahnt bestimmt, dass es etwas im Leben dieser seltsamen Frau in seiner Kate gibt, das sie auf keinen Fall preisgeben will.*

*Ein Besuch bei Astrid Karlsson würde bedeuten, dass ich sprechen müsste. Ich kann doch nicht an ihre Tür klopfen und stumm wie ein Fisch dastehen. Begrüßen müsste ich sie und ihr sagen, dass ich eine von ihnen geworden bin, eine Inselfrau, und wenn sie fragen würde, wie es dazu gekommen ist, würde ich sagen müssen, dass ich aus meinem alten Leben geflohen bin, um meine Kinder zu retten. Dass ich eine Flüchtige bin, die das Schicksal zufällig auf Dikholmen an Land gespült hat. Dass ich ohne diesen Mann, der sich um mich sorgt, wahrscheinlich eine Waldfrau geworden wäre, die von der Hand in den Mund oder von Gestohlenem gerade so überleben würde. Dass ich jeden Tag an meine Kinder denke, die ich so vermisse, dass ich glaube, es nicht auszuhalten, und auch an Anders, der mich nie verstanden hat. Ihn vermisse ich auf eine andere Weise, sie hat nichts mit der Liebe zu meinen Kindern zu tun. Niemanden geht all das an, ich verschließe es in mir.*

*Doch tausendmal am Tag berühre ich das kühle Silber des Medaillons, streichen meine Finger über die Kette, als könnte diese Berührung meine Sehnsucht stillen. Als könnte sie die Berührung ihrer Gesichter, ihrer vom Spielen schmutzigen Hände, ihrer weichen, nach Kinderschweiß duftenden Haare ersetzen. Ich habe aufgehört, ihre Namen auszusprechen, sie nur noch zu denken. Spreche ich sie aus, wecke ich die Stimmen in meinem Kopf, davon bin ich überzeugt. Die Stimmen … Sie scheinen die Einsamkeit, in der ich mich vergraben habe, nicht zu mögen. Manchmal höre ich sie viele Tage lang gar nicht. Und wenn sie mich wie aus heiterem Himmel doch wieder bedrängen, sind sie weniger kraftvoll, weniger laut, weniger beharrlich. Sie reden mir ein, wie nutzlos ich bin. Nur das. Es stört mich nicht, sie haben ja recht.*

*Ich lege den siebenundneunzigsten Kieselstein zu den anderen. Eine graue und dunstige Dämmerung zieht herauf, die Luft wird spürbar kühler, ich beginne zu frieren, muss Scheitholz nachlegen, wenn die Kate in den nächsten Stunden nicht auskühlen soll. Ich gehe hinein, drehe den Schlüssel hinter mir im Schloss herum. Das fast verbrannte Holz in der Glut zerfällt sofort zu Asche, als ich mit dem Schürhaken darin herumstochere und ein neues Scheit hineinlege. Der Rauch beißt in meinen Augen, schnell schließe ich die Klappe. Ich zünde die Öllampe an, stelle sie auf den Tisch.*

*Da ist noch die kleine dunkelrot glasierte Schale mit Preiselbeermus, die Magnus am Morgen mitgebracht hat. Ich löffle es im Stehen. Es schmeckt wunderbar, füllt meinen Magen, aber zum Sattwerden reicht es nicht. Mit dem Löffel kratze ich den letzten Rest aus der Schale und wische sie danach mit etwas Wasser aus dem Kanister aus. Behutsam trockne ich sie ab, stelle sie auf das Holzbord vor das Bild, das er dort an einem Nagel aufgehängt hat. Ein Wirrwarr aus Blautönen mit Weiß dazwischen, es könnte eine Welle sein oder der Himmel oder beides verschmolzen miteinander. In der rechten unteren Ecke eine verschnörkelte Signatur.* AsKa. *Astrid Karlsson. Das Bild habe sie ihm einmal geschenkt, hat Magnus gesagt, und dass Astrid die Fähigkeit besitze, solche Dinge mit ihren eigenen Händen zu erschaffen. Genau so hat er es ausgedrückt. Was man selbst erschafft, ist von besonderem Wert, weil etwas von einem einfließt. Ob ihn mehr mit Astrid Karlsson verbindet als das geschenkte Bild? Der Gedanke versetzt mir einen Stich, und ich weiß nicht, warum. Ach, könnte doch auch ich mit meinen Händen dazu beitragen, etwas Schönes, etwas Neues, etwas Sinnvolles zu erschaffen. Etwas, das von Wert ist. Auch für andere. Etwas, in das ein Teil von mir einfließen kann.*

# LILLEMOR

Weilburg, 2019

Geweckt vom vielstimmigen Gezwitscher der Vögel in den alten Bäumen auf dem Zeltplatz schlug Lillemor die Augen auf. Das erste Licht des Tages drang sanft durch die Haut des Zeltes, in dem sie die Nacht verbracht hatte. Mehrmals war sie aufgewacht und gleich darauf wieder für eine Stunde oder etwas mehr in einen unruhigen Schlaf gesunken. Jetzt wurde es zum Glück allmählich Tag, und die wenig erholsame Nacht in Riekes Iglu nahm ein Ende.

Lillemor vergrub sich in der Wärme des geliehenen Schlafsacks, schloss müde die Lider und versuchte, das Bedürfnis ihrer Blase zu ignorieren. Die verschiedenen Vogelstimmen und ihre Intensität in unmittelbarer Nähe zu hören erinnerten sie erneut an die Nacht mit Eskil auf der Lichtung. Er kannte jede einzelne Vogelstimme. Konnte sie mühelos zuordnen und wusste, welche Vögel bereits vor Sonnenaufgang sangen und welche am Abend die letzten waren, die noch trillerten, wenn alle anderen längst schwiegen. In jener Nacht auf der Lichtung hatte sie gelernt, den Gesang einer Tannenmeise von dem einer Blaumeise zu unterscheiden.

Schon als kleiner Junge hatte Eskil davon geträumt, einmal im Vogelobservatorium in Falsterbo zu arbeiten, weit im Südwesten des Landes, an der schwedisch-dänischen Grenze, dort wo im Frühjahr und im Herbst ein alter Leuchtturm wie ein

Magnet Zehntausende von Zugvögeln anzog, die dieses Küstengebiet überquerten. Doch um als Ornithologe seiner Leidenschaft nachgehen zu können, hätte Eskil an der Universität in Stockholm Biologie studieren, sich nach der Schule ernsthaft um einen Studienplatz bemühen müssen. Selbstdisziplin war nie eine seiner Stärken gewesen.

Sie schlug die Augen auf. Wieso trieb ihr Unterbewusstsein ihr unablässig Gedanken an Eskil in den Kopf? So häufig wie in den letzten Tagen hatte sie ewig nicht an ihn gedacht.

Sie setzte sich auf und öffnete entschlossen den Reißverschluss des Schlafsacks. Schon beim Herauskriechen spürte sie die Schwere in ihren Beinen. Mehr als zwanzig Kilometer in zwei Tagen – hatte sie ernsthaft geglaubt, die ungewohnte Belastung ginge ohne Muskelkater an ihr vorüber?

Sie setzte sich in den Schneidersitz und zog vorsichtig das Pflaster von der Ferse, um ihre Wunde mit einem ernüchternden Seufzen in Augenschein zu nehmen. Feuerrot war die Stelle, größer als ein Zwei-Euro-Stück. Beim Betasten hätte sie beinahe aufgeschrien. Undenkbar, gleich in die Wanderschuhe zu steigen. Sie sah hinüber in die Nische, wo Rucksack und Schuhe auf ihren nächsten Einsatz warteten, und sank ungeduldig zurück auf den Schlafsack, starrte mit offenen Augen ins Leere. Streckenwanderung, Camino, verlorene Wette, Übernachtung in Riekes Iglu. Was für ganz und gar verrückte Ideen allesamt! Was hatte sie nur geritten, dass sie sich darauf eingelassen hatte? War es wirklich die Mühen wert, all dies auf sich zu nehmen? Sie könnte Mone oder Anja anrufen – besser Mone, denn Anja würde hundertprozentig so etwas sagen wie »Siehst du, ich wusste es doch!« –, um sich abholen zu lassen. Abbruch. Nach zwei Tagen. Frau Dr. Ohlig hatte von kleinen Tiefs gesprochen, die eine Streckenwanderung mit sich bringen könnte, von Herausforderungen, vor denen Lillemor nicht direkt davonlaufen, sondern versuchen sollte, sich ihnen zu stellen. Ihr Ziel im Auge behalten. Um- und Irrwege zulassen. Die hatte gut reden. Aus der Distanz heraus und aus der Perspektive eines nicht unmittelbar Beteiligten klangen die Dinge immer leicht und Ratschläge klug.

»Mist, Mist, Mist!«, zischte Lillemor, öffnete den Reißverschluss des Zelteingangs und reckte ihre Nase hinaus in den Morgen.

Das Zwitschern der Vögel in den Bäumen ringsumher drang jetzt ungedämpft an ihr Ohr. Ein zartes Blau überzog den Morgenhimmel, und in der Ferne zeichneten sich diffus die Konturen des Weilburger Schlosses ab, das sich trutzig über der Stadt erhob.

Sie streifte sich ihren Kapuzenpullover über. Die Idee, ihrer Ferse zuliebe barfuß zur Hütte zu gehen, verwarf sie sofort. Die Sauberkeit der Toilettenanlage hatte am vergangenen Abend zu wünschen übrig gelassen, und höchstwahrscheinlich hatte sich daran über Nacht nichts geändert. So entschied sie sich nach kurzer Überlegung für ihre Sneaker, trat den linken jedoch hinten herunter.

An den Waschbecken auf der Außenseite der Hütte schaufelte sie sich händeweise kaltes Wasser ins Gesicht, das musste für diesen Morgen genügen. Zurück im Iglu schlüpfte sie in ein frisches T-Shirt und ihre Wanderhose und beschloss, Mone eine Nachricht zu schicken, um sie über ihre Abbruchpläne zu informieren.

Beim Blick auf ihr Handydisplay entdeckte Lillemor eine Nachricht von Rieke, gesendet zehn Minuten zuvor: *Guten Morgen, Pilgerschwester. Gut geschlafen in meinem Iglu? Was macht die Ferse? Bin in einer halben Stunde bei dir, bringe Frühstück mit.*

Motiviert, pragmatisch und zuverlässig. Als Lillemor sie später über die Wiese des Zeltplatzes auf sich zukommen sah, wirkte Rieke ausgeschlafen und erholt. Sie hatte eine Tüte mit warmen Croissants bei sich und einen Becherhalter aus Pappe, in dem zwei Kaffeebecher mit dem aufgedruckten Logo einer Weilburger Bäckerei steckten.

»Ich hoffe, er ist noch warm«, sagte sie ohne eine Begrüßung, dafür mit ihrem unwiderstehlichen Rieke-Lachen, das ihre grünen Augen hinter den Brillengläsern strahlen ließ. »Ist nicht sehr feudal, dieses Frühstück, aber als Grundlage für die heutige Strecke ganz okay. Wollen wir wieder …«

Sie deutete auf die Stelle am Lahnufer nur ein paar Schritte entfernt, an der sie abends zuvor mit ihren Pizzakartons gesessen hatten.

»Ich glaub, ich werde heute keinen Schuh anziehen können«, sagte Lillemor mit nicht zu überhörender Verzweiflung in der Stimme, während sie aus dem Zelt kroch und mit ihrem halb angezogenen Sneaker neben Rieke herhumpelte. Sie setzten sich nebeneinander auf die Steinmauer, die den Weg vom Lahnufer abgrenzte. Rieke stellte ihren Rucksack neben sich.

»Zeig mal her.« Mit kritischem Blick begutachtete sie Lillemors Ferse. Dabei krauste sie die Nase und legte ihre Stirn in Falten. »Du hast recht, ein weiterer Tag in deinen Wanderschuhen würde es nur verschlimmern.« Sie reichte ihr einen der beiden Kaffeebecher.

Lillemor schnippste den Deckel ab. Kaffeearoma erfüllte die Luft. Rieke griff nach einem Croissant und schob die Tüte in Lillemors Nähe.

»Welche Schuhgröße hast du?«, fragte sie zwischen zwei Bissen.

»Neununddreißig.«

»Schade, ich hätte dir meine Trekkingsandalen geliehen. Aber die werden dir zu klein sein. Wobei auch die nicht das Gelbe vom Ei wären. Wahrscheinlich säße das Fersenriemchen genau auf der aufgeriebenen Stelle.«

Ruhig strömte die Lahn in ihrem Bett zwischen den bewachsenen Uferhängen dahin, irgendwo in der Ferne waren gedämpft die Geräusche des Weilburger Straßenverkehrs zu vernehmen. Ein junges Mädchen aus der Gruppe der Jugendlichen, die am vorherigen Abend gefeiert hatten, überquerte den Zeltplatz müde in Richtung der Hütte mit den Toiletten.

»Vielleicht findest du in einem Schuhgeschäft Schuhe, die die Ferse freilassen.«

»Was sollen das für Schuhe sein?«, fragte Lillemor. Sie zupfte ein Stück aus ihrem Croissant, schob es sich zwischen die Lippen und spülte einen Schluck Kaffee nach. »Flip-Flops? Wenn ich damit einen Kilometer gegangen bin, laufe ich mir an anderen Stellen neue Blasen.«

»Hey, du klingst ja, als hättest du die Flinte schon ins Korn geworfen!« Rieke hob ihren Becher an die Lippen. Ihre Brillengläser beschlugen vom aufsteigenden Dampf.

»Ich lass mich abholen«, sagte Lillemor.

Sie wandte Rieke ihr Gesicht zu, sah die kleine silberne Muschel in ihrer Halsgrube.

»Verlässt dich immer so schnell der Mut?«, fragte Rieke.

Stumm blickten sie einander an. Mut? Hatte das hier etwas mit Mut zu tun? Zeugte es nicht vielmehr von gesundem Menschenverstand, die Wanderung abzubrechen, weil es nicht danach aussah, als gäbe es eine Möglichkeit, sie fortzusetzen, ohne dass ihre Ferse weiteren Schaden nehmen würde? Wie ein Echo hallten Riekes Worte in ihren Ohren nach.

*Verlässt dich immer so schnell der Mut?*

»Ja«, hörte Lillemor sich sagen, ohne dass sie weiter darüber nachgedacht hatte. »Mut ist mir fremd. Ich bin ein Feigling, gebe schnell auf, schnell nach, ich füge mich, wenn ich fürchte, dass die äußeren Umstände mir etwas abverlangen, das meine Kräfte übersteigen könnte.«

Sie erschrak über ihre Offenheit. Nie hatte sie einem anderen Menschen gegenüber diese vielleicht größte ihrer Schwächen so unumwunden ausgesprochen. Frau Dr. Ohlig ausgenommen. Erst nach mehreren Therapiestunden hatte Lillemor darüber sprechen können, und damals hatte sie erkannt, dass sie sich durch ihr Unvermögen, dann und wann entschlossen aus ihrer Komfortzone herauszutreten, selbst ein Hindernis nach dem anderen in den Weg legte. Als sie jung gewesen war, nach der Ausbildung, und das Studium in Deutschland gelockt hatte, da war alles einfacher gewesen. Unerschrocken war sie gewesen, ohne Angst vor einem Schritt in eine unbekannte Richtung.

»Eine wichtige Erkenntnis«, sagte Rieke mit einem Schmunzeln. Sie klang ein wenig wie Frau Dr. Ohlig.

»Zu erkennen, dass ich eine feige Nuss bin?«

Von den Zelten der jungen Leute waren Stimmen vernehmbar. Gelächter. Jemand rief etwas.

»So würde ich das nicht nennen«, erwiderte Rieke.

Sie tunkte ein Stück ihres Croissants in ihren Kaffee ein und schob es sich anschließend zwischen die Lippen. Dabei lief ihr ein feines Kaffeerinnsal übers Kinn, das sie mit dem Handrücken abwischte.

»Sondern?«

»Zu erkennen, dass du wenig Zutrauen in deine eigenen Kräfte hast.«

»Ist dasselbe, oder?«

»Damit wertest du dich selbst nicht so ab.«

»Ändert trotzdem nichts an der Tatsache, dass ich heute und vielleicht auch morgen keinen Schritt werde gehen können, jedenfalls nicht in Schuhen, und deshalb meine Wanderung abbrechen muss. Barfuß würde ich den Weg höchst ungern fortsetzen.«

Mit einem Augenaufschlag, der pure Entrüstung signalisierte, sah Rieke sie an. »Und ich dachte, das Pilgerdasein wäre dir inzwischen in Fleisch und Blut übergegangen.«

»Dachte ich auch.« Lillemor senkte den Blick, strich mit dem Daumen am Rand des Kaffeebechers entlang.

»Wenn es so wäre, würdest du nicht abbrechen«, fügte Rieke hinzu. Flüchtig hob Lillemor ihre Augenbrauen, und sie sah Rieke an, sah die winzigen Sommersprossen, die sich auf ihren Wangenknochen tummelten. »Du würdest dir entweder einen Ruhetag gönnen und dann weitergehen …« Sie hielt inne, lächelte Lillemor an, trank einen Schluck Kaffee.

»Oder?«

»… eine andere Art der Fortbewegung finden.«

Riekes Blick wanderte hinüber zur Anlegestelle, in deren Nähe etliche Kanus mit umgedrehtem Rumpf zum Trocknen auf der Wiese lagen.

»Du meinst paddeln?«

»Schon mal gemacht?«

Lillemor lachte auf. »Hast du vergessen, dass ich ein Inselkind bin? Alles, womit man sich auf dem Wasser fortbewegen kann, ist mir vertraut!«

Im Nu wich das Gefühl der Resignation, und eine neue Zuversicht strömte wild durch ihre Adern.

»Du kannst barfuß drin sitzen«, sagte Rieke.

In Lillemors Kopf jagten die Gedanken umher. Wenn sie sich richtig entsann, endete die heutige Etappe nach dreiundzwanzig Kilometern in Villmar. Beim Nachdenken über diese Entfernung wurde ihr schwindlig. Sie erinnerte sich nicht, jemals in ihrem Leben eine solch lange Strecke zu Fuß bewältigt zu haben. Ob es ein Zeichen des Universums war, dass sich nun die Möglichkeit auftat, sie auf dem Wasser zurückzulegen?

»Und die Lahn führt bis nach Villmar?«

»Die Lahn führt noch weiter. Aber ich denke, wenn wir bis

Villmar gepaddelt sind, reicht das für heute. Zur Abwechslung mal Workout für die Oberarme.« Rieke lächelte. »Jetzt müssen wir nur noch rausfinden, ob wir hier in Weilburg ein Kanu mieten und es in Villmar abgeben können«, sagte sie, hob den Kaffeebecher und prostete Lillemor zur Bekräftigung damit zu.

»Weißt du, wo der Kanuverleih ist?«, fragte Lillemor. Die Kanus, die sie im Gras liegen sahen, schienen den jungen Leuten zu gehören, waren aber aufgrund der Aufschrift eindeutig dem Weilburger Kanuverleih zuzuordnen.

»Das wissen wir gleich«, antwortete Rieke.

Schon hielt sie ihr Handy in der Hand. Während sie im Internet nach Informationen suchte, sah Lillemor das junge Mädchen von den Toiletten zurück zum Lager gehen.

»Sie weiß es vielleicht«, sagte sie wie zu sich selbst und stand auf. »Entschuldige, darf ich dich was fragen?«, rief sie dem Mädchen zu, das jetzt stehen blieb und zu ihr herüberschaute. Es trug einen Kapuzenpullover, der offenbar jemand anderem gehörte, denn er war etliche Nummern zu groß und bedeckte die gebräunten Beine bis beinahe zu den Knien. »Klar.«

»Die Kanus …«, Lillemor deutete hinüber, »… wo kann man die leihen?«

»Hinterm Schiffstunnel, in der Nähe des Hallenbads auf der anderen Seite, zwanzig Minuten von hier.«

Das junge Mädchen hob die Hand und wandte sich zum Gehen. Lillemor rief ihm ein Danke nach und spürte, wie sie wieder in ihre Mutlosigkeit glitt.

»Zwanzig Minuten …«, murmelte sie.

»Wir nehmen ein Taxi«, sagte Rieke ohne den geringsten Zweifel. »Auch da kannst du barfuß drin sitzen.« Sie ließ ihr Handy im Deckelfach des Rucksacks verschwinden, schlug die Beine übereinander und wandte sich wieder ihrem Kaffeebecher und dem Rest ihres Croissants zu.

»Oder ich geh allein hin, regle die Formalitäten und hol dich mit dem Kanu hier ab.«

Riekes Einfallsreichtum faszinierte Lillemor. Ihre Art, Lösungen zu suchen. Und sie zu finden.

»Oder aber …« Mit einer halben Oberkörperdrehung wandte sie sich um und sah hinüber zu den bunten Zelten der Jugendlichen.

»Gib mir fünf Minuten, mir kommt da gerade eine andere Idee.«

Rieke sprang auf, stellte den Kaffeebecher auf die Mauer und ging ohne eine weitere Erklärung in Richtung der Zelte.

## BEKENNTNIS

In der Nacht waren die Regenwolken weitergezogen. Wie frisch gewaschen wirkte der Himmel über Vaxholm am Morgen, die Luft roch klar, nur die nassen Bänke am Kai und ein paar Pfützen zeugten vom Dauerregen des vergangenen Tages.

Am Nachmittag streifte Lillemor ihre Windjacke über, während sie ins Freie trat, und zog die Tür hinter sich zu. Am Ende der Straße erkannte sie Malin, die kurz zuvor mit Alva im Tragetuch das Haus verlassen hatte, um Brot, Käse und Lachs fürs Abendessen zu kaufen.

Die Verabredung mit Eskil versetzte Lillemor in eine Aufregung, die sie sich genauso wenig erklären konnte wie das Herzklopfen bei der Begegnung in Jespers Haus. Die zwischen ihr und Eskil liegenden und noch immer nicht aus dem Weg geräumten Unstimmigkeiten schloss sie als Ursache aus. Ob es an der langen Zeit lag, die sie einander nicht gesehen hatten? An der Tatsache, dass sie Eskil deshalb nicht mehr als besten Freund, sondern als Mann wahrgenommen hatte?

Sie sah ihn schon von Weitem. Er saß ganz vorn auf dem Bootsanleger, den Rücken ihr zugewandt, mit baumelnden Beinen. Sie hielt inne, betrachtete seine Silhouette, die ihr noch immer vertraut war, und wie er sich in die Szenerie einfügte. Als wäre er ein nicht wegzudenkender Teil der kleinen Bucht mit den rot angestrichenen Holzhäusern und den im Brackwasser schaukelnden Booten.

Er schien ihre Anwesenheit gespürt zu haben, denn er drehte sich zu ihr um, lächelte ihr über die Schulter hinweg zu und sprang auf. Mit langen Schritten kam er ihr entgegen. Sie setzte sich ebenfalls in Bewegung. In der Mitte des Stegs trafen sie sich.

»Ich freu mich«, sagte er.

»Geht mir auch so.«

Eine Windböe blies ihnen in die Gesichter. Seines war sonnengebräunt. Er blinzelte, hob eine Hand, um die Augen zu beschatten.

»Komm, jetzt erzähl erst mal«, sagte er und nahm ihre Hand, als wäre es das Natürlichste der Welt. Als wäre kein Tag vergangen, dachte Lillemor. Als wäre sie wieder fünfzehn und als wäre es ein Sommertag wie viele andere, vollgesogen mit Wärme, Sonnenlicht, dem leisen Plätschern der Wellen, die die Holzpfosten des Bootsanlegers umspülten, und als hätten sie sich nach der Schule hier getroffen, wie sie es unzählige Male getan hatten. Sie setzten sich nebeneinander ans Ende des Stegs. Eskil rauchte und hörte zu, als sie von ihrer Ankunft in Deutschland erzählte, von ihrer WG, vom Studium, von der Werkstatt, und weil sie spürte, dass bei alldem etwas fehlte, wenn sie Bernhard nicht erwähnte, streute sie seinen Namen hin und wieder ein. Es fühlte sich richtig an und falsch zugleich, in Eskils Anwesenheit über ihn zu sprechen, ohne dass sie hätte sagen können, warum.

»Wie ist er so?«, fragte Eskil und sah sie von der Seite an, während er den Rauch ausblies.

»Wir wollen heiraten.«

Es war schneller heraus, als es ihr lieb war. Sie biss sich auf die Lippen, senkte den Kopf und dankte im Stillen dafür, dass sie ihr Haar nicht zusammengebunden hatte, sondern es vor ihr Gesicht fiel und die Röte verbarg, die ihr in die Wangen schoss. Sie erinnerte sich an die letzte Begegnung mit Eskil auf der Fähre und an seine Reaktion, die ihr deutlich gezeigt hatte, wie verletzt er gewesen war, als sie erwähnt hatte, dass sie und Bernhard ein Paar seien.

»Dann liebst du ihn«, hörte sie ihn sagen.

Sie sah ihn nicht an, hörte, wie er den Rauch ausblies, und starrte über die Boote hinweg auf das gegenüberliegende Ufer. Der Wind kräuselte die Wasseroberfläche.

»Ja«, sagte sie leise. »Ist das so seltsam?«

Sie hob den Kopf, blickte ihm jetzt offen ins Gesicht.

»Weißt du denn nicht mehr?«, fragte er, zog an seiner Zigarette, die kaum noch zu sehen war zwischen seinen Fingern. Früher hatte er nie geraucht. Wann mochte er damit angefangen haben?

Sie wusste genau, was er meinte, weigerte sich jedoch, seine Frage zu beantworten. Fest heftete er seinen Blick auf sie, so wie früher, wenn er bei Meinungsverschiedenheiten auf seinem Recht beharrt hatte, wenn er sie gedrängt hatte einzugestehen, dass sie im Unrecht gewesen war.

»Das war doch Kinderkram, Eskil.«

»Für dich vielleicht«, murmelte er, inhalierte einen letzten tiefen Zug und wandte sein Gesicht ab.

Die Erinnerung stieg in Lillemor auf wie ein versunkenes Eiland, das plötzlich sichtbar wurde, weil der Meeresspiegel fiel. Sie war etwa sechzehn gewesen, als sie übers Heiraten gesprochen hatten. An jenem Tag hatte er gesagt, dass er den Kerl, der einst ihr Herz für die Ewigkeit gewinnen würde, auf jeden

Fall vorher sehen wolle und er als bester Freund ein Wörtchen mitzureden habe, dass nicht einfach einer kommen und einen Platz in ihrem Herzen beanspruchen könne, ohne dass er seine Zustimmung gegeben habe. Sie erinnerte sich an die Bestimmtheit, die er damals seinen Worten beigemischt hatte, weshalb sie jeden Zweifel ausgeschlossen hatte, wie ernst es ihm damit gewesen war.

Hoch und heilig hatte sie ihm versprochen, niemals einen Mann zum Mann zu nehmen, ohne ihn zurate zu ziehen. Sie hatten beide gelacht, und Lillemor hatte ihre Absprache trotz aller Ernsthaftigkeit als Neckerei unter Freunden empfunden.

»Du hast deinen Teil des Versprechens nicht gehalten.«

Er klang wie ein trotziges Kind, schnippte den Zigarettenrest ins Wasser und erntete dafür Lillemors missbilligenden Blick.

»Das meinst du jetzt nicht so, oder?«

»Natürlich meine ich das so.«

»Ach, Eskil, komm, sei nicht albern. Wir haben uns jahrelang nicht gesehen. Für mich …«

»Was … für dich?« Er streckte die Schultern, und mit einem Mal lag ein forscher Unterton in seiner Stimme. »Für dich existiere ich nicht mehr, oder was? Hast du alles vergessen, was uns mal wichtig war?« Die Heftigkeit, mit der er sprach, erstickte alles, was Lillemor hätte erwidern können, bevor sie es auch nur gedacht hatte. »Entschuldige«, sagte er rasch, »ich wollte nicht laut werden. Tut mir leid.« Sein Zeigefinger fuhr an einer der Spalten zwischen zwei von Wind und Wasser gebleichten Holzdielen auf und ab. Auf einem der Grundstücke in der Nähe jagten Kinder in kurzen Hosen einem leuchtend gelben Ball nach. Sie johlten und kreischten, als er über den Gartenzaun aufs Nachbargrundstück flog. »So waren wir auch früher«, sagte er.

Er drehte sich zu ihr um und sah sie an. Sie hielt seinem

Blick stand, erkannte die hellen Sprenkel in seinen braunen Augen. Goldsprenkel hatte seine Mutter sie immer genannt.

*Mein Junge hat Gold in den Augen.*

»Erzählst du mir denn auch was von dir?«, fragte sie, um einen versöhnlichen Tonfall bemüht.

»Interessiert es dich?«

»Sonst hätte ich nicht gefragt.«

»Was willst du wissen?«

»Na, was du so machst. Du warst ja lange unschlüssig, was deinen beruflichen Weg angeht.«

»Bin ich immer noch.«

Er winkelte das rechte Bein an. Sein Sportschuh hatte ein kleines Loch in der Sohle.

»Unglaublich, oder?«, sagte er mit einer Spur Ironie. »Über dreißig und immer noch nichts Vernünftiges gelernt. Nichts vorzuweisen. Kein Job. Kein geregeltes Einkommen. Keine Perspektive. Nicht mal eine Frau.«

»Wovon lebst du?«

Er sah sie von der Seite an. »Wenn du es wirklich wissen willst, erzähl ich es dir.«

»Wie oft denn noch? Ja, es interessiert mich. Sonst säße ich jetzt nicht hier. Bitte hör auf, mir dauernd Desinteresse zu unterstellen. Ich möchte wissen, wie es dir in den letzten Jahren ergangen ist.«

Die Kinder auf dem Grundstück rannten dem Ball hinterher, sie schrien und lachten.

»Es ging mir nicht gut, nachdem du weg warst«, begann er zögerlich. »Vielleicht sollte ich das nicht so offen preisgeben, und ich wollte es mir auch damals nicht eingestehen, aber es war so. Du warst von einem Tag zum anderen aus meiner Welt verschwunden, als wärst du gestorben. Es war wie ein Trauerprozess, durch den ich gegangen bin. Ständig hab ich angefangen, dir Briefe zu schreiben, Jesper hätte mir bestimmt deine Adresse besorgt, aber ich hab sie alle zerrissen. Ich war so gekränkt, Lil. Wie konntest du mir all die Jahre eine so gute Freundin gewesen sein und dann plötzlich aus meinem Leben verschwinden? Ich hab mich von dir so verlassen gefühlt, so …« Er stockte, wandte sein Gesicht in die entgegengesetzte Richtung. Das Geschrei der Kinder verebbte, als sie alle ins Haus rannten. Der Ball blieb zurück, ein gelber Farbtupfer im Gras hinter dem Lattenzaun. Schweigend hörte Lillemor zu, ihr Mund fühlte sich staubtrocken an, sie befeuchtete die Lippen, um das pelzige Gefühl zu vertreiben. Aber es blieb, und es war, als könnte sie für kurze Zeit nicht richtig atmen. »… so unwichtig.« Ganz leicht zuckte etwas in ihr zusammen. Sie bezwang das Bedürfnis, ihre Hand nach ihm auszustrecken, um ihn zu berühren, um ihn zu trösten, ihm zu versichern, dass sie immer, immer für ihn da sei, wie sie es als Kinder einander versprochen hatten. »Deshalb konnte ich nicht bleiben. Ich konnte unmöglich ohne dich hierbleiben.« Er streckte den Rücken durch und spannte die Schultern an. Seine Worte und die Offenheit, mit der er über seine tiefsten Gefühle gesprochen hatte, lösten eine Reue in ihr aus, die sie nur schwer ertrug. Wäre ihr bewusst gewesen, wie sehr er gelitten hatte, hätte sie vielleicht ihren Stolz überwunden und den Kontakt zu ihm gesucht. Es war müßig, darüber nachzudenken, was hätte sein können. Das war es immer. Sie hatte anders entschieden, und das neue Leben in Deutschland, die Wohnung, Bernhard und Carlotta, das Studium, all das hatte sie abgelenkt. Und so waren die Tage, die Wochen, die Monate, die Jahre ins Land gezogen, und sie hatte irgendwann ihrer zerbrochenen Freundschaft nicht mehr nachgetrauert. Dass ihre Entscheidung nichts als bodenlosen Schmerz und Leere in ihm hinterlassen hatte, hatte sie nicht geahnt, nicht einmal in Erwägung gezogen, und nun davon zu wissen, ließ die Dämme, die sie in ihrem Gewissen unbewusst errichtet hatte, mit Wucht einbrechen. »Ich hab ein paar Sachen gepackt und bin losgezogen.«

»Ja, Jesper sagte so etwas.«

Sofort erinnerte sie sich an eine Bemerkung ihres Onkels bei einem ihrer Telefonate. Er hatte davon gesprochen, dass Eskil für ein paar Monate auf Reisen sei, aber der Stolz in ihrem Herzen war unbezwingbar gewesen, und so hatte sie nicht nachgefragt und sich auch später verboten, sich nach ihm zu erkundigen.

»Mit Rucksack und Zelt«, fügte Eskil hinzu. »Es war die einzige Möglichkeit zu lernen, damit umzugehen, dass ich dich verloren hatte.«

Wie elend musste er sich gefühlt haben! Sie wünschte sich, ihre Hand nach ihm auszustrecken, nach seinem Arm zu tasten, den weichen Stoff seiner Sweatshirt-Jacke zu berühren, seine Hand unter ihrer zu spüren, doch damit würde sie eine Grenze überschreiten, und so schob sie rasch beide Hände unter ihre Oberschenkel.

»Und wohin bist du gegangen?«, fragte sie vorsichtig.

»Nach Süden.«

Aus zusammengekniffenen Augen sah sie ihn an. »Wohin genau?«

Doch kaum dass sie die Frage gestellt hatte, fiel ihr die Antwort wie von selbst ein. Die Halbinsel südlich von Malmö, auf der sich die Vogelwarte befand, von der er schon als kleiner Junge geträumt hatte. Natürlich! Sie lächelte.

»Falsterbo?«

Er nickte, auch seine Lippen verzogen sich zu einem Lächeln.

»Die ganze Strecke zu Fuß?«, fragte sie, dankbar, dass sie zu einem weniger verfänglichen Thema übergegangen waren. Gedanklich überschlug sie die Entfernung von Dikholmen nach Falsterbo, es mussten mindestens sechshundert Kilometer sein.

»Über drei Wochen war ich unterwegs. Bei Wind und Wetter. Du wärst verrückt geworden.«

Sie senkte den Kopf, sah auf ihre baumelnden Füße und auf die kleinen schaumigen Wellen darunter. Wie gut er sie kannte! Tagelang mit Rucksack und Zelt unterwegs zu sein, vom Regen durchnässt, von der Sonne verbrannt, nur mit dem Nötigsten auskommen zu müssen war tatsächlich keine verlockende Vorstellung für sie. Ihre größte Fantasie reichte nicht aus, um sich auszumalen, aus welchem Grund sie sich freiwillig auf so etwas einlassen würde.

»Erzähl mir davon«, bat sie ihn.

Er erfüllte ihr den Wunsch. Die Leidenschaft brannte in jedem seiner Worte, und je mehr davon über seine Lippen sprudelten, desto deutlicher und vielfarbiger wurden die Bilder in Lillemors Kopf.

»Ich hatte den Zeitpunkt nicht bewusst gewählt, aber ich kam im September auf Falsterbo an, das ist die beste Zeit, um den Vogelzug zu beobachten. Ich hab unglaublich viele verschiedene Vögel gesehen, in manchen Wochen mehr als achtzig Arten! Tausende von Sperbern, Hohltauben, Rauchschwalben, Mäusebussarde, Rotmilane. Ich kann sie gar nicht alle aufzählen. Manchmal sahen wir extrem seltene Vögel, die vom Weg abgekommen waren, und manchmal so unfassbar viele der gleichen Art, dass es fast irreal war. Ich hab oft neben dem Leuchtturm auf dem Rücken gelegen und mich gefühlt wie in einer anderen Welt, wenn sie über mich hinweggezogen sind. Sie lassen sich auf ihrem Flug nach Süden von der Küstenlinie leiten, und Falsterbo bietet sich für eine Rast geradezu an, bevor sie weiterziehen. Es gibt ausgewiesene Beobachtungsstellen, und da kamen jede Menge Vogelbeobachter, die meisten ganz früh am

Morgen. Sie haben stundenlang mit ihren Kameras auf den ultimativen Schnappschuss gewartet. Ich hab mir meistens einen Platz beim Leuchtturm gesucht, und da lief mir dann eines Tages Mattis über den Weg.«

Eskil sprach, fast ohne Luft zu holen, unterstrich seine Worte mit ausladenden Gesten. Seine Augen leuchteten, während er seine Erinnerungen mit ihr teilte. Sie unterbrach ihn nicht, aber sie konnte nicht aufhören, ihn anzusehen, mit einem Lächeln, einem Nicken dann und wann, und sie legte den Kopf schräg und ließ sich von seinen Worten nach Falsterbo tragen.

»Mattis?«

»Er arbeitet in der Beringungsstation, und wir kamen schnell in ein gutes Gespräch. Mattis ist ein cooler Typ, er ist etliche Jahre älter als ich und lebt nur ein paar Kilometer von der Vogelwarte entfernt. Wir verstanden uns auf Anhieb, und als wir uns zum dritten Mal getroffen hatten, nahm er mich mit. Seine Schwester betreibt eine kleine Pension, sie hat mir ein einfaches Zimmer überlassen, wo ich es ein paar Wochen warm und trocken hatte. Dank Mattis hab ich eine Art Praktikum in der Beringungsstation gemacht, wo ich wahnsinnig viel von ihm und seinen Kollegen gelernt habe. Ich durfte bei den Vogelzählungen helfen und später beim Beringen. Zum ersten Mal im Leben hab ich gewusst, was ich will! Dass ich das will, was ich dort gelernt und getan habe. Wirklich, Lil, das alles hat mich so erfüllt, ich wäre am liebsten gar nicht mehr weggegangen. Mattis wollte mich im Sommer drauf sogar einstellen, ganz offiziell. Aber dann fing das mit Momma an.«

Er unterbrach seinen Redefluss, und es war, als wären mit dem letzten Satz plötzlich alle Farben aus dem Bild geronnen, das er mit so großer Hingabe und Leuchtkraft gemalt hatte. Er nannte seine Mutter noch immer Momma. So wie früher. Auf dieselbe liebevolle Art. Lillemor erinnerte sich, dass eine von

Jespers Frauen, eine Amerikanerin, die damals nach Schweden eingewandert war, Eskil mit ihrem Ostküstenslang fasziniert hatte, sodass er Worte wie Mom in seinen Sprachgebrauch übernommen und zu Momma verwandelt hatte. Dass er es beibehalten hatte, rührte sie tief im Herzen an.

»Du meinst ihre Krankheit?«

Sie wusste, dass Eskils Mutter schon einige Jahre gesundheitlich angeschlagen war, hörte von Malin oder ihren Eltern dann und wann etwas darüber und musste sich nun eingestehen, dass sie durch den Kontaktabbruch zu Eskil unbewusst auch eine Distanz zu seiner Mutter aufgebaut hatte.

Er klopfte eine weitere Zigarette aus der Packung und ließ sein Feuerzeug aufblitzen. »Es fing irgendwie diffus an, mit den Augen, das hatte sie ja schon länger. Aber wir dachten uns nichts dabei, als sie nicht mehr so gut sah, sie bekam eben eine Brille. Nur half die nicht, und es wurde schlimmer, und dann kamen Lähmungen dazu, na ja, um es kurz zu machen: Inzwischen braucht sie einen Rollstuhl und ist insgesamt sehr eingeschränkt. Deshalb bin ich …«

Lillemor erinnerte sich an das Gesicht seiner Mutter. Mit diesem hübschen Lachen, das den feinen Spalt zwischen ihren beiden oberen Schneidezähnen freigab, den blauen Augen, die sich farblich von denen ihres Sohnes unterschieden, aber genauso dicht bewimpert waren. Und mit ihrem strohblonden Haar, das ihr lang und glatt über die Schultern gefallen war, wenn sie es offen getragen hatte.

»Das tut mir leid, Eskil!«

»Ja, sie hat ja sonst niemanden.«

»Keinen Mann?«

»Nur mich.«

»Und mein Onkel Jesper?«

»Ja klar, er kümmert sich auch um sie. Die beiden sind immer noch eng befreundet.« Er warf ihr einen raschen Blick zu, und seine Lippen verzogen sich zu einem Grinsen, das verschwand, kaum dass sie es bemerkt hatte. Siehst du, schien es sagen zu wollen, die beiden kennen sich schon so lange, und ihre Freundschaft hat Bestand. »Er bringt sie zu den Ärzten, fährt mit ihr zu den Blutabnahmen, holt die Sachen aus der Apotheke und so was. Manchmal nimmt er sie mit hierher oder in die Stadt, oder er bringt sie in den Wald, dann hebt er sie aus dem Rollstuhl und trägt sie. Er lässt sie vergessen, wie beschissen alles ist.«

»Und wovon lebt ihr?«

»Ich jobbe mal hier, mal da. Nichts Festes. Hauptsächlich leben wir vom Erbe meines Großvaters. Er hat meiner Mutter bei seinem Tod vor fünf Jahren ein stattliches Vermögen inklusive etlicher Immobilien hinterlassen.« Eskil hielt die Zigarette zwischen Daumen und Zeigefinger und klopfte die Asche ab. Sie zerstob in der Luft. »Das reicht bis zum Ende unseres Lebens, sagt Momma. Ich bin da nicht so sicher, weil ich nicht weiß, ob sie nicht irgendwann woanders hinmuss. In ein Heim, wo man sich besser um sie kümmern kann, wenn sie mehr Hilfe braucht, Pflege, die ich ihr nicht geben kann und die viel Geld kostet. Jesper sagt, das kommt nicht infrage. Bevor sie in ein Heim kommt, kommt sie zu mir, sagt er.«

»Wohnt ihr immer noch auf Dikholmen, du und deine Momma?« Er nickte. »In dem gelben Haus an der Küste?«

»Ja.«

»Ich würde sie gern besuchen.«

# INGA

Dikholmen, 1968

Nachdenklich kehrte Inga um. Sie verließ die Lichtung und den Wald mit seinen hoch aufragenden Fichten und Kiefern auf demselben Weg, auf dem sie gekommen war. Der Himmel hatte sich weiter verfinstert, ohne dass sie es bemerkt hatte. Schwer und bedrohlich türmten die Wolken sich über den Wipfeln, sodass man hätte glauben können, sie würden augenblicklich bersten und die Insel verschlucken.

Während sie ihr Fahrrad über den holprigen, sacht bergab verlaufenden Wiesenweg schob und ihre Gedanken noch immer bei der Beerenpflückerin im gepunkteten Kleid verweilten, fielen die ersten Tropfen. Sie streifte sich die Kapuze ihres Anoraks über den Kopf und zog den Reißverschluss zu bis unters Kinn. Wasserdicht war er nicht, aber die Fahrt zum Gästehaus würde höchstens zehn Minuten dauern, und wenn der Wettergott es gut mit ihr meinte, würde es vorerst bei ein paar Tropfen bleiben.

Doch dem war nicht so. Kaum hatte sie den *stora vägen* erreicht und die ersten Meter auf ihm zurückgelegt, öffnete der Himmel vollends seine Schleusen, und ein Wolkenbruch ging über Dikholmen nieder. Hart fauchte der Fahrtwind Inga ins Gesicht. Er trieb ihr den Regen in die Augen und blies ihr die Kapuze vom Kopf. Schon bald liefen ihr Wasserbäche über Stirn und Wangen und suchten sich einen Weg ihren Nacken hinunter. So fest sie konnte, umklammerte sie die Griffe ihres Lenkers. Bloß mit den nassen Händen nicht abrutschen und den Halt verlieren! Immerzu dachte sie an das Baby in ihrem Bauch und dass ein durch eine Unachtsamkeit ausgelöster Sturz Folgen nach sich ziehen könnte, die sie sich nicht ausmalen wollte. Ob sie anhalten und Zuflucht unter einem Baum oder im Wald suchen sollte? Dort wäre sie zumindest halbwegs geschützt.

Gehetzt sah sie sich nach allen Seiten um, während sie weiter mit ganzer Kraft in die Pedale trat. Möglichkeiten gäbe es zuhauf, denn rechts und links des *stora vägen* dehnten sich weite baumbestandene Wiesen aus, von denen nicht wenige von Wäldern begrenzt wurden. Doch sie entschied sich dagegen. Sie wollte so schnell wie möglich zum Haus zurück und sich aus ihren nassen Sachen schälen. Mit Wehmut dachte sie an das luxuriöse Badezimmer in ihrem Zuhause auf Stegesund, an die Badewanne mit den Löwenfüßen, an das warme Wasser, das dort jederzeit aus dem Hahn floss, und an die Schaumbäder, die sie so mochte. Sie schalt sich eine Verrückte und versprach sich, niemals mehr den Annehmlichkeiten in ihrem Elternhaus nachzutrauern, denen sie aus eigenem Entschluss den Rücken gekehrt hatte.

Sie versuchte, sich die Regentropfen aus den Wimpern zu blinzeln, während sie der lang gestreckten Kurve folgte. Nasse Haarsträhnen hafteten an ihren Schläfen, allmählich fühlte es sich an, als hätte sich jedes Kleidungsstück mit Wasser vollgesogen, selbst die Unterwäsche.

Sie atmete auf, als der Abzweig in Sicht kam, der hinunter zur Küste führte, und der schmale Weg, an dessen Ende sich das Gästehaus befand. Vor dem Zaun bremste Inga und stieg ab. Außer Atem schob sie das Fahrrad die letzten Meter bis zum Gartentor.

Es stand halb offen. Dabei war sie ganz sicher, es geschlossen zu haben, als sie das Grundstück verlassen hatte. Ihr Herz, das sich von der Anstrengung der letzten Viertelstunde noch kaum beruhigt hatte, begann erneut wild zu pochen. Sofort stieg die Erinnerung an die dunkle Gestalt in ihr auf, von der sie sich beobachtet gefühlt hatte, und die alte Angst, jemand könnte ihr etwas Böses wollen, kroch ihr kalt über den Körper.

Ingas Blick jagte durch die Bindfäden aus Regen den Kiesweg hinauf zur Haustür. Da hockte jemand! Auf der obersten Treppenstufe unter dem ausladenden Vordach. Magnus? Nein, Magnus war es nicht. Der Regen nahm ihr die Sicht, ungeduldig strich sie sich ein paar nasse Haarsträhnen aus der Stirn. Und als die Person auf der Treppe aufstand und lässig eine Hand hob, da glaubte sie, zu träumen oder einem Trugbild erlegen zu sein, obwohl sie sich seit Tagen nach nichts anderem sehnte als nach diesem Augenblick.

Mit ausgebreiteten Armen sprang Jesper die Treppe herunter, alle drei Stufen auf einmal nehmend, um ihr durch den strömenden Regen entgegenzueilen. Ohne einen weiteren Gedanken ließ sie das Fahrrad los. Es kippte zur Seite, schrammte mit dem Gepäckträger am Zaun entlang und schlug krachend auf der Erde auf. Weder spürte sie die Regenrinnsale auf ihrem Gesicht noch ihre kalten, klammen Füße in den durchnässten Schuhen. Die Welt verschwamm vor ihren Augen. Sie sah nichts, hörte nichts, lief nur, lief den Kiesweg hinauf, geradewegs in Jespers Arme. Er drückte sie an sich, küsste ihr nasses Haar, und sie grub ihre Nase in seine Halsgrube, dort, wo die silberne Feder ihren Platz hatte.

So standen sie mitten im Regen, der Inga mit einem Mal überhaupt nicht mehr störte. Jesper war ebenso nass wie sie selbst. Sie schmiegte sich enger in seine Umarmung, noch immer nicht sicher, ob sie träumte oder ob er wirklich bei ihr war, endlich bei ihr war. Arm in Arm liefen sie zum Haus. Unter dem Vordach blieben sie stehen, eng beieinander. Inga hob den Kopf, um ihm ins Gesicht zu sehen. Ein Regentropfen rann wie in Zeitlupe seinen Nasenrücken entlang. Über ihnen trommelte gleichförmig der Regen auf die Schindeln.

»Dass du einfach abgehauen bist«, sagte er grinsend. Er beugte sich zu ihr herunter und küsste sie. »Da muss es ja richtig gekracht haben zwischen dir und ihr.«

Ich bekomme ein Baby, lag es ihr auf der Zunge. Aber im letzten Augenblick hielt sie die Worte zurück. Beschloss, sie aufzusparen. Zu warten. Warten auf den perfekten Moment, der ihre Worte und all das Unausgesprochene dazwischen heiligen würde. Sie lächelte ihn an.

»Seit wann bist du hier?«, fragte sie ihn zwischen zwei Küssen. Vom Rand seiner Kapuze tropfte der Regen auf ihr Gesicht.

»Erst ein paar Minuten.«

»Wie bist du hergekommen?«

»Zu Fuß.«

»Zu Fuß von der Anlegestelle?«

Aus weit aufgerissenen Augen sah sie ihn an. Jesper lachte laut auf und küsste zärtlich einen Tropfen von ihrer Nasenspitze. »Für dich ist mir kein Weg zu weit.«

Inga schloss die Tür auf und zog Jesper an der Hand hinter sich her ins Innere des Hauses. Nachdem die Tür hinter ihnen ins Schloss gefallen war, drängten sie sich erneut aneinander, und ihre Lippen verschmolzen zu einem langen Kuss.

»Wir müssen aus den nassen Sachen«, hörte sie Jespers Stimme leise an ihrem Ohr. Sanft knabberte er an ihrem Ohrläppchen, seine Finger glitten über ihren nassen Hals, fanden den Reißverschluss der Jacke, zogen ihn langsam auf. Ein Schauder der Erregung kroch Inga über die feuchte Haut. Sie bekam nicht genug davon, Jespers Lippen auf ihren zu spüren, umfasste sein nasses Gesicht, küsste ihn wieder und wieder. »Sonst holen wir uns den Tod.« Ohne mit dem Küssen innezuhalten, streifte er ihr den Anorak von den Armen. Mit einem dumpfen Geräusch fiel er auf den Fußboden. Gleich darauf spürte sie Jespers Hände, die sich unter ihren Pullover schoben, über ihre Haut glitten, ihren Bauch streichelten und den Pullover nach oben streiften. Sie hob die Arme, ließ alles geschehen, zog Jespers Gesicht wieder an das ihre, saugte sanft an seinen Lippen, suchte seine Zunge und begann nun ebenfalls, ihn von seinen feucht gewordenen Sachen zu befreien. Wenig später standen sie Haut an Haut in einem Haufen regennasser Kleidungsstücke. »Du frierst, meine Süße.«

»Ist praktisch unmöglich in deiner Nähe.«

Lächelnd umschlang sie seinen Oberkörper mit beiden Armen und schmiegte ihr Gesicht an seine Brust. Doch sie wusste, dass er recht hatte. Sie hatte vergessen, Holz nachzulegen, bevor sie das Haus verlassen hatte. Kein Wunder, dass die Räume ausgekühlt waren. Dass der Regen sie bis auf die Haut durchnässt hatte, trug nicht gerade zum Aufwärmen bei.

Jesper hob sie auf die Arme, spielend leicht, als wäre sie eine Puppe.

*Ich bin schwanger.*

Es drängte sie danach, es ihm zu sagen, damit er es endlich wusste und sie ihre Freude mit ihm teilen konnte. Aber wieder schluckte sie die Worte hinunter, beschloss, auf einen besseren Zeitpunkt zu warten, auf einen Moment, der ihrer wundervollen Nachricht einen würdigen Rahmen geben würde. Sie umschlang seinen Hals und barg den Kopf an seiner Schulter. Er roch nach Regen, nach Zigaretten, ein wenig nach Schweiß. Mit ihr auf den Armen betrat er den Wohnraum, in dem es ebenso kalt war wie im Flur, und Inga kicherte, als sie merkte, dass er nicht wusste, wohin er sie bringen sollte.

»Da rüber«, sagte sie leise, deutete auf die Tür zum Schlafraum. Dann schloss sie die Augen, rieb ihr Gesicht an seiner nackten Brust und ließ sich von ihm zu dem hinteren der beiden Alkoven tragen. Schon bettete er sie auf die Matratze, in die sie sanft hineinsank. Sie streckte beide Arme nach ihm aus, ohne dabei die Augen zu öffnen. »Komm zu mir«, flüsterte sie voller Verlangen.

»Du frierst ja immer noch«, hörte sie seine Stimme nah an ihrem Ohr, und sie wusste, dass er lächelte, ohne dass sie es sah.

Er legte sich zu ihr und breitete die Decke über ihnen aus, die sie beide wärmte. Eng umfingen sie einander. Die Wärme ihrer Körper hüllte sie ein und schloss alles andere aus. Inga vergaß den um das Haus tobenden Regen, die Kälte, die Verlorenheit der letzten Tage. Sie vergaß Siw und die Drohung, wegen der sie ihr Elternhaus verlassen hatte. Wie in einem selbst gesponnenen Kokon fühlte sie sich, in dem es nur sie und Jesper gab, nur ihre beiderseitige Nähe, ihre Leidenschaft, ihre tiefe Zuneigung füreinander. Sie waren zwei Körper in einem. Ihre Finger glitten über die Haut des anderen, fanden, wonach sie suchten, und als Jesper sich schließlich behutsam auf sie rollte und mit sanften Stößen in sie eindrang, da wusste sie, dass sie nie aufhören würde, ihn zu lieben.

»Wie lange kannst du bleiben?«, fragte sie ihn später, als sie erschöpft nebeneinander in den zerwühlten Laken lagen, Jesper auf dem Rücken mit ausgestreckten Beinen, Inga an seine Seite geschmiegt, ihr Bein angewinkelt auf seinem.

Jesper spielte mit seinen Fingern in ihren zerzausten Haaren, die noch nicht ganz getrocknet waren. »Fünf Tage«, antwortete er. »Am Donnerstag muss ich zurück nach Göteborg wegen einer Klausur.«

»Nur fünf Tage«, murmelte Inga.

Mit einer Fingerspitze folgte sie dem Schwung seines Schlüsselbeins bis zur Halsgrube, in der die silberne Feder ruhte.

Seine Antwort versetzte ihr einen Stich. Sie hatte gehofft, er könnte länger bleiben, hatte sich in den schönsten Farben ausgemalt, wie es sein würde mit ihm. Tag für Tag nebeneinander aufzuwachen, zusammen die Insel zu erkunden, im Halblicht der Mittsommernacht am Feuer zu sitzen, Seite an Seite einzuschlafen, viele Tage, viele Nächte, nur sie beide. Sie tastete nach der kleinen Silberfeder, ließ sie durch ihre Finger gleiten und drängte tapfer die aufsteigende Enttäuschung zurück.

*Ich bin schwanger.*

Absichtlich hatte sie in ihrem Brief den Grund für ihre überstürzte Flucht aus Stegesund verschwiegen, das Kind mit keinem Wort erwähnt. Es war ihr oberflächlich erschienen, den Vater ihres Kindes über etwas so Einzigartiges wie die Existenz des aus ihrer Liebe entstandenen Lebens mit einem Satz auf einem Blatt Papier zu informieren.

Sie richtete sich auf und stützte den Kopf in ihre linke Hand. Ihre Fingerspitze löste sich von der Silberfeder, wanderte an Jespers Brustkorb hinunter bis zu seinem Bauchnabel.

Jetzt. Der perfekte Augenblick. Sie sah ihn an. Seine Lider waren geschlossen. Seine Hand, die er eben noch in ihrem Haar vergraben hatte, ruhte entspannt auf dem Laken.

»Jesper, ich bin …«

Sie hörte ihn leise durch den leicht geöffneten Mund atmen. Regelmäßig hob und senkte sich sein Brustkorb. Inga seufzte auf, betrachtete ihn eine Weile im Schlaf. Sie legte ihre Hand auf seine Brust und spürte die Schläge darunter. Vorsichtig, um ihn nicht zu wecken, schmiegte sie sich in seine Armbeuge. Sie würde es ihm später sagen. Morgen. Übermorgen. Irgendwann. Schließlich lagen fünf Tage der Zweisamkeit vor ihnen.

# LILLEMOR

## Auf der Lahn, 2019

Seit einer Stunde glitten sie stromabwärts durch scheinbar unberührte Natur. Die Lahn, gesäumt von dicht bewachsenen Uferböschungen, weiten Wiesen und Viehweiden, gab den Weg vor. An diesem Tag würden sie nicht den gelben Muschelsymbolen folgen, sondern dem sanft dahinziehenden Fluss. Sie saßen hintereinander in dem schilfgrünen Zweierkanu, das Rieke beim Weilburger Kanuverleih gemietet hatte, Lillemor auf der vorderen Sitzbank, Rieke auf der im Heck. Ein junger Mann aus dem Zeltlager, ein athletischer Typ mit dunklem Wuschelkopf, war sofort bereit gewesen, Rieke mit seinem Kanadier zur Bootsvermietung zu bringen, und so hatte es nicht lange gedauert, bis sie mit dem Kanu zurück zur Anlegestelle gekommen war, wo Lillemor auf sie gewartet hatte.

Überraschend schnell hatten sie einen gemeinsamen Rhythmus gefunden. Mit kräftigen, gleichförmigen Schlägen tauchten sie nun die Stechpaddel in die sanfte Strömung, während saftig grüne Sommerwiesen, Wälder, Pferdekoppeln und Radwege an ihnen vorüberzogen. Dann und wann luden schmale sandige Streifen, die Lillemor an die kleinen Buchten der Schäreninseln erinnerten, zum Rasten ein, aber erst nach etlichen Kilometern, als Lillemors Oberarme und Handgelenke durch die ungewohnte Belastung zu schmerzen begannen, beschlossen sie, an einer solchen Stelle eine Pause zu machen. Sie steuerten das Kanu ans seichte Ufer, und Lillemor sprang heraus, um es ein Stück in den Sand zu ziehen, während Rieke, bis über die Knie im Wasser stehend, von hinten schob. Verwundert stellte Lillemor fest, dass ihr die Handgriffe noch immer vertraut waren, obwohl sie seit vielen Jahren aus der Übung war.

Rieke fischte eine kleine Papiertüte aus ihrem Rucksack und schwenkte sie in der erhobenen Hand. »Frische Kirschen vom Markt, konnte heute Morgen nicht dran vorbeigehen.«

»Wunderbar«, rief Lillemor.

Sie hockte sich neben das Boot ans Wasser und tauchte ihre verkrampften Hände ins kühle Nass. Eine Wohltat! Leise gluckernd umspülte die Lahn ihre nackten Füße. Die wunde Stelle an der Ferse heilte gut an der frischen Luft, mit etwas Glück würde sie am kommenden Morgen gut bepflastert wieder Schuhe tragen können. Ihr Blick schweifte über die glatte Oberfläche des Flusses in die Richtung, aus der sie gekommen waren. Sie entdeckte drei weitere Kanus und dachte daran, wie selbstverständlich es früher für sie gewesen war, sich auf dem Wasser fortzubewegen. Schon früh hatte sie gelernt, mit der Personenfähre von Vaxholm nach Skarpö überzusetzen, wo Eskils Mutter sie mit dem Boot erwartet und sie mitgenommen hatte nach Dikholmen.

Auch mit ihrem Onkel Jesper war sie oft rüber auf die kleine Insel gefahren. Die *MIN KÄRLEK* kam ihr in den Sinn. Die zahllosen Streifzüge durch den Schärengarten, die sie mit Eskil darin unternommen hatte. Der Tag, an dem sie wieder zueinander gefunden hatten und an dem sie zusammen in diesem Boot nach Dikholmen gefahren waren, um seine Mutter zu besuchen in dem gelben Haus an der Küste. Er nannte es sein Elternhaus, obwohl es nie beide Elternteile in seinem Leben gegeben hatte, sondern nur eine Mutter. Wie mochte es ihr nach all den Jahren gehen? Ihr von der Krankheit gezeichnetes Gesicht und ihre kraftlos gewordene Gestalt kamen Lillemor in den Sinn. Und Eskil, immer wieder Eskil.

Sie selbst hatte damals den endgültigen Stillstand herbeigeführt und eine erneute Annäherung rigoros ausgeschlossen. Und doch glomm in der letzten Zeit immer öfter der Wunsch in ihr auf, zu ihm zurückzukehren so wie jetzt. Sie zog die Hände aus dem Wasser und schüttelte sie, sodass feine Wassertröpfchen aufspritzten. Was sie über lange Zeit mit Eskil verbunden hatte, würde vielleicht nie wieder etwas anderes sein als die Erinnerung an eine Nähe, die in eine ferne Vergangenheit gehörte, weil die Gegenwart keinen Platz für sie vorsah.

Mit einem Seufzer stand sie auf. Auf bloßen Füßen lief sie vorsichtig über die flachen Kieselsteine hinüber zu Rieke, die eine Sandmulde zum Sitzen gefunden hatte. Ihre Sandalen lagen zum Trocknen neben ihr auf einem sonnigen Fleck.

Die Bucht, in der sie sich befanden, war rückseitig von Bäumen begrenzt. Die ausladenden Äste einer Trauerweide hingen bis hinunter ins Wasser und spendeten ihnen Schatten. Rieke streckte die Beine aus. Ihre Shorts waren beim Aussteigen aus dem Kanu nass geworden. Es schien sie nicht zu stören. Lillemor setzte sich neben sie. Mit einer angedeuteten Kopfbewegung wies sie hinüber zu den Sandalen.

»Die sehen aus, als wärst du oft in ihnen unterwegs.«

»Das letzte Mal in Griechenland.«

Rieke spuckte einen Kirschkern in die hohle Hand und legte ihn neben sich, wo sich bereits einige angesammelt hatten.

»Pilgern?«

Irgendwo bellte ein Hund. Rieke positionierte die geöffnete Obsttüte so, dass auch Lillemor sich an den Kirschen bedienen konnte.

»So ähnlich. Drei Tage durch die Bergwälder von Thessalien nach Karaiskakis.«

Es hörte sich an, als wäre sie auf einer Mission im Weltall unterwegs gewesen.

»Sagt mir beides nichts«, murmelte Lillemor.

Sie griff nach einer Kirsche und schob sie sich zwischen die Lippen. Dunkelrot, saftig, süß. Ob Rieke jetzt endlich etwas über sich erzählen würde? Über ihre Beweggründe, diesen Weg zu gehen? Bisher hatte sie nicht vieles über sich preisgegeben.

»Ein Kloster«, hörte sie Rieke sagen. »Karaiskakis. Ich war im letzten Frühjahr sechs Wochen da.«

Sie schob sich die Sonnenbrille auf der Nase zurecht und sah hinaus auf den Fluss. Über ihnen zwitscherte eine Amsel in den Zweigen.

»Erzähl.«

»Ich kann nicht gut in Worte fassen, was diese Zeit in mir ausgelöst hat.« Rieke sprach, ohne sich ihr zuzuwenden. »Vielleicht, weil ich es immer noch nicht in ganzer Tragweite erfassen kann. Eigentlich wollte ich da herausfinden, was ich mit meinem Leben anfangen soll. Wollte zur Ruhe kommen. Ich hatte überhaupt nicht in Betracht gezogen, dass Einkehrtage in einem orthodoxen Kloster etwas anderes auslösen könnten als genau das. Zur Ruhe kommen. Frieden im Herzen. Klarheit im Geist. Aber das, was ich dort verspürt habe, war das Gegenteil von Ruhe. Mein Herz war jeden Tag in Aufruhr, und meine Gedanken standen nicht still. Diese Rastlosigkeit war an manchen Tagen so heftig, dass ich nicht anders konnte, als das Klostergelände zu verlassen und durch die Gegend zu streifen. Ich hatte ein unglaubliches Bedürfnis, allein zu sein, mich zu bewegen und bloß nicht stillzustehen. Die Wälder rund um Karaiskakis waren mir bald vertraut, und ich hab in ihnen geweint, gebetet und mit allem gehadert, woran ich jemals geglaubt habe. Und jedes Mal, wenn ich anschließend ins Kloster zurückgekehrt bin, überkam mich ein warmes Gefühl, das mich geerdet und ganz und gar erfüllt hat.« Ein Kanu glitt vorüber, Lillemor sah ihm nach. Ein bärtiger Mann saß darin, hinter ihm hockte ein struppiger Hund in undefinierbarer Fellfarbe. Nach wenigen Paddelschlägen hatte der Kanufahrer sich ihrem Blickfeld entzogen. »Es ist beides«, sagte Rieke abwesend und so leise, als wäre sie in Gedanken weit fort. »Eine Mischung aus der Rastlosigkeit, die mich getrieben hat, und der Freude über die göttliche Kraft, die ich selten an einem Ort so stark wahrgenommen habe und aus der ich schöpfen durfte. Während der ganzen Einkehrzeit hab ich mich gefragt, ob ich dort die Balance finden werde oder ob ich erst zurückkehren muss in meinen Alltag.«

Sie griff nach einem Kieselstein und bewegte ihn gedankenverloren zwischen den Fingern.

»Und hast du sie gefunden?«

»Nein.« Sie hob den Arm und schleuderte den Stein mit einer kraftvollen Bewegung ins Wasser. »Deshalb bin ich jetzt wieder unterwegs.«

»Nach Obernhof.« Zeitgleich griffen sie in die Tüte mit den Kirschen, sie lächelten einander zu, als sie es bemerkten.

»In ein Kloster, wohin sonst?« In den dunklen Gläsern ihrer Brille spiegelte sich die Sonne.

»Und warum nicht wieder Griechenland, wenn du dich da so gut gefühlt hast?«

»Weil Griechenland jetzt in Obernhof ist.« Ein Kirschkern wanderte in Riekes Hand und von dort aus zu den anderen.

Fragend sah Lillemor sie an. »Muss ich das verstehen?«

Rieke warf den Kopf in den Nacken und lachte lauthals auf. Noch drei Tage zuvor hätte diese Reaktion Lillemor verletzt, sie hätte sich von der rothaarigen Sprotte ausgelacht gefühlt, doch inzwischen kannte sie Rieke gut genug, um ihr den Ausbruch nicht übel zu nehmen. Schon wich die Ausgelassenheit aus Riekes Zügen, und der Ernst kehrte zurück.

»Die Schwestern aus Karaiskakis werden in die ganze Welt entsendet, sie gründen Klöster in vielen Ländern. Wenn sie irgendwohin geschickt werden, dann gehen sie. Sie hinterfragen nichts, sie tun es einfach.«

»Das heißt, sie haben in Obernhof ein neues Kloster gegründet?«

»Sie sind gerade dabei. Es ist ein leer stehendes Gebäude, in dem früher schon Ordensgemeinschaften gelebt haben.«

»Wie sind sie denn so, diese Schwestern?«

»Ihre Bescheidenheit hat mich am meisten fasziniert. Aber ich konnte nicht herausfinden, ob sie tatsächlich so bedürfnislos sind oder ob das Klosterleben und ihr unerschütterlicher Gottesglaube ihnen die Kraft schenken, dieses asketische Leben in der Gemeinschaft zu leben und eigene Wünsche radikal zurückzustellen.«

»Das hört sich für mich nach einem Leben ohne Selbstbestimmung an«, überlegte Lillemor, und eine weitere Kirsche wanderte in ihren Mund. Der laue Wind spielte in den Zweigen der Trauerweide. Ein paar Sonnenstrahlen flossen hindurch, die Lillemors und Riekes Füße mit Licht übergossen. »Die Schwestern ordnen sich praktisch vollkommen unter. Wie kann man sich damit wohlfühlen?«

Rieke winkelte die Beine an und verschränkte ihre Arme auf den Knien. »Morgens um vier zum Beten aufzustehen ist mir auch nach sechs Wochen noch immer schwergefallen, ich musste mich aus dem Bett zwingen, aber ich hab's gern getan, weil ich dadurch eine tiefe Verbundenheit mit der Gemeinschaft verspürt habe. Als wäre ich eine von ihnen. Mein Platz in der Kapelle war im hinteren Bereich, und wenn ich dort stand, die Ikonenwand im Blick, und dabei ihren Gesängen und den Texten gelauscht habe, dann war in meinem Herzen nichts anderes als der brennende Wunsch, zu ihnen zu gehören. Damals hab ich dieses Empfinden überhaupt nicht einordnen können, wusste nicht, was das Gefühl mit mir macht, wenn ich wieder zu Hause bin, ob es mich verlässt, ob es bleibt, ob es sich verändern wird. Ich wollte mich darauf einlassen, und dabei hat sich mein Leben zu keiner Zeit fremdbestimmt angefühlt. An keinem Ort hab ich mich jemals so getragen gefühlt.«

Lillemor grub ihre Zehen in den von der Sonne gewärmten Sand. »Du brennst dafür«, stellte sie fasziniert fest. »Aber so richtig verstehen kann ich es nicht.«

»Gibt es in deinem Leben nicht auch etwas, wofür du brennst?«, fragte Rieke. »Etwas, was dir das Gefühl gibt, dich grenzenlos lebendig zu fühlen?«

Sie steckte sich eine Kirsche zwischen die Lippen, hielt sie mit zwei Fingern fest und sog den Kern heraus. Lillemor legte den Kopf in den Nacken, blinzelte hinauf in die Zweige der Weide, in die hindurchblitzenden Sonnenstrahlen.

»Grenzenlos lebendig hab ich mich ewig nicht gefühlt.« Sie schickte einen Seufzer hinterher, als ihr bewusst wurde, wie weh ihre eigenen Worte ihr taten.

»Aber du verstehst, dass man dort sein will, wo man sich lebendig fühlt?«

Von Neuem trat Eskil in ihre Gedanken. »Nur mit dir, Lil«, hatte er früher oft gesagt, »nur mit dir fühl ich mich lebendig, irgendwie näher an mir dran. Du bist wie das letzte Puzzleteil. Wenn es fehlt, fühl ich mich unvollständig, wenn du nicht da bist, ist alles nur halb.« Sie waren Freunde gewesen, als er das gesagt hatte, ihre kleine Schärenwelt war unbelastet und frei gewesen von Sprüngen und Rissen. »Mir geht's wie dir«, hatte sie erwidert, mit einer Zweifellosigkeit, an die sie sich heute noch erinnerte.

Lillemor hatte im Internet die Abfahrtszeiten der Fährboote von Vaxholm nach Skarpö herausgesucht und mit Eskil vereinbart, dass sie mit der 14-Uhr-Fähre fahren werde. Dort wollte er sie mit seinem Boot abholen und sie nach Dikholmen bringen, zum Haus seiner Mutter.

In der Hoffnung, von Malin etwas über den gesundheitlichen Zustand von Eskils Mutter zu erfahren, erzählte Lillemor ihrer Schwester von dem geplanten Besuch bei ihr. Sie war gern vorbereitet. Nicht zu wissen, wie sie sie antreffen würde, beunruhigte sie. Eskil hatte von einem Rollstuhl gesprochen, ansonsten aber keine Einzelheiten genannt. In ihrer Erinnerung sprühte seine Mutter vor Lebensfreude. Diese hübsche Frau mit ihren langen blonden Haaren und der zierlichen Figur, die sie gern in farbenfrohe Flatterkleider gehüllt hatte. Nie hatte Lillemor sie verzagt oder ängstlich erlebt. Vielleicht war es das Inselleben in Einsamkeit, das ihr dabei geholfen hatte, diese Stärke zu entwickeln und sich vor nichts zu ängstigen. Dass sie nun krank und auf Hilfe angewiesen war, ließ sich kaum in Verbindung mit ihrem sonnigen Gemüt von einst bringen.

Malin konnte die Frage nach ihrem Befinden jedoch nicht beantworten, da sie sie seit Jahren nicht gesehen und auch Eskil kaum zu Gesicht bekommen hatte.

Die Luft war mild, am Himmel trieben einzelne schneeweiße Wolkenfetzen, als das Fährboot pünktlich auf Skarpö anlegte und Lillemor mit einigen weiteren Fahrgästen auf den Anleger entließ. Mit aufgeregt schlagendem Herzen sah sie sich um.

Er wartete auf sie am Ende des Stegs. Mit einer Hand beschattete sie ihre Augen, sah ihn winken, und sie winkte zurück, während sie ihre Schritte in seine Richtung lenkte. *MIN*

*KÄRLEK* las sie den Namen des Bootes am Heck. Sie erinnerte sich daran, dass Jesper den vorherigen Bootsnamen ohne große Umstände überpinselt hatte, ehe er Eskils Mutter damals mit seinem Geschenk überrascht hatte. Lange hatte Lillemor geglaubt, sie sei eine der unzähligen Frauen im Leben ihres Onkels gewesen, die kamen und gingen, aber nicht blieben. Doch irgendwann hatte sie begriffen, dass etwas Stärkeres die beiden miteinander verbinden musste, etwas Beständiges, Verlässliches, Echtes. Sie war nur nie dahintergekommen, ob die beiden mehr miteinander teilten als eine enge Freundschaft, vielleicht sogar die große Liebe. Ob der Name, den Jesper dem Boot gegeben hatte, die Bestätigung dafür war?

»*Hej*, Lil.« Eskil strahlte und reichte ihr die Hand, um ihr das Einsteigen zu erleichtern. Das schaffe ich schon allein, hätte sie beinahe gesagt, aber sie verkniff es sich, weil sie spürte, wie wichtig ihm diese Geste der Hilfsbereitschaft war. Unter keinen Umständen wollte sie zerstören, was sich gerade behutsam anbahnte. Deshalb erwiderte sie sein Lächeln und ergriff seine Hand, die sich vertraut anfühlte und fremd zugleich, wie etwas, das man kannte, aber lange nicht berührt hatte. Das Boot schaukelte leicht, als sie einstieg. Eskil zog sie an sich. »Schön, dich zu sehen«, hörte sie ihn flüstern, nah an ihrem Ohr, seine Lippen warm auf ihrer Schläfe.

Seine Umarmung schuf Erinnerungen, Tausende von Bildern, die für die Dauer zweier Herzschläge in ihr aufwallten, als hätten sie nur auf diesen Moment gewartet. Eskil und Lil, Freunde fürs Leben. Für die Ewigkeit.

Ich bin immer für dich da.

Ungezählte Male. Bedingungslos hatten sie aufeinander zählen können, sie hatten einander anvertraut, was ihnen wichtig war und worüber sie mit niemandem sonst sprechen konnten. Lange Zeit hatte Lillemor sich nirgendwo sicherer, geborgener und angenommener gefühlt als bei ihm. »Ich beneide dich um diese Freundschaft«, hatte Malin einmal zu ihr gesagt, bevor sie Jan Olof kennengelernt hatte, und lachend hinzugefügt, dass jedes Mädchen einen besten Freund haben solle, zumindest, bis es in festen Händen sei.

Sie schmiegte sich an ihn, spürte seinen Arm, der sie umschlang, seine Hand in ihrem Haar, und sie legte beide Arme um ihn und gab sich dem Augenblick hin, weil sie plötzlich wieder sechzehn war und niemand sie besser verstand und trösten konnte als Eskil.

Doch dann hob sie, wie aus einem inneren Impuls heraus, den Kopf und löste sich von ihm.

»Dass du es immer noch fährst«, sagte sie betont heiter, und sie sah sich um, als suchte sie nach irgendetwas, das sich verändert haben könnte.

Die *MIN KÄRLEK* war ein einfaches Boot ohne großen Komfort, mit einer Schutzscheibe, zwei schmalen Sitzbänken und einem Außenbordmotor.

»Es erfüllt seinen Zweck«, erwiderte er.

Er setzte sich ans Heck, fingerte seine John-Lennon-Sonnenbrille aus der Jeansjacke und schob sie sich auf die Nase. Seine Haare hatte er mit einem Haargummi im Nacken zusammengebunden.

*Du siehst gut aus.*

Obwohl sie es nur gedacht und nicht laut gesagt hatte, grinste Eskil zu ihr herüber, als stünde der Gedanke gut lesbar auf ihrer Stirn geschrieben. Rasch wandte sie ihr Gesicht in die entgegengesetzte Richtung, dankbar für die Brise, die ihr die Wangen kühlte. Eskil ließ den Motor an.

Sie umrundeten das baumbestandene Südufer Skarpös mit den kleinen felsigen Buchten, von wo aus die Umrisse Dikholmens bereits erkennbar waren. Das Boot pflügte durchs Wasser und hinterließ eine weißschaumige Spur, während Eskil, eine Hand an der Pinne, die *MIN KÄRLEK* souverän navigierte. Ein Fischerboot tuckerte in einiger Entfernung an ihnen vorbei, weiter hinten grub sich die aus Stockholm kommende Personenfähre durch die See. Der Wellengang wurde heftiger, er brachte die *MIN KÄRLEK* zum Tanzen. Es ist wie früher, dachte Lillemor, alles ist wie früher. Zusammen mit Eskil im Boot, der Geruch der See, das vom Bug aufspritzende Wasser, das Schaukeln im Wellengang und hoch über ihnen zwei Seevögel, die sich vom Aufwind tragen ließen.

Als sie sich der felsigen Küste Dikholmens näherten, verringerte Eskil die Geschwindigkeit. Zehn Jahre war sie nicht hier gewesen. Von Eskil wusste sie, dass sich auf dieser kleinen Insel, die – ihn ausgenommen – ausschließlich von Frauen bewohnt war, nichts verändert hatte. Seine Mutter hatte einmal augenzwinkernd gesagt, dass mit seiner Geburt die Ära der Inselfrauen zu Ende gegangen sei.

Er steuerte die Bucht an, von wo es nur ein paar Minuten zu dem gelben Haus waren, in dem Eskil aufgewachsen war. Einst war es ein Gästehaus gewesen. Eskils Großvater, ein erfolgreicher Immobilienmogul, hatte es seiner Tochter neben einer Menge Geld, einer herrschaftlichen Villa auf der nahe gelegenen Insel Stegesund und etlichen Eigentumswohnungen im Herzen Stockholms vererbt. Lillemor hatte ihn nie kennengelernt, und auch Eskil selbst hatte ihn nicht oft zu Gesicht bekommen. Siw, seine zweite Frau, hatte ihn eines Morgens tot im Badezimmer gefunden. Das Herz.

Mein unsichtbarer *farfar*, hatte Eskil den Vater seiner Mutter früher manchmal genannt. Dass nach dessen Tod der größte Anteil des Erbes auf seine Tochter übergegangen war, musste sie von einem Tag zum anderen zu einer vermögenden Frau gemacht haben. Doch ihr stattlicher Besitz hatte sie bisher nicht dazu bewogen, ihr bescheidenes Haus auf Dikholmen zu verlassen und sich mehr Wohnkomfort zu gönnen.

Eskil streifte seine Schuhe ab, krempelte die Hosenbeine nach oben und sprang aus dem Boot. Lillemor warf ihm das Seil zu, und er zog die *MIN KÄRLEK* auf den Kies, der an der Unterseite des Bootes knirschte. Mit dem Seil vertäute er es an einem Holzpfosten. Abläufe, die reibungslos ineinandergriffen, ohne dass sie ein Wort dabei wechselten.

Sie kletterten über die grauen Felsrücken und gingen nebeneinander den schmalen Pfad zum Haus hinauf. Eskil mit in den Hosentaschen vergrabenen Händen, als wäre nur auf diese Weise vermeidbar, Lillemor nicht erneut in die Arme zu schließen.

»Es hat sich nichts verändert«, sagte sie leise, wie zu sich selbst, als das gelb angestrichene Holzhaus zwischen den Birken auftauchte.

»Was soll sich verändert haben?«

»Weiß nicht, ich war lange nicht hier. Ob sie sich freut?«

»Klar tut sie das. Du gehörst zur Familie, Lil.«

Sie blieb stehen, sah ihn an, und auch Eskil hielt inne.

»Wie du das sagst.«

»Ist doch so. Du weißt, wie sehr Momma dich mag.«

»Ja«, sagte sie leise. »Das hab ich nicht vergessen.«

Als wäre es am Tag zuvor gewesen, sah sie sich und Eskil als Kinder ausgelassen die drei Stufen zur Tür des gelben Hauses hinaufspringen, nachdem sie zusammen in der Bucht schwimmen oder angeln gewesen waren. Sah, wie sie den Zinkeimer mit dem Fang in die Küche stellten, silbern glänzende Heringe, die sie später in einer von Jespers getöpferten Tonschüssel wiedersahen, eingelegt in Senfmarinade mit Zwiebeln. Sah Eskils Mutter mit geröteten Wangen ein Blech mit duftenden Zimtschnecken aus dem Ofen ziehen, sie auf drei Teller verteilen, die sie auf den kleinen rechteckigen Tisch am Fenster stellte – einen für Eskil, einen für sich selbst und einen für Lillemor, als gehörte sie zur Familie. Sah, wie sie dort mit ihren winterkalten Gesichtern saßen, in den Händen Tonbecher, in denen warmer Kakao dampfte, und dabei über ihre Schnurbärte aus Schokolade lachten. Kein Julfest war vergangen, an dem Lillemor nicht ein Geschenk unter der kleinen, mit Kiefernzapfen geschmückten Tanne gefunden hatte. Einen gestrickten Schal aus weicher lilafarbener Wolle, ein gebatiktes T-Shirt, eine Kette aus Muscheln. Eskils Mutter hatte es sich nie nehmen lassen, Lillemor nach ihren Besuchen zur *MIN KÄRLEK* zu begleiten und sie in ihrer persönlichen Obhut mit dem Boot nach Vaxholm zurückzubringen, wo Jesper auf dem Anleger schon auf sie gewartet hatte.

Mein kleines Mädchen, hatte sie Lillemor lange genannt, und später, als aus dem kleinen ein großes Mädchen geworden war, das Attribut einfach weggelassen.

»Was ist los? Wollen wir?«

Eskils Stimme riss sie aus ihren Gedanken, aber die Erinnerungen blieben. In dieser Umgebung blieben sie, es ging gar nicht anders. Sie nickte.

Eskil stieß das Gartentor auf, es hing etwas schief in den Angeln, und die Scharniere seufzten beim Öffnen. An vielen Stellen war die weiße Farbe vom Zaun abgeblättert. Das Tor war nicht das Einzige, was einen renovierungsbedürftigen Eindruck machte. Je weiter sie sich dem Haus näherten, desto augenscheinlicher traten weitere Abnutzungserscheinungen zutage. An der Hauswand schälte sich teilweise die gelbe Farbe ab, die Fensterrahmen schrien nach einem Anstrich, Löwenzahn wucherte an den Rändern des Kieswegs. Hatte es früher schon so ausgesehen, oder hatte ihr der Blick dafür gefehlt? Sie erinnerte sich an Magnus Lund, der sich seinerzeit um das Grundstück und das Haus gekümmert hatte, der instandgesetzt hatte, was kaputt gegangen war, den Rasen, die Bäume, die Sträucher geschnitten und die Wasserpumpe im Auge behalten hatte. Er war mindestens zwanzig Jahre älter als Eskils Mutter gewesen, weshalb er mittlerweile nicht mehr zu den Jüngsten zählte. Vielleicht lebte er nicht einmal mehr.

Sie umrundeten das Haus, wie sie es früher üblicherweise getan hatten, und betraten es von der Gartenseite aus. »Nur Fremde kommen an die Haustür«, hatte Eskils Mutter seinerzeit zu sagen gepflegt.

»Momma, wir sind da!«

Die Hintertür stand weit offen. Eskil ging zuerst hinein, Lillemor folgte ihm. Im Haus roch es wie damals. Nach Bohnerwachs, verbranntem Holz, warmer Milch und Zimtschnecken.

In Sekundenschnelle glitt Lillemors Blick über die Einrichtung, den neuen weißen Schrank, das Sofa mit den abgenutzten Kanten, den rustikalen Tisch am Fenster, den gemusterten Webteppich auf den Holzdielen, die Frau. Die Frau im Rollstuhl zwischen der zur Küche führenden Tür und dem Sofa. Sie war älter geworden, unübersehbar älter, die Jahre und die Krankheit hatten ihre Spuren auf den Händen, ihrem Hals hinterlassen und ein Netz aus feinen Fältchen um ihre Augen gewebt. Sie trug ihr Haar jetzt nur noch schulterlang, zwei Spangen verhinderten, dass es ihr ins Gesicht fiel. Aber sie war es. Inga. Eskils Mutter. Die hübsche Inga Söderberg mit den meerblauen Augen, die strahlten wie früher.

»Mein Mädchen!«, rief sie und hob den linken Arm, ihr rechter ruhte unbewegt in ihrem Schoß auf einem kleinen Kissen. Lillemor wusste nicht, was sie tun, wohin sie mit ihren Händen sollte. Früher hatten sie und Inga einander zur Begrüßung umarmt. Durfte sie das noch immer, oder löste sie damit möglicherweise Schmerzen aus? Eskils Mutter nahm ihr die Sorge ab, denn sie streckte ihr jetzt den Arm entgegen. »Komm her, mein Mädchen.« Lillemor ging zu ihr, ergriff ihre Hand und ließ es zu, dass Inga sie an sich zog. Sie beugte sich zu ihr hinunter, spürte ihr Haar, das ihre Schläfe streifte. »Wie schön, dich wiederzusehen, Lil!« Sie warf ihrem Sohn einen kurzen Blick zu. »Eskil, sei so gut, bring den Kaffee nach draußen, ich hab ihn schon aufgebrüht. Und die Schüssel mit den Zimtschnecken. Du magst doch noch Zimtschnecken, Lil, oder?«

Noch immer hielt sie ihre Hand.

»Ich helfe ihm.«

»Nein, du bist unser Gast. Komm, wir setzen uns unter die Bäume. Kannst du mich nach draußen bringen?« Zögernd trat Lillemor von hinten an den Rollstuhl. Sie umfasste die Griffe und warf Eskil einen unsicheren Blick zu.

»Einfach schieben.« Er nickte ihr zu. »Du kannst nichts falsch machen.«

»Ich hab noch nie jemanden im Rollstuhl gefahren«, sagte sie, während sie Inga aus dem Wohnzimmer in den Garten schob, wo jemand einen Weg aus Trittsteinen im Rasen verlegt hatte. »Tut mir leid, wenn es holpert.«

»Das ist ganz normal, du machst das prima, Lil.«

Unter den Birken, wo zwei Klappstühle mit geblümten Sitzkissen und ein runder Tisch aus verblichenem Holz standen, brachte sie den Rollstuhl zum Stehen. Inga deutete auf einen der Stühle, und Lillemor setzte sich.

»Wie geht es dir, Inga?« Die Frage war ihr ohne großes Nachdenken entwischt, und sie biss sich auf die Unterlippe, weil sie sie schon bereute. Wie sollte es jemandem gehen, dessen Leben von einer unheilbaren Krankheit bestimmt wurde?

»Im Moment recht gut«, antwortete Inga wider Erwarten. »Es ist ein Stillstand eingetreten, aber ich weiß nie, wie lange es bis zum nächsten Schub dauert. Deshalb bin ich dankbar für jeden Tag, an dem es mir einigermaßen gut geht.« Sie lächelten einander zu.

»Und du, bist du glücklich in Deutschland? Ist alles so geworden, wie du es dir erhofft hast?«

Lillemor zögerte mit der Antwort. Sie dachte an Bernhard, die Werkstatt, an das Kind, das sie nicht gewollt und verloren hatte. »Ja, schon«, sagte sie, aber sie wusste, dass es nicht stimmte, und es gelang ihr sogar, dabei zu lächeln.

Eskil brachte ein Tablett mit drei handgetöpferten Kaffeebechern, von denen keiner dem anderen glich. Lil sah das Ornament, mit dem Jesper seine Keramik kennzeichnete, eine winzige Feder unter dem Henkel und ein stilisiertes J. Der Kaffee duftete mit den warmen Zimtschnecken um die Wette.

»Kommt ihr immer noch gut zurecht, hier so ganz allein?«, fragte Lillemor.

Eskil legte eine Zimtschnecke auf jeden Teller.

»Es ist unser Zuhause«, erwiderte Inga. »So bescheiden es auch ist.«

»Malin hat mir erzählt, dass dein Vater dir die Villa auf Stegesund vererbt hat. Warum zieht ihr nicht dorthin?«

Heftig schüttelte Inga den Kopf. Mit der gesunden Hand griff sie nach ihrem Kaffeebecher und nippte daran. »Sie ist viel zu groß«, sagte sie, nachdem sie den Becher auf den Tisch zurückgestellt hatte. »Ich hab sie vermietet, spiele aber mit dem Gedanken, sie zu verkaufen. Sie macht nur Arbeit. Was sollen wir mit neun Zimmern, drei Bädern und viertausend Quadratmetern Grundstück? Außerdem …«, sie legte den Kopf leicht zurück und blinzelte durch das Grün der Birken in den Himmel, »… hab ich hier alles, was ich brauche.«

Aus dem Augenwinkel nahm Lillemor eine Bewegung am Haus wahr. Auch Eskil schien sie zu registrieren, denn gleichzeitig wandten sie sich um.

»Ist nur Eira«, sagte er.

Ingas Gesicht hellte sich auf. »Eira, komm zu uns«, rief sie und versuchte, sich im Rollstuhl zu ihrem Besuch umzudrehen, doch ihre Bewegungen waren steif und ungelenk, und es gelang ihr nicht.

»Lebt sie immer noch hier?«, fragte Lillemor leise. »Sie muss inzwischen um die siebzig sein.«

Sie beobachtete, wie Eira den Rasen überquerte und sich ihnen langsam näherte. Sie trug einen dunklen Wollrock, der ihr bis zu den Waden reichte, und einen weiten sandfarbenen Pullover darüber. Sie ging gebückter als früher, aus den blonden Locken von einst war ein weißer, sorgfältig geflochtener Zopf geworden – wie ein Schmuckstück lag er über ihrer rechten Schulter. Im Arm hielt sie einen kleinen Weidenkorb.

»Man konnte ihr Alter früher schon schwer einschätzen. Sie wohnt immer noch in der Kate«, sagte Eskil.

Eira hatte sich ihnen bis auf wenige Schritte genähert.

»Wir haben eine wundervolle Abmachung, Eira und ich«, sagte Inga lachend. Sie versuchte erneut, sich zu Eira umzudrehen. »Ich lasse sie die Preiselbeeren und die Heidelbeeren von meinen Sträuchern pflücken, und sie bringt mir dafür ein paar Tage später Aufstrich und Kompott.«

Die alte Frau blieb stehen, sie nickte Inga und Eskil stumm zu. Ihre Lippen waren geschlossen, sie blieben unbewegt. Hatte Lillemor sie jemals lächeln sehen? Früher war sie außerordentlich scheu gewesen. Menschenscheu. Misstrauisch. Es wäre ihr nie in den Sinn gekommen, auf jemanden zuzugehen. Eine unzugängliche Eigenbrötlerin war sie gewesen, die gern für sich geblieben war und die lange Zeit diesen Tick mit den Namen hatte. Ob man noch immer keinen in ihrer Anwesenheit nennen durfte? Und doch schien sie ein Teil der Inselgemeinschaft zu sein, so wie alle anderen.

»Erinnerst du dich an Eskils Freundin aus alten Zeiten?« Inga winkte Eira näher heran, aber die alte Frau verharrte auf der Stelle, gute fünf Schritte entfernt. Ihr Sicherheitsabstand, dachte Lillemor. »Sie lebt seit vielen Jahren in Deutschland und ist zu Besuch.«

Ohne einen weiteren Gedanken stand Lillemor auf. Sie ging auf Eira zu, und sie reichten sich die Hände. Eiras Händedruck war fest und warm, ungewöhnlich kräftig für eine Frau ihres Alters. Auf dem silbernen Medaillon, das sie an einer Kette um den Hals trug, brach sich ein Sonnenstrahl. Die Fältchen um ihre Augen vertieften sich, doch schon im nächsten Moment wirkte sie verschlossen wie zuvor.

»Schön, dich wiederzusehen, Eira«, sagte Lillemor.

Sie meinte es so, genau so, und sie hätte sich gern dafür entschuldigt, dass sie und Eskil sich früher manchmal verrückte Szenarien hinsichtlich ihrer Herkunft ausgemalt hatten, denn niemand wusste, woher Eira eines Tages gekommen war. Alle Inselfrauen hatten eine Geschichte, eine Vergangenheit, einen Grund, der sie nach Dikholmen getrieben hatte. Eira besaß all dies bekanntermaßen nicht. Eine Tatsache, die Lillemors und Eskils kindliche Fantasie beflügelt hatte.

Ohne eine Regung nickte die Alte ihr zu. Sie griff in ihren Korb und reichte Lillemor drei Einmachgläser mit leuchtend rotem Kompott.

»Das beste Beerenmus im ganzen Schärengarten, danke!«, rief Inga. »Bleib doch und trink eine Tasse Kaffee mit uns.« Doch Eira winkte ab und wandte sich zum Gehen. Nachdenklich sah Lillemor ihr nach. Sie stellte die Gläser mit dem Kompott auf den Tisch zwischen die Kaffeebecher. »Sie ist ein guter Mensch«, sagte Inga. »Auch wenn sie ein bisschen sonderbar wirkt. Ohne Eira wäre ich in der Nacht von Eskils Geburt völlig auf mich gestellt gewesen, Lil.« Sie warf ihrem Sohn einen liebevollen Blick zu. »Aber jetzt lassen wir Lil erzählen, wie es ihr in Deutschland geht.«

»Ach, da gibt es gar nicht viel zu …« Lillemor fuhr mit der Fingerspitze am Rand ihres Kaffeebechers entlang.

»Sie hat eine eigene Werkstatt«, fiel Eskil ihr ins Wort.

»Wirklich?«

»Ja, na ja, beinahe«, sagte Lillemor mit einem kurzen Schulterzucken. »Sie gehört mir nicht allein. Wir arbeiten zu zweit darin, es macht riesigen Spaß. Wir fertigen Gebrauchskeramik und wollen uns auf die Raku-Technik spezialisieren, sie verkauft sich recht gut inzwischen. Ach, fast hätte ich es vergessen …«

Sie unterbrach sich, griff in ihre Umhängetasche und holte ein in Geschenkpapier eingewickeltes Päckchen heraus. »Für dich, Inga.«

Sie schob es quer über den Tisch. Vor der Abreise nach Schweden hatte sie einige der kleinen Schalen, die inzwischen ihr Markenzeichen geworden waren, in den Koffer gepackt. Handtellergroß, aus feuerfestem Ton, die Innenseite verschiedenfarbig glasiert. Durch den Raku-Brand, der die typischen Risse in der Glasur bewirkte, erhielten sie ihr individuelles Aussehen. Für Inga hatte sie eine türkisfarbene ausgewählt, weil sie wusste, dass Eskils Mutter leuchtende Farben mochte.

Inga griff nach dem Päckchen. Mit einer Hand versuchte sie, das Papier zu entfernen, es gelang nicht, ungeduldig zerrte sie daran.

»Lass mich dir helfen«, sagte Eskil sanft.

Er wartete ihre Antwort nicht ab, sondern löste ohne ein weiteres Wort die Klebestreifen vom Papier. Die liebevolle Art, mit der er dem Unvermögen seiner Mutter begegnete, rührte Lillemor.

»Oh, wie hübsch!« Behutsam fuhr Ingas Fingerspitze über die glänzende Innenseite. »So etwas kannst du?«

Ihre Stimme hatte einen ehrfürchtigen Ton angenommen. Bewundernd blickte sie Lillemor an, ohne die Finger von der Schale zu nehmen.

»Es ist eine besondere Brenntechnik, die ursprünglich aus Japan kommt. Wir mögen sie sehr.«

»Jesper platzt bestimmt vor Stolz. So eine talentierte Nichte! Du machst ihm alle Ehre.«

Lillemor öffnete den Mund, um zu erwidern, dass sie noch eine Menge lernen müsse und längst nicht so geschickt sei wie ihr Onkel, doch da sagte Eskil: »Sie wird heiraten, Momma.« Jäh wandte Lillemor ihm ihr Gesicht zu. Der Tonfall, den er seinen Worten beigemischt hatte, gefiel ihr nicht. Er hatte nicht nur erschreckend sachlich, sondern geradezu anklagend geklungen. Am liebsten hätte sie ihn geschüttelt, hätte ihn gefragt, was ihm einfiel, ihre persönlichen Dinge in einem so nüchternen, so tadelnd klingenden, in einem so beiläufig eingestreuten Satz auf den Tisch zu werfen. Mit zusammengepressten Lippen funkelte sie ihn an. Seinen Gesichtsausdruck konnte sie nicht deuten. »Ist doch kein Geheimnis, oder?« Er lehnte sich auf seinem Klappstuhl zurück und streckte die Beine aus, ohne ihrem Blick auszuweichen.

»Nein, ist es nicht«, zischte Lillemor ihm zu, »aber es ist meine Sache, darüber zu sprechen, nicht deine.«

Er hob die Hände. »Ist ja schon gut, sorry.«

»Ist das wahr?« Ingas Augen leuchteten. »Du wirst heiraten?«

Lillemor nickte. Noch einmal streifte sie Eskil mit einem unmissverständlichen Blick. Sie rief sich zur Ordnung. Was war schon dabei, warum regte sie sich so auf? Mit Mühe gelang es ihr, ihren Groll auf ihn zu unterdrücken.

»Bring deinen Typen vorher zu mir«, hörte sie ihn murmeln. »Ich will ihn kennenlernen.«

## Dikholmen, 1960

*Es hat aufgehört zu schneien. Nach vier Schneetagen hat es endlich aufgehört. Auf der Scheibe sind Eisblumen gewachsen, wie jede Nacht, seit der Frost kam. Ich halte mein Gesicht ganz nah ans Glas und hauche meinen Atem darauf, bis ein winziges Schmelzloch entsteht. Draußen ist tiefe Dunkelheit, das Zeitgefühl ist mir verloren gegangen, seit es Winter geworden ist, es muss früher Morgen sein. Hinter mir knistern zwei Buchenscheite im Ofen. Es wird eine Weile dauern, bis sie die Kälte der Nacht vertreiben und die Kate halbwegs wärmen.*

*Aus meinem Becher steigt Dampf auf. Thymianduft. Ich schlürfe den heißen Tee im Stehen und verkrieche mich in Magnus' Jacke. Er hat sie mir gebracht, als es kalt wurde. »Es wird Winter«, hat er nur gesagt. Sie hat eine Kapuze und ist gefüttert mit Kaninchenfell. Sie reicht mir bis zu den Knien, meine Hände verschwinden in den Ärmeln, ich fühle mich darin wie ein Kind, dem etwas angezogen wird, in das es noch hineinwachsen muss. Ich versinke darin, aber es tut gut, sie zu tragen. Nicht nur, weil sie mich wärmt, wenn ich durch den Schnee stapfe oder wenn ich nachts aufwache und friere, weil das Feuer im Ofen ausgegangen ist. Sondern weil sie nach ihm riecht. Nach ihm und nach einem Haus aus Stein und nach so etwas wie Obhut. Ich fühle mich weniger allein in seiner Jacke. Weniger allein in meiner Kate. In meinem Leben.*

*Immer noch sorgt er für mich. Noch mehr, seit ich diesen lästigen*

*Husten habe. Er hat mir Thymian gebracht und Huflattich, wie ich es auf die Tafel geschrieben habe, damit ich Tee daraus kochen kann. Er ist zu Ebba gegangen und hat sie um die Kräuter gebeten. »Sie hängen an ihrer Decke«, hat er gesagt. »Bündelweise. Der ganze Schärenkräutergarten hängt an ihrer Decke.« Noch immer schrecke ich davor zurück, den anderen Frauen dieser Insel zu begegnen. Magnus schüttelt den Kopf, wenn ich darauf beharre, für mich zu bleiben. Ebbas Huflattich und ihr Thymian lindern meinen Husten. Im nächsten Sommer fange ich an, selbst Kräuter zu sammeln. Ich werde mir ein Beet anlegen, auf dem sonnigen Flecken neben der Kate werde ich Kräuter ziehen. Der Gedanke daran vertreibt die Schatten dieser langen dunklen Wintertage.*

*Da pocht es an der Tür. Der Tee schwappt über. Ein paar Tropfen brennen sich heiß in meinen Daumen.*

*Er ruft seinen Namen, ich atme auf, und ich gehe und drehe den Schlüssel um. Er bringt einen Schwall eisige Luft mit herein. Rasch schließt er die Tür, klopft sich ein paar Schneeflocken von der Mütze und zieht die nassen Stiefel aus. Er stellt sie neben die Tür, und ich sehe sie an und denke an Anders. An seine Stiefel hinter unserer Haustür. An die zwei Paar kleinen Stiefel daneben. Und an das vierte Paar, das in diesem Winter zum ersten Mal fehlt.*

*Auf dicken Socken geht er zum Ofen, ein prüfender Blick, ob ich auch ja genügend Holz drin habe, ein Nicken. Jetzt geht er zum Tisch, setzt sich, ich schenke ihm Tee ein. Ein Ritual. Jeden Tag. Er knöpft seine Jacke auf, legt die Mütze auf den Tisch, die Handschuhe daneben.*

*Ich setze mich zu ihm. Wir trinken, er spricht, ich höre zu. Stumm. Seine Stimme erfüllt den Raum. Nach jedem Schluck Tee presse ich fest die Lippen zusammen, um die Worte, die in mir aufsteigen, nicht unbeabsichtigt herauszulassen. Aber was erzählt er denn da? Von einer Frau, die er im letzten Sommer gesehen hat. Die mit einem Boot auf Dikholmen angelandet ist. Die einen Sack bei sich trug. Die mit einem Beil ihr Boot zum Kentern gebracht hat. Die weinend auf den Felsen saß und dabei zusah, wie ihre einzige Verbindung zur Welt in der Ostsee versank. Die verzweifelt durch den Wald irrte.*

*Mein Herz rast. Er wirft einen Blick in die Ecke, in der mein Beil liegt. Er weiß alles! Längst weiß er alles! Ich ziehe meinen Kopf tief zwischen die Schultern, will mich in seiner Jacke verstecken. Er kennt meine Geschichte doch nicht, er kann nichts ahnen, nichts von den Stimmen in meinem Kopf, nichts von Anders und den Kindern. Aber ganz bestimmt hört er mein Herz schlagen, es wummert wie verrückt in meinem Körper. Wirft ein Echo in den Raum. In meinem Kopf dreht sich alles, ich halte mir die Ohren zu.*

*Er verstummt, sieht mich an, mein Herz hämmert weiter. Warum erzählt er mir das? Weshalb jetzt erst?*

*»Warum?«, fragt er nur. Seine Stimme ist leise geworden, seine Züge sehen weicher aus. Wie er mich jetzt ansieht! Hundert Fragen in seinem Blick. Ich weiche aus, schaue weg, hinüber zum Eisblumenfenster. Weiß, dass er auf eine Antwort wartet. Er streckt einen Arm aus, quer über den Tisch. Schon spüre ich seine Hand auf meiner, warm, leicht. Unerwartet sanft, seine große Hand. Hoffentlich lässt er sie noch eine Weile da. Es ist lange her, dass ich die Wärme eines anderen Menschen gespürt habe. Ich will es ihm so gern sagen, will ihm sagen, wie wohl es tut, ihn um mich zu haben, ihn, der sich um mich sorgt, will ihm endlich all die Antworten geben, die ich ihm seit Monaten vorenthalte. Ich spüre seinen Blick auf mir ruhen, wartend, geduldig, weiß, dass es richtig wäre, ihn jetzt anzusehen, den Mund zu öffnen, ihm zu sagen, wie ich heiße, wer ich bin, woher ich komme. »Ich will dich so gern verstehen«, höre ich ihn sagen, und wieder muss ich meine Lippen fest aufeinanderpressen, damit kein unbedachter Moment mir ein Wort entreißt. Sein Daumen fährt sanft über meinen Handrücken. Ein wohliges Gefühl. »Was hat man dir nur angetan?«, fragt er.*

*»Nichts«, murmle ich, so leise ich kann, und sehe ihn an.*

*Er horcht auf, seine Augen werden schmal, seine Stirn legt sich in Falten. »Du sprichst!« Alles verschwimmt vor meinen Augen. Sein Gesicht, unsere Hände, die Teebecher, das Ofenrohr hinter ihm, die Wand, das Eisblumenfenster. Tränen laufen mir über die Wangen, ich will nicht schluchzen, aber ich kann nicht anders. Schon ist er bei mir, neben mir, ganz nah. Sanft zieht er mich zu sich hoch, in seine Arme, streicht mir übers Haar, entschuldigt sich, wieder und wieder. Immerzu dieselben Worte. »Verzeih mir, ich wollte dir keine Angst machen. Dir nicht wehtun. Dich nicht drängen. Verzeih mir, verzeih mir, verzeih mir.«*

*Nichts will ich lieber, als ihm zu verzeihen, als ihm zu sagen: Ich verzeihe dir.*

*»Was täte ich nur ohne dich?«*

*Hab ich das wirklich gesagt? Es gewagt? Er hält mich, seine Lippen berühren meine Stirn, er wiegt mich wie ein Kind. Sein Pullover trocknet mein nasses Gesicht. Er hebt mich auf seine Arme, trägt mich hinüber zur Pritsche. Ich schließe die Augen, klammere mich an ihn, sein Pullover riecht wie die Jacke, die ich trage, nach ihm, nach Magnus, dem einzigen Menschen, den ich seit Monaten gesehen habe. Ich will ihn bei mir haben, so nah wie möglich, ihn nicht gehen lassen. Will in ihm versinken, wie ich in seiner Jacke versinke. Ich schluchze, huste, krächze wie ein Rabe. Kann er meine Gedanken lesen? Er birgt mich in seinen starken Armen, hält mich, aber erdrückt mich nicht. Seine Stimme flüsternd an meinem Ohr, seine Lippen warm auf meinem Hals. Ich schmiege mein Gesicht in seine große Hand, er küsst mir die Tränen von der Haut. Ich will die Augen nie wieder öffnen, mich hingeben, allem, was passiert, solange er bei mir bleibt.*

*Und dann drängen die Worte aus mir heraus, und unter Tränen erzähle ich ihm meine Geschichte. Ich weiß nicht, wie all die Worte, die ich niemandem preisgeben wollte, über meine Lippen kommen können. Magnus ist jetzt der Einzige, der weiß, warum ich Anders und die Kinder verlassen habe. Warum ich so verzweifelt auf Dik-*

*holmen ankam. Und dass das Heimweh nach meiner Familie mich an manchen Tagen innerlich zerfrisst. Er hält mich, die ganze Zeit, bis zum letzten Wort. Streicht über mein Haar, während mir die Tränen übers Gesicht laufen. Küsst mich auf die Stirn und auf den Mund, und ich klammere mich an ihn wie an ein Stück Treibholz im offenen Meer. Mit geschlossenen Augen lasse ich geschehen, was geschieht.*

*Da taucht Anders' Gesicht in meiner Erinnerung auf. Ich bin eine verheiratete Frau! Ja, eine verheiratete Frau, die ihren Mann verlassen hat, weil die Stimmen in ihrem Kopf ihr befohlen haben, ihren Kindern etwas anzutun. Magnus' Hände tasten sich unter meinen Pullover. Wohlig seufze ich auf, als ich sie auf meinem Bauch spüre, so sanft. Ich hebe die Arme. Seine Hände streifen mir den Pullover über den Kopf. Ich lasse mich von ihm berühren, weiter ausziehen, denke nicht nach, fühle mich geborgen, getragen, geliebt. Meine Haut bebt unter seinen zärtlichen Berührungen. Niemand kennt mein Versteck, niemand weiß, was ich hier tue und dass ich mich seit Langem wieder wie eine Frau fühle. Niemand außer Magnus, der sich jetzt behutsam auf meinen Körper, zwischen meine gespreizten Beine schiebt, der mein Gesicht mit zärtlichen Küssen bedeckt, der mir wieder und wieder ins Ohr flüstert, dass er mich liebt.*

*Ich kann nicht glauben, dass er es wirklich sagt, dass er es fühlt, dass er mich, die seltsame Frau mit den Stimmen im Kopf, lieben kann. Dass er sie mir nicht austreiben will wie mein Vater oder darüber lacht wie Anders.*

*»Hörst du sie immer?«, fragt er, als wir außer Atem nebeneinander auf der Pritsche liegen, schweißnass unsere Körper.*

*Ich erkläre ihm, dass sie leiser geworden sind, seit ich mich wie ein Tier im Winterschlaf in der Einsamkeit dieser Insel verkrochen habe. Gedämpfter. Dass sie wie Raubtiere sind, die hinter einer Wand lauern und deren Knurren und Fauchen nur dumpf zu mir durchdringt.*

*»Aber ich habe immer noch Angst vor ihnen«, sage ich. »Angst, dass*

*sie mich auffordern, jemandem etwas Böses anzutun, dessen Name in meiner Nähe ausgesprochen wird. So wie bei meinen Kindern. Stell dir vor, die Stimmen würden mir befehlen, dir etwas Böses anzutun. Oder Astrid oder Ebba oder wen auch immer du erwähnst, wenn du bei mir bist.« Ich merke, wie es eng wird in meinem Hals, ringe nach Luft. Tränen nehmen mir die Sicht. Sein Gesicht verschwimmt vor meinen Augen. »Nie wieder darf ich einen Namen hören!«*

*Es tut so weh, das zu sagen, als ob ich mich selbst verletze, und es fühlt sich an, als wäre keine Luft mehr in meinen Lungen, nur Wasser. Oder sind es Tränen? Ich wusste nicht, dass man nach innen weinen kann. Und dann spüre ich wieder seine Hände überall auf meinem Körper, sie halten mich, beruhigen mich.*

*»Wenn es dir hilft«, sagt er sanft, »spreche ich nie wieder einen Namen in deiner Gegenwart aus.«*

*Dabei sieht er mir so tief in die Augen, dass mir schwindlig wird.*

# LILLEMOR

Auf dem Weg nach Obernhof, 2019

Zwei Tage waren seit der Kanuetappe vergangen. Während Lillemors wund gelaufene Ferse allmählich heilte und ihre vom stundenlangen Paddeln gepeinigten Oberarme und Schultern sich erholten, vollzog sich in ihrem Inneren ein Wandel, ohne dass sie ihn sich näher erklären konnte.

*Etwas geschieht mit mir*, schrieb sie in einer Nachricht an Mone und Anja. Und sie fügte ein Herz mit Flügeln hinzu, weil dieses Symbol ihren Zustand am treffendsten beschrieb. Als hätte ihr Herz an Gewicht verloren. Als wären ihm zwei winzige Flügel gewachsen, die mit jedem zurückgelegten Kilometer an Kraft gewannen, flugtauglicher wurden. Sie gestand sich ein, dass ihr das Unterwegssein von Tag zu Tag besser gefiel, sie Riekes Anwesenheit und die Gespräche mit ihr mochte, und es sich plötzlich befreiend anfühlte, über Dinge zu sprechen, die sie seit Jahren verzweifelt mied.

Ab dem kommenden Morgen würde sie allein weiterziehen, denn nur noch wenige Kilometer trennten sie und Rieke von Obernhof, dem kleinen Dorf an der Lahn, in dem Rieke bleiben wollte. Der Gedanke, ihren Weg ebenfalls dort zu beenden, hatte Lillemor ein paarmal wie aus dem Nichts überfallen, aber sie hatte ihn zurückgedrängt. Jedes Mal. Sie würde sich beweisen, dass sie es auch allein schaffte.

Sie saßen nebeneinander auf einer verwitterten Holzbank in

der Nähe einer Kapelle, die auf der Kuppe eines sanft ansteigenden Wiesenhangs errichtet worden war. In der Nähe weideten Pferde, zwei Stuten mit ihren Fohlen, weit unter ihnen wälzte sich die Lahn in ihrem Bett. Ab und zu sahen sie Kanufahrer dahingleiten, winzig wie Spielzeugfiguren, die Lillemor an ihren Tag auf dem Fluss erinnerten.

Rieke kramte nach einem Müsliriegel. Mit einem leisen Ächzen wuchtete Lillemor ihren Rucksack neben sich auf die Bank.

»Du schleppst immer noch zu viel mit dir herum«, hörte sie Rieke sagen.

Sie riss das Papier von ihrem Riegel und stopfte es in die Hosentasche. Natürlich hatte Riekes Bemerkung auf Inhalt und Gewicht des Rucksacks abgezielt, aber Lillemor übertrug sie auf mehr, auf etwas Großes und Tiefes. Auf ihre nicht enden wollende Trauer um Bernhard und Timmy. Auf ihre elenden Schuldgefühle, um die niemand wusste, außer ihrer Therapeutin. Auf ihr ganzes Leben, das nach dem Unglück ein anderes geworden war. Dem es seitdem an Leichtigkeit, Freude, Farben und Licht fehlte.

*Du schleppst immer noch zu viel mit dir herum …*

Ein Echo in ihrem Kopf, das nicht leiser wurde.

»Wenn du wüsstest, was ich in Wirklichkeit mit mir herumschleppe«, murmelte sie. Rieke drehte sich zu ihr um, kauend, die Augen schmal und fragend, den zur Hälfte gegessenen Müsliriegel in der Hand. »Der hier ist nichts dagegen«, fügte Lillemor mit einem Seitenblick auf ihren Rucksack hinzu. »Aber durch ihn fange ich an, etwas zu verstehen.« Rieke schwieg, sie biss erneut in ihren Riegel und lehnte sich zurück. »Ich hab dir von dem Unfall erzählt«, fuhr Lillemor fort. Warum klang ihre Stimme so belegt? Sie räusperte sich, reckte die Schultern, fixierte die Umrisse der weiß getünchten Kapelle auf der Anhöhe, die sich in den Schatten einer mächtigen Linde duckte. »Wir waren bei Freunden eingeladen. Eine Geburtstagsparty. Sie haben eine Tochter in Timmys Alter. Die beiden durften an diesem Abend länger aufbleiben, sie haben im Kinderzimmer gespielt, während wir feierten. Bernhard hatte eine ganze Menge getrunken, und mir war klar, dass ich uns nach Hause fahren würde. Es war nach Mitternacht, als wir uns verabschiedeten, und es hat in Strömen geregnet. Timmy hinten in seinem Kindersitz schlief, kaum dass wir losgefahren waren. Bernhard und ich hatten Streit. Ich hab ihn angemeckert, weil er so viel getrunken hatte. Und wegen ein paar anderer Dinge, wegen denen wir seit Tagen immer wieder aneinandergeraten waren. Er konnte so … so bestimmend sein, auf eine unerbittliche Art, wenn es um Sachen ging, die er durchsetzen wollte. Irgendwann hat er nichts mehr gesagt, nur vor sich hingestarrt. Um mich innerlich zu beruhigen, hab ich mich gedanklich weggeträumt. Wie so oft zu dieser Zeit dachte ich an … an …«, sie unterbrach ihr Stammeln, fuhr sich mit beiden Händen übers Gesicht und atmete tief ein, »… an einen anderen Mann. An das, was ich mit ihm erlebt hatte. An das, was sich zwischen uns entwickelt hatte und dass dadurch alles auf dem Kopf stand, was mir bis dahin lieb und teuer gewesen war.« Wieder stockte sie, weil sich eine Klammer um ihren Hals drückte, der ihr das Weitersprechen erschwerte. Sie dachte zurück an jenen Tag. An das Verlangen, dem sie nachgegeben hatten, an die Wärme seines Körpers, seine Hände, die sie mit einer solchen Zärtlichkeit berührt hatten, dass es ihr den Atem geraubt hatte. Sie versuchte erst gar nicht, die Erinnerungen abzuschütteln, weil sie wusste, dass es nicht gelingen würde. Sie waren der Welt entrückt gewesen. Sie straffte die Schultern, besann sich, sprach weiter. »Der Regen wurde immer heftiger. Die Scheibenwischer waren nicht mehr die besten, ich konnte kaum was sehen und hatte auch noch Tränen in den Augen.

Um die Zeit ist nie viel Verkehr auf dieser Landstraße. Wir sind mindestens fünf Kilometer gefahren, ohne dass uns mehr als zwei, drei Autos entgegengekommen sind. Aber meine Gedanken waren einfach nicht auf der Straße, ich war abgelenkt und unkonzentriert. Und plötzlich sah ich die Lichter, diese verschwommenen Lichter auf uns zurasen, und in meiner Panik hab ich das Lenkrad zur Seite gerissen.« Sie rang nach Luft, ihre Stimme verlor sich bei den letzten Worten in einem lautlosen Schluchzen. Rieke legte ihr eine Hand auf die Schulter. Die Worte drängten heraus, ließen sich kaum zurückhalten, sie stolperten über Lillemors Lippen, während sich immer wieder Tränen in ihren Augen sammelten. »An das, was danach passiert ist, erinnere ich mich nur in Bruchstücken. Der Rettungswagen. Blaues Licht. Die nasse Straße. Ich weiß, dass ich dauernd Timmys Namen gerufen habe und die Augen öffnen wollte, aber es ging nicht, es ging einfach nicht. Irgendjemand war neben mir und hat mir was unter den Kopf geschoben und mich zugedeckt und gesagt, dass alles gut wird, dass ein Arzt da sei. Erst Stunden später kam ich zu mir, im Krankenhaus auf der Intensivstation. Und da hab ich den Unfall zum ersten Mal realisiert und nach Timmy und Bernhard gefragt. Eine Ärztin kam. Zusammen mit einem Seelsorger.« Ein Hubschrauber knatterte in einiger Entfernung über die Hänge des Lahntals hinweg. Lillemor wartete einen Moment, bevor sie weitersprach. Sie heftete ihren Blick wieder auf die Kapelle, das schiefergedeckte Dach mit dem kleinen Turm und das glänzende Kreuz auf dessen Spitze. »Bernhard ist noch im Rettungswagen gestorben, Timmy drei Stunden später auf der Intensivstation. Noch bevor ich um die Tragweite wusste. Und ich lag da mit meinem Beckenbruch und einem Schädel-Hirn-Trauma und ein paar Prellungen und habe nicht begriffen, warum. Warum mein Herz noch schlug, warum ich atmen konnte, warum in meinem Körper alles funktionierte wie vorher. Warum ich nicht mit ihnen gestorben war, obwohl ich Schuld hatte an allem.« Ihre Stimme brach, sie neigte sich vornüber und bedeckte ihr Gesicht mit den Händen, während sie von einem Weinkrampf geschüttelt wurde. Rieke strich ihr sanft über den Rücken, schwieg, wartete und ließ sie weinen. Irgendwann richtete Lillemor sich auf. Mit roten Augen sah sie Rieke an. Dankbar nahm sie das Taschentuch, das sie ihr reichte. Sie rieb sich das Gesicht trocken und putzte sich die Nase. »Es ist jetzt so lange her. Aber ich weiß nicht, wie ich es mir jemals verzeihen soll.«

»Und dann kommt die Klugschwätzerin Friederike Sprott daher und sagt dir, dass du immer noch zu viel mit dir herumschleppst«, sagte Rieke sanft.

Lillemor schniefte. »Es ist ja nicht so, dass ich das nicht weiß. Meine Therapeutin hat da auch schon angesetzt. Aber die Sache mit dem Rucksack, die hat es jetzt so greifbar gemacht, weißt du. Weil ich körperlich gespürt habe, wie schwer sein Gewicht mir auf die Schultern, die Schlüsselbeine und den Rücken gedrückt hat. Wie weh er mir getan hat. Und dann hab ich ein paar Dinge rausgelassen, du hast ihn umgepackt, und auf einmal kann ich ihn besser tragen. Natürlich spüre ich sein Gewicht, aber es tut nicht mehr so weh.«

Sie schnäuzte sich hörbar die Nase. Das zusammengeknäulte Taschentuch stopfte sie in die Hosentasche.

»Vielleicht kannst du es mit deinen Schuldgefühlen genauso machen«, sagte Rieke.

»Sie liegen tief drin in meinem Rucksack.«

»Du könntest sie herausholen.«

»Ich glaube, das geht nicht so leicht wie mit einem überflüssigen T-Shirt.«

»Du könntest es versuchen. Nimm sie raus, pack sie in hübsches Papier ein, binde ein Schleifchen drum und leg sie an die

Seite. Sie werden dableiben, du kannst sie jederzeit ansehen und dich erinnern, warum sie da sind. Aber du musst sie nicht mehr jeden Tag mit dir herumtragen.«

Sie wechselten einen langen Blick, Rieke mit schräg gelegtem Kopf, als wartete sie auf eine Reaktion, und Lillemor mit einer Mischung aus Verwunderung und Dankbarkeit. Sie stand auf, ging ein paar Schritte. Ihr Blick glitt über die bewaldeten Hänge auf der gegenüberliegenden Lahnseite und hinauf in den Junihimmel. War es wirklich so einfach? Sie dachte an das geflügelte Herz. Sie spürte es. Sie wollte es. Der Wind trieb ein paar zerrupfte Wattewolken über die Tannenspitzen hinweg. Sie blickte ihnen nach. Sah, wie sie innerhalb der unscheinbaren, vom Wind ausgelösten Bewegungen ihre Form veränderten. Und wie sie zu etwas Neuem wurden.

## VERSPROCHEN

Rund und leuchtend hing der Mond über dem nächtlichen Schärengarten und übergoss ihn mit seinem bleichen Licht. Es war die Nacht vor ihrer Hochzeit, eine Nacht mitten im August, die von ungewöhnlicher Wärme war. Auf der Suche nach etwas Abkühlung hatte Lillemor, bekleidet nur mit Trägerhemdchen und Slip, leise, um Bernhard nicht aufzuwecken, das Bett verlassen und war ans offene Fenster getreten. Wie ein einsamer Wächter erhob sich der Baumriese aus dem Garten, ein schwacher Luftzug bewegte seine dicht belaubte Blätterkrone.

Fünf Tage zuvor waren sie aus Granzbach angereist, sie und Bernhard, nachdem sie die notwendigen Formalitäten für die Hochzeit von Deutschland aus geregelt hatten. Malin hatte Blumen und Kuchen bestellt und ihr versprochen, ihr mit den Haaren zu helfen. Alles war organisiert, hinter jeden Punkt auf der Liste hatte sie mittlerweile ein Häkchen gesetzt. Und doch war es, als fehlte etwas. Als wäre ihr mit der Zeit etwas abhandengekommen, was sich beim besten Willen nicht wiederfinden ließ.

Als gäbe es zwischen Bernhard und ihr und inmitten ihrer Liebe eine kleine luftleere Stelle. Eine Lücke. Einen blinden Fleck wie im menschlichen Auge, mit dem Unterschied, dass der blinde Fleck auf der Netzhaut nichts Ungewöhnliches war, sondern der Norm entsprach und sich anatomisch erklären ließ. Tief in ihrem Inneren hatte sie gehofft, dass sich mit der Vorfreude auf die Hochzeit das verloren gegangene Gefühl wieder einstellen würde.

»Ich dachte einfach, es fühlt sich anders an«, hatte sie tags zuvor zu Malin gesagt. Ihre Schwester war bereits seit einigen Jahren mit Jan Olof verheiratet, sie würde schon wissen, was sie meinte. Das jedenfalls hatte Lillemor geglaubt. Gehofft. Doch Malin hatte sie angesehen wie jemand, der eine andere Sprache sprach und deshalb Schwierigkeiten mit dem Verstehen hatte. »Größer irgendwie«, hatte Lillemor erklärend hinzugefügt. »Ich hatte mir vorgestellt, dass man übersprudelt vor Glück.« Mit einem Mal war sie sich lieblos und oberflächlich vorgekommen. Vielleicht stimmte etwas nicht mit ihr …

»Tust du das denn nicht?«, hatte ihre Schwester gefragt, mit einem Blick, in dem sich eine gewisse Fassungslosigkeit gespiegelt hatte.

Wegen der Betonung, die sie auf das letzte Wort gelegt hatte, hatte Lillemor begriffen, dass der blinde Fleck zwischen Bernhard und ihr nicht der Normalität entsprach. Und da Bernhard noch nie ein Wort in dieser Hinsicht geäußert und sie ihn bisher nicht auf dieses Fehlen von etwas, das sie nicht einmal genau erklären konnte, angesprochen hatte, ging sie davon aus, dass sie allein so empfand.

Nun stand sie am offenen Fenster ihres Mädchenzimmers in der Sjögata, frühmorgens um kurz nach halb vier, und fragte sich zum wiederholten Mal, was genau ihr fehlte. Was vermisste sie denn? Bernhard liebte sie, das wusste sie, auch ohne dass er es ihr dauernd sagte, so, wie er es am Anfang ihrer Verliebtheit getan hatte. Inzwischen waren sie in die hundertzwanzig Quadratmeter große, über der Werkstatt gelegene Wohnung eingezogen, die Irmtraud Fischer nach ihrem Herzinfarkt zwei Jahre zuvor mit Bedauern verlassen hatte, um künftig bei ihrer Tochter zu leben. Lillemor und Bernhard hatten sie behaglich eingerichtet, mit einem Sammelsurium an Möbeln, die sie auf den Antikmärkten der Umgebung entdeckt hatten, mit Kunstdrucken an den Wänden und luftigen Vorhängen vor den großen Fenstern, die sie nie zuzogen, weil sie den Blick über die Dächer der Stadt hinweg bis zu den grünen Hügeln am Horizont mochten. Ihre Keramikserien fanden Zuspruch bei den Kunden im Laden ebenso wie auf den Märkten, auf denen sie sie verkauften. Lillemor hatte sich auf kleine Schalen spezialisiert, die sie in verschiedenen Grün und Blautönen glasierte und mit dem speziellen Verfahren, Raku, brannte. Bernhard versuchte sich am Fertigen von Skulpturen. Manchmal stellte er seine Kunstobjekte in einer Galerie in der nahen Kreisstadt aus, machte sich allmählich einen Namen, doch nur hin und wieder verkaufte er etwas. Gewiss, seine Objekte brachten nicht so viel ein, dass sie zum Lebensunterhalt beitrugen, aber er ging im Gestalten auf und erinnerte Lillemor an ihren Onkel Jesper, der ähnlich angefangen hatte und dem eines Tages ja sogar ein Preis verliehen worden war. Es war doch alles perfekt, und trotzdem wurde sie das Gefühl nicht los, dass etwas fehlte.

Das Mondlicht warf einen milchigen Streifen ins Zimmer. Draußen war es so ruhig, dass Lillemor die Blätter des Baumriesen im lauen Wind rascheln hörte. Ihr Blick glitt über ihn hinweg und verlor sich in den Lichtpunkten der Laternen in den dahinterliegenden Straßen Vaxholms.

Vielleicht war die ungewöhnliche Wärme schuld daran, dass sie nun hier stand, hellwach und mit diesen unsäglichen Gedanken im Kopf, die eine Braut in der Nacht vor ihrer Hochzeit nicht haben sollte. Mit der flachen Hand berührte sie ihren Bauch unterhalb des Nabels. All die Jahre hatte sie mit der Angst gelebt, bei einer weiteren Schwangerschaft noch einmal ein Kind verlieren zu können, weshalb sie ihren Kinderwunsch beständig verdrängt hatte. Doch nun schlug erneut ein kleines Herz unter ihrem eigenen, und nach Ablauf der ersten drei kritischen Monate war die Sorge vor einer erneuten Fehlgeburt verblasst, die Grübeleien hatten nachgelassen, damit konnte die Schlaflosigkeit dieser Nacht also kaum zusammenhängen.

Mit offenem Mund sog sie die milde Nachtluft in ihre Lungen. Sie schmeckte anders als in Deutschland. Klar und rein, nach zu Hause, nach dem Schärensommer, voller Erinnerungen. Dass man Luft schmecken konnte, hatte sie von Eskil gelernt. »Wenn du sie durch die Nase einatmest, riechst du sie«, hatte er erklärt. »Und wenn du sie mit offenem Mund einatmest, schmeckst du sie.« Er war nicht älter als elf gewesen, ein kleiner Klugscheißer, der es gemocht hatte, Lillemor mit seinem Wissen zu beeindrucken. Sie hatte nie einen Zweifel daran gehegt, dass er einmal Biologie studieren und promovieren, vielleicht sogar eine Professur an der Universität in Stockholm oder Göteborg erhalten würde. Dass er in die Forschung gehen, Projekte begleiten und Studien leiten würde. Professor Eskil Söderberg. Er hätte es weit bringen können. Mit mehr Zielstrebigkeit, mehr Ambitionen.

Bernhard hinter ihr drehte sich im Schlaf und entlockte damit dem Bettrahmen ein leises Knarren. Ans Fensterbrett gelehnt wandte sie sich um. Er schlief fest, sie hörte ihn leise schnarchen, sah seinen Unterschenkel, von dem die Decke geglitten war und der vom Mondlicht beschienen wurde, und seinen rechten Arm bis zum Ellenbogen aus dem Bett heraushängen. Sacht bewegte eine Brise den Vorhang, sie strich ihr über die nackten Beine, ohne Abkühlung zu verschaffen.

Ein Jahr zuvor hatten sie den Hochzeitstermin festgelegt, endlich. Lillemor erinnerte sich, dass sie Malin kurz nach Alvas Geburt bereits von ihren Heiratsplänen erzählt hatte. So lange hatte es gedauert, bis Bernhard den Zeitpunkt für passend gehalten hatte, ihr einen Heiratsantrag zu machen, weil seine zahllosen Meisterkurse, die aufwendige Umgestaltung ihrer Werkstatt oder der kostspielige Anbau einer Galerie, in der er seine Skulpturen ausstellte, Vorrang gehabt hatten. Ein richtiger Antrag war es allerdings gar nicht gewesen. Nicht so einer, wie er in ihren Vorstellungen existierte, kein Kniefall, kein Candle-Light-Dinner, kein »Willst du mich heiraten?«.

»Du bist die Liebe meines Lebens«, hatte Bernhard ihr ins Ohr geflüstert, eines Abends, als sie eng umschlungen, Haut an Haut, auf dem Teppich im Wohnzimmer gelegen hatten, weil ihr Verlangen so groß gewesen war, dass sie es nicht bis zum Bett geschafft hatten, sie auf dem Bauch, er neben ihr. »Versprich mir, dass wir für immer zusammenbleiben.« Seine Lippen hatten ihre Schulter liebkost und waren gleich darauf mit kleinen zärtlichen Küssen an ihrer Wirbelsäule herabgewandert. »Versprich es.«

Wieder und wieder. Ein Kuss, ein »Versprich es«. Es hatte nichts zu überlegen gegeben, nicht in diesem Augenblick der Zärtlichkeit, die Lillemor bis in die Haarspitzen erregt hatte. »Versprochen«, hatte sie geflüstert, sich berauscht von ihrem Verlangen auf den Rücken gerollt, Bernhard zu sich heruntergezogen und seinen Körper mit Armen und Beinen umschlungen. »Dann ist es besiegelt.« Seine Stimme war nicht mehr als ein Raunen an ihrem Ohr gewesen. Sie hatte gelächelt, weil sie es gemocht hatte, dass es wie ein Gelöbnis geklungen hatte.

In all ihrer pulsierenden Lebendigkeit trat die Szene von damals noch einmal vor ihre Augen. Sie wünschte sich, sie festhalten, die an jenem Abend verspürte Gewissheit noch einmal wachrufen zu können, diese unerschütterliche Klarheit und die Fraglosigkeit, mit der sie »Versprochen« geflüstert hatte. In dieser Intensität fühlte sie sie nicht mehr. Der blinde Fleck. Da war er wieder. Leise seufzte sie auf.

*Du grübelst zu viel, geh wieder schlafen.*

Sie legte sich zu ihm, ganz nah rückte sie an ihn heran. Sie legte eine Hand auf seine Brust, die sich im Rhythmus seiner Atemzüge hob und senkte, und schloss die Augen.

Unter einem nahezu wolkenlosen Himmel, von dem die Sommersonne schon am Morgen mit aller Kraft auf den Schärengarten herabschien, betrat Lillemor am nächsten Tag am Arm ihres Vaters die Vaxholmer Kirche. Die Luft war stickig-schwül, der Wetterbericht hatte für den Abend ein Gewitter angekündigt.

Selbst im Inneren der Kirche lag eine undurchdringliche Wolke aus Wärme, und nicht einmal durch die weit offen stehende zweiflügelige Eingangstür wehte ein Lüftchen herein. In Lillemors Nacken perlte der Schweiß. Ihr Vater wischte sich mit einem Stofftaschentuch über die feuchte Stirn. Sie standen an der Tür und warteten auf das Einsetzen der Orgel. Die Menge der Hochzeitsgäste war überschaubar, sie hatten bereits in den vorderen Bänken Platz genommen. Am Ende des moosfarbenen Läufers, der bis vor den Altar reichte, sah sie Bernhard stehen, in dunkelgrauem Anzug und steifem Hemdkragen, ungewohnt, so kannte sie ihn nicht. Seine Haare sahen ungewohnt ordentlich frisiert aus. Für einen Moment wünschte sie sich den

Bernhard herbei, der mit angefeuchteten Händen an der Töpferscheibe saß, sich nicht um die getrockneten Lehmflecken auf seinem T-Shirt scherte und sich die schmutzig-nassen Finger an den Hosenbeinen trocken rieb. Wie ein Fels stand er mit dem Rücken zu ihr da, den Blick nach vorn zum Altar gerichtet. Sie wünschte sich, er würde sich umdrehen, einmal über die Schulter zu ihr hinsehen, würde spüren, dass sie ihn anblickte, sich nach nichts anderem sehnte als nach seinem Blick und der damit verbundenen Gewissheit, dass nichts fehlte, sie ganz und gar nichts vermisste und der blinde Fleck eine Einbildung war. Doch er verharrte bewegungslos.

Mit einem Anflug von Enttäuschung stob Lillemors Wunsch davon. Sie entdeckte Malin mit ihrer kunstvollen Hochsteckfrisur und neben ihr die kleine Alva in einem geblümten Sommerkleidchen mit geflochtenem Haar. Die Hände der Kleinen umklammerten ein Bastkörbchen, das, wie Lillemor wusste, bis zum Rand gefüllt war mit Rosenblütenblättern, die ihre kleine Nichte nachher beim Auszug aus der Kirche vor ihr und Bernhard, dem Brautpaar, auf den Teppich streuen durfte.

In diesem Augenblick schlug der Organist auf der Empore die ersten Töne des Präludiums an. Ihr Vater bot ihr seinen rechten Arm und lächelte ihr zu.

»Es geht los«, flüsterte er. Auf seiner Stirn glänzte erneut ein feiner Schweißfilm.

Lillemor ergriff seinen Arm. »Lass uns kurz warten«, bat sie ihn leise.

Ihr Vater neigte sich zu ihr herüber. »Alles in Ordnung?«

Ihre rechte Hand presste sich fest um den Brautstrauß, weiße Rosen und Eukalyptuszweige. Wieder wanderte ihr Blick über die Holzbänke nach vorn zu den beiden ersten Reihen und tastete sich über die Menschen, die dort Platz genommen hatten. Ihre Mutter in einem bordeauxroten Sommerkleid, der leger gekleidete Jan Olof mit dem zappeligen Ole auf dem Arm. Daneben mit etwas Abstand Brigitte und Rudolf Kirschbaum, ihre angehenden Schwiegereltern, Rudolf in schwarzem Zwirn, Brigitte in einem langen nachtblauen Abendkleid, von einer befreundeten Designerin angefertigt. Etwas overdressed, wie Lillemor fand, aber das würde ihre Schwiegermutter im Gartencafé noch früh genug merken. In der zweiten Reihe erkannte sie Jesper in einem weißen Hemd und neben ihm Inga im Rollstuhl. Sie trug einen Hut, ein ausladendes Modell in Sonnengelb mit einer monströsen Schleife an der Seite, und ein kunterbuntes Oberteil. Schräg hinter ihr hatte Eskil Platz genommen, der sich für ein schwarzes T-Shirt entschieden hatte, etwas dem Anlass Angemesseneres gab sein Kleiderschrank wahrscheinlich nicht her. Das schulterlange Haar hatte er mit seiner John-Lennon-Sonnenbrille lässig zurückgehalten. Dass er ihrer Einladung gefolgt war, wertete Lillemor als ein Zeichen dafür, dass es ihm ernst war mit ihrer Freundschaft. Allerdings war sie seiner Bitte, ihm Bernhard vor der Hochzeit vorzustellen, nicht nachgekommen, weil sie das in Kindertagen gegebene Versprechen mittlerweile albern fand.

Als könnte er ihre Gedanken hören, wandte Eskil sich zu ihr um. Für die Dauer eines Atemzugs kreuzten sich ihre Blicke, begleitet von den kraftvoll intonierten Harmonien des Organisten, die die kleine Kirche bis in den letzten Winkel füllten. Sie sah ihn lächeln. Es war nicht sein schnöseliges Grinsen, mit dem er gern etwas unterstrich, was er genauso frech und rotzig meinte, wie er es gesagt hatte. Nein, dies war ein ehrliches Lächeln, das Lächeln eines Menschen, der es von Grund auf gut mit einem meinte. Warm, liebevoll, wohlwollend. Ein Lächeln, das Lillemor jäh daran erinnerte, wie wundervoll es sich angefühlt hatte, als es noch die Einheit Lil und Eskil gegeben und ihrer Freundschaft etwas Unzerstörbares angehaftet hatte.

»Wollen wir?« Die Stimme ihres Vaters beendete den Augenblick.

Unwillig löste sie ihren Blick von Eskil. Gleichzeitig spürte sie den sanften Druck der Hand ihres Vaters auf ihrem Arm. Sie nickte ihm zu. Dann setzten sie sich in Bewegung. Das schlichte cremefarbene Seidenkleid, das sich unterhalb der Brust in plissierten Falten weitete, umspielte beim Gehen weich ihre Fesseln. Es war eigens für sie angefertigt worden. Dass sie schwanger war, erriet nur, wer genau hinsah. Bernhards Mutter hatte auf dem sündhaft teuren Kleid bestanden. Anfangs hatte Lillemor sich gewunden, verzweifelt nach Argumenten gesucht, warum sie es nicht annehmen konnte. Nicht tragen wollte. Doch sie hatte nicht unhöflich sein, Brigitte nicht vor den Kopf stoßen wollen. Außerdem hatte sie Diskussionen mit Bernhard vermeiden wollen, der ihr versichert hatte, dass ein solches Geschenk ein Beweis großer Zuneigung seiner Mutter sei, und sie gut daran täte, es anzunehmen. Ausgerechnet Bernhard. Der nie abhängig hatte sein wollen von seinen vermögenden Eltern und es doch geworden war.

Unbemerkt straffte Lillemor die Schultern, während sie an der Seite ihres Vaters langsam über den Teppich bis nach vorn schritt, wo Bernhard sich nun endlich zu ihr umwandte und ihre Hand nahm. Sie bemerkte das der Nervosität geschuldete Zittern seines linken Augenlids. Am liebsten hätte sie ihm mit beiden Händen etwas Unordnung in die glatt gekämmten Haare gebracht.

Ihr Herz pochte zum Zerspringen, als sie ihm nur wenig später den schmalen goldenen Ring mit ihrem hineingravierten Namen als Versprechen ihrer Liebe und Treue an den Finger steckte. An den inneren Disput, den sie nachts zuvor mit sich selbst am offenen Fenster geführt hatte, verbot sie sich zu denken. Nicht jetzt. Nicht in diesem Augenblick, in dem Bernhard ihr sein Gesicht zuwandte, während der junge Pfarrer andachtsvoll die zeremoniellen Texte sprach.

Sie feierten im Gartencafé von Leopold und Kurt, zwei nach Vaxholm ausgewanderten Österreichern, die die Tische unter den Bäumen mit langen weißen Tischtüchern bedeckt und Windlichter mit Kerzen daraufgestellt hatten. Eine junge Angestellte in kurzem schwarzem Kleid trug die Kuchen herbei. Mandelkuchen, eine gefüllte Prinzessinnentorte, saftigen Nusskuchen und mit Kokos bestreute Schokoladenkugeln auf einer silbernen Etagere.

Die Schwüle nahm zu. Brigitte fühlte sich in ihrer Abendrobe und mit den hochhackigen Sandalen offenkundig unwohl. Ihr Gesicht wirkte spitz und bleich. Ihr Mann führte sie ins Innere des Cafés, wo sie auf einen Stuhl sank und wie eine Verdurstende zwei Gläser Wasser herunterstürzte. Ihr Gesichtsausdruck ließ keinen Zweifel daran, dass sie sich die Hochzeit ihres einzigen Sohnes weniger rustikal vorgestellt und mit weitaus angenehmeren Temperaturen gerechnet hatte.

Lillemor sah durch die weit offen stehenden Glastüren, dass ihre Mutter, die ihnen gefolgt war, hilflos dabeistand. Sie sprach nur ein wenig Deutsch, weshalb sich ihre Kommunikation auf Bruchstücke und Gesten beschränkte. Sie passen nicht hierher, dachte Lillemor beim Anblick ihrer Schwiegereltern. Ihr Blick suchte Bernhard, der sich angeregt mit Jan Olof unterhielt, auf dessen Schoß der kleine Ole unmissverständlich seinen Mittagsschlaf einforderte. Zum ersten Mal fragte sie sich, ob es irgendetwas an Bernhard gab, das ebenfalls nicht hierher passte, und sie erschrak über den unvermittelt aufgetauchten Gedanken und drängte ihn zurück.

»Schau mal, Alva kann es kaum erwarten«, rief Malin zu ihr herüber. »Kurts Schokokugeln liebt sie heiß und innig!«

Schon eroberte Alva sich den Platz am Tisch, von dem aus die Etagere mit den Schokokugeln am leichtesten erreichbar war.

»Was für eine wunderschöne Braut!« Jesper war von hinten an Lillemor herangetreten und nahm sie liebevoll in die Arme.

»Danke, Jesper, ich freue mich, dass du da bist.«

Über seine Schulter hinweg traf ihr Blick auf Eskil, der seine Mutter im Rollstuhl vorsichtig über die unebene Wiese und den Kiesweg schob, was mit einigen Schwierigkeiten verbunden war, da die Reifen sich im Kies nur schwer drehten.

»Mein Mädchen, ich gratuliere dir von Herzen!«

Inga strahlte. Ihre Wangen waren gerötet, den Hut hatte sie vom Kopf genommen und in den Schoß gelegt, wo sie ihn mit einer Hand festhielt. Lillemor beugte sich zu ihr hinunter und umschlang ihre knochigen Schultern.

»Danke, Inga, schön, dass du gekommen bist.«

»Und nun stellst du uns hoffentlich deinen Bräutigam vor. Wir können es kaum erwarten, ihn kennenzulernen.«

Sie versuchte sich an einem Lachen, aber es wirkte aufgesetzt, weil es nur in ihren Mundwinkeln lag und ihre Augen nicht erreichte, die auf merkwürdige Weise stumpf wirkten. Einzelne Haarsträhnen klebten feucht an ihren Schläfen.

»Macht dir die Hitze zu schaffen, Inga?«

»Geht schon.«

»Komm her, lass dir gratulieren«, sagte Eskil. Er kam um den Rollstuhl herum. Ehe Lillemor etwas erwidern konnte, fand sie sich in seiner Umarmung wieder. Der Baumwollstoff seines T-Shirts fühlte sich feucht an unter ihren Händen, seine glatt rasierte Wange streifte ihre Schläfe. Er roch nach einer Mischung aus Zigarettenrauch und Pfefferminzpastillen. »Ich beneide ihn«, raunte er ihr ins Ohr.

Voller Zärtlichkeit drückte er sie an sich, hauchte ihr einen

Kuss auf die Stirn und besaß genug Anstand, um sich gleich darauf von ihr zu lösen. Es war nur der Bruchteil eines Augenblicks gewesen, dass sie sich auf diese Weise nahegekommen waren, aber er hatte ihn angefüllt mit einer Intensität, die sie bis in die kleinste Faser erschütterte. Sie hatte das nicht erwartet. Nicht hier, nicht am Tag ihrer Hochzeit, nicht vor den Augen ihrer Familie, vor den Augen ihres Bräutigams. Erleichtert stellte sie fest, dass an der Tafel hinter ihnen Kuchen auf die Teller verteilt wurde, dass das Mädchen im Minikleid Kaffee für die Erwachsenen und Kakao für die Kinder brachte, dass Bernhard etwas sagte, worüber alle lachten, dass Brigitte wieder Farbe im Gesicht hatte, zusammen mit Rudolf aus dem Café zu ihnen herauskam und sich zu den anderen an den Tisch setzte. Niemand hatte etwas von Lillemors Erschütterung gemerkt.

Sie wusste nicht, was sie erwidern sollte, wollte dem Augenblick den Anstrich von Normalität geben, spürte aber, dass Banalitäten ihm nicht gerecht werden würden. Sie sahen einander tief in die Augen.

Eskil reichte ihr seinen Arm. »Komm, Prinzessin, ich führ dich zum Tisch.«

# INGA

## Dikholmen, 1968

Aber wer soll es denn gewesen sein?« In Ingas Stimme schwang ein Ausdruck echter Empörung mit. Nahm Magnus sie nicht ernst? Seine unterkühlte Reaktion ließ ja beinahe darauf schließen, dass die Frau im gelben Sommerkleid, die sie tags zuvor auf der Lichtung entdeckt und singen gehört hatte, eine ganz und gar widersinnige, mit der Realität nicht zu vereinbarende Einbildung gewesen war. »Sie war dort, Magnus, und sie hat gesungen, glaub mir!«

Mit schmalen Augen fixierte sie Magnus' bärtiges Gesicht und begriff nicht, warum er nichts sagte. Warum er nur stumm und ohne eine Regung aus dem Fenster starrte, hinüber zu den Birken, hinter denen sich das klare Blau der Ostsee in der Mittagssonne abzeichnete.

Sie saßen in Ingas Haus. Zu dritt. Jesper und Inga auf der einen Seite des Tisches, Magnus ihnen gegenüber. Am Morgen hatte Inga einen Strauß Kornblumen und wilde Margeriten geschnitten und sie in einen bauchigen Tonkrug in die Mitte des Tisches gestellt. Irgendjemand musste einmal Blumensamen in die Erde hinter dem Gästehaus gesät haben, aber dem Beet, das sich etliche Meter an dem weiß gestrichenen Lattenzaun entlangzog, fehlte eine pflegende Hand, und so wuchsen Unkraut und Disteln darin und nahmen den Blumen Licht und Platz.

Jesper hatte sich zurückgelehnt und seine Beine, die in Schlaghosen steckten, unter dem Tisch ausgestreckt. Er beteiligte sich nicht an diesem Gespräch zwischen ihr und Magnus, das ihn offenbar langweilte und das so unbekümmert begonnen hatte.

Mit einer Einladung war Magnus gekommen – zum jährlichen Mittsommerfest bei Astrid und Ebba, die Inga ausrichten ließen, dass sie sich über einen Kennenlernbesuch zur Sommersonnenwende freuen würden. Inga hatte ihn ins Haus gebeten, Jesper und Magnus einander vorgestellt und dabei inständig gehofft, Magnus würde sich jede Bemerkung verkneifen, die auf ihre Schwangerschaft anspielte. Noch immer hatte sie Jesper nichts davon erzählt. Noch immer keinen passenden Zeitpunkt dafür gefunden.

»Du hast mir gerade bestätigt, dass ihr Aussehen auf keine der anderen Inselfrauen zutrifft. Dann kann es nur Eira gewesen sein! Aber ich hab sie singen hören, Magnus, sie hat eine Stimme!«

Sie wollte nicht glauben, dass Magnus sich nicht zu ihrer bedeutsamen Beobachtung äußerte. Sie hatte ihm die Frau in allen Einzelheiten beschrieben, die blonden gelockten Haare, das gelbe Sommerkleid mit den hellgrünen Punkten, ihre Stimme. Sogar die Angst in ihren Augen, als sie beim Anblick Ingas geflohen war. Die vor allem. Inga hatte von Magnus wissen wollen, auf welche der Inselfrauen die Beschreibung zutraf. Hatte auf eine Erklärung für das furchtsame Flackern in den Augen der Frau gehofft. Die Möglichkeiten waren begrenzt. Anna Börlund und die beiden namenlosen Schwestern aus Malmö schieden aufgrund ihres Alters aus. Ebba und Astrid Karlsson kamen ebenfalls nicht infrage, ihre Gesichter hätte Inga sofort wiedererkannt. Es blieb also nur die stumme Eira.

Wieso sagte Magnus nichts? Das Ausbleiben einer Antwort

und sein geistesabwesender Blick, der sich durch die Fensterscheibe bohrte, machten Inga nervös. Sie zupfte an den Fransen der karierten Tischdecke, strich sie mit der Fingerspitze glatt, zupfte wieder an ihnen. Fest heftete sie ihren Blick auf Magnus' ausdrucksloses Gesicht. Irgendetwas verbarg er. Vielleicht verbargen die beiden zusammen etwas. Er und diese Eira, die sich acht Jahre zuvor in seiner Kate eingerichtet hatte und die vorgab, nicht sprechen zu können. Oder lebte eine weitere Frau auf Dikholmen, deren Existenz Magnus bewusst bei der Aufzählung der Inselbewohnerinnen verschwiegen hatte?

Von innerer Unruhe getrieben sprang Inga auf, hätte den Stuhl beinahe zum Umfallen gebracht. Jesper hob den Kopf und streckte träge seinen Arm nach ihr aus. Im Vorübergehen berührte sie flüchtig seine Hand. Beide Arme um den Oberkörper geschlungen trat sie an die offen stehende, in den Garten führende Tür, durch die das Sonnenlicht hereinflutete. Sie fror. Innerlich. War die Frau mit dem gepunkteten Kleid dieselbe wie die dunkel gekleidete Person, die nur ein einziges Mal am Gästehaus gewesen war? Dort drüben hatte sie gestanden und zum Haus und zu ihr herübergestarrt. Danach war sie nicht wieder in der Nähe des Grundstücks aufgetaucht, doch die Erinnerung ängstigte Inga noch immer. Und wer wusste schon, ob sie nicht doch ab und zu herkam, vielleicht zu Zeiten, in denen Inga schlief. Begriff Magnus nicht, wie wichtig es für sie war, darüber Bescheid zu wissen, wer auf dieser Insel lebte, damit sie sich abends ohne Angst schlafen legen konnte? Ganz langsam wandte sie den Kopf. Da erst bemerkte sie Jesper, der hinter sie getreten war und sie anlächelte. Mit diesem Lächeln, das sie um den Verstand brachte.

»Warum ist diese komische Waldfrau dir so wichtig?«, fragte er leise und zog sie von hinten an sich.

Die Wärme seiner Umarmung war wie ein Mantel, der Inga

auf wohltuende Weise einhüllte. Sie blickte an sich hinunter, sah seine Hände, die auf ihrem Bauch ruhten und ihn sanft streichelten. Er trug einen Ring am linken kleinen Finger, einen schmalen Silberreif, den sie nicht kannte. Hatte er ihn am Tag zuvor schon getragen? Wahrscheinlich hatte das überschäumende Glück, endlich wieder mit ihm zusammen sein zu können, sie derart aus der Fassung gebracht, dass sie darauf nicht geachtet hatte. Noch ahnte er nichts von seinem Kind, von dem Herzschlag, der dort pulsierte, wo seine Hände gerade ruhten. Sie würde es ihm sagen. Sobald Magnus fort war. Jespers zärtliche Berührungen vertrieben die quälenden Gedanken der letzten Augenblicke. Inga gab sich ihnen mit geschlossenen Augen hin, den Hinterkopf an Jespers Brust gelehnt.

»Es würde mir schon helfen, wenn ich wüsste, dass ich mich nicht vor ihr fürchten muss«, erwiderte sie leise.

»Musst du nicht«, vernahm sie Magnus' tiefe Stimme.

Inga drehte sich in Jespers Armen herum, sodass sie Magnus ansehen konnte. Er war ebenfalls aufgestanden und griff jetzt nach seiner verschlissenen Cordjacke, die er beim Hereinkommen über die Stuhllehne gehängt hatte. Ganz offenbar wusste er, wer die Waldfrau auf der Lichtung war.

»Sie war es«, sagte Inga mit einer Entschiedenheit, die keinen Zweifel daran ließ, dass sie sicher war. Eindringlich musterte sie Magnus. Sah, dass er innehielt und ihr einen Blick zuwarf, in dem sich eine tiefe Traurigkeit spiegelte. Mit einem knappen Kopfnicken und ohne ein weiteres Wort wandte er sich zum Gehen. »Und sie hat ein Geheimnis, stimmt's?«, rief sie ihm nach, doch er drehte sich nicht mehr um. Kurz darauf fiel die Haustür ins Schloss.

»Ein schräger Vogel«, sagte Jesper. Er nahm ihr Gesicht in seine Hände und bedeckte es mit kleinen Küssen.

»So ist er eigentlich nicht«, murmelte sie.

Sie löste sich aus Jespers Umarmung, zog ihn mit nach draußen und berichtete ihm von der dunklen Gestalt am Gartenzaun und der Angst, die sie ihr eingejagt hatte.

»Du kannst doch jederzeit wieder von hier abhauen«, sagte er leichthin. »Deine Stiefmutter hat sich inzwischen bestimmt beruhigt.« Wäre es doch nur um einen ganz banalen Streit zwischen ihr und Siw gegangen, so wie ungezählte Male zuvor! Es wurde Zeit, dass Jesper den wahren Grund ihrer Flucht erfuhr.

»Du kennst nur die halbe Wahrheit.«

Sie ging ein paar Schritte und setzte sich mit hängenden Schultern auf die aus Holz gezimmerte Gartenbank. Von hier aus öffnete sich der Blick über den Zaun hinweg hinaus auf die See. Hellblau spannte sich der Himmel darüber, nur ein paar Schleierwolken trieben am Horizont. Jesper setzte sich zu ihr.

»Okay, schieß los.«

Er lehnte sich zurück und reckte mit geschlossenen Lidern das Gesicht in die Sonne. Seine Hände ruhten entspannt auf seinen Oberschenkeln. Wieder fiel ihr der Silberring an seinem Finger auf. Auf eine unerklärliche Weise beunruhigte er sie. Seit wann trug er ihn?

Sie hatte sich einen perfekten Augenblick gewünscht, um Jesper von ihrem gemeinsamen Baby zu erzählen. Davon, dass es sie für immer miteinander verbinden würde. Dass es ein wunderschönes Kind sein würde. Und wie sehr sie sich wünschte, es möge Jespers Augen haben, diese Karamellaugen, mit denen er sie damals am Kai von Vaxholm verzaubert hatte.

Und nun fühlte sich der Moment alles andere als besonders an, weil ihm der schale Beigeschmack anhaftete, den Magnus' seltsame Einsilbigkeit und die Erinnerung an die dunkle Gestalt in ihr ausgelöst hatten. Sie tastete nach Jespers Hand, spürte den Ring.

»Ist der neu?«, fragte sie.

»Hm«, machte er, ohne die Augen zu öffnen.

»Einfach so?«

»Hm.«

»Sag doch mal!« Spielerisch boxte sie ihn auf den Oberarm.

»Ein Geschenk«, sagte er, die Augen weiterhin geschlossen.

Die in ihren Fragen mitschwingende Unsicherheit schien er entweder nicht zu bemerken, oder sie interessierte ihn nicht, denn er genoss ganz offensichtlich die wärmenden Sonnenstrahlen auf seiner Stirn, ohne sich ihr zuzuwenden. Wie sollte sie sich aus seinen bruchstückhaften Antworten etwas zusammenbasteln, das einen Sinn ergab?

»Und von wem?«, versuchte sie es erneut.

»Von einer Freundin aus der Uni.«

In der Mitte ihrer Brust begann es zu ziehen.

»Eine Freundin aus der Uni schenkt dir einen Ring?«

Mit jedem Wort hatte sich ihre Stimme weiter nach oben geschraubt. Eine senkrechte Falte grub sich in die Haut zwischen ihren Augenbrauen. In Jespers Mundwinkeln zuckte ein Lächeln, als belustigte ihn ihre Reaktion. Ganz langsam wandte er ihr sein Gesicht zu. Und als sich seine Lider öffneten und er sie mit einem Blick voller Wärme ansah, da atmete sie erleichtert auf, weil sie plötzlich sicher war, dass er sie nur geneckt hatte. Wahrscheinlich hatte er sie ein wenig provozieren wollen, um herauszufinden, wie sie reagieren würde. Sie erwiderte sein Lächeln, und das Zerren in ihrer Brust legte sich. Im nächsten Augenblick zog Jesper sie an sich.

»Die Mädchen mögen mich eben.«

Er sagte es mit der gleichen Sorglosigkeit, wie man etwas sagt, worauf man keinen Kommentar erwartet. Wie etwa: Übermorgen ist Mittsommer. Oder: Ich geh Brot kaufen.

Seine Bemerkung ließ Inga aufhorchen. Hatte sie etwas zu bedeuten, oder legte sie gerade jedes seiner Worte unnötigerweise auf die Goldwaage? Sie sah zu ihm auf. Unentwegt umspielte das Lächeln seine Lippen.

»Warum sagst du das?«

»Weil es so ist.« Er stieß ein kurzes, verschmitztes Lachen aus und zog sie näher an sich.

»Und was soll ich jetzt damit anfangen?«

Inga löste sich aus seiner Umarmung, setzte sich auf, suchte in seinen Zügen nach einer Antwort. In ihrem Inneren breitete sich etwas aus, das sie nicht kannte. Das sie nie in Jespers Nähe gespürt hatte. Unsicherheit, Zweifel, Misstrauen. Sie wollte verstehen, welche Bedeutung der Ring für ihn hatte. Welche Rolle diese Freundin in seinem Leben spielte. Und wen er mit »die Mädchen« meinte. Wollte hören, dass er sie noch immer liebte. Tief und innig und nur sie.

»Ach, denk nicht weiter drüber nach.«

Mit einem Anflug von Entrüstung riss sie die Augen weit auf.

»Du erzählst mir von einer Freundin, die dir einen Ring geschenkt hat«, schleuderte sie ihm entgegen, »und dass es anscheinend etliche Mädchen gibt, die dich mögen. Und dann sagst du, ich soll nicht weiter darüber nachdenken. Wie stellst du dir das vor?« Sein übertriebener Gleichmut hatte Argwohn in ihr geweckt.

»Hey, du kannst ja richtig eifersüchtig sein!«

»Nenn es, wie du willst. Ich finde es jedenfalls nicht in Ordnung, dass du mich mit diesen laxen Kommentaren im Regen stehen lässt.«

»Ach, nun sei doch nicht so.«

»Ich bin aber so, Jesper. Genau so.«

In ihrem Hals kratzte es. Tränen der Wut stiegen ihr in die Augen, sie wehrte sich dagegen, indem sie tief Luft holte und ihr Gesicht abwandte.

»Lass uns doch einfach die Zeit hier genießen, solange du das Haus für dich hast.«

Jespers Stimme hatte sanft geklungen, und Inga fragte sich, ob er wirklich glaubte, sie mit ein paar ablenkenden Worten für sich einnehmen zu können. Mit kerzengeradem Rücken saß sie auf der Kante der Bank. Begriff nicht, warum er sie nicht ernst nahm. Warum er ihr die Zweifel nicht endlich nahm. War er nur zu ihr gekommen, weil die Aussicht auf ein paar Tage in einem heimlichen Liebesnest einen gewissen Reiz auf ihn ausgeübt hatte? Hatte er sich womöglich in ein anderes Mädchen verliebt?

»Wie viele gibt es?«, fragte sie.

Sie ärgerte sich, dass sie ihre Stimme nicht unter Kontrolle hatte. Dass Angst und aufsteigende Wut zu einem unguten Konglomerat wurden und das Ergebnis sich als Zittern in ihrer Stimme niederschlug.

»Was meinst du?«

»Mädchen.« Sie blitzte ihn an. »Die dich mögen.«

»Viele.«

Das Lächeln wich aus seinem Gesicht. Endlich schien er verstanden zu haben, dass es sich nicht um ein fröhliches Frage- und Antwortspiel handelte, das man zum Zeitvertreib spielte, sondern dass Inga den Tränen nahe war.

»Und wie viele von den vielen bedeuten dir was?«

»Ach komm, Inga, was wird das jetzt hier?«

Sie berührte ihren Bauch, dachte an den besonderen Moment, auf den sie wartete, um von ihrem Kind zu erzählen, der inzwischen jedoch so wenig greifbar geworden war wie ein Stern am Himmel.

»Es gibt einen Grund, aus dem ich mit Siw gestritten habe und hergekommen bin.«

»Ist doch nichts Neues bei deiner streitsüchtigen Stiefmutter. Die findet immer ein Haar in der Suppe.«

Es schien Jesper nicht aufzufallen, dass sie die Aufmerksamkeit in eine andere Richtung gelenkt hatte. Vielleicht war er sogar erleichtert, dass sie augenscheinlich darauf verzichtete, den Ring und seine Kommentare hinsichtlich der Mädchen weiter zu thematisieren. Dass Inga insgeheim hoffte, die Nachricht über ihr gemeinsames Kind könne etwas in ihm anrühren und ihm deutlich machen, wie wichtig ihr gerade jetzt eine stabile Beziehung war, ahnte er wahrscheinlich nicht.

»Dieses Mal ist es kein Streit, über den Gras wächst, wenn wir lange genug schweigen«, fügte Inga leise hinzu.

Mit einem Mal spürte sie eine Art Widerstand in sich heraufkriechen. War es ein Fehler, ihm von der Schwangerschaft zu berichten, bevor sie Klarheit hatte? Was, wenn ihre schlimmsten Befürchtungen sich bewahrheiteten und es ein anderes Mädchen gab, eine andere Liebe?

Er wandte sich ihr zu. »Dann raus damit. Ich warte schon die ganze Zeit darauf. Du kannst mir alles sagen, das weißt du doch.« Sein Gesichtsausdruck wirkte gelöst, das Lächeln kehrte auf seine Lippen zurück.

»Erst will ich wissen, warum du den Ring eines anderen Mädchens trägst, wenn du zu mir kommst.«

Jesper stöhnte leise auf. Dann hob er seine linke Hand, spreizte die Finger und zog in einer demonstrativen Geste den Ring ab, den er gleich darauf in seiner Hosentasche verschwinden ließ.

»Besser?«

Sie stieß ein kurzes Lachen aus. »Du hast Humor. Diese Seite kenne ich noch nicht an dir.«

Jespers Lächeln verschwand schlagartig. »Was willst du, Inga?«

»Was ich will? Dich will ich. Und zwar ganz. Ich will dich nicht mit irgendwelchen Flittchen von der Uni teilen. Und ich will Ehrlichkeit. Damit ich sicher sein kann. Damit ich keine Angst haben muss, dass du irgendwann zu irgendeinem anderen Mädchen gehst. Zu einem, das nicht so viele Fragen stellt, vielleicht. Zu einem, dem es egal ist, ob du den Ring einer anderen trägst.« Ihre Stimme begann zu zittern. »Zu einem, das genauso oberflächlich ist, wie du es bist.«

Die letzten Worte hatte sie herauspressen müssen. Die Tränen ließen sich nicht länger kontrollieren, sein Gesicht verschwamm vor ihren Augen. Sie sprang auf, ging ein paar rasche Schritte, rieb sich in einer Geste der Ungeduld über die tränennassen Wangen.

Am Morgen nach dem Aufwachen an Jespers Seite hatte sie sich wie das glücklichste Mädchen Schwedens gefühlt, und jetzt stand sie mit beiden Füßen in einem Scherbenhaufen, von dem sie nicht wusste, ob sie ihn jemals würde aufkehren können. Sie sehnte sich nach Jespers Umarmung, nach seiner Stimme an ihrem Ohr, die ihr erklärte, dass alles nicht so war, wie sie dachte. Die ihr versprach, dass alles gut sei, dass sie keine Sorge haben müsse, dass er sie und nur sie liebe für immer und alle Zeiten.

Doch nichts dergleichen geschah. Jesper sah von der Bank aus zu ihr herüber, seinen Gesichtsausdruck konnte sie kaum deuten, und er schwieg. Er schien nachzudenken, vielleicht suchte er nach den passenden Worten. Nach der Wahrheit. Nach einer Ausrede. Nach etwas, womit er sie besänftigen könnte.

»Komm her«, rief er ihr zu. »Lass uns reden.«

Sie bewegte sich auf ihn zu und setzte sich wieder neben ihn. Eine Brise streifte ihre Gesichter. Sie blies Inga eine Haarsträhne in die Stirn. Sie beachtete sie nicht, doch Jesper hob seine Hand und strich sie ihr sanft hinters Ohr.

»Ich bin nicht so, wie du mich gern hättest«, sagte er leise. Da war er wieder. Der feinfühlige Junge, den sie so liebte.

»Bisher warst du es.«

Er schüttelte den Kopf. »Nein, ich war es noch nie. Du siehst nur einen Teil von mir.«

Noch mehr als seine plötzliche Ernsthaftigkeit erschreckte sie die Entschiedenheit in seiner Stimme, die sie nicht kannte. Die signalisierte, dass er ihr etwas eröffnen wollte, das ihr wehtun würde.

»Dieser Teil gefiel mir bisher sehr«, wandte sie ein, doch plötzlich war sie nicht mehr sicher, ob sie meinte, was sie sagte. Jespers Worte begannen quälend langsam das Band zwischen ihnen zu zerschneiden. Inga glaubte, den Schnitt körperlich zu spüren. Ihr Herz hämmerte.

»Ich liebe dich, Inga«, flüsterte er. Seine Worte wärmten sie, so wie immer, so wie am Morgen noch. Doch es fehlte ihnen an Kraft, sie bis in die Tiefe ihres Herzens zu erreichen. »Aber ich kann dir nicht versprechen, treu zu sein.«

Eine Schlucht tat sich vor ihr auf. Sie fraß all die warmen und zärtlichen Worte, die er ihr jemals gesagt hatte, und gleich darauf stürzte ihre Hoffnung mit hinein und ihr Traum von einem gemeinsamen Leben. Alles taumelte bis auf den Grund, der sich ihren Blicken entzog.

# LILLEMOR

## Obernhof 2019

Es war ein Tag mit regenschweren Wolken, die die Wipfel der Bäume zu berühren schienen. Sie erreichten Obernhof um die Mittagszeit. Ein Dorf, das aus nur wenigen Häusern bestand, die im Tal und auf den Hängen zu beiden Seiten der Lahn verteilt waren.

Hin und wieder sandte Lillemor einen kritischen Blick ins Grau über ihnen. Sie wehrte sich gegen die Vorstellung, sich im strömenden Regen und über aufgeschwemmte Waldwege vorankämpfen zu müssen. Ihre Regenjacke lag unbenutzt und zusammengefaltet wie am ersten Tag im Rucksack. Sie hatte es nicht für notwendig erachtet, zu Hause auszuprobieren, ob die Nähte dicht waren und ob die Jacke hielt, was Tessa bei der Beratung im Outdoorladen versprochen hatte.

Das letzte Stück folgten sie dem Muschelweg schweigend. Lillemor war sich darüber im Klaren, dass sich etwas Grundlegendes ändern würde, sobald sie das Kloster erreicht hatten und sie sich von Rieke verabschieden müsste. Sie würde allein weiterziehen, ohne eine Gefährtin, die sie in der Not mit Pizza versorgte, die ihr Zelt zur Verfügung stellte und Lösungen für vertrackte Situationen aus dem Hut zauberte.

Die Türme der Klosterkirche und ein Teil des massiven Klostergebäudes erhoben sich weithin sichtbar auf einer Anhöhe über dem Dorf.

»Du bist am Ziel«, sagte Lillemor im Gehen. Es hatte wie eine Gratulation klingen sollen, aber sie merkte selbst, welche Schwermut die Worte enthielten.

»Du wirst doch nicht weinen«, entgegnete Rieke grinsend.

Ein alter Mann in kariertem Hemd und ausgebeulten Cordhosen kam ihnen entgegen. Neben ihm her lief ein Dackel, dessen rechtes Hinterbein lahmte.

»Beeilt euch, sonst werdet ihr nass!«, rief er ihnen zu.

Wieder sah Lillemor hoch zu dem anwachsenden Wolkengebirge über ihnen. Ob sie Unterschlupf im Kloster finden würde, falls ein Wolkenbruch über ihnen niedergehen sollte?

»Ich hab viel von dir gelernt«, sagte sie.

»Über das Pilgern?«

»Ja, auch. Jakobus, Pilgersegen, Camino ... das waren vorher böhmische Dörfer für mich. Aber du hast mir noch mehr beigebracht. Wie mein Rucksack leichter werden kann, zum Beispiel. Du hattest eine Lösung, als ich kapitulieren wollte, und ich hab begriffen, dass Aufgeben nie eine Option sein sollte, wenn man nicht vorher alle Möglichkeiten bedacht hat. Wenn man zum Beispiel nicht gehen kann, kann man immer noch paddeln.«

Die Straße wand sich in einer sanften Biegung und stieg weiter bergan. Auf der rechten Seite ragte jetzt die wuchtige, aus Bruchsteinen errichtete Klostermauer auf. Sie blieben stehen.

»Das freut mich«, sagte Rieke. »Und ich wünsch dir, dass du etwas davon mitnehmen kannst in dein Leben. Gehst du weiter bis Lahnstein?«

»Ich weiß es noch nicht«, sagte Lillemor wahrheitsgemäß. Sie war sich im Klaren darüber, dass sie die Überlegungen, ob sie dem Lahn-Camino bis zu seinem offiziellen Ende folgen wollte, weit von sich schob. Über fünfunddreißig weitere Kilometer? Würde sie sie auf sich nehmen wollen? Allein? Wenn sie an die endlos scheinenden Strecken der letzten Tage dachte, die sich durch dicht bewachsene Wälder und einsame Gegenden außerhalb der Ortschaften geschlängelt hatten, und daran, dass ihr die blau-gelben Muschelsymbole an Bäumen und Schildern oft nur dank Riekes aufmerksamen Blicken nicht entgangen waren, stellte sich ein beklemmendes Gefühl ein. »Ich gestehe, dass ich noch nicht zu Ende geplant habe«, sagte sie.

»Einen Plan zu haben ist nicht das Schlechteste«, entgegnete Rieke. Die letzte Biegung lag vor ihnen. »Wenn man keinen eigenen hat, orientiert man sich entweder unbewusst an den Plänen anderer oder …«

»… man läuft planlos durchs Leben«, ergänzte Lillemor.

»Könnte passieren.«

»Laufe ich planlos durchs Leben?« Im Gehen warf sie Rieke einen fragenden Blick zu.

»Dazu kenne ich dich nicht gut genug.« Sie hatten den höchsten Punkt der Anhöhe erreicht, das geteerte Plateau vor dem Klostergelände. Die Straße führte geradeaus weiter, parallel dazu verlief ein Weg in den Wald. Rechter Hand erhob sich das Kloster mit dem gemauerten Torbogen, der wie eine Einladung wirkte. Davor hatte eine Gruppe Radfahrer ihre Mountainbikes abgestellt, von ihnen selbst war jedoch nichts zu sehen. »Aber das, was du mir von dir erzählt hast, erweckt den Eindruck, als würdest du dich einfach nicht trauen, Pläne zu schmieden. Dir Ziele zu stecken.«

An Riekes Schulter vorbei sah Lillemor ins Grün der Bäume, die hinter der Klostermauer aufragten. Das Gesagte hallte in ihren Ohren nach.

*Als würdest du dich einfach nicht trauen, Pläne zu schmieden …*

»Kann man das üben?«, fragte sie. »Pläne schmieden, meine ich, sich Ziele stecken. Ich glaub, ich hab's verlernt.«

»Ich denke schon«, erwiderte Rieke. Sie sah jetzt sehr ernst aus. »Du konntest es doch mal, oder?«

Einige Klosterbesucher, männliche und weibliche, in neonfarbenen Radtrikots tauchten schwatzend unter dem Torbogen auf und strebten den Fahrrädern zu. Die ersten Tropfen sprenkelten den Platz.

Ja, das konnte ich mal, dachte Lillemor. Erinnerungen prasselten auf sie ein. Erinnerungen an alle Pläne, die sie jemals geschmiedet hatte, an Ziele, die sie hatte erreichen wollen. An Entscheidungen, die sie getroffen hatte, weil sie von ihrer Richtigkeit überzeugt gewesen war oder weil sie die Stimme ihres Herzens überhört hatte. Das Studium in Deutschland. Die Werkstatt. Ihre Hochzeit. Timmy, ihr Wunschkind. Der Tag, an dem sie Bernhard betrogen hatte, drei Jahre, nachdem sie ihm in der kleinen Kirche auf Vaxön den schmalen goldenen Ring als Zeichen ihrer Liebe und Treue an den Finger gesteckt hatte. So klar, als wäre es gestern gewesen.

Sie legte den Kopf in den Nacken. Die Regentropfen prasselten auf ihre Stirn, ihre Nase, ihre Lippen, sprenkelten ihr Gesicht wie den Asphalt unter ihren Füßen.

»Komm!«, rief Ricke, drehte sich um und eilte auf den Torbogen zu.

## MUTTERLIEBE

»Sie haben einen wunderschönen kleinen Jungen, Frau Kirschbaum.«

Die Hebamme lächelte sanft, während Lillemor sich mühsam aus der Narkose kämpfte. Sie nickte schwach, wollte etwas erwidern, aber ihre Zunge fühlte sich an, als gehörte sie ihr nicht. Mit um den Hals geschlungener Nabelschnur hatte man Timmy per Kaiserschnitt auf die Welt geholt. Er hatte keinen Schaden davongetragen, alle Werte und Reflexe entsprachen der

Norm. Bernhard, der sein Kind, in eine weiche Decke gehüllt, behutsam im Arm hielt und neben ihrem Bett saß, wurde nicht müde, dies immer wieder zu sagen.

»Es geht ihm gut. Es ist alles in Ordnung mit ihm. Er ist gesund.«

Und dann legte er ihr vorsichtig, als wäre es zerbrechlich wie Glas, ihr Kind in den Arm, und sie küsste den weichen Flaum auf seinem Kopf. Sie staunte darüber, wie glatt und rosig sein winziges Gesicht aussah.

»Timmy«, hauchte sie zwischen zwei Küssen. Ihn zum ersten Mal beim Namen zu nennen fühlte sich an wie ein Versprechen, ihm in ihrem Herzen für alle Zeit einen unverrückbaren Platz zu schenken.

Glückwünsche und Geschenke aus Schweden trudelten ein. Malin schickte eine kunterbunte Patchworkdecke, ein Meisterstück, das sie selbst genäht hatte. Und aus dem Päckchen von Inga und Eskil wickelte Lillemor zu ihrem Erstaunen zwei kuschelige Kapuzenpullover, beide in hellgrau, einen in ihrer Größe und einen winzigen, der Timmy mit etwa einem Jahr passen würde. Die Brust jedes Pullovers zierte eine kleine blaugelbe Flagge und darunter waren mit blauem Zwirn die Worte *My heart beats Swedish* eingestickt. Tränen schossen Lillemor in die Augen, so heftig, dass sie sie nicht zurückhalten konnte. Sie streifte den Pullover über den Kopf, er passte ihr wie angegossen.

»Der ist ja riesig«, sagte Bernhard beim Anblick des kleinen Exemplars. »Wann soll er denn den anziehen?«

»Er wächst schon noch rein«, erwiderte sie leise.

Geräuschvoll putzte sie sich die Nase, und schon stob der sentimentale Moment davon.

Timmy gedieh prächtig. Lillemor stillte ihn beinahe zehn Monate lang, sie nahm ihn mit in die Werkstatt, wo er im Kinderwagen am Fenster stundenlang schlief, während sie und Bernhard an den Töpferscheiben saßen oder den Brennofen bestückten. Als er älter und neugieriger wurde und damit anfing, auf eigenen Beinen wacklig die Umgebung zu erkunden, wurde es schwierig. Nichts war vor ihm sicher, er erforschte jedes Detail der Werkstatt, betastete es mit seinen kleinen Fingern. Tonreste, Wasser mit Lehmschlieren, Modellierhölzer, Schwämme, Drehstäbe, Lederlappen und fertig glasierte Keramikkrüge, von denen hin und wieder zwangsläufig welche zu Bruch gingen, bis sie einen geeigneteren Platz außer Timmys Reichweite dafür fanden. Seine Schmusetiere, die Rassel und die Holzbausteine, die Bernhards Mutter ihm geschenkt hatte, verschmähte er.

Bernhard lächelte darüber. »Er tritt in unsere Fußstapfen«, sagte er mit einer Mischung aus Belustigung und Stolz, wenn Lillemor zum hundertsten Mal ihre Arbeit unterbrach, um den Wirbelwind einzufangen, sobald er sich ihrem Blickfeld entzog, die ihn tröstete, wenn er bei seinen Erkundungen stürzte, und die die Utensilien im Blick behielt, mit denen er sich gerade beschäftigte. Bernhard arbeitete unbeirrt weiter, während sie sich zwischen Töpferscheibe, Laden, Haushalt und Kindererziehung zerriss. Sie sehnte sich danach, ihre Zeit für Timmy und die Arbeit freier gestalten zu können. Gleichzeitig sah sie die Notwendigkeit, in der Werkstatt mitzuarbeiten, damit die Regale ihres Ladens stets mit Tellern, Schalen, Tassen und Krügen gefüllt waren und der monatliche Umsatz für ein sorgloses Leben reichte. Sie nahm sich vor, mit Bernhard über ihre Idee zu sprechen, an zwei Tagen nur vormittags in der Werkstatt zu arbeiten und den Laden an einem Tag pro Woche zu schließen. Doch ehe sie ihm ihre Idee unterbreiten konnte, kam er ihr mit etwas anderem zuvor.

»Ein Raku-Kurs, Lil«, sagte er eines Tages, während er seine tonverschmierten Hände unter den Wasserhahn hielt.

Lillemor saß mit Timmy am Tisch. Der an die Werkstatt angrenzende Nebenraum mit Spüle, Kühlschrank, rundem Tisch und zwei Stühlen diente ihnen als Pausenraum. Mit unendlicher Geduld versuchte sie den Zwerg davon zu überzeugen, einen Bananenbrei zu essen, ohne mit der Hand hineinzupatschen. Davon abgelenkt hörte sie nur halb, was Bernhard ihr soeben eröffnete.

»Timmy, bitte, lass es jetzt und nimm den Löffel.«

»Der Kursleiter ist ein japanischer Keramikkünstler, ein Experte in Kuro-Raku. Dieser schwarze Stil von Sasaki, weißt du«, hörte sie wieder Bernhards Stimme.

»So, Timmy, es reicht! Wenn du jetzt nicht vernünftig isst, gibt es nachher keinen Keks.« Sie hielt seine Hand fest, die erneut ausholen wollte.

Wie sie es hasste, ihm zu drohen oder ihn zu bestrafen. Ihre Mutter hatte sie und Malin früher auch so erzogen.

*Wenn ihr nicht sofort von diesem Baum runterkommt, kriegt ihr nachher keine Zimtschnecken …*

»Wenn wir uns auf Raku spezialisieren wollen, kann uns dieser Kurs unglaublich weiterbringen!« Seine Stimme überschlug sich vor Begeisterung.

»Entschuldige«, sagte sie mit einem genervten Augenaufschlag, »hab dir nicht richtig zugehört. Ich finde es gerade ziemlich anstrengend mit Timmy.«

Timmy strahlte sie an, als hätte sie ihn über die Maßen gelobt. Ein Bart aus Bananenbrei klebte über seiner Oberlippe. Er hob die Hand mit dem Löffel, streifte dabei Lillemors Ärmel und hinterließ einen schmierigen hellen Fleck auf ihrer Strickjacke.

Bernhard trocknete sich die Hände an einem Küchenhandtuch ab, warf es achtlos auf die Ablage neben der Spüle und setzte sich zu ihnen an den Tisch.

»Ich hab mich schon angemeldet«, sagte er. Timmy kletterte auf seinen Schoß.

Überrascht blickte Lillemor auf. »Zu diesem Kurs?«

Er nickte, ließ Timmy auf seinem Schoß herumturnen und achtete nicht darauf, dass der Kleine den Breilöffel noch in der Hand hielt.

»Wo findet er statt?«

»In Hamburg. Zweimal drei Tage. Das ist überschaubar. Und preislich liegt er absolut im Rahmen.«

In ihrem Inneren krampfte sich etwas zusammen. Sie mochte es nicht, wenn er sie vor vollendete Tatsachen stellte.

»Würde mir auch gefallen.«

Erst als sie es ausgesprochen hatte, fiel ihr auf, wie beleidigt sie geklungen und dass sie beides gemeint hatte: Die besondere Raku-Technik zu perfektionieren und sich gar von einem japanischen Meister inspirieren zu lassen interessierte sie nämlich genauso wie die damit verbundene Möglichkeit, innerhalb weniger Wochen zweimal nach Hamburg zu reisen. Für ein paar Tage Haushalt, Werkstatt, Laden und Kindererziehung den Rücken zu kehren. Nur für sich selbst zu sorgen. Durchzuschlafen. Kaffee zu trinken, wenn er noch warm war. Ohne Kind auf der Hüfte oder an der Hand das Haus zu verlassen. Andere Menschen zu treffen. All das, was in ihrem Leben seit fast zwei Jahren zu einer Seltenheit verkommen war.

»Ich bring dir alles bei«, sagte Bernhard sorglos.

Timmy feuerte den Breilöffel quer über den Tisch. Mit einem Scheppern fiel er am anderen Ende hinunter und auf die Fliesen. Bananenbreispritzer klebten auf dem Fußboden und der Sockelleiste. Bernhard grinste. Er begann, Timmy zu kitzeln, woraufhin der Kleine juchzte und sich vor Lachen krümmte. Lillemor war zu müde, um mit Bernhard zu diskutieren. Es war sinnlos. Er hatte bereits alles beschlossen, sich in Hamburg angemeldet und offenbar überhaupt nicht in Erwägung gezogen, dass sie sich nicht weniger als er für den Kurs interessieren könnte.

Der Sommer ging in den Herbst über. Im November fuhr Bernhard zum ersten Mal nach Hamburg.

Am Abend klingelte das Telefon. Lillemor hatte sich mit einer Tasse Tee ins Wohnzimmer gesetzt, nachdem sie Timmy nach einem anstrengenden Tag in den Schlaf gesungen hatte. Seit Stunden freute sie sich auf einen ruhigen Abend.

Sie linste auf das Display. Schweden. Die Nummer ihrer Eltern.

»*Hej*, Mamma«, sagte sie zur Begrüßung, weil es immer ihre Mutter war, die anrief, und nie ihr Vater. Der saß bei den Telefonaten meist irgendwo im Raum, und Henrika stellte den Lautsprecher an, sodass sie alle miteinander sprechen konnten.

Sie ließ ihre Mutter erzählen. Oles fünfter Geburtstag, den sie zwei Tage zuvor gefeiert hatten. Malin, die mit dem Gedanken spielte, stundenweise arbeiten zu gehen, jetzt, da Alva die Schule und Ole die Kindertagesstätte besuchte. Lillemor wiederum berichtete von Bernhard und dem Kurs in Hamburg, ohne weiter darauf einzugehen, und von Timmy, der sich tags zuvor bei einem Sturz auf der Treppe eine Beule an der Stirn zugezogen hatte.

»Eigentlich rufe ich wegen etwas anderem an«, sagte ihre Mutter irgendwann. Ihre Stimme nahm eine andere Färbung an, sie klang plötzlich leise. Bekümmert. Lillemor kniff die Augen zusammen. Unvermittelt presste sie das Telefon dichter ans Ohr, weil sie kein Wort versäumen wollte.

»Was ist los, Mamma?«

»Es geht um deinen Onkel Jesper.«

»Und?«

»Er ist sehr krank, Lil.«

Sie rutschte nach vorn auf die Sofakante und stellte die Teetasse auf den Glastisch, sah auf ihre Füße hinunter, die in selbst gestrickten Socken steckten, ein Gewinn bei der Tombola des Granzbacher Kinderbasars.

»Was heißt das?«

Ihre Mutter holte hörbar Luft. »Nichts Gutes.« Sie ließ eine Pause folgen. »Ein Tumor«, fügte sie dann hinzu. »Im Kopf.«

Ihre Worte drangen zwar an Lillemors Ohren, doch ihren Sinn mit dem lebensfrohen Jesper in Verbindung zu bringen war ihr nicht möglich.

»Das kann man doch bestimmt operieren.«

»In seinem Fall nicht.«

»Nicht? Was heißt das?«

Am anderen Ende blieb es still. Mit der Fußspitze strich Lillemor an der Teppichkante entlang. Ihre Mutter stieß den Atem aus, bevor endlich wieder ihre Stimme zu hören war.

»Die Ärzte sagen, der Tumor sitzt zu nah am Atemzentrum. Das Risiko ist zu hoch.«

»Und welche Möglichkeiten gibt es sonst? Ich meine … Es muss doch … Irgendwas gibt es doch sicher, das man …«

»Es ist unheilbar, Lil«, fiel ihre Mutter ihr ins Wort. »Jesper wird daran sterben.« Mit der Zunge fuhr Lillemor sich über die trockenen Lippen. »Und er würde dich gern noch einmal sehen.«

*Noch einmal sehen …*

Ihr Hals fühlte sich an, als hätte jemand eine Eisenkette darum gelegt, die sich mit jedem Wort ihrer Mutter enger zuzog.

»Dann sollte ich bald kommen, oder?«

»Wäre gut«, erwiderte ihre Mutter so leise, dass Lillemor sie beinahe nicht verstanden hätte, obwohl sie das Telefon noch immer so dicht an ihr Ohr drückte, dass es anfing wehzutun.

»Seit wann weiß er es?«

»Seit drei Monaten.«

»Und dann sagst du es mir erst jetzt?«

»Er wollte es geheim halten. Sogar vor Inga. Er wollte nicht, dass ihr euch Sorgen um ihn macht. Du kennst ihn.«

Lillemor hörte ihre Mutter aufseufzen.

»Okay, ich komme, sobald Bernhard wieder hier ist.«

Sie wusste nicht, was er davon halten würde, sich ein paar Tage allein um Timmy zu kümmern. In ihrem Kopf ratterten die Gedanken. Sie hatte nicht gefragt, wie es ihrem Onkel ging, auf welche Weise sich der Tumor bemerkbar machte, ob sie etwas tun, ihm helfen, ihm etwas mitbringen könnte.

Wie in Trance stand sie auf und sah aus dem Fenster, vor dem tiefschwarz der Novemberabend ruhte. Ein Tumor im Kopf. Wie lange konnte man damit leben? Konnte man überhaupt damit leben? Sie hatte keine Ahnung von solchen Krankheiten. Wie von selbst wanderten ihre Gedanken zu Inga. Wie mochte es ihr inzwischen gehen? Jesper kümmerte sich, seit sie diese Muskelerkrankung hatte, besonders um sie. Was würde aus Inga, wenn er selbst Hilfe brauchte? Und wer würde sich um ihn kümmern, wenn er allein nicht mehr zurechtkam?

Noch am selben Abend buchte sie einen Flug nach Stockholm.

## Dikholmen, 1961

*Ich fahr rüber nach Stockholm«, höre ich Magnus rufen, sehe ihn von der Maschine steigen und seinen Helm an den Lenker hängen.*

*Er fischt eine Zeitung aus dem Beiwagen. Das* Svenska Dagbladet. *Er bringt sie mir manchmal, damit ich weiß, was in der Welt geschieht und das Lesen nicht verlerne.*

*»Nach Stockholm?«*

*Wie albern, warum wiederhole ich seine Worte? Es ist normal geworden, mit ihm zu sprechen, etwas zu erwidern auf das, was er sagt. Als ich zum ersten Mal einen Fuß auf diese Insel gesetzt habe, hatte ich mir selbst versprochen, in meinem neuen Leben kein Wort zu jemandem zu sagen. Ich wusste ja nicht, dass es hier einen Magnus Lund gibt. Einen Mann, der es gut mit mir meint. Einen, der auf mich aufpasst.*

*»Sie bergen das Schiff!«*

*Er kommt auf mich zu, wedelt mit der Zeitung. Seine Wangen glühen, aber seine Lippen fühlen sich kühl an, als er mich küsst.*

*»Wovon redest du?«*

*»Die* Vasa!«, *sagt er. »Seit über dreihundert Jahren liegt sie auf dem Grund, und jetzt holen sie sie raus.« Er sieht mich mit den Augen eines kleinen Jungen an. »Lass uns zusammen hinfahren!«*

*Hat er das wirklich gesagt?*

*»Ich weiß nicht, worüber du sprichst, erklär es mir der Reihe nach.«*

*Ich ziehe ihn an mich und schmiege mein Gesicht an seine Brust. In seinen Armen wird mir warm. Sein Pullover kratzt an meiner Wange, er riecht nach Tabak.*

*»Lass uns reingehen«, höre ich seine Stimme.*

*Arm in Arm gehen wir in die Kate. Er streift seine Stiefel ab, ich lege ein Scheit nach, wir setzen uns an den Tisch.*

*»Tee?«, frage ich, aber er schüttelt den Kopf. Zu aufgeregt ist er. Vielleicht wäre ihm ein Bier lieber, das ich nicht habe.*

*»Hör zu.« Er greift nach meiner Hand. »Die* Vasa *war ein Kriegsschiff, eine Galeone einer Größenordnung, die damals ihresgleichen suchte. 1628 verließ sie die Stockholmer Werft zur Jungfernfahrt. Aber nach nicht mal tausend Metern lief Wasser in die unteren Luken, und das Schiff versank in der Nähe von Beckholmen im Meer. Es ging unter mit Mann und Maus. Viele Matrosen haben nicht überlebt. Und jetzt stell dir vor: Vor Jahren hat ein Meeresarchäologe damit angefangen, die Bucht zu durchkreuzen, und das Wrack entdeckt! Tunnel wurden gegraben, Stahlseile haben sie unter dem Rumpf hindurchgezogen, mit Schwimmpontons haben sie sie verbunden. Und jetzt ist es so weit, dass sie die* Vasa *bergen können. Das will ich mir nicht entgehen lassen. Sie schreiben, dass es ein historischer Moment sein wird, dass er in die Geschichtsbücher eingehen wird. Und wir können dabei sein!« Seine Augen funkeln vor Begeisterung. »Komm mit mir«, sagt er wieder, fleht beinahe. »Im April ist es so weit.«*

*»Nach Stockholm?« Da sind so viele Menschen, will ich sagen, aber ich beiße mir auf die Zunge. Er weiß doch, dass ich sie meide. Weiß doch, dass mich auch nach zweihundertdreiundsiebzig Kieselsteinen die Angst noch nicht verlassen hat. Was, wenn Anders dort ist? »Ich kann doch nicht«, sage ich, senke den Kopf.*

*Dass wir kein Paar sein können wie andere, habe ich ihm gesagt. Er weiß, dass ich eine seltsame Frau bin. Und ich kann es ihm nicht verdenken, wenn er die seltsame Frau irgendwann nicht mehr will.*

*»Hab keine Angst«, höre ich ihn sagen, als stünde sie mir mit großen Buchstaben auf der Stirn geschrieben. »Wir werden niemandem auffallen. Sie interessieren sich alle nur für das Schiff. Ich passe auf.« Sein Lächeln hüllt mich ein. »Lies den Artikel«, fährt er fort, während er aufsteht, und schiebt mir die Zeitung hin. »Und schlaf drüber. Wenn ich wiederkomme, frage ich dich noch mal.«*

*Er zieht mich vom Stuhl hoch, schlingt seine Arme um mich, seine starken Arme. Ich versinke darin, will mich in ihnen verbergen und nicht mehr auftauchen. Will wie die* Vasa *sein, die auf dem Grund der Ostsee ruht.*

# LILLEMOR

## Obernhof 2019

Gerade rechtzeitig erreichten Rieke und Lillemor die schmucklose Eingangstür des Klosters, bevor die Wolken sich vollends entluden. Außer Atem traten sie ein und fanden sich in einer Art Foyer wieder, das in einen kleinen Verkaufsladen überging. Mit Macht prasselte der Regen gegen die Fensterscheiben.

Lillemor wusste nicht, wohin sie zuerst schauen sollte. Ihr Blick wanderte über die beiden Glasvitrinen, die gefüllt waren mit Kreuzen, Schnüren mit Knoten und farbigen Perlen, Kerzen, Räucherkohle und Ikonenbildern mit ernst blickenden Gesichtern, in trauter Eintracht mit Marmeladengläsern, die Etiketten mit dem Namen des Klosters trugen. Rieke stand am anderen Ende des Raumes, wo sie zwei Ordensschwestern in bodenlangen schwarzen Gewändern mit einer herzlichen Umarmung begrüßte. Wie Freundinnen, die sich lange nicht gesehen hatten. Lillemor hörte, dass sie Englisch miteinander sprachen, sah, dass Rieke sich zu ihr umdrehte, über das ganze Gesicht strahlend, und sie zu sich winkte.

Für einen Moment blitzte die Erinnerung an den Beginn ihrer Reise auf. Der Dom in Wetzlar. Der Pilgersegen in der Stephanuskapelle. So verloren und fremd wie damals fühlte sie sich jetzt wieder. Ihre Füße schienen auf den Bodenfliesen festgewachsen zu sein. Die kleinere der beiden Ordensfrauen lächelte ihr zu. Ihre Körpergröße war auf den ersten Blick das Einzige, was sie von ihrer Mitschwester unterschied. Beide trugen weite schwarze Gewänder, die ihnen bis über die Fußknöchel reichten. Die schwarzen Schleier flossen ihnen lang über den Rücken und bedeckten ihre Stirnen, sodass nur ein kleiner Ausschnitt für ihre Gesichter frei blieb. Aus welchem Grund erlaubte die Gemeinschaft den Frauen keine andere Farbe als Schwarz? Unvorstellbar, dass Rieke möglicherweise einmal ebenso gekleidet leben würde.

Lillemor zwang sich dazu, ihre Füße zu heben und die wenigen Schritte zu ihnen hinüberzugehen.

»Habt ihr auch ein Bett für Lil?«, hörte sie Rieke fragen.

Lillemor zuckte innerlich zusammen. Hier übernachten? War das Riekes Ernst?

»Natürlich«, antwortete eine der beiden Ordensschwestern in gebrochenem Deutsch und mit freundlichem Nicken. Sie suchte Lillemors Blick. »Bleib gern hier.«

Sie brachte es kaum fertig, das gastfreundliche Angebot abzulehnen, überlegte fieberhaft, wie sie es tun könnte, ohne einen unfreundlichen Eindruck zu hinterlassen.

Da wurde die Tür aufgestoßen. Herein strömte unter Schwatzen und Lachen die Fahrradtruppe, die ihre Weiterfahrt vermutlich wegen des Unwetters aufgeschoben hatte und nun, wie Lillemor und Rieke, Schutz im Klosterladen suchte. Ein kühler Luftzug fuhr in den Raum, der Regen prasselte auf die Pflastersteine, der Wind fauchte in den Bäumen, irgendwo in der Nähe grollte dumpf der Donner.

Die Radfahrer schüttelten sich das Wasser aus den Haaren, rieben sich die Gesichter und wischten Brillengläser trocken. Mit einem Mal zog eine wohltuende Normalität in den Raum, die Lillemor beruhigte. Die ihr sagte, dass sie immer noch in ihrer Welt lebte und keinen fremden Planeten betreten hatte, nur weil die hier lebenden Frauen ihre Körper in schwarze Trachten hüllten.

Eine ältere Schwester schenkte nun Tee ein und reichte die Tassen herum. Lillemor bedankte sich. Würzig duftender Dampf stieg ihr in die Nase. Sie nahm einen Schluck. Warm rann der Tee ihr die Kehle herunter. Er schmeckte nach Minze, etwas zitronig, leicht süß. Wahrscheinlich zogen die Schwestern irgendwo auf dem weitläufigen Gelände die Kräuter selbst. Sie stellte sich vor, dass Rieke in den nächsten Wochen eine von ihnen sein und mit ihnen in Gehorsamkeit, Besitzlosigkeit und Keuschheit an diesem Ort leben würde, mit ihnen beten, essen, Räucherkohle und selbst gemachte Marmelade verkaufen würde. Rieke mit ihrem Abschluss in Religionswissenschaften und altgriechischer Philologie. Über den Rand ihrer Teetasse hinweg beobachtete sie, wie unbefangen ihre Pilgergefährtin mit den Schwestern sprach und lachte. Sie fühlte sich lebendig. Ganz eindeutig. Wieder krachte ein Donner in der Nähe. Zwei Frauen der Radgruppe unterhielten sich leise darüber, dass sie womöglich die nächsten Stunden im Kloster festsitzen würden.

»Und, was denkst du?« Rieke strahlte sie an. »Wer weiß, wann sich das beruhigt da draußen und wo du sonst ein Bett für die Nacht findest.«

»Mal sehen«, sagte Lillemor ausweichend. Dabei wusste sie es schon. Sie wusste, dass sie nicht in diesen Mauern bleiben wollte, weil es sich merkwürdig anfühlte, dort zu sein. Ich gehöre nicht hierher, lag es ihr auf der Zunge, aber sie schluckte die Worte hinunter, weil sie befürchtete, dass man sie ihr als Unhöflichkeit ankreiden könnte. »Ich weiß das Angebot zu schätzen«, erklärte sie. »Aber ich denke, ich warte ab, bis das Gewitter sich verzieht und geh dann weiter.«

Sie hatte es gesagt. Hatte gesagt, was sie dachte und sich

wünschte. Was sie wollte. Hatte nicht herumgedruckst, nur um einen falschen freundlichen Eindruck zu hinterlassen.

»Sicher?« Rieke kniff die Augen zusammen.

»Sehr sicher.«

Nach einer Stunde klarte der Himmel auf. Die Radgruppe hatte das Kloster bereits verlassen, und jetzt, da die Wolken einzelne blaue Felder freigaben, entschied auch Lillemor, ihren Weg fortzusetzen. Rieke begleitete sie zum Torbogen. Dort blieben sie stehen und nahmen sich in die Arme.

»Danke«, sagte Lillemor leise. »Für alles.« Ihr Hals fühlte sich an wie zugeschnürt. Sie schluckte, um das Gefühl zu vertreiben, hatte nicht erwartet, dass der Abschied von Rieke sie so sentimental stimmen würde.

Rieke begann, am Verschluss ihrer Kette mit der silbernen Muschel zu nesteln, griff nach Lillemors Hand und legte sie hinein. Mit großen Augen starrte Lillemor sie an.

»Du hast geglaubt, dass du unterwegs keine Muschel finden würdest«, sagte Rieke. »Hier ist sie.«

Ungläubigen Blickes betrachtete Lillemor das Schmuckstück in ihrer Hand. »Das kann ich nicht annehmen!«

»Ich finde schon«, sagte Rieke. »Ich brauche sie nicht mehr. Sie hat mich hierher begleitet, ich bin am Ziel. Ab jetzt begleitet sie dich.«

»Damit auch ich mein Ziel finde?«

»Genau.«

Ein letztes Mal nahmen sie einander in die Arme. Dann legte sie die Kette an und tastete nach der Silbermuschel unterhalb ihrer Halsgrube, dort, wo der rote Anhänger von Jesper seinen Platz hatte.

»Fühlt sich gut an«, sagte sie.

Rieke lächelte. »Ich weiß.«

Es war ein Mittwoch, als Bernhard aus Hamburg zurückkehrte. Die blasse Novembersonne warf ihre Strahlen durchs Küchenfenster quer über den Tisch, an dem sie saßen, Lillemor und Bernhard einander gegenüber, Timmy auf der Stirnseite in seinem Kinderhochstuhl. Er hatte in den letzten Tagen unentwegt nach seinem Papa gefragt und freute sich sichtlich, dass die alte Ordnung wiederhergestellt war und sie zu dritt am Tisch saßen, so, wie er es kannte. Zur Feier des Tages hatte Lillemor einen Möhrenkuchen gebacken. Nach dem Familienrezept, so, wie ihre Mutter ihn backte und wie ihn vor ihr schon ihre Mormor Alva gebacken hatte. Sie schnitt drei Stücke ab und gab sie auf die Teller. Timmys Kuchen zerteilte sie in kleine Stücke, die er mit den Fingern essen konnte, während Bernhard begann, mit einem Funkeln in den Augen von seinem Raku-Kurs zu berichten.

»Es war großartig! Wir waren eine kleine Gruppe, nur zu fünft. Ist ein toller alter Bauernhof, in dem Katja und Stefan ihre Werkstatt und ein großes Atelier haben. Und ich muss dir unbedingt nachher, wenn Timmy im Bett ist, von Yoshimura erzählen, einem begnadeten Künstler aus Kyoto. Zwei Tage war er bei uns, und ich hab mir so wahnsinnig viel abgucken können bei ihm! Wir brauchen einen anderen Ofen, Lil. Unser Raku-Ofen ist nicht das Gelbe vom Ei, ich hab's dir schon immer gesagt. Ich hab mit Stefan ausführlich drüber gesprochen, was wir verbessern können.« Er sprach ohne Punkt und Komma, es gelang ihm zwischendurch sogar, von seinem Möhrenkuchen zu essen und den Kaffee zu trinken, den Lillemor ihm eingeschenkt hatte, weil er mit vollem Mund weitererzählte. Mit einem Auge behielt sie Timmy im Blick, gleichzeitig versuchte sie, sich auf Bernhard und das zu konzentrieren, was er berichtete. Inzwischen war er zu den anderen Kursteilnehmern übergegangen –

drei Frauen und ein Mann, die offenbar aus ganz Deutschland nach Hamburg angereist waren. »Der zweite Termin ist schon Anfang Januar, danach soll es noch eine Art Vertiefungskurs geben«, hörte sie ihn jetzt sagen. Dabei nahm er sich ein weiteres Stück Kuchen. »Ist lecker«, fügte er hinzu und schenkte ihr ein Lächeln.

Sie stellte ihre Tasse auf den Tisch. Der Kaffee war noch heiß. Von ihrem Kuchen hatte sie nur zwei kleine Bissen genommen.

»Jesper hat einen Hirntumor.«

Ihre Worte zogen eine Stille nach sich, in der sie auf seltsame Weise nachklangen. Als wären alle anderen Worte, die bisher die Luft in der kleinen Küche gefüllt hatten, mit einem Mal nicht mehr von Belang. Der Raku-Ofen, das Atelier im alten Bauernhaus, Hamburg, Yoshimura, der Aufbaukurs. All das, was Bernhard soeben mit großer Leidenschaft von sich gegeben hatte, schien sich zurückzuziehen in die Winkel und Ritzen ihrer Küche, wo es seine Wichtigkeit verlor.

Bernhard hielt mitten in der Bewegung inne. »Was?«

»Es gibt keine Aussicht auf Heilung.«

Seine Hand mit der Gabel sank, das aufgespießte Stück Kuchen fiel herunter, zerbröselte auf dem Teller.

»Ich hab den Flug schon gebucht.«

Timmy griff nach seinem Kakaobecher, und Lillemor half ihm beim Trinken.

»Du fliegst hin, natürlich. Allein?« Sie hatte nicht in Betracht gezogen, dass Bernhard sie begleiten könnte und sie zu dritt fliegen würden. Bernhard und Jesper kannten sich kaum. »Ist vielleicht besser allein«, sagte er schnell, als wolle er vermeiden, dass Lillemor auf eine andere Idee kommen könnte. »Ich bin ja eher nicht so …«

Sie nickte, nippte am Kaffee. Schwierigen Themen wich

Bernhard seit jeher aus, darüber wollte er nicht nachdenken und erst recht nicht sprechen. Diese Seite hatte er ihr zum ersten Mal in der Zeit nach ihrer Fehlgeburt offenbart. Er war zwar für sie da gewesen, hatte die Einkäufe erledigt, die Wäsche und den Abwasch gemacht, hatte sie geschont, für sie gekocht und sie beim Einschlafen in den Armen gehalten. Aber sie hatte nicht mit ihm über ihren gemeinsamen Verlust sprechen können. Auch ihr war es nicht leichtgefallen, Worte zu finden für das Gefühl, das geblieben war, nachdem sie das Kind verloren hatte. Worte für die Schuld, die sie sich gab, weil sie es nicht hatte lieben können und weil sie in der festen Überzeugung lebte, dass es deshalb und nur deshalb beschlossen hatte, sie zu verlassen.

Aber im Gegensatz zu Bernhard hatte sie wenigstens nach Worten gesucht. Ihm war nur daran gelegen gewesen, möglichst schnell zur Tagesordnung überzugehen, um sich nicht mit etwas beschäftigen zu müssen, das ihn sprachlos zurückgelassen hatte. Und da hatte auch sie aufgehört, nach Worten zu suchen. Und so hatte sie ihr verlorenes Kind und ihre Schuldgefühle still betrauert, ohne dass Bernhard jemals davon erfahren hatte.

»Wann fliegst du?«

»Am Samstag.«

»Schon?«

»Ich weiß nicht, wie lange die Ärzte ihm noch geben. Es ist besser, wenn ich es nicht aufschiebe.«

»Ja, sicher.«

»Du und Timmy … Ihr kommt so lange hier zurecht, oder?«

»Klar.«

»Zur Not fragst du Brigitte, ob sie dir hilft.«

»Genau, da freut die Oma sich, was?«

Er pikste Timmy spielerisch in den Bauch und entlockte dem Kleinen damit ein Quieken.

Während die beiden sich weiter neckten und Timmy quietschende Juchzer ausstieß, glitt Lillemors Blick abwesend hinüber zum Fenster, vor dem allmählich die Dämmerung aufzog. Am Samstag würde sie in Stockholm aus dem Flugzeug steigen und fünf Tage auf Vaxön verbringen. Dieser Gedanke genügte im Normalfall, um sie zu beflügeln. Die Tatsache, dass der Anlass ihrer Reise ein Besuch bei ihrem sterbenskranken Onkel Jesper war, legte sich jedoch wie ein Schatten über ihre Reisevorbereitungen. Natürlich würde sie auch ihre Eltern endlich wiedersehen, würde Malin und Jan Olof Besuche abstatten, ihre Nichte Alva, die im Sommer eingeschult worden war, und den kleinen Ole, der ganz bestimmt nach Timmy fragen würde, in die Arme schließen.

Und dann war da ja auch noch Eskil. Seit der Hochzeit vor drei Jahren telefonierten sie hin und wieder. Aber seine Bemerkung am Tag ihrer Hochzeit hatten sie nicht wieder aufgegriffen. Was sagte man auch, wenn der beste Freund der Braut auf ihrer Hochzeitsfeier zugab, den frischgebackenen Bräutigam zu beneiden? Mit keinem Wort darauf einzugehen war ihr an jenem Sommertag im Gartencafé und auch später als das Beste erschienen. In einem verborgenen Winkel ihres Herzens aber hatte sie Eskils Worte bewahrt, auch wenn die Zeit eine Menge Gras darüber hatte wachsen lassen. Den Streit von einst hatten sie beigelegt, sie waren wieder imstande, vorwurfsfrei miteinander zu sprechen, und bei Lillemors seltenen Besuchen auf der Insel trafen sie sich jedes Mal. So wie früher.

Zwei Tage vor ihrem Flug nach Stockholm rief sie ihn an, um etwas über Jespers Zustand zu erfahren und um sich vorbereiten zu können, sofern das überhaupt möglich war. Ihre Mutter hatte am Telefon nicht allzu viel über die Beschwerden ihres Bruders erzählt, und Lillemor, die gespürt hatte, wie sehr diese plötzlich in das Leben der Familie hereingebrochene Krankheit sie belastete, hatte nicht nachbohren wollen. Dass sie sich um ihn kümmere, hatte ihre Mutter am Ende des Telefonats erwähnt. Schließlich sei sie seine Schwester.

»Dann sehen wir uns schon übermorgen?«

In Eskils Stimme schwangen Überraschung und Freude mit, als er von ihren Plänen hörte. In ihrer Vorstellung sah sie sein Lächeln, wie er nervös an einem seiner Ohrläppchen zupfte.

»Erzähl mir was über meinen Onkel«, bat sie ihn. »Kommt er noch einigermaßen zurecht? Hat er Schmerzen oder so was?«

Sie saß im Schneidersitz auf dem Sofa und spielte mit den Fransen eines Kissenbezugs. Timmy hielt nebenan seinen Mittagsschlaf, Bernhard hatte beschlossen, in der Werkstatt zu bleiben und die Mittagspause durchzuarbeiten.

»Ist traurig, ihn so zu sehen«, hörte sie Eskils Stimme am anderen Ende. »Dass er vieles nicht mehr kann, weißt du. Das Gehen fällt ihm schwer, er sucht nach Worten, die er sagen will, und das macht ihn ungeduldig und wütend. Es fallen ihm aus heiterem Himmel Sachen aus der Hand, der Rasierpinsel oder die Gabel.«

»Wie schafft er das alles ganz allein in seinem Haus?«

»Er ist nicht allein in seinem Haus.«

»Wer ist denn bei ihm?«

»Meine Mutter und ich.«

»Ihr wohnt bei ihm?«

»Wir sind vor drei Wochen zu ihm gezogen. Momma hat nächtelang nicht geschlafen, weil sie sich den Kopf darüber zerbrochen hat, wie sie ihm helfen kann.«

»Aber sie ist doch selbst nicht gesund!«

Allmählich wurde ihr das Ausmaß der Folgen bewusst, die Jespers Diagnose nach sich zog, und dass ein Hirntumor keine Privatangelegenheit war, die jemand allein tragen konnte.

»Sie ist in einer stabilen Phase«, hörte sie Eskil sagen. Seine

Stimme klang ernst, und sie fragte sich, ob er sich die stabile Phase seiner Mutter nur schönredete oder ob es Inga derzeit tatsächlich einigermaßen gut ging. »Ich glaube, sie mobilisiert all ihre Kräfte. Aber Henrika ist ja auch oft da. Sie kommt jeden Morgen und bleibt oft bis abends. Kocht ihm sein Lieblingsessen, putzt, wenn es nötig ist, und nimmt sich auch noch Zeit für Jesper. Ich weiß nicht, was wir ohne deine Mutter täten. Die Gemeindeschwester hilft ihm morgens beim Duschen und Anziehen und Rasieren und so was.«

»Und du kümmerst dich um den ganzen Rest?«

»Ich schau ab und zu nach unserem Haus auf Dikholmen, übernehme die Besorgungen, helfe meiner Mutter bei allem, was für sie wegen des Rollstuhls zu schwer ist. Dinge, die ich schon immer für sie getan habe. Wer soll das sonst machen?«

»Jesper hatte zwar eine Menge Frauen in seinem Leben, aber im Grunde ist ihm nur eine geblieben.«

Lillemor wechselte das Telefon ans andere Ohr und schob das Kissen ein Stück zur Seite. Dann stand sie auf und ging zum Fenster. Der Novembernebel hatte sich seit dem Morgen noch nicht gehoben. Die Kegel der Autoscheinwerfer unten auf der Straße bohrten sich durch den Dunst.

»Kommst du allein?«

»Ja.«

»Wann landest du?«

»Wenn die Maschine pünktlich ist, um 14:08 Uhr.«

»Ich hol dich ab.«

»Vom Flughafen? Hast du ein Auto?«

»Jesper hat eins.«

»Okay, dann bis Samstag.«

»Lil?«

»Hm?«

»Ich freu mich auf dich. Sehr.«

# INGA

## Dikholmen, 1968

Tränenblind rannte Inga um das Haus herum. Wie durch Watte hörte sie Jespers Stimme hinter sich, hörte, wie er ihr nachrief, sie solle warten, sie solle stehen bleiben, er wolle erklären.

Nein! Am liebsten hätte sie es laut herausgeschrien, es ihm mit kaltem Blick entgegengeschleudert. Doch wenn man sich wie betäubt fühlte, konnte man nicht antworten, nicht rufen, wollte man nicht warten, nicht stehen bleiben, wollte keine Erklärungen. Seine Worte prallten an ihr ab, gerade so, als wären sie nicht an sie gerichtet, und sie lief weiter bis zum Holzunterstand, wo das Fahrrad lehnte. Sie riss es herum, stieg auf, jagte durch den aufspritzenden Kies hinunter bis zur Gartenpforte. Magnus hatte sie sorgfältig verschlossen, so musste sie anhalten, absteigen und den Riegel lösen. Ihre Finger zitterten.

»Inga, warte doch! Wo willst du denn hin?«

Der flehende Unterton in Jespers Stimme verfehlte seine Wirkung nicht. Für einen Moment wurde Inga schwach. Sie überlegte, ob sie umkehren sollte. Zurück in seine Arme. Noch einmal reden. Noch einmal hoffen.

Nein! Entschlossen schob sie das Rad zum Tor hinaus und trat in die Pedale, ohne sich nach Jesper umzudrehen. Da vorn an der Wegbiegung, spätestens dort würde er sie aus dem Blick verlieren. Und sie ihn. Sich noch einmal zu ihm umzudrehen war keine Option. Vielleicht war das überhaupt das einzig Richtige. Sich nicht mehr nach ihm umzudrehen. Nie wieder. Ihn aus dem Blick zu verlieren. Ganz bewusst. Die Endgültigkeit, die ihre Gedanken schwarz färbte, presste sich grob um ihr Herz. Mit wehenden Haaren raste sie den *stora vägen* entlang, ohne zu wissen, wohin er sie führte. Er durchschnitt die Landschaft mit ihren weiß und gelb gesprenkelten Wiesen und schlängelte sich durch lichte Birkenwälder. Ihre Lippen schmeckten nach dem Salz ihrer Tränen. Mit dem Handrücken rieb sie sich die tropfende Nase, während der Fahrtwind ihre Wangen trocknete. Wie eine Wilde raste sie, ihr Atem ging stoßweise, mit aller Kraft stemmte sie sich in die Pedale. Ihr Keuchen klang unnatürlich laut, es erschreckte sie, weil sie sich so nicht kannte, weil sie nicht gewusst hatte, dass sie sich anhören konnte wie ein gejagtes Tier. Und immer wieder tauchte Jesper hinter ihrer Stirn auf. Seine zärtlichen Berührungen, seine Stimme, sein Lachen, seine lässige Art, die Dinge zu sehen. Fast hätte sie aufgelacht, denn ihr wurde klar, dass seine Lässigkeit zwei Seiten hatte und ihr die bisher verborgene gerade schmerzlich vor Augen geführt wurde. Wie konnte er nur! Glaubte er ernsthaft, dass sie mit einem Jungen zusammen sein wollte, der ihr offen ins Gesicht gesagt hatte, dass er ihr nicht treu sein würde? Wie gut, dass sie ihm nichts von ihrem gemeinsamen Kind erzählt hatte. Verantwortung zu übernehmen für eine Familie, für einen Säugling, das war nichts, was Männer wie er sich aussuchten.

Der *stora vägen* gabelte sich, ein Schild suchte Inga vergeblich. Ohne großes Nachdenken entschied sie sich für den Abzweig nach rechts. Sie war losgefahren ohne ein Ziel, es war also einerlei, welche Richtung sie einschlug. Weg, nur weg, um möglichst nicht in Jespers Nähe sein zu müssen. Um seine Anwesenheit, in der sie sich plötzlich so wertlos und unscheinbar gefühlt hatte, nicht aushalten zu müssen.

Sie verringerte das Tempo, weil ihr Keuchen auf einmal beängstigend klang. Der Weg endete am Saum eines Kiefernwaldes, in dem zwischen den weit auseinanderstehenden Bäumen ein ausgetretener Pfad erkennbar war. Inga stieg ab, ließ den Lenker los, und das Rad fiel scheppernd zu Boden. Erst jetzt bemerkte sie, dass sie sich völlig verausgabt hatte. Dass ihr Herz wild pumpte und sie das Blut in ihren Ohren rauschen hörte. In ihren Lungen stach es, und ihre Beine zitterten. Mit der Zunge befeuchtete sie ihre trockenen Lippen, doch es war nur ein mittelmäßiger Versuch, etwas gegen ihren Durst zu unternehmen.

Vornübergebeugt stand sie da, darauf wartend, dass sich ihr Atem beruhigte. Sie sah sich um, hatte die Orientierung verloren, hätte nicht einmal mit Gewissheit sagen können, in welcher Richtung das Gästehaus lag. Ob Jesper noch dort war? Oder war er ihr gefolgt? Zu Fuß würde er sie nie einholen, sie nie finden. Wenn er genug Feingefühl besaß, würde er seine Sachen packen und verschwinden, würde nie wieder zu ihr zurückkehren. Sicher gab es Mädchen an der Uni oder wer weiß wo, die ihn mit offenen Armen aufnehmen würden und bei denen er seine Wunden lecken könnte. Sofern er dieses Bedürfnis überhaupt verspürte. Wahrscheinlich hatte er längst einen Haken an seine Episode Inga Söderberg gemacht, etwas anderes war ihre Beziehung für ihn sicherlich nie gewesen. Die Erkenntnis trieb ihr neue Tränen in die Augen. Es war, als wäre ihre Haut mit einem Mal so dünn geworden, dass sie ihr keinen Schutz mehr bot. Vielleicht gehörte dies dazu, wenn man sich einem anderen Menschen bedingungslos anvertraute und eines Tages schmerzhaft erkennen musste, wie einseitig diese Beziehung war.

Entschlossen hob sie ihr Fahrrad auf und schob es in den Wald hinein. Das Licht- und Schattenspiel der zwischen den Kiefern hereinfallenden Sonnenstrahlen malte winzige Muster auf den mit trockenen Nadeln übersäten Waldboden. Sie knackten unter den Reifen und unter ihren Schritten. Kurz flammte Magnus' Hinweis in ihrer Erinnerung auf, dass sie beim Umherstreifen auf der Insel auf sich aufpassen solle. Inga machte sich nichts vor: Wenn ihr etwas zustieß, würde es unter Umständen eine halbe Ewigkeit dauern, bis jemand auf die Idee kommen würde, dass sie Hilfe brauchte. Doch gleichzeitig begann ihr der Gedanke, dass niemand wusste, wo sie sich augenblicklich befand, zu gefallen. Ausgesprochen gut sogar. Inmitten der weit in den Himmel ragenden Kiefern fühlte sie sich wie ein Teil dieses Waldes, verborgen vor allen – vor Jesper, vor Siw, vor der ganzen Welt.

Sie wäre dem Waldweg noch Stunden gefolgt, weil das Gehen auf dem weichen Nadelteppich, das Einatmen der würzigen Luft, begleitet nur vom anhaltenden Singen der Vögel in den Bäumen über ihr sie ruhig machte und sich ein Gefühl von Freiheit und Frieden in ihr ausbreitete, das sie nicht kannte. Doch schon lichtete sich der Wald. Sie sah sich um. Geradeaus erstreckten sich ein sanft abfallender Hang und eine Wiese, gesprenkelt von gelben Butterblumen. Zu ihrer Linken verbargen dornige Hecken den Blick, und rechts von ihr – ihr stockte der Atem – duckte sich eine windschiefe Kate in die Landschaft. Drei Birken in unmittelbarer Nähe überragten das Dach der Kate um ein Vielfaches, ihre Blätter bewegten sich sachte im Wind. Zwischen ihnen blitzte das Blau der Ostsee hindurch.

Inga fiel es schwer, den Anblick dieser idyllisch anmutenden Szenerie unbeschwert zu genießen. Denn immerhin war es möglich, dass dies die Kate der seltsamen Eira war. Viel wusste Inga nicht über die stumme Frau, die anscheinend gar nicht so stumm war, wie Magnus es sie hatte glauben machen wollen. Und doch verband sie mit den Gedanken an die Waldfrau etwas Mysteriöses, etwas, das sie auf eine nicht näher zu bestimmende Weise ängstigte. Dachte sie an Eira, kam ihr die Gestalt am Gartenzaun in den Sinn, von der sie sich beobachtet gefühlt hatte. Wahrscheinlich war dieses beunruhigende Gefühl einzig ihrer Fantasie geschuldet, die sich aus dem, was Inga wusste und aus den vielen Vermutungen speiste, die nicht der Wahrheit entsprachen und umso mehr Angst hervorriefen. Schließlich verzerrte nichts die Realität so sehr wie die eigene Fantasie.

Inga straffte die Schultern. Höchstwahrscheinlich war es gar nicht Eiras Kate, sondern eine dem Verfall ausgelieferte Hütte, für die sich niemand mehr verantwortlich fühlte. Eine kaum zu bremsende Neugier regte sich dennoch in ihr. Jetzt, da sie schon einmal so nah dran war, konnte sie die Gelegenheit nutzen. Konnte hinübergehen und nachsehen. Sollte es sich um Eiras Kate handeln, bestand zumindest die Chance, die Waldfrau anzutreffen. Das Gesicht und die Gestalt der singenden Frau im grün gepunkteten Kleid auf der Lichtung hatte sich so in ihre Erinnerung gebrannt, dass sie sicher war, sie sofort wiederzuerkennen.

Ihre verschwitzten Hände um die Griffe des Lenkers geklammert und mit heftig pochendem Herzen setzte sie sich in Bewegung, schob ihr Fahrrad quer über den unebenen Grund am Rand der Wiese auf einen ausgetretenen Pfad, der geradewegs auf die Kate zuführte. Staunend stellte sie fest, dass sie aus der Nähe gar nicht so heruntergekommen aussah, wie es aus der Ferne gewirkt hatte. Sie schien erst jüngst einen frischen Anstrich erhalten zu haben. Neben der Tür hatte eine aus Holz gezimmerte Bank ihren Platz, die einen soliden Eindruck machte und auf der eine grau getigerte Katze zusammengerollt in der Sonne lag. Dahinter rankte eine üppig blühende Kletterrose mit ungezählten orangefarbenen Blüten und Knospen an einem Spalier empor. Drei Hühner staksten unaufgeregt umher. Mit ihren Schnäbeln pickten sie nach Essbarem. In einem mit einem einfachen Lattenzaun umgrenzten Bereich gegenüber der Kate entdeckte Inga eine Ziege, die sie unbeteiligt anblickte, und gleich daneben sauber angelegte, mit flachen Kieselsteinen eingefasste Beete.

Ohne darüber nachzudenken, war sie bereits bis zu den Beeten vorgedrungen. Verwundert ließ sie ihren Blick über die Kräuter hinweggleiten, die jemand dort zog und mit Sorgfalt pflegte. Inga kannte sich nicht aus mit Kräutern, sodass sie nicht hätte benennen können, was hier so überreichlich wuchs. Beim Geräusch einer sich öffnenden Tür wandte sie sich um. Sie erfasste das Motorrad an der Seite der Kate, im Schutz des überdachten Verschlags. Gleichzeitig sah sie Magnus aus der Tür treten. Ihre Augen wurden groß, als sie zwei Frauenarme bemerkte, die seinen Oberkörper von hinten umschlossen, als wollten sie ihn am Gehen hindern. Sie erkannte das Gesicht der Frau, obwohl es zur Hälfte im Schatten lag, sie schmiegte es von hinten an seine Schulter. Ihre Augen waren geschlossen. Magnus hielt inne, lächelte. Nie hatte Inga ihn so lächeln sehen.

Dann entdeckte er sie. Nicht mehr als zehn Schritte lagen zwischen ihnen. Erschrocken hielt Inga den Atem an. Könnte sie sich doch in Luft auflösen! Oder in ein Erdloch verkriechen. Fest presste sie die Hände um die Griffe ihres Lenkers.

Keiner sagte etwas. Wie gern hätte sie in seinem Gesicht etwas gelesen. Ganz sicher hielt er sie für ein vorwitziges Ding, das heimlich hier herumschlich, um seine Neugier zu befriedigen. Doch sein Ausdruck blieb unbewegt. Im nächsten Moment veränderte sich der Blick der Frau. Nicht Erstaunen lag darin, sondern Panik, dasselbe Flackern wie bei ihrem Zusammentreffen auf der Lichtung. Blitzschnell verschwand sie im Inneren der Kate und entzog sich damit Ingas Blicken.

»Was machst du hier?«

Magnus bewegte sich langsam auf sie zu. Hinter ihm wurde die Tür bis auf einen schmalen Spalt zugezogen.

»Es tut mir leid!« Intuitiv hob Inga eine Hand, als wäre diese Geste die einzige Möglichkeit, ihre Worte zu bekräftigen. »Ich wollte nicht schnüffeln, falls du das denkst. Ich bin mit dem Fahrrad los und wusste nicht ... Bin einfach los durch den Wald und zufällig hierhergekommen, und ich dachte, ich schau einfach mal, wer hier wohnt. Hätte ja sein können, dass es eine der Frauen ist, die du erwähnt hast.« Sie schickte ein nervöses Lachen hinterher.

»Und jetzt willst du wahrscheinlich wissen, wer sie ist.«

Er war stehen geblieben und heftete seinen Blick auf sie. Dabei wirkte er weder aufgebracht noch ärgerlich, weshalb Inga ihre Vermutung in den Wind schlug.

»Sie ist die Frau, die ich auf der Lichtung gesehen habe.«

Beinahe hätte sie ihrer Feststellung ein triumphierendes Lachen folgen lassen, doch sie verkniff es sich im letzten Moment. Schließlich war sie kein pubertierender Backfisch, der einem Erwachsenen mit nicht zu unterdrückender Schadenfreude klarmachte, dass er recht behalten hatte.

Wortlos wandte Magnus sich um, ging zurück zur Kate und drückte die Tür auf. Inga hörte ihn mit der Frau sprechen, vernahm seine tiefe, ruhevolle Stimme und die der Fremden. Sie sprach so leise, dass Inga sie nur mit Mühe hörte. Allem Anschein nach diskutierten sie miteinander. Inga bewegte sich nicht vom Fleck. Die Katze sprang mit einem eleganten Satz von der Bank. Im selben Augenblick kam Magnus heraus und hinter ihm die Frau. Sie war barfuß und trug ein blaues verschlissenes Kleid, das ein wenig aus der Mode gekommen war. Ihr Gesicht zeigte keine Regung, die Angst in ihrem Blick war verschwunden. Sie ist hübsch, dachte Inga. Auf eine eigenartige Weise hübsch. Nichts Gekünsteltes war an ihr, alles wirkte natürlich und echt.

Magnus trat einen Schritt zurück, sodass Inga und die

fremde Frau, Eira, einander gegenüberstanden. Eira blickte auf ihre Zehen. Ob sie zu den Menschen gehörte, denen es ein Problem bereitete, anderen in die Augen zu sehen? Sollte es so sein, welchen Grund mochte es dafür geben?

»Ich bin Inga«, stellte sie sich höflich vor.

Sie streckte die rechte Hand aus. Ruckartig hob Eira den Kopf. Sie wirkte wie ein aufgeschrecktes Tier, als sie nun Magnus' Blick suchte, als hätte Ingas schlichte Begrüßung etwas Bedrohliches an sich.

»Schon gut«, murmelte er, und er berührte ihre Schulter und nickte ihr zu.

»Nenn in ihrer Gegenwart keine Namen«, sagte er, an Inga gewandt. Dabei blickte er ihr eindringlich in die Augen. »Nicht deinen eigenen und auch sonst keinen.«

Inga wartete auf eine Erklärung, doch Magnus schien alles gesagt zu haben, denn er machte keine Anstalten, noch etwas hinzuzufügen. Was für eine merkwürdige Frau! Ihre Augen waren von einem ungewöhnlich hellen Grün mit einem dunklen Rand um die Iris. Inga hatte nie eine solche Augenfarbe bei einem Menschen gesehen. Eira fasste sich, ergriff ihre Hand, drückte sie leicht und ließ sie sofort wieder los.

»Warum bist du vor mir weggelaufen?« Inga biss sich auf die Lippen. Musste sie gleich mit der Tür ins Haus fallen? Sie waren doch gerade erst dabei, sich kennenzulernen. Warum konnte sie nicht einfach ihren Mund halten? Eiras Wangen röteten sich, wieder drehte sie sich nach Magnus um, der in der Nähe seines Motorrades an der Hauswand lehnte, als läge die Antwort auf Ingas Frage an ihm. »Entschuldige«, beeilte Inga sich zu sagen. »Ich wollte das gar nicht fragen. Tut mir leid.« Sie versuchte sich an einem Lächeln, es geriet etwas schief. Eiras Lippen blieben schmal und unbewegt. »Ich wohne in dem gelben Haus«, fuhr Inga fort, um eine Unterhaltung in Gang zu bringen.

»Ich weiß«, flüsterte Eira.

Es schien Inga, als hätte es sie eine unglaubliche Kraft gekostet, die beiden Worte über die Lippen zu bringen. Noch immer erschloss sich ihr nicht, warum Magnus von der stummen Eira gesprochen hatte, obwohl sie doch ganz eindeutig eine Stimme besaß und imstande war, Worte zu bilden.

»Ich freu mich, dass wir uns kennenlernen«, versuchte Inga es erneut. »Ist manchmal recht einsam hier.«

Noch einmal wandte Eira sich mit Hilfe suchendem Blick zu Magnus um. Inga stieß einen leisen Seufzer aus. Weshalb war sie nur nicht in der Lage, sich ein wenig mit ihr zu unterhalten?

»Ich lasse euch mal allein, vielleicht geht das ohne mich besser.«

Er schob sich eine Zigarette zwischen die Lippen und riss ein Streichholz an. Rauchend folgte er dem schmalen Pfad an Eiras Garten vorbei in Richtung Küste. Inzwischen hatte sich die Katze ihnen genähert. Mit erhobenem Kopf stolzierte sie am Zaun entlang und strich mit leisem Schnurren um Eiras Fesseln.

»Lebt sie schon lange bei dir?«, fragte Inga.

Vielleicht gelang es ihr, Eira über das Tier zu erreichen und eine Unterhaltung in Gang zu setzen. Eira beugte sich nach unten. Ihre Rechte fuhr über den samtigen Rücken der Katze. Dann richtete sie sich wieder auf.

»Sie ist uns zugelaufen. Vor ein paar Jahren. In Stockholm.«

So viele Worte. Sie wandte ihr Gesicht zur Seite, dorthin, wo Magnus bis vor wenigen Augenblicken noch zu sehen gewesen, inzwischen aber hinter den glatt geschliffenen Felsrücken verschwunden war.

Vielleicht brauchte Eira nur ein wenig Zeit. Vielleicht war sie gar nicht so seltsam, wie Inga es sich in ihrer Fantasie zusammengesponnen hatte. Vielleicht war sie sogar jemand, mit dem sie befreundet sein könnte.

# LILLEMOR

Unterwegs, 2019

Von den regenschweren Zweigen der Fichten tropfte es auf Lillemor herunter. Einzelne dumpfe Donnerschläge grollten noch in der Ferne. Flüchtig schob sich die Frage, ob es nicht vernünftiger gewesen wäre, die Nacht im Kloster zu verbringen, in ihre Gedanken, aber sie schüttelte sie ab. Rieke mochte sich dort wohl und am richtigen Platz fühlen. Für sie selbst dagegen war es undenkbar, in einer Klosterzelle zu übernachten. Wie ein verirrtes Kind hatte sie sich in Anwesenheit der schwarz gewandeten Schwestern und der ernst blickenden Ikonengesichter in den Glasvitrinen gefühlt. So war sie losgezogen, um dem lichten Waldpfad mit den blau-gelben Muschelsymbolen an den Bäumen zu folgen.

Rieke fehlte ihr. Ihre Stimme. Das Geräusch, das ihre Schuhe beim Gehen gemacht hatten. Ihr Lachen. Ihr keuchender Atem beim Hinaufkämpfen eines Anstiegs. Das Klackern der Muschel am Reißverschluss ihres Rucksacks im Rhythmus ihrer Schritte und ihr so oft gehörtes »Hier entlang«, wenn Lillemor wieder einmal gedankenverloren eine Markierung übersehen hatte.

Doch sie hatte sich entschieden, die Reise ohne Rieke fortzusetzen. Einem Weg zu folgen, obwohl sie ihn nicht kannte. Sie hatte ein Ziel. Einen Plan. Trug die Verantwortung für sich selbst. Ohne Angst blickte sie nach vorn, und sie wusste, wie weit sie an diesem Tag noch gehen würde.

Die Erkenntnis beflügelte sie. Leichten Schrittes strebte sie weiter, wich einer Pfütze aus, machte einen Schritt über einen herabgefallenen Ast, bemerkte die glänzenden Regentropfenperlen auf Farnwedeln und Moospolstern am Wegrand.

Unweit vor ihr lichtete sich der Wald, und sein Ende wurde sichtbar, was bedeutete, dass sie auf ein halbwegs schützendes Dach verzichten musste. Sie sah, dass der Weg sich zwischen Getreidefeldern weiterschlängelte und der Himmel wieder verhangen war von regenschweren Wolken. Mit einem Seufzer legte sie ihren Rucksack ab, öffnete ihn und kramte nach der Regenjacke. Sie streifte sie über, zog den Rucksack wieder an und setzte sich erneut in Bewegung, gerade rechtzeitig, denn schon ging heftiger Regen nieder. Vom Rand der Kapuze tropfte er bald auf ihre Nase.

Erschrocken stellte sie fest, dass sie schon längere Zeit kein Muschelsymbol mehr an einem Baum gesehen hatte. Sie würde sich doch nicht verlaufen haben? Unsinn, der Weg hatte stets geradeaus geführt, es hatte keinen Abzweig gegeben. Oder doch? Sie blieb stehen, drehte sich unsicher um. Der Wald, aus dem sie gekommen war, lag im Regendunst ein ganzes Stück hinter ihr. Sie setzte sich wieder in Bewegung. Als der Stoff ihrer Hose sich bei jedem Schritt klamm und kalt an ihre Beine schmiegte, hielt sie Ausschau nach einem Baum, unter dem sie Schutz finden und das Nachlassen des Regens abwarten konnte.

Zum Glück blitzte und donnerte es nicht mehr. Ein Gewitter auf freiem Feld war das Letzte, was sie gebrauchen konnte. Noch einmal flammte der Gedanke an eine Übernachtung im Kloster in ihr auf. Zu spät. Sie hatte sich entschieden, es war müßig, darüber nachzudenken, was besser gewesen wäre. Ehe sie einen Baum zum Unterstellen fand, entdeckte sie einen Wegweiser an einer Kreuzung, der in drei verschiedene Richtungen wies, unter anderem nach Nassau, wie Lillemor beim Näherkommen erfreut feststellte. Die Kilometerangabe dahinter trieb ihr Tränen der Erleichterung in die Augen.

»Nur noch zwei!«

Sie seufzte auf, und ein Gefühl der Dankbarkeit rauschte durch ihre Adern, das sie in jedem Körperteil zu spüren glaubte. Alle Zweifel, die sie eben noch verunsichert hatten, zogen sich im Nu zurück. Die Erkenntnis, sich weiter auf dem richtigen Weg zu befinden, ließ sie ihre Schritte auf wundersame Weise leichter setzen, und der Regen, der ihr von der Kapuze auf die Nase tropfte, störte sie überhaupt nicht mehr.

## ZWIESPALT

Eskil wartete in der mit Menschen gefüllten Ankunftshalle, wo sie ihn mit seiner dunkelblauen Baseballkappe von Weitem aus der Menge der Wartenden herausragen sah. Die Maschine war planmäßig gelandet, außer einer kleinen Reisetasche hatte sie nur ihre Umhängetasche dabei, nichts, was zu schwer zum Tragen gewesen wäre. Doch Eskil griff nach der Reisetasche, noch bevor sie einander begrüßt hatten.

»*Hej.*«

Der Blick aus seinen braunen Augen war voller Wärme. Voller Freude. Die Goldsprenkel darin schienen zu tanzen. Worte waren überflüssig, weil Lillemor in seinem Blick seit ehedem mühelos lesen konnte. Sie lächelten einander an. Sein linker Mundwinkel hob sich eine Millisekunde vor dem rechten.

»*Hej*«, erwiderte sie.

Einem inneren Impuls folgend streckte sie ihm beide Arme entgegen, und er ließ ihre Tasche los, sodass sie mit einem dumpfen Geräusch auf den Fußboden fiel. Er zog sie an sich, als hätte er nur auf dieses Signal gewartet. So standen sie inmitten der vorüberhastenden Fluggäste und hielten einander in den Armen. Wie ein Paar, das nach Jahren des Getrenntseins endlich wieder zueinandergefunden hatte und den Augenblick des Wiedersehens bis ins Unendliche ausdehnte, so mussten sie auf Außenstehende wirken. Lillemor schmiegte ihr Gesicht an seinen Kapuzenpullover. Er roch frisch gewaschen. Unter ihren Händen spürte sie die Muskulatur seines Rückens, seine Körperwärme übertrug sich auf ihre Handflächen.

Aus dem Lautsprecher ertönte eine weibliche Stimme, die darum bat, keine Gepäckstücke oder persönlichen Gegenstände in der Ankunftshalle zurückzulassen. Unweit von ihnen begann ein Kind zu weinen, und von irgendwoher erklang ein mehrstimmiges *Happy Birthday*. Ein leuchtend roter Luftballon in Herzform mit einer aufgedruckten Vierzig tanzte über den Köpfen der Leute. Das Geburtstagsständchen verklang, ein paar Leute applaudierten.

»Hattest du einen guten Flug?« Noch immer hielt er sie im Arm.

Sie hob den Kopf, sah von unten zu ihm auf. »Bestens.«

Wieder lächelte er. Oder immer noch. Sie wusste es nicht, stellte fest, wie gut ihm der Dreitagebart stand. Wie vertraut seine Umarmung sich anfühlte. Wie leicht sie sich fühlte in seiner Nähe. So leicht, lebendig und weich wie lange nicht. Ohne einen weiteren Gedanken löste sie sich von ihm, als wäre diese Erkenntnis weniger verstörend, wenn zwei Schritte Abstand zwischen ihnen lagen.

Er nahm ihre Reisetasche, und sie strebten nebeneinander dem Ausgang zu.

»Wie geht's dir?«, fragte er.

»Es ist jedes Mal ein Fest, nach Hause zu kommen. Aber der Besuch bei Jesper bereitet mir Bauchweh.« Sie traten ins Freie. Kalt schlug ihnen die klare Novemberluft entgegen, Lillemor schloss den Reißverschluss ihrer Jacke. Die Augenblicke in Eskils Umarmung verwandelten sich in eine Erinnerung, doch das in seiner Nähe empfundene Gefühl des Geborgenseins blieb auf eine so wohltuende Weise spürbar, dass sich ein nicht zu überhörender Zwiespalt in Lillemors Gewissen erhob. Mit einem tiefen Atemzug ließ sie die Luft in ihre Lungen strömen. Die Kälte legte sich auf ihre Wangen. In kluger Voraussicht hatte sie sich für ihre Winterjacke entschieden, sie wusste, dass die Temperaturen auf den Inseln auch im November schon frostig sein konnten. Sie bewegten sich in Richtung des Parkdecks, wo Eskil Jespers Auto abgestellt hatte. »Wie geht es ihm?«, erkundigte sie sich, dankbar dafür, sich dem Zwiespalt in ihrem Herzen nicht länger hingeben zu müssen, sondern sich dem Grund ihres Besuchs zuwenden zu können, auch wenn sie lieber über etwas anderes als über die Krankheit ihres Onkels gesprochen hätte.

»Manchmal versuche ich, mich in ihn hineinzuversetzen«, erwiderte Eskil. »Dann frage ich mich, wie es mir damit gehen würde, wenn ich wüsste, dass es keine Heilung gäbe und ich in absehbarer Zeit sterben müsste.«

»Man kann sich wahrscheinlich nicht hineinversetzen«, sagte sie. »Irgendwo hab ich mal gelesen, dass Menschen, die wissen, dass sie nicht mehr lange zu leben haben, damit anfangen, sich Träume zu erfüllen, die sie ihr Leben lang unerfüllt mit sich herumgetragen haben.«

»Ist doch verrückt, dass man erst damit anfängt, wenn man weiß, dass das Leben sich auf der Zielgeraden befindet.«

Ein älteres Ehepaar zog mit Rollkoffern an ihnen vorbei, sie stritten miteinander über die Art und Weise, wie er den Wagen geparkt hatte.

»Dabei wissen wir doch alle nicht, wann es endet«, sagte Lillemor. »Ich meine, sieh Leute wie dich und mich an. Wir sind jung und gesund, und trotzdem kann morgen oder schon heute unser letzter Tag sein. Machen wir deshalb etwas anders?«

»Nein, wahrscheinlich nicht. Wir leben, als lägen hundert Jahre vor uns.«

»Was ist mit deinen Träumen, Eskil?«

Hörbar stieß er die Luft zwischen den Lippen aus. »Welchen davon meinst du?« Er warf ihr einen kurzen Seitenblick zu.

»Dein Biologiestudium zum Beispiel«, antwortete sie. »Und deinen Traum von einem Leben im Einklang mit der Natur. Weißt du noch, dass du früher, wenn wir in unserem Baumhaus saßen, oft gesagt hast, dass du später mal so wohnen möchtest? Wozu ein Haus aus Stein, hast du immer gesagt, in Steinhäusern krieg ich keine Luft.«

Er lachte auf. »Das hast du dir gemerkt?«

»Ich hab mir vieles gemerkt.«

Sie hatten den Personenaufzug des Parkdecks erreicht. Ein paar junge Leute mit vollgestopften Rucksäcken verließen laut schwatzend und lachend den Aufzug, und bevor sich die Türen wieder schließen konnten, huschten sie und Eskil ins Innere der Fahrstuhlkabine. Eskil drückte auf den Knopf, die Türen schlossen sich, und der Aufzug setzte sich mit einem Knarzen in Bewegung.

»Und was alles?«, fragte er.

Sie mied seinen Blick, weil ihr plötzlich zahllose persönliche Dinge einfielen, die sie über ihn wusste, und mit ihnen all seine Lebenswünsche. Als kleiner Junge hatte er einmal davon geträumt, mit einem Kajak die ganze schwedische Westküste abzufahren. Später hatte es Jahre gegeben, in denen die Suche nach seinem Vater für ihn alltagsbestimmend geworden war. Ingas Schweigsamkeit, was seine Herkunft betraf, hatte nur dazu geführt, dass er sich ohne dieses Wissen zunehmend unvollständig gefühlt hatte. Kurz vor dem Abitur war das Vogelobservatorium in Falsterbo in seinen Fokus gerückt, und er hatte angefangen, davon zu träumen, einmal dort zu arbeiten, was er später zumindest ansatzweise umgesetzt hatte. Dass er auch von ihr, von einem Leben mit ihr träumte, hatte er nie konkret in Worte gefasst. Nicht so, wie er es mit seinen anderen Wünschen getan hatte. Aber nachdem sie lange blind dafür gewesen war, hatte sich die Gewissheit am Tag ihrer Hochzeit mit Bernhard tief und sanft in ihrem Herzen niedergelassen.

*Ich beneide ihn …*

Sie blickte zur gegenüberliegenden Fahrstuhlwand, die von oben bis unten verspiegelt war. Eskil überragte Lillemor um einen Kopf, die Baseballkappe und der graue Kapuzenpullover mit dem Bandlogo von Genesis ließen ihn weitaus jünger wirken, beinahe so, als wären die Jahre spurlos an ihm vorübergezogen, als trüge er noch immer die Klamotten von damals, als hätte die Zeit vergessen, ihn mitzunehmen. Sie selbst dagegen, in Wollrock, gefütterten Stiefeln und dunkelblauem Steppmantel, das Haar am Hinterkopf zusammengebunden, wirkte gereift und erwachsen. Sie vermutete, dass er dasselbe dachte wie sie.

»Wir sehen nicht mehr aus wie früher«, sagte er.

»Wenn wir aussähen würden wie früher, wäre etwas schiefgelaufen.«

»Es ist nur äußerlich.«

»Du meinst, im Herzen sind wir Kinder geblieben?«

»Es würde mich freuen, wenn es so wäre.«

»Ich bin nicht mehr die Lil von früher.«

Ihre Blicke im Spiegel hielten einander stand. Der Aufzug ruckte und blieb stehen. Aus einem verborgenen Lautsprecher informierte eine sonore Stimme darüber, dass das Parkdeck 3 erreicht wurde.

»Wie kann ich immer noch dieselbe sein, bei all dem, was sich in meinem Leben verändert hat?«

»Du bist Ehefrau und Mutter«, sagte er. »Aber das macht dich nicht zu einem anderen Menschen.«

Die Türen öffneten sich, doch weder Eskil noch sie setzten dazu an, den Fahrstuhl zu verlassen.

»Ein Kind neun Monate im Bauch zu haben, es zur Welt zu bringen und es mit jeder Faser seines Körpers zu lieben verändert eine Frau. Die Verantwortung, die man plötzlich für dieses Kind trägt, kannte man vorher nicht. Darauf wird man nicht vorbereitet.«

Er nickte, als hätte er verstanden, was sie meinte. Oder als dächte er an Inga und daran, dass sie bei seiner Geburt gerade einmal achtzehn Jahre jung gewesen war und es keinen Vater gegeben hatte, der sie unterstützt hatte.

»Das hat mir noch nie jemand so erklärt.« Der automatische Schließmechanismus sorgte dafür, dass die Türen sich in Bewegung setzten. Im letzten Augenblick trat Eskil über die Lichtschranke, sodass die Türen wieder zur Seite fuhren. Lillemor folgte ihm nach draußen. »Wie ist er so?«

»Timmy?«

»Erzähl mir was über ihn.«

»Er ist zweidreiviertel. Er zeigt ein gewisses Talent an der Töpferscheibe und matscht für sein Leben gern mit nassem Ton. Er kann Würmer formen. Weißt du noch, dass ein Wurm das erste Werkstück war, das unter Jespers Aufsicht in meinen Händen entstanden ist?« Ein Lächeln legte sich auf ihre Lippen bei der Erinnerung an ihre Wurmausstellung, zu der sie als Fünfjährige ihre Eltern und Malin voller Stolz in Jespers Werkstatt eingeladen hatte. Auch Inga und Eskil waren gekommen.

»Wie könnte ich das vergessen, ich fand sie großartig!« Er verdrehte die Augen und grinste.

»Vielleicht hat Timmy meine Wurmkreativität geerbt.« Jetzt lachten sie beide. »Na ja, was soll ich noch über ihn erzählen?

Ich versuche gerade, ihm Tischmanieren beizubringen, ist leider nicht von Erfolg gekrönt. Er hat meine Augenfarbe geerbt und Bernhards Strubbelhaare.«

Sie biss sich auf die Lippen. Warum hatte sie sich den letzten Satz nicht verkniffen?

»Muss ein schönes Gefühl sein, wenn man etwas von sich selbst in seinen Kindern wiederfindet«, sagte er und kramte in seiner Hosentasche nach dem Autoschlüssel.

»Gibt es keine Frau in deinem Leben?«

»Doch.«

»Ach … und warum erzählst du mir nichts von ihr?«

»Sie mag es nicht, wenn ich über sie spreche.«

»Und du liebst sie?«

»Wahnsinnig.«

Irgendwo in ihrem Herzen begann es zu stechen, aber sie versuchte, das unangenehme Gefühl zu verdrängen, indem sie ihren Worten eine überschwängliche Freude beimischte.

»Mensch, Eskil, das erzählst du so nebenbei! Ich freu mich für dich. Wie lange kennst du sie schon, wie heißt sie?«

»Ich kenne sie schon fast mein ganzes Leben lang. Und ihren wundervollen Namen hab ich mir vor langer Zeit ins Herz tätowiert, damit ich ihn immer ganz nah bei mir haben kann, weil das Leben es nicht erlaubt, dass ich sie ganz nah bei mir haben kann. Mein Herz ist der beste, der perfekte Platz für ihren Namen, und er bleibt da für immer, sogar noch, wenn es aufgehört hat zu schlagen.«

Er hatte gesprochen, während sie sich Jespers Pick-up genähert hatten, und in seiner Stimme hatte nicht nur etwas sehr Ernstes, sondern beinahe etwas Feierliches mitgeschwungen. Erst jetzt begriff Lillemor, dass er über niemand anderen als über sie gesprochen hatte. Es war eine Liebeserklärung in einer Offenheit gewesen, die ihr unter die Haut ging.

Seine Worte waren mitten in ihr Herz gefallen, und dort klangen sie nach. Wie der Nachhall eines Musikstücks, der nach dem letzten Ton noch eine Weile in der Luft lag und erst allmählich verebbte und dem man mit geschlossenen Augen nachspürte.

Sie hatten den Pick-up erreicht und blieben stehen.

*So etwas Schönes hat mir noch nie jemand gesagt …*

Sie presste die Lippen aufeinander, um nicht auszusprechen, was sie dachte. Was sie fühlte. Was sie hier tat, war nicht richtig. Was sie fühlte, war nicht richtig. Sie gehörte zu Bernhard, und sie liebte ihn. Deshalb war es völlig ausgeschlossen, sich in Eskils Nähe so wohlzufühlen, wie sie es gerade tat. Sich von seinen Worten, seiner Umarmung, seiner Nähe derart berühren zu lassen. Sie wusste nicht, was und ob sie überhaupt etwas sagen sollte, wandte sich ab, umrundete den Wagen und öffnete die Beifahrertür. Hitze stieg ihr in die Wangen. Sie glitt auf den verschlissenen Sitz, nach Worten suchend. Eskil ließ den Motor an. Das Innere des Wagens wirkte nicht sonderlich gepflegt. Den Knauf des Schalthebels hatte jemand mit Isolierband umwickelt, und am Radio fehlte der Lautstärkeregler.

»Jesper fährt ihn schon viele Jahre, oder?«

Es war nichts weiter als eine Verzweiflungsfrage, um die Stille zu füllen. Natürlich erinnerte sie sich daran, wann ihr Onkel den Wagen angeschafft hatte. Souverän lenkte Eskil ihn vom Flughafengelände.

»Er hat ihn gekauft, als Momma krank wurde und regelmäßig Untersuchungstermine im Karolinska hatte. Er hat sie zu jedem Termin gefahren und so lange auf den harten Stühlen in der Wartezone gesessen, bis die Untersuchungen beendet waren. Wenn es ihr richtig schlecht ging, hab ich die beiden begleitet.«

»Kann er gar nicht mehr selbst fahren?«, fragte sie vorsichtig.

Er schüttelte den Kopf. »Ich wusste nicht, dass du inzwischen einen Führerschein hast.«

»Hab ich nicht.«

»Was?«

Abrupt drehte sie sich in seine Richtung. Seine Hände lagen vorschriftsmäßig auf dem Lenker, er wirkte entspannt, und ein leichtes Grinsen zuckte in seinen Mundwinkeln.

»Hab ich nicht«, wiederholte er. »Aber ich kann fahren. Im Gegensatz zu vielen, die zwar einen Schein in der Tasche haben, aber trotzdem nicht wissen, wie man Auto fährt.«

»Um Himmels willen, Eskil!« Sie starrte ihn an.

»Was denn? Fühlst du dich unsicher?«

»Nein, überhaupt nicht. Du … machst das gut. Aber …«

Ihr Blick fiel auf den Rückspiegel, an dem eine graubraune Feder an einem Nylonfaden baumelte.

»Du meinst, wenn sie mich erwischen?«

»Zum Beispiel, ja.«

»Was ist das Schlimmste, was dann passieren kann?«

»Ein Bußgeld, nehme ich an.«

Er legte den Kopf schräg, hob die Augenbrauen und warf ihr einen flüchtigen Blick zu. Wenn das alles ist …, schien er zu sagen.

»Er hat es mir beigebracht.«

»Jesper?«

»Hab ich dir das nicht erzählt?«

»Nein.«

»Schon bald nachdem er ihn gekauft hat. Er meinte, es könne nicht schaden, wenn ich wüsste, wie man fährt.«

Lillemor seufzte. »Ja, das passt zu ihm. Und zu dir passt es auch.«

Sie hatten das Gewirr der vom Flughafengelände abzweigenden Straßen verlassen und folgten nun der mehrspurigen E4.

»Soll ich dich zu deinen Eltern bringen, oder willst du direkt zu Jesper?«

»Ist meine Mutter bei ihm?«

Eskil nickte. »Jeden Tag.«

»Dann bring mich direkt zu ihm.«

## Dikholmen, 1961

*Wie wunderschön es aussieht! Immer wieder berühre ich den Stoff, kann mich nicht sattsehen an den Farben. Sonnengelb mit winzigen grünen Punkten. Es ist hochgeschlossen, hat einen kleinen runden Kragen und einen Reißverschluss im Rücken. Der Rock fällt in weichen Falten bis knapp über meine Knie. Ein angenähter Unterrock ist sogar drunter, mit zarter Spitze am Saum. Sie blitzt hervor, wenn ich mich bewege. Nie habe ich so ein Kleid besessen. Es passt, als wäre es für mich gemacht worden. Ich drehe mich, blicke an mir hinunter auf meine nackten Füße. Auf meine schmutzigen Zehen. Das Barfußlaufen habe ich mir angewöhnt, seit es wärmer geworden ist, und es ist ja niemand hier, den meine verdreckten Füße stören. Aber jetzt stören sie mich selbst. Zu einem solchen Kleid gehören saubere Füße und feine Schuhe. Spangenschuhe mit Absatz. So, wie die Frauen aus der Stadt sie tragen.*

*Magnus will, dass ich mich heute bei unserem Ausflug nach Stockholm nicht schäme in meiner ausgebeulten Baumwollhose mit den gestopften Löchern auf den Knien. Aber ich werde meine klobigen Schnürschuhe mit den Salzrändern tragen müssen, andere besitze ich nicht. Daran hat er wahrscheinlich nicht gedacht, als er mir das Kleid gebracht hat. Er hat es auseinandergefaltet und über die Stuhllehne gehängt. Es war direkt mehr Licht in der Kate mit dem Kleid über der Stuhllehne. Mit diesem Gelb auf dem alten verschrammten Holzstuhl.*

*»Woher hast du es?«, hab ich gefragt.*

*»Du brauchst doch was für Stockholm«, hat er geantwortet, und weil er immer daran denkt, wie wichtig es mir ist, keine Namen zu hören, fing er an, umständlich zu umschreiben, dass es eine Leihgabe von Astrid Karlsson ist. »Sie hat ungefähr deine Statur«, hat er gesagt, »ich habe sie einfach gefragt.«*

*So ist er. Er hat sie einfach gefragt. Hat sie gefragt, ob sie der stummen Frau, die in seiner Kate haust, ein Kleid leiht, damit sie sich bei ihrem Ausflug nach Stockholm neben den feinen Damen aus der Stadt nicht unwohl fühlt.*

*Jeden Moment muss er hier sein. Dass wir nicht mit dem Motorrad fahren, sondern mit seinem Boot, hat er mir erst gestern gesagt. In meinem Bauch krampft sich alles zusammen, wenn ich daran denke, mein Schneckenhaus zu verlassen. Meine selbst gewählte Isolation zum ersten Mal seit zehn Monaten zu unterbrechen. Mich unter Menschen zu mischen. Ich weiß doch gar nicht mehr, wie das ist. Unter Leuten zu sein. Dass sie dieses Schiff bergen, interessiert bestimmt halb Stockholm. Mich interessiert es nicht. Ich fahre Magnus zuliebe mit. Er spricht von nichts anderem.*

*In der Ecke stehen meine Schuhe. Ich schlüpfe hinein, habe sie gestern mit einer kleinen Bürste und Spucke geschrubbt, sie sind halbwegs sauber geworden, auch wenn die Salzränder nicht mehr wegzukriegen sind. Das Leder ist hart, und die Sohlen sind abgelaufen, aber ich will mich nicht in diesen Eitelkeiten ergehen.*

*Ich schlüpfe in die Schuhe, schnüre sie und sehe wieder an mir hinunter. Eine Waldfrau in einem geliehenen Kleid. So sehe ich aus. So fühle ich mich. Tränen schießen mir in die Augen, und jetzt erst wird mir klar, dass ich schön sein will, für Magnus will ich schön sein, aber ich bin es nicht. Nicht in dieser Verkleidung. Nicht mit diesen Schuhen, mit denen ich aus meinem alten Leben geflohen bin und die das einzige Paar sind, das ich besitze.*

*Da höre ich seine Schritte vor der Tür. Er soll mich nicht weinen sehen. Rasch reibe ich mir die Tränen aus dem Gesicht. Mit einem Kloß im Hals öffne ich ihm, merke, wie schwer es mir fällt, ihm ein unbeschwertes Lächeln zu schenken. Er strahlt, als er mich sieht, mustert mich vom Kopf bis zu den hässlichen Schuhen, breitet seine Arme aus, und ich fliege hinein, berge mein Gesicht an seiner Brust.*

*»Meine Schöne«, höre ich ihn sagen. Seine Hand gräbt sich in meine Locken. Ich stammle irgendwas von den Schuhen, die nicht zu diesem zauberhaften Kleid passen, aber er wischt meine Bedenken mit einer Handbewegung beiseite. Er sieht mich mit anderen Augen, so muss es sein, so kann es nur sein. Er sieht mich mit den Augen eines liebenden Mannes. »Nimm was mit für drüber«, sagt er und geht voraus, »auf See weht ein kalter Wind.«*

*Hastig greife ich nach dem gestrickten Pullover, nach Anders' Pullover, der mich den Winter über gewärmt hat.*

*Hand in Hand laufen wir den Pfad hinunter zu den Felsen, hinter denen die Ostsee im Licht der Morgensonne glitzert. Es ist noch früh, das Heben der* Vasa *ist für neun Uhr angekündigt. Magnus will rechtzeitig dort sein, keine Sekunde verpassen. Seit Tagen verfolgt er die Berichte im Radio, er kennt alle Einzelheiten.*

*Magnus' Boot ist ein alter Kutter mit blauem Anstrich, der an vielen Stellen abblättert, und mit einer Kabine für den Steuermann, bei der die Scheiben fehlen. Sein Boot hat Ähnlichkeit mit der Kate. Beide sind etwas heruntergekommen.*

*»Ist nichts Besonderes«, entschuldigt er das Aussehen seines Bootes, »aber es tut seine Arbeit.« Er lacht, drückt mich an sich, küsst mich auf die Schläfe. Könnte seine Freude doch auf mich überspringen! Die Angst, in Stockholm entdeckt und erkannt zu werden, zerrt an meinen Nerven. Aber ich will Magnus damit nicht belasten und bin still. »Komm, steig ein«, sagt er und zeigt auf die Leiter am Rumpf, die Rost angesetzt hat.*

*Astrids Kleid ist nicht das ideale Kleidungsstück für dieses Boot, für die rostige Leiter. Ich passe auf, dass ich es nicht beschmutze.*

*Jetzt zieht er mich in die Steuerkabine, wo ich neben ihm stehen bleibe, während er den Motor startet. Von einem eigenen Fischkutter hat Anders immer geträumt. Anders! Warum kommt er mir jetzt in den Sinn? Wenn er mich so sehen könnte! Wenn er wüsste, dass ich in diesem Augenblick auf dem Weg in die Stadt bin! Heute habe ich mein Herz nicht im Griff. Es schlägt zu schnell. Zu wild. Die Angst, die Aufregung, das erste Mal.*

*Der Motor fängt an zu knattern, sein Vibrieren überträgt sich durch meine Füße in den ganzen Körper. Der Morgensonne fehlt es noch an Kraft, um uns zu wärmen. Ich streife Anders' Pullover über den Kopf, und Magnus drückt mir einen Schal in die Hände, den ich mir um den Hals wickle. Der Wind zerrt an den Enden, sie flattern wie Fahnen um mich herum. Magnus nimmt Kurs auf die offene See. Wir gleiten an den felsigen Inseln des Schärengartens vorüber. Weiß spritzt die Gischt vor dem Bug auf, bildet eine Schneise für unser marodes Boot. Um diese Zeit wird die See nicht von vielen Schiffen befahren, ab und zu sehen wir einen Fischkutter oder weit hinten die Fähre, die von Stockholm kommt. Unter halb geschlossenen Lidern blinzle ich in die Sonne, friere und zittere, versuche, die Gänsehaut auf meinen nackten Beinen nicht zu beachten. Die Fahrt soll ewig dauern. Ich will ewig neben Magnus am Steuerstand seines alten Bootes stehen, die Meeresluft trinken, Sonnenlicht durch die Haut einatmen, mich an seinen Rücken schmiegen, die Zeit anhalten.*

*»Gleich sind wir da, schau nach vorn«, höre ich ihn nach einer Zeit sagen.*

*Ich öffne die Augen. Der Hafen ist in Sichtweite, wir nähern uns ihm beständig. Jetzt sehe ich Menschen auf dem Pier, Schaulustige dicht an dicht, erkenne Fotografen, Zeitungsleute, die eifrig aufschreiben, was sie sehen, was sie hören. Da sind auch die kastigen Gehäuse von Filmkameras auf Stativen. Oder sind es Tonbandgeräte? Ich kenne mich nicht aus damit, weiß kaum, wohin ich zuerst schauen soll. Auf die Männer, die die Kameras ausrichten? Auf die* junge Frau in der eng anliegenden Pepitahose, die mit einem Mikrofon in der Hand umherläuft und Leute befragt? Oder auf die Männer mit den weißen Helmen, die in Ölzeug gekleidet sind, mit Gummistiefeln am Pier stehen und erwartungsvoll auf die Wasseroberfläche sehen, auf die Stelle, an der die Vasa verborgen im Wasser liegt? Die Schiffe und die Anlegeplätze sind mit Wimpelketten geschmückt, farbige Fähnchen flattern im Wind, gut gekleidete Männer und Frauen drängen sich um den besten Platz. Ein attraktiv aussehender Mann wird umringt von Journalisten, von Männern mit Kameras vor den Gesichtern.

»Das ist er«, höre ich Magnus' Stimme.

Jetzt erst fällt mir auf, dass der Motor verstummt ist. Dass unser Boot still im Wasser liegt zwischen vielen anderen.

»Das ist wer?«, frage ich zurück und komme mir dumm vor.

»Der Meeresarchäologe«, sagt Magnus, »der entdeckt hat, dass die Vasa hier liegt, über dreihundert Jahre nach ihrem Untergang.« Seine Begeisterung sprüht Funken.

»Wollen wir?«

Seine Hand in meinem Rücken. Sanft. Will ich?

Die Leiter hinunter, mit eiskalten Händen, wieder festen Boden unter den Füßen. Ich schwanke, und Magnus lacht, als er es bemerkt. Sein Arm beschützend um meine Schultern lasse ich mich von ihm dirigieren wie ein Kind, das den Weg nicht kennt und sich auf einen Erwachsenen verlässt. Frauen und Männer um uns herum, sie starren aufs Wasser, auf die beiden schwimmenden Pontons, in deren Mitte sich die versunkene Galeone befinden soll. Klickende Kameras vor den Gesichtern der Zeitungsleute. Ich sehe Kinder, eine große Gruppe, vielleicht eine Schulklasse. Sie werden nach vorn gelassen, in die erste Reihe, wo sie das Geschehen beobachten können, sie drängeln sich aneinander vorbei. Ich mustere ihre Gesichter, es sind mehr Mädchen als Jungen, sie könnten im Alter meiner Kinder sein. Sind sie dabei? Ich suche. Will die blonden Zöpfe meines kleinen Mäd-

*chens erkennen, die Mütze meines Jungen, will ihr Lachen finden, und gleichzeitig will ich mich unsichtbar machen.*

*Eines der Mädchen mit geflochtenen Zöpfen und gelber Jacke, es ist blond wie meine Tochter, dreht sich in meine Richtung. Mein Herz setzt einen Schlag aus. Magnus zieht mich weiter. Wie betäubt lasse ich mich an seiner Hand durch die Menge lotsen. Aus einem Lautsprecher ertönt die Stimme eines Radiosprechers von Sveriges Radio, eine Liveübertragung, wie er jetzt bekannt gibt. Er berichtet, dass vor genau dreihundertdreiunddreißig Jahren das Prachtstück der königlichen Flotte im Hafen Stockholms mit vier von zehn gesetzten Segeln, vierundsechzig Kanonen und vergoldeten und kunstvoll bemalten Holzskulpturen nach nur wenigen Seemeilen wegen eingeströmten Wassers im unteren Batteriedeck auf den Grund sank.*

*Die Wimpel flattern in der Brise, wie gebannt starren alle auf die Wasseroberfläche. Die Erinnerung an das Gesicht des Mädchens brennt sich mir ein. Ist meine Tochter hier? Habe ich sie gesehen? Hat sie mich erkannt?*

*»Da kommt sie!«, höre ich den Radiosprecher rufen.*

*Und dann sehe ich, wie eine hölzerne Skulptur das Wasser durchbricht. Über uns kreist ein Hubschrauber. Von irgendwoher dringen Musikfetzen einer Blaskapelle zu uns herüber.*

*»Das Marineorchester«, sagt Magnus.*

*Er hält sich ein Fernglas vor die Augen. Von der Seite sehe ich, dass er sie hinter den Okularen zusammenkneift. Mit den Gedanken bin ich ganz woanders.*

*Die Menschen um uns sind wie ein Schutz für mich. Umringen mich von allen Seiten. Niemand interessiert sich für die Waldfrau mit dem geliehenen Kleid. Niemand sieht auf meine Schuhe. Dass ich den Strickpullover noch immer trage und er mein Kleid zur Hälfte verbirgt, fällt mir erst jetzt auf.*

*Zentimeterweise wird die* Vasa *gehoben. Dass dies mit Stahlseilen geschehe, die unter ihrem Rumpf hindurchgezogen wurden,* erklärt der Radiosprecher zum wohl zehnten Mal. Ich versuche, mir vorzustellen, welche Angst die Menschen, die damals an Bord waren, ausgestanden haben müssen, und frage mich, ob die, die sich nicht retten konnten, noch immer im Inneren dieses schlammigen Schiffsrumpfes liegen. Ob ihre Überreste, die dreihundertdreiunddreißig Jahre lang in Frieden auf dem Meeresgrund geruht haben, nun bald von Menschenhand freigelegt werden.

Ringsumher brandet Jubel auf. Die Reling ist zu sehen. Die Leute applaudieren. Der Reporter von Sveriges Radio berichtet von der großen Aufregung rundherum und wie überraschend gut das Holz der Vasa erhalten sei.

Ich denke an das Boot, das ich zerschlagen habe, das vor der Küste Dikholmens gesunken ist, weil ich mit dem Beil so lange hineingehauen habe, bis Wasser eindringen konnte. Es liegt auf dem Grund. Niemand interessiert sich dafür. Niemand interessiert sich für die Geschichte dieses Bootes, das einmal Anders Jansson gehört hat, oder für die Frau, die eines frühen Morgens in diesem Boot ihr altes Leben verlassen hat und spurlos verschwand.

Ich umschlinge Magnus' Oberkörper. Er lässt sein Fernglas sinken, sieht mich mit einem Blick voller Liebe an. Alle meine Ängste waren unbegründet. Wer soll mich hier entdecken? Ich küsse ihn.

»Danke«, rufe ich ihm über das Lärmen der Leute hinweg ins Ohr, »danke, dass du mich mitgenommen hast!«

Und dann fällt mein Blick auf die Kamera auf der gegenüberliegenden Seite. In einem langsamen Schwenk schweift sie von der Bergungsstelle über die Menge der Schaulustigen hinter den Anlegeplätzen und verharrt auf uns.

# LILLEMOR

Nassau, 2019

Es war früher Abend, als sie die im Dunst liegende Kleinstadt erreichte. Sie folgte der durch ein Wohngebiet führenden Straße und fand eine überdachte Bushaltestelle mit einer Bank, auf die sie sich für eine Verschnaufpause setzte. Mit einer Hand streifte sie sich die Kapuze vom Kopf, mit der anderen zog sie ihr Handy aus der Jackentasche. Während der Regen unaufhörlich auf das Dach über ihr prasselte, suchte sie im Internet nach einer Übernachtungsmöglichkeit. Rasch fand sie ein kleines einfaches Hotel, in dem man ihr ein Zimmer zusagte und einen Tisch im hauseigenen Restaurant für sie reservierte. Die Speisekarte sei an Wochentagen etwas abgespeckt, teilte man ihr mit, und heute sei Eintopftag.

Allein die Vorstellung eines Tellers mit dampfendem Eintopf rief Glücksgefühle in Lillemor hervor. Die kleinen Dinge. Das Hotel befand sich auf der anderen Lahnseite, die über eine Brücke erreichbar war. Auf dem Weg dorthin nahm der Regen wieder zu, und Lillemor, die vergessen hatte, sich die Kapuze über den Kopf zu ziehen, spürte, dass ein Rinnsal sich seinen Weg von ihrem Nacken den Rücken herunter suchte. Das Verlangen nach einer warmen Dusche und trockenen Sachen zum Anziehen trieb sie voran.

Das Hotel lag in einer Seitenstraße in einem unscheinbaren Gebäude. Die beiden beleuchteten Fenster neben der Haustür, die Aussicht auf ein Dach über dem Kopf und die Vorfreude auf eine warme Mahlzeit, mochte sie noch so einfach sein, erschienen ihr nach den letzten Stunden wie eine Verheißung.

Abends vor dem Einschlafen dachte Lillemor noch einmal zurück an den hinter ihr liegenden Tag. Sie hatte ihn gemeistert. Allein. So, wie sie die letzten Jahre gemeistert hatte. Ohne einen weiteren Gedanken stand sie noch einmal auf und kramte das Familienfoto aus dem Rucksack. Sie betrachtete zuerst Timmys Gesicht, dann Bernhards, dann ihr eigenes. Ihr unbeschwertes Lachen, das Malin damals mit der Kamera eingefangen hatte. Sie nahm das Foto mit ins Bett, presste es an ihre Brust und spürte die Leere, die nach Bernhards und Timmys Tod geblieben war. Sie fühlte sich an wie eine vertrocknete Stelle in ihrem Herzen, in der kein Blut mehr floss. Aber war es in Wirklichkeit nicht anders? Wie konnte etwas leer sein, das sie selbst bis zum Rand gefüllt hatte mit Liebe? Mit einem Übermaß an Liebe für Timmy und ebenfalls mit Liebe für Bernhard, auch wenn ihrer Beziehung zum Zeitpunkt des Unfalls die Unbeschwertheit des Anfangs bereits verloren gegangen war. Nur an ihr lag es, ob sie die Stelle in ihrem Herzen weiterhin als Brachland betrauern oder sie bewässern wollte, um die Liebe darin am Leben zu erhalten.

## ERINNERUNGEN

Ihre Mutter öffnete ihnen die Tür, nachdem Lillemor den Messingklopfer betätigt hatte, ein kitschiges Ding mit dem Gesicht einer Frau, das ihr Onkel vor Jahren einem Händler auf einem Stockholmer Antikmarkt abgekauft und noch am selben Tag an seiner Haustür angebracht hatte.

»Lil, wie schön!« Ihre Mutter trat einen Schritt auf sie zu und schloss sie fest in die Arme. »Gut, dass du da bist. Er fragt oft nach dir.«

Über ihre Schulter hinweg fiel Lillemors Blick auf die Wand mit dem Fresko, das eine Freundin ihres Onkels einst gemalt hatte, zwei mächtige Säulen wie aus einer Kathedrale, dazwischen ein durch karges Ödland führender Weg, der am Horizont im Nichts endete.

Mühsam brachte ihre Mutter ein Lächeln zustande, doch der Schatten, der sich aus Sorge um ihren Bruder auf ihr Gesicht gelegt hatte, war unübersehbar. Ihre Augen wirkten müde, ihre hängenden Schultern zeugten davon, dass sie schwer an der Last trug, die mit Jespers Krankheit in ihr Leben eingezogen war.

Schon standen sie in Jespers winziger Küche, wo Inga dabei war, Kaffee aufzubrühen. Sie benutzte nur die linke Hand, und es sah umständlich aus, wie sie, im Rollstuhl sitzend, einhändig den Filter mit Kaffeepulver befüllte. Das Strahlen in ihrem Gesicht bei der Begrüßung täuschte nicht darüber hinweg, dass Jespers Krankheit und die finstere Prognose auch an ihr nicht spurlos vorübergingen. Sie trug eines ihrer selbst genähten Kleider in Orange und Pink mit einer türkisfarbenen Strickjacke darüber. Ihre streichholzdünnen Beine steckten in dunklen Strumpfhosen, über die sie Wollsocken gezogen hatte. Ihr rechter, unbrauchbar gewordener Arm ruhte auf einem kleinen Kissen in ihrem Schoß.

»Möchtest du einen Kaffee, bevor du zu ihm gehst?«, fragte sie.

Da spürte Lillemor die Wärme und den sanften Druck einer Hand in ihrem Rücken. Die Berührung war begrenzt auf eine kleine Stelle neben ihrer Wirbelsäule, doch sie erreichte jede Faser ihres Körpers.

*Du bist nicht allein …*

Liebend gern hätte sie zuerst den angebotenen Kaffee getrunken, aber es wäre nichts weiter als eine Verzögerungsstrategie, da machte sie sich nichts vor. Ihre Unsicherheit würde nur umso länger an ihr nagen. Sie schüttelte den Kopf.

»Komm, ich geh mit dir«, sagte ihre Mutter und wandte sich zur Tür.

Im Gehen fing Lillemor Eskils Blick auf. Bin hier, wenn du mich brauchst, schien er zu sagen, und es lagen so eine Wärme und ein Wohlwollen darin, dass sie am liebsten auf der Stelle in seine Umarmung geflohen wäre. Dankbar nickte sie ihm zu und folgte ihrer Mutter in den großen Wohnbereich.

Jespers Haus war ebenerdig und ohne eine einzige Treppenstufe erbaut worden. Als hätte er bei der Planung des Hauses schon vorausgesehen, dass diese Entscheidung einmal von Wert sein würde. Nicht nur, weil sein jetziger Zustand das Treppensteigen nicht mehr zulassen würde, sondern auch, weil Inga als Rollstuhlfahrerin in einem Haus mit mehreren Etagen, die nicht über einen Aufzug miteinander verbunden waren, nicht würde wohnen können.

Sie sah ihn auf einer ausladenden, mit blau-weiß gestreiftem Stoff bezogenen Chaiselongue ruhen, die nicht zu seinem Mobiliar gehörte, soweit sie wusste. Jemand hatte sie vor dem bodentiefen Fenster platziert, das den Blick in den Garten öffnete, in dem im Sommer ein Wildwuchs aus Klatschmohn, Lupinen und Rittersporn gedieh, jetzt aber nichts als klumpige Erde mit verdorrtem Gestrüpp übrig geblieben war.

Über Jespers Beinen war eine Decke ausgebreitet, er trug seinen dunkelgrauen Strickpullover. Sein Gesicht sah blass und spitz aus, die Wangenknochen traten kantig hervor, seine Augen ruhten in dunkel umschatteten Höhlen. Die Medikamente der Chemotherapie, die von vornherein kaum Aussicht auf Erfolg gehabt hatte, waren umso radikaler mit seinen Haaren umgegangen. Kein einziges war ihm geblieben. Innerhalb weniger Monate war sein Gesicht das eines alten Mannes geworden. Nur mit Anstrengung ließ sich etwas von ihrem lebensfrohen und schöpferischen Onkel darin wiederfinden. Kraftlos ruhte er auf der blau-weißen Chaiselongue, die zu einem sonnigen Tag am Meer viel besser passte als zu einer todbringenden Krankheit.

Als Lillemor näher trat, schlug er die flatternden Lider auf. Seine Augen begannen zu glänzen. Wie in Zeitlupe hob sich seine Hand, und sie beugte sich rasch zu ihm hinunter, um ihre Tränen vor ihm zu verbergen. Seine Schultern und Arme fühlten sich knochig an. Ihr Blick fiel auf die silberne Feder, die er noch immer an einem Lederband um den Hals trug.

In einem Anfall aus Verzweiflung suchte sie nach Worten. Gab es überhaupt welche, die nicht banal, abgedroschen oder beschönigend klangen, sich aber trotzdem nicht rabenschwarz und grausam anhörten?

Mit einer Handbewegung lud er sie ein, sich zu ihm zu setzen. Die Chaiselongue war breit genug. Sie sank auf die Kante und hoffte, dass ihre Stimme sich einigermaßen normal anhören möge, wünschte sich eine Festigkeit, die sie innerlich nicht verspürte. Wie geht es dir?, war wohl kaum die richtige Frage. Nervös knetete sie ihre Finger.

»Lil«, sagte Jesper tonlos.

Seine Stimme hatte an Kraft eingebüßt, sie klang schwach, nicht mehr nach Jesper, der sie früher als Fünf- oder Sechsjährige auf das Brett im Heck der *MIN KÄRLEK* gesetzt und während der Fahrt durch den Schärengarten mit kraftvoller Stimme und wehenden Haaren Sailing von Rod Stewart geschmettert hatte.

»Ich muss gerade daran denken, wie wir früher zusammen

rausgefahren sind«, begann sie. Bei ihren Worten schlich sich ein Lächeln auf seine Lippen. »Diese Fahrten rüber nach Dikholmen. Ich hab sie geliebt. Es war für mich immer etwas Besonderes, wenn du mich mitgenommen hast.«

»Dik…holm…«, wiederholte er schwach.

Die letzte Silbe verlor sich, stammelnd suchte er nach weiteren Worten. Er bildete Silben ohne Zusammenhang und drehte ungeduldig den Kopf zur Seite, als er merkte, dass das Sprechen nicht gelingen wollte.

Aus den Augenwinkeln sah Lillemor, wie sich Inga mit ihrem Rollstuhl näherte. Sie fuhr ganz nah an die Chaiselongue heran, bis sie seitlich neben ihr zum Stehen kam. Dann streckte sie ihre Hand nach Jesper aus. Ihre Finger fanden einander, und aus Jespers linkem Auge rann eine Träne.

»Jeden Tag erzähle ich von Dikholmen«, sagte sie sanft. »Jeden Tag eine gemeinsame Erinnerung, nicht wahr, Jesper? Unsere Insel.«

Sie strich über seine stoppelbärtige Wange, beugte sich zu ihm vor und hauchte ihm einen Kuss auf die Schläfe. In ihrem Blick lag eine tiefe Zuneigung.

»Und habt ihr heute schon eure Erinnerung geteilt?«, fragte Lillemor. Inga schüttelte den Kopf, schenkte ihm ein Lächeln. »Wenn es euch nicht stört, würde ich gern zuhören.«

»Du störst überhaupt nicht«, sagte Inga, ohne den Blick von Jesper abzuwenden. Sein Kopf sank ein wenig zur Seite, aber seine Lider blieben geöffnet, und sein Daumen strich mit minimalen Bewegungen über Ingas Handrücken. »Da war dieses Mittsommerfest bei Astrid und Ebba Karlsson, das erste von vielen, das ich bei ihnen feiern durfte. Zu dieser Zeit wohnte ich noch nicht lange auf Dikholmen«, fuhr Inga mit sanfter Stimme fort. Sie sprach auf eine Art, wie man Kindern ein Märchen erzählt. Lillemor war überrascht, denn von ihrer ersten Zeit auf

Dikholmen hatte Inga bisher kaum etwas berichtet, weil sie nie die Sprache auf Eskils Vater kommen lassen wollte. »Ich war gerade erst dabei, mich einzuleben. Als ich mich auf die Insel abgesetzt hatte, war ich ein dummer Teenager gewesen, ich hatte keinen Gedanken an die Konsequenzen verschwendet, die es mit sich brachte, wenn ich länger bleiben würde. Ohne Magnus wäre ich verloren gewesen. Er hatte Astrid und Ebba von mir, der kleinen Ausreißerin, erzählt, und so kam es, dass sie mich zum Mittsommerfest in ihr Haus einluden. Zu dieser Zeit warst du, Jesper, zu Besuch bei mir. Wir hatten gestritten, weißt du noch? Ich war wahnsinnig enttäuscht, weil ich unsterblich in dich verliebt war und dachte, dass wir eine gemeinsame Zukunft haben könnten. Aber an diesem Tag hast du mir in deiner unglaublich ehrlichen Art gestanden, dass du mich zwar liebst, mir aber nicht treu sein kannst.« Wieder küsste sie ihn. »Für mich brach eine Welt zusammen. Ich hab zu dieser Zeit von nichts anderem geträumt, als davon, den Rest meines Lebens mit dir zu verbringen.«

»Ha… Haben wir doch«, stammelte Jesper.

Sie lächelte. »Ja, in gewisser Weise haben wir das. Aber damals, da kannte ich dich noch nicht so gut wie heute und verstand nicht, dass du kein Mann zum Heiraten bist.«

Lillemors Mutter kam aus der Küche zu ihnen. Sie balancierte ein Tablett mit Tassen vor sich her, in denen frischer Kaffee dampfte. Inga schüttelte stumm den Kopf, doch Lillemor griff dankbar zu. Auch Eskil, der sich jetzt zu ihnen gesellte, nahm eine Tasse. Er setzte sich mit ausgestreckten Beinen auf den Fransenteppich, direkt neben Lillemor, und lehnte seinen Rücken an die Chaiselongue.

»Ich wusste mit meiner Wut und meiner Enttäuschung nicht, wohin, und bin wie eine Wilde mit dem Fahrrad los. Über den *stora vägen* in den Wald. An diesem Tag hab ich Eiras Kate entdeckt. Eigentlich war es ja Magnus' Kate, aber Eira wohnte zu dieser Zeit schon fast acht Jahre dort. Dass Magnus und sie ein Paar waren, hatte er mir bis dahin verschwiegen, aber es war nicht zu übersehen. Ich hielt mich nicht lange bei ihr auf, sie war damals für mich noch die sonderbare Waldfrau, die ich nicht einschätzen konnte. Magnus hat mir wohl angesehen, was mich so aufgewühlt hatte, und ich hab ihm erzählt, was du für ein Schuft bist, Jesper.« Sie lächelte wieder, berührte mit den Lippen zärtlich seine Schläfe. »Insgeheim hatte ich gehofft, dich bei der Rückkehr ins gelbe Haus dort anzutreffen, auf eine Entschuldigung hatte ich gehofft, aber du hattest nach meinem Ausbruch längst das Weite gesucht, was den nächsten Weinkrampf bei mir ausgelöst hat. Und wieder war Magnus zur Stelle, er hatte ein unglaubliches Talent dafür, immer da zu sein, wenn es am nötigsten war.« Hinter Lillemors Stirn formte sich das bärtige Gesicht von Magnus Lund, dem sie früher bei ihren Besuchen auf Dikholmen hin und wieder begegnet war und der sie und Eskil an manchen Tagen auf seinen breiten Schultern in wildem Ritt durch Ingas Garten getragen hatte. Lange hatte sie ihn nicht mehr gesehen. »Am nächsten Tag fuhr ich zum Mittsommerfest zu Astrid und Ebba. Ulf und Marit aus Skarpö waren eingeladen, Magnus natürlich und Anna Börlund. Die beiden Schwestern aus Malmö, die auf der anderen Inselseite lebten, blieben ja gern unter sich und hatten dankend abgelehnt. Magnus und Ulf haben die Mittsommerstange im Garten aufgestellt, und wir Frauen sind losgezogen, um die Blumen für die Kränze zu pflücken. Ich wollte dem Brauch gemäß sieben verschiedene Blumen von sieben verschiedenen Wiesen sammeln und sie mir nachts als Strauß unters Kopfkissen legen, um von meinem Zukünftigen zu träumen.« Sie unterbrach sich, lächelte versonnen, hob Jespers Hand zum Mund und küsste sie. Angesichts der innigen Liebkosungen zwischen ihr und Jesper fragte

Lillemor sich, ob die beiden früher ihre Gefühle füreinander schon so offen gezeigt hatten. Sie erinnerte sich nicht daran, dies jemals beobachtet zu haben. Henrika stellte das Tablett auf den Tisch und setzte sich aufs Sofa. »Beim Frühstück am nächsten Morgen hat Ebba mich gefragt, von wem ich geträumt habe, und ich weiß noch, dass ich in Tränen ausgebrochen bin, weil ich überhaupt nichts geträumt hatte. Für mich stand fest, dass es keinen Mann und schon gar keinen Jesper mehr für mich geben würde. Ebba hat dann sehr warmherzige Worte gefunden und mich in die Arme genommen, und sie ging mit mir nach draußen, wo wir abends zuvor gefeiert hatten. Sie hat versucht, mich zu trösten, aber es ist ihr nicht gelungen.« Inga ließ ihren Blick aus dem Fenster wandern, hinaus in den trüben Novembertag und über die verwelkten Blumen vor dem Lattenzaun. »Wir waren so jung«, sagte sie leise. »Viel zu jung.«

Da öffnete Jesper seine Augen. Plötzlich wirkte er hellwach. Mit einer Anstrengung, die ihm Schweißperlen auf die Stirn trieb, versuchte er zu sprechen.

»Du … du weißt, warum …«

Er stieß einen Laut des Unmuts aus und warf Inga gleichzeitig einen Hilfe suchenden Blick zu.

»Ich weiß«, sagte sie beschwichtigend, strich ihm über die Stirn und blickte ihn liebevoll an. »Es ist alles gut, ich weiß, dass du nicht anders konntest.« Er schloss die Augen vor Erschöpfung.

»Was heißt das, er konnte nicht anders?«, fragte Lillemor und sah Inga an.

»Er konnte sich nicht binden«, sagte Inga. »Ich hab lange gebraucht, um den Grund zu verstehen. Er hat es ja selbst lange nicht verstanden.« Inga hatte ihre Stimme gesenkt, weil Jesper eingeschlafen war, und sie lenkte ihren Rollstuhl nun um die Chaiselongue herum. »Jesper hatte zeitlebens wahnsinnige

Angst davor, verlassen zu werden. Deshalb war es ihm nicht möglich, Beziehungen einzugehen, die ja das Risiko bergen, dass eines Tages das eintreten könnte, wovor er sich am meisten fürchtete.«

»Weil er selbst als Kind von seiner Mutter verlassen wurde?«, fragte Lillemor vorsichtig. Inga nickte. »Wie war das denn bei dir, Mamma?«

»Wir waren zehn, als unsere Mutter, deine Großmutter, verschwand«, erwiderte Henrika. Ihre Tasse klirrte leise, als sie sie auf dem Tisch abstellte. »Plötzlich hatte ich ihre Aufgaben zu übernehmen, mich nach der Schule um das Haus, das Essen, den Garten zu kümmern. Ich musste kochen, die Wäsche machen, die Hühner versorgen. So bald wie möglich wollte ich eine eigene Familie haben, ich wollte einen Mann und Kinder, wollte ihnen ein Heim und Liebe geben. Und habe mir geschworen, niemals ein Kind im Stich zu lassen.« Sie starrte in ihre Kaffeetasse und schwieg.

»Er hat wahnsinnig viel für mich getan«, sagte Inga. »Für mich und später für Eskil. Wir waren ja alle wie eine große Familie auf Dikholmen. Astrid hat mir Bilder geschenkt und mir gezeigt, wie man kocht und backt. Von Ebba hab ich gelernt, wie man Kräuter trocknet und Tee aus ihnen macht. Wie man Wolle spinnt und sie auf dem Markt verkauft. Und dann war da ja auch noch Eira. Von Eira hab ich das allermeiste gelernt.«

»Was zum Beispiel?«

»Wie man ein Baby auf die Welt bringt, das zu früh kommt ... in einer Kate am Waldrand mitten im Winter. Wie man es satt bekommt, wie man es hält und wickelt und wärmt. Sie war bei mir, als Eskil zur Welt kam. Sie war bei mir, als ich eine Lungenentzündung hatte und ihn nicht versorgen konnte. Sie war bei mir, als Eskil sich bei diesem blöden Sturz vom Baum die Kniescheibe ausgerenkt hatte. Sie und Magnus waren lange Zeit wie

Eltern für mich. Gesprochen hat Eira nur mit Magnus und mir und später mit Eskil.«

Warm rann der Kaffee Lillemors Kehle herunter. Dann und wann betrachtete sie das Gesicht ihres Onkels, das entspannt wirkte und an dessen befremdlichen Anblick sie sich nun langsam gewöhnte. Sie bewunderte Inga dafür, dass sie in der Lage war, mit ihren Erinnerungen eine so heimelige Atmosphäre zu schaffen, und sie ließ sich mitnehmen in diese Zeit drei Jahre vor ihrer eigenen Geburt. Nie hatte Inga über Eskils Vater gesprochen. Eskils Fragen war sie stets geschickt ausgewichen. Irgendwann einmal hatte er gesagt, dass er sich das Leben mit einem Vater überhaupt nicht vorstellen könne und es ihm ausreiche, jemanden wie Jesper in seinem Leben zu wissen, der als guter Freund seiner Mutter für ihn eine Art Vaterfigur sei. Jesper hatte still gelächelt und ihm auf die Schulter geklopft.

Gedanklich rechnete Lillemor zurück. Inga hatte gesagt, dass sie noch nicht lange auf Dikholmen gelebt hatte, als sie zum Mittsommerfest bei Astrid und Ebba eingeladen worden war. Da sie nie ein Geheimnis daraus gemacht hatte, dass der Grund für ihre Flucht aus dem Elternhaus das Zerwürfnis mit ihrer Stiefmutter gewesen war, wegen des Kindes, das sie erwartet hatte, musste sie zu dieser Zeit also schwanger gewesen sein.

»Du hattest Eskil also noch nicht, als du diesen Streit mit Jesper wegen eurer Zukunft hattest«, bemerkte sie ohne einen weiteren Gedanken.

Ruckartig hob Eskil den Kopf. Jespers Lider zitterten. Inga schwieg, lächelte auf ihre sanftmütige Art.

»Genau«, sagte sie nur. Nichts weiter.

Aus schmalen Augen blickte Eskil seine Mutter an, äußerte sich aber nicht. Lillemor wusste, dass er vor langer Zeit beschlossen hatte, Inga nicht weiter zu drängen. Er war sicher, dass sie einen Grund dafür hatte, ihm nichts erzählen zu wollen.

Doch wenn sie, so, wie sie es dargestellt hatte, zu diesem Zeitpunkt in Jesper verliebt gewesen war bis über beide Ohren, war es dann nicht unwahrscheinlich, dass das Kind von einem anderen war? War die Vermutung, dass ihr Onkel Jesper Eskils Vater war, nicht sehr viel denkbarer? Aber warum machten die beiden dann ein Geheimnis daraus? Warum verschwiegen sie die Wahrheit vor Eskil? In ihrem Kopf setzte sich ein Gedankenkarussell in Gang. Rasend schnell nahm es an Fahrt auf, und sie verlor den Boden unter den Füßen, als ihr klar wurde, dass sie und Eskil unter diesen Umständen möglicherweise blutsverwandt sein könnten.

# INGA

## Dikholmen, 1968

Das Frühjahr wich einem verregneten Sommer. Inga fühlte sich auf Dikholmen wie abgetrennt vom Rest der Welt, aber das war es ja, was sie gewollt hatte, als sie sechs Wochen zuvor die Villa auf Stegesund verlassen hatte. Ihr Bauch wölbte sich zunehmend unter den enger werdenden Pullovern und Blusen, doch noch war sie beweglich genug, um das Fahrrad zu nutzen. Hin und wieder stattete sie Eira einen Besuch ab. Dann saßen sie nebeneinander auf der Bank vor der Kate, tranken Tee und sahen an den drei Birken vorbei hinaus auf die Ostsee, die an manchen Tagen so blau war wie der Himmel darüber. Sie fühlte sich immer wohler in der Nähe der seltsamen Waldfrau, auch wenn diese ein Geheimnis umgab, das sie nicht mit ihr teilte. Mehr und mehr konnte Inga Eiras merkwürdige Einsilbigkeit akzeptieren, und es entstand eine Art Freundschaft zwischen ihnen beiden, den ungleichen Frauen.

Eira blieb meist wortkarg, und es war Inga, die sprach. Von diesem bindungsunwilligen jungen Mann mit den Karamellaugen vor allem, der der Vater ihres Kindes war und es noch immer nicht wusste. Davon, dass sie keine Ahnung hatte, wie und wovon sie künftig leben würde, denn sie hatte die Schule abgebrochen, ihre Ersparnisse waren irgendwann aufgebraucht, und wenn erst das Baby da war, würde sie Dinge anschaffen müssen, an die sie jetzt nicht einmal dachte.

»Wovon lebst du denn, Eira?«, fragte sie eines Nachmittags mit einer nicht zu überhörenden Verzweiflung in der Stimme.

Sie waren hinunter zur felsigen Küste gegangen, wo sie nun auf den sonnengewärmten grauen Steinen saßen und die Wellen an die Felsen schlagen sahen. Es war der erste trockene Tag seit zwei Wochen. Wie gewöhnlich fasste Eira sich kurz.

»Er bringt mir, was ich brauche.« Inga fragte sich, ob sie sich jemals an Eiras merkwürdige Marotte gewöhnen würde, Namen nicht auszusprechen.

»Aber brauchst du gar kein Geld?«

Sie zuckte mit den Schultern, was wohl so viel bedeuten sollte wie: Ich bin genügsam.

Das bin ich auch, dachte Inga. So genügsam, wie ich es nie im Leben war. Aber auch genügsame Menschen mussten essen, sich kleiden und Rechnungen bezahlen.

Im Stillen setzte sie all ihre Hoffnungen auf ihren Vater. Sie hatte Magnus einen Brief für ihn mitgegeben, den sie an seine Immobilienagentur in Stockholm adressiert hatte. In wenigen Zeilen hatte sie zusammengefasst, dass Siw sie aus dem Haus geworfen hatte, und sie daraufhin ins Gästehaus geflohen war, wofür sie sich mit vielen Worten entschuldigte.

Eines Morgens Ende Juli hörte Inga ein Auto vorfahren. Das Geräusch eines Automotors war etwas so Ungewöhnliches auf Dikholmen, dass sie erschrocken aufsprang und ans Küchenfenster eilte. Ihr Vater! Ihr Herz überschlug sich beinahe, als sie zur Haustür lief, und sie riss sie sperrangelweit auf. Ihm nach den Wochen der Einsamkeit endlich wieder gegenüberzustehen, trieb ihr Tränen in die Augen. Wie früher, als wäre sie wieder die kleine Inga, die ihren Pappa nur selten zu Gesicht bekam, stürzte sie in seine Arme, und die Tränen rannen ihr in Strömen über die Wangen.

»Sie hat mich rausgeworfen, Pappa. Wohin hätte ich gehen sollen? Du warst nicht da, sie hat nur geschrien, ich hab keine andere Möglichkeit gesehen, als hierherzukommen. Bitte sei nicht sauer, ich war so verzweifelt, und ich bin es immer noch …«

Erik Söderberg sagte kein Wort. Inga klammerte sich an ihn und wünschte sich nichts mehr, als dass er sie fest in die Arme nehmen würde. Doch körperliche Zeichen von Zuneigung hatte es zwischen ihnen früher schon kaum gegeben. Erwartete sie ernsthaft, dass er die Ausreißerin, die sich ihm so tränenreich in Arme warf, mit überbordender Vaterliebe an sich drücken würde?

»Beruhige dich.« Er schob sie auf Armeslänge von sich, und sie nahm das Stofftaschentuch, das er ihr reichte. Es roch nach seinem Rasierwasser. Sie wischte sich die Tränen aus dem Gesicht und schnäuzte sich. »Inga«, fuhr er fort mit dieser Vaterstimme, die sie von früher kannte, wenn er sich ein Zeugnis oder eine Klassenarbeit hatte vorlegen lassen, deren Ergebnisse nicht seinen Vorstellungen entsprochen hatten. Sein Blick glitt mit einer stillen Missbilligung über ihren Bauch, den sie an diesem Tag mit einer weiten Bluse kaschiert hatte. »Lass uns drinnen reden.« Sie gingen ins Haus, setzten sich einander gegenüber an den Tisch. Inga goss Eistee in zwei Gläser und versuchte, den säuerlichen Ausdruck im Gesicht ihres Vaters zu übersehen. Eistee war wahrscheinlich unter seiner Würde. »Also?« Er legte beide Arme lang ausgestreckt auf den Tisch, rechts und links des Glases. Es hatte eine winzige Kerbe am Rand. Er rührte es nicht an.

Inga trank einen Schluck. »Also was?«

»Wer ist der Vater?« Mit undurchdringlicher Miene blickte er sie an. Freute er sich denn überhaupt nicht, sie zu sehen?

*Wer ist der Vater …?*

Er fragte nicht, wie es ihr ging, wie sie zurechtkam, ob sie alles hatte, was sie brauchte, wie sie in den letzten Wochen überlebt hatte. Nein, er wollte zuerst den Namen des Hallodris wissen, der für dieses Missgeschick verantwortlich war.

Ein zynisches Lachen verließ ihre Lippen. Sie sank im Stuhl zurück und rieb sich mit beiden Händen übers Gesicht.

»Ist das die vorrangigste Frage?«

»Ich will wissen, mit welchen Typen sich meine Tochter herumtreibt.«

»Ich treibe mich nicht mit irgendwelchen Typen herum!«

»Nicht? Glaubst du, ein anständiger junger Mann hätte dir das angetan?«

»Angetan? Was redest du denn?«

Er beugte sich ein Stück nach vorn und fixierte ihr Gesicht.

»Du willst mir doch nicht sagen, dass dieses Malheur mit Absicht passiert ist?«

»Pappa, ich verstehe nicht, worauf du hinauswillst!« Sie umschlang ihren Oberkörper mit beiden Armen. »Das Kind ist kein Malheur. Und sein Vater ist kein Dahergelaufener. Und natürlich war es nicht geplant, aber …« Sie brach ab.

*Sein Vater ist kein Dahergelaufener …*

In den Augen ihres Vaters war Jesper Jansson höchstwahrscheinlich genau das: ein langhaariger Student, der Zigaretten rauchte und hin und wieder irgendein Kraut daruntermischte, der kein eigenes Geld verdiente und der aus einem mehr als fragwürdigen Elternhaus stammte. Welche Mutter verließ schon auf Nimmerwiedersehen ihre Familie und zwei kleine Kinder, um ein neues Leben zu beginnen? Dass er darüber hinaus ein Problem damit hatte, einer Frau treu zu sein, trug ihm nicht gerade Pluspunkte ein.

Sie konnte ihrem Vater unmöglich all diese Dinge über Jesper erzählen, die nur bestätigen würden, was er ihr vorgeworfen hatte.

»Wer ist es, Inga?«

Sie sah ihn an. Ihr Vater war mit Anfang fünfzig noch immer ein ausgesprochen attraktiver Mann mit von der Sonne gebräuntem Gesicht, gepflegten Fingernägeln, einer goldenen Uhr am Handgelenk und einer Designersonnenbrille in der Brusttasche.

»Ich weiß es nicht«, log sie.

Ihr Herz raste. Sie war nicht gut im Lügen, noch nie gewesen. Er würde es merken. Aber es war undenkbar, ihm Jespers Namen zu nennen.

»Das wird ja immer besser!« Er warf die Arme in die Luft und ließ sie gleich darauf auf die Tischplatte fallen. Die kleine Glasvase, in der die Rose steckte, die Eira beim letzten Besuch geschnitten und ihr geschenkt hatte, zitterte ein wenig.

»Kannst du mir sagen, wie du dir deine Zukunft vorstellst?« Sie schwieg. »Ab August ist das Haus vermietet, hier kannst du also nicht bleiben.«

Erschrocken sog sie die Luft ein. Die Befürchtung, dass das Gästehaus in absehbarer Zeit seiner eigentlichen Bestimmung zugeführt werden könnte, hatte sie verdrängt, sobald sie in ihren Gedanken aufgetaucht war. Anfangs hatte sie sich gewünscht, ihr Vater möge Siw in die Schranken weisen und Inga vor der Entbindung zurück nach Stegesund holen, damit sie ihr Kind gesund und wohlbehalten im Schutz ihres Elternhauses austragen und zur Welt bringen könnte. Doch dies würde Besuche von Jesper, so unregelmäßig sie auch waren, ausschließen. Ein Leben ohne ihn war ebenso unvorstellbar für sie wie die Rückkehr in ihr Elternhaus.

»Ich kann nicht zurück nach Hause, das geht nicht!«, rief sie beinahe hysterisch.

»Natürlich geht das«, erwiderte er ruhig.

»Sie wird mich tyrannisieren.«

»Meine Güte, Inga! Siw ist kein Monster!«

»So hat sie sich aber aufgeführt.«

»Sie hatte nicht das Recht, dich aus dem Haus zu werfen«, gab er zu. »Darüber hab ich mit ihr gesprochen, und es tut ihr leid.«

»Im Ernst? Es tut ihr leid?«

Fest heftete sie ihren Blick auf das Gesicht ihres Vaters, doch er wandte sich ab, sah aus dem Fenster und trommelte mit den Fingern der rechten Hand auf dem Tisch. Ein Zeichen seiner Ungeduld, wie Inga wusste.

»Bist du wenigstens in ärztlicher Behandlung?«, fragte er.

Sie schüttelte den Kopf. Plötzlich kam sie sich überhaupt nicht mehr wie die starke Frau vor, die sie zu sein glaubte, sondern wie ein Kind, das dem Lehrer in der Schule einen dummen Streich gespielt hat und jetzt von seinem Vater abgeholt wird.

»Pack deine Sachen.«

»Wie meinst du das?«

»Na, du wirst doch irgendwas mit hergebracht haben. Pack es ein, ich nehme dich mit nach Hause.«

Es war, als bräche etwas in Ingas Innerem unter Getöse zusammen. Etwas, das sie in wochenlanger Arbeit mit Liebe und Herzblut aufgebaut hatte.

»Ich will nicht nach Hause.« Wieder klang sie wie ein trotziges Kind.

»Wir diskutieren darüber nicht. Geh packen. Du kommst mit nach Hause, und die offizielle Version wird lauten, dass jemand dir aufgelauert und dich missbraucht hat. Es ist schlimm genug, dass du ein Niemandskind bekommen wirst, aber es ist nur halb so schlimm, wenn es ein Akt der Gewalt war, der dazu geführt hat. Damit wird dir jedenfalls nicht der Stempel eines sittenlosen Früchtchens aufgedrückt, man bringt dir allenfalls Mitleid entgegen.«

Ingas Augen füllten sich erneut mit Tränen. Jedes Wort traf sie mitten ins Herz. Jesper und sie hatten das Kind in einem Moment unermesslicher Zärtlichkeit und Leidenschaft gezeugt, die Verschmelzung ihrer Körper hatte nicht das Geringste mit einem Akt der Brutalität zu tun gehabt. Alles in ihr sträubte sich dagegen, das in ihr heranwachsende Leben mit solch grausamen Bildern in Verbindung zu bringen. Aber was für eine Wahl hatte sie, ohne den finanziellen Rückhalt durch ihren Vater und ohne das gelbe Haus als Zuflucht?

Es war sinnlos, das Gespräch fortzuführen. Den Argumenten ihres Vaters war sie noch nie gewachsen gewesen. Steifbeinig erhob sie sich. In weniger als einer Viertelstunde hatte sie den kleinen Koffer gepackt, mit dem sie gekommen war. So verließ sie Dikholmen, ohne sich von Eira, Astrid, Ebba und Magnus zu verabschieden. Und ohne eine Nachricht für Jesper.

# LILLEMOR

Nassau, 2019

Als sie am Morgen erwachte und ihr der über Nacht getrocknete Rucksack ins Auge fiel, wusste sie, ohne es sich selbst erklären zu können, dass sie ihn an diesem Tag zum letzten Mal schultern würde. Dass sie ihre Wanderung, ihren Pilgerweg beenden würde. Es fühlte sich an, als hätte sie in den letzten Tagen ein Buch gelesen und nun noch das letzte Kapitel vor sich, bevor die Geschichte ein Ende finden würde.

Beschwingt sprang sie auf, verschwand im Badezimmer, schlüpfte in ihre Sachen und stopfte alles Herumliegende in den Rucksack. Schließlich fischte sie das Foto unter dem Kissen hervor. Vom vielen Betrachten und Ein- und Auspacken sah es inzwischen recht verknittert aus. Sie legte es sich auf den Oberschenkel und strich mit dem Daumen darüber.

*Hab meinen Weg gefunden*, gab sie kurz darauf in einer Nachricht an Mone und Anja in ihr Handy ein. *Mutterseelenallein und nass bis auf die Knochen! Freu mich, euch wiederzusehen.*

Sie sah die Fragezeichen in den Köpfen ihrer Freundinnen. Viel würden sie nicht mit ihren Worten anfangen können, aber sie hoffte, dass sie zwischen den Zeilen zu lesen vermochten und zumindest herausfanden, dass es ihr gut ging.

Sie schob das Handy ins Deckelfach des Rucksacks und vergewisserte sich mit einem letzten Blick, dass sie alles bei sich hatte, bevor sie aufbrechen würde. Ein letztes Mal. Eine letzte

Strecke allein gehen, bevor sie sich am Nachmittag von Mone und Anja abholen lassen würde.

Neuer Mut, neue Zuversicht hatten sie ergriffen, und wenn sie nun daran dachte, war es, als finge eine seit Jahren nicht heilen wollende Wunde ganz langsam an, sich zu schließen. Ein fremdes Gefühl. Würde sie es aushalten? Es zulassen können? Durfte es überhaupt sein? Durfte die Wunde nach all der Zeit heilen, damit sie sich eines Tages, nachdem sich eine neue Haut darüber gebildet hatte, selbst verzeihen konnte? Und wenn ihr dies gelungen war, wenn sie sich aus tiefstem Herzen vergeben hatte, konnte sie dann endlich auch Eskil um Entschuldigung bitten für die Vorwürfe, die sie ihm nach dem Unfall in ihrer Verzweiflung gemacht hatte?

*Ohne dich wäre das alles nie passiert …*

Mit tränenerstickter Stimme hatte sie ihm diesen Satz vor die Füße geworfen, hatte seinen Blick gesehen, der voller Qual gewesen war, hatte sich seinen Händen entrissen, die nach ihr gegriffen hatten, und ihn angeschrien, dass sie ihn nie wiedersehen wolle. Sie war vor Schmerz wie betäubt gewesen, hatte Dinge gesagt, die sie später bereut hatte, die ihr noch immer unendlich leidtaten. Dabei traf ihn nicht die geringste Schuld. Sie hatte jemanden gebraucht, auf den sie einen Teil ihrer Schuldgefühle hatte abwälzen können, weil sie nicht gewusst hatte, wie sie die Last allein hatte tragen sollen.

Die Erkenntnis traf sie wie ein Schlag ins Gesicht. Sie erstarrte, die Hand um die Türklinke geklammert, den Blick ins Zimmer gerichtet, unfähig sich zu rühren. Hinter ihren Lidern brannten Tränen. Es war das erste Mal, dass sie sich mit dieser Wahrheit konfrontierte, schonungslos und ehrlich.

*Verzeih mir, verzeih mir bitte …*

Am folgenden Morgen fand Lillemor ihren Onkel wie tags zuvor, gestützt von Kissen und mit einer Decke über den Beinen, halb sitzend auf der Chaiselongue vor. Ihre Mutter und Inga hatten den Frühstückstisch im Wohnzimmer gedeckt, nur ein paar Schritte von Jesper entfernt. Der Kaffee war stark, so, wie Jesper und Inga ihn mochten. Unbeholfen versuchte Jesper, die Tasse zum Mund zu führen, doch seine Hände gehorchten ihm nicht, und er schwappte über, bevor er ihn probiert hatte. Er stieß einen Fluch zwischen den zusammengebissenen Zähnen aus und wandte den Kopf Hilfe suchend nach seiner Schwester um. Lillemors Mutter eilte zu ihm und hielt ihm geduldig die Tasse an die Lippen. Lillemor selbst bekam kaum etwas herunter, dabei schmeckte Ingas Hefebrot wunderbar. Sie war erleichtert, als Eskil irgendwann aufstand.

»Wollen wir los?«, fragte er sie.

Sie nickte, stand ebenfalls auf, darum bemüht, sich nicht anmerken zu lassen, wie bedrückend ihr die Atmosphäre erschien und wie erleichtert sie war, ihr zu entkommen.

»Ich fahr mit rüber nach Dikholmen«, sagte sie zu ihrer Mutter und fühlte sich wie zwölf. »Nach dem Haus sehen.«

»Der Brief …« Jespers Stimme klang rau und kraftlos.

Sie ging zu ihm, beugte sich zu ihm hinunter und wartete darauf, dass er seinem begonnenen Satz weitere Worte folgen ließ.

»Ich hole ihn«, rief Inga vom Tisch zu ihnen herüber.

Sie brachte ihren Rollstuhl in Bewegung, verließ den Raum und erschien kurz darauf mit einem weißen Briefkuvert, das sie Jesper reichte.

»Lil«, sagte er. Seine Lider waren schwer, er schaffte es kaum, sie offen zu halten. »Für dich.«

Zwei Worte waren das, was gerade noch möglich war. Er schob ihr den Brief hin.

»Was ist das?«

Jesper lächelte matt, schloss vor Erschöpfung die Augen. Die wenigen Worte mussten ihm die letzten Kräfte abverlangt haben. Lillemor drehte den Brief in ihren Händen, suchte in Ingas und schließlich in Eskils Gesicht nach einer Antwort.

»Wenn du ihn nicht öffnest, wirst du nicht erfahren, was drinsteht«, sagte Eskil, und er sah sie dabei an, als wüsste er mehr als sie.

Sie setzte sich auf die Kante der Chaiselongue und riss das Kuvert auf. Ein weißer Briefbogen kam zum Vorschein, beschrieben mit blauer Tinte. Jespers Handschrift mit den gleichmäßig gesetzten Buchstaben und den geschwungenen Bögen erkannte sie aus Tausenden heraus, obwohl seine Hand beim Schreiben ein wenig gezittert oder ihr eine vernünftige Auflagefläche gefehlt haben musste. Definitiv aber musste er den Brief zu einem Zeitpunkt verfasst haben, da er noch in der Lage gewesen war, einen Stift zu halten und Worte zu Papier zu bringen, die er inzwischen nicht einmal mehr über die Lippen brachte.

*Meine liebe Lil,*

*es geht zu Ende mit mir. Das Ding in meinem Kopf wird mich umbringen, und es wird nicht allzu lange dauern, haben sie im Karolinska gesagt. Ich ordne also meine Dinge. Schreibe das Wichtigste auf, solange ich noch schreiben kann. Meine Hand ist müde. Aber was ich dir sagen will, ist wichtig. Du, liebste Lil, sollst meine Töpferwerkstatt haben, wenn ich nicht mehr bei euch bin. Sie soll dir gehören mit allem, was darin ist, mit den Werkzeugen, dem Material, dem Ofen und den Drehscheiben. Damit du einen Ort in Schweden hast, an den*

*du gehen kannst, wenn es dir in Deutschland zu grau wird. Du hast darin deine ersten Werkstücke gefertigt. Timmys Zebraffe ist darin entstanden. Und der kleine Anhänger, den ich für dich gemacht habe, bevor du zum Studium nach Deutschland gegangen bist. Hätte ich gewusst, wie sehr du uns hier fehlen wirst, hätte ich alles dafür getan, dass du nicht gehst.*
*In Liebe*
*Dein Onkel Jesper*

Die letzten Worte verschwammen vor ihren Augen. Die Hand mit dem Briefbogen sank herab. Ihr Onkel lag da mit geschlossenen Augen, atmete ruhig und wirkte friedlich. Jemand reichte ihr ein Taschentuch. Inga. Auch in ihren Augen schimmerten Tränen.

»Er hat ihn vor zwei Monaten geschrieben. Hatte Angst, dich nicht mehr zu sehen.«

Lillemor presste das Taschentuch vor die Augen, doch die Tränen rannen ihr zwischen den Fingern hindurch. Sie wandte sich ab, wollte nicht, dass ihr Onkel sie so sah. Sie ging zum Fenster, richtete ihren Blick nach draußen auf die überdimensionale Keramikzebraffe mit Leopardenflecken im Garten, die von hier aus fast ganz zu sehen war. Sie versuchte, sich mit ein paar tiefen Atemzügen zu beruhigen, putzte sich die Nase und wandte sich wieder um. Eskil stand hinter ihr, sie hatte ihn nicht bemerkt. Er strich ihr eine Haarsträhne hinters Ohr. Dabei streifte seine Hand ihre Wange, und obwohl es nur eine flüchtige Berührung war, schien jede Zelle ihres Körpers darauf zu reagieren.

*Was geschieht hier mit uns?*

Sie wünschte sich, ihn das zu fragen. Wünschte sich, mit ihm allein zu sein, um darüber zu sprechen, was sich verändert hatte, warum sie sich so erschreckend lebendig fühlte, wenn er bei ihr war. Über seine Schulter hinweg bemerkte sie den Blick ihrer

Mutter, der die Nähe zwischen ihr und Eskil augenscheinlich nicht entging.

»Wollen wir los?«, fragte er.

»Ja.«

Sie setzte sich noch einmal an die Seite ihres Onkels. »Ich weiß nicht, was ich sagen soll, Jesper.« Müde schlug er die Augen auf. Mehr als ein schwaches Nicken brachte er nicht zustande. »Ich werde sie in Ehren halten, versprochen.« Sie beugte sich nach vorn, drückte ihm einen Kuss auf die Stirn und flüsterte »Danke« in sein Ohr. »Bis später.«

Lillemor drückte seine Hand, stand auf und folgte Eskil nach draußen. Der Morgen war still und kühl, ein trübes Grau lag über der Insel, das zu dem Gedanken passte, dass der Tod in den Ecken von Jespers Haus umherschlich.

Schweigend gingen sie nebeneinanderher bis zum Steg, der in die Bucht hineinragte und an dem die *MIN KÄRLEK* vertäut war.

»Es geht mir genauso«, sagte Eskil unvermittelt. »Ich halte es auch kaum aus, ihn so zu sehen.« Sie blieb stehen, wollte nicht schon wieder weinen. »Komm her.«

Er zog sie an sich, umschlang sie mit beiden Armen, und sie schmiegte sich an ihn, als könnte sie nur in seiner Umarmung die abgrundtiefe Traurigkeit aushalten, die sich in ihrem Herzen eingenistet hatte.

Wenig später erreichten sie Dikholmen. Die blattlosen Birken reckten ihre Äste wie hagere Finger in den Himmel. Sie waren mittlerweile so gewachsen, dass sie das gelbe Haus weit überragten.

Ein schwacher Duft von kalter Asche lag in der ausgekühlten Luft im Inneren des Hauses, gemischt mit dem leicht modrigen Geruch, der sich schnell in unbewohnten Häusern ausbreitete.

Lillemor riss die Glastür auf, die in den Garten führte, und ließ die kühle Novemberluft herein. Eskil lief von einem Raum in den anderen, schaute nach den Fenstern, dem Ofen, der Wasserpumpe im Garten. Lillemors Blick glitt über den Tisch am Fenster, an dem sie und Eskil als Kinder so oft gesessen und Ingas Zimtschnecken gegessen hatten. Es war noch derselbe, sie erkannte die Kratzer und winzigen Kerben in der Tischplatte. Im Sommer hatte dort immer ein von Jesper getöpferter Tonkrug gestanden, in den Inga Lupinen, Margeriten oder einen Birkenzweig gesteckt hatte. Nun war er nackt, keine Decke lag darauf, es gab keine Blumen, keinen Krug. Es war, als hätte das Leben einen Schnitt gemacht, als gäbe es eine Zeit mit Blumen auf dem Tisch und eine ohne.

»Woran denkst du?«

Seine Stimme hinter ihr. Sie schloss die Augen.

»An früher.«

»Woran genau?«

»Als wir Kinder waren. Als die Welt noch in Ordnung war. Als Jesper und Inga noch gesund und wir beide beste Freunde waren.«

»Sind wir das nicht mehr?«

Sie drehte sich zu ihm um, ihr Blick traf auf seinen. Ihr Herz trommelte. In ihrem Bauch erhob sich ein Schwarm bunter Schmetterlinge, ihre Knie fühlten sich an, als wären sie mit Pudding gefüllt. Es war, als stünde die Zeit still. Als gäbe es kein Gestern und kein Morgen, nur diesen Augenblick, der ihnen beiden gehörte und zu dem niemand sonst Zutritt hatte.

Sie wusste nicht, ob Eskil sich ihr oder sie sich ihm zuerst genähert hatte, doch schon spürte sie seine Lippen auf ihren, seine Zungenspitze in ihrem Mund, fremd, weich, zärtlich. Fest hielt er sie in seinen Armen, und er tat es auf eine so behutsame Weise, dass sie nicht anders konnte, als sich mit geschlossenen Augen an ihn zu schmiegen. Ihre Hände glitten an seinem Rücken herab, schoben sich gleich darauf unter sein T-Shirt und wanderten Zentimeter für Zentimeter auf seiner Haut wieder hoch. Das Kribbeln in ihrem Bauch verstärkte sich, als er ihr Gesicht in beide Hände nahm und sie mit glänzenden Augen ansah. Sie sprachen kein Wort, es war nicht nötig, weil sie spürten, dass zwischen ihnen etwas aufbrach, etwas Neues und Zärtliches. Etwas Kraftvolles, das ihnen keine Chance ließ, ihm zu widerstehen. Er nahm ihre Hand und zog sie mit sich in den Schlafraum, der eiskalt war und abgedunkelt durch die geschlossenen Fensterläden. Nur ein paar Streifen Licht fielen durch die Ritzen herein. Im Gehen streifte sie ihm das T-Shirt über den Kopf, schmiegte sich von hinten an ihn und bedeckte seinen Rücken mit kleinen Küssen. Seine Hände tasteten sich sanft unter ihre Bluse, über ihre Haut, ihren Bauch, ihre Brüste, und Lillemor zitterte und stöhnte vor Lust leise auf. Eng umschlungen sanken sie auf die Matratze im Alkoven. Wieder und wieder fanden sich ihre Lippen, und ihre Hände erkundeten den Körper des anderen, bis sie Haut an Haut im Rhythmus ihrer Atemzüge miteinander verschmolzen.

»Ich hab dich immer geliebt«, flüsterte Eskil. Er beugte sich zu ihr herunter. Seine Lippen liebkosten die Haut hinter ihrem Ohr, was sie mehr erregte, als sie bisher gewusst hatte. »Und das wird sich nie ändern«, fügte er leise hinzu. Sie kuschelte sich an ihn, schloss die Augen, gab sich seinen zärtlichen Berührungen hin.

Da unterbrach die melodische Abfolge von Klingeltönen ihre ungestörte Nähe. Lillemor erschrak, dachte an Jesper, sprang auf.

Mit fliegenden Handgriffen suchte sie im Durcheinander der auf dem Boden liegenden Kleidung nach ihrem Handy, fand es in der Gesäßtasche ihrer Jeans. Bernhards Name leuchtete auf dem Display auf. Sie rief sich zur Ruhe, überlegte, ob sie den Anruf annehmen sollte, splitternackt, mit Eskils Geruch auf der Haut. Sie zitterte, das Handy läutete in einem fort. Sie verließ den Raum, drückte die grüne Taste.

»Lil, endlich! Ich bin mit Timmy in der Notaufnahme. Er hatte …« Das Blut wich aus Lillemors Händen, sie wurden zu kalten, gefühllosen Anhängseln. Bernhards Worte rauschten in ihren Ohren, er sprach schnell und zusammenhanglos: Fieber immer höher … Gezittert an Armen und Beinen … Fieberzäpfchen … Gebrochen … Gezuckt mit dem ganzen Körper … Blaue Lippen … Notarzt gerufen …

Verzweifelt versuchte sie, sich aus den Bruchstücken ein sinnvolles Bild zu erschließen. Timmy in einem riesigen Krankenhausbett, umringt von Menschen in grünen Anzügen, Kabel und Sonden und Nadeln, die sie ihm in die Adern oder wer weiß wohin legten. Sie fiel Bernhard in die abgehackten Worte, erkundigte sich, wo Timmy jetzt war, wie es ihm ging. Doch Bernhard gab keine Antwort, sie hörte, dass im Hintergrund jemand sprach. Vielleicht ein Arzt.

»Ich kann zu ihm«, sagte er. »Ich melde mich wieder.«

Dann war die Leitung still, sein Name verschwand vom Display. Ihr Kopf dröhnte. Sie starrte aus dem Fenster nach draußen, ohne etwas zu sehen. Sie war tausendfünfhundert Kilometer von Timmy entfernt, der Rückflug erst in einer Woche geplant. So lange würde sie es nicht aushalten. Sie musste umbuchen. Sofort.

Da spürte sie Eskils Hände und die Wärme der Decke, die er ihr fürsorglich um die Schultern legte und unter der sie sich noch vor wenigen Minuten an ihn geschmiegt hatte.

»Was ist passiert?«

Sie drehte sich in seinen Armen um. »Timmy. Ein Fieberkrampf. Ich muss nach Hause.«

Ohne ein weiteres Wort löste sie sich aus seiner Umarmung. Lief nach nebenan, die Decke glitt ihr von den Schultern. Hastig sammelte sie ihre auf dem Boden verstreute Unterwäsche ein, griff nach Jeans und Bluse, die in einem Knäuel zusammen mit Eskils Sachen lagen, streifte sich alles über, nestelte voller Ungeduld an den Knöpfen ihrer Bluse, bis sie endlich geschlossen waren.

Sie drehte sich um, sah Eskil abwartend in Boxershorts im Türrahmen stehen, seine Schultern, die muskulösen Oberarme, den Flaum unter seinem Bauchnabel, seine kräftigen Oberschenkel, seinen Körper, den ihre Hände und Lippen voller Verlangen liebkost hatten. Sie sah Bernhards Gesicht vor sich.

*Was hast du getan, Lil?*

Bernhard. Immer wieder Bernhard. Sein Gesicht, sein Lachen, seine verstrubbelten blonden Haare, die er Timmy vererbt hatte. Ihr Gewissen färbte sich rabenschwarz.

So bin ich nicht, dachte sie. Ich bin keine, die ihren Mann betrügt.

Offenbar schon … Sie wünschte sich, Eskil würde sich anziehen, damit sein halb nackter Körper ihr nicht unablässig vor Augen führte, wonach sie sich verzehrt hatte.

Er kam zu ihr. »Ich liebe dich, Lil.«

Vorsichtig hob er eine Hand und berührte ihre Wange. Sie schloss die Augen. Das Prickeln auf ihrer Haut, ausgelöst von seinen Berührungen, ließ sich mit nichts vergleichen, was sie kannte.

»Ich liebe dich auch«, flüsterte sie und zuckte innerlich zusammen, kaum dass sie es ausgesprochen hatte.

Sie hatte gesagt, was sie fühlte, ohne darüber nachzudenken, ob es richtig oder falsch war. Die Worte hingen in der Luft, verbanden sich mit seinen zu einer Liebesbezeugung, die das, was zwischen ihnen gewachsen war, auf innige Weise stärkte.

Sie schlossen einander in die Arme, hielten sich so fest sie konnten. Doch da war die Kälte der Wirklichkeit, die sich zwischen sie drängte und sie der Wärme der soeben gefühlten Nähe entriss. Mit aller Macht führte sie Lillemor vor Augen, für welches Leben sie sich entschieden hatte und welche Menschen in diesem Leben einen unverrückbaren Platz hatten.

Sie telefonierte mit drei verschiedenen Fluggesellschaften, und es kam einem Wunder gleich, dass man letztlich einen Flug am nächsten Morgen für sie reservieren konnte.

»Ich bring dich zum Flughafen«, sagte Eskil, als sie wenig später die Läden schlossen, die Haustür verriegelten und den kurzen Pfad zur Bucht nahmen, wo die *MIN KÄRLEK* vertäut war.

# INGA

## Stegesund, 1968

Ihr war nach Weinen zumute, kaum dass sie am Morgen die Augen aufgeschlagen hatte. Und das seit inzwischen zwölf Wochen. So lange wohnte sie wieder in ihrem Elternhaus auf Stegesund. So lange schlief sie nachts wieder in ihrem bequemen Bett und nicht auf der schmalen Matratze im Alkoven des Gästehauses. Sie musste nicht mehr für jeden Tropfen Wasser die Pumpe bedienen, sondern nur den Hahn aufdrehen. Und es stand jeden Mittag eine warme Mahlzeit auf dem Tisch, die sie nicht zuzubereiten brauchte, weil Siw sich den Luxus einer Zugehfrau gönnte, die die zahlreichen Zimmer sauber hielt und mittags kochte. Doch all diesen Komfort hätte Inga am liebsten sofort wieder eingetauscht gegen ihr einfaches Leben im gelben Haus auf Dikholmen.

Ihr fehlte der tägliche Gang zu der felsigen Bucht, wo sie es geliebt hatte zu sitzen, während Sturmmöwen und Seeschwalben über ihr Kreise gezogen hatten. Ihr fehlten die Gespräche mit Magnus, das Erkunden der Gegend, der holzige Duft der Kiefernwälder, die Besuche bei Eira, und in gewisser Weise fehlte ihr auch das Gefühl, zum ersten Mal im Leben etwas aus eigener Kraft schaffen zu können. Und Jesper. Natürlich. Jesper fehlte ihr an allen Ecken und Enden. Manchmal war die Sehnsucht nach ihm so schmerzlich, dass sie davon überzeugt war, nie wieder glücklich werden zu können. Keiner auf der Insel wusste, dass Erik Söderberg die Ausreißerin eingefangen und nach Hause gebracht hatte. Unbemerkt von allen hatten sie Dikholmen verlassen. Ulf Bengtsson, der Hafenmeister, der sie und ihren Vater mit der Fähre nach Skarpö übergesetzt hatte, war der einzige Zeuge gewesen.

Ob Jesper nach ihr suchte? Ob Magnus sich um sie sorgte? Ob Eira sich fragte, warum ihre Besuche ausblieben? Angesichts ihres angespannt wirkenden Vaters, der ihr beim Packen zugesehen und mehrmals angemerkt hatte, dass ihm das alles viel zu lange dauere, war sie zu verzweifelt gewesen, als dass sie daran gedacht hätte, jemandem eine Nachricht zu hinterlassen.

Mehrmals hatte sie überlegt, Jesper zu schreiben, doch ihre Idee jedes Mal verworfen. Die Verletzung saß zu tief, und wenn sie darüber hinwegkommen wollte, dass sie für den Vater ihres Kindes und die Liebe ihres Lebens nie die Einzige sein würde, musste sie mit seiner Abwesenheit leben lernen.

Aus halb geschlossenen Lidern spähte sie hinüber zum Fenster, wo sich die Vorhänge leicht im Luftzug bauschten. Sie konnte einen Teil des blassblauen Himmels sehen und einen zerrupften Wolkenfetzen, der an einen Teddybären mit nur einem Ohr erinnerte. Intuitiv berührte sie mit der Handfläche ihren Bauch, dessen stetes Wachsen sich nicht mehr verbergen ließ. Siw hatte ihr am Tag zuvor wortlos wieder ein paar weite Sachen ins Zimmer gelegt und es gleich darauf verlassen – wie eine Bedienstete, die stumm ihre Arbeit tat. Sie lagen noch immer unberührt auf der Kommode. Kaum ein Wort hatten sie und Siw miteinander gewechselt, seit sie wieder eingezogen war. Die Kälte zwischen ihnen ließ sich kaum aushalten.

Entschlossen schob Inga die Decke zur Seite und setzte sich auf die Bettkante. Ein ganzer Tag lag vor ihr, und sie wusste nicht, was sie mit ihm anfangen sollte. Ihr Vater hatte mit dem

Direktor der Schule gesprochen und dafür gesorgt, dass sie bis zur Entbindung freigestellt wurde. »Danach wiederholst du das Schuljahr und machst deinen Abschluss«, hatte er in diesem bestimmenden Tonfall gesagt, der keinen Widerspruch zuließ. »Du wirst das Kind sowieso nicht behalten.« Bei seinen Worten hatten ihre Augen sich zu schmalen Schlitzen verengt, sie hatte geglaubt, etwas nicht verstanden zu haben. Doch das hatte sie. Sie würde ihr Baby nach der Geburt zur Adoption freigeben müssen. »Dein ganzes Leben liegt noch vor dir«, hörte sie die Stimme ihres Vaters noch immer. »Vermurks es dir nicht. Du kannst später noch Kinder haben.«

Die Lieblosigkeit in seinen Worten hatte Inga am meisten verletzt. Sie hatte nichts zu sagen gewusst. Was hätte sie auch sagen sollen, und wem hätte es genützt, wenn sie aufbegehrt hätte? Ihre Wünsche und Gefühle zählten nicht, das hatte sie inzwischen begriffen. Mit den Tränen, die sie deswegen bereits vergossen hatte, ließen sich mittlerweile Badewannen füllen.

Ihr Blick fiel auf die Kommode mit den Umstandskleidern. Sie stand auf, ging hin, faltete das erste Teil auseinander – ein blau gemustertes sackartiges Etwas – und hielt es mit ausgestreckten Armen vor sich. Grauenhaft. Das nächste war eine Bluse in Orange, die an das Oberteil eines Schlafanzugs erinnerte. Auch das dritte, ein dunkelgraues Kleid mit Puffärmeln und Knopfleiste entlockte ihr nur ein Kopfschütteln. Bei der Auswahl ihrer eigenen Kleidung bewies Siw einen auserlesenen Geschmack. Inga konnte sich kaum des Verdachts erwehren, dass ihre Stiefmutter diese Auswahl an Geschmacklosigkeit mit Absicht getroffen hatte, um sie neben sich selbst aussehen zu lassen wie eine Vogelscheuche.

Kurz entschlossen packte sie die Sachen zusammen und verstaute sie unter ihrem Bett. Dann griff sie nach ihrem beigen, weit geschnittenen Leinenkleid, das ihr ohne den dazugehörigen breiten Gürtel bestimmt noch eine Weile passen würde, und verschwand im Badezimmer.

Dass Siw nicht im Haus war, als sie wenig später die Treppe herunterkam, hob Ingas Stimmung. Das Eisgesicht, das ihre Stiefmutter für gewöhnlich zur Schau trug, und ihre Einsilbigkeit – sie beschränkte sich auf wenige unumgängliche Worte – trugen dazu bei, dass Inga sich in ihrem Elternhaus unerwünscht und deplatziert fühlte. Zweimal hatte sie versucht, mit ihrem Vater darüber zu sprechen, aber der hatte davon nichts wissen wollen und ihr zu verstehen gegeben, dass sie zu empfindlich sei, nicht alles auf sich beziehen solle.

Gelangweilt nahm sie sich einen der rotbackigen Äpfel aus der Obstschale und biss hinein. Ihr Blick glitt durch die Fensterscheibe nach draußen, wo der Oktoberwind in den sich färbenden Blättern der Bäume spielte, die auf dem ausgedehnten Anwesen der Söderbergs wuchsen. Das Jahr hatte einen milden Herbst gebracht, unverdrossen schien die Sonne auf den Schärengarten hinunter, von den sonst üblichen Herbststürmen waren die Inseln bislang verschont geblieben. Da unterbrach der Dreiklang der Türglocke ihre Gedanken.

Sie ging zur Haustür, öffnete sie einen Spalt und blickte die lange gepflasterte Auffahrt hinunter bis zu dem schmiedeeisernen Zaun, der das Grundstück begrenzte. Hinter dem Tor stand jemand, offenbar eine Frau. Sie trug einen blauen Mantel und hatte dunkles, zu einem Zopf geflochtenes Haar, mehr war von der Tür aus nicht zu erkennen. Inga furchte die Stirn.

Während sie sich dem Tor näherte, nahm sie die Frau in Augenschein. Sie war jünger, als sie von der Tür aus gewirkt hatte, etwa in ihrem eigenen Alter, hatte dieselbe Größe wie sie selbst, und sie lächelte scheu, als Inga bis auf ein paar Schritte herangekommen war.

»Inga Söderberg?«, fragte die Fremde.

»Bin ich.«

Inga biss in ihren Apfel. Manchmal klingelten Vertreter an den Türen, die für Staubsauger, Zeitungen oder Kochtöpfe warben. Siw hatte einmal so jemanden ins Haus gelassen und sich von ihm ein Zeitungsabo aufschwatzen lassen. Aber die junge Frau in dem blauen Popeline-Mantel wirkte nicht wie eine Vertreterin.

Das Lächeln in ihrem Gesicht vertiefte sich. Aus der Manteltasche zog sie ein Briefkuvert, das sie Inga durch die kunstvoll gearbeiteten Metallstreben des Zauntores hindurchreichte.

»Ich bin Henrika Jansson.« Erwartungsvoll blickte sie Inga an. So als bestünde kein Zweifel daran, dass das Nennen ihres Namens ausreichte, um eine Verbindung herzustellen. Inga jedoch wusste beim besten Willen nicht, was sie mit dem Namen anfangen sollte. Einen Augenblick später dämmerte es ihr.

»Jansson? Bist du …« Sie furchte die Stirn.

»Ich bin Jespers Zwillingsschwester, genau!« Henrika lachte und zeigte ihre makellosen weißen Zähne. »Wir sind uns noch nicht begegnet, aber er hat mir von dir erzählt.«

Inga nahm das Kuvert entgegen, auf dem in blauer Tinte ihr Vorname geschrieben stand, mit den ausladenden Schnörkeln, die Jespers Handschrift zu eigen waren.

Sie musterte Henrika Jansson und versuchte, etwas von ihm in den Zügen der jungen Frau vor dem Tor zu erkennen. Die Farbe der Augen vielleicht. Der Schwung der Nase.

»Er hat mich gebeten, dir diesen Brief persönlich zu geben. Es ist nicht der erste.«

»Was heißt das, nicht der erste?«

»Er hat dir in den letzten Wochen drei Briefe geschrieben, auf die du nicht reagiert hast. Dieser ist sein letzter Versuch. Er würde gern herausfinden, ob du ihm nicht antworten willst oder ob du seine Briefe gar nicht bekommen hast.« Ihr letzter Satz war keine Frage, aber Henrika hatte ihn klingen lassen, als erwartete sie eine Antwort darauf.

Ingas Augen hatten sich bei jedem Wort mehr geweitet. Er wusste, dass sie wieder auf Stegesund lebte? Und er hatte ihr geschrieben? Drei Mal? In ihrem Inneren begann es zu brodeln. Ob Siw dabei ihre Finger im Spiel gehabt hatte? Nur ihr war zuzutrauen, dass sie Jespers Briefe abgefangen und vernichtet hatte.

»Meine hinterlistige Stiefmutter …«, zischte sie, weil kein Zweifel an ihrem Verdacht bestand.

»Ja, Jesper erwähnte so etwas«, pflichtete Henrika ihr bei. »Dabei hat er extra keinen Absender auf seinen Briefen hinterlassen.«

»Möchtest du reinkommen?«

Dass Jesper seine Schwester zu ihr geschickt hatte, zeigte ihr nicht nur, wie wichtig es ihm war, dass sein Brief sie dieses Mal erreichte. Henrika hier zu wissen, schuf gleichzeitig eine Verbindung zu ihm, die sie mit allen Mitteln festhalten wollte.

»Ja, gern.«

Sie ließ Henrika herein, und sie liefen über die Trittsteine auf dem Rasen zu der Hollywoodschaukel, die Siw einige Zeit zuvor in einer Ecke des Gartens hatte aufstellen lassen. Ein neuer Trend aus Amerika. Im ganzen Schärengarten gab es wahrscheinlich nur eine dieser überdachten Schaukeln.

Im Gehen biss Inga ein letztes Mal in ihren Apfel, das Gehäuse ließ sie in der Mülltonne verschwinden, als sie an ihr vorbeikam.

»Woher weiß er, dass ich wieder hier bin?«, fragte sie.

»Ich glaube, das steht drin.« Mit dem Kopf wies Henrika auf das Kuvert in Ingas Hand.

Sie sanken in die Polster der Schaukel. Dass sie unentwegt

leicht hin- und herschwang, schien Henrika zu irritieren. Stocksteif saß sie da.

»Keine Angst, da passiert nichts«, sagte Inga lächelnd.

»Ich hab noch nie auf so einem Ding gesessen. Wir leben … bescheidener, weißt du.«

Inga sah, dass ihr Blick über die in Form geschnittenen Buchsbäume, die akkurat gesetzten Randsteine um die Rosenbeete und den kleinen, von Schilf gesäumten Teich am anderen Ende des Gartens glitt.

*Ja, das weiß ich.*

Sie öffnete den Umschlag. Mit eiskalten Fingern zog sie den Briefbogen heraus. Sie las die Zeilen bis zum Ende, blieb für einen Moment an Jespers Namen hängen, hörte ihr Herz hämmern und begann wieder von vorn.

*Liebste Inga,*
*der Hafenmeister Bengtsson hat Magnus erzählt, dass dein Vater dich abgeholt hat und du nicht sehr glücklich ausgesehen hast. Magnus meinte, dass ich es wissen sollte. Er hat sich erinnert, dass ich in Göteborg studiere und im Studentenhaus an der Universität wohne. Stell dir vor, das hat er sich gemerkt und mir geschrieben. Es war kein besonders freundlicher Brief. Er hat mir ganz schön den Kopf gewaschen, aber das hab ich auch verdient. Ich weiß jetzt, dass du ein Kind bekommst, Inga, unser Kind. Er dachte, ich wüsste es längst, aber kein Wort hast du mir davon gesagt. Ist das Kind der Grund, aus dem du von zu Hause abgehauen bist?*
*Können wir uns sehen? Können wir uns treffen? Wahrscheinlich ist es keine gute Idee, wenn ich einfach bei dir zu Hause auftauche. Du hast sicher genug Ärger. Ich will es nicht noch schlimmer machen, aber ich vermisse dich und will alles tun, um dich wiederzusehen.*

*Dieses Mal schicke ich Henrika mit dem Brief zu dir, weil ich vermute, dass man dir meine vorherigen Briefe vorenthalten hat. In vier Wochen komme ich für ein paar Tage nach Vaxholm. Können wir uns dann sehen? Henrika will uns helfen.*
*Tausend Küsse*
*Jesper*

»Und ich dachte, du hättest mich längst vergessen …«

Sie hatte geflüstert. Ihr wild schlagendes Herz fand kaum Ruhe. Noch einmal las sie seine Worte, noch einmal ließ sie sich tausendmal von ihm küssen. Und endlich flogen alle Schmetterlinge, die sie nach ihrem Streit in Ketten gelegt hatte, wieder in ihrem Bauch umher, so wie früher. Und sie sagten ihr, dass sich nichts an ihrer Liebe zu ihm geändert hatte. Mit einem Mal flammte ein Licht in der Ferne auf, an das sie schon nicht mehr geglaubt hatte.

»Bist du extra von Vaxholm hierhergekommen, um mir seinen Brief zu bringen?«

Offenbar hatte Jespers Schwester sich an das leichte Schwingen der Hollywoodschaukel gewöhnt, sie schien sogar Gefallen daran zu finden, denn sie hatte sich entspannt zurückgelehnt.

»Ich arbeite nicht weit von hier. In dem kleinen Waisenhaus in der Änggata. Euer Haus liegt fast auf dem Weg. Ich komme jeden Morgen mit der Fähre her und fahre dann mit dem Fahrrad zum Heim. Kennst du es?«

»Nicht so richtig.«

»Es ist kein so großes Waisenheim wie das in Stockholm. Aber immerhin können wir zwanzig Kinder aufnehmen.«

»Und was arbeitest du da?«

»Ich mache eine Ausbildung. Zur Kinderpflegerin.« Ihre Augen strahlten, sie richtete sich ein wenig auf. »Kein Kind dieser Welt sollte ohne Mutter aufwachsen.« Inga dachte daran, dass Jesper und seine Schwester am eigenen Leib erfahren hatten, was es bedeutete, als Halbwaisen zu leben. Von Jesper wusste sie, dass seine Schwester weitaus mehr unter dem Verlust der Mutter gelitten hatte als er, weshalb sie sich entschied, nichts dazu zu sagen. Sie wollte nichts in Henrika anrühren, was ihr möglicherweise wehtat. »Ich weiß, wie das ist«, hörte sie Henrika sagen, als hätte sie Ingas Gedanken gelesen. Sie hatte ihren Blick ausdruckslos auf einen Punkt in der Ferne gerichtet. »Ich hab mir selbst das Versprechen gegeben, mich für Kinder einzusetzen, die im Stich gelassen wurden oder die auf andere Art ihre Mutter verloren haben.« Sie wandte sich Inga zu. »Ich hatte wenigstens einen Vater und einen Bruder. Die Kinder im Waisenhaus haben niemanden.«

»Sie haben dich«, sagte Inga leise. Sie konnte nicht umhin, dieses Mädchen im blauen Popeline-Mantel zu bewundern, das neben ihr auf der Schaukel saß und das ihr um so viel reifer erschien, als sie selbst es war.

Henrika lächelte. »Das hast du schön gesagt, danke. Aber was machen wir nun mit dir und meinem Bruder? Er kommt in vier Wochen für ein paar Tage nach Hause. Wenn ihr euch sehen wollt …«

Sie ließ den Satz unbeendet und kommentierte ihn mit einem vielsagenden Augenzwinkern.

# LILLEMOR

Granzbach, 2019

Lillemor war ein paar Wochen nicht auf dem Friedhof gewesen. Die Schlüsselblumen waren verdorrt, die Erde sah klumpig und trocken aus, und der im vergangenen Herbst gepflanzte Wacholder kroch über die Steineinfassung.

»Fast siebeneinhalb Jahre schon«, sagte Mone nachdenklich, als sie ihren Blick auf die Gravur des dunklen Marmorgrabsteins heftete.

Lillemor stellte den mitgebrachten Korb auf die Erde und hockte sich daneben. Dann begann sie, die verwelkten Pflanzen auszugraben.

»Sag mir, was ich tun soll«, sagte Mone. Sie streifte sich die Gartenhandschuhe über.

»Erst mal das verdorrte Zeug und das Unkraut raus«, erwiderte Lillemor, ohne aufzublicken, und Mone ging ohne Umstände zu Werke. Sie hatte sich angeboten zu helfen, und Lillemor hatte ihr die Bitte nicht abschlagen können, obwohl das Herrichten des Grabes ihr keine Mühe bereitete. Sie arbeiteten schweigend, rupften Vertrocknetes aus, hackten die Erde auf und pflanzten Margeriten und Hornveilchen hinein. Den Wacholder schnitt Lillemor mit der Gartenschere etwas zurück. Mone füllte Wasser in eine der Gießkannen, die den Friedhofsbesuchern zur Verfügung standen, und goss die Pflanzen. Danach rieb Lillemor mit einem Lappen über den Stein mit der Inschrift.

Anschließend setzten sie sich auf die Bank unter der alten Linde, die Lillemor so mochte, weil sie von dort aus das Grab sehen konnte. Vögel sangen in den Zweigen, weiter hinten standen zwei Friedhofsbesucher im Gespräch beieinander, und von den Feldern in der Nähe war gedämpft das Geräusch eines Mähdreschers zu hören.

»Wir hatten noch gar keine Zeit, ungestört zu reden, seit du zurück bist«, sagte Mone.

»Sind ja auch erst ein paar Tage«, erwiderte Lillemor.

»Bist du wieder im Alltag angekommen?«

»Ich gönne mir noch ein bisschen freie Zeit, bevor ich wieder in die Werkstatt gehe. Ich denke immer noch viel nach.«

»Über?«

»Über meine Zukunft.«

»Bisher hast du eher über die Vergangenheit nachgedacht.«

»Das hab ich auch auf dem Weg getan. Mir ist das anfangs gar nicht so bewusst gewesen, aber irgendwann fiel mir auf, dass ich mit den Gedanken permanent in der Vergangenheit war. Auf der Insel, auf der ich aufgewachsen bin. Auf Dikholmen, wo ich als Kind viel Zeit verbracht habe. Ich hab an meinen Onkel denken müssen, der vor über zehn Jahren an einem Hirntumor gestorben ist und der mir seine Töpferwerkstatt vererbt hat.«

»Davon wusste ich gar nichts.«

Lillemor wandte sich Mone zu, die ihren Blick erwartungsvoll auf sie gerichtet hatte.

»Ich hab das nie an die große Glocke gehängt«, begann sie zu erzählen, »weil ich mich von meinem Traum, irgendwann wieder nach Schweden zu gehen, schon vor langer Zeit verabschiedet habe. Bernhards Herz hing an unserer Werkstatt, er hätte sie nie aufgegeben, um in Schweden neu anzufangen.«

»Aber jetzt wartet da sogar eine geerbte Werkstatt auf dich!«

»Mein Onkel wollte, dass ich einen Ort auf der Insel habe, an den ich gehen kann, wenn es mir in Deutschland zu grau wird.«

»Das klingt, als wäre es auf deiner Schäreninsel niemals grau.«

»Oh doch, da gibt es sie auch, die grauen Tage. Aber ich glaube, dass er gar nicht das Wetter meinte. Sondern das Leben allgemein, meine Stimmungslage, meine Seele.«

»Das Heimweh?«

»Ja, vielleicht.«

»Spürst du es immer noch?«

Lillemor nickte. »Ich würde Malin gern öfter sehen, meine Eltern, Malins Kinder, und … Na ja, da gibt es noch jemanden.«

»Auf deiner Insel?«

»Ja, auf meiner Insel.«

»Und wer ist das?«

»Ich hab dir und Anja nie von ihm erzählt, weil …« Sie stockte. Nie hatte sie mit jemandem über Eskil gesprochen, er fristete ein Schattendasein in ihrer Seele. Aber nun schien die Zeit gekommen für Ehrlichkeit und Wahrheit. »… weil ich nicht darüber reden wollte. Die Geschichte mit ihm hat mir sehr wehgetan, und obwohl ich nichts bereue, weiß ich, dass es … dass es nicht in Ordnung war, was ich da getan habe.«

*Ich hab Bernhard betrogen …*

Die Worte wollten ihr nicht über die Lippen. »Wahrscheinlich hältst du mich für das Allerletzte, wenn ich es dir erzähle.«

»Das entscheide ich selbst, okay?« Mone lächelte.

»Ich hatte etwas mit ihm«, sagte Lillemor.

»Das ist ja erst mal nichts Verwerfliches«, sagte Mone, die den Zusammenhang anscheinend noch nicht herstellten konnte.

»Ich war in Schweden, in dem Jahr, als es meinem Onkel so schlecht ging und er bald darauf starb. Bernhard und Timmy waren nicht mit. Bernhard scheute sich vor solchen Besuchen, er war in emotionalen Dingen etwas unbeholfen. Eskil und ich …« Sie stockte, sie hatte ja seinen Namen Mone gegenüber noch nicht erwähnt. Kurz überlegte sie und sprach dann weiter. »Er heißt Eskil, wir kennen uns ewig, und wir waren damals … Wir sind mit dem Boot … Also, es hat sich einfach ergeben, dass wir …« Sie suchte in Mones Gesicht nach einer Regung. »Wir haben miteinander geschlafen.« Mones Mund formte ein stummes »Oh«, und ihre Augenbrauen hoben sich, doch sie sagte nichts. »Am selben Tag hatte Timmy einen Fieberkrampf«, fuhr Lillemor fort. »Bernhard rief mich aus der Notaufnahme der Kinderklinik an. Sein Anruf hat mich regelrecht auf die Füße gestellt. Ich wollte nur noch nach Hause. Zum Glück konnte ich am nächsten Tag zurückfliegen, und als ich im Krankenhaus ankam, ging es Timmy schon wesentlich besser. Aber ich war nicht mehr dieselbe. Ein Teil meines Herzens ist in Schweden geblieben. Und damals wusste ich schon, dass ich die Lil, die ich bei Eskil war, diese lebendige, weiche Lil, nie bei Bernhard sein würde. All meine Gedanken drehten sich nur noch um ihn, um diese gestohlene Stunde, in der sich alles verändert hatte, in der mir klar wurde, wohin ich gehöre. Aber mir war auch klar, dass ich meiner eigenen kleinen Familie verpflichtet war und dass ich Bernhard nicht verlassen würde, weil ich es nicht fertiggebracht hätte, Timmy aus seinem Nest zu reißen. Abend für Abend hab ich ihn in den Schlaf gesungen, und dabei sind mir Tränen übers Gesicht gelaufen, weil ich für mein eigenes Glück so viel aufs Spiel gesetzt hatte. Ich dachte, dass sich alles beruhigen würde, wenn ich nur lange genug in Deutschland bliebe. Aber natürlich hab ich ab und zu mit Eskil telefoniert, wir haben uns Mails geschrieben. Die Sehnsucht nach ihm hat mich an manchen Tagen richtig krank gemacht. Ich bin nie wieder allein nach Schweden geflogen, immer nur zusammen mit Bernhard und Timmy, und ich hab alle Situationen gemieden, in denen Eskil und ich uns ungestört hätten begegnen können. Fast drei Jahre ging das so. Bernhard und ich stritten immer häufiger über Kleinigkeiten, dabei lag es oft gar nicht an ihm, sondern einzig an meinem zerrissenen Herzen und an meinem schlechten Gewissen.«

»Meine Güte, Lil, warum haben wir darüber nie gesprochen?«

»Ich wollte es nicht. Ich wollte es in mir einschließen und allein damit sein. Es war mein und Eskils Geheimnis.«

»Und wie ging es weiter?«

»Dann passierte der Unfall. Ich bin gefahren, Mone. Das hab ich euch nie erzählt. Ich saß am Steuer in dieser Nacht, ich bin schuld, weil mein Kopf und mein Herz in Schweden waren und nicht auf der Straße. Und mit den Schuldgefühlen konnte ich kaum leben, sie verfolgten mich bis in meine Träume. Ich brauchte jemanden, auf den ich sie abwälzen konnte, wenigstens einen Teil davon. So hab ich Eskil mit dafür verantwortlich gemacht, hab ihm einen Teil meiner eigenen Schuld zugeschoben, weil ich gehofft habe, dass ich dann besser damit umgehen kann. Und ich hab mir verboten, ihn wiederzusehen. Für mich stand fest, dass unsere Beziehung, die schuld daran war, dass Bernhard und Timmy ihr Leben verloren haben, keine Zukunft haben kann.«

Ein älterer Mann mit einem Gehstock schritt die Grabreihe ab und blieb, auf seinen Stock gestützt, an einer der Urnengrabstellen stehen. Er hatte einen kleinen Strauß gelber Rosen bei sich.

»Habt ihr überhaupt keinen Kontakt mehr?«

Lillemor sah dem Mann dabei zu, wie er die Rosen umständlich in eine grüne Plastikvase steckte. Sie schüttelte den Kopf. »Und wie geht es dir heute damit?«

»Mir ist einiges klar geworden in den letzten Tagen. Vielleicht, weil ich nicht weglaufen konnte vor meinen Gedanken, weil ich immer wieder auf mich selbst zurückgeworfen wurde. Oder durch Gespräche und Begegnungen mit Menschen, die ich außerhalb dieses Weges wahrscheinlich nie kennengelernt hätte.«

»Die rothaarige Sprotte, von der du uns geschrieben hast?«

Lillemor lächelte. Sie sah Riekes Gesicht vor sich, ihr Lachen, die Art, wie sie manchmal die Nase mit den Sommersprossen gekraust hatte.

»Ich hab begriffen, dass es immer Eskil war, den ich geliebt habe.« Während sie sprach, fixierte sie die eben eingepflanzten Blumen auf Bernhards Grab. »Und dass ich wahrscheinlich unbewusst bei Bernhard gesucht habe, was ich verloren hatte, als Eskil und ich uns zerstritten hatten. Auf eine gewisse Weise hab ich Bernhard geliebt, er wird seinen Platz in meinem Herzen behalten, zusammen mit Timmy. Unsere kleine Familie. Aber Eskil wird immer meine einzige wahre Liebe bleiben.«

Mone rückte ein Stück an sie heran und legte ihr den Arm um die Schulter. »Willst du denn nicht noch mal Kontakt zu ihm aufnehmen und die Dinge klären?«

»Du kritisierst mich gar nicht?«, fragte Lillemor.

Sie hatte mit einer anderen Reaktion gerechnet, mit einem Vorwurf, einer Maßregelung, zumindest mit ein paar Worten, die ihren Fehltritt mit Eskil missbilligten. Mone hatte nichts dergleichen von sich gegeben, und dass sie jetzt den Kopf schüttelte und sie fest an sich drückte, ließ nichts weiter befürchten. Innerlich atmete Lillemor auf.

»Wer gibt mir das Recht dazu? Natürlich war das, was du gemacht hast, moralisch nicht in Ordnung, du hast Bernhard betrogen. Es ist lange her, Lil. Damals hätte ich wahrscheinlich anders reagiert, aber ich kann doch gar nicht beurteilen, wie sich das in dir angefühlt hat, als du endlich begriffen hast, wer die wahre Liebe deines Lebens ist. Ich stell mir vor, dass da eine Art

Feuerwerk in deinem Herzen explodiert ist.« Ein Eichhörnchen flitzte zwischen den Gräbern hindurch, unweit von Timmys und Bernhards Grab hielt es kurz inne, spitzte die Ohren und sauste flink am Stamm der Linde hoch. Sie sahen ihm beide nach. »Wie ist das denn nun?«, fragte Mone. »Denkst du nicht darüber nach, den Kontakt zu ihm zu suchen?«

»Tag und Nacht«, sagte Lillemor leise und seufzte hörbar auf. »Ich weiß nicht, wie lange ich mich noch dagegen zur Wehr setzen kann.«

»Denkst du, das ist eine gute Idee? Dich gegen dein Herz zur Wehr zu setzen?«

Lillemor antwortete mit einem Schulterzucken. »Manchmal stelle ich mir vor, wie es wäre, wieder ganz zurückzugehen.«

»Auf deine Insel?«

»Nach Vaxholm, ja. Meine Eltern sind dort, meine Schwester und ihre Familie. Es wartet ja sogar eine voll ausgestattete Werkstatt auf mich.«

»Und dein Eskil tut es vielleicht auch.«

»Wer weiß, was aus ihm geworden ist.«

»Finde es raus, Lil! Fahr hin und such ihn. Vielleicht geht es ihm wie dir.«

»Meinst du wirklich?«

»Ja, das meine ich absolut! Und wenn es sich für dich richtig anfühlt, wieder in Schweden zu leben, dann hör auf dein Herz und geh zurück. Hör einmal auf dein verzweifeltes Herz und tu, was es dir sagt!«

Der Mann mit dem Gehstock verließ das Grab. Die Rosen steckten etwas schief in der Vase, aber sie sahen hübsch aus. Frische Blumen auf einem Grab zeugten davon, dass jemand an die Verstorbenen dachte.

»Ich hab das Gefühl, sie im Stich zu lassen.« Mit einer Kopfbewegung deutete sie hinüber zu Bernhards und Timmys Grab.

»So ein Quatsch, Lil. Du lässt niemanden im Stich. Bernhard und Timmy trägst du im Herzen, das hast du eben erst gesagt. Um die Grabpflege kann sich vielleicht Bernhards Mutter kümmern. Und wenn sie es nicht macht, beauftragst du eine Gärtnerei. Anja und ich sind ja auch noch da.«

»Es gibt immer eine Lösung, oder?« Sie wandte Mone ihr Gesicht zu und sah ihre Freundin bestätigend nicken.

»Vor allem dann, wenn man damit aufhört, anderen alles recht machen zu wollen«, sagte Mone. Sie klang ein wenig wie Frau Dr. Ohlig. »Ich glaube, jetzt ist ein guter Zeitpunkt, damit anzufangen, es dir selbst recht zu machen.«

»Du wirst mir fehlen«, sagte Lillemor. »Du und Anja, ihr werdet mir am meisten fehlen.«

»Wir werden dich auch vermissen«, sagte Mone leise, und sie drückte Lillemor erneut an sich. »Wusstest du eigentlich, dass Anja und ich immer schon wissen wollten, wie es sich auf den Schäreninseln lebt? Stell dich drauf ein, dass wir dich besuchen werden.«

»Noch bin ich nicht weg.«

»Im Herzen bist du's längst.«

# INGA

Stegesund, 1968

Drei Wochen waren vergangen, seit Henrika Jansson überraschend vor dem Gartentor gestanden hatte. Ihr Besuch und Jespers Brief hatten eine solche Zuversicht in Inga freigesetzt, dass sich die trüben Gedanken, die ihr auf Schritt und Tritt folgten, in Luft auflösten. Nicht müde werdend malte sie sich das geplante Treffen mit Jesper in den schönsten Farben aus – sie verdrängte dabei seine Unfähigkeit, treu sein zu können, ebenso wie die Erinnerung an den Ring des anderen Mädchens an seinem Finger. Verzweifelt hoffte sie, entgegen der Argumente der väterlichen Vernunft, ihr Kind am Ende doch behalten zu dürfen, auch wenn sie nicht die geringste Ahnung hatte, wie sie das bewerkstelligen könnte.

Bei einem der gemeinsamen Abendessen, das sie am großen Tisch im verglasten Wintergarten einnahmen, erwähnte Inga beiläufig Henrika und deren Einladung zum Geburtstag. Siw hatte zur Abwechslung selbst gekocht, Hähnchen mit Reis. Etwas trocken, wie Inga fand, doch sie schwieg und aß.

»Eine Freundin?«, fragte ihr Vater.

»Sie arbeitet im Waisenhaus.«

»Hier auf Stegesund?«

»Ja, genau, wir treffen uns öfter in ihren Mittagspausen.«

Das entsprach nicht ganz der Wahrheit, denn in Wirklichkeit hatte sie Henrika nach ihrer ersten Begegnung erst einmal wiedergesehen. Sie hatte um die Mittagszeit auf dem Gehweg vor dem von einem hohen Zaun umgebenen Waisenhaus auf sie gewartet, ohne zu wissen, ob Jespers Zwillingsschwester um diese Zeit das Heim betreten oder verlassen würde. Nach einer halben Stunde ergebnisloser Wartezeit hatte sie beschlossen, an der Eingangstür zu läuten und nach Henrika Jansson zu fragen. Dabei hatte sie einen ausgesprochen freundlichen Gesichtsausdruck aufgesetzt und eine Hand auf die Wölbung ihres Bauches gelegt. Die Pförtnerin, eine grauhaarige Frau mit Hornbrille und schwarzem Rollkragenpullover, hatte Inga skeptisch gemustert, dann aber nach Henrika rufen lassen. Diese hatte nicht viel, aber genügend Zeit gehabt, um sich ihren Plan schildern zu lassen. Alles, was Inga brauchte, um sich zwei Tage und eine Nacht von zu Hause fortzustehlen, wenn Jesper aus Göteborg nach Vaxholm kam, war eine vorgetäuschte Einladung zu einem Geburtstag. »Das andere mache ich schon«, hatte Inga geflüstert, und Henrika hatte genickt und war zurück auf ihre Station geeilt.

Die Einladung war wenige Tage später per Post eingetroffen. Henrika hatte ihren Namen und ihre Adresse vorschriftsmäßig auf dem Kuvert hinterlassen, und Siw hatte Inga den Brief ohne weitere Fragen auf den Tisch gelegt.

»Und seit wann dauern Geburtstagsfeiern zwei Tage lang?«, fragte ihr Vater.

»Die Feier findet freitags statt«, erklärte Inga, um einen entspannten Tonfall bemüht. »Aber ein paar Freundinnen schlafen bei Henrika und bleiben bis samstags.«

»Und du gehörst zu diesem erlesenen Kreis?« Unter zusammengezogenen Augenbrauen sah er Inga zweifelnd an.

Siw nahm ihr Weinglas und warf Inga einen herablassenden Blick zu. Ich glaube dir nicht, schien ihr Eisgesicht zu sagen.

Inga setzte ein gefälliges Lächeln auf und flehte im Stillen darum, dass es ihr gelingen möge. »Wir wollen samstags noch mit dem Boot raus. Im Laufe des Nachmittags komme ich zurück.«

Was für ein Glück, dass sie sich die Antworten vorher zurechtgelegt hatte. So waren ihr die Flunkereien ohne großes Herumlavieren über die Lippen gekommen, und die Gesichtszüge ihres Vaters zeigten eine leichte Entspannung.

»Wie kommst du nach Vaxholm?«

»Bis zum Fähranleger gehe ich zu Fuß, das sind doch nur fünfzehn Minuten. Und in Vaxholm holt Henrika mich ab.«

»In deinem Zustand? Du bist hochschwanger, Inga!« Bei seinen Worten hob Siw eine ihrer perfekt gezupften Augenbrauen, aber sie aß schweigend weiter. Inga fühlte sich wie ein dummes Kind, dem man erklären musste, was es längst wissen sollte. »Sag deiner Freundin, dass ich dich rüberbringe«, sagte ihr Vater, und Inga erstarrte, weil sie den Unterton in seiner Stimme kannte und wusste, dass er keinen Widerspruch duldete. Er faltete seine Serviette zusammen und legte sie neben seinen geleerten Teller. Sie musste unter allen Umständen verhindern, dass er sie nach Vaxholm bringen würde. Jesper würde am Kai auf sie warten, vielleicht schon dort sein, wenn sie eintraf. Sie rief sich zur Ruhe, wollte nicht hysterisch klingen, gelassen bleiben, wollte nach außen beherrschter wirken, als sie sich fühlte.

»Nein, Pappa, das ist nicht nötig, wirklich nicht.«

Angespannt wie ein Gummiseil bemühte sie sich um eine gemäßigte Stimmlage. Stocksteif hielt sie Messer und Gabel in den Händen, die Unterarme auf der Tischkante abgestützt.

»Ich will mir keine Sorgen machen, Inga, davon hatte ich genug in der letzten Zeit.«

»Du brauchst dir keine Sorgen zu machen, es ist alles geplant, und alles wird gut gehen. Ich passe auf mich auf, versprochen.«

»Sicher?«

Sie nickte heftig, spießte ein Stück kalt gewordenes Huhn auf und schob es sich zwischen die Zähne, darum bemüht, Siws missbilligenden Blick geflissentlich zu ignorieren.

Am darauffolgenden Freitagmorgen packte Inga ihre kleine karierte Tasche. Zahnbürste, Kamm, ein Handtuch, Unterwäsche, eines der neuen Umstandskleider und warme Strümpfe wanderten ohne großes Nachdenken hinein. Die Auswahl der Sachen war bedeutungslos. Ausschlaggebend war einzig, dass sie Jesper wiedersehen würde. Sie hatte ihm nach Göteborg geschrieben, dass sie an diesem Nachmittag gegen fünf am Fährhafen von Vaxholm auf ihn warten und sich darauf freuen würde, den Abend, die Nacht und den nächsten Tag mit ihm zu verbringen. Sie wusste nicht, wo sie mit ihm zusammen sein würde, das überließ sie ihm. Solange er bei ihr war, würde sie die Nacht auch in irgendeinem Schuppen verbringen.

Ihr Herz hämmerte den ganzen Freitag über zum Zerspringen, die Stunden dehnten sich zäh wie Kleister. Mit erhitzten Wangen verließ sie am Nachmittag kurz vor fünf die Fähre von Stegesund, die planmäßig am Vaxholmer Hafen angelegt hatte. Mit der Reisetasche in der Hand betrat sie den Anleger. Der Kai war bevölkert von vorbeihastenden Menschen, wie stets, nachdem eine Fähre ihre Fahrgäste ausgespuckt hatte. Außerdem eilte soeben eine Menge Leute auf die Personenfähre nach Stockholm, die in wenigen Minuten ablegen würde. Zwei Kinder stritten miteinander, ihre Mutter versuchte zu schlichten, daraufhin setzte ohrenbetäubendes Geschrei ein. Eine Katze strich gelangweilt umher, und vor dem Kastell positionierte sich eine fünfköpfige Touristengruppe für ein Foto. Von Jesper war weit und breit nichts zu sehen.

Sie wartete auf einer der Bänke in der Nähe von Blombergs Kiosk, bis das Treiben auf dem Anleger sich etwas gelegt hatte, die Fähre tuckernd den Hafen verlassen hatte und die Ordnung auf dem Kai wiederhergestellt war. Sie stemmte beide Hände in den Rücken. Das Kind bewegte sich in ihrem Bauch an diesem Tag viel häufiger als an den Tagen zuvor, und sie spürte ab und zu ein Ziehen im Rücken, das sie darauf zurückführte. Nach einer Weile begann sie zu frieren. Sie klappte den Mantelkragen hoch und zog den Kopf zwischen die Schultern. Um sich zu wärmen, stand sie auf, ging ein paar Schritte und ließ ihren Blick über den Hafen und die offene See gleiten, um gleich darauf wieder ihren Platz auf der Bank einzunehmen. Viermal innerhalb einer Stunde traf eine Personenfähre ein, viermal überschlug sich beinahe ihr Herz, und viermal grub sich im Anschluss eine bittere Enttäuschung hinein.

Nach neunzig Minuten fror sie nicht nur äußerlich, sondern auch in ihrem Inneren. Auf dem Fahrplan hatte sie gelesen, dass die letzte Fähre nach Stegesund um kurz vor sieben ablegte. Sollte Jesper in der nächsten Viertelstunde nicht eintreffen, blieb ihr nichts weiter, als nach Hause zurückzufahren und ihrem Vater eine weitere Lüge aufzutischen. Die Enttäuschung verwandelte sich in ein dumpfes Grollen im Bauch. Warum war sie verdammt noch mal auf Jespers schöne Worte hereingefallen? Warum konnte sie nicht endlich aufhören, ihn zu lieben? Sie sollte ihn hassen, aus tiefstem Herzen. Wie oft wollte sie sich denn noch von ihm versetzen, vertrösten und bloßstellen lassen? Dass sie angefangen hatte zu schluchzen, bemerkte sie erst, als jemand ihr ein Taschentuch vors Gesicht hielt. Ein kariertes Männertaschentuch, gebügelt.

»Na, na, Mädelchen, was ist es denn dieses Mal?«

Hastig blickte sie auf.

»Magnus!«

»Mir scheint, dass ich dich immer dann aufgable, wenn die Schleusen offen sind, was?«

Sie sprang auf und stürzte sich mit einem Laut der Verzweiflung in Magnus' Arme. Die Tränen rannen in Strömen über ihr Gesicht. Magnus streichelte sacht über ihre Schultern und ihr Haar, und obwohl er kein Wort sagte, fühlte Inga sich in seiner Nähe getröstet. Irgendwann löste sie sich aus seiner Umarmung,

»Entschuldige«, hauchte sie.

»Hast du die Fähre verpasst?«

Sie schüttelte den Kopf. »Wenn es nur das wäre.«

»Wie kann ich dir helfen?«

Sie sah ihn aus ihren rot geweinten Augen an. »Kannst du zaubern?«

»Das hab ich noch nicht ausprobiert. Aber für dich würde ich es lernen.«

Ein winziges Lächeln huschte über ihr Gesicht, doch gleich kehrten Ernst und Traurigkeit zurück.

»Du weinst hoffentlich nicht wegen eines Kerls?« Er legte den Kopf schräg und sah sie abwartend an.

Sie nickte. »Doch.«

»Doch nicht wieder dieser Jesper?«

Erneut nickte sie.

»Dieser Mistkerl«, entfuhr es ihm. »Schätze, er tut dir nicht gut. Hätte ihm nicht erzählen sollen, dass dein Vater dich nach Hause geholt hat.«

»Ich hab mich gefreut, dass du es getan hast.« Sie legte den Kopf in den Nacken, seufzte und schloss die Augen. Gleich darauf öffnete sie sie wieder. »Nur deshalb können wir uns heute hier treffen.« Sie spürte die kleinen Tritte in ihrem Bauch und das Ziehen im Rücken. Aber es war nur ein Moment, schon verebbte beides. »Sonst hätte ich vielleicht nie wieder etwas von ihm gehört.«

»Wie geht's dir?« Er deutete auf die Rundung unter ihrer Jacke. »Ist ganz schön gewachsen in den letzten Wochen.«

»Es dauert nicht mehr lange, sagt mein Arzt.«

»Ist besser, dass du es zu Hause bekommst, in einem Krankenhaus. Nicht auf Dikholmen so ganz allein. Hatte kein gutes Gefühl damit.«

»Ich darf es nicht behalten«, sagte Inga leise. Und dann brach es aus ihr heraus. Sie erzählte Magnus von der Entscheidung ihres Vaters und holte kaum Luft zwischen den einzelnen Worten, als hätte sie nur wenige Augenblicke zur Verfügung, um alles, was ihr Herz aufwühlte, loszuwerden. Es schloss auch den Kummer mit Jesper ein. »Er hat mir Briefe geschrieben, und ich hab meinen Vater angelogen, damit er mich bis morgen gehen lässt. Jespers Schwester hängt mit in diesen Lügereien, und jetzt hat er mich versetzt, und die letzte Fähre nach Stegesund geht schon gleich, und überhaupt frag ich mich, warum ich ihn nicht endlich vergessen kann. Ich will ihn hassen, diesen Mistkerl …« Die letzten Silben verloren sich in einem neuen Aufschluchzen der Verzweiflung.

»Wenn ich ihn das nächste Mal sehe, mach ich ihn kalt.«

Magnus hatte es ganz ernst gesagt, so als bestünde nicht der leiseste Zweifel an der Entschlossenheit, seine Ankündigung wahrzumachen.

Inga hob den Kopf, sah ihn an, wollte etwas erwidern und stockte, denn noch bevor sie ein Wort gesagt hatte, fiel ihr Blick auf Jesper, der plötzlich hinter Magnus stand. Mit der Pelzmütze, die er sich gegen die Kälte tief über die Ohren gezogen und unter der er sein Haar versteckt hatte, wirkte er auf den ersten Blick verändert, doch er strahlte sie an, wie er es tausendmal zuvor getan hatte.

»Ich hoffe, das meinst du nicht so«, sagte er und boxte Magnus dabei spielerisch gegen den Oberarm. Im Bruchteil eines Augenblicks warf Inga alle Gedanken, Vorsätze, ihre soeben noch verspürte Enttäuschung und aufkeimende Wut über den

Haufen. Sie fiel Jesper in die Arme, und als sie seine Lippen auf ihrem Mund spürte und sein »Entschuldigung« nah an ihrem Ohr vernahm, da zählte nur der Augenblick.

»Wie kommen wir rüber?«, fragte er zwischen zwei Küssen.

»Rüber?«, fragte sie.

»Nach Dikholmen, in dein Haus.« Er lachte, zog sie fester an sich, seine Augen blitzten.

Inga runzelte die Stirn. »Es ist nicht mein Haus«, erwiderte sie mit einer Spur Verwunderung. »Es gehört meinem Vater.« Allmählich dämmerte ihr, dass er im Glauben war, die ungestörten Tage, die sie im Juni auf der Insel verbracht hatten, wiederholen zu können. »Er hat es an Feriengäste vermietet. Wir können da nicht hin.«

Jesper machte große Augen. »Ach, und ich dachte …« Er warf einen raschen Blick zu Magnus, von dem er nur ein Schulterzucken erntete.

Inga lachte auf. »Du dachtest, dass Magnus uns hinbringt und ich den Schlüssel habe?«

Sie ging ein paar Schritte, spürte erneut ein Ziehen in ihrem Bauch, doch sie sorgte sich nicht, denn ihr Gynäkologe hatte gesagt, dass das normal sei, wenn das Kind eine gewisse Größe erreicht habe.

Sie blickte über das Hafenbecken hinweg, hörte das Plätschern der Wellen, die an die Kaimauer schlugen, und der Geruch des brackigen Wassers stieg ihr in die Nase. Weiter hinten lagen die Kutter und die Boote der einfachen Leute an den Pollern, und für einen Moment sehnte sie sich danach, die Besitzerin eines solchen Bootes zu sein. Hinausfahren zu können, weg von Stegesund, von Dikholmen, raus aufs offene Meer. Frei zu sein, selbst Entscheidungen zu treffen, von niemandem abhängig zu sein, nie wieder. Erneut zog es in ihrem Bauch, besänftigend berührte sie ihn mit der flachen Hand.

Nur noch eine Personenfähre befand sich am Anleger, es musste die aus Stegesund sein, die in wenigen Minuten zur letzten Überfahrt an diesem Tag starten würde. Inga staunte über die Ruhe, die sie mit einem Mal innerlich erfüllte. So, als hätte ihr Herz endlich begriffen, dass es wegen Jesper Jansson keinen einzigen Purzelbaum mehr schlagen musste. Dass es nicht lohnte, einem wie ihm nachzuweinen und seinetwegen zur Lügnerin zu werden.

Er hatte sich mit keinem Wort danach erkundigt, wie es ihr ging, wie es dem Kind ging. Sie hörte, dass er und Magnus sich ein paar Schritte hinter ihr unterhielten. Wie durch einen Nebel nahm sie die Stimmen der beiden wahr, als wäre sie abgetrennt von ihnen.

»Was sagst du dazu, Inga?«

Plötzlich war Jesper neben ihr.

»Wozu?« Sie drehte sich zu ihm um, sah den Blick aus seinen Karamellaugen, mit der er sie bei ihrer ersten Begegnung verzaubert hatte, an genau dieser Stelle am Kai von Vaxholm.

»Magnus leiht uns bis morgen sein Boot. Wir können aufs Meer rausfahren und irgendwo anlegen und drin schlafen.«

»Magnus hat ein Boot, in dem man schlafen kann?«

»Das sagt er jedenfalls.«

»Und du kannst es fahren?«

»Vertrau mir.«

Er beugte sich zu ihr herunter und küsste sie. Sein Kuss war noch immer in der Lage, sie schwach zu machen, aber etwas in ihr mahnte zur Vorsicht.

»Dir vertrauen?« Sie trat einen Schritt beiseite. »Wie soll das gehen? Du hast mir heute wieder bewiesen, wie schwierig es ist, dir zu vertrauen.«

»Ach, Inga, komm, ich hab mich ein bisschen verspätet, aber ich bin doch da. Sieh mich an, bis morgen bin ich bei dir.«

»Also, ihr zwei, was ist jetzt?« Magnus blickte von Jesper zu ihr und wartete offenbar auf eine Antwort.

»Ich wusste nicht, dass du ein Boot hast«, sagte Inga, aber sie sah ihn nicht an dabei, starrte über den Hafen, träumte sich hinaus in den Schärengarten, in die Freiheit, in ein Leben, in dem es nur sie und ihr Kind gab und keine Begrenzungen.

»Ist vielleicht nicht so ansehnlich wie viele andere, aber ich hab's gerade überholt, und es fährt. In der Kabine kann man notfalls übernachten.« Sein Blick glitt über Ingas Bauch. »Zumindest, wenn man nicht schwanger ist. Weiß nicht, ob das in deinem Zustand so ratsam ist, Mädelchen.«

Endlich schien auch Jesper aufzufallen, wie sehr sich Ingas Bauch unter dem Mantel wölbte.

»Unser Kind, hm?«

»Ja, Jesper, unser Kind.«

Ihre Worte trieften vor Ironie, und jetzt endlich drehte sie sich zu Magnus um.

»Ein wunderbares Angebot, Magnus, ich nehme es gern an, vielen Dank. Zeigst du mir, wie man es fährt?«

»Ich dachte, Jesper könnte …«

»Ich fahr allein.«

»Du fährst allein?« Jespers Stimme klang fast belustigt.

»Ich brauche dich nicht, Jesper. Nicht als Geliebten und nicht als Vater für unser Kind. Ich brauche jemanden, der immer bei mir ist, nicht nur bis morgen.«

Stumm blickte Jesper sie an.

Auch Magnus hatte es offenbar die Sprache verschlagen. »Ich halte das für keine gute Idee«, sagte er nach einem Moment des Schweigens. »Was, wenn dir in deinem Zustand irgendwas passiert da draußen?«

»In meinem Zustand! Ich kann es nicht mehr hören.« Inga verdrehte die Augen.

Der Motor der Personenfähre nach Stegesund begann zu tuckern, eine Glocke verkündete den Beginn der Abfahrt. Inga straffte die Schultern, ging zur Bank und griff nach ihrer Tasche.

»Wo liegt es?«, fragte sie, an Magnus gewandt.

»Das ist nicht dein Ernst, Inga!« Mit zwei langen Schritten war Jesper neben ihr. »Das kannst du nicht tun.«

»Ich kann noch ganz anderes tun, du wirst schon sehen, wozu ich in der Lage bin.«

Mit wild pochendem Herzen und im Bemühen, sich möglichst nichts von ihrer inneren Aufruhr anmerken zu lassen, ging sie erhobenen Kopfes an ihm vorbei, ohne ihn auch nur eines weiteren Blickes zu würdigen.

## Dikholmen, 1968

*Die Tage werden kürzer. Bald legen sich Dunkelheit und Kälte über die Insel. Mein neunter Winter auf Dikholmen. Eine von ihnen bin ich geworden. Eine Inselfrau. Steine häufe ich schon lange keine mehr an.*

*Ich habe Stinas Euter mit Wollfett behandelt, hoffentlich geht die Entzündung zurück, ich brauche die Milch meiner Ziege. Jetzt sitze ich auf einem Felsen, höre den kleinen Wellen zu, die an die Kiesel plätschern, und schaue, wie die Dämmerung den Streifen zwischen Himmel und Ostsee am Horizont verschluckt. Von hier aus sieht die See aus wie ein endloses unbewohntes Meer. Ein Fischkutter tuckert in einiger Entfernung vorüber. Ungewöhnlich um diese Tageszeit.*

*Über mir kreisen zwei Sturmmöwen in faszinierender Harmonie. Wie in einem Tanz, den sie lange geübt haben. Das Tuckern des Bootes lenkt mich von ihnen ab, es nimmt jetzt Kurs auf Dikholmen, kommt näher, in meine Richtung, in Richtung der kleinen Bucht, die ich mir zu eigen gemacht habe, als ich hier gestrandet bin. Es ist keine offizielle Anlegestelle. Nur Magnus legt hier manchmal an, weil er weiß, dass es von hier aus über den Pfad nur ein paar Schritte bis zur Kate sind. Ich stehe auf, kneife die Augen zusammen. Der Kutter nähert sich mir unaufhaltsam. Ich erkenne den blau angestrichenen Rumpf, den Steuerstand auf dem hinteren Teil des Decks. Ich erkenne Magnus hinter dem Steuerrad. Er hat das Boot überholt, hat mir erzählt, dass er die Nische, die unter dem Steuerstand ins Innere des*

*Rumpfes führt, mit Holzlatten verkleidet und mit einer Matratze ausgestattet hat. Für mehr ist kein Platz, aber immerhin kann er nun in seinem Boot schlafen, wenn es sein muss. Seit unserem Ausflug mit diesem Boot nach Stockholm vor vielen Jahren, als wir die Bergung der* Vasa *beobachtet haben, habe ich Dikholmen nicht mehr verlassen. Die Kamera hat mich in Angst und Schrecken versetzt. Ich war sicher, dass sie uns eingefangen und für immer konserviert hat.*

*Ich klettere die Felsen hinunter, behalte Magnus' Kutter im Blick. Ich sehe ihn winken, sein ausgestreckter Arm malt weite Bögen durch die Luft. Ich winke zurück, aber irgendetwas ist anders, ich kann es an der Art sehen, wie er dasteht, wie er winkt, er wirkt nicht frei und freudig wie sonst, wenn wir uns sehen. Die Kiesel drücken sich hart in meine Fußsohlen. Ich stehe jetzt an der Wasserlinie, der Kutter ist so nah herangekommen, dass ich Magnus' verzagtes Gesicht erkennen kann. Er stellt den Motor aus.*

*»Kannst du reinkommen?«, höre ich ihn rufen.*

*»Ins Boot?«, frage ich unnötigerweise.*

*Was sonst sollte er meinen? Aber er weiß doch, dass ich keinen Fuß mehr von der Insel setzen werde. Ich sehe ihn winken und nicken und höre, dass er etwas sagt, aber es scheint nicht an mich gerichtet zu sein, und seine Worte werden vom Wind davongetragen.*

*»Bitte, komm rüber!«, ruft er mir zu. Das Flehen in seiner Stimme kenne ich nicht. Ich kremple mir die Hosenbeine rauf und wate durch das seichte Wasser, bis ich den Bootsrumpf erreicht habe, klettere die Leiter hoch. Mir fällt auf, dass sie nicht mehr rostig ist, Magnus hat sie gestrichen, sie fühlt sich kalt und glatt an unter meinen Fußsohlen. Ich bin oben, steige über die Bootswand. »Ein Glück, dass du hier bist«, ruft Magnus, reicht mir eine Hand, zieht mich mit sich in den Steuerstand.*

*»Was ist?«, frage ich ihn, bekomme keine Antwort, brauche keine, blicke in die Nische, auf die Matratze, sehe das Mädchen. Inga. Sie hat für ein paar Wochen in dem gelben Haus in der Nähe der Bucht*

*gewohnt, das jetzt an Feriengäste aus der Stadt vermietet ist. Wir haben uns ein paarmal gesehen, nur wenig miteinander gesprochen. Mir war nicht recht, dass sie mein Geheimnis kennt. Sie kommt aus reichem Haus, aus einem Haus, in dem es an nichts fehlt. Wie verzweifelt muss sie sein, dass sie dort nicht bleibt, wo sie alles hat? Vielleicht ist der Kindsvater einer, der sich aus dem Staub macht, wenn es gilt, Verantwortung zu übernehmen. Sie hat mir nicht viel über ihn erzählt, hat nur von dem Kind gesprochen, das sie unter dem Herzen trägt. Sie liegt gekrümmt, sie stöhnt, sieht mich mit einer Angst in den Augen an, dass ich nicht anders kann, als mich zu ihr zu knien. »Alles wird gut«, murmele ich, aber ich weiß nicht, ob alles gut wird.*

*Ihre Hose ist nass. Das Fruchtwasser. Sie zittert an Armen und Beinen. Wie ein Vogeljunges, das aus dem Nest gefallen ist.*

*»Sie wollte mit dem Boot raus«, höre ich Magnus' verzweifelte Stimme hinter mir. »Allein.«*

*Ich drehe mich zu ihm um. »Warum allein?«*

*»Sie hat einen Dickschädel«, sagt er, als wäre das die schlüssigste Antwort auf meine Frage. »Aber ich hab das nicht zugelassen und bin mit ihr raus.«*

*Ich wende mich ihr wieder zu. Sie stöhnt auf, umschlingt ihren Leib mit beiden Armen.*

*»Ist … doch noch zu früh«, presst sie zwischen zwei Atemzügen hervor.*

*Sie ist von Panik ergriffen. Ich muss sie ihr nehmen und weiß nicht, wie. Was soll ich sagen? Was tun? Wenn das Kind, so, wie sie es sagt, zu früh kommt, wird es vielleicht nicht überleben.*

*»Sie kann nicht hierbleiben«, sage ich zu Magnus nach einem Blick in die schmale Nische, in der sie sich kaum umdrehen kann.*

*»Bis ins Krankenhaus nach Stockholm ist es zu weit«, sagt er und fährt sich mit beiden Händen durch den Bart, so kenne ich ihn nicht.*

*»Lass mich an deinen Bauch«, sage ich zu ihr, öffne den Reißverschluss ihrer Jacke und schiebe den Pullover hoch. Ihr Bauch fühlt sich*

*hart an. Sie stöhnt und keucht, ihr Atem geht schnell. Ich warte, bis sie sich etwas entspannt. »Schaffst du es bis zur Kate?«*

*»Weiß nicht.«*

*»Wir helfen dir.« Ich nicke Magnus zu. »Bevor die nächste Wehe kommt«, sage ich nur.*

*Wir bugsieren sie aus der Nische. Irgendwie schafft sie es auf die Leiter und die vier Sprossen nach unten. Wir stützen sie zu beiden Seiten, durch das Wasser, über den Kieselstrand, die zerklüfteten Felsbrocken hinauf und über den Pfad zur Kate. Sie ist ein starkes Mädchen, stärker, als ich dachte. Zum Glück habe ich ein Scheit nachgelegt, bevor ich zu den Felsen gegangen bin. In der Kate ist es warm. Ich helfe Inga aus der Jacke, aus den Schuhen, der nassen Hose.*

*»Sie hat eine kleine Tasche«, höre ich Magnus an der Tür. »Ich gehe sie holen.«*

*Als ob das jetzt wichtig wäre. Aber ich nicke, weil ich weiß, dass er es nicht aushält, tatenlos zu sein. Leise zieht er die Tür hinter sich zu.*

*»Du bist hier sicher«, sage ich zu ihr, und zum ersten Mal lächelt sie. Aber sofort spannt sich ihr Körper wieder an, ihre Kiefer mahlen, sie sinkt auf die Knie und stützt sich vornübergebeugt auf der Pritsche ab. Die nächste Wehe. Es ist lange her, fast zwanzig Jahre, dass ich Anders' Schwester bei der Geburt ihrer Tochter geholfen habe. Es war Winter, und es war Nacht, und die Hebamme war bei einer anderen Wöchnerin. Ich weiß bis heute nicht, wie wir es geschafft haben, dem kleinen Mädchen auf die Welt zu helfen. Woher ich wusste, was zu tun war. Vielleicht kann ich dieselbe Stärke, dieselbe Zuversicht und die innere Ruhe von damals in mir heraufbeschwören. In der Truhe vor dem Fenster liegen meine beiden Handtücher, ich habe sie heute gewaschen. Nah beim Ofen konnten sie zum Glück schnell trocknen. Ich gehe sie holen.*

*Inga wimmert vor sich hin. Sie fragt nicht, wie lange es noch dauert, so wie Anders' Schwester damals, als wüsste sie, dass ich keine Antwort für sie habe.*

*»Ich habe Zwillinge zur Welt gebracht, vor achtzehn Jahren.« Ich lege so viel Zuversicht wie möglich in meine Stimme und weiß nicht, ob sie für uns beide reicht. »Ich habe sie zu Hause bekommen.«*

*Ich verschweige ihr, dass Anders die Hebamme geholt hat, als die Wehen eingesetzt haben.*

*Die Tür fliegt auf. Vasa, die Katze, die wir nach dem geborgenen Schiff benannt haben, stolziert mit ihrem majestätischen Blick herein, und Magnus stellt eine kleine Tasche auf einen der beiden Stühle am Tisch. Etwas so Elegantes in meiner armseligen Kate.*

*»Deine Sachen«, sagt er, sieht Inga an, wendet seinen Blick jedoch sogleich von ihr ab, als verstörte ihn der Anblick einer gebärenden Frau.*

*Inga bedankt sich mit einem Kopfnicken, keucht, atmet schnell und sehr flach.*

*Ich ziehe die verschlissene Decke von der Pritsche, breite sie unter ihr aus und setze mich zu ihr.*

*»Komm, wir atmen zusammen.« Sie nickt wortlos, versucht, sich dem Rhythmus meiner Atemzüge anzupassen. Wir finden uns, atmen gleichzeitig ein und aus bis zur nächsten Wehe, die schon anrollt. Ich sehe es an Ingas gekräuselter Stirn, ihren zusammengepressten Lippen.*

*»Schrei nur, wenn dir danach ist.« Sanft streiche ich über ihren Rücken, stelle mir vor, sie wäre meine Tochter. Sie sind im selben Alter, meine Zwillinge und Inga. Wäre sie meine Tochter, würde sie mich in dieser Nacht zur Großmutter machen. Der Gedanke rührt mich so an, dass meine Augen anfangen zu brennen. Ich blinzle, atme, atme, atme, um mich selbst zu beruhigen. »Setz Wasser auf«, sage ich zu Magnus, der am Ofen steht und sofort den Kessel in die Hand nimmt und nach draußen geht.*

*»Stört es dich, dass er hier ist?«*

*Sie schüttelt den Kopf. »Wenn er da ist, fühle ich mich sicher.«*

*Wie gut ich sie verstehen kann! Wie nur hätte ich ohne Magnus, ohne seine Hilfe, ohne seine Tatkraft, ohne seine Liebe überlebt auf dieser Insel? Ich erzähle ihr davon, erzähle ihr, wie Magnus für mich sorgt, wie er es von Anfang an getan hat und dass ich nur durch ihn ein so eigenständiges Leben in der Abgeschiedenheit dieser Insel führen kann.*

*»Ich will so leben wie du, Eira.«*

*Sie sagt es nicht unüberlegt dahin, das höre ich, das sehe ich ihr an. Die nächste Wehe überrollt sie mit aller Macht. Sie krallt beide Hände in das Fell auf der Pritsche, schweißnasse Haarsträhnen kleben an ihren Schläfen. Sie schreit, die Kate erzittert.*

*»Willst du dich hinlegen?«*

*Sie schüttelt den Kopf. »Es kommt!«*

*Ich breite das Handtuch auf der Decke aus, höre mein Herz in den Ohren hämmern. Vasa hat sich in der Ecke neben dem Ofen zusammengerollt und äugt zu uns herüber. Die Tür geht auf, kühle Luft strömt herein, ich höre Magnus' Schritte, aber ich drehe mich nicht zu ihm um. Inga schreit, presst, keucht. Sie windet sich, dreht sich auf den Knien um und hockt sich hin, lehnt ihren Rücken an die Pritsche, spreizt die Beine. Ich sehe das Köpfchen, den hellen Flaum, blutig verklebt. Zentimeter für Zentimeter schiebt sich das Kind aus ihrem Leib. Die Kate erbebt unter Ingas Schreien, mein Herz springt mir fast aus der Brust, ich halte den winzigen, schleimverschmierten Oberkörper in den Händen, ein neues Leben, ziehe sachte, und mit der letzten Wehe gleitet das Kind in meine Hände.*

*»Ein Junge, ein kleiner Junge!«*

*In mir tobt ein Sturm, meine Lippen schmecken nach Salz, alles verschwimmt hinter meinen Tränen – Ingas rotes Gesicht, ihre nach dem Kind ausgestreckten Arme, die Pritsche, das Fenster, Magnus, der herbeigeeilt ist, dessen Hand ich auf meiner Schulter spüre, sanft und warm und stark. Magnus, der da ist, der bei mir ist, immer dann, wenn ich fürchte, dass meine Kraft mich verlässt.*

# LILLEMOR

Vaxholm, 2019

Dieses Mal fühlte sich das Zurückkommen anders an. Nicht mehr wie ein Besuch, obwohl es einer war. Drei Wochen würde sie bleiben. Mit ein wenig Glück ein paar Wohnungen besichtigen können, die zur Vermietung ausgeschrieben waren, Zeit haben für Malin, für ihre Eltern, für sich selbst.

Beim letzten Telefonat hatte sie ihnen berichtet, dass sie, sobald der Verkauf der Werkstatt und der Wohnung in Granzbach unter Dach und Fach seien, ihr Hab und Gut nach Vaxholm schicken und für immer bleiben würde. Dass sie sich in das Inselkind zurückverwandeln würde, das sie vor all den Jahren zurückgelassen hatte. Dass sie ihr Erbe antreten, Jespers Werkstatt auf Vordermann bringen und dort ihre Arbeit aufnehmen würde. Ihre Mutter hatte angefangen zu schluchzen, sodass ihr Vater den Hörer genommen und ihr wortreich versichert hatte, wie glücklich er und Henrika mit ihrer Entscheidung seien.

Sie zog die Mütze tiefer in die Stirn, der Wind blies ihr kalt ins Gesicht, und blickte sich um. Malin war meistens pünktlich, sie würde nicht auf sie warten müssen.

In der Nähe von Blombergs Kiosk blieb sie stehen. Er war in die Jahre gekommen mit seiner abblätternden Farbe auf dem von Sonne und Wind ausgeblichenen Holz, das geradezu nach einem frischen Anstrich schrie. Aber er hatte sich gehalten, und Frau Blomberg betrieb ihn noch immer persönlich.

Um sich etwas zu wärmen, kaufte sie einen Coffee-to-go und setzte sich auf eine Bank in der Nähe. Dann und wann zerrissen die über ihr treibenden Wolken und ließen einen Sonnenstrahl hindurch, der den Kai in ein blasses Herbstlicht tauchte. Der Kaffee war heiß, Lillemor nahm den Deckel ab, damit er schneller abkühlen konnte. Zwei Fähren lagen im Hafen und weiter hinten ein paar Motorboote. Für das übliche Touristengewimmel war es um diese Zeit noch zu früh, nur wenige Leute bewegten sich auf dem Anleger.

»*Hej*, Lilla!«

Lillemor lächelte, als sie Malins Stimme hinter sich vernahm. »*Hej*, Schwesterherz«, erwiderte sie.

Mit drei langen Schritten kam Malin um die Bank herum.

»Schon lange hier?« Sie setzte sich. Lillemor streckte den Arm mit dem Kaffeebecher von sich und drückte ihre Schwester mit dem anderen an sich.

»Ein paar Minuten. Ich genieße die Ruhe.«

»Und den schrecklichen Kaffee von Blombergs Kiosk.« Malin schüttelte sich in gespieltem Ekel, und Lillemor grinste.

»Er wärmt«, sagte sie schulterzuckend.

»Wir freuen uns alle so, dass du wiederkommst«, sagte Malin. Sie strahlte und schob ihre Hände in die Jackentaschen. »Mamma sagt, du willst dir ein paar Wohnungen ansehen.«

Lillemor nickte.

Sie beobachteten ein herannahendes Motorboot, das langsam durch den Sund an der Festung ins Hafenbecken einlief.

»Wie geht es Inga? Mamma sagte, dass es ein Auf und Ab mit ihrer Krankheit ist.«

»Ihr Zustand verschlechtert sich beständig, an manchen Tagen schafft Eskil es nicht, sie in den Rollstuhl zu setzen. Dann kommt es vor, dass sie tagelang im Bett liegt. Sie ist nicht mehr die starke Inga von früher.«

»Die Krankheit zehrt an ihr.«

»Das auch. Ich glaube aber, dass bei Jespers Tod damals ein Teil von ihr mitgestorben ist.«

»Und … Eskil?«, fragte Lillemor vorsichtig.

»Was meinst du?«

»Was macht er, wie geht es ihm? Wir haben uns seit Jahren nicht gesehen und den Kontakt zueinander völlig verloren.«

»Verloren? Ich glaub eher, du hast ihn eingestellt. Du hast alle Verbindungen zu ihm abgebrochen, und ihm blieb nichts, als es hinzunehmen.«

»Ich konnte nicht anders«, sagte Lillemor leise. »Es war falsch. Ich würde ihn gern um Verzeihung bitten.«

»Klingt gut.«

»Hast du seine Handynummer?«

»Zufällig.«

»Denkst du, er hat was dagegen, wenn du sie mir gibst?«

»Ich weiß was Besseres.«

»Nämlich?«

»Er fährt im Moment jeden Tag rüber nach Dikholmen. Inga will das Haus verkaufen. Eskil ist dabei, es zu renovieren.«

»Sie wollen das Haus verkaufen?«

Bilder des letzten Morgens, den sie mit ihm in diesem Haus verbracht hatte, erinnerte sich an die Leidenschaft, die er in ihr geweckt hatte, an die Frau, die sie in seinen Armen und danach nie wieder gewesen war, und die Bilder formten sich in einer Lebendigkeit, dass sie glaubte, es sei erst am Tag zuvor gewesen.

»Du könntest ihn rein zufällig dort treffen«, hörte sie Malin sagen.

»Eskil glaubt nicht an Zufälle.«

Der Motor der Fähre nach Stockholm begann zu tuckern. Ein Fährmitarbeiter hakte das Seil auf einer Seite aus und ließ noch eine Familie und zwei Männer in Anzügen herein.

»Dann wäre vielleicht die Wahrheit einen Versuch wert.«

»Vor der bin ich seit Jahren erfolgreich weggelaufen.«

»Aber jetzt bist du hier«, sagte Malin, als wäre diese Feststellung notwendig, um deutlich zu machen, dass Weglaufen ab sofort keine Option mehr war. »Wie kommt das, Lilla? Warum erst jetzt?«

Der massige Rumpf der Fähre entfernte sich träge von ihrem Lageplatz und mit ihr das tuckernde Geräusch des Motors.

»Ich war unterwegs«, sagte Lillemor, den Blick weiter auf die Fähre gerichtet, auf die blau-gelbe, an den Rändern ausgefranste Fahne am Heck, die im Wind flatterte. »Acht Tage lang. Mit dem Rucksack.«

»Das ist nicht dein Ernst!«, rief Malin.

Die Fähre brachte das Wasser im Hafen in Bewegung, das Kielwasser wirbelte eine Spur aus weißem Schaum auf.

»Ich hab gelernt, dass ich mir selbst im Weg stehe und so nicht weitergehen kann. Dass es sich leichter geht, wenn man das Gewicht auf seinem Rücken anders verteilt und sich auf das beschränkt, was man wirklich braucht. Außerdem hab ich begriffen, dass jeder Mensch einen Ort hat, an den es ihn zieht, und es absolut unsinnig ist, sich dagegen zu wehren. Und vor allem hab ich gelernt, dass ich dazu neige, zu schnell aufzugeben.«

»Wow, Lilla, das klingt …«

»Es ist befreiend.«

»Ja, das klingt, als hättest du dich befreit«, sagte Malin. Sie nickte ihr zu, als zollte sie ihr großen Respekt dafür.

»Vielleicht ist das der Grund, aus dem ich jetzt mit meiner kleinen Schwester hier sitze und Blombergs scheußlichen Kaffee trinke.« Sie stellte den zur Hälfte geleerten Pappbecher neben sich auf die Bank.

»Und aus dem du Eskil um Verzeihung bitten willst.«

»Danke für den Tipp mit Dikholmen. Ich werde ihn da besuchen.«

»Du kannst mein Rad nehmen, wenn du mit der Fähre rüberwillst«, sagte Malin. »Oder unser Boot. Ich glaube nicht, dass Jan Olof es die nächsten Tage braucht.«

»Prima, danke.«

»Und jetzt fahren wir zu uns, und du packst deine Sachen aus, damit wir nachher pünktlich bei Mamma und Pappa sind.«

Der Duft von gebackenen Forellen zog bis nach draußen auf die Straße. Ihr Vater liebte Forellen, ihre Mutter bereitete sie nach dem immer gleichen Rezept zu – im Backofen mit Kartoffelspalten, Brokkoli, Dill und Zitrone.

»Wir sind da!«, rief Malin, während sie sich im Flur die Schuhe von den Füßen streiften und aus Mänteln, Mützen und Schals schlüpften. Die Küchentür öffnete sich, heraus trat ihr Vater, mit steifbeinigen Schritten, leicht vornübergebeugt. Seine Bewegungen ähnelten denen eines alten Mannes. Er *ist* ein alter Mann, fast achtzig schon, dachte Lillemor. Er wird immer krummer. Sie bemerkte seine von der Arthritis geschwollenen Fingergelenke, als er die Arme nach ihr ausstreckte und sie an sich zog.

»Ist schön, dass du zurückkommen willst«, sagte er leise.

Seine Augen glänzten, wie sie es jedes Mal taten, wenn sie zu ihren seltenen Besuchen kam.

»Essen ist gleich fertig!«, rief ihre Mutter aus der Küche, woraufhin ein Topfdeckel klapperte und Wasserrauschen aus dem Hahn zu hören war.

»Wie gut es duftet«, begrüßte Lillemor ihre Mutter.

Sie drehte sich zu ihr um, mit erhitzten Wangen und einem Strahlen im Gesicht und wischte sich an ihrer fettbespritzten Schürze die Hände trocken, bevor sie Lillemor in die Arme schloss.

»Ich rieche nach Forelle«, sagte sie lachend, wand sich aus der Umarmung, griff nach zwei riesigen rot karierten Topfhandschuhen und öffnete die Backofentür.

»Wie geht's dir, Mamma?«

»Der Tisch ist gedeckt, setzt euch«, rief ihre Mutter über die Schulter, ohne auf ihre Frage einzugehen.

»Sie kommt mir so aufgeregt vor«, sagte Lillemor zu Malin, als sie ihre Plätze am Tisch einnahmen – nebeneinander, wie früher, als sie zu viert in diesem Haus gelebt hatten.

Ihre Mutter begann, die Teller zu füllen.

Ihr Vater erzählte von seinen neu verordneten Tabletten gegen die Gelenkschmerzen und dass es ihm damit etwas besser gehe.

»Und du, Mamma?«

»Ach, bei mir ist alles wie immer.«

»Ist es doch gar nicht«, fiel Malin ihr ins Wort.

»Nun esst erst mal«, entgegnete ihre Mutter. »Wird ja sonst kalt.«

Lillemor zerteilte ihre Forelle und schob sich den ersten Bissen zwischen die Lippen. »Sehr lecker«, sagte sie. »Und jetzt erzähl, was Malin meint.«

»Na ja, ich geh dreimal die Woche zu Inga und kümmere mich ein bisschen.«

»Wie damals bei Jesper?«

»Ich mache das gern«, erwiderte ihre Mutter. »Es liegt mir einfach, mich um andere zu kümmern. Ich kenne Inga schon so lange. Wie könnte ich wegschauen, jetzt, da sie sich allein nicht mehr helfen kann?«

»Seit wann kennst du Inga eigentlich?«, fragte Malin zwischen zwei Bissen.

»Seit vielen Jahren, ich müsste rechnen. Wartet, das war damals vor Eskils Geburt, also 1968. Du liebe Zeit, seit über fünfzig Jahren.« Lillemor überlegte, ob ihre Mutter jemals erzählt hatte, unter welchen Umständen sie Inga, die aus einem wohlhabenden Haus stammte, kennengelernt hatte. Sie suchte Malins Blick, der ihr verriet, dass auch ihre Schwester darüber nichts wusste. Aber sie brauchten nicht zu fragen, denn ihre Mutter begann zu reden, als hätte sie ihren Töchtern an den Gesichtern abgelesen, was sie nur zu gern erfahren würden. »Ich war damals im Waisenhaus auf Stegesund in der Ausbildung, und Inga und Jesper hatten zu dieser Zeit ziemliche Probleme miteinander. Ich hab ein wenig vermittelt, um es mal so zu sagen. Aber letzten Endes umsonst. Inga hat ihn zum Teufel gejagt und ihr Kind allein großgezogen.«

Lillemor horchte auf. »Das hört sich an, als wäre Jesper da irgendwie in der Pflicht gewesen.«

Ihr Vater hob den Kopf, ganz leicht, und sah zu ihrer Mutter hinüber, was Lillemor ebenso wenig verborgen blieb wie die Veränderung in den Zügen ihrer Mutter. Sie schien peinlich berührt zu sein, als fühlte sie sich bei einer Schummelei ertappt, denn sie senkte den Blick, nahm ihre Gabel zur Hand und begann geschäftig, die Kartoffeln auf ihrem Teller zu zerkleinern. Sie hat sich verplappert, dachte Lillemor, und es erst jetzt gemerkt.

»Also?«, hakte sie nach und beugte sich ein Stück nach vorn, um ins Gesicht ihrer Mutter sehen zu können.

»Wie ich sagte, sie hat Eskil allein großgezogen, das wisst ihr doch.« Es klang, als hätte ihre Mutter den Satz einstudiert.

»Das meine ich nicht.« Lillemor blieb hartnäckig. »War Jesper Eskils Vater?«

Am Tisch wurde es so still, dass sie das leise Ticken der Wanduhr neben der Tür hören konnten. Malin heftete nun ebenfalls den Blick auf ihre Mutter.

Ihr Vater räusperte sich. Er legte seine Gabel mit einem unnatürlich lauten Klappern auf dem Tellerrand ab. »Irgendwann kommt der Tag, das haben wir immer gesagt.«

»Nicht jetzt.« Mit dem Messer schob ihre Mutter den Brokkoli auf ihrem Teller zusammen.

»Was bedeutet das?« Zum Zerreißen angespannt, mühte Lillemor sich, ihre Stimme normal klingen zu lassen. »Und warum wird seit Jahren so ein Geheimnis darum gemacht?«

Endlich hob ihre Mutter den Kopf, sah sie alle der Reihe nach an, ihren Vater zuletzt. Auf seinem Gesicht blieb ihr Blick hängen.

»Inga und ich haben uns ein Versprechen gegeben.«

Sie sagte es mit einer Entschiedenheit, die keinen Zweifel daran ließ, dass sie dieses Versprechen um nichts in der Welt brechen würde.

»Dass niemals jemand erfahren wird, wer Eskils Vater ist?«, fragte Lillemor.

»Unter anderem.«

»Meine Güte, was für eine Geheimniskrämerei!« Malin stöhnte. Sie griff nach der Wasserflasche und schenkte sich ein.

Vorsichtig tastete ihr Vater nach der Hand seiner Frau, die unbewegt neben seiner auf dem Tisch ruhte. »Vielleicht ist es der richtige Zeitpunkt, um …«

»Nein!« Henrika funkelte ihn an. Sie rückte mit dem Stuhl zurück, stand auf und ging zum Herd. Dort blieb sie stehen, mit dem Rucken zu ihnen, als wäre die plötzlich in der Luft liegende Spannung von dort aus besser auszuhalten. »Wir haben eine Abmachung, Carl!« Sie sprach, ohne sich umzudrehen. »An die hält Inga sich, und an die halten wir uns.«

»So eine Riesenüberraschung wäre es ja nicht, wenn Jesper Eskils Vater war«, sagte Malin. Immer schon hatte sie das Talent besessen, die Dinge auf den Punkt zu bringen. Sie wandte sich wieder dem Essen auf ihrem Teller zu und spießte ein Kartoffelstück auf. »Dass er und Inga all die Jahre eine besondere Beziehung hatten, ist selbst einem Blinden aufgefallen.«

»Lasst uns über etwas anderes sprechen«, beendete ihr Vater das Thema, ohne auf Malins Bemerkung einzugehen. »Rika, komm, setz dich wieder zu uns.«

Malin beugte sich zu Lillemor. »Vielleicht hatten wir all die Jahre einen Cousin, ohne es zu wissen«, flüsterte sie.

Lillemor nickte stumm. Alles in ihr sträubte sich gegen die Vorstellung, mit Eskil verwandt zu sein. Sie bereute die Unerbittlichkeit, mit der sie versucht hatte, die Antwort aus ihrer Mutter herauszuzwingen.

»Entschuldige, Mamma«, sagte sie leise.

»Wie geht's Alva mit ihrer Arbeit im Museum?« Unübersehbar bemühte ihr Vater sich um einen zwanglosen Themenwechsel. Ihre Mutter nahm wieder Platz, sie schien sich beruhigt zu haben.

»Alva arbeitet in einem Museum?«, fragte Lillemor.

Malin winkte ab. »Ist nur ein Job, den sie da macht. Im Vasa-Museum auf Djurgården. Sie verkauft Tickets und gibt die Audioguides an die Besucher aus, nichts Besonderes.«

»Ich bin da noch immer nicht gewesen«, sagte Lillemor. »Es wurde eröffnet, kurz bevor ich nach Deutschland ging.«

»Wir könnten es uns zusammen ansehen«, sagte Malin. »Sie haben die untergegangene Galeone vollständig rekonstruiert, sehr beeindruckend. Man kann um sie herumgehen und kommt ganz nah ran. Ich kenne kein Museum, in dem eine so unglaubliche Stimmung herrscht.«

»Das war eine Sensation, als sie das Schiff damals gehoben haben«, sagte ihr Vater. »Wäre gern dabei gewesen, aber ich konnte es mir nicht leisten hinzufahren.«

»Ich war da«, sagte ihre Mutter.

»Bei der Bergung?«

Lillemor blickte auf. Sie stellte fest, dass sie vieles aus dem Leben ihrer Mutter nicht wusste, was zweifellos damit zusammenhing, dass Henrika eine schweigsame Frau war, die nicht vieles von sich preisgab.

»Wir hatten damals in Naturkunde einen Lehrer, den es fasziniert hat, dass ein Meeresarchäologe seit Jahren mithilfe von Tauchern das Heben dieses legendären Schiffes geplant hat. Einige von uns durften am Tag der Bergung mit ihm auf einer Fähre nach Stockholm fahren. Ich hab nie erfahren, was unser Vater dafür bezahlt hat, dass Jesper und ich mitdurften. Aber es war ihm wichtig, uns dieses besondere Schauspiel zu ermöglichen. Es war im April, ein Jahr nachdem eure Großmutter verschwunden war.« Lillemors Blick glitt an der Schulter ihrer Mutter vorbei zu der Schwarz-Weiß-Fotografie an der Wand. Sie zeigte ihre Mutter und Jesper als Kinder, herausgeputzt in ihren wahrscheinlich besten Anziehsachen. Jesper in Matrosenhemd und kurzer dunkler Hose, einen Kniestrumpf etwas höher gezogen als den anderen. Henrika in einem weißen Sommerkleid mit einer großen Schleife um den Bauch und schwarzen Spangenschuhen, brav nebeneinandersitzend. Das Foto war an ihrem ersten Schultag aufgenommen worden, wie Lillemor wusste, die Zwillinge blickten beide aus ernsten Augen in die Kamera. Vielleicht hatte jemand ihnen verboten zu lachen, oder Kinder hatten zu dieser Zeit nicht viel zu lachen gehabt. Vielleicht hatten sie beide auch nie eine Situation erlebt, in der sie vor einem Riesenkasten stillzusitzen und feierlich zu schauen hatten. »Es gab da einen ganz seltsamen Moment«, fuhr ihre Mutter nachdenklich fort. Sie hatte ihr Essen noch nicht wieder angerührt. »Mitten in diesem Trubel hab ich geglaubt, sie gesehen zu haben. Sie stand nicht weit von mir weg, ich hab ihr Gesicht in der Menge der vielen Leute entdeckt. Das hat mich erschreckt und gefreut, und ich weiß nicht, was alles. Ich wollte es Jesper sagen und hab mich zu ihm durchgedrängelt, wir standen ja wie die Ölsardinen auf dem Anleger. Ich hab ihn am Ärmel gezupft und musste in sein Ohr brüllen, weil es so laut um uns war, die Blaskapelle, das Geschrei der Leute. Ich hab ihm gesagt, dass ich unsere Mutter gesehen habe, aber als ich ihm die Stelle zeigen wollte, war sie nicht mehr da. Das hast du dir nur eingebildet, hat Jesper gesagt, und ich weiß noch, wie traurig ich plötzlich geworden bin, weil ich sie so vermisst habe und es furchtbar wehgetan hat, sie da zu sehen, aber nicht zu ihr zu können. Ihr Gesicht zwischen all den Leuten. Als wäre sie wieder da. Als wäre sie zurückgekommen.«

Am nächsten Vormittag ging Lillemor mit dem von Malin geliehenen Fahrrad auf Dikholmen an Land. Sie folgte dem *stora vägen* in östlicher Richtung und stellte fest, dass die Insel sich überhaupt nicht verändert hatte. Malin hatte berichtet, dass man an der Nordküste zwei Ferienhäuser gebaut hatte, doch im Vergleich zum Tourismus der größeren Schäreninseln haftete Dikholmen noch immer etwas Beschauliches an. Kurz nach Mittag erreichte sie die Gabelung, die nach rechts über einen schmalen Fahrweg bis zum Haus führte. Schon von Weitem entdeckte sie Jespers alten Pick-up.

Er war vor dem weißen Lattenzaun geparkt, der aussah, als hätte er kürzlich einen frischen Anstrich erhalten. Das von den Birken abgeworfene Laub bedeckte den Rasen dahinter wie ein gelber Teppich.

Sie hielt an, lehnte das Fahrrad an einen Baum dem Grundstück gegenüber und sah sich um. Bei ihrem letzten Besuch hatte das Haus einen etwas maroden Eindruck auf sie gemacht, davon war nichts mehr zu sehen. Die Fensterläden strahlten in einem frischen Weiß, dem wuchernden Unkraut und den verblühten Pflanzen hinter dem Zaun sowie entlang der Auffahrt war jemand zu Leibe gerückt, das Vordach war mit neuen Schindeln eingedeckt, die in der Sonne glänzten. Die Haustür stand weit offen. Das monotone Brummen eines Handwerkszeugs drang heraus, vielleicht ein Akkubohrer.

Da das Haus weder über eine Klingel noch über einen Türklopfer verfügte und das durchdringende Geräusch außerdem jede menschliche Stimme übertönte, blieb Lillemor unschlüssig an der Haustür stehen.

»*Hej!*«, rief sie und wiederholte die Begrüßung mit Nachdruck, obwohl sie sich darüber im Klaren war, dass Eskil sie durch den Lärm hindurch nicht hören würde.

Kurz entschlossen betrat sie das Haus. Sie sah ihn neben dem Tisch auf einer Klappleiter stehen, mit dem Rücken zu ihr, damit beschäftigt, eine Gardinenleiste über dem Fenster anzubringen. Er trug verwaschene Jeans, Sportschuhe und ein graues T-Shirt mit langen Ärmeln, die er bis zu den Ellenbogen hochgeschoben hatte. Der Akkubohrer gab ein ersterbendes Geräusch von sich. Qualm trat aus, der penetrante Geruch nach verbrannter Elektrik waberte in der Luft. Das Brummen verstummte vollends.

Eskil zischte und stieß einen Laut des Unmuts aus. »Elender Mist!«

»*Hej*«, sagte sie.

Seine Hände mit dem Bohrer sanken herunter. Gleichzeitig drehte er sich um, so gut es ihm in seiner Position auf der Leiter möglich war. Der Tritt, auf dem er stand, knarrte unter seinen Bewegungen. Lillemor hielt den Atem an, rechnete mit einer schonungslosen Bemerkung, mit etwas, das ihr zu verstehen geben würde, dass er ihr nicht verziehen hatte.

Vielleicht drei Schritte lagen zwischen ihnen. Die Jahre hatten seinem Gesicht etwas Markantes verliehen und feine Fältchen um seine Augen eingegraben. Sein stoppelbärtiges Kinn zeugte davon, dass er sich seit ein paar Tagen nicht rasiert hatte. Insgesamt war er kräftiger geworden, männlicher.

»Lil«, sagte er nur, hörte nicht auf, sie anzusehen.

Musterte er sie genauso wie sie ihn? Vielleicht brauchte er diese Augenblicke, um zu realisieren, dass sie kein Trugbild, sondern nach so vielen stummen Jahren wieder aufgetaucht war. Hier in diesem Haus, in dem sie einander so nah gewesen waren wie nie zuvor, dem Haus, in dem sie in seinen Armen die Welt vergessen hatte.

»Ja, da bin ich«, erwiderte sie.

Sie lächelte, aber es fühlte sich verkrampft an, sie war unsicher, weil sie seinem Gesichtsausdruck nicht entnehmen konnte, ob er sich freute, sie zu sehen. Er legte den Akkubohrer auf dem obersten Tritt der Leiter ab und stieg hinunter.

»Stimmt es, was deine Mutter erzählt?«

»Was erzählt sie denn?«

»Dass du zurückkommst.« Sie nickte, sah ihm fest in die Augen. »Für immer?«

Sein Gesichtsausdruck veränderte sich nicht. Sie sehnte sich nach einem winzigen Anheben seiner Mundwinkel, damit sie sicher sein konnte. Dass er die tausendmal zurechtgelegte Bitte um Verzeihung gerne annehmen würde. Plötzlich fühlte sie sich wie ein Störenfried, ein Eindringling in sein Leben, das er nun so lange schon ohne sie lebte.

In ihrem Herzen begann es zu zerren, in ihren Gedanken formte sich voller Verzweiflung ein Durcheinander aus Worten, die es nicht bis zu ihren Lippen schafften, dabei mussten sie dringend ausgesprochen werden, weil sie längst überfällig waren.

*Ich hab einen Fehler gemacht, Eskil, es tut mir unglaublich leid, bitte verzeih mir. Du konntest nichts dafür, du trägst keine Schuld, ich allein bin verantwortlich für diesen Unfall, ich bin gefahren, habe nicht aufgepasst, ich war in Gedanken nicht auf der Straße, sondern bei dir, nur bei dir, immer war ich in Gedanken bei dir …*

Wie Feuer brannte der Wunsch, ihm all das zu sagen, ihn an sich zu ziehen, ihr Gesicht an seiner Schulter zu vergraben, seine Umarmung zu spüren und die Zärtlichkeit seiner Hände. Doch zwischen ihnen dehnte sich ein Graben aus. Angefüllt mit dem, was sie einmal füreinander gewesen waren und was sie selbst zerstört hatte, all die Jahre immer wieder. Ein Graben voller zu Bruch gegangenem Vertrauen. Unüberwindbar.

Die Erkenntnis schnürte ihr den Hals zu. Sie musste nicht ganz bei Trost sein zu glauben, dass er ihr vergeben würde, nur weil ihr plötzlich danach war, ihn um Entschuldigung zu bitten.

Er wischte sich seine staubigen Hände an den Hosenbeinen ab, kam einen Schritt auf sie zu.

»Warum bist du hier?«, fragte er. Sein Blick ruhte auf ihr, undurchdringlich wie zuvor.

»Ich wollte dich sehen.«

»Gibt es einen Grund dafür?«

Voller Reue senkte sie den Blick, sah hinunter auf ihre Schuhe. Feiner Staub bedeckte die Holzdielen, ihre Schuhsohlen hatten ein zartes Muster darin hinterlassen. Vielleicht war es besser zu gehen.

*Gibst du immer so schnell auf, Lil?*

Riekes Stimme. Ihre blitzenden Augen hinter den runden Brillengläsern.

»Ich war unterwegs«, hörte sie sich sagen, hob langsam den Kopf. Noch immer stand Eskil ohne eine Regung, den Blick auf sie gerichtet, zwischen Klappleiter und Fenster, vor dem der Oktoberwind in den letzten verbliebenen Blättern der Birken spielte. »Ich würde dir gern davon erzählen.«

»Wann?«, fragte er mit zur Seite geneigtem Kopf.

Am liebsten sofort, lag es ihr auf der Zunge, sonst verlässt mich der Mut. Aber sie wollte ihn nicht drängen, sah sich um, hob die Arme in einer Geste, die die Leiter, seinen Werkzeugkasten und den ganzen Raum einschloss, und ließ sie wieder sinken.

»Wenn du hiermit fertig bist.«

»Das dauert Tage.«

»Dann warte ich.«

Da zuckte das vertraute Grinsen in seinen Mundwinkeln, er versuchte, es zu verbergen, indem er die Lippen zusammenpresste. Doch Lillemor kannte ihn lange genug, ihn und seine Mimik, die sie lesen konnte wie in einem offenen Buch. Innerlich atmete sie auf.

»Heute komme ich eh nicht mehr weiter. Ärgere mich seit einer Stunde über den Kram hier.« Mit einem enervierten Seitenblick streifte er die Gardinenstange, das Sammelsurium an Schrauben und Dübeln auf dem Tisch und wies mit einer Kopfbewegung auf den Akkubohrer. »Und jetzt ist der da auch noch hinüber. Ist vielleicht ein Zeichen, für heute Schluss zu machen.« Sie wusste, dass es nicht stimmte. Sondern, dass er allein ihr zuliebe seine Arbeit stehen und liegen ließ. »Wollen wir nach draußen?«, fragte er. »Ein Stück gehen? Dann kannst du erzählen.«

»Ja, gute Idee.«

Er griff nach seiner Jacke und warf sich lässig einen kleinen Rucksack über die Schulter, steckte den Schlüssel ein und ließ sie vorgehen.

Sie folgten dem schmalen Küstenpfad, von wo aus man über das Gestrüpp mit den dornigen Ranken dann und wann das leuchtende Blau der Ostsee erkennen konnte. Nach einer Weile gelangten sie zum Saum des Kiefernwaldes. Hier wuchsen riesige Farnbüsche zwischen den Stämmen, so wie früher, die weit auseinanderstehenden Kiefern erlaubten es den Sonnenstrahlen, hindurchzufallen und ihr Licht auf den noch immer grünen Wedeln zu verteilen.

»Dann fang mal an«, sagte Eskil.

Er hatte seine Jacke bis obenhin zugeknöpft und beide Hände in die Hosentaschen geschoben. Sie stiegen über Baumwurzeln, die wie knorrige Finger die Walderde durchbrachen. Bei jedem ihrer Schritte knackten Nadeln und kleine Ästchen unter ihren Schuhsohlen.

»Ich weiß gar nicht, wo.«

»Erzähl einfach, ich werd es schon in den richtigen Zusammenhang bringen.«

Sie begann. Bei den ersten Sätzen linste sie ein paarmal zu ihm rüber. Wollte anhand seiner Mimik einschätzen, was er von alldem hielt. Von der rothaarigen Sprotte, die sich im Laufe weniger Tage in eine zuverlässige Freundin verwandelt hatte. Von der Fahrt mit dem Kanu, der Nacht im Zelt, von den orthodoxen Schwestern und dem Wandern im Regen.

Sie ließ nichts aus, sprach zum ersten Mal ohne Tränen über die Unfallnacht, in der das Schicksal ihr Leben erbarmungslos in zwei Teile geschnitten hatte. Und dass sie vor Verzweiflung nicht ein noch aus gewusst hatte, weil sie nicht hatte begreifen können, warum sie ihr Leben behalten hatte, während Bernhard und Timmy das ihre verlieren mussten.

»Einerseits gab es danach nichts, was ich mehr wollte, als dich zu sehen, bei dir zu sein, mich von dir trösten zu lassen, aber gleichzeitig wusste ich, dass es keinen Trost für mich geben konnte, geben durfte, nicht von dir. Ich hab mich dafür gehasst, dass meine letzten Gedanken vor dem Tod der beiden dir gegolten haben. Mir zu verbieten, dich wiederzusehen, war die einzige Möglichkeit, irgendwie mit dieser Schwärze umzugehen, die mich völlig ausgefüllt hat, mit dieser unaushaltbaren Stille, mit dem Schmerz, der überall war. Es hat lange gedauert, bis mir klar wurde, dass ich einen Teil meiner Schuldgefühle auf dich abgewälzt hatte. Ich hätte sie allein nicht tragen können. Ich wäre zerbrochen daran. Zu wissen, dass da jemand war, mit dem ich meine Schuld teilen konnte, hat mich irgendwie getröstet. Auch wenn es ein zweifelhafter Trost war.«

Mit jedem Wort waren ihre Schritte leichter, war ihr Herzschlag ruhiger geworden. Im Gehen berührte Eskil ihren Arm und blieb stehen, sodass auch sie innehielt.

»Das erschüttert mich, Lil.« Er zog seine Hand zurück. »Es erschüttert mich zu hören, was du gefühlt hast. Ich wäre so gern für dich da gewesen.«

Kein Vorwurf, keine Bitterkeit, kein Zorn. Ringsherum rauschte der Wind in den Kiefern, irgendwo in der Nähe raschelte es im Unterholz.

Sie sah ihm in die Augen. »Kannst du mir verzeihen?«

Er zog sie in seine Arme. Endlich. Sie schloss die Augen. Warm streifte sein Atem ihre Schläfe unter dem Rand ihrer Mütze.

»Wie sehr ich dich vermisst habe«, flüsterte er.

Die Welt schien stillzustehen, als ihre Lippen sich zu einem zärtlichen Kuss fanden. Ihr war, als gäbe der Teppich aus Nadeln und herabgefallenen Zapfen unter ihr nach, als sänke sie sanft darin ein, weil ihr Körper sich in Eskils Zärtlichkeit aufzulösen und sich mit dem Herz des Waldes zu verbinden schien.

»Ich hatte vergessen, wie es ist«, sagte sie leise, als sie in sein Gesicht blickte, in seine braunen Augen mit den Goldsprenkeln.

»Ich nicht.« Wieder küsste er sie. »Ich hab zu oft dran gedacht, als dass ich es vergessen könnte.«

»Das mit uns, Eskil …«

»… hört niemals auf«, sagte er leise. »Niemals. Selbst wenn du ans andere Ende der Welt reisen würdest.« Sie lächelte, ließ sich küssen, wieder und wieder. Irgendwann schlang er seinen

Arm um ihre Schultern. »Gehen wir noch ein Stück?«, fragte er. »Wir sind in der Nähe von Eiras Kate. Momma hat mich gebeten, ab und zu bei ihr vorbeizuschauen, wenn ich im Haus bin, und ich war schon drei Tage nicht mehr dort.«

»Ach, lebt sie immer noch hier?« Eng umschlungen folgten sie dem Waldpfad zwischen den weit auseinanderstehenden Kiefern hindurch.

»Sie müsste inzwischen neunzig sein. Seit Magnus sich nicht mehr um sie kümmern kann, ist es schwer für sie geworden. Du erinnerst dich an Magnus Lund?«

Sie nickte. »Was ist aus ihm geworden?«

»Er hat sich nach zwei Schlaganfällen nicht mehr erholt, seine Schwester hat ihn in einem Pflegeheim untergebracht. Kannst du dir Magnus in einem Pflegeheim vorstellen? Momma sagt, das hat den beiden das Herz gebrochen.«

»Ich erinnere mich daran, dass Inga und Magnus die einzigen Menschen waren, mit denen Eira gesprochen hat. Mit wem spricht sie jetzt?«

Ein Dickicht aus dürren Sträuchern markierte das Ende des Waldes, sie streiften hindurch und konnten Eiras Kate etwas unterhalb des sanft abfallenden, wiesenbewachsenen Hanges sehen.

»Mit mir hat sie auch gesprochen«, sagte Eskil. »Ich war etwas Besonderes für sie, sagt Momma, weil sie mir auf die Welt geholfen hat. Sie sagt, dass Eira früher immer glänzende Augen bekam, wenn sie mich im Arm hielt. Aber sie hat mich nie bei meinem Namen genannt, darin war sie eigen. Mein lieber Junge, hat sie immer nur gesagt.«

Sie umrundeten die Kate, liefen vorbei an den Beeten, in denen Eira Melisse, Thymian, Zitronenminze, Salbei und vieles mehr zog, und an der kleinen Ziegenweide. Drei braun gefiederte Hühner stolzierten gemächlich durch herabgefallenes Laub, das unter ihren Füßen raschelte, während eine Ziege mit prallem Euter unter den Birken graste, ohne aufzuschauen. Eira hatte immer Ziegen gehalten, inzwischen musste sie einige von ihnen überlebt haben. Sie passten zueinander, Eira und die Ziegen, eine so genügsam wie die andere. Ein wohltuender Frieden lag über dem Anwesen. Auf der Bank neben der Tür hatte Eira einen kleinen Weidenkorb abgestellt, dessen Boden eine Handvoll Pilze bedeckte, an denen noch die Erde haftete, in der sie gewachsen waren. Pfifferlinge, wie Lillemor feststellte, als sie einen Blick hineinwarf. Sie folgte Eskil zur Tür der Kate.

»Sie ist offen«, hörte sie ihn sagen.

Mit zwei Fingern schob er sie vorsichtig auf. Die Scharniere jammerten.

»Eira?« Zaghaft klopfte er an das verwitterte Holz. Im Inneren der Kate blieb es still. »Momma hat mir ein Hefebrot für dich mitgegeben.« Er griff in den Rucksack.

»Sie ist wohl nicht da«, stellte Lillemor fest und wandte sich um. Sie ging bis zu der Stelle, wo der Pfad hinunter zur Bucht abzweigte. Auch hier keine Spur von ihr.

»Lil!«

Sie drehte sich zu Eskil um, der vor der Tür der Kate stehen geblieben war, doch er hatte sie inzwischen weit aufgestoßen und verschwand jetzt im Inneren. Sie folgte ihm. Es dauerte einen Moment, bis ihre Augen sich an das Halbdunkel gewöhnt hatten. Das Fenster ließ nur wenig Tageslicht herein. Feuchte, nach kaltem Rauch riechende Luft schlug ihr entgegen. Ihr Blick tastete sich über den kalten Ofen hin zu Eiras Tisch, auf dem ein Krug und eine Tasse standen, daneben eine gusseiserne Kasserolle, in der sich offenbar etwas Essbares befunden hatte, wovon die Reste am Rand und der benutzte Löffel zeugten. Daneben hatte Eskil Ingas in ein Tuch eingeschlagenes, frisch gebackenes Hefebrot abgelegt.

Eskil war neben der Pritsche, auf der Eira lag, in die Knie

gesunken. Lillemor ging zu ihm. Als sie Eira sah, hielt sie den Atem an. Die alte Frau trug ein gelbes Kleid mit grünen Punkten, ein Sommerkleid, viel zu kühl für den Herbst, das aus einer anderen Zeit zu stammen schien und ihr zu weit war. Es reichte ihr bis zu den Waden, der Rock war sorgfältig glatt gestrichen und um sie herumdrapiert. Der kleine vergilbte Kragen gab ihren Hals frei, der faltig und hager herausragte, als gehörte er jemand anderem. Das silberne Medaillon, das Eira immer getragen hatte, ruhte in der Mitte ihrer Brust, es war schwarz angelaufen. Sie trug keine Schuhe, ihre Füße waren verschmutzt und schwielig. Eskil hielt Eiras bleiche, fast wächsern aussehende Hand in seiner. Ihr Gesicht wirkte spitz und ausgezehrt, die geschlossenen Augen lagen in dunkel umschatteten Höhlen. Sie röchelte beim Atmen.

»Was ist mit ihr?«, flüsterte Lillemor. Fieberhaft überlegte sie, wie sie Eira am schnellsten helfen könnten. »Ich rufe Malin an und sage ihr, dass sie einen Arzt schicken soll.«

»Ich glaub, das ist nicht nötig«, erwiderte Eskil, ohne sich zu ihr umzudrehen.

In seiner Stimme lag eine sonderbare Ruhe. Woher nahm er sie? Der alten Frau ging es offenbar schlecht, sie benötigte dringend Hilfe.

Da hob Eira die Lider, was sie eine ungeheure Kraft zu kosten schien. Wie gebannt starrte Lillemor der alten Frau, von der sie kaum etwas wusste, in das von Falten durchzogene Gesicht, in die stumpf blickenden Augen, die Eskil zu suchen schienen.

»Ich bin hier, Eira.«

Unmerklich bewegte sie den Kopf in seine Richtung. Ihr weißes Haar war so schütter, dass ihre Kopfhaut durchschimmerte.

»Mein …« Ein Wort, das nicht mehr war als ein Hauch. Eskil neigte seinen Kopf zu ihr hin. »… lieber Junge.«

Die Lider senkten sich. Eiras Atemzüge waren flach, ihr Brustkorb bewegte sich kaum. Dann stand er still. Eine merkwürdige Lautlosigkeit senkte sich über sie, es war, als hüllte der Tod sie in eine heilige Aura, in der jedes Geräusch verstummte, das an das Leben erinnerte. Lillemor sank neben Eskil auf die Knie, sie lehnte ihren Kopf an seine Schulter.

»Sie sieht aus, als hätte sie sich vorbereitet«, sagte er.

»Auf das Sterben?«

»Das Kleid, die Art, wie sie hier liegt.«

»Du meinst, sie hat es gespürt?«

Mit einem Blick über die Schulter nahm Lillemor den Raum in Augenschein. Sie stand auf, ging zum Tisch, nahm den Krug, der darauf stand, und ging mit ihm ins Freie. Sie spähte hinein. Ein abgekühlter Rest Tee, von dem ein undefinierbares Aroma ausging. Eira hatte eine Menge Kräuter in ihren Beeten gezogen, hatte die verschiedenen Eigenschaften gekannt und gewusst, bei welchen Beschwerden sie halfen. Oder wann sie schadeten. Zögernd stellte Lillemor den Krug zurück auf den Tisch. Die gesammelten Pilze draußen im Korb fielen ihr ein. Sie beugte sich hinunter zu der Kasserolle und roch stirnrunzelnd an den Essensresten, die darin hafteten. Es ist ihr letztes Geheimnis, dachte sie, und verscheuchte die Gedanken gleich wieder.

»Jemand muss sie abholen«, sagte sie und ging wieder zur Pritsche.

*Und vorher kippen wir den Tee weg und entsorgen die Essensreste.*

Ihr Blick fiel auf das Medaillon. Der einzige Schmuck, den sie jemals getragen hatte. »Weißt du noch, wie oft wir früher gerätselt haben, wessen Foto sie da wohl drinhat?«

»Wahrscheinlich von jemandem, den wir nicht kennen.«

»Ob sie es jemals einem Menschen gezeigt hat?«

»Magnus vielleicht.«

»Wollen wir nachsehen?«

Getrieben von einer aufflammenden Neugier war ihr die Frage entwischt, ohne dass sie darüber nachgedacht hatte.

»Lil, ich weiß nicht. Es ist ihres.«

»Du hast recht, entschuldige, ich wollte nicht …« Sie wandte sich ab, rang mit sich, drängte die spitze Stimme ihres Gewissens dorthin zurück, von wo sie aufgestiegen war. »Wir nehmen es ihr ja nicht ab«, sagte sie kaum hörbar, als wäre es nur für sie bestimmt, wie eine Absolution, die sie sich selbst erteilte, für etwas Unerlaubtes, das sie im Begriff war zu tun. Sie beugte sich zu Eira hinunter. Die Oberfläche des Medaillons fühlte sich kühl an und rau. Zum ersten Mal bemerkte sie das ziselierte Ornament im Oval des Deckels. Eine zarte Ranke aus Efeublättern. Mit zwei Fingern öffnete sie den seitlich angebrachten Verschluss, es ging ganz leicht, schon schnappte der Deckel auf. Zwei gelbstichige Schwarz-Weiß-Aufnahmen kamen zum Vorschein. Gesichter. Auf der linken Seite ein kleiner Junge, auf der anderen ein Mädchen mit geflochtenen Zöpfen. Sie hielt die Fotos schräg gegen das durch den Türrahmen hereinfallende Licht, sah noch einmal genau hin. Ihr Herz begann zu trommeln. »O mein Gott …«

Das Medaillon glitt ihr aus den Händen, fiel auf Eiras Brust. Lillemor richtete sich auf. Sie sah Eskils Hand, die das Medaillon schloss, es dorthin schob, wo es zuvor gelegen hatte, und stürzte aus der Kate nach draußen. Unmöglich! Das konnte nicht sein. Sie musste sich irren.

»Was ist?«, rief Eskil ihr nach. Lillemor schlug die Hände vors Gesicht, sank auf die Bank neben der Tür. Sie zerrte an ihrem Schal, weil er ihr zu eng wurde, riss den Reißverschluss ihrer Jacke auf, atmete so tief ein, wie sie konnte. »Du tust, als hättest du ein Gespenst in diesem Medaillon gesehen!«

»Setz dich«, bat sie, griff nach seiner Hand, weil sie sich danach sehnte, etwas Echtes, etwas Warmes, Lebendiges zu berühren, und zog ihn sanft neben sich. »Im Haus meiner Eltern hängt ein Foto an der Wand. Es zeigt meine Mutter und Jesper als Kinder und wurde bei ihrer Einschulung aufgenommen. Ich kenne dieses Foto, seit ich denken kann. Bestimmt hast du es früher auch gesehen, wenn du bei uns warst. Und die … die Kinder in Eiras Medaillon …« Sie stockte, wusste nicht, ob sie weitersprechen, weiterdenken sollte, zweifelte plötzlich an ihrer eigenen Wahrnehmung. Vielleicht hatte sie sich alles nur eingebildet, nicht richtig hingesehen, das war doch möglich. Die Zeit hatte die Fotos vergilbt, da konnte es schnell zu einem Versehen kommen. Doch im nächsten Augenblick schob sie ihre Zweifel von sich. Unsinn! Sie hatte die Gesichter erkannt. Ganz deutlich. Es waren dieselben wie auf dem Einschulungsfoto an der Wand, nur in kleinerem Format und so zugeschnitten, dass jedes Gesicht in einen der beiden ovalen Innenrahmen passte.

»Du glaubst, das sind deine Mutter und Jesper?« Sie nickte ohne ein Wort, starrte an ihm vorbei ins Leere durch die herbstkahlen Äste der Birken hindurch. »Bist du dir sicher?«

»Ja.«

»Dann war Eira in Wirklichkeit …«

»… Alva Jansson«, vervollständigte Lillemor seinen Satz. »Meine und Malins Großmutter.«

»Und die Mutter von Jesper und Henrika.«

Die Unruhe trieb sie auf. Ein Windstoß fuhr in die Birken und riss einen Schwung gelber Blätter von den Ästen, die um Lillemor herumtanzten, bevor sie zu den anderen auf die Erde fielen. Eins verfing sich im Federkleid eines Huhns, das ungerührt weiter durch das Laub stakste.

Warum hatte ihre Großmutter sich entschieden, dieses einsame Leben auf Dikholmen zu führen? In einer armseligen Kate, die ihr nicht einmal gehört hatte? Warum war sie über

Nacht ohne eine Erklärung gegangen? Warum hatte sie Mann und Kinder zurückgelassen? Warum, warum, warum? Die Fragen dröhnten in ihrem Kopf und hallten wie ein Echo nach. Da spürte sie Eskils Hand auf ihrer Schulter. Sie wandte sich ihm zu.

»Wenn Jesper tatsächlich mein Vater war ...«, sagte er langsam.

»... dann war Alva auch *deine* Großmutter.« Mit der Schuhspitze scharrte Lillemor im Laub. Ein gelbes Birkenblatt trudelte vor ihre Füße.

»Meine Mutter schweigt sich hartnäckig dazu aus, und du weißt ja, dass ich irgendwann aufgehört habe, sie zu drängen.«

Das Gespräch vom Vortag kam ihr wieder in den Sinn, die schroffe Art, mit der ihre Mutter es abgelehnt hatte, etwas preiszugeben, was allem Anschein nach ein wohlgehütetes Geheimnis zwischen ihr und Inga war.

»Da gibt es etwas, das nur deine und meine Mutter wissen«, sagte sie, ohne Eskils Antwort abzuwarten. »Gestern haben Malin und ich deshalb fast einen Eklat zu Hause provoziert. Ich glaube, es hat mit dir und deinem Vater zu tun.«

»Vielleicht rückt Henrika damit heraus, wenn sie erfährt, dass wir ihre verschwundene Mutter gefunden haben.«

Lillemor sah auf die offen stehende Tür, hinter der ihre Großmutter gestorben war, so still und einsam, wie sie gelebt hatte. Seit sie denken konnte, war Mormor Alva nur ein Name gewesen, ein Gesicht auf einem Foto. Ein Rätsel.

»Ich hab sie nie vermisst«, sagte sie abwesend.

Eskil nahm ihre Hand. »Deine Mutter hat sie vermisst«, sagte er sanft. »Sie sollte wissen, dass wir sie gefunden haben.«

»Sie wird verrückt, wenn sie hört, dass sie all die Jahre nur ein paar Inseln entfernt von ihr gelebt hat.« Sie blickte zu ihm auf. »Vielleicht ist es besser, wenn wir unsere Entdeckung für uns behalten. Warum sie ihre Familie damals verließ und hierherkam, kann uns keiner beantworten. Für meine Mutter bliebe weiterhin nur Ungewissheit.«

»Hältst du das aus? Stillschweigen deiner Familie gegenüber?«

Sie dachte an Malin. An ihre gemeinsamen Kinderfantasien, denen sie sich hingegeben hatten, wenn sie auf dem Baumriesen gesessen und sich die wildesten Geschichten ausgedacht hatten, warum ihre Großmutter über Nacht ohne eine Spur verschwunden war. Sie löste sich von Eskil, stand auf und ging in die Kate zurück.

Eines der Hühner hatte sich hineinverirrt. Sie wollte es hinausscheuchen, besann sich aber anders. Die Tiere gehörten hierher, sie waren Eiras Familie gewesen, und vielleicht huschte dieses Huhn nicht zum ersten Mal in der Kate umher.

Noch einmal trat sie an die Pritsche, blickte auf die Verstorbene hinunter, auf die bleichen Hände mit den bläulich verfärbten Fingern und dem Geflecht aus Adern, in denen das Blut stillstand. Sie wollte etwas fühlen, Traurigkeit oder Erleichterung, es war einerlei, irgendein Gefühl musste doch in ihr sein. Es gelang ihr nicht, die tote Frau, Eiras Gesicht, ihren Körper, ihre schmutzigen Füße, mit ihrer Großmutter in Verbindung zu bringen.

»Bitte verzeih mir«, flüsterte sie, beugte sich hinunter, öffnete mit zittrigen Fingern den Verschluss der Kette und nahm sie an sich.

Sie luden das Fahrrad auf den Pick-up und ließen sich mit der kleinen Fähre von Dikholmen nach Skarpö und von dort nach Vaxholm übersetzen. Die Fahrt vom Hafen zu Jespers Haus, das sie auch Jahre nach seinem Tod noch immer so nannten, obwohl dort nun Inga und Eskil wohnten, dauerte nur wenige Minuten.

Das Medaillon ruhte tief vergraben in Lillemors Jackentasche. Immer wieder glitt ihre Hand hinein, als wäre es notwendig, sich seiner Existenz zu vergewissern. Dabei stieg jedes Mal die Erinnerung an Eiras vom Tod berührtes Antlitz in ihr auf, das Gesicht ihrer Großmutter. Gleichzeitig drängte sich ihr die immergleiche Frage auf: Warum hat Mormor Alva in jener Nacht ihre Kinder und ihren Mann ohne ein Wort für immer verlassen? Unablässig kreisten ihre Gedanken um diese Frage, und während sie durch die schmutzige Scheibe des Seitenfensters auf die vorbeiziehende Landschaft starrte, ohne sie wahrzunehmen, wuchs das Unbehagen in ihr.

»Wir müssen mit Magnus sprechen«, sagte sie, ohne Eskil anzusehen. »Er ist der Einzige, der Eira kennt, seit sie auf Dikholmen ankam. Wenn er die Antwort nicht weiß, weiß keiner sie.«

Er setzte den Blinker und bog ab. »Er ist gesundheitlich sehr angeschlagen«, gab er zu bedenken. »Außerdem lebt er inzwischen woanders.«

Sie seufzte auf. »Glaubst du, dass deine Mutter Eiras Geheimnis kennt, den Grund, aus dem sie ihre Familie verlassen hat?«, fragte sie.

»Keine Ahnung, Lil.« Sie spürte seine Hand leicht und warm auf ihrem Oberschenkel und wandte ihm ihr Gesicht zu. »Vielleicht hat Eira ihr Geheimnis mitgenommen«, sagte er sanft. »Dann sollten wir das respektieren, meinst du nicht?«

Er verringerte die Geschwindigkeit. Ein Stück voraus wurde Jespers Grundstück sichtbar, und eine seiner Zebraffen schob sich in ihr Blickfeld, ein rot-gelber Farbtupfer in seinem verwilderten Garten. Wahrscheinlich hatte Eskil recht. Nicht jedes Geheimnis musste unter allen Umständen gelüftet werden, Eira hatte ganz sicher einen guten Grund für ihre Entscheidung und für ihr Schweigen gehabt.

Eskil stellte den Motor ab, und während Lillemor aus dem Wagen stieg, legte sie sich die Worte zurecht, mit denen sie ihrer Mutter und Inga in wenigen Augenblicken die Nachricht überbringen würden.

»Eira ist tot«, sagte Eskil ohne eine Einleitung, kaum dass sie das Haus betreten hatten.

Lillemor warf ihm einen tadelnden Blick zu, auf den er mit einem Schulterzucken reagierte. Ich komme eben ohne Umschweife zum Punkt, schien er damit sagen zu wollen. Er zog seine Jacke aus und warf sie über die Sofalehne.

Inga starrte ihren Sohn an. Sie saß mit nassen Haaren in ihrem Rollstuhl am Tisch, beide Arme auf ein Kissen gestützt, eine gestrickte Decke über den Beinen. Hinter ihr stand Lillemors Mutter mit einer Bürste in der einen und einem Fön in der anderen Hand.

»Wo habt ihr sie gefunden?«, fragte sie.

»In ihrer Kate«, sagte Lillemor. »Sie lebte noch, als wir zu ihr kamen.« Sie wickelte sich aus ihrem Schal.

Ingas Augen füllten sich mit Tränen. Lillemor sank neben ihr auf einen Stuhl. Sie sah, dass sich die Hand ihrer Mutter auf Ingas Schulter legte.

»Sie hat ihr Leben gelebt, Inga.« In der Stimme ihrer Mutter schwang etwas Behutsames mit, doch die Worte waren nichts weiter als eine Floskel, fand Lillemor, sie würden Inga kaum trösten. »Sie war fast neunzig«, fügte ihre Mutter jetzt hinzu und fast im selben Atemzug: »Es ist niemand da, der sich um die Formalitäten kümmert.« Sie war die Einzige, die etwas sagte, vielleicht merkte sie es nicht einmal. Sie legte den Haartrockner auf den Tisch und die Bürste daneben, dann setzte sie sich ebenfalls. »Da werden *wir* uns sicher kümmern müssen.« Hörbar schickte sie einen Atemzug hinterher, der ahnen ließ, dass es in ihrem Leben bereits genug zum Kümmern gab. Unbemerkt schob Lillemor die Hand in ihre Jackentasche und schloss sie um das Medaillon. Es wäre leicht. Sie könnte es einfach auf den Tisch legen. Es ohne ein Wort zu ihrer Mutter hinüberschieben und abwarten. Sie war deine Mutter, dachte sie. Ihr Herz hämmerte. Wann war der beste Zeitpunkt, es ihr zu sagen? Gab es für eine solche Mitteilung überhaupt einen guten, den richtigen, den besten Zeitpunkt? Sie hörte ihre Mutter in aller Sachlichkeit von Ylva Brending sprechen, einer aus Vaxholm stammenden Bestatterin, die die notwendigen Dinge schon bei Jespers Tod zuverlässig in die Hand genommen hatte. »Ich rufe sie gleich an«, sagte sie und wollte aufstehen. Doch sie hielt inne, als sie Ingas Stimme vernahmen, so leise, dass sie sie fast nicht gehört hätten.

»Wir müssen Magnus informieren.«

Zögerlich hob Inga den Kopf, eine nasse Haarsträhne fiel ihr in die Stirn. Sie sah sie alle der Reihe nach an, als wollte sie sichergehen, dass sie sie verstanden hatten. Dass sie verstanden hatten, wie unabdingbar ihr Hinweis war. Dass er kein Wunsch, keine Bitte, keine eventuelle Möglichkeit, sondern eine Verpflichtung war. In ihren Augen schimmerten Tränen.

»Ja, unbedingt«, pflichtete Lillemor ihr bei. Etwas zu schnell, etwas zu enthusiastisch, wie sie selbst bemerkte.

»Er lebt in einem Pflegeheim in Nynäshamn«, sagte Inga. »Ich hatte Kontakt mit seiner Schwester, die in der Nähe wohnt. Ihre Telefonnummer hängt in der Küche am Brett.«

»Ich rufe sie an, damit sie ihm Bescheid sagen kann«, sagte Lillemors Mutter.

»Du willst ihm die Nachricht durch seine Schwester ausrichten lassen?«

Die Empörung hatte Lillemors Stimme um etliche Tonlagen heraufgeschraubt. Wenn sie sich richtig erinnerte, war

Eira für Magnus etwas ganz Besonderes gewesen, vielleicht die Liebe seines Lebens, unerreichbar, warum auch immer, und er hatte sich viele Jahre für sie verantwortlich gefühlt. Ihre Mutter hielt es doch nicht wirklich für ausreichend, ihn fernmündlich mithilfe einer dritten Person über Eiras Tod zu informieren!

»Wie sonst?«

»Wir fahren zu ihm«, sagte Lillemor entschlossen.

»Ihr wollt bis nach Nynäshamn fahren?« Ihre Mutter legte die Stirn in Falten. Das Vorhaben schien ihre Vorstellungskraft zu sprengen.

»Mit dem Auto sind es nicht mehr als hundert Kilometer«, schaltete Eskil sich ein.

Lillemor wandte sich ihm zu, ihre Blicke fanden sich, und es lag alles darin, was sie dachten und fühlten.

»Es ist das Mindeste«, sagte sie mit fester Stimme. »Er hat so viel für sie getan.«

Sie legte beide Hände nebeneinander auf die Tischplatte. Mit pochendem Herzen dachte sie an Eiras Geheimnis, und sie sah Inga zustimmend nicken.

»Nehmt ihr mich mit?«, fragte sie.

»Im Ernst, Momma?« Eskil legte die Stirn in Falten. »Willst du dir die Strapaze der langen Fahrt wirklich antun? Es ist über ein Jahr her, dass du zum letzten Mal in einem Auto gesessen hast.« Fest heftete sich Lillemors Blick auf ihn. Schlag es ihr nicht ab, flehte sie ihn stumm an. Du weißt, wie wichtig Eira und Magnus ihr waren. Sie schob ihre Hand über den Tisch in seine Richtung, und er umschloss sie, blickte ihr in die Augen, und sie wusste, dass er sie verstanden hatte. »Aber das bekommen wir hin«, sagte er rasch und nickte seiner Mutter zu. »Der Pick-up ist wie gemacht für einen Rollstuhltransport.«

»Und jetzt föne ich deine Haare.« Lillemors Mutter schob ihren Stuhl zurück, stand auf und griff nach dem Haartrockner.

»Willst du nicht auch mitkommen, Henrika?«, fragte Inga.

»Hättest du mich denn wirklich gerne dabei?«

»Mir ist wohler, wenn du bei mir bist. Dann können Eskil und Lil sich auf die Fahrt und auf die Suche nach dem Heim konzentrieren.«

»Hier muss es sein.«

Eskil hielt vor einem zweistöckigen, orangefarben verputzten Bau mit weißen Fensterrahmen. Lillemor zählte zehn Fenster in jeder Etage. Die Auffahrt war mit quadratischen Betonsteinen ausgelegt und verlief in einem leichten Schwung bis zu einer breiten gläsernen Eingangstür.

Eskil stieg aus, lud Ingas Rollstuhl von der Ladefläche des Pick-ups und klappte ihn mit zwei Handgriffen auseinander. Er fuhr ihn an die offene Tür der Beifahrerseite, dann half er seiner Mutter beim Aussteigen. Lillemors Mutter übernahm das Schieben.

Sie folgten der von Koniferen und violett blühenden Chrysanthemenbüschen gesäumten Auffahrt. Hier und da hatte man eine Bank platziert.

»Hier haben sie ihn untergebracht?«

Inga sprach aus, was sie alle dachten. Keiner konnte sich den kräftigen Magnus Lund in einem orangefarben gestrichenen Pflegeheim vorstellen, das sich so weit entfernt von der Küste befand, dass der Geruch der Ostsee zu erahnen war.

Lautlos öffnete sich die gläserne Schiebetür. Von zwei vorbeieilenden jungen Frauen in weißer Arbeitskleidung erfuhren sie, dass Magnus im zweiten Stock in Zimmer 103 untergebracht war.

Ein Lift brachte sie eine Etage höher auf einen breiten Korridor, von dem zu beiden Seiten etliche Türen abzweigten. Jede war versehen mit einem visitenkartengroßen Schild, auf dem ein Name zu lesen war. Niemand begegnete ihnen, es herrschte eine gespenstische Ruhe. An der Decke brannten Energiesparlampen, vor dem bodentiefen Fenster am Ende des Flures wartete eine verwaiste Sitzecke darauf, ihre Bestimmung zu erfüllen. Der gebohnerte Linoleumboden dämpfte das Geräusch ihrer Schritte. Hinter Zimmer 108 hustete jemand, hinter der 106 wimmerte ein Heimbewohner. Die einzigen Geräusche, die darauf hindeuteten, dass hier Menschen lebten.

»Hier, 103«, sagte Eskil schließlich.

Eine Pflegerin mit einem Wäscheberg in den Armen trat aus dem Nachbarzimmer und hastete mit einem knappen Gruß an ihnen vorüber.

»Wenn wir alle zusammen reingehen, erschrecken wir ihn«, sagte Lillemors Mutter. »Ich hab ihn kaum gekannt. Ich warte draußen auf euch.«

Lillemors Hand glitt in die Tasche ihrer Jacke, fand das Medaillon, barg es zwischen den Fingern. Sie hoffte aus tiefstem Herzen, dass Magnus die Wahrheit kannte, dass er Antworten wusste und die Schlaganfälle ihn nicht seiner Sprache beraubt hatten. Doch zunächst galt es, ihm die Nachricht von Eiras Tod zu überbringen.

Eskil klopfte. Als niemand antwortete, öffnete er vorsichtig die Tür einen Spalt und streckte den Kopf ins Zimmer. Sie hörten Magnus' Stimme, die einen Laut der Freude von sich gab.

»Ich hab noch mehr Besuch mitgebracht«, hörten sie Eskil sagen. Er stieß die Tür ganz auf und schob Inga mit ihrem Rollstuhl ins Zimmer. Lillemor folgte ihnen.

Der Mann, der vor dem Fenster in einem Stuhl mit hoher Rückenlehne saß, ähnelte Magnus, aber er konnte es unmöglich sein. So hager war er. Wo waren die breiten Schultern, die muskulösen Oberarme? Er saß, gestützt von einem dicken Kissen, leicht zur Seite geneigt in diesem Ungetüm. Man hatte ihm ein verwaschenes Frotteehandtuch wie eine riesige Serviette auf die Brust gelegt. Den Bart hatte man ihm abrasiert, was sein Gesicht verfremdete, auf seinem Kopf wuchsen nur noch wenige Haare. Wenn Lillemor sich richtig entsann, war er etwas älter als Eira und musste demzufolge die neunzig schon überschritten haben. Sein Blick irrte über ihre Gesichter. Offenbar versuchte er, sie zuzuordnen, dabei blinzelte er mit einem Auge. Als er Inga erkannte, verzog sich sein Mund zu einem schiefen Lächeln. Plötzlich lag ein Ausdruck der Freude in seinen blauen Augen, sodass Lillemor vor Rührung schlucken musste.

»Mädelchen«, sagte er mit brüchiger Stimme und dem Versuch eines Zwinkerns in Ingas Richtung. Sogleich beugte Inga, die ebenfalls mit den Tränen kämpfte, sich zu ihm vor und griff nach seiner Hand, die wie ein unbrauchbar gewordener Gegenstand in seinem Schoß lag. »Nichts funktioniert mehr an mir«, sagte er. Er sprach undeutlicher als früher, machte Pausen zwischen den Worten, und sein linker Mundwinkel hing nach unten, ohne sich beim Sprechen zu bewegen. »Aber mein Schädel ist klar geblieben.« Mit einer minimalen Kopfbewegung deutete er auf die beiden Stühle am Tisch. Lillemor schälte sich aus ihrer Jacke und setzte sich. Eskil blieb hinter dem Rollstuhl seiner Mutter stehen. Magnus lächelte schief. »Kümmerst du dich gut um sie?«

»Klar.«

»Ist gut, wenn wir Jungs uns um die Frauen sorgen.« Lillemor rechnete im Stillen nach, wie viele Jahre vergangen waren, seit sie Magnus das letzte Mal gesehen hatte. Es musste eine halbe Ewigkeit her sein, vielleicht erkannte er sie gar nicht mehr. Er musterte sie, und sie wollte gerade ansetzen, sich mit ihrem Namen in Erinnerung zu rufen, da grinste er. »Dachte, deine kleine Freundin ist in Deutschland.«

»Sie ist zurückgekommen«, sagte Eskil.

»Gut, das ist gut.«

»Finde ich auch«, erwiderte Lillemor.

Der Anblick des kraftlos gewordenen alten Mannes schmerzte sie mehr, als sie es sich hatte vorstellen können.

»Wie geht es dir, Magnus?«

Ingas Frage löste ein schwaches Kopfschütteln bei ihm aus. »Wie soll es einem alten Mann gehen? Sieh mich an, dann kennst du die Antwort.«

Ein Speichelfaden rann aus seinem herabhängenden Mundwinkel und sickerte ins Handtuch.

»Fühlst du dich hier gut versorgt?«

Er verzog das Gesicht, es sah merkwürdig aus, weil seine linke Gesichtshälfte durch die Lähmung schlaff blieb, während sich die rechte bewegte.

»Sagt mal …« Wie zu Beginn ihres Besuchs blickte er sie der Reihe nach an. »Ihr seid doch nicht von Vaxholm bis hierher gefahren, nur um mich zu fragen, wie es mir geht?«

In der Stille, die seine Frage nach sich zog, breitete sich ein betretenes Schweigen aus. Lillemor hoffte inständig, dass Eskil sich dieses Mal zurückhalten würde. Doch es war Inga, die als Erste den Mund öffnete.

»Wir bringen eine traurige Nachricht mit, Magnus.« Der alte Mann wurde ernst, sein linkes Augenlid zitterte. »Eira ist gestorben.«

Seine schmalen Schultern sanken herunter. Ein Laut verließ seine Kehle, der an ein verwundetes Tier erinnerte. Er hielt die faltigen Lider gesenkt, ganz ruhig saß er da, wodurch der Eindruck entstand, dass er die Außenwelt ausschloss, um sein Herz mit Ingas Worten zu füllen. Dieser Moment gehörte ihm, ihm und seiner Eira, und sie ließen ihm Zeit, bis er die Augen wieder aufschlug und zu ihnen zurückkehrte.

»Wann?«, fragte er rau.

»Gestern«, sagte Lillemor.

Am liebsten hätte sie ihm gesagt, wie sehr sie ihn verstand und dass sie um den Schmerz wusste, der sich dunkel und kalt in ihm ausdehnte, und um das Unvermögen, die Dinge zu begreifen, doch etwas hielt sie zurück. Sie wusste nicht, was es war.

Und dann erzählte sie, wie sie Eira tags zuvor gefunden hatten, dass sie ein gelbes Kleid mit grünen Punkten getragen und wie friedlich sie diese Welt in ihrem und Eskils Beisein verlassen hatte.

»Astrids Kleid …«, flüsterte er.

Sein Lid zitterte noch immer wie zarte Flügelschläge. Lillemor konnte mit der Bemerkung nichts anfangen, aber Inga schien es zu können.

»Sie hat es all die Jahre gehütet wie einen Schatz.«

Die beiden tauschten Erinnerungen aus. Inga sprach, Magnus nickte dazu, manchmal sagte er etwas, und ein paarmal lächelten sie beide.

»Hab sie geliebt wie keine andere«, sagte er schließlich, wandte den Kopf, blickte aus dem Fenster, vor dem außer einem Stück Herbsthimmels nicht viel zu sehen war.

Immerhin, dachte Lillemor, ein Stück vom Himmel für Magnus.

»Und sie hat dich geliebt«, sagte Inga.

Ein feiner Glanz legte sich auf Magnus' Augen.

Lillemor dachte an das Medaillon. War es der richtige Zeitpunkt, Magnus auf Eiras Geschichte anzusprechen?

»Du hast sie gut gekannt«, sagte sie in die Stille hinein. »Warum hat man sie auf der Insel die stumme Eira genannt, obwohl sie gar nicht stumm war?«

Er wandte sich zu ihr um. »Sie wollte es sein.«

»Stumm? Sie wollte stumm sein?«

»Sie hatte Angst vor den Menschen. Worte können viel zerstören. Wer schweigt, gibt nichts von sich preis.« Er stockte, schüttelte kaum merklich den Kopf und starrte weiter hinaus auf den kleinen rechteckigen Ausschnitt der Welt vor seinem Fenster. »Hab ihr mein Wort gegeben, nicht drüber zu sprechen, solange sie lebt.«

»Aber jetzt lebt sie nicht mehr«, sagte Lillemor sanft.

Unter allen Umständen wollte sie es vermeiden, ihn zu drängen, obwohl ihre innere Anspannung sich wie tausend Nadelstiche auf der Haut anfühlte.

»Meine Eira.« Seine Stimme klang heiser.

Eskil griff nach einem gelben Kunststoffbecher, der auf dem Tisch stand. Ein Trinkhalm steckte darin, den er Magnus jetzt zwischen die Lippen schob. Der alte Mann sog daran, schluckte hart und drehte dann den Kopf zur Seite.

»Sie trug ein Medaillon«, sagte Lillemor. Sein Blick wanderte wieder durch die Fensterscheibe nach draußen. Vielleicht folgte er einer vorüberziehenden Wolke. »Zwei Kinderfotos sind darin.«

Ohne hinzusehen, tastete sie nach der Jacke über der Stuhllehne, fand die Tasche, die Kette mit dem Medaillon, nahm sie heraus. Niemand außer Eskil wusste, dass sie es an sich genommen hatte, dass es sich hier in diesem Raum befand, dass sie es jederzeit auf den Tisch legen könnte. Ihre Hand war kalt wie Eis und schweißnass. Hinter ihnen öffnete jemand leise die Zimmertür.

»Ihre Kinder«, erwiderte Magnus. »Ein Junge und ein Mädchen. Zwillinge.«

»Was ist mit ihnen? Warum haben sie nicht mit ihr auf Dikholmen gelebt?«, fragte Lillemor, während sie sich zur Tür umdrehte, wo sie ihre Mutter stehen sah, die Hand noch auf der Klinke, als brauchte sie etwas zum Festhalten. Gerade zur rechten Zeit, dachte sie.

»Sie hat sie zurückgelassen.«

»Warum?«, fragte Lillemor.

Es lag eine Spannung in der Luft, die sie auf der Haut zu spüren glaubte. Sie sah Magnus wieder an.

»Sie hat Stimmen gehört. Die haben ihr gesagt, dass sie denen was antun soll, die sie am liebsten hat.« Wieder rann ein dünner Speichelfaden aus einem seiner Mundwinkel. »Sie wusste sich nicht anders zu helfen. Musste weggehen, musste die Kinder schützen.« Er machte eine Pause. »Sie hatte Angst, immer hatte sie Angst.«

Was redete er denn da? Stimmen im Kopf?

Neulich hatte Lillemor eine Doku in irgendeinem der dritten Programme gesehen, daran erinnerte sie sich jetzt. Sie hatte sie beiläufig verfolgt, aber sie wusste noch, dass es um Menschen mit Psychosen gegangen war, die Halluzinationen und Wahnvorstellungen hatten, um Menschen, die Jahre damit zubrachten, die Stimmen in ihrem Kopf zu unterdrücken und zu versuchen, mit ihnen zu leben. Wie verzweifelt musste ihre Großmutter gewesen sein?

»Ihr Name ist gar nicht Eira, stimmt's?«

Er schüttelte den Kopf.

»Und wie ist ihr richtiger Name?«

»Alva. Alva Jansson.«

Lillemor atmete tief ein und drehte sich wieder zu ihrer Mutter um. Weiß wie die Wand stand sie an der Tür, ihre linke Hand umklammerte die Klinke so fest, dass ihre Knöchel hervortraten.

Lillemor hielt das Medaillon noch für einen Moment in der geschlossenen Faust. Dann legte sie es sich ohne einen weiteren Gedanken auf die Handfläche, stand auf und ging zu ihrer Mutter.

»Ihr wart ihr nicht egal, Mamma. Sie hat euch nicht verlassen, weil ihr jemand oder etwas wichtiger war. Sie hat euch geliebt. So sehr, dass sie dafür das Leben mit euch aufgegeben hat.«

Alle Blicke waren auf ihre Mutter gerichtet, die mit zitternden Fingern nach dem Medaillon griff.

»Was geht hier vor sich?«, meldete Magnus sich wieder zu Wort. Er suchte in Ingas Gesicht nach einer Antwort.

»Du kennst meine Mutter Henrika noch?«, kam Lillemor ihr zuvor. Magnus nickte. »Sie ist eines der Kinder im Medaillon. Eiras Tochter. Und so ist Alva Jansson meine Großmutter«, sagte Lillemor. Sie schaute Magnus mit großen Augen an.

»Und vielleicht auch meine«, fügte Eskil hinzu.

»Nein«, widersprach ihre Mutter mit fester Stimme. Alle sahen sie an. Jetzt erfährt Eskil endlich, wer sein Vater ist, dachte Lillemor mit einem Anflug von Erleichterung. »Es stimmt, Eskil, sie war deine Großmutter«, bestätigte ihre Mutter Eskils Vermutung. »Aber du, Lil, bist nicht ihre Enkelin.«

Eine farblose Wand aus Nebel türmte sich vor Lillemor auf, hüllte sie ein, umgab sie von allen Seiten, und je mehr sie sich bemühte hindurchzublicken, um etwas dahinter zu erkennen, desto mehr misslang es ihr. Was redete ihre Mutter da? Hilfe suchend blickte Lillemor hinüber zu Eskil, der sie ähnlich ratlos ansah, wie sie sich fühlte.

»Wie meinst du das?«, fragte sie tonlos.

Ihre Mutter stieß sich vom Türrahmen ab und sank mit einem Seufzer auf den freien Stuhl am Tisch zwischen Ingas Rollstuhl und Lillemors Platz. Unfähig, einen Fuß vor den anderen zu setzen, wie nach einer Betäubung, die alle Muskeln lähmte, verharrte Lillemor an der Tür.

»Komm, Lil«, hörte sie Eskils Stimme direkt neben sich, spürte seine Hand in ihrem Rücken. Sanft schob er sie zurück zu den anderen auf ihren Stuhl.

Ihre Mutter wandte sich an Magnus. »Wir haben uns früher ein paarmal gesehen. Ist lange her.« Sie öffnete das Medaillon. Beim Anblick der beiden Fotos schossen ihr Tränen in die Augen.

»Henrika ist meine Freundin«, ergänzte Inga, um dem alten Mann nach all den langen Jahren die Zuordnung zu erleichtern. »Jespers Zwillingsschwester.«

»Jespers Schwester?«, wiederholte er. »Die Schwester von deinem Jesper?«

Inga nickte.

»Dann war Jesper Eiras Sohn?«

Wieder nickte Inga.

»Mamma, bitte.« Mit flehendem Blick beugte Lillemor sich ein Stück nach vorn. Undurchdringlich waberte der Nebel um ihren Körper, ihren Kopf herum, ohne die Aussicht eines Schlupfloches, hinter dem sich ein Fetzen Klarheit finden ließe.

»Entschuldige, Lil. Ich hab deinen Vater im Waisenhaus auf Stegesund kennengelernt, in dem ich damals gearbeitet habe. Ich war sehr jung, gerade zwanzig, und er zehn Jahre älter.« Die Stimme ihrer Mutter klang anders als sonst, zart und vorsichtig, als hätte sie diese Geschichte zuvor noch nie jemandem erzählt, als wollte sie ausprobieren, wie sich die Worte anfühlten, die sie zum ersten Mal über die Lippen brachte. »Er war verheiratet, seine Frau war Tänzerin. Schon vor der Geburt hatte sie ihm gesagt, dass sie so bald wie möglich wieder auf die Bühne wolle. Nur zwei Wochen nach der Geburt ihrer Tochter ging sie nach Deutschland. Nach Berlin. Und sie kam nicht zurück. Carl war verzweifelt. In unserem Heim gab es damals einen Bereich für vorübergehende Aufnahmen. Für Kinder, die über Nacht zu Waisen geworden waren oder die man aus ihren Familien geholt hatte, weil sie geschlagen wurden. Carl brachte seine Tochter zu uns, einen Säugling von drei Wochen. Es hat ihm das

Herz zerrissen, sie bei uns zu lassen und auf eine Pflegefamilie zu hoffen, die sie aufnehmen würde, aber er hatte keine andere Möglichkeit. Beruflich war er in dieser Zeit viel unterwegs, in Südschweden, Göteborg, Malmö, Karlskrona. Aber er besuchte sein kleines Mädchen an jedem Wochenende. Es war ganz offensichtlich, dass er die Kleine abgöttisch liebte und alles tun würde, um sie bei sich zu behalten.« Unentwegt war ihre Fingerspitze der Kontur des Medaillons gefolgt, doch jetzt hielt sie inne, schob es in die Mitte des Tisches und heftete ihren Blick fest auf Lillemors Gesicht. »Ich war ein gebranntes Kind. Als meine Mutter fortging, war ich zehn, und ihr Fehlen hat mich fast krank gemacht. In all den Nächten, in denen ich vor Heimweh nach ihr nicht schlafen konnte, hab ich mir geschworen, so etwas niemals zu tun, nie ein Kind im Stich zu lassen. Ich glaube, deshalb habe ich die Ausbildung als Kinderpflegerin im Waisenhaus gemacht. Ich wollte den kleinen verlassenen Seelen zeigen, dass sie nicht wertlos sind, dass es Menschen gibt, die sie lieben.«

»Warum hast du Malin und mir nie erzählt, wie wichtig dir die Arbeit im Waisenhaus war?«

Ein leichtes Zittern lag in Lillemors Stimme, es ließ sich nicht unterdrücken, und sie tastete nach der Hand ihrer Mutter, die auf der Tischplatte neben dem Medaillon ruhte und sich eiskalt anfühlte. Ohne auf die Frage einzugehen, fuhr sie zu sprechen fort.

»Carl und ich freundeten uns an. Ich freute mich jedes Mal, wenn er seine Tochter besuchen kam, und bald verabredeten wir uns. Wir nahmen die Kleine mit, wenn wir spazieren gingen, wenn wir am Anleger von Stegesund saßen oder in der kleinen Bucht. Sie schlief neben uns in einem Korb, als Carl mich zum ersten Mal küsste.« Ihre Stimme war ganz weich. Inga saß da mit geschlossenen Augen, Magnus richtete den Blick ohne einen Wimpernschlag aus dem Fenster, und Eskil stand wie ein

Fels hinter Lillemor, eine Hand auf ihrer Schulter. »Wir wurden ein Paar und heirateten ein halbes Jahr später, zwei Monate nachdem mein Vater gestorben war. Ich war überglücklich mit meiner kleinen Familie, mit dem Kind, das so unerwartet zu mir gekommen war und das ich von Anfang an lieben konnte, als wäre es mein eigenes: die kleine Lillemor.« Ein versonnenes Lächeln umspielte ihre Lippen, zum ersten Mal, seit sie dieses Zimmer betreten hatte. »Dein Vater und du, Lil, ihr wart von Anfang an mein Lebensmittelpunkt. Wir kauften das Haus in Vaxholm. Für die neuen Nachbarn waren wir eine ganz normale Familie mit einem kleinen einjährigen Mädchen, und dann noch einem, als Malin geboren wurde.«

»So lange kennen wir uns schon«, hörte Lillemor Eskil nah an ihrem Ohr flüstern.

Er hatte sich zu ihr heruntergebeugt, sie spürte seine Wange an ihrer Schläfe. Ohne sich zu ihm umzudrehen, berührte sie zärtlich sein Gesicht.

»Genau«, pflichtete Inga ihm bei. »Du warst vier, als Henrika und Carl mit Lil nach Vaxholm gezogen sind.«

»Inga und ich waren damals schon eng befreundet«, fügte Lillemors Mutter hinzu. »Dass Jesper Eskils Vater war, wussten nur wir beide, Jesper selbst und Magnus. Nicht einmal Carl war eingeweiht, aber er ahnte es seit vielen Jahren.« Sie warf Magnus einen gütigen Blick zu. »Eira in ihrer Abgeschiedenheit hat Jesper all die Jahre nie zu Gesicht bekommen, und Inga hat Eiras Wunsch, keine Namen hören zu wollen, immer respektiert.« Sie stockte, betrachtete das Medaillon und ließ es durch ihre Finger gleiten. »Dasselbe gilt auch für mich«, fügte sie nachdenklich hinzu. »Aus der Nähe habe ich die menschenscheue Frau aus der Kate nie gesehen. Auch ich habe ihren Wunsch geachtet, möglichst niemandem zu begegnen. Hätte ich doch nur ...« Ein Seufzer entrang sich ihrer Kehle.

Inga richtete sich in ihrem Rollstuhl auf. »Ich hab Henrika beschworen, den Namen von Eskils Vater nicht preiszugeben«, sagte sie. »Meine größte Angst war, dass mein Vater davon erfahren und mir das Kind abnehmen würde, wie er es angedroht hatte, wenn ich mich nicht mit einer Heirat aus dieser in seinen Augen ehrlosen Situation retten würde. Also habe ich ihn angelogen und ihm gesagt, dass ich nicht wüsste, wer der Vater meines Kindes ist. Jesper war nicht der Mann, den mein Vater sich für mich vorgestellt hatte. Und wie hätte ich ihm erklären können, dass Jesper zwar der Vater meines Kindes, aber kein Mann für eine Ehe, kein Mann für das Übernehmen von Verantwortung war? Jesper war ein Freigeist. Gedanken an eine feste Bindung, eine Heirat machten ihm Angst.« Sie schwieg, starrte vor sich auf die Tischplatte, auf das aufgeklappte Medaillon neben dem gelben Trinkbecher. »Aber er war da für uns. Er hat sich um Eskil und mich gekümmert. Er war für mich, was Magnus für Eira war. Wir haben uns geliebt. Auf unsere Weise. Immer.« Sie sah ihren Sohn an, der schweigend zugehört hatte. »Und dich hat er auch geliebt, Eskil. In seinem Herzen warst du immer sein Kind, aber er brauchte das Gefühl, ungebunden zu sein, weil er die Angst nicht ausgehalten hätte, möglicherweise noch einmal verlassen zu werden. Was er als Kind erlebt hat, hat ihn geprägt.« Unbeholfen streckte sie ihm ihre Hand entgegen. »Wir wollten es dir nicht sagen, weil wir Angst hatten, du würdest es nicht für dich behalten können, und später, als du erwachsen warst, da …«

»Ich hab's immer gespürt«, unterbrach Eskil sie. Tränen schimmerten in seinen Augen. Er griff nach der Hand seiner Mutter und ging neben dem Rollstuhl in die Hocke. »Dass er mein Vater war, meine ich. Deswegen hab ich irgendwann aufgehört, danach zu fragen und dich zu drängen. Ich hatte es verstanden.«

»Er hat dich geliebt«, wiederholte sie mit belegter Stimme, die ihr beinahe versagte. Die Dankbarkeit und das Glück, endlich offen mit Eskil sprechen zu können, bewegten sie sichtlich. Er führte ihre Hand an seine Wange. »Auch wenn wir nie eine normale Familie wie andere waren«, fügte sie hinzu. »Das musst du mir glauben.«

Er nickte, und sie lächelten sich an.

»Und dein Vater hat nie erfahren, dass es Jesper war?«, fragte Lillemor an Inga gewandt.

Inga schüttelte den Kopf. »Am Tag nach Eskils Geburt ist Magnus mit seinem Motorrad nach Stegesund gefahren und hat vor der Villa auf meinen Vater gewartet. Er hat ihm von der Geburt seines Enkels erzählt, vom schönsten Kind im ganzen Schärengarten, und dass er stolz sein könne auf seine starke Tochter, die dringend einen Platz brauche für sich und den Kleinen. Irgendetwas daran muss das Herz meines Vaters zum Schmelzen gebracht haben. Zwei Wochen später trafen wir uns. Und dann in unregelmäßigen Abständen immer wieder. Es war nicht leicht, es hat lange gedauert, viele Jahre, bis er aufhören konnte, mit dem Kerl zu hadern, der seine Tochter in diese Bredouille gebracht und sie im Stich gelassen hatte. Aber er hat mir gleich nach Eskils Geburt das gelbe Haus überlassen und uns ab und zu dort besucht.«

»Wir schlossen einen Pakt«, ergänzte Lillemors Mutter.

Sie und Inga tauschten einen langen Blick, und es war Eskils Mutter, die anschließend weitersprach und dabei Lillemor ansah.

»Ich versprach Henrika, Stillschweigen darüber zu wahren, dass du nicht ihr leibliches Kind bist. Und sie gab mir ihr Wort, dass sie die Identität von Eskils Vater niemals preisgeben würde.«

»Aber warum?«, wollte Lillemor wissen.

»Versteh doch, Lil«, sagte ihre Mutter liebevoll. »Niemand weiß besser als ich, wie weh es tut, wenn man denkt, dass man der eigenen Mutter nicht wichtig ist. Ich wollte es dir ersparen, du solltest nicht zeitlebens diesen Schmerz in dir spüren, so, wie ich es getan habe. Ich war zutiefst verletzt durch meine Geschichte, ich wollte, dass du in einer normalen Familie aufwächst und vermeiden, dass eines Tages jemand mit dem Finger auf dich zeigt, weil ich nicht deine leibliche Mutter bin.«

»Und du hättest mir nie die Wahrheit gesagt, wenn ich Großmutter nicht gefunden hätte?«

Sie ist nicht meine Großmutter, hämmerte es in ihrem Kopf. Gedankenverloren ließ Henrika ihren Zeigefinger an der silbernen Kette entlanggleiten.

»Mag sein, dass es ein Fehler war. Aber ich konnte nicht anders. Bitte hass mich nicht dafür.«

»Hassen?« Lillemors Augen füllten sich mit Tränen. »Ich bin vielleicht sauer, Mamma, aber ich hasse dich nicht. Für mich hat es nie eine andere Mutter gegeben als dich, und du wirst es immer bleiben.« Henrikas Gesicht verschwamm vor ihren Augen.

»Vielleicht verstehst du jetzt, warum es deinem Vater und mir so schwergefallen ist, dass du nach Deutschland gegangen bist.«

Fast gleichzeitig standen sie auf und schlossen sich in die Arme. Und während Lillemor wie das kleine Mädchen von früher Trost an der Schulter ihrer Mutter fand, dachte sie an Malin, an ihre unbeschwerte gemeinsame Kindheit in der Sjögata. An ihren Vater, der sich seit jeher schwertat mit dem Abschiednehmen und der sie beim Wiederkommen jedes Mal so fest an sich drückte, als wollte er sie nie wieder loslassen. Und an Henrika, deren Liebe von Anfang an keinen Unterschied gemacht hatte zwischen ihrer leiblichen und ihrer angenommenen Tochter.

»Dass ich das noch erlebe«, sagte Magnus, schüttelte den Kopf und verzog den Mund zu einem schiefen Lächeln.

Eskil stand ebenfalls auf, ging zu Lillemor und zog sie an sich. »Sind wir beide die Einzigen, die keine Geheimnisse voreinander haben?«, flüsterte er ihr ins Ohr.

»Wir haben sie höchstens miteinander«, antwortete sie ebenso leise.

Sie küsste ihn, und während sie sich an ihn schmiegte, fiel ihr Blick auf das geöffnete Medaillon auf dem Tisch. Ein letztes Mal bat sie Eira im Stillen um Verzeihung dafür, dass sie es an sich genommen hatte. Doch in der Tiefe ihres Herzens wusste sie, dass die alte Frau aus der Kate ihr längst vergeben hatte.

# Epilog

Dikholmen, vierzehn Monate später

Von: Lillemor Kirschbaum
Gesendet: 10. Dezember 2020, 21:27
An: Rieke Sprott
Betreff: Grüße aus den Schären

Liebe Rieke,
dein Päckchen ist angekommen, was für eine Überraschung! Und was für eine wundervolle Erinnerung hast du mir da geschenkt – wir beide mit Rucksäcken und leuchtenden Augen am Ende unserer Kanuetappe. Das Bild bekommt einen Ehrenplatz, vielen lieben Dank.
Um deine Fragen zu beantworten: Der Winter hält uns hier im Schärengarten mit klirrender Kälte in Atem. Schon im November hatten wir den ersten Schnee. Seitdem ruhen Felsen und Klippen unter einer weißen Decke, und die Kiefern sehen aus, als trügen sie frostige Mützen. Eskil hat für genügend Holz gesorgt, sodass ich mir keine Gedanken darüber mache, ob wir an den dunklen, kalten Tagen hier in unserem gelben Haus frieren müssen. Noch immer hat Inga keinen Käufer gefunden, weshalb Eskil und ich das Haus an den Wochenenden nutzen und manchmal auch an ganz normalen Wochentagen wie diesem. Immer häufiger frage ich mich, ob es etwas zu be-

deuten haben könnte, dass sich niemand auf Ingas Inserat meldet. Vielleicht gehört das Haus zu uns …
Keine Sekunde hab ich meinen Entschluss bereut, nach Schweden zurückgekehrt zu sein. Seit ich wieder als Inselmädchen im Schärengarten lebe, spüre ich jeden Tag, dass es die richtige Entscheidung war, dass mein Herz hierhergehört, dass es hier zur Ruhe kommt, wo seine Heimat ist. Und ich meine nicht nur Vaxön, die Insel, auf der ich aufgewachsen bin. Auch Dikholmen ist für mich zu einem Zuhause geworden. Dieses kleine Eiland, das über Jahrzehnte hinweg ein Rückzugsort gewesen ist, ein heimlicher Hafen für die Frauen, denen ich so vieles verdanke. Ohne Ingas und Eiras Verzweiflung, die sie an die Küste dieser Insel getrieben hat, weil sie ihre Kinder beschützen wollten, jede auf ihre Weise, und ohne ihren Mut zu bleiben, hätte es für Eskil und mich wohl kein gemeinsames Leben gegeben. Diese Erkenntnis hat mich nach Eiras Tod mit ganzer Wucht getroffen. Eskil ist unser Bindeglied. Inga hat gegen alle Widerstände dafür gekämpft, ihn zur Welt zu bringen und selbst großzuziehen. In Eiras Händen hat er seinen ersten Atemzug getan, und sie hat nicht einmal gewusst, dass er ihr Enkelkind ist.
Und ich? Viel zu lange hab ich gebraucht, um zu begreifen, wie viel er mir bedeutet, aber jetzt werde ich bei ihm bleiben für immer. So hat jede von uns ihre Geschichte mit ihm, und wir alle haben einen Platz in seinem Herzen. Wie gern würde ich ihn dir vorstellen, liebe Rieke! Damit du dich davon überzeugen kannst, dass dein Rat, dorthin zu gehen, wo ich mich lebendig fühle, der beste war, den du mir geben konntest. Ich kann dir nicht genug danken für unsere gemeinsame Zeit, die so vieles in mir bewegt hat.

Eskil und ich würden uns wahnsinnig freuen, wenn du uns nach dem Winter besuchen kämst. Ich kann es kaum erwarten, dir meine Inseln zu zeigen und Eiras Kate, die unverändert dasteht, als wohnte sie noch immer darin. Wenn du möchtest, fahren wir mit dem Boot raus, und ich zeige dir die Stelle, an der wir die Urne mit ihrer Asche beigesetzt haben – zusammen mit der von Magnus, der nur drei Tage nach ihr starb. Ich glaube, dass ihm die Nachricht von ihrem Tod seinen letzten Lebenswillen genommen hat. Und dann möchte ich natürlich wissen, wie es dir im Kloster geht und ob du tatsächlich gefunden hast, wonach du im letzten Jahr auf der Suche warst.
Ich freu mich auf unser Wiedersehen, wenn die Tage heller werden. Mit den besten Wünschen für ein neues Jahr voller Lebendigkeit und Zuversicht grüßt dich

Lil

# Ein paar Zeilen zum Schluss …

Im September 2019 saß ich auf den sonnenwarmen Planken eines Holzstegs, in Vaxholm, mitten im Stockholmer *Skärgården* – dem Schärengarten, der eine Ansammlung von etwa vierundzwanzigtausend kleineren und größeren Inseln östlich der schwedischen Hauptstadt umfasst. Ich ahnte noch nichts. Nichts von der Geschichte, aus der Sie, liebe Leserin, lieber Leser, gerade aufgetaucht sind. Nichts von Lil und Eskil und von dem, was die beiden über Jahrzehnte hinweg miteinander verband. Nichts von Inga, ihrer Flucht ins gelbe Haus nach Dikholmen und ihrer unerschütterlichen Liebe zu Jesper. Nichts von Eira in der Kate am Waldrand, von ihrer inneren Zerrissenheit und ihrer tiefen Zuneigung zu Magnus.

Das Einzige, was zu diesem Zeitpunkt unverrückbar feststand: Dies wird der Schauplatz für meinen nächsten Roman sein. Vor der einzigartigen Kulisse der schwedischen Schären werde ich die Fäden knüpfen. So ist Dikholmen entstanden, eine kleine Insel ohne Strom und fließendes Wasser, die fiktiv ist, die aber genauso existieren könnte. Vaxholm auf Vaxön, Skarpö und Stegesund dagegen gibt es wirklich.

Inspiriert bis in die Haarspitzen verließ ich den Schärengarten und fing an, die oben genannten Fäden zu spinnen. Alles Weitere kam fast von allein.

*Fast* von allein … heißt, dass ich den Weg vom Augenblick der Inspiration auf dem Steg bis zum fertigen Buch beim besten Willen nicht allein gehen konnte. Dass ich das unbeschreibliche

Glück hatte, von Menschen begleitet zu werden, die an mich und an das Geheimnis von Dikholmen geglaubt, die meine Zweifel zerstreut und mir Türen geöffnet haben, durch die ich ohne sie nie hätte gehen können. Ihnen sei an dieser Stelle besonders gedankt.

Tim Rohrer und Julie Hübner von der Literaturagentur Leselupe: Ihr habt mir die erste Tür geöffnet. Durch euch konnte alles andere erst möglich werden, deshalb danke ich euch von Herzen für die Zeit, die ihr meinem Manuskript und mir gewidmet habt. Tim, danke für deinen Rat, den ich als Entscheidungshilfe brauchte. Julie, du hättest mich strahlen sehen sollen, als ich von deiner Affinität zu Schweden erfuhr. Danke, dass ich dich jederzeit löchern durfte (und weiter darf).

Melanie Blank-Schröder, meine Lektorin im Bastei Lübbe Verlag: Unser erstes Telefonat werde ich nie vergessen. All deine anerkennenden Worte zu meinem Manuskript, meinen Protagonisten, meiner Art zu schreiben – es war viel mehr als nur Ermutigung zur rechten Zeit. Hab vielen Dank dafür! Danke auch für unsere ausführlichen Gespräche, für unser gemeinsames Brainstorming und die tollen Impulse, auf denen ich aufbauen konnte.

Margit von Cossart, meine Textredakteurin: Als Sie mir das redigierte Manuskript zurückschickten, wusste ich noch nicht, was für eine bereichernde Zusammenarbeit wir haben würden. Ihr Kommentar am Ende des ersten Kapitels – unbezahlbar! Die Erinnerung daran zaubert mir heute noch ein breites Lächeln ins Gesicht. Ein großes Dankeschön für Ihre Sorgfalt, Ihre Geduld, für die vielen wertvollen Hinweise und Ihren überaus wertschätzenden Umgang mit meinen Worten.

Darüber hinaus ein herzlicher Dank an alle Verlagsmenschen bei Bastei Lübbe, die mit kreativen Ideen und Fachkenntnis dazu beigetragen haben, dass aus meinem Manuskript-Rohling dieses wundervolle Buch werden konnte.

Barbara Leciejewski und Sonja Roos, zwei großartige Autorinnen, denen ich mich inzwischen auf vielerlei Arten verbunden fühle: Was für ein Glück, dass das Leben uns zusammengeführt hat. Danke für eure mentale Unterstützung, euer Mitfreuen über kleine und große Erfolge, für unseren Austausch, unsere Zoomabende und für jede persönliche Begegnung.

Jörg, mit dem ich die Stockholmer Schären kennengelernt und ein zauberhaftes Vaxholmer Gartencafé entdeckt habe, wo ich im prächtigsten Geburtstagskuchenbüfett meines Lebens schwelgen durfte: Tausend Dank, dass du meine ungezügelten Schreibzeiten an den Wochenenden, im Urlaub, frühmorgens, spätabends, manchmal bis weit nach Mitternacht, klaglos akzeptierst. Ich schätze es sehr und sage es dir viel zu selten.

Karin, Anne und Andrea, die besten Freundinnen der Welt. Sonny, meine kleine und einzige Lieblingsschwester. Danke für euer immerwährendes Interesse an dem, was aus meiner Feder rinnt, für unsere Freundschaft, für euer Verständnis, für aufbauende Worte und Ansporn. Für das unzerstörbare Band zwischen uns.

Und weil ohne lesende Menschen jede Geschichte nutzlos wäre, geht ein ganz besonderer Dank an Sie, liebe Leserin, lieber Leser. Dafür, dass Sie sich für meinen Roman entschieden und Ihre Zeit mit meinen Protagonisten verbracht haben. Es wäre mir ein Fest, wenn sie Ihnen beim Lesen ebenso ans Herz gewachsen sind wie mir beim Schreiben.

Herzlichst
Michaela Abresch